U0463786

全本全注全译

# 群書類編故事

（上）

〔明〕王罃 编著
谦德书院 注译

团结出版社

**图书在版编目（CIP）数据**

群书类编故事 /（明）王罃编著；谦德书院注译．

—北京：团结出版社，2023.2

ISBN 978-7-5126-9624-2

Ⅰ．①群… Ⅱ．①王… ②谦… Ⅲ．①故事—作品集

—中国—明代 Ⅳ．① I242

中国版本图书馆 CIP 数据核字 (2023) 第 173209 号

---

**出版：** 团结出版社

（北京市东城区东皇城根南街 84 号 邮编：100006）

**电话：**（010）65228880 65244790 （传真）

**网址：** www.tjpress.com

**Email：** zb65244790@vip.163.com

**经销：** 全国新华书店

**印刷：** 三河市富华印刷包装有限公司

---

**开本：** 148×210 1/32

**印张：** 24.5

**字数：** 550 千字

**版次：** 2023 年 2 月 第 1 版

**印次：** 2023 年 2 月 第 1 次印刷

---

**书号：** 978-7-5126-9624-2

**定价：** 128.00 元（全二册）

# 《谦德国学文库》出版说明

人类进入二十一世纪以来，经济与科技超速发展，人们在体验经济繁荣和科技成果的同时，欲望的膨胀和内心的焦虑也日益放大。如何在物质繁荣的时代，让我们获得内心的满足和安详，从经典中获取智慧和慰藉，或许是我们不二的选择。

之所以要读经典，根本在于，我们应当更好地认识我们自己从何而来，去往何处。一个人如此，一个民族亦如此。一个爱读经典的人，其内心世界必定是丰富深邃的。而一个被经典浸润的民族，必定是一个思想丰赡、文化深厚的民族。因为，文化是民族之灵魂，一个民族如果不能认识其民族发展的精神源泉，必定就会失去其未来的生机。而一个民族的精神源泉，就保藏在经典之中。

今日，我们提倡复兴中华优秀传统文化，当自提倡重读经典始。然而，读经典之目的，绝不仅在徒增知识而已，应是古人所说的“变化气质”，进一步，是要引领我们进德修业。《易》曰：“君子以多识前言往行，以畜其德。”实乃读经典之要旨所在。

基于此理念，我们决定出版此套《谦德国学文库》，“谦德”，即本《周易》谦卦之精神。正如谦卦初六爻所言：“谦谦君子，用涉大川”，我们期冀以谦虚恭敬之心，用今注今译的方式，让古圣先贤的教诲能够普及到每一个人。引导有心的读者，透过扫除古老经典的文字障碍，从而进入经典的智慧之海。

作为一套普及型的国学丛书，我们选择经典，不仅广泛选录以儒家文化为主的经、史、子、集，也将视野开拓到释、道的各种经典。一些大家所熟知的经典，基本全部收录。同时，有一些不太为人熟知，但有当代价值的经典，我们也选择性收录。整个丛书几乎囊括中国历史上哲学、史学、文学、宗教、科学、艺术等各领域的基本经典。

在注译工作方面，版本上我们主要以主流学界公认的权威版本为底本，在此基础上参考古今学者的研究成果，使整套丛书的注译既能博采众长而又独具一格。今文白话不求字字对应，只在保证文意准确的基础上进行了梳理，使译文更加通俗晓畅，更能贴合现代读者的阅读习惯。

古籍的注译，固然是现代读者进入经典的一条方便门径，然而这也仅仅是阅读经典的一个开端。要真正领悟经典的微言大义，我们提倡最好还是研读原本，因为再完美的白话语译，也不可能完全表达出文言经典的原有内涵，而这也正是中国经典的魅力所在吧。我们所做的工作，不过是打开阅读经典的一扇门而已。期望藉由此门，让更多读者能够领略经典的风采，走上领悟古人思想之路。进而在生活中体证，方能直趋圣贤之境，真得圣贤典籍之大用。

经典，是古圣先贤留给我们的恩泽与财富，是前辈先人的智慧精华。今日我们在享用这一份恩泽与财富时，更应对古人心存无尽的崇敬与感恩。我们虽恭敬从事，求备求全，然因学养所限、才力不及，舛误难免，恳请先贤原谅，读者海涵。期望这一套国学经典文库，能够为更多人打开博大精深之中华文化的大门。同时也期望得到各界人士的襄助和博雅君子的指正，让我们的工作能够做得更好！

团结出版社

2017年1月

# 前 言

《群书类编故事》是明朝王罃从前人诸书中搜辑故事，重加标题，以类相聚的一部书。全书共分为十八类，即天文、时令、地理、人物、仕进、人伦、仙佛、民业、技艺、文学、性行、人事、宫室、器用、冠服、饮食、花木、鸟兽。每类条列故事，又分为800多个子目。

王罃，字宗器，举人，曾任给事中。宣德五年十一月肇庆太守，政绩卓著，后为西安知府。除所编《群书类编故事》之外，还有《律诗类编》。

《群书类编故事》所采诸书极为丰富，既有《史记》《左传》这样的正史著作，如“存赵孤儿”采自《史记》；也有采自野史遗闻的，如“宁死亦妒”一条采自《朝野佥载》；更多的是采自魏晋以来说部，如《淮南子》《搜神记》《世说新语》《酉阳杂俎》《容斋随笔》《梦溪笔谈》等书。这些故事既可以使初学者“广闻见，长智识”，又可以供读书人“舒意解颜，谈而乐道”，可以说是雅俗共赏的通俗读本。而这些故事本身，又首尾完俱，史料可信，保存了许多古籍的原貌，所以又是辑佚、校勘的重要依据。

谦德书院这次注译的《群书类编故事》，对原文有详细的注释和翻译，“信、达、雅”是翻译的标杆，译文在忠实于原文的基础上，尽可能完整地呈现原文的风采。

在整理和注译过程中，尽管反复审核，疏误仍难避免，诚望读者提出宝贵意见，以便今后补正。

编者谨呈

# 目 录

## 卷一 天文类

## 卷二 时令类

## 卷三 地理类

## 卷四 人物类

## 卷五 仕进类

## 卷六 人伦类

## 卷七 人伦类

## 卷八 人伦类

## 卷九 人伦类

## 卷十 仙佛类

## 卷十一 仙佛类(神鬼附)

## 卷十二　仙佛类(葬墓附)

# 卷一 天文类

## 盘古开辟

天地浑沌如鸡子，盘古生其中。万八千岁，天地开辟。阳清为天，阴浊为地。盘古在其中，一日九变，神于天，圣于地。天日高一丈，盘古日长一丈，如此万八千岁。天数极高，地数极深，盘古极长，后乃有三皇。数起于一，立于三，成于五，盛于七，处于九。故天去地九万里。（徐整《三五历纪》）

**【译文】**天地一开始是像鸡蛋一样元气不分，是模糊不清的状态，盘古就生长在这中间。一万八千年后，天地才分开。属于“阳”轻而清的气上升成为天，属于“阴”重而浊的气下沉成为地。盘古在天地之间，一天会产生多次变化，比天还高超，比地还神圣。天每日升高一丈，盘古每日也长高一丈，就这样过了一万八千年。天上升的非常高，地下沉的非常深，盘古也长的非常高大，在他之后才有天皇、地皇和人皇。数从一开始，到三建立，到五形成，到七兴盛，到九终止。所以天地之间相距九万里。

## 木公金母

木公亦云东王父，亦云东王公。盖青阳之气，万神之先也，亦号玉皇。君居于云房之间，以紫云为盖，青云为城，仙童侍立，玉女散香，真僚仙官皆禀其命焉。昔汉初小儿于道歌曰："着青裙，入天门。揖金母，拜木公。"时人皆不识，惟张子房知之，乃往拜之曰："此乃东王公之玉童也。"（《太平广记》）

**【译文】**木公也叫东王父，也叫东王公。因为承载着春天的气息，是万神的先祖，也叫玉皇。木公居住在云房中，用紫云作为铺盖，把青云作为城墙，仙童站立在一旁侍奉，玉女散播香气，有职位有爵禄的神仙都尊奉他的命令。以前在汉代初年的时候有小孩子在道路上唱道："着青裙，入天门。揖金母，拜木公。"当时的人都不知晓这么唱是什么意思，只有张良知道，于是他前去作揖，并且说："这是东王公的玉童。"

## 杞人忧天

杞国有人忧天崩坠，身无所寄，废于寝食。又有忧彼之忧者晓之曰："天积气耳，无处无形，奈何而崩坠乎？"其人曰："天果积气，日月星宿不当坠也。"晓者曰："日月星宿，亦积气中之有光辉者。正复[①]使坠，亦岂能有中伤乎？"（《列子》）

【注释】①正复：即使

【译文】杞国有个人担忧天会崩塌坠落，自己无处安身，以致于睡不好觉，吃不下饭。又有一个担心他有这样担忧的人告诉他说："天只不过是聚积的气罢了，没有存在也没有形状，怎么会崩塌坠落呢？"那个人说："天如果是聚集的气，日月星辰不应该坠落了吗？"告诉他的人说："日月星辰，也是聚积的气中有光辉的，即使让它坠落，又怎么能够有受伤的呢？"

## 张温问天

吴使张温来聘[①]，问秦宓曰"天有头乎？"宓曰："有之。"温曰："在何方？"宓曰："《诗》云'乃眷西顾'，以此推之，头在西方。"温曰："天有耳乎？"宓曰："天处高而听卑[②]。《诗》云'鹤鸣于九皋，声闻于天。'"温曰："天有足乎？"宓曰"《诗》云'天步艰难'，若其无足，何以步之？"曰："天有姓乎？"宓曰："姓刘。""何以然？"曰："天子姓刘，以此知之。"（《蜀志》）

【注释】①聘：访问。②天处高而听卑：天帝虽然高高在上，却能听察人间善恶，据以降祸福。语出《史记·卷三八·微子世家》："子韦曰：'天高听卑。君有君人之言三，荧惑宜有动。'于是候之，果徙三度。"后多用来称颂帝王圣明。

【译文】吴国的使者张温前来访问，问秦宓说："天有头吗？"秦宓说："有头。"张温说："在哪里呢？"秦宓说："《诗经》中说'乃眷西顾'，用这个推导，头在西方。"张温说："天有耳朵吗？"秦宓说：

“天所处的位置虽然很高，但却能够听察人间善恶。《诗经》中说‘鹤鸣于九皋，声闻于天。’”张温说：“天有脚吗？”秦宓说：“《诗经》中说‘天步艰难’，如果它没有脚，凭借什么走路呢？”张温接着问：“天有姓吗？”秦宓说：“姓刘。”“为什么这么说呢？”回答说：“皇帝姓刘，因为这个而知道天姓什么。”

## 天门放榜

范公仲淹倅[①]陈州，时郡守母病，召道士奏章。道士秉简伏坛，终夜不动，试扪其躯则僵矣。五更，手足微动，良久，谓守曰：“夫人寿有六年，所苦勿虑。”守问：“今夕奏章何其久也？”曰：“方出天门，遇放明年进士春榜，观者骈[②]道，以故稽留。”公问状元何姓，曰：“姓王，二名下一字黑涂，旁注一字，远不可辨。”既而郡守母病愈。明春，状元乃王拱寿，御笔改为拱辰。公始叹道士之通神。（《括异志》）

**【注释】**①倅（cuì）：副。②骈：聚集。

**【译文】**范仲淹在陈州做副职的时候，当时郡守的母亲生病了，召唤道士前来给神灵写奏章。道士手握着朝简趴在神坛上，一整夜都没有动，尝试摸他的身体却发现僵硬了。到五更的时候，手脚有一点点的颤动，过了很久，对太守说：“老夫人还有六年的寿命，你所苦恼的就不要忧虑了。”太守问他：“今晚所呈的奏章怎么那么久啊？”道士回答说：“我刚刚走出天门，遇到正在发放明年进士的春榜，观看的人聚集在道路上，因为这样而耽搁了。”范仲淹问状元姓什么，道士回答说："姓王，两个名的下面有一个字涂黑了，旁边注了一个字，因为太远了不能够辨识。"不久之后郡守的母亲病就好了。第二年的春天，状元是王拱寿，皇帝亲笔改成拱辰。范仲淹这才感叹于道士的神通。

## 小儿论日

孔子游，见小儿问辩，问其何故，一儿曰："我以日始出去人近，日中时远。日初出天时如车轮，其中时如盘盂。此不为远者小而近者大乎？"一儿曰："日初出，苍苍凉凉，及其中时如探汤。此不为近者热而远者凉乎？"孔子不能决。两小儿笑曰："孰为汝多智乎？"（《列子》）

**【译文】**孔子游历的时候，看见两个小孩子在辩论，问他们是什么缘故，一个小孩说："我认为太阳刚刚出来的时候离人近，到中午的时候离人远。太阳刚刚从天际出现的时候像是车轮，等到中午的时候像是盘盂。这不是离得远的时候显得小，离得近的时候显得大吗？"一个孩子说："太阳刚刚出来的时候寒凉，等到中午的时候像是把手伸进热水里一样。这不是离得近的时候感觉热，离得远的时候感觉凉吗？"孔子不能够决断。两个孩子笑着说："谁说你是见多识广呢？"

## 夸父逐日

夸父不量力，欲返日影①逐之，于旸谷②之际，渴欲得饮。赴河饮，渴不足，将走北，饮大泽。未至，道渴而死。弃其杖，膏肉所

浸生邓林[③]，弥广数千里。（《列子》）

**【注释】**①日影：太阳。②旸（yáng）谷：古时认为是日出的地方。语出《书经·尧典》："分命羲仲，宅嵎夷，曰旸谷。"也作"汤谷""阳谷"。③邓林：古代神话传说中的树林。

**【译文】**夸父不自量力，想要太阳回归，因而追逐日影，在阳谷边，渴了想要喝水。于是奔赴到黄河喝水，因为太渴，水不够喝，就跑到北边，想喝大泽湖里的水。还没有赶到大泽湖，就在路途中渴死了。他丢弃的手杖，他的脂肉所浸润的地方长出了一片树林，范围辽阔，达到几千里。

## 问日远近

晋明帝幼儿聪哲，元帝爱之。适长安使来，帝因问之曰："日与长安孰近？"对曰："长安近，只见人从长安来，不闻人从日边来。"明日宴群臣，又问之。对曰："日近。"

**【译文】**晋明帝在幼儿时期聪慧明智，晋元帝非常喜爱他。恰逢长安派遣使者前来，晋元帝因此问他说："太阳和长安哪一个更近？"晋明帝回答说："长安更近，只是见过人从长安前来，没有听说过人从太阳旁边来。"第二天晋元帝宴饮群臣，又再次问他。晋明帝却回答说："太阳近。"晋元帝的脸色因而改变了，说："为什么和昨天的说法不一样了呢？"晋明帝回答说："抬头可以看见太阳，但看不见长安。"晋元帝听了之后更加引以为奇。

## 嫦娥奔月

羿请不死之药于西王母，嫦娥窃之以奔月；将往，筮之于有黄，有黄占之曰："翩翩归妹[①]，独将西行。逢天晦芒[②]，毋惊毋恐，后且大昌。"嫦娥遂托身于月，是为蟾蜍。（张衡《灵宪》）

**【注释】**①归妹：《易》卦名，六十四卦之一。兑为少女，故谓妹，以嫁震男，故称"归妹"。这里指嫦娥。②晦芒：昏暗。

**【译文】**后羿在西王母那里求来了不死之药，嫦娥将它偷去用来飞升到月亮上去；在她将要前去的时候，在有黄那里卜筮，有黄卜筮后说："你即将轻快地飞去，独自往西方前行。遇到天昏暗的时候，不要吃惊也不要害怕，后面就会非常昌盛。"嫦娥于是就寄身在月亮之上，就变成了蟾蜍。

## 玉斧修月

唐太和中，郑仁本表弟尝与王秀才游嵩山，忽迷路，见一人方眠熟，呼之。其人枕襆[①]而坐，曰："君知月乃七宝合成乎？月势如丸，其影则日烁。其凹处也，常有八万三千户修之，予即其一。"因开襆，有斤凿[②]数事[③]，玉屑饭两裹，授二人曰："分食此，虽不足长生，可一生无疾耳。"乃起与二人别，指一支径："但由此，自合官道矣。"言已不见。（《酉阳杂俎》）

【注释】①襆（fú）：行李、包袱。②斤凿：斧头和凿子。③事：件，副。

【译文】唐代太和年间，郑仁本的表弟曾经和王秀才游览嵩山，忽然迷路了，看见一个人正在熟睡，就呼唤他。这个人垫坐在行李上，说："你知道月亮是七种珍宝合成的吗？月亮的样子像是一个丸子，它上面的暗影是太阳的照射，是它的凹陷处，曾经有八万三千户人修建它，我就是其中之一。"便打开包袱，有几件斧头和凿子，两包裹玉屑饭，送给他们两个人，并说："将这个分着吃了，虽然不足以让你们长生，但可以让你们一生都没有疾病。"于是他起身和郑仁本和王秀才二人道别，指着旁边一条小径："只要从这里往前走，自然会找到官道的。"说完人就不见了。

## 梯云取月

太和中有周生者有道术，中秋夜与客会，月色方莹，谓坐客曰："我能梯云取月，置之怀袂。"因取箸数百条，绳而驾之，曰："我梯此取月。"俄以手举衣，怀中出月寸许，光色照烂[①]，寒气入肌骨。（《宣室志》）

【注释】①照烂：明亮、灿烂。

【译文】太和年间，有一位叫周生的人会道术，在中秋节的晚上和客人聚会，月色正光洁的时候，对在座的客人说："我能够登上云层取下月亮，将它放在衣袖里包着。"于是拿了几百条筷子，用绳子绑起来并且驾御它，说："我攀登这个取下月亮。"过了一会儿，他用手提起衣服，怀中露出一寸多的月亮，月光明亮，寒气进入肌肤和骨头。

## 游广寒宫

开元中，明皇与申天师道士游都客，中秋夜游月中，过一大门，在玉光中见一大宫府，榜曰广寒清虚之府，守门兵卫甚严。三人止其下，不得入。天师引明皇跃身起烟雾中，下视玉城嵯峨①，若万顷琉璃之田。仙人、道士，乘云驾鹤，往来其间。寻步向前，觉翠色冷光，相射目眩，极寒而不可进；下见素娥十余人，皓衣乘白鸾，笑舞于广庭大桂树下，乐音嘈杂清丽。明皇归，编律音，制《霓裳羽衣舞曲》。（《异闻录》）

**【注释】**①嵯峨（cuó é）：山势高峻的样子，也指坎坷不平或是形容盛多。

**【译文】**开元年间，唐明皇和申天师、道士游都客，在中秋夜的时候游览月亮，过了一个大门，在月光中看见一个大的官府，上面题写着“广寒清虚之府”，守门的卫兵非常森严。三个人在宫门下止步了，不能够进入。申天师引领唐明皇跃进腾起的烟雾中，向下察看盛多的宫城，就像是面积广大的琉璃田。仙人和道士，乘着云雾驾御仙鹤，在这之间来来往往。过了一会儿走上前，觉得翠绿的颜色和寒冷的月光，相继射向眼睛让人觉得眼花，非常寒冷而不能够进入；向下看见十几位月宫仙女，穿着白色的衣服驾御着白色的鸾凤，在宽广庭院的大桂树下面笑着跳舞，音乐虽然杂乱但清新华美。唐明皇回到皇宫，创编音律，制作出了《霓裳羽衣舞曲》。

## 银桥升月宫

罗公远，鄂州人。开元中，中秋夜侍玄宗于宫中玩月，公远奏曰："陛下莫要至月中看否？"乃取柱杖向空掷之，化为大桥，其色如银，请玄宗同登。约行数十里，精光夺目，寒气侵人，遂至大城阙。公远曰："此月宫也。"见仙女数百，皆素练宽衣，舞于广庭。玄宗问曰："此何曲也？"曰："霓裳羽衣曲也。"玄宗密记其声调，遂回，却顾其桥，随步而灭。旦召伶官，依其声作《霓裳羽衣》之曲。（《唐逸史》）

**【译文】**罗公远，是鄂州人。开元年间，中秋节的夜晚在宫中侍奉唐玄宗玩赏月亮。罗公远上奏说："陛下要不要到月亮上看看呢？"于是拿出所拄的拐杖掷向空中，拐杖幻化成了大桥，它的颜色像是银色，罗公远邀请唐玄宗一同登上大桥。大约走了几十里，直觉得明亮的光芒十分耀眼，寒凉的气息侵入人体，于是到了大的宫阙。罗公远说："这是月宫。"只见数百位仙女，都穿着白色的绢帛所制的宽大衣服，在宽广的庭院跳舞。唐玄宗问她们："这是什么曲子？"回答说："这是霓裳羽衣曲。"唐玄宗暗中记下了它的声调，就回去了，回头看那座大桥，跟随着他的脚步而消失。早晨的时候召见乐官，依照着所听到的霓裳羽衣曲的声调创作了《霓裳羽衣》的曲调。

## 月宫奏乐

玄宗尝八月望夜与叶法喜同游月宫，聆月中奏乐，上问曲名。

曰："紫云曲也。"玄宗素晓音律，默记其声，归传其音，名之曰《霓裳羽衣曲》。月宫还，过潞州，城上俯视，城郭悄然，而月色如昼。法喜因请上以玉笛奏曲。时玉笛在寝殿中，法喜命人取之，旋顷而至。曲奏既竟，复以金钱投城中而还。旬余，潞州上八月望夜，有天乐临城，兼获金钱以进。（《集异记》）

**【译文】**唐玄宗曾经在八月十五的夜晚和叶法喜一同游览月宫，听到月宫中所奏的乐曲，皇上问乐曲的名字。回答说："这是紫云曲。"唐玄宗向来通晓音律，暗暗记下它的音律，给它起名《霓裳羽衣曲》。从月宫归来，经过潞州，站在城墙上向下看，城市中非常安静，月光照得黑夜像白天一般。叶法喜于是请求皇上用玉笛演奏曲目。当时玉笛在皇宫的寝殿中，叶法喜让人前去拿来，没过一会儿就到了。曲目演奏已经结束，又用金钱投掷到城中后就回去了。过了十几天后，潞州上奏在八月十五的夜晚，有上天的音乐降临潞州城，并且将所获得的金钱一并进献。

## 乾祐看月

翟乾祐，唐人，时元洲之南以水精①为月，刻瑶为兔。乾祐与十许人玩月，或问月中果何所有，乾祐曰："随我手看之，月规②半圆，而琼楼玉宇满焉。"（《拾遗记》）

**【注释】**①水精：水晶。②月规：月亮。

**【译文】**翟乾祐，唐代人，当时在元洲的南边用水晶制成月亮，将美玉雕刻成兔子。翟乾祐和十多人一起玩赏月亮，当时有人问月亮之中究竟有什么，翟乾祐说："跟随我的手看它，月亮是半圆的，因华美的宫殿而成为满圆。"

## 荧惑守心

宋景公时荧惑[①]在心，召子韦问焉。子韦曰："祸当君。虽然，可移于宰相。"公曰："宰相，所与治国家也。"曰："移于民。"公曰："民死，寡人将谁为君？"曰："可移于岁。"公曰："岁饥，民饿必死。为人君而杀其民，谁以我为君乎?"子韦曰："君有至德之言三，天必三赏君，荧惑必徙三舍，行七星，星当一年，君延年二十一矣。"荧惑果徙三舍。（《吕氏春秋传》）

**【注释】**①荧惑：火星的别称。

**【译文】**宋景公时火星迫近心宿，召请子韦前来询问。子韦说："灾祸在君主。虽说是这样，但可以移到宰相身上。"宋景公说："宰相，是让他治理国家的。"子韦说："移到民众的身上。"宋景公说："民众都死了，我将作为谁的君主呢？"子韦说："可以移到年岁的身上。"宋景公说："年年闹饥荒，民众饥饿必定会导致死亡。作为君主而杀死他的民众，谁还会将我看作是君主呢？"子韦说："君主您有三个至高的道德言论，上天一定会赏赐君主您三次，火星一定会迁移三次，一次经过七颗星，一颗星当是一年，你一共会延长寿命二十一年。"火星果然迁徙了三个地方。

## 星孛于辰

昭公十八年，有星孛[①]于大辰[②]，西及汉。申须曰："彗所以除旧布新也。今除于火，火出必布焉。诸侯其有火灾乎？"梓慎曰："在宋、卫、陈、郑。"郑裨灶言于子产曰："宋、卫、陈、郑，将同日火。若我用瓘斝玉瓒[③]，郑必不火。"郑人请用之，子产不可，曰："天道远，人道迩，非尔所及也。灶焉知天道？"遂不与，亦不火。（《左传》）

**【注释】**①孛：光芒强盛的彗星。②大辰：即心宿。二十八宿之一。苍龙七宿的第五宿，有星三颗。其主星亦称商星、鹑火、大火、大辰。③瓘（guàn）斝（jiǎ）玉瓒（zàn）：瓘，古代的一种玉器。斝，古代的饮酒器物。玉瓒，古代礼器。为玉柄金勺，祼祭时用以酌香酒。泛指酒盏。

**【译文】**鲁昭公十八年，有光芒强盛的彗星在心宿的旁边，向西达到了天河。申须说："彗星所发挥的作用是清除旧的，建立新的。现在要除去大火，大火出现一定会建立新的。诸侯国大概会有火灾吧？"梓慎说："在宋国、卫国、陈国及郑国。"郑国的裨灶对子产说："宋国、卫国、陈国及郑国，将会在同一天出现火灾。如果我用玉制的礼器来祭祀，郑国一定不会发生火灾。"郑国人请求裨灶用礼器祭祀，子产不允许，说："天道悠远，人道切近，并不是你能够达到的，裨灶你怎么能知道天道呢？"就不赞成他，也没有发生火灾。

## 夜观星象

刘向昼诵书传[①]，夜观星宿，上奏冀消大异，又或劝郭林宗仕。对曰："吾夜观乾象[②]，昼察人事，天之所废不可支。"遂不应。

【注释】①书传：典籍。②乾象：天象。

【译文】刘向白天背诵典籍，夜晚观察星象，上书奏请，希望能够消除大的异变，又有人劝说郭林宗去做官。回答说："我夜间观察天象，白天考察人世间的事，这是天想要废除，人力是不能够支撑的。"就没有答应。

## 五星聚奎

窦仪，宋为翰林学士。初，窦毅常于周显德中谓王徽之曰："丁卯岁，五星聚于奎。自此，天下文明矣。"至乾德五年三月，五星如连珠，在降娄[①]三次，果符其言。(《宋史》)

【注释】①降娄：星次名。

【译文】窦仪，宋代的时候是翰林学士。最初的时候，窦仪曾经在后周显德年间坚决地对王徽之说："丁卯年，五星相聚在奎宿。从这时候开始，天下光明。"到了乾德五年三月，五星像连接起来的珠子，三次在降娄宫，果然符合他所说的。

## 乘槎犯牛斗

旧说天河与海通。近世有人居海渚者，年年八月有浮槎[①]去来，不失期。其人有奇志，立飞阁于槎上，多赍粮，乘槎而去。十余月，至一处，有城郭状，屋舍甚严[②]，遥望宫中有织妇，见一丈夫牵牛，渚次饮之。牵牛人乃惊问曰："何由至此？"此人为说来意，并问此是何处。答曰："君还至蜀都，访严君平则知之。"竟不止岸，因还，如期，后至蜀问君平，曰："某年某月，有客星[③]犯牵牛宿。"计年月，正是此人到天河时也。（张华《博物志》）

汉武帝令张骞使大夏，寻河源，乘槎经月，而至一处，见城郭如官府，室内有一女织，又见一丈夫牵牛饮河。问云："此是何处？"答曰："可问严君平。"（《荆楚岁时记》）按：张华《博物志》即无张骞之名，而《张骞传》又无乘槎之说，宗懔作《荆楚岁时记》，未知何所据而云。

**【注释】**①浮槎（chá）：传说中来往于海上和天河之间的木筏。②严：紧密，没有空隙。③客星：是中国古代对天空中新出现的星的统称。主要是指新星、超新星和彗星，偶尔也包括流星、极光等其他天象。

**【译文】**旧时有传说天河和海是相通的。近代有居住在海边的人，看见每年的八月有木筏来来往往，从没有误期。这个人有不平凡的抱负，在木筏上建造了很高的阁楼，准备了很多的粮食，乘坐着木筏前去了。十多个月以后，到了一个有着城郭一样的地方，房屋排布得非常紧密，远望宫中有纺织的妇女，看见一个男子牵着牛，在水中小洲临时居住的房屋旁饮水。牵牛的男子惊讶地问道："你怎么来这里的？"这个人对他说明了来意，并且问这里是什么地方。回答说："等你回到蜀地，去拜访严君平的时候就会知道了。"竟然不在岸边停止，因而就回去了，按照规定的期限，后来到蜀地问严君平，说："某年某月，有新星进犯牵牛星宿。"计算它出现的年月，正是这个人到天河的时候。

汉武帝让张骞出使大夏，寻找河源，乘坐木筏一个月，到了一个地方，看见它的城墙像是官府的一样，屋内有一个织布的女子，又看见一个男子牵着牛在河边饮水。问他："这是什么地方？"回答说："可以问严君平。"按：张华的《博物志》没有张骞的名字，《张骞传》也没有乘坐木筏的说法，宗懔这么写《荆楚岁时记》，不知道是根据什么而说的。

## 以鹊占风

孝武①坐未央前殿，天新雨，东方朔执戟在阶傍，屈指独语。上问之，对曰："殿后柏树有鹊立枝上，东向而鸣。"视之，果然，问朔何以知之。对曰："此以人事知之。风从东方来，鹊尾长，傍风则倾，背风则蹷，必当顺风而立，是以知也。"（《朔传》）

**【注释】**①孝武：即汉武帝刘彻。

**【译文】**汉武帝刘彻坐在未央宫的前殿，天刚刚下过雨，东方朔在他身旁的石阶手持戟，弯曲着手指独自言语。皇上问他为什么这么做，东方朔回答说："未央宫前殿后面的柏树上站立着喜鹊，向着东方鸣叫。”汉武帝看向枝头，果真是这样，就问东方朔是怎么知道的。东方朔回答说：“这个是因为人世间的事而得知的。风从东方吹来，喜鹊的尾巴很长，临近风就会倾斜，逆着风就会跌倒，它一定会顺风站立，所以知道上述情况。”

## 巽二起风

萧至忠为晋州刺史，欲猎，有樵者于霍山见一长人①，俄有虎、兕、鹿、豕、狐、兔，杂骈而至。长人曰：“余九冥使者，奉北帝命，萧君畋汝辈。若干合鹰死，若干合箭死。”有老麋屈膝求救，使者曰：“东谷严四善课，试为求计。”群兽从行，樵者觇②之。至深岩，有茅堂，黄冠③一人。老麋哀请黄冠曰：“若令滕六④降雪，巽二⑤起风，即萧使君不出矣。”群兽散去。翌日未明，风雪大作竟日，萧果不出。（《幽怪录》）

**【注释】**①长人：长得特别高的人。②觇（chān）：偷窥。③黄冠：道士所戴的帽子。后指道士。④滕六：雪神名。⑤巽二：风神名。

**【译文】**萧至忠做晋州刺史的时候，想要去打猎，有一个打柴的人在霍山看见一个长得特别高的人，不一会儿就有老虎、雌犀牛、鹿、猪、狐狸和兔子，杂乱地聚集到了这里。长得特别高的人说：“我是九冥使者，遵守北帝的命令，萧君要猎杀你们，你们之中一些是被老鹰杀死，一些被箭射死。”有一个老麋鹿跪下向他求救，使者说：“东谷的严四擅长占卜，你们尝试请他为你们谋划。”群兽听从他的话前去，打柴的人跟在后面偷窥，到了一个很深的岩谷，有一个茅草盖的屋子，里面有一个道士。老麋鹿哀切地恳求道士说："如果让雪神下雪，风神起风，那么萧君就不会出来了。"群兽离散而去。第二天天还没亮，大风刮了一天，大雪也下了一天，萧君果然没有出去。

## 对十八姨

崔元微月夜见青衣女伴，曰杨氏、李氏、陶氏，又绯衣小女曰石醋，报封家十八姨来，言辞冷冷，有林下风[①]，色皆殊绝，芳香袭人。醋曰："女伴在苑中，每被恶风相挠，常求十八姨相庇处。士每岁旦作一幡，上图日月五星，立苑东，则免难矣。今岁已过此月，二月一日立之。"其日立幡，东风刮地，折木飞花，而苑中繁花不动，崔乃悟女伴即众花之精，封家姨乃风神也。后杨氏辈来谢，各裹桃李花数斗，云："服之可以却老[②]。某等[③]亦长生。"至元和中，元微犹貌若少年，亦一异也。（《传异记》）

**【注释】**①林下风：同"林下风气"，用于称颂妇女闲雅飘逸的风采。②却老：避免衰老。③某等：我们。

**【译文】**崔元微在月夜见到了穿着青衣的女性伴侣，分别是杨氏、李氏和陶氏，又有一个穿着红衣的小女子叫石醋，前来通报说封家十八姨来了，她们的言辞清冷，有娴雅飘逸的风采，容貌都特异超绝，香气袭人。石醋说："女性伴侣在园林中的时候，每次都会被狂风侵扰，经常向十八姨恳求庇佑的地方。你每年的第一天制作一个旗子，上面画上日月和五星，竖立在园林的东边，我们就可以避免灾难了。今年已经过了这个月了，二月一日再竖起旗帜吧。"崔元微在那一天竖立起旗子，东风刮向地面，使树木断折，使花纷飞，但是园林中的繁花却没有动，崔元微这才明白女性伴侣是各种花的精元，而封家十八姨是风神。后来杨氏等人前来答谢她，各自带了几斗桃花和李花，说：“服下它可以避免衰老，我们也长生不老。”到元和年间，崔元微的样貌仍然像少年一样，这是一件奇异的事。

## 大王雄风

楚襄王游于兰台之宫，宋玉等侍。有风飘然而至者，王乃被襟当之，曰：“快哉！此风。寡人所与庶人共者耶？”宋玉对曰：“此独大王之雄风耳，庶人安得而共之？”（《风赋》）

**【译文】**楚襄王在兰台宫游赏，宋玉等人在旁侍奉。有风轻轻地吹来，楚襄王于是散开衣襟迎着风，说：“这风多么令人畅快啊！这是我和百姓共同拥有的吗？”宋玉回答说：“这只是大王的雄风，百姓怎么能和你共同拥有呢？”

## 云如赤鸟

哀六年，吴伐陈，楚子[①]救陈。将战，王有疾。庚寅，卒于城父。是岁有云如众，赤鸟夹日以飞三日。楚子使问周太史。周太史曰：“其当王身乎？若萗[②]之，可移于令尹、司马。”王曰：“除腹心之疾而置诸股肱，何益？不谷[③]不有大过，天其舍诸？有罪受罚，又焉移之？”遂弗萗。

【注释】①楚子：指春秋时楚王。②萗(cè)："策"的讹字。卜筮用的蓍草。因楚君始封为子爵，故称。③不谷：古代君侯自称不善的谦词。

【译文】鲁哀公六年，吴国讨伐陈国，楚王前去救援陈国。将要发生战斗，楚王生病了。庚寅年，在城父去世。这一年有云像是很多红色的鸟夹着太阳飞了三天。楚王派人问周的太史。周的太史说："这应当在楚王您的身上，如果对它进行卜筮，可以转移到令尹和司马的身上。"楚王说："去除心腹之患，转而将它放在各个大腿和胳膊上，有什么好处呢？我没有什么大的过错，天怎么会舍弃我？如果我有罪责，就应当受到惩罚，又怎么能转移它呢？"于是就没有卜筮。

## 谢仙

大中祥符间，岳州玉真观为天火所焚，惟留一柱，有"谢仙火"三字，倒书而刻之。庆历中，有以此字问何仙姑者，辄曰："谢仙者，雷部中鬼，夫妇皆长三尺，其色如玉，掌行火于世间。"后有闻其说，于道藏[①]中检之，实有"谢仙"字，由是益以仙姑为真仙矣。

【注释】①道藏：道教书籍的总称。

【译文】大中祥符年间，岳州玉真观被天火烧毁，只留下一个柱子，上面有"谢仙火"三个字，是倒着书写并刻在上面的。庆历年间，有人拿着这几个字问何仙姑，何仙姑立即就说："谢仙，是雷部中的鬼，他们夫妇身高都是三尺，肤色和玉一样，在世间执掌行火的职能。”后来有人听到这种说法，在道教书籍中检索他，确实是有“谢仙”的名字，从此以后更加认为何仙姑是仙人了。

## 雷斧

世人有得雷斧、雷楔者，云雷神所坠，多于震雷之下得之，而未尝亲见。元丰中，予居随州，夏月大雷震，一木折其下，乃得一楔，信如所传。凡雷斧多以铜铁为之，楔乃石耳，似斧而无孔。（《笔谈》）

**【译文】**世上有得到雷斧和雷楔的人，说它们是雷神坠落下来的，大多数是在雷震的下方得到的，但是我从没有亲眼见过。元丰年间，我居住在随州，夏天的雷震很大，一棵树在雷震下面断折了，于是得到一个雷楔，真的像传说中一样。凡是雷斧大多用铜铁制作，而雷楔是石头制作的，像是斧头，但没有小孔。

## 雷火

内侍李舜，举家曾为暴雷[①]所震。其堂之西室，雷火自窗间出，赫然出檐。人以为堂屋已焚，皆出避之；及雷止，其舍宛然[②]。墙壁窗纸皆黔有一木格，其中杂贮诸器，银铅者悉熔流在地，漆器曾不焦灼[③]。有一宝刀极坚，钢就刀室中熔为汁，而室亦俨然。人必谓火当先焚草木，然后流金石；今乃金石皆铄而草木无一毁

者，非人情所测也。(《笔谈》)

【注释】①暴雷：突然的响雷。②宛然：真切、清楚。③焦灼：烧焦。

【译文】内侍李舜，全家曾经被突然的响雷所击。他家厅堂西面的屋子，雷火从窗户间迸发，突然冒上屋檐。人们认为堂屋已经被烧毁了，都跑出去躲避雷火；等到响雷停止后，他的屋舍还十分真切。墙壁窗纸都是黑色的，有一个木头做的格子，格子中间混合储存着各种器物，银和铅都熔化流淌在地上，漆器没有不烧焦的。有一把宝刀极为坚硬，钢就在刀鞘中熔化成了钢水，但是刀鞘还是那样完好无损。人们一定说火应该先焚烧草木，然后才会熔化金石；现在是金石都销毁了但是草木没有一点烧毁的，这并非是人根据世情能够推测到的。

## 晕日而成

先儒以为云薄漏日，日照雨滴则虹生。今以水噀[①]日，自侧视之，则晕为虹蜺[②]。然则虹虽天地淫[③]气，不晕于日不成也。故今雨气成虹，朝阳射之则在西，夕阳射之则在东。(《侯鲭录》)

【注释】①噀(xùn)：含在口中而喷出。②虹蜺(ní)：亦作"虹霓"。雨后或日出没之际，天空所出现的彩色弧。有内虹、外虹两种，颜色鲜艳的是内虹，即虹；颜色暗淡的是外虹，即蜺。③淫：放纵。

【译文】前代儒者认为云气轻薄漏出日光，太阳光照射在雨滴之上就产生了彩虹。现在我把水含在口中向太阳喷去，从侧面看太阳，喷出的水就晕染成了彩虹。然而彩虹虽然说是天地之间阴阳之气过度交融，不在太阳之下晕染则不会形成。所以现今雨滴形成彩虹，朝阳照射就在西面，夕阳照射就在东面。

## 入涧饮水

世传虹能入溪涧饮水，信然。尝见夕虹下涧中饮者，两头皆垂涧中。使人过涧，隔虹对立，相去数丈之间，如隔绡縠①。自西望东，则见立涧之东；向西，则为日光所烁。（《笔谈》）

**【注释】**①绡縠（hú）：泛指轻纱之类的丝织品。

**【译文】**世人相传彩虹能够进入两山之间的溪流中饮水，确实是这样。我曾经见过夕阳照射下的彩虹到深涧中饮水，彩虹的两端都垂落在深涧中，让人跨过深涧，隔着彩虹相对站立，两人相隔在几丈距离中间，就像隔着丝绸一般。从西面看向东面，就能够看见彩虹垂立在深涧的东面；从东面看向西面，就会被太阳光闪烁。

## 霜瓦成花

宋次道《春明退朝录》言，天圣中，青州盛冬浓霜，屋瓦皆成百花之状。此事五代时亦尝有之。庆历中，京师集禧观渠中冰，皆成花果林木。元丰末，予到秀州，人家屋瓦上冰亦成花，每瓦一枝，正如画家所为折枝。有大花似牡丹、芍药者，细花如海棠、萱草者，皆有枝叶，无毫发不具。气象生下，虽巧笔不能为之，以纸

拓之，无异石刻。(《笔谈》)

**【译文】**宋次道的《春明退朝录》中说：天圣年间，青州隆冬的时候霜很重，屋舍的瓦片上都形成了百花的形状。这种事情在五代的时候也曾经有过。庆历年间，京城的集禧观的沟渠中的冰，都形成了花果林木的样子。元丰末年，我到秀州去，民家屋舍瓦上的冰霜也形成了花的形状，每片瓦上一枝花，正像画家所画的折枝。有像牡丹、芍药那样的大花，也有像海棠、萱草那样的小花，都有树枝和树叶，没有什么细小的部分不具备的。气候诞生出的这些，即使是灵巧的笔也不能画出来，用纸拓写下来，和石刻没什么区别。

## 甘露降松

熙宁六年冬，建昌军城北五里，甘露降于进士徐上交别业。松上浓厚如酒泽，其味甜香。上交折松枝，献于太守张子方。时有野人卖药于市，语人曰："吾尝客华阴县，民亦有以甘露降告县者，县令因出自按之。有道人笑曰：'譬如人身精液，流通均布六七十年中，若其寿短促，则涌并于未死之前。此木盖将槁故耳。官人不信，请留我以待明春，此松必不复荣也。'县令如其说，果验焉。"(《渔隐》)

**【译文】**熙宁六年的冬天，在建昌军城北五里的地方，甘露降在进士徐上交的别墅。松枝上的甘露浓密深厚得像是酒的光泽，它的味道香甜。徐上交折下松枝，献给太守张子方。当时有山野之人在集市卖药，对人说："我曾经客居华阴县，百姓中也有把甘露降下的事情报告给县令的，县令于是亲自出去巡查。有道士笑说：'就好像是人身上的精液，流通平均分布在六七十年中，如果他的寿命非常短，精液就会一起奔涌在他死之前。这也是这棵树大概即将枯槁的缘故。大人不信，请留下我等待明年春天，这棵松树一定不会再繁茂。'县令像他说的那样做了，果然应验了。"

## 蜥蜴吐雹

刘居中至嵩山巅，有大蜥蜴数百，皆长三四尺。人以食食之，抚摩其身，滋腻如脂。一日，聚绕水盆旁，各就取水，才入口，即吐雹已，圆结如弹丸，积之于侧，俄顷累累满地。忽震雷一声起，弹丸皆失去。明日人来言，昨午雨雹大作，乃知蜥蜴所为。（《夷坚志》）

**【译文】**刘居中到嵩山山顶，看到有几百只大蜥蜴，都有三四尺长。人们用食物喂养它，用手摩挲它的身体，滋润滑腻像是油脂一般。一天，他们围聚在水盆旁边，各自就近取水，才刚刚进入口中，就已经吐出冰雹，圆滑结实得像弹丸一样，将它们积存在身体的一侧，不一会儿就满地都是了。忽然响起一声震雷，所有的弹丸都消失了。第二天有人前来说，昨天中午下起了特别大的雨和冰雹，于是知道这种情况的出现是蜥蜴做的。

## 商羊鼓舞

齐有一足之鸟，飞于公朝，下于殿前，舒翅而跳。齐侯遣使访于孔子。孔子曰："此鸟名商羊。昔童儿有屈其一足，振讯[①]两臂而跳，且谣曰：'天将大雨，商羊鼓舞。'今齐有之，其应至，将有水为灾。"(《家语》)

**【注释】**①振讯：抖动。

**【译文】**齐国有一只脚的鸟，在朝堂之上飞翔，在大殿之前落下，舒展着翅膀跳跃。齐侯派遣使者前去拜访孔子。孔子说："这鸟名字叫商羊。以前孩童有弯曲他的一只脚，抖动两个手臂跳跃，并且唱着这样的童谣：'天将大雨，商羊鼓舞。'现在齐国有这样的现象，它的印证也会到来，将会有水灾。"

## 祠神何益

齐景公时大旱，乃召群臣而问曰："天久不雨，民有饥色，寡人欲少赋敛以祠灵山，可乎？"君臣莫对。晏子进曰："不可，祠无益也。夫灵山固以石为身，草为发。天久不雨，发将焦，身将爇[①]。彼独不欲雨乎？祠之无益。"景公曰："吾欲祠河伯，可乎？"晏子曰："夫河伯以水为国，以鱼鳖为民。天久不雨，百川将竭，国民将亡矣。彼独不用雨乎？祠之无益。"景公曰："奈何？"曰："避宫殿暴露，与灵山、河伯共其忧，其幸而雨乎？"景公乃出野，暴露三

日，果大雨。（《晏子春秋》）

**【注释】**①爇（ruò）：烧。

**【译文】**齐景公的时候发生了大的旱灾，于是召集群臣询问说："上天很久没有下雨，人民因为饥饿而产生营养不良的脸色，我想要稍征赋税来祭祀灵山，可以吗？"众位大臣没有回答的。晏子进谏说："不可以，祭祀灵山没有任何的用处。灵山本来是用石头作为身体，用草作为头发。上天很久不下雨头发将要焦枯，身体将要燃烧。只有灵山不想要下雨吗？祭祀它没有用处。"齐景公说："我想要祭祀河伯，可以吗？"晏子说："河伯把水作为自己的国家，把鱼鳖作为自己的百姓。上天很久不下雨，很多河流都将要枯竭，国家和民众都将要灭亡。只有他不用下雨吗？祭祀他也没有用处。"齐景公说："那怎么办？"晏子说："避开宫殿将自己暴露在太阳下，和灵山、河伯共同忧虑，或许这样可以有幸等来下雨呢？"齐景公于是走到郊外，在太阳下晒了三天，天果然下了大雨。

## 方士养龙

使者甘宗所奏西域事云：方士能神咒者，临泉禹步①吹气，龙即浮出，长十数丈；更吹，龙辄缩至数寸，君掇取着壶中。或有四五龙，以少水养之。闻有旱处，便赍龙往卖，一龙值数十斤金。发壶中出一龙着潭中，复禹步吹之，长十数丈，须臾而云雨四集。（《抱朴子》）

【注释】①禹步：道教法师设坛建醮时，为求遣神召灵而礼拜星斗的步态动作。

【译文】使者甘宗所上奏的西域的事件中说：方士中能够念用来祈神消灾的咒语的人，临近泉水边走禹步边吹气，龙就会从泉水中浮现出来，长达几十丈；再次吹气，龙就会缩短成几寸，他就把它拾起来放在壶中。有的时候有四五条龙，就用很少的水将它养起来。听说哪里发生干旱，就带着龙前去卖，一条龙价值几十斤金子。从壶中取出一条龙放在深潭里，再次边走禹步边吹气，龙就会长长到十几丈，不一会儿四面八方就聚集了云雨。

## 檄召五星

魏管辂，字公明，过[①]清河倪太守。时天旱，倪问雨期。辂曰："今夕当雨，树山已有少女风[②]，树间又有阴鸟和鸣，又少男风[③]起，众鸟乱翔，其应至矣。"倪不之信，辂曰："十六日壬子，毕星中已有水气，又作檄召五星，宣布星符，刺下东井，告南箕使召雷公、电父、风伯、雨师。"须臾，风云并起，玄云四合，大雨河倾。

【注释】①过：来访;前往拜访;探望。②少女风：指西风，因按八势方位，兑为西方，兑为少女；也指轻微和煦的风。③少男风：东北风；又称艮风；艮位东北，为少男，故称。

【译文】三国时期曹魏的管辂，字公明，前去拜访清河县倪太守。当时气候很干旱，倪太守问他下雨的时间。管辂说："今天晚上应当会下雨，树山已经起了西风，树间又出现了鸣阴的鸟互相应和着啼叫，又起了东北风，群鸟杂乱无章地飞翔，雨应当快到了。”倪太守不相信他，管辂说：“十六日的壬子时，毕宿中已经有水气凝结，又制作了檄文召集五星，布置星符，拉下东井，告诉南箕让它召集雷公、电父、风伯、雨师。”不一会儿，风云一并兴起，黑云从四周向中间合围，大雨像河水从天空中倒下来一样。

## 马上行雨

李靖微时，尝射猎山中，会暮，抵宿①一朱门家。夜半，闻叩门甚急，见一妇人，谓靖曰：“此非人世，乃龙宫也。今天符命行雨，二子皆不在，欲奉烦②顷刻间，如何？”遂命黄头③被青骢马，又命取雨器，乃一小瓢。戒曰：“马躩④地嘶鸣，即取瓢中水一滴，滴马鬃上。此一滴水，乃地上三尺，慎勿多也。”既而电掣云间，特连下三十余滴，比夜半，平地水三尺。（《玄怪录》）

**【注释】**①抵宿：过了一夜。②奉烦：烦劳、相烦。③黄头：童仆。④躩（jué）：跳跃。

**【译文】**李靖在微贱的时候，曾经在山中打猎，碰到夜晚，在一个大户人家过了一夜。半夜的时候，听见非常着急的叩门声，看见一个妇人，对李靖说：“这里不是人世，是龙宫。今天有天命要求布雨，两个儿子都不在，想要烦劳你一小会儿，怎么样？”于是命令童仆覆盖青骢马，又命令别人拿来雨器，是一个小瓢。告诫他说：“马在地上跳跃并鸣叫，就立即取出瓢中的一滴水，滴在马鬃上。这一滴水，是地上的三尺水，千万不要多取。”不一会儿云上出现了闪电，特地连着取出三十多滴，等到半夜的时候，平地起了三尺水。

## 瓮盛蛇医

王彦威镇汴，夏旱，李杞过汴，因宴。王以旱为言，李醉曰：“欲水甚易尔，可求蛇医[①]四头，石瓮二枚。每瓮实以水，浮二蛇医，以木盖密泥之，置于闹处。瓮前后设席烧香，选小儿十岁以下者十余，令执小青竹，昼夜更击其瓮，不得少辍。”王如其言试之，一日两夜，雨大注。（《酉阳杂俎》）

**【注释】**①蛇医：蝾螈的别称。

**【译文】**王彦威镇守汴州，夏季发生了干旱，李杞经过汴州，因此设宴招待他。王彦威将干旱作为谈论的话题。李杞喝醉了，说：“想要降水特别容易，可以寻找四头蝾螈，两枚石瓮。每枚石瓮里装满水，浮游两头蝾螈，用木盖盖上，用泥密封起来，放置在热闹的地方。石瓮的前后摆上座位烧香，选择十几位十岁以下的小孩子，让他们手里拿着小青竹，日夜轮换着击打石瓮，不能够有片刻的中止。”王彦威按照他所说的尝试去做了，一天两夜之后，大雨如注。

## 龙吸砚水

有僧讲经山寺，常有一叟来听，问其姓氏，曰：“某乃山下潭中龙也。幸岁旱得闲，来此听法。”僧曰：“公能救旱乎？”曰：“上帝封江湖，有水不得辄用。”僧曰：“此砚中水可用乎？”乃就砚吸

水径去。是夕，雷雨大作，逮晓视之，雨悉黑水。（《幕府燕闲》）

**【译文】**有位僧人在山上的寺庙里宣讲佛经，经常有一个老人前来听讲，问他姓什么，他说："我是山下面深潭里的龙，遇上干旱的年岁有空，来这里听佛法。"僧人说："你能够消除旱情吗？"龙说："天帝将江水和湖水封起来了，有水，但不能够用。"僧人说："这砚台中的水可以用吗？"龙于是靠近砚台吸完水径直离开了。这夜，下了特别大的雷雨，等到天亮的时候检视，雨全都是黑色的水。

## 绘拆屋图

郑侠见荆公，言青苗之害，不答。久之得监，在京安上门。会大旱，自十一月至于三月，河东、河北、陕西流民大入京师，与城外饥民，市麻糁[①]麦麸为之糜，或掘草根木实以食。侠上疏曰："今天下忧苦，质妻鬻女，父子不保。拆屋伐桑，争货于市。输官[②]籴[③]米，皇皇不给之状，绘为一图。此臣安上门日所见，百不及一。陛下观臣之图，行臣之言，十日不雨，乞斩臣以正欺罔之罪。"

**【注释】**①麻糁（shēn）：麻糁是花生经炒，去外皮然后榨油后的残渣压成的饼子。②输官：向官府缴纳。③籴（dí）米：买米。

**【译文】**郑侠拜见王安石，述说青苗法的危害，没有得到答复。久而久之被贬，在京城的安上门做监门小官。遇到旱灾，从十一月到来年的三月，河东、河北、陕西的流民大量涌入京城，和城外饥饿的人民，买麻糁和麦麸做粥，有的挖草根和树皮来作为食物。郑侠上奏说："现在天下的百姓忧愁痛苦，即使典卖妻子和女儿，父亲和儿子也无法得到保障。拆掉房屋、砍伐桑树，争着在集市上卖，向官府缴纳来买米，人们无法自给自足的规模之大，被画在了一幅图上。这与我每天在安上门所见到的场景相比，不及百分之一。陛下您看我所画的图，施行我所说的建议，如果十天后还不下雨，请求斩杀我来整治欺骗蒙蔽的罪名。"

## 绿衣言事

朝奉郎杜球言，永熙幸佛寺塔庙祷雨，至天庆三馆起居，因驻辇[①]问曰："天久不雨，奈何？"或对天数，或对至诚，必有应。一绿衣少年越次[②]对曰："刑政不修[③]故也。"上颔之而行，归复驻辇，召绿衣者问状。对曰："某所守臣犯赃不当死，宰相以嫌卒死之。"翌日，上为罢宰相，天即大雨。绿衣者，寇莱公[④]也。（《麈史》）

**【注释】**①驻辇：谓帝王出行，途中停车。②越次：越级，越出位次。③刑政不修：刑法政治不整治。④寇莱公：寇准。

**【译文】**朝奉郎杜球说，永熙年间，皇上驾临佛寺塔庙来求雨，到天庆三馆生活作息。途中停车问道："天上很久不下雨，怎么办。"有人用天数回答，有人用至诚回答，一定有应验的。一个穿着绿色衣服的少年越级回答说："这是不整治刑法政治的缘故。"皇帝点点头继续前行，回来的时候又在途中停下，召唤穿绿色衣服的少年询问情状。绿衣少年回答说："某个地方的镇守一方的地方长官贪赃不应当死，宰相用嫌疑罪将他治死。”第二天，皇上因为这个罢免了宰相，天立即下了大雨。穿绿衣的人，是寇准。

## 区处流民

富公弼知郓州，自郓移青，会河朔大水，民流京东，择所部丰稔[①]者三州，劝民出粟，得十五万斛，益以官廪，随所在贮之。得公私庐舍十余万间，散处其人，以便薪水山林河渡之利。有可取以为生者，听流民取之，其主不得禁。凡活五十万人，募而为兵者又万余人。上闻之，即拜礼部侍郎。公曰：“救灾，守臣职也。”辞不受。前此救灾者，皆聚民城郭中，煮粥食之，致为疾疫。或待次数日不食，得粥皆僵仆。名为救之，而实杀之。自公立法简便，天下传以为法。（《神道碑》）

**【注释】**①丰稔（rěn）：丰熟，富足。

**【译文】**郑国公富弼在主管郓州的时候，从郓州到青州时，正赶上河朔地区发大水，百姓流亡到京城，富弼选择他所管地区比较富足的三个州，劝说人们拿出粮食，一共获得十五万斛，加上官府的粮食，就着所在地储藏。获得了官府和私人的房间总共十几万间，分散地安置这些流民，以山林河水的便利来供给柴木和水。如果有可以拿来作为维持生计的柴木和水，就听凭流亡的百姓拿取，它们的主人不能够禁止。总共救活了五十万人，招募他们作为士兵的又有一万多人。皇上听说这件事之后，立即授予他礼部侍郎的官职。郑国公说：“救灾，是我作为镇守一方的地方官的职责。”推辞不接受。之前处理这种状况的救灾人，都是把流亡的人民聚集到城中，给他们煮粥吃，导致了疾病和瘟疫。有的人排队等待了好几天还吃不上粥，等到得到粥的时候都已经死了。名义上是救流亡的百姓，实际上是杀害他们。自从富弼制定了简单有效的措施，天下人流传，作为榜样。

## 梦黄承事

张忠定公咏在成都府，尝夜梦谒紫府真君，接语未久，吏忽报请①到西门黄兼济承事，以幅巾道服而趋。真君降阶接之，礼颇隆尽，且揖张公坐承事之下，询顾详款，似有钦叹之意。公翌旦即遣典客诣西门请黄承事者，戒令具常所衣服来。比至，果如梦中所见。公即以所梦告之，问："平日有何阴德，蒙真君厚遇如此，且居某之上座耶？"兼济云："无他长。惟每岁遇禾麦熟时，以钱三万缗收籴，至明年禾麦未熟、小民艰食②之际，价直不增，升斗亦无高下，在我者初无所损，而小民得济所急。"公曰："此承事所以坐某之上也。"令索公裳，二吏掖之，使端受四拜。黄公后裔蕃衍至今，在仕路者比比青紫。（《厚德录》）

**【注释】**①报请：用书面报告请示。②艰食：粮食匮乏。

**【译文】**忠定公张咏在成都府的时候，曾经在夜间梦见拜谒紫府真君，刚刚说话没多久，有小吏忽然用书面报告西门的承事郎黄兼济前来，他戴着幅巾，穿着道服走近。紫府真君走下台阶来接见他，礼节颇为隆重，并且作揖请张咏坐在黄兼济的下面，询问打量细心款待，似乎有钦佩叹服的意思。张咏第二天就派遣典客拜访西门邀请承事郎黄兼济，叮嘱让他准备经常穿的衣服前来。等到黄兼济到的时候，果然像梦中见到的一样。张咏立即就将梦中所见告诉了他，并且问他："你平时有什么阴德，可以得到紫府真君如此优厚的礼遇，并且坐在我的上座呢？"黄兼济说："没有其它的特长。只是每年遇到庄稼成熟的时候，都会用三万缗钱买米，到第二年庄稼还没成熟，百姓粮食匮乏的时候，米的价格不增长，升斗也没有高低的偏差，这件事在我来说和开始一样，没有损失，但是百姓可以得到及时的救济。"张咏说："这就是承事郎你为什么坐在我的上座的原因。"让人索要黄兼济的衣服，两个小吏掖好它，让它端正，受四方的拜谒。黄兼济的后代繁衍至今，他的后代在仕途上拥有高官显爵的比比皆是。

# 卷二 时令类

## 宋代土牛

《月令》：季冬之月出土牛，以送寒气。(《续汉书》)

季冬出土牛，以示农耕之早晚。(《删定月令》)

宋时立春前五日，并造土牛、耕夫、犁具于大门之外。是日黎明，有司①为坛以祭先农②。官吏各执彩杖，环击牛者三，所以示劝耕之意。(《梦笔录》)

**【注释】**①有司：官员。职有专司，故称。②先农：古代传说中最先教民耕种的农神。或谓神农，或谓后稷。

**【译文】**《月令》：农历十二月会做出土牛，用来送走寒冷的气候。

农历十二月会造出土牛，用来表示农耕的早晚。

宋代的时候，在立春的前五天，会在大门的外面一起造出土牛、耕田的人、犁田的工具。这天黎明，官员会设立祭坛来祭祀神农。他们各自拿着彩杖，绕三圈击打吏牛，这样做是为了表示劝耕的意思。

## 春幡彩胜

后汉立春之日立春幡。唐制，立春日，自郎官、御史、寺监长贰[①]以上，皆赐春幡彩胜[②]，以罗为之。宰执[③]、亲王、近臣皆赐金银幡胜，入贺讫，戴归私第。周美成《春帖子》云："鸾辂青旂殿阁宽，祠官奠璧下春坛。晓开鱼钥朝衣集，彩胜飘扬百辟冠。"（《梦笔录》）

**【注释】**①长贰：官的正副职。②春幡彩胜：春幡，春旗。旧俗于立春日或挂春幡于树梢，或剪缯绢成小幡，连缀簪之于首，以示迎春之意。彩胜，即旛胜。唐宋风俗，每逢立春日，剪纸或绸作旛戴在头上或系在花下，以庆祝春日来临。③宰执：掌政的大官。

**【译文】**后汉时在立春这一天会竖立春幡。唐代的制式，在立春这一天，从侍郎、御史、寺监的正副职以上，都会赏赐他们用绫罗制成的春幡彩胜。掌政的大官、亲王、近臣都会赏赐给他们金银制成的春幡彩胜，进入朝堂朝贺完毕，就会戴着它回到自己的府宅。周美成的《春帖子》中说："鸾辂青旂殿阁宽，祠官奠璧下春坛。晓开鱼钥朝衣集，彩胜飘扬百辟冠。"

## 桃符画神

东海度朔山有大桃树，蟠屈[①]三千里。其卑[②]枝向东北曰鬼门，万鬼出入也。有二神，一曰神荼，一曰郁垒，主阅领众鬼之出入者，执以饲虎。于是黄帝法而象之，因立桃板于门户，上画神荼、郁垒以御凶鬼。此则桃板之制也。盖其起自黄帝，故今画神像于板上，犹于其下书左神荼、右郁垒，以元日置之门户也。(《山海经》)

黄帝上古之时，有神荼、郁垒兄弟二人，性能执鬼，于度朔山桃树下简阅③百鬼之无道者，缚以苇索，执以饲虎。张平子《东都赋》云："守以郁垒，神荼副焉。"(《风俗通》)

苏秦说孟尝君曰："土偶人语桃梗曰：今子东国之桃木，削子为人，假以丹彩，用子以当门户之疠。"(《战国策》)

**【注释】**①蟠屈：盘旋屈曲；回环曲折。②卑：低俯。③简阅：考察、查看。

**【译文】**东海的度朔山有一棵大桃树，盘旋屈曲三千里。它的低俯的枝头伸向东北的叫鬼门，万鬼在这个地方出入。有两个神，一个叫神荼，一个郁垒。它们主要查看引领众鬼出入的东西，将它捉来喂老虎。于是黄帝效仿他们画出神像，在门户上竖立桃板，上面画出神荼、郁垒来抵御恶鬼，这就是桃木板的制式。大概是因为从黄帝开始，所以现在在桃板上画出神像，还在它的下面写上左神荼、右郁垒，在元日这天放在门户上。

在上古时代黄帝时期，有神荼、郁垒两位兄弟，他们天生能够捉鬼，在度朔山的桃树下考察百鬼之中暴虐的，将它用芦苇做的绳索捆了，捉去喂老虎。张衡的《东都赋》中说："凭借郁垒守护，神荼是他的副手。"

苏秦游说孟尝君说："泥塑的神像对木偶说：'现在张衡所在国

度的桃木，是将你削成人形，再涂上朱红的色彩，用你来抵挡疫疠之气。'"

## 梦钟馗

明皇开元讲武骊山翠华，还宫，上不悦。因痁疾[①]作，昼梦一小鬼，衣绛犊鼻，跣一足，履一足，腰悬一履，搢[②]一筠扇，盗太真绣香囊及上玉笛，绕殿奔戏上前。上叱问之，小鬼奏曰："臣乃虚耗[③]也。"上曰："未闻虚耗之名。"小鬼奏曰："虚者，望空虚中，盗人物如戏。耗即耗人家喜事成忧。"上怒，欲呼武士，俄见一大鬼顶破帽，衣蓝袍，系角带，靸[④]朝靴，径捉小鬼，先刳[⑤]其目，然擘[⑥]而啖之。上问大鬼曰："尔何人也？"奏曰："臣终南山进士钟馗也。因武德中应举不捷，羞归故里，触殿阶而死。是时奉旨，赐绿袍以葬之。感恩发誓，与我王除天下虚耗妖孽之事。"言讫，梦觉，痁疾顿瘳[⑦]，乃诏画工吴道子曰："试与朕如梦图之。"道子奉旨，恍若有睹，立笔成图进呈。上视久之，抚几曰："是卿与朕同梦耳。"赐以百金。（《唐逸史》）

**【注释】**①痁（shān）疾：疟疾。②搢（jìn）一筠扇：插一把竹扇。③虚耗：古代中国民间传说中鬼怪之一。④靸（sǎ）：穿，把布鞋后帮踩在脚后跟下。⑤刳（kū）：挖。⑥擘（bò）：切开，裂开。⑦瘳（chōu）：病愈。

**【译文】**唐明皇开元年间在骊山的翠华宫讲习武事，回到皇宫，唐明皇的面色不愉快。因为疟疾发作，白天梦到一只小鬼，穿着绛色的衣服，长着牛的鼻子，一只脚光着，一只脚穿着鞋，他的腰间悬挂着一只鞋，插一把竹扇，偷了杨贵妃绣的香囊和唐明皇的玉笛，绕着大殿在皇上面前奔跑嬉戏。唐明皇责问它，小鬼上奏说："我是虚耗。"唐明皇说："没有听说过虚耗的名字。"小鬼上奏说："虚，就是看无所有中，盗取别人的东西像是儿戏。耗，就是消耗别人，将喜事也变成忧愁。"唐明皇非常愤怒，想要呼叫武士，不一会儿，看见一个大鬼，穿着头戴破帽，穿着蓝色的道袍，系着牛角装饰的腰带，穿着朝靴，径自去捉拿小鬼，先把它的眼睛挖出来，然后切开吃了。唐明皇问大鬼说："你是什么人？"大鬼上奏说："我是终南山的进士钟馗。因为在武德年间应试举人没有考上，羞于回到自己家乡，因此撞大殿前的阶梯死去。当时奉皇帝旨意，赏赐我绿袍来安葬我。我对皇帝心怀感恩，发誓给我朝皇帝除掉天下间所有的鬼怪和妖孽。"说完之后，唐明皇睡醒了，他的疟疾顿时就痊愈了，于是传唤画工吴道子说："试着画出像我梦中一样的钟馗。"吴道子奉命，就像是看过一样，立即画成了人像进献给唐明皇。唐明皇看了很久，抚摸着案几说："是你和我做了一样的梦。"就赏赐了他一百两金子。

## 饮屠苏酒

唐人孙思邈有道术，除夕，遗闾里药囊浸井中，元旦取水置酒，名屠苏酒。阖家饮之，不染瘟疫。饮必自幼，云少者得岁，故先饮；老者失岁，故后饮。（《荆楚岁时记》屠苏，思邈庵名）

**【译文】**唐代的孙思邈会道家仙术，在除夕的时候，会赠给乡亲药囊来浸泡在井中，在新年第一天取出药水放到酒里面，叫它屠苏酒。全家一起喝它，不会沾染瘟疫。喝这种酒一定要从小孩子开始，说是少年人过年会增长一岁，所以要先饮酒；老年人过年生命就会少了一岁，所以要后喝。

## 人日多阴

都人刘克，穷该[①]典籍。尝与客论云："元日到人日，未有不阴时。人知其一，未知其二。四百年，惟子美与克会耳。"起就架取书，示客曰："此东方朔占书也。岁后八日，一日为鸡，二日为犬，三日为豕，四日为羊，五日为牛，六日为马，七日为人，八日为谷。其日晴，主所生之物育；阴则灾。"少陵意谓天宝乱离，四方云扰，幅裂[②]人物，岁岁俱灾。岂《春秋》书"王正月"意邪？深得古人用心。（《西清诗话》）

**【注释】**①穷该：博览。②幅裂：如布幅的撕裂。

**【译文】**京城人刘克，博览典籍。曾经和客人谈论说："元日到人日，没有不是阴天的时候。人们只知道一方面的情况，却不知道另一方面的情况。四百年之间，只有子美和刘克领悟了。"说完起身就便从书架上拿书，展示给客人说："这个是东方朔的占卜书。新年之后的八天，第一天是鸡日，第二天是犬日，第三天是猪日，第四天是羊日，第五天是牛日，第六天是马日，第七天是人日，第八天是谷日。那一天是晴天，预示的是所生长的东西会不断孕育；如果是阴天，就会发生灾害。"杜甫的意思是说天宝之乱，四方侵扰不断，人和物像布幅一样撕裂，每年都会发生战乱。这难道是《春秋》所说的“王正月”的意思？可以说非常透彻地了解了古人的用意了。

## 广陵观灯

开元十八年正月望日，帝谓叶仙师曰：“四方之盛，此夕何处极丽？”对曰：“天下无逾于广陵。”帝曰：“何术以观之？”师曰：“可。”俄而虹桥起于殿前，师奏桥成，但无回顾。于是帝步而上，太真及高力士、黄幡绰乐官数人从行，俄顷已到广陵寺。观陈设之盛，灯火之光照灼其殿，士女华丽。皆仰望曰：“仙人现于五色云中。”帝大悦。师曰：“请敕伶官奏《霓裳羽衣》一曲。”后数日，广陵果奏云。(《幽怪录》)

**【译文】**开元十八年的正月十五日，皇帝对叶仙师说：“四方盛大，今夜哪个地方最华丽？”叶仙师回答说：“天下间没有超过广陵的。”皇帝说：“有什么法术可以观看到吗？”叶仙师说：“可以。”不一会儿在大殿的前面架起了一座虹桥，叶仙师启奏说虹桥已经架成，只是不能回头。于是皇帝走上去，杨贵妃和高力士、乐师黄幡绰等几个人跟随前行，不一会儿已经到了广陵寺。观看寺中的陈设非常盛大，灯火的光芒照亮整个大殿，人们穿着华丽。都仰望天上说：“仙人出现在五色云之中。”皇帝特别开心。叶仙师说：“请命令乐师奏一曲《霓裳羽衣》。”过了几天，广陵果然上奏说了这件事。

# 曲水流觞

晋武帝问尚书郎挚虞曰："三日曲水，其义何指？"答曰："汉章帝时，平原徐肇以三月初生三女，至三日俱亡，一村以为怪，乃相携之水滨盥洗，遂因水以泛觞①。曲水之义起于此。"帝曰："若如所谈，便非好事。"尚书郎束皙曰："仲治小生，不足以知此。臣请说其始：昔周公城洛邑，因流水以泛酒，故逸诗②云：'羽觞随波。'又，秦昭王以三日置酒河曲，见金人奉水心③之剑，曰：'令君制有西夏'，乃霸诸侯，因此立为曲水。"帝大悦。（《束皙传》）

**【注释】**①泛觞：放置酒杯随水流去，指饮酒。②逸诗：未收入诗经中的古诗。③水心：古代名剑。

**【译文】**晋武帝问尚书郎挚虞说："三日曲水，它的含义是指什么？"挚虞回答说："汉章帝的时候，平原的徐肇因为在三月初生了三个女儿，而三个女儿到第三天的时候都夭折了，整个村子对此都感到奇怪，于是相互拉着到水边冲洗，于是因此放置酒杯随水流去。曲水的含义就从这里开始。"晋武帝说："如果是照你所说，就不是好事。"尚书郎束皙说："挚虞还是年轻人，还不能够知道曲水的含义来源。我恳请说出它的来源吧：从前周公在洛邑建立都城，于是放置酒杯在流水中随之流去，所以没有收入《诗经》中的古诗说：'羽觞随波'。又，秦昭王在三月初三将酒摆放在黄河的弯曲处，看见金人奉上水心剑，说：'这把剑可以让你统治西夏。'然后秦国称霸诸侯，因此在那个地方设立了曲水祠。"晋武帝听了之后特别开心。

## 周举温食

周举迁并州刺史。初，太原一郡旧俗，以介子推焚骸，有龙忌[①]之禁，至其月，咸言神灵不乐举火，一月寒食，莫敢烟爨[②]，岁多死者。举到州，作吊书[③]置子推之庙，言盛寒去火，残损民命，非贤者意。今则三日而已，宣示愚民，使还温食，风俗顿革。（《邺中记》）

**【注释】**①龙忌：禁火。龙，星，木之位也，春见东方。心为大火，惧火之盛，故为之禁火。②烟爨（cuàn）：烧火做饭。③吊书：吊祭的文书。

**【译文】**周举迁调到并州做刺史。一开始的时候，太原郡有旧的习俗，因为介子推被焚烧，有禁火的风俗，到了这个月，都说神灵会不高兴烧火，一个月的时间吃冷食，没有人敢生火做饭，每年都会有很多死去的人。周举到并州的时候，写了吊祭的文书放在介子推的祠庙中，说极寒之中不能烧火，是在损害人民的生命，这并非是贤能人的意愿。现今只用吃三天冷食，将这件事告诉民众，让他们恢复熟食，从此，社会风气顿时改变了。

## 墓祭之始

唐侍御郑正则《祠享仪》云：古者无墓祭之文，孔子许望墓，以时祭祀。《春秋左氏传》辛有适伊川，见被发于野而祭者，曰：“不及百年，此其戎[①]乎？”竟为陆浑氏焉。汉光武初纂大业，诸将出征，有经乡里者，诏有司给少牢，令拜扫以为荣。曹公过乔玄墓致祭[②]，其文凄怆。寒食墓祭，盖出于此。唐开元敕，寒食上墓[③]，礼经无文。近代相传，寖[④]以成俗。宜许上墓，同拜扫礼。柳宗元书：近世礼重拜扫，今已阙[⑤]者四年矣。每过寒食，则北向长号，以首顿地。想田野道路，士女遍满，皂隶[⑥]庸丐，皆得上父母丘陇，马医夏畦[⑦]之思[⑧]，无不受子孙追养[⑨]者。

**【注释】**①戒：此处应该是"戎"的讹写。②致祭：前往祭祀。③上墓：扫墓。④寖：逐渐⑤阙：陵墓前两边的石牌坊。⑥皂隶：旧时衙门里的差役。⑦马医夏畦：马医，旧时指卑贱的人。出自《列子·黄帝》："自此之后，范氏门徒，路遇乞儿马医，弗敢辱也。"夏畦，夏天在田地里劳动的人。⑧思：此处应该是"鬼"的讹写。⑨追养：祭祀死者，继尽孝养之道。

**【译文】**唐代的侍御郑正则的《祠享仪》说："古代没有关于墓祭的文献记载，孔子、许望的墓，是用时间作为节点来祭祀的。"《春秋左氏传》中辛有到伊川，看见一个在野外披散着头发在祭祀的人。说："还没有到一百年，难道这是戎族吗？"竟然是陆浑戎。汉代初年光武帝刚刚掌握政权，各位外出征战的将领中，有路经乡里的，就传召官吏带话给少牢，让他们祭拜扫墓用来作为光荣的事情。曹公经过乔玄的墓地时前往祭祀，他的祭文凄凉悲怆。寒食节的墓祭，大概是从这里开始的吧。唐代开元年间皇帝下命令，寒食节扫墓，礼经上是没有文字记载的。近世一代代相互传承，逐渐成为习俗。应该允许人们上墓和祭拜扫墓的礼仪。柳宗元写道：近代的礼节重在祭拜扫墓，现在已经立了四年的石牌坊了。每年过寒食节的时候，就会面向北边大声号哭，用头叩地而拜。想一想田野间的道路，满是男男女女，差役、平民与乞丐，都能够去父母的坟墓祭拜。卑贱的人的鬼魂，也没有不受到子孙的祭祀以继尽孝养之道的。

## 秋千之戏

北方之俗，至寒食为秋千戏，以习轻趫[①]。后中国女子效之，乃以彩绳悬木立架，士女坐立其上推引之，谓之秋千。或曰本山戎之戏。自齐威公北伐山戎，此戏始传中国。一云作“千秋”，字本出汉宫祝寿词。后世误，倒读为“秋千”耳。(《古今艺术图》)

《涅槃经》谓之罥索。(《岁时记》)

天宝宫中，至寒食节竞蹴[②]秋千，令宫嫔辈嬉笑以为乐。帝常呼为半仙之戏。(《遗事》)

**【注释】**①轻趫：轻捷矫健。②蹴：踏。

**【译文】**北方的习俗，到寒食节的时候要荡秋千，来练习轻捷矫健的身姿。后来中原地区的女子效仿它，于是在竖立的木架上用彩色绳子悬挂木板，官宦人家的女子就坐或者站在上面推拉它，叫它秋千。或者叫它本山戎之戏。自从齐威公向北攻伐山戎族，这种游戏开始传到中原地区。一种说法是“千秋”，它的名字原本出自汉宫祝寿词。后来出现了讹误，却读成了“秋千”罢了。

《涅槃经》中称呼它为罥索。

天宝年间的皇宫中，到寒食节的时候就会竞相荡秋千，让侍妾一类的人嬉戏来制造欢乐。皇帝经常称它为半仙之戏。

## 暑中环火

玄宗被病[1]，广求方士，诏汉中逸人王仲都者。诏问所能为，对曰："但能忍寒暑耳。"因为待诏[2]。至夏，大暑月使暴坐[3]，又环以十炉，火不热而身汗不出。或问不热之道，曰："服玄冰丸、飞雪散。"王仲都并用此方也。（《抱朴子》）

**【注释】**①被病：疾病缠身。②待诏：待命供奉内廷的人。③暴坐：露天而坐。

**【译文】**唐玄宗疾病缠身，广泛寻求术士。下令召请汉中地区名叫王仲都的隐士。问他能做什么，他回答说："只是能够忍受冷热罢了。"因此让他作为待诏。到了夏天，在大暑那个月让他露天而坐，又围绕着他放置了十个火炉，即使有火炉他也不觉得热，并且身上的汗也没有出来。有的人问他不觉得热的方法，他回答说："服用玄冰丸、飞雪散。"王仲都将这种方子合用了。

## 端午诞子

田文母五月五日生文，父令勿举，母私举[1]。文长，以实告之，遂启父曰："不举五月子，何也？"父曰："生及户，损父。"文曰："受命于天，岂受命于户？若受命于户，何不高其户？谁能至其户耶？"父知其贤，后封孟尝君。俗以五月为恶月，故忌。（《异苑》）

王镇恶以五月五日生，家人欲弃之。其祖猛曰："昔孟尝君以

此日生，卒得相齐。此儿必兴吾宗，以镇恶名之。（《史略》）

王凤以五月五日生，其父欲不举，曰："俗谚举此日子，长及户自害，否则害其父母。"其叔父曰："昔田文亦以此日生，非不祥也。"遂举之。（《西京杂记》）

胡广本姓黄，以五月五日生，父母恶之，藏之葫芦，弃之河流，岸侧居人收养。及长，有盛名，父母欲取之。广以为背其所生则害义②，背其所养则忘恩，两无所归，托葫芦而生也，乃姓胡名广。后登三司，有中庸之号。（《小说》）

**【注释】**①举：抚养，生育。②害义：损害正理、道理。

**【译文】**田文的母亲五月初五生下了田文，田文的父亲让他母亲不要抚养，他的母亲私自抚养。等到田文长大了，他的母亲将实情告诉了他，于是他启禀父亲说："不抚养五月生的孩子，为什么呢？"他的父亲说："五月出生的孩子长到门那样高的时候就会损害他的父亲。"田文说："出生是受天的指派，怎么说是受门的指派呢？如果真的是受门的指派，为什么不增高门？有谁能够长到门那么高呢？"他的父亲因此知道了他的贤明，后来田文被封为孟尝君。习俗中把五月当成恶月，所以有所忌讳。

王镇恶因为在五月初五出生，他的家人想要丢弃他。他的祖父王猛说："以前孟尝君因为在这天出生，最后得到了齐国的国相的职位。这个孩子一定会振兴我们的宗族，给他起名镇恶。"

王凤因为是五月初五出生的，他的父亲想要不抚养他，说："俗语说如果抚养这天出生的孩子，长到门那么高的时候就会损害自己，如果不损害自己，就会损害他的父母。"他的叔父说："以前田文也是这天出生的，这天出生并非是不祥的征兆。”于是就抚养了他。

胡广本来姓黄，因为是五月初五出生，他的父母嫌恶他，把他藏在葫芦里，丢弃到河水中，被岸边居住的人家收养了。等到他长大之后，有了很高的名望，他的亲生父母想要认回他。胡广认为违背了生了他的父母就会损害正理，违背了抚养他的父母就是忘记别人对自己的恩德，就两家都不归属，因为是寄托在葫芦里才得以生还，就决定姓胡名叫广。后来做到三司，有中庸的称号。

## 曹女溺涛

孝女曹娥者，会稽上虞人。父盱能弦歌，为巫祝；汉建安二年五月五日，于县江溯涛迎婆娑神，溺死，不得尸。娥年十四，乃沿江号哭，昼夜不绝于声，旬有七日，遂投江而死。三日后，与父尸俱出。（东汉《列女传》）

**【译文】**有一个叫曹娥的孝顺女子，是会稽上虞人，他的父亲曹盱能够弹弦歌唱，是一个巫祝；汉代建安二年五月初五这天，他在县里的江中逆着波涛迎接婆娑神，淹死了，没有找到尸体。曹娥十四岁，就沿着江岸哭泣，整日整夜哭声都没有停止，过了十七天，她就投江自杀了。三天后，和他父亲的尸体一起出现。

## 屈沉汨罗

屈原以五月五日投汨罗江而死，楚人哀之。每至此日，以竹

筒贮米，投水祭之。（《续齐谐记》）

汉建武中，长沙欧回白日忽见一人，自称三闾大夫，谓曰：“君常见祭，甚善；但常所遗，苦蛟龙所窃。今若见惠，可以楝树叶塞其上，仍以五彩丝缚之。此二物蛟龙所畏惮也。”回依其言。世人作粽，并带五色丝及楝叶，皆汨罗之遗风也。

**【译文】**屈原因为在五月初五投汨罗江而死，楚国人对此感到十分悲哀。每次到这天的时候，就会将大米贮存在竹筒里，投掷到江水中祭祀他。

建武年间，长沙的欧回白天的时候忽然看见一个人，自己说自己是三闾大夫，对他说：“你经常祭祀，这非常好；但每次所赠送的东西，苦于被蛟龙所偷。现在如果要赠东西给我，可以用楝树的叶子塞在它的上面，连续用五种颜色的丝线绑起来。这两种物品是蛟龙所害怕忌惮的。”欧回依照他所说的去做。世间人制作粽子，一并用上五种颜色的丝线和楝树的叶子，都是汨罗地区所遗留下的风俗。

## 捕守宫

汉武帝时以端午日取蜥蜴，置之器，饲以丹砂。至明年端午，捣之以涂宫人臂，有所犯则消灭，不尔则如赤痣，故得“守宫”之名。李贺诗云：“玉臼夜捣红守宫。”李商隐诗云：“巴西夜市红守宫，后房点臂斑斑红。”古宫词云：“爱惜加穷袴，防闲托守宫。”

**【译文】**汉武帝的时候在端午节这天把蜥蜴放在器皿里，用丹砂喂养它。到第二年端午，捣碎它来涂在宫女的手臂上，如果宫女有所违犯就会消失，如果不违犯就会像红色的痣一样，所以得到了“守宫”的名字。李贺的诗说：“玉白夜捣红守宫。”李商隐的诗说：“巴西夜市红守宫，后房点臂斑斑红。”古代的宫词说：“爱惜加穷裤，防闲托守宫。”

## 方朔割肉

伏日，诏赐从官①肉，大官日晏②不来，东方朔独拔剑割肉，谓同官曰：“伏日当早归，请受赐。”即怀肉去，大官奏之。朔入，上问之。朔免冠谢曰：“朔来受赐，不待诏，何无礼也；拔剑割，一何壮也；割之不多，又何廉也；归遗细君③，又何仁也。”上笑之，使先生自责，乃反自誉，复赐酒一石，肉百斤。（《本传》）

**【注释】**①从官：指君王的随从、近臣。②日晏：太阳升起很高，表示时候不早。③细君：妻子的代称。

**【译文】**三伏天，皇帝下诏赏赐近臣肉，太官迟迟没来，东方朔单独上前拔剑割取肉，对同僚们说：“三伏天应当早点回去，请你们快点领受赏赐。”说完就立刻怀藏所割的肉离开了，大官丞呈奏了这件事。东方朔入朝的时候，皇帝问他这件事。东方朔脱去帽子谢罪说：“东方朔前来领受赏赐，没有等待诏令，这是何等无礼啊；拔剑割肉，又是何等强健啊；割的肉并不多，又是何等廉洁啊；回到家后把它送给了妻子，又是何等仁爱啊。”皇帝笑他，让先生你自责，你反而自夸，于是又赏赐给他一石酒和一百斤肉。

## 织女嫁牵牛

桂阳成武丁有仙道，谓其弟曰："七月七日织女当渡河，诸仙悉还宫。"弟问曰："织女何事渡河？"答曰："织女暂诣牵牛。"世人至今云织女嫁牵牛也。(《续齐谐记》)

**【译文】**桂阳的成武丁有仙家道法，对他的弟弟说："七月初七织女应当会渡过银河，各位仙家都会回到仙宫。"弟弟问他说："织女因为什么事情渡过银河呢？"哥哥回答说："织女暂时前往牵牛那里。"这就是世上人到如今说的织女嫁给了牵牛。

## 穿针乞巧

唐天宝宫中，七夕以锦彩结成楼殿，高百尺，可容数十人。陈花果酒炙，设坐具，以祀牛、女二星。嫔妃穿针乞巧，动清商之曲，宴乐达旦，士民皆效之。

**【译文】**唐代天宝年间的宫中，七夕节的时候用彩色的锦缎做成楼台，高达百尺，可以容得下几十人。上面摆放着鲜花果品和酒肉，摆放了可坐的用具，用来祭祀牵牛、织女两颗星星。妃子们穿针向织女星乞巧，弹奏清商之曲，通宵达旦地饮宴作乐，官民都争相效仿。

## 盂兰盆供

目连比丘见其亡母生饿鬼中，即以钵盛饭往饷其母，食未入口，化成火炭，遂不得食。目连大叫驰还，白佛。佛言：“汝母罪重，非汝一人力所奈何，当须十方众僧威神[①]之力。至七月十五日，当为七代父母，现在父母厄难中者，具百味五果以着盆中，供养十方[②]大德[③]，佛敕众僧皆为施主咒愿[④]七代父母[⑤]，行禅[⑥]定意，然后受食。是时，目连母得脱一劫饿鬼之苦。”目连白佛：“未来世佛弟子行孝顺者，亦应奉盂兰盆为尔，可否？”佛言大善。故后代人因此广为华饰，乃至刻木割竹，饴蜡剪彩，模花果之形，极工巧之妙。(《盂兰盆经》)

**【注释】**①威神：赫奕的声威，神明般的威严。②十方：佛教用语。佛教以东、西、南、北、东南、西南、东北、西北、上、下为十方。泛指各处、各界。③大德：是宗教用语，佛、道等宗教对年长的僧人和道士的敬称。④咒愿：佛教语。指唱诵愿文，为施主作种种赞叹。⑤七代父母：此处应为“七世父母”的讹误，七世父母这一说法来自于佛教，七世不是指祖宗七代，而是指今世加过去生的六世在六道轮回时，各道的父母，故是“一切众生”的代名词。⑥行禅：打坐静修。

**【译文】**目连僧看见他已经去世的母亲在饿鬼道中，就用钵盛饭前往送他的母亲，食物还没到嘴巴里，就变成了火炭，目连的母亲就吃不到。目连悲号着快速返回，把具体情况告诉了佛。佛说：“你的母亲罪孽深重，并不是你一个人的力量就能够有办法对付的，应当需要各界僧人赫奕的声威。到七月十五日那天，应当为六世轮回的各道父母和现在在困苦灾难中的父母，在盆中准备很多果品，供奉各界年长的僧人，佛将会告诉一众僧人都为你轮回在各道的父母唱诵愿文，专心一意打坐静修，然后才能够吃到食物。这时，目连的母亲得以脱离一个恶鬼劫数的苦难。”目连告诉佛：“未来世的佛教弟子践行孝顺的人，也应当奉行盂兰盆，可以吗?”佛说非常好。所以后代的人们因而广泛地为它作华丽的装饰，以至于雕刻木头、砍竹子，用蜡烛作糖、剪彩纸，仿造花朵和果实的形状，极为工巧奇妙。

## 佩萸食饵

汉武帝宫人贾佩兰，九月九日佩茱萸，食饵[1]，饮菊花酒，云令人长寿。相传自古莫知其由。《周宫·边人职》曰：“羞笾[2]之实，糗饵粉餈[3]。”注曰：“糗饵者，豆米屑蒸之以枣。”《方言》：“饵谓之餻[4]，或谓之餈。”《西京杂记》)

食饵者，其时黍稌[5]并收，因以黏米加味尝新。(《玉烛宝典》)

**【注释】**①饵：糕饼。②羞笾(biān)：古代祭祀宴享时进献食物的竹制盛器。③糗(qiǔ)饵粉餈(cí)：糗饵，将米麦炒熟，捣粉制成的食品。粉餈，用稻米黍米之粉做成的食品，上粘豆屑。④餻(gāo)：同“糕”。⑤稌(tú)：稻子，特指糯稻。

**【译文】**汉武帝的时候，有个叫贾佩兰的宫女，在九月九日佩戴茱萸，吃糕饼，喝菊花酒，说是这样能够让人长寿。这个是长期流传下来的，从古至今没有人知道它的缘由。《周宫·边人职》中说：“填满羞笾的，是糗饵和粉餈。”它的注解是：“糗饵，是豆屑和枣一起蒸制的。”《方言》中说：“饵又叫糕，或者叫它餈。”

吃糕饼的人，在黄米和糯稻一起收割的时候，用黏米增加风味来品尝应时的新鲜食品。

## 孟嘉落帽

孟嘉为桓温参军，色和而正，温甚重之。九月九日，温游龙山，参僚毕集。时佐史并着戎服，有风至，吹嘉帽堕落。嘉不之觉。温敕左右及宾客勿言，以观其举止。嘉良久如厕，温令取还之，命孙盛作文嘲嘉，置嘉坐处。嘉还，见即答之，其文甚美。

**【译文】**孟嘉作为桓温参军的时候，神情和善、为人正直，桓温非常看重他。九月初九那天，桓温游览龙山，他的部下全都聚集跟随。当时他的部下都穿着军装，有风吹来，把孟嘉的帽子吹落了。但孟嘉并不知道。桓温下令让他身边的人和宾客们不要说话，以此来观察他的行为。孟嘉很久之后去厕所，桓温让人把帽子拿回来还给他，命令孙盛写文章嘲讽孟嘉，放在孟嘉的位置上。孟嘉回来之后，见到嘲讽的文章后立即写文章作答，他的文章非常卓越。

## 赐菊延寿

魏文帝与钟繇书曰：“岁往月来，忽复九月九日。九为阳数，而日月并应，各宜其名，以为宜于长久，故以燕享高会。是月，律中无射[①]，言群木庶草[②]，无有射地[③]而生；而芳菊纷然归荣，非夫含乾坤之淳和，本芬芳之淑气[④]，孰能如此？故屈平悲冉冉[⑤]之将老，思食秋菊之落英。辅体延年，莫斯之贵。谨奉一束，以助彭祖之术。”

**【注释】**①无射（yì）：古代的十二律之一。②庶草：百草。③射地：即一射之地。一箭所能达到的距离，约当一百二十至一百五十步。④淑气：温和怡人的气息。⑤冉冉：缓慢行进的样子。

**【译文】**魏文帝写给钟繇的书信中说：“时间在流逝，忽然又到了九月初九。九是阳数，日月又一起响应，和它们各自的名称相称，我认为这对长久有利，所以借此款待人，举行盛大的宴会。这个月应和十二律中的无射律，说的是众多的草木，在百步的范围内没有供其生长的；但是菊花却纷纷回到繁茂的样子，如果不是蕴含着天地的醇正中和，只是靠着原本的芬芳的温和怡人气息，又怎么能够做到这样呢？所以屈原为缓慢行进所预示的将要老去的样子而悲伤，想着服用落下的秋天的菊花花瓣。帮助身体增加年寿，没有什么能够有它珍贵。谨此奉上一束菊花，来帮助你修行彭祖的养生术。”

## 驱傩

昔颛顼氏有三子，亡而为疫鬼。一居江中为疟鬼，一居若水为罔两蜮鬼，一人居宫室区隅中，善惊小儿，为小鬼。于是以岁十二月，命祠官时傩以索室中而驱疫鬼焉。东海度朔山有神荼、郁垒之神，以御凶鬼，为民除害，因制驱傩之神。季冬先腊一日大傩，谓之逐疫。选侲子[①]百二十人，皆赤帻皂制[②]，执大鼗鼓[③]。方相氏[④]黄金四目，蒙熊皮，玄衣朱裳，执戈持盾，率百隶及童子而时傩，以逐恶鬼于禁中。黄门唱，侲子和，曰："甲作食凶，胇胃[5]食虎，雄伯食魅，腾简食不祥，揽诸食咎，伯奇食梦，强梁、祖明共食磔死寄生，委随食观，错断食巨，穷奇、腾根共食蛊。凡使十二神追恶凶，赫女躯，拉女幹，节解女肉，抽女肺肠。女不急去，后者为粮。"（《山海经》及（《后汉·礼仪志》）

**【注释】**①侲（zhèn）子：特指作逐鬼之用的童子。②赤帻（zé）皂制：赤帻，赤色头巾。皂制，黑衣。③鼗（táo）鼓：有柄的小鼓。以木贯之，摇之作声。古祭礼用的一种乐器。④方相氏：周官名。夏官之属，由武夫充任，职掌驱除疫鬼和山川精怪。⑤胇胃：此处应该是"巯（qiú）胃"的讹误，与上下文中"甲作""雄伯""腾简""揽诸""伯奇""强梁""祖明""委随""错断""穷奇""腾根"一样属于上古十二神兽。

**【译文】**昔日颛顼氏有三个儿子，去世后变成了散布瘟疫的鬼神。一个居住在江水中变成了疟鬼，一个居住在若水中成为了罔两蜮鬼，一个居住在房屋的角落中，擅长惊吓小孩子，被称为小鬼。于是在这年十二月，命令祠官在这个时候用傩仪在单独的房屋中驱赶疫鬼。东海的度朔山有神荼、郁垒二位神灵，用来抵御凶鬼，为百姓消除祸害，于是制作出驱傩的神灵。在季冬时节腊八的前一天进行大傩仪，称呼它为逐疫。挑选逐鬼用的童子一百二十人，都带着红色头巾，穿着黑衣，手里拿着大鼗鼓。方相氏有着四只黄金眼，蒙着熊皮，穿着黑色礼服，红色的下衣，手里拿着戈和盾牌，带领百位衙役和童子进行傩仪，用来在皇宫中驱逐恶鬼。宦官唱，用来逐鬼的童子应和，他们唱道："甲作食凶，巯胃食虎，雄伯食魅，腾简食不祥，揽诸食咎，伯奇食梦，强梁、祖明共食磔死寄生，委随食观，错断食巨，穷奇、腾根共食蛊。凡使十二神追恶凶，赫女躯，拉女幹，节解女肉，抽女肺肠。女不急去，后者为粮。”

## 腊取瘦羊

甄宇，北海人，建武中青州从事，征拜[1]博士。每腊月，诏赐博士羊，人一头。羊有大小肥瘦。时博士祭酒[2]议欲杀羊，称分其肉，宇曰：“不可。”又欲投钩[3]，宇复耻之。宇因先自取其最瘦者。后召问：“瘦羊博士所在？”京师因以为号。（《东观汉记》）

**【注释】**①征拜：征召授官。②博士祭酒：官名，秦、西汉时称为仆射，位居博士之首。东汉时改为此称。隶属太常，秩比六百石。③投钩：抓阄。

**【译文】**甄宇，北海人，建武年间是青州从事，朝廷任命他为博士。每次到腊月的时候，下令赏赐博士羊，一个人一头。羊有大小肥瘦的区别。当时博士祭酒议论时想要杀羊，用称的方法分羊肉，甄宇说：“不能这样做。”又想要用抓阄的方法，甄宇再次羞辱他。甄宇趁此自己先取羊中最瘦的。后来皇帝传召他前来询问：“瘦羊博士在哪里？”京城中的人因此将它作为甄宇的外号。

## 不必避忌

《后汉·郭镇传》：河南吴雄，少家贫，丧母，营人所不封土[1]，择[②]葬其中。丧事趣[③]办，不问时日，医巫[④]皆言当族灭。雄后致位[⑤]司徒，子孙三世廷尉。桓帝时，汝南陈伯敬行必矩步，坐必端膝，呵叱狗马，终不言死；目有所见，不食其肉，行路闻凶，便解驾留止，还触归忌，则寄宿乡亭。年老不过举孝廉，后坐女婿亡吏，太守怒而杀之。肃宗时，司隶校尉赵兴，每入官舍，辄更缮修馆宇，移阱[⑥]改气，故犯妖禁，子孙三世为司隶。

**【注释】**①封土：封闭坟墓，堆成土包。②择(dù)：通“殬”(dù)，败坏；不合法度。③趣（cù）：古同“促”，催促；急促。④医巫：治病的人。古代医生往往兼用巫术治病，故称。⑤致位：达到某种职位。⑥阱：在地下掘的用来囚拘人的地方。

**【译文】**《后汉·郭镇传》中说：河南的吴雄，年少的时候家中贫穷，母亲也去世了，围绕人建的墓室不封闭坟墓，堆成土包，不合法度地葬在这样的坟墓中。丧事急速地办成，并不计较时间和日期，医巫都说这样做应该会让整个家族灭亡。吴雄后来达到司徒的职位，他的子孙三世都做了廷尉。汉桓帝的时候，汝南的陈伯敬出行走路的步伐一定端正规矩，坐着的时候一定是端正膝盖，大声斥责狗马，一生不说死字；他的眼睛所见到的，就不会吃它们的肉，出门听说是不吉祥的日子，就会停车驻马留在家中，如果他回家正好犯了归忌，就会借宿在乡中公舍。但到年老的时候也只不过是被地方官推荐做官，后来因为他的女婿连坐而没有官职，太守非常愤怒，就把他杀了。汉肃宗的时候，司隶校尉赵兴，每次进入官舍的时候，就会再次修缮房屋，转移地牢的位置用来更改气运，故意犯了怪异的禁忌，但是他的子孙三世都做了司隶。

## 避正五九月

今之上官[①]者，多忌正、五、九月。或谓宋朝火德[②]，火生于寅，旺于午，基于戌。此三个月谓之灾月，官员例减禄料无羊，故谓无羊之月，众皆避之。阴阳家云："武德诏此三月不行死刑，禁屠杀。"

**【注释】**①上官：受命上任。②火德：古代以五行附会王朝的运祚，以火而王者称为"火德"。

**【译文】**现在受命上任的人，大多忌讳正月、五月、九月。有的人说宋朝是以火而王，火从寅上生发，在午上兴旺，以戌作为基础。这三个月叫作灾月，官员们的俸禄照例减少没有羊，所以也称为无羊之月，所有的官员都躲避这三个月。阴阳家说："武德的诏令中说这三个月不执行死刑，禁止屠杀。"

## 时日无吉凶辨

沈颜谓：古者国家将有事乎？戎祀必先择时日，以定其期。是用备物于有司，司仪于礼寺，俾臻其虑而戒其诚，非所以定吉凶、决胜负也。后之惑者不详其故，推考时日，妄生穿凿[①]。斯风不革，拘忌[②]益深，至使凡庶之家，将欲越一沟隍，折一葭苇，必待择日而后为之；构一衡宇，杂一榛芜，必审方位而后为之；且吉凶由人，焉系时日？夫四达之衢，轮蹄未尝息也；五都之市，货贿未尝绝也；万家之邑，斤斧未尝断也；七雄之世，战伐未尝已也。其凶也，必由于人；其吉也，必由于人。故吉人凶其吉，凶人吉其凶，一于人之所为而已矣。然则惑者不知其在人也，有一不吉则罪于时日矣。且以不谋之将，不练之士，有能以时日胜者乎？不耕之土，不实之谷，有能以时日种者乎？以铁为金，以石为玉，有能以时日济者乎？是皆不能也。则时日于人何有哉？夫王者之兵以德胜，霸者之兵以义胜，其次以智，其次以勇。故古之名将，未尝不以此而战胜也，未尝不以此而立功也。

**【注释】**①妄生穿凿：胡乱地加以穿凿附会。②拘忌：禁忌。

**【译文】**沈颜说：难道古代的国家没有什么事情发生吗？战争和祭祀的时候一定会先选择时间，来决定它的日期。让相关的官员准备所用的食物，在礼寺演习礼仪，让他的思虑达到完备，界定他的诚意，并不是用来判定吉凶、决定胜负的。后来感到疑惑的人并不知道其中详细的情况，只是推算时间，胡乱地加以穿凿附会。这样的风气不变革，禁忌程度会不断加深，以至于平民家庭中，想要跨越一道沟壑，折取一枝芦苇，一定要等待选择日期之后才做；构建一座房屋，中间要加些丛杂的草木，一定会审阅方位之后才去做；况且是吉是凶是由人决定的，怎么会和时间联系起来呢？四通八达的大道，车轮和马蹄从来没有停止过；五大城市的市场，金玉和布帛从没有断绝过；拥有万家的城邑，斧头从来没有断过；七雄争霸的世间，战争从没有停息过。人世间的凶险，一定是由人造成的；人世间的吉祥，也一定是由人造成的。所以吉人以吉为凶，凶人以凶为吉，就是人怎么去做罢了。然而是感觉迷惑的人不知道原因在人。有一点不顺利就怪罪时日不好。而且凭借没有谋略的将军，没有训练有素的士兵，有能只凭借时日好胜利的吗？土地没有耕作过，谷子是不饱满的。有能够凭借时日好来种地的吗？把铁当做金子，把石头当做玉，有能凭借时日好过日子的吗？这些是都不能做到的。那么时日对于人来说有什么作用呢？帝王的士兵凭借德来打胜仗。以武力称霸的诸侯凭借义来打胜仗，其次是凭借智谋，再次是凭借勇猛。所以古时候的名将没有不凭借这些来打胜仗的，没有不凭借这些来建立战功的。

## 论辰不哭

阴阳家云，辰为水墓，又为土墓，故不得哭。王充《论衡》云："辰日不哭，哭则重丧。"今无教者辰日有丧，不问轻重，举家清谧，不敢发声以辞吊客。《道书》又曰：晦歌朔哭[①]，皆当有罪。天夺之算[②]，丧家朔望[③]，哀感弥深，宁当惜寿，又不哭也。（《颜氏家训》）

**【注释】**①晦：阴历每月的最后一日。朔：阴历每月初一。②算：寿命。③望：阴历每月十五日。

**【译文】**阴阳家说，辰日是水的墓，也是土的墓，所以不能够哭。王充的《论衡》说："辰日那天不能哭丧，如果哭丧就会再死去一个人，那一天不管是轻丧还是重丧，全家都要保持安静，不敢哭出声音，又拒绝一切前来吊丧的人。"《道书》又说："晦日唱丧歌，朔日哭丧，都应当有罪。天将会夺取他的寿命，有丧事的家庭正好在朔日和望日，悲哀的感觉特别浓，难道会宁可珍惜自己的寿命，就不哭了吗？"

# 缮修犯土

今世俗营建宅舍，或小遭疾厄，皆云犯土，故道家有谢土司章醮之文。按《后汉书》，安帝时，皇太子惊病不安，避幸乳母野王圣舍。太子厨监邴吉以为圣舍新缮修，犯土禁，不可久御。然则古有其说矣。（《容斋随笔》）

**【译文】**现在世人建造房舍，有时会遭受病患苦难，都说是得罪了土神，所以道家有《谢土司章醮》的文章，根据《后汉书》记载，安帝在位时，皇太子患病惊恐不安，躲避乳母在野王的圣舍，太子的厨监邴吉认为新修缮的圣舍，冒犯了土神，不能长久的来使用。然而古时候就有这种说法。

# 卷三 地理类

## 凿浑沌氏

倏与忽时相遇于浑沌之地，浑沌待之甚善。倏与忽谋报浑沌氏之德，曰：“人皆有七窍，此独无有，尝试凿之。”凿七日而浑沌死。（《应帝王篇》）

《蒙叟遗意》曰：“上帝既剖混沌氏，以支节为山岳，以肠胃为江河，一旦虑其掀然而兴，则下无生类矣。于是孕铜于山泽，滓鱼盐于江河，俾后人攻取，将有以[①]若[②]混沌之灵而致其不起也。呜呼，混沌氏则不起，而人力殚焉。”（《罗隐》）

**【注释】**①有以：有条件。②若：此处应该是“苦”的讹误，使困苦，困于。

**【译文】**倏和忽常常在浑沌氏的地域相遇，浑沌氏对待他们非常友善。倏和忽商量着报答浑沌氏的恩德，说：“人都有七窍，只有他没有，我们尝试给他凿出来。”凿了七天之后，浑沌氏却死了。《蒙叟遗意》中说："天帝已经解剖了混沌氏，把他的肢体作为山，把他的肠胃作为江河，忽然有一天担心他掀涌起来，那么他的下面就没有活着的生物了。于是使山岳中生长铜矿，将鱼和盐沉淀在江河之中，让后世的人开采提取，将有条件来使浑沌氏的神灵困顿而让他不能够掀涌起来。唉！浑沌氏就这样不能够掀涌起来，人的精力也竭尽了。"

## 章亥步极

禹使大章步自东极至于西极，二亿三万三千五百里七十五步；使竖亥步自北极至于南极，二亿三万三千五百里七十五步。又云，四海之内，东西二万八千里，南北二万六千里。注云："了午为经，卯酉为纬[①]，言经短纬长也。"（《淮南子》）

**【注释】**①子午为经，卯酉为纬：指一日有十二时辰，以夜半为子，日中为午；日出为卯，日入为酉。子位于北，午位于南；卯位于东，酉位于西，故曰子午（南北线）为经，卯酉（东西线）为纬。

**【译文】**大禹让太章从东极走到西极，走了两亿三万三千五百里七十五步，又让竖亥从北极到南极，走了两亿三万三千五百里七十五步。又有人说，在四海之内，东西长达两万八千里。南北有两万六千里。注说："子时到午时作为经线，卯时和酉时是纬线，这是说经线短纬线长。"

## 缑山笙鹤

昔周灵王太子晋好吹笙，作凤鸣，游伊洛间。道士浮邱公接上嵩山三十余年，往来缑氏山。缑氏山，近在嵩山之西也。其后见柏良曰：“告我家，七月七日待我缑氏山头。”果乘白鹤往山头，望之不得，举手谢时人而去。（《道书》）

**【译文】**昔日周灵王的儿子姬晋喜欢吹笙，可以吹出凤凰鸣叫的声音，曾经在伊水和洛水之间游赏。被道士浮邱接到嵩山上三十多年，在嵩山和缑氏山之间来去。缑氏山，靠近嵩山，在嵩山的西面。他后来见到柏良说：“告诉我的家人，七月初七的时候等待我出现在缑氏山山头。”到那天他果然乘着白鹤前往缑氏山山头，却没有看到家人，抬起手感谢当时的人就离开了。

## 误坠大穴

嵩高山北有大穴，莫测其深，百姓岁时每游观其上。晋初尝有一人误堕穴中。同辈冀其倘不死，投食于其穴中。坠者得之，为寻穴而行，计可十许日，忽旷然见明，又有草屋，中有二人，对坐围棋，局下有一杯白饮。坠者告以饥渴，棋者曰：“可饮此。”坠者饮之，气力十倍，半年许乃出。自蜀中归洛下，问张华，华曰：“此仙馆所饮者，玉浆也。所食者，龙穴石髓[①]也。”（刘义庆《世说》）

**【注释】**①石髓：石钟乳。

**【译文】**嵩高山的北边有一个大的洞穴，没有人能够测试出来它有多深，百姓一年四季中每次都会在它上面游览观看。晋朝初年曾经有一个人不小心掉到了洞穴中。他的同伴希望他还没有死，就将食物投掷到洞穴中。掉下去的那个人得到了食物，为了探寻洞穴而继续向前走，算着大概过了十天，地域忽然变得开阔，看见了光亮，还有一间草屋，屋里有两个人，相对坐着在下围棋，棋局的下面有一杯“白饮”。掉下去的那个人告诉他们自己又渴又饿，下棋的人说：“可以喝这个。”掉下去的那个人把“白饮”喝了，力气大了十倍，半年左右就走出洞穴了。从蜀中回到了洛阳城，前去询问张华，张华说：“在这个仙馆中喝的，是仙人喝的东西。你所吃的，是龙的洞穴中的石钟乳。”

## 巨鳌戴山

渤海之东有大壑[①]，中有五山：岱与、员峤、方壶、瀛洲、蓬莱。台观[②]皆金玉，所居之人皆仙圣之种。五山之根，无所连着，常随潮波上下往来，不得暂峙。帝恐流于西极，命策疆[③]使巨鳌十五，举首而戴之，始峙而不动。（《列子·汤问》）

**【注释】**①大壑：大海。②台观：泛指楼台馆阁等高大建筑物。③策疆：应该是“禺强”的讹误，禺强为传说中的海神、风神和瘟神，也作“禺疆”“禺京”，是黄帝之孙。

**【译文】**渤海的东面有一面大海，大海中间有五座山：岱与、员峤、方壶、瀛洲、蓬莱。山上高大的建筑物都是用金玉构成的，所居住的人都是仙人和圣人一类的。五座山的山根，没有和什么东西接连着，经常随着水波上下来去，不能够有短暂的耸立。天帝害怕它会随着水流流淌到西方极远的地方，就命令禺强让十五只巨鳌抬着头顶着，这些山才开始耸立而不流动了。

## 愚公移山

太行、五屋二山，方七百里，高万仞。愚公且九十，面山而居，恶此山，将移之。操蛇之神闻之山神，惧其不已也，告帝。帝感其诚，命夸娥氏二子负山，一措朔东，一措雍南。自此冀南、汉阴无垅。

**【译文】**太行、王屋两座山，方圆有七百里，高达万仞。愚公将近九十岁了，面对着山居住，不喜欢这两座山，将要把这两座山移走。山神听说之后，害怕他不停止，将这件事告诉了天帝。天帝被他的诚心感动了，就让夸娥氏的两个儿子背着山，一座放在了朔东，一座放在了雍南。从此冀南、汉阴地区再也没有高地。

## 蓬莱风阻

自威宣，燕昭使人入海，求蓬莱、方丈、瀛洲。此三神山，诸仙人及不死之药皆在焉。以金银为宫阙，未至，望之如云；及到，三山反居水下；临之，风辄引舡①而去，终莫能至。（《封禅书》）

【注释】①舡（chuán）：同“船”。

【译文】从齐威王齐宣王时期开始，燕昭王让人到海上去，寻找蓬莱、方丈、瀛洲三座神山。这三座神山上，各位仙人和不死之药都在这里。山上的宫殿是用金银构建的，还没有到这三座大山所在的地方，看见山连起来像是云雾一样；等到到三座山所在的地方，却发现三座山反而位于水下；等到靠近它的时候，风就会引领它们像船一样离开，最终也没有能够到达的。

## 醒酒石

李德裕于平泉别墅，采天下珍木怪石为园池之玩。有醒酒石，德裕尤所宝惜，醉即踞之。（《唐馀录》）

唐庄宗朝，张全义为太师、尚书令兼四镇节度。有监军尝得平泉醒酒石，德裕孙延古托全义复求之，监军忿然曰：“自黄巢乱后，洛阳园宅无复能守，岂独平泉一石哉！”全义尝在贼巢中，以为讥己，大怒，笞杀[①]之。

【注释】①笞杀：拷打致死。

【译文】李德裕位于平泉的别墅，采集了世间珍奇的树木玉石作为有池塘的园林中可供赏玩的东西。有一种醒酒石，是李德裕特别珍惜的，他喝醉之后就盘坐在上面。

唐庄宗的时候，张全义官拜太师、尚书令并兼职四镇的节度使。有一位监军曾经得到过平泉别墅的醒酒石，李德裕的孙子李延古曾经委托张全义再次向他讨要醒酒石，那位监军愤怒地说：“自从黄巢之乱之后，洛阳的宅院没有一个能够守得住的，难道只有一块平泉的醒酒石吗？”张全义曾经在黄巢的队伍中，以为他在讥笑自己，非常愤怒，就将他拷打致死。

## 三石见梦

金陵有三大石甚古。吴仲庶作守日，夜梦三举子求哀，且曰：“若不垂佑，明日当为煨烬矣。”公甚异之。诘旦，遍问僚属，莫能原其意。既而视其牒，见兵马司状，申乞烧三醒石为灰，供修造之用，公遂悟，敕寺憎①爱护。元祐中，毛渐作漕，欲移置廨舍，掘之极深，而石根不断，不能动，遂罢。（《杨公笔录》）

**【注释】**①憎：此处应该是“僧”的讹误。

**【译文】**金陵有三块大石头十分古老。吴仲庶作为太守的时候，夜里梦见三个被举应试的士子向他哀求，并且说：“如果你不庇护我们，我们明天就会被烧成一片灰烬。”吴仲庶感到十分惊异。第二天清晨，问遍了他的属下，没有人能够还原其中的真实的意思。不久他看见公文，看见兵马司的文书，申请将三块醒石烧成灰，用来修理建造，吴仲庶于是明白了，下令让寺中的僧人保护它们。元祐年间，毛渐挖了沟渠，想要将他的官舍转移到这里，在这三块石头下挖了很深，但是石头根却还是没有断，因此无法移动，于是他只好作罢。

## 石屏

石屏出零阳白鹤山，屈处静上升之所。绍兴壬午间，有宗子邑居。一日舣[1]舟山下，于水中得一石，光采绚异，其纹若峰峦耸秀，浑然天成。自是石工凿采益众，烟云雪月之景，波澜龙凤之象，隐然可观。大者方广可四五尺，虽巧画者莫臻其妙。（《零陵志》）

**【注释】**①舣（yǐ）：停船靠岸。

**【译文】**石屏出自零阳的白鹤山，屈处静得道飞升的地方。绍兴壬午年间，有皇族子弟聚居在这里。有一天在白鹤山下停船靠岸，在水中得到一块石头，它的色彩特别耀眼华丽，它上面的纹路像是高耸秀丽的山峰，自然形成，没有任何斧凿的痕迹。从此以后，石匠开采得越来越多，有烟、云、雪、月的景色，波涛、龙凤的样子，隐隐约约，值得欣赏。大的面积可以达到四五尺，即使是擅长画画的人也不能够达到这样巧妙的地步。

## 风飘海船

嘉祐中，苏州昆山县海上有一船桅折，风飘抵岸。船中有三十余人，衣冠如唐人，系红鞓[1]角带[2]，短皂布衫，见人皆恸哭，语言不可晓，试令书字，字亦不可读，行则相缀[3]如雁行。久之，自出一书示人，乃唐天授中《告敕屯罗岛首领陪戍副尉制》。又有一书，乃是上高丽表，亦称屯罗岛，皆用汉字，盖东夷之臣属高丽者。船中有诸谷，唯麻子大如莲的。苏人种之，初岁亦如莲的，次年渐小。数年后，只如中国麻子。时赞善大夫韩正彦知昆山县事，召其人犒以酒食。食罢，以手捧首[④]而辗，意若欢感。正彦使人为其治桅，桅旧，植舡木上不可动，工人为之造转轴，教其起倒之法。其人又喜，复捧首而辗。(《笔录》)

**【注释】**①红鞓(tīng)：红色皮带，宋金官员的一种服饰。②角带：以角为饰的腰带，宋时下级官吏及庶民服饰。③缀：紧跟。④捧首：双手捧着头。

**【译文】**嘉祐年间，苏州的昆山县的海上的有一艘船的桅杆断了，在风的助力下飘到了岸边。船里面有三十多人，他们穿戴的衣帽看起来像是唐代人，系着红皮腰带，穿着黑色的短布衫，看见人就大声痛哭，不能明白他所说的语言，试着让他写字，字也读不出来，走路的时候相互紧跟着，像是大雁飞行的行列。经过一段时间之后，自己出示一篇文章展示给别人，是唐代天授年间的《告敕屯罗岛首领陪戎副尉制》。又有一篇文章，是《上高丽表》，也称作屯罗岛，都使用汉字，大概是东夷人，是高丽国属臣。船里有各种谷子，只有麻子大得像莲子一样。苏人将它种下去，第一年的时候果实也大得像莲子一样，第二年就变得小一点了。几年后，小得只有中国麻子那样大了。当时的赞善大夫韩正彦做了昆山县的长官，邀请这些人用酒食犒劳他们。吃完之后，双手捧着头回转，意思好像是在表达欢愉的感觉。韩正彦让人给他们修理桅杆，桅杆旧了，已经根植在船上面不能够移动了，工人们为它建造了转轴，教了他们起倒的方法。这些人又感到非常开心，再次捧着头回转。

## 舟遇海鳅

赵忠简鼎谪朱崖，自雷州浮海而南。越三日，方张帆早行，风力甚劲，顾见洪涛间红旗靡靡[①]，相逐而下，极目不断，远望不可审。疑为海寇，或外国兵甲，呼问舟人。舟人摇手令勿语，愁怖之色可掬[②]，急入舟，被发持刃，出蓬背立，割其舌出血滴水中，戒使臣使闭目坐船内。凡经两时顷，闻舟人相呼曰："更生！更生！"乃言曰："朝来所见，乃巨鳝也。平生未尝睹。所谓旗者，海鳝耳。"（《夷坚志》）

**【注释】**①靡靡：草木随风倒伏的样子。②可掬：情状非常明显。

**【译文】**忠简公赵鼎被贬谪到珠崖，在海上坐船从雷州向南漂浮。过了三天，才在早晨挂帆出行，风力非常强劲，看见波涛之间红旗随风倒伏，相互追逐着顺流而下，穷尽目力也没有断绝，看向远处却看不清楚。怀疑他们是海寇，或者是外国的军队装备，叫船夫来。船夫摇摇手让他别说话，脸上发愁害怕的情状非常明显，迅速地进入船中，披散着头发手拿着刀，走出蓬门背向使臣站立，将他的舌头割破，流出的血滴到水中，告诫使臣让他闭上眼睛坐在船里。总共超过了两个多时辰，听见船中的人相互呼喊着说："复活啦！复活啦！"于是说："早晨来的时候所看见的，是巨鳅。这是我生平没有看见过的。你看见的所谓的红旗，是海鳝。"

## 子胥扬涛

吴王既赐子胥死，乃取其尸，盛以鸱夷之草[1]，浮之江中。子胥因流扬波，依潮来往，荡激堤岸，势不可御。或有见其乘白马素车在潮头者，因为之立庙。每岁仲秋[2]既望，潮水极大，杭人以旗鼓迓[3]之。弄潮之戏，盖始于此，然或有沉溺者。(《临安志》)

**【注释】**①鸱夷之草：应该是“鸱夷之革”的讹误。鸱夷，盛酒的革囊。②仲秋：秋季的第二个月，即农历八月。③迓(yà)：迎接。

**【译文】**吴王已经赐死伍子胥，就拿取他的尸体，将他盛放在盛酒的革囊，漂浮在江中。伍子胥因此跟随掀起的波涛漂流，跟随潮水在海上来去，激荡着堤岸，它的气势不可阻挡。有人曾经看见伍子胥在潮头乘坐着白色的车马，因此为他建立了祠庙。每年农历的八月十六，潮水非常大，杭州人用旗和鼓迎接它。弄潮的游戏，大概从这个时候开始，然而有时候有溺水的人。

## 辨胥涛之妄

儒书言：吴王夫差杀伍子胥，煮之于镬，盛以囊，投之于江。子胥恚恨[1]，临水为涛，以溺杀人。夫言吴王杀子胥，投之于江，实也；言其恚恨，临水为涛，虚也。且卫菹[2]子路，汉烹彭越。子胥之勇，不过子路、彭越，然二人尚不能发怒于鼎镬之中，胥亦自先入鼎镬，后乃入江。在镬之时其神岂怯而勇于江水哉？何其怒气前

后之不相副。(《论衡》)

【注释】①恚恨(huì):怨恨。②菹(zū):剁成肉酱,切碎。

【译文】儒家的书本上说:吴王夫差杀了伍子胥,把他放在锅中煮了,用革囊盛放,将他投掷到江中。伍子胥很是怨恨,在临近水的地方制造波涛,用来淹死人。说吴王杀害了伍子胥,将他投掷到江中,这是事实;说他怨恨,在临近水的地方制造波涛,这不是事实。况且卫国将子路剁成肉酱,汉代将彭越烹制了。伍子胥的勇气,还没有超过子路和彭越,然而他们两个人尚且不能在鼎镬中发怒,伍子胥也是自己先进入鼎镬,然后才被投掷进江中。哪有在鼎镬的时候他的神灵怯懦而在江中会变得神勇呢?他的怒气为甚么前后如此不相符合。

## 钱王射潮

梁开平四年,武肃王钱氏始筑捍海塘[①],在候潮通江门之外。潮水昼夜冲击,版筑[②]不就[③],因命强弩数百以射潮头,又致祷于胥山祠。既而潮水避钱塘,东击西陵,遂成堤岸。

【注释】①海塘:滨海地区防御潮患的堤防。②版筑:筑墙时,用两版夹土,以杵把土捣实。③不就:不能完成。

【译文】梁朝开平四年,武肃王钱氏开始铸造抵御潮患的堤防,在等候涨潮的通江门的外面。潮水白天夜间都对它进行冲击。筑土墙不能够完成这样的使命,因此命人用硬弓来射潮头,又在胥山祠祈祷。不久潮水就避开钱塘,向东击打西陵,于是就冲击出了堤岸。

## 浙江潮声

海潮来皆有渐，惟浙江涛至，则常如山岳，奋如雷电，冰岸横飞，雪崖傍射[①]，澎腾奔激，吁可畏也。其湍怒[②]之理可得闻乎？曰：或云夹岸有山，南有龛，北曰赭，二山相对，谓之海门。岸夹势迫，涌而为涛。若言狭逼，则东溟自定海吞余姚、奉化二江，俟之浙江，尤甚狭逼，潮来不闻，有声又何也？（《丛书》）

**【注释】**①傍射："傍"通"旁"，即"旁射"，四射。②湍怒：水势汹涌疾急。

**【译文】**海潮来的时候都是有渐渐积累的过程，只有浙江的波涛前来的时候，经常就像高大的山，如雷电一般震动，击打岸边则浪花四处飞溅，击打山崖则浪花四射，浙江潮水的澎湃跳跃、奔腾激荡，真的可以说是让人害怕了。它的水势汹涌疾急的原因你听说过吗？说：有人说水流的两岸有山，南边有龛山，在北边的叫赭山，两座山相对着，叫作"海门"。岸的两边限制使得水势很急迫，奔涌成浪涛。如果说狭窄逼仄，那么东海从定海吞掉余姚和奉化两条江水，在浙江等待，比这个更为狭窄逼仄，潮水来了没有人听到，有声音又怎么样呢？

## 渭水天星

汉武帝时，蜀张宽为侍中，从祀甘泉。至渭桥，有女子浴于渭水，乳长七尺。上怪其异，遣问之，女曰："帝后第七车知我所

来。”时宽在第七车，对曰：“天星主祭祀者，斋戒不洁，则女人见。”（陈寿《益都耆旧传》）

【译文】汉武帝的时候，蜀地的张宽作为侍中侍郎，陪伴汉武帝在甘泉祭祀。到渭桥的时候，有一个女子在渭水河里沐浴，她的乳房长达七尺。汉武帝非常奇怪她的奇异，派人前往询问，那个女子说：“汉武帝后面第七辆车中的人知道我的由来。”当时张宽在第七辆车上，回答说：“天星是住持祭祀的，斋戒不够洁净，就会出现女人。”

## 城陷为湖

今巢湖，古巢县。一日江涨，港有巨鱼，取以货于市，合县食之。有一老姥独不食，遇老叟曰：“此吾子也。汝独不食，吾厚报汝。若东门石龟目赤，城当陷。”姥日往视，有稚子讶之，姥以实告。稚子欺之，以朱傅龟目，姥见急出城。有青衣童子曰：“吾龙之子。”乃引姥登山而免。（《青琐高议》）

【译文】现在的巢湖，古代是巢县。一天，江水上涨，它的支流中有巨大的鱼，将它捕捞上来在集市上售卖，整个县里的人都吃它，只有一个老妇人不吃，遇到一个老人说：“这是我的孩子。只有你不吃它，我要重重地报答你。如果东门的石龟眼睛变红，这座城就会陷落。”这位老妇人每天都前往查看，有一个小孩子对此很是惊讶，老妇人将实情告诉了他。小孩子欺骗她，用红色附着在乌龟的眼睛上，老妇人见到这种情况非常快速地出城了。有一个穿青衣的童子说：“我是龙的儿子。”于是引领着老妇人登上山，因而幸免于难。

## 无支祁神

禹治水，三至桐柏山，获淮涡水神，名曰无支。初形犹猕猴，力逾九象，人不可视，乃命庚辰[①]制之。是时，木魅、水灵、山妖、水怪，奔号丛绕，几以千数。庚辰持戟逐去，遂锁于龟山之足，淮水乃安。唐永泰初，楚州有渔人，夜钓于龟山之下。其钩为物所制，因沉水视之，见大铁锁绕山足，一兽形如青猿，兀[②]若昏醉，涎沫腥秽不可近。(《古岳渎经》)

**【注释】**①庚辰：古代传说中的助禹治水之神。②兀：茫然无知。

**【译文】**大禹治水，三次到达桐柏山，捕获了淮涡水神，名叫无支。最初它的形态像是猕猴，力量超过了九头大象，人不能够见到它，于是命令庚辰制服它。这时候，木魅、水灵、山妖、水怪，环绕着树丛奔走呼号，几乎接近了一千。庚辰手持画戟追逐而去，于是将它锁在了龟山的脚上，淮水才平静下来。唐代永泰初年，楚州有一个渔人，在龟山的下面垂钓。他垂钓的鱼钩被一个东西限制了，于是跳进水里面去看，看见大铁锁环绕山的脚下，一只长得像青猿的野兽，像喝得醉醺醺一样茫然无知，口水腥臭不可接近。

## 冯夷

中极之渊[①]，深数百仞，惟冰夷都焉。冰夷人面而乘龙。《穆天子传》云："天子西征，至阳纡之山，河伯无夷之所都。"盖冰夷、无夷即冯夷也。《淮南子》又作冯迟。《抱朴子·释思篇》曰："冯夷以八月上庚日渡河溺死，天帝署为河伯。"昔夏禹观河，见长人鱼身，曰："吾河精。"岂河伯耶？（《山海经》）

**【注释】**①中极之渊：应为"忠极之渊"，又叫"从极之渊"，是《山海经》中记载的深渊。

**【译文】**忠极之渊，深达几百仞，只有冰夷人聚集在这里。冰夷人长着人的脸，乘坐着龙出行。《穆天子传》中说："天子征战西方，到了阳纡山，是河伯无夷所居住的地方。"大概冰夷、无夷就是冯夷。《淮南子》中又叫它冯迟。《抱朴子·释思篇》中说："冯夷在八月上旬的庚日这一天渡河的时候淹死了，天帝给他命名为河伯。"以前夏禹观看河水，看见身材特高的人长着鱼的身体，说："我是河精。"难道是河伯吗？

## 河伯娶妇

西门豹为邺令，邺三老[①]、廷掾[②]岁敛百姓钱，为河伯娶妇。巫行视[③]小家女好者，聘取，为治新衣，粉饰之如嫁女。床席，令女居其上，浮之河中，行数十里乃没，以故人家多持女远逃。俗语：即不为河伯娶妇，水没溺人民云。豹至其时往会，豹呼河伯妇视之，曰："是女子不妇[4]，烦大巫妪为入报河伯，更求好女送之。"使吏卒抱大巫妪投河中。有顷，曰："巫妪何久也？弟子趣之。"复以弟子一人投河中，凡三投弟子。豹曰："巫妪弟子，是女子不能白事，烦三老入白之。"复投三老河中。良久，豹欲复使廷掾与豪长者一人趣之，皆叩头且破，额血流地。豹曰："河伯留客之久，皆罢去归矣。"邺吏民大惊恐，自此不复敢言为河伯娶妇。

（《史记》）

**【注释】**①三老：古代掌教化之官。②廷掾：县令的属吏。③行视：巡行视察。④不妇：违背妇德。

**【译文】**西门豹在作为邺城县令的时候，邺城的三老和廷掾每年都征敛百姓的钱财，来为河伯娶媳妇。巫婆巡行视察百姓家有长得美丽的女孩，就下聘，为她置办新衣服，像嫁女儿那样装扮她。准备了坐塌，让这个女孩坐在上面，使她漂浮在河中，走了几十里之后就沉下去了。所以百姓们大多数带着女儿逃向远方。俗话说：假如不给河伯娶媳妇，河伯就会发水将当地人淹死。西门豹到邺城的时候前去相见，西门召唤河伯的媳妇前去检视，说："这个女子违背妇德，麻烦大巫婆替我进去报告河伯，请求更换好的女孩子送给他。"让士兵抱着大巫婆投掷到河里面。过了一会儿，说："巫婆为什么去了那么久？巫婆的弟子前去催促一下。"于是就将她的一个弟子投掷到河里面，总共投掷了三个弟子进去。西门豹说："巫婆和他的弟子不能够陈述事情，麻烦三老进去告诉河伯。"于是将三老投掷到河里面。过了很久，西门豹想要再让县令的属吏和乡绅其中一个人前去催促，他们都把自己的头磕破了，额头上的血流到了地上。西门豹说："河伯留客人要留很久，你们都回去吧。"邺城的官员和百姓都特别惊恐，从此不再敢说给河伯娶媳妇了。

## 燃犀照水

晋温峤过牛渚矶，深不可测。世云下多怪物，遂燃犀而照之。须臾，见水族覆火，奇形异状。峤于是夜梦人谓曰："与君幽明[①]道别，何意相照也？"

**【注释】**①幽明：指生与死，阴间与阳间。

**【译文】**晋代的温峤经过牛渚矶，发现这里的水深不可测。世上的人说下面有很多怪物，于是点燃了犀牛角照向水面。不一会儿，看见水族覆盖在火上，形状非常奇异。温峤在这天夜里梦见有人对他说："我和你阴阳有别，为什么想要来照我们呢？"

## 蜃精水害

许真君名逊，字敬之，汝南人。后于豫章遇一少年，容仪修整，自称慎郎。真君与之语，知非人类。指顾[①]之间，少年去。真君谓门人曰："适来少年，乃是蛟蜃之精。吾念江西累为洪水所害，若非剪灭，恐致逃遁。"蜃精知真君识之，潜于龙沙洲，化为黄牛。真君以道眼[②]遥观，谓弟子施太玉曰："彼之精怪，化作黄牛。我今化身为黑牛，仍以手巾挂膊，将以认之。汝见牛奔斗，当以剑截彼。”真君乃化身而去。俄见黑牛奔趁黄牛而来，太玉以剑掷黄牛，中其左股，因投入城西井中。从此，井径归潭州，却化为人。先是，蜃精化为美少年，以珍宝财货数万，获娶潭州刺史贾至女，至是，真君求见贾使君，谓曰：“闻君有贵婿慎郎，乃蛟蜃老魅焉，敢遁形！”蜃精复变本形，为吏所杀。真君于太康间，于洪州西山，举家四十二口，拔宅上升而去，唯有石函、药臼各一，与真君所御锦帐，复自云中堕于故宅。乡人因即其地置游帷观云。（《太平广记》）

**【注释】**①指顾：一指一瞥之间。形容时间的短暂、迅速。②道眼：佛教语。指能洞察一切，辨别真妄的眼力。

**【译文】**许真君名叫逊，字敬之，是汝南人。后来在豫章遇见一个少年，仪表堂堂，自称慎郎。真君和他说话，知道他并不是人类。一瞬间，少年离开了。真君对门人说：“刚刚前来的少年，是水族的精怪。我想江西多次被洪水祸害，如果不铲除它，恐怕会让他逃脱。”蜃精知道真君识破了他，于是在龙沙洲潜伏，化身成黄牛。真君用道眼远观，对他的弟子施太玉说：“那个精怪，化身成了黄牛。我现在化身成为黑牛，仍旧用手巾挂在胳膊上，将凭借这个辨别。你看见牛奔跑打斗，应当用剑截住它。”真君于是化身成黑牛离开了。不一会儿看见黑牛奔跑追赶着黄牛前来，施太玉用剑投掷向黄牛，击中了它左边的大腿，因此将它投到了城西的井里。自此以后，井径直归向潭州，转化成人。先前，蜃精化身成为美少年，用几万的珍宝财货，娶了潭州刺史贾至的女儿，到了这个时候，许真君请求与贾使君见面，对他说：“听说你有一位名叫慎郎的女婿，他其实是水族的精怪，当然他隐去了自己的形体！”蜃精再次变回了本来的形态，被官吏杀了。太康年间，许真君在洪州西山，带领全家四十二口人，移动家宅向天上升去，只有一个石制的匣子、一个捣药的石臼，和许真君所用的华美的帷帐，再次从云间坠落在他的旧宅。他的乡亲们因此就在那个地方设置了游帷观。

## 龙神现梦

陈尧咨泊舟三山矶，有老叟曰：“来日午后有大风，舟行必覆，宜慎之。”来日天晴，万里无片云，舟人请解纤，公曰：“更待之。”同行舟皆离岸，公托以事。日午天色帖然①，俄黑云起于天末，大风暴至，折木飞沙，怒涛若山，同行舟皆沉溺。公惊叹，又见前叟曰：“其实非人，乃江之游奕②将也。以公他日当位宰相，固当奉告。”公曰：“何以报德？”叟曰：“吾本不求报。贵人所至，龙神理当卫护，愿得《金光明经》一部。”公许之。至京，以《金光明经》三部，遣人诣三山矶投之。梦前叟曰：“本只祈一，公赐以三，今连升数秩。”再拜而去。（《翰府名谈》）

**【注释】**①帖然：安定顺从的样子。②游奕：巡逻。

**【译文】**陈尧咨在三山矶停船靠岸，有一位老翁说：“第二天中午以后有大风，如果行船就一定会翻船，对此你应当谨慎。”第二天天气晴朗，万里无云，撑船的人请求解开纤绳，陈尧咨说：“再等一会儿。”同行的船都已经离开岸边，陈尧咨借有事推诿躲避行船。中午的时候天气安定顺和，不一会儿天边起了黑云，大风突然猛烈吹来，吹断了树木，吹起了狂沙，汹涌的波涛像山一般，和他一同出行的船都已经沉到水里。陈尧咨非常惊讶叹服，再次看见先前的老翁，他说："其实我不是人，我是江中巡逻的将领。因为你将来应当位居宰相的职位，我本就应当告诉你。"陈尧咨说："我用什么来报答你的恩德？"老翁说："我本来就不求回报。尊贵的人所到的地方，龙神应该承担护卫的责任，希望得到一部《金光明经》。"陈尧咨答应了。到京城的时候，用三部《金光明经》派人前往三山矶投给龙神。梦见之前的老翁说："本来只是祈求得到一部，你给了我三部，现在你会连升几次。"对他拜而又拜后离开了。

## 心存诚敬

伊川贬涪州，渡汉江，中流船几覆，舟中之人皆号哭，伊川独正襟安坐如常。已而及岸，同舟有老父问曰："当船危时，君独无怖色，何也？"伊川曰："心存诚敬耳。"老父曰："心存诚敬固善，不若无心。"伊川欲与之言，老父径去不顾。

**【译文】**伊川被贬谪到涪州，渡过汉江的时候，在水流的中央时船几乎翻了，船中的人都在哭，只有伊川像往常一样正襟危坐。不久之后船到达了岸边，同船的老翁问他说："当船陷入危机的时候，只有你的脸上没有恐慌的颜色，为什么呢？"伊川说："我只是心中存有诚恳恭敬罢了。"老翁说："心中存有诚恳恭敬固然很好，但却不如无心的状态。"伊川想要和他说话，但是老翁却没有管他，径直离开了。

## 泉味变甘

李白字太白，唐玄宗时为虞城令。邑有井，泉味清洌而苦。白曰："我苦且清，汝清且苦，符吾志也。"使汲饮之，不辍，其味遂变为甘。（《去思颂碑》）

**【译文】**李白字太白，唐玄宗的时候是虞城县令。城中有井，泉水的味道清凉而苦涩。李白说："我贫苦而清白，你清洌而苦涩，符合我的意愿。"让人从井里打水喝，没有间断过，那井里的水于是变成甜的了。

## 漱石枕流

孙楚，晋惠帝时为冯翊太守，初薄世味，欲隐居自全。尝谓王济曰"当枕石漱流"，误云"枕流漱石"。济诘之曰："流岂可枕，石岂可漱乎？"楚曰："枕流欲洗其耳，漱石欲厉其齿耳。"济叹服。

**【译文】**孙楚，晋惠帝的时候是冯翊太守，一开始觉得功名宦情凉薄，想要隐居来保全自己。曾经对王济说"当枕石漱流"，误说成了"枕流漱石"。王济追问他说："流水怎么能够枕在上面，石头怎么能够漱口？"孙楚说："枕在流水之上是为了洗耳朵，用石头漱口是为了让牙齿更锋利。"王济对他的说法感到赞叹并且佩服。

## 饮贪泉

吴隐之性廉操，为广州刺史。界上一水谓之贪泉，古老云“饮此泉水者，廉士皆贪。”隐之至，酌而饮之，赋诗云：“古人言此水，一歃怀千金。试使夷齐饮，终当不易心。”清操愈厉。

**【译文】**吴隐之天性操守廉洁，是广州刺史。他所管辖的地界上有一处水域名叫贪泉，通晓这个故事的老人说“喝了这个泉水的人，即使是廉洁的人也都会变得贪得无厌。”吴隐之到了这个地方，舀取了泉水并喝下它，赋诗一首说：“古人言此水，一歃怀千金。试使夷齐饮，终当不易心。”他的清白高尚的志行更上一层了。

## 建华清宫

天宝六载，更温泉曰华清宫汤，治井为池，环山列宫室。（《地理志》）上于华清新广一汤，制度[①]宏丽。禄山于范阳以玉鱼、龙、凫、雁、石梁、石莲花以献，雕镌尤妙。上大悦，命陈于汤中，仍以石梁横于其上，而莲花才出于水际。上因幸，解衣将入，而鱼龙凫雁皆奋鳞举翼，状若飞动，上因恐，却之。莲花石至今在。（《明皇杂录》）

**【注释】**①制度：式样，规格。

**【译文】**天宝六年，将温泉宫更名为华清宫汤，修整井作为汤池，环绕着山陈列着宫室。皇帝在华清宫新扩建了一个温泉，它的式样宏伟壮丽。安禄山在范阳将玉鱼、龙、凫、雁、石梁、石莲花进献给皇上，它们的雕刻尤其精妙。皇上非常开心，命人陈列在温泉中，仍旧用石梁横在它的上面，因而莲花才会刚刚露出水面。皇上因此驾临，解开自己的衣服想要进去，但是鱼、龙、凫、雁都振动鳞片张开翅膀，样子好像是要飞起来，皇上因此非常害怕，就推辞了。莲花石至今还在。

## 擅塞陂塘

程明道摄上元邑，盛夏塘堤大决，法当言之府，府禀于漕，然后计工调役，非月余不能兴作[①]。先生曰："如是苗槁矣，民将何食？救民获罪，所不辞也。"遂发民塞之，岁则大熟。(《言行录》)

**【注释】**①兴作：着手进行。

**【译文】**程明道代职管理上元邑，盛夏的时候池塘出现了大的决堤，按照律法应当将这件事情告诉府，府再禀报给漕司，在这以后计算工程量，调集劳役，没有一个多月的时间是不能够着手进行的。先生说："如果这样做禾苗就会枯萎，人民将要用什么作为食物呢？能够拯救人民，即使因此获罪，也是在所不辞的。"于是发动百姓堵塞决口的堤坝，这一年粮食就获得了大丰收。

# 卷四 人物类

## 请还御宝

曹后称制[①]日，韩琦欲还政天子，而御宝[②]在太后阁，皇帝行幸，即随驾。琦因请具[③]索状祈雨，比乘舆还，御宝更不入太后阁，即于帘前具述："皇帝圣德，都人瞻仰，无不欢慰。"且言"天下事久烦圣虑。"太后怒曰："教做也由相公，不教做也由相公。"琦独立帘外不去，及得一言有允意，即再拜驾起，遂促仪鸾司拆帘。上自此亲政。(《孙公谈圃》)

**【注释】**①称制：代行皇帝职权。②御宝：天子的玺印。③具：写。

**【译文】**曹后代行皇帝职权的时候，韩琦想要将执政大权还给皇帝，但是天子的玺印在太后的阁楼中，皇帝出行的时候，他就跟随在皇帝左右。韩琦因此请求写索求下雨的文章来祈雨，等到乘坐车马回朝的时候，天子的玺印改换地方，不再放入太后的阁楼，就在垂帘前面详细陈述："皇上至高无上的道德，京城人很是仰慕，没有人不觉得欣慰的。"并且说"天下间的大事已经烦扰皇上的思虑很久了。"太后生气地说："让我垂帘听政的是你，不让我垂帘听政的也是你。"韩琦独自站在垂帘外没有离开，等到他听到有一句话中有允许的意思，就再次参拜，太后动身，于是他催促仪鸾司拆掉垂帘。皇上从这刻开始亲自处理政务。

## 女中尧舜

英宗母宣仁烈圣皇后高氏，神宗即位尊为皇太后，与皇帝御延和殿，垂帘听政。当元丰末，垂帘听政，保佑哲宗，起司马光为相，天下归心[①]，临朝[②]九年。高琼赞曰："琼与寇准协谋劝真宗亲征，戮力破敌，遂成莫大之功。笃生[③]圣后，为女中尧舜。"

**【注释】**①天下归心：形容天下的老百姓心悦诚服。②临朝：亲自处理国政。③笃生：生而得天独厚。

**【译文】**宋英宗的母亲宣仁烈圣皇后高氏，宋神宗登基的时候尊她为皇太后，和皇帝在延和殿统治天下，垂帘听政。正值元丰末年，在她垂帘听政的时候，保护了宋哲宗，启用司马光作为宰相，天下的老百姓心悦诚服，亲自处理朝政九年。高琼赞叹说："我和寇准协商谋划劝说宋真宗亲征，合力击败敌军，才成就最大的功劳。圣后生而得天独厚，是女子中的尧舜。"

## 梦赤脚仙

章懿李后，忽梦一羽衣之士，跣足[1]从空而下，云：“来为汝子。”时上未有嗣，闻之大喜，云：“当为汝成之。”是夕，召幸有娠。明年诞育昭陵而幼年。每穿履袜，即亟令脱去，常徒步，禁中皆呼为赤脚仙人。赤脚仙人，盖古之得道李君也。

**【注释】**①跣（xiǎn）足：光着脚，没穿鞋袜。

**【译文】**章懿皇后李氏，忽然梦见一位穿着羽衣的人，光着脚从空中翩然而下，说：“我来是做你的子嗣。”当时皇上还没有子嗣，听说这个梦之后非常开心，说：“应该为你促成这件事。”这夜，皇上召唤李氏侍寝让她有了身孕。第二年生下了昭陵，但是昭陵幼年的时候，每次给他穿上鞋袜的时候，就立即命令别人脱掉，经常步行，宫中人都叫他赤脚仙人。赤脚仙人，大概是古时候得道的李君吧！

## 飞龙之瑞

初，上在潜邸[1]，与宋王等同居于兴庆里，时人号曰五王子宅。本名隆庆坊。及景龙末，宅内有龙池涌出，望气[2]者云有天子之气。中宗数幸其地，命泛舟，乃驰象踏气以厌[3]之，竟为飞龙之地，因是地立兴庆宫。玄宗开元十年幸潞州，改旧宅为飞龙院。

**【注释】**①潜邸（qián dǐ）：称天子即位前所居住的宅第。②望气：一种古代的占候方法。由观望云气而知道人事吉凶的征兆。③厌（yā）：泛指压制；抑制。

【译文】刚开始皇上住在即位前的宅邸的时候，和宋王等人一同居住在兴庆里，当时的人称它为“五王子宅”。它本来的名字叫隆庆坊。等到景龙末年，宅子里有龙池奔涌出来，会看云气推测吉凶的人说这里有天子之气。唐中宗几次驾临这个地方，命人划船，于是用奔驰的巨象踏着龙气来压制它，最后竟然成为了龙腾飞的地方，因此在这个地方兴建了兴庆宫。唐玄宗开元十年的时候临幸潞州，将以前的宅子改名为飞龙院。

## 能识居潜

祖宗居潜，与赵韩王游长安。时陈抟乘一骡，遇之，下骡大笑，巾簪几坠，左手握太祖，右手挽太宗，曰：“可相从市饮乎？”祖宗曰：“与赵学究三人并游，可同之。”陈睚睨[①]韩王甚久，徐曰：“也得，也得，非渠[②]不可与此帝。”既入酒舍，韩王脚跛，偶坐席右，陈怒曰：“紫薇，帝垣。一小星辄据上次，可乎？”斥之，使居帝左。（《湘山野录》）

【注释】①睚睨：眼睛斜着看。②渠：方言，他。

【译文】宋太祖宋太宗居住在即位前的住所的时候，和赵普游赏长安。当时陈抟骑着一头骡子，遇到他，下了骡子大笑，他的头巾和发簪几乎都笑掉下来了，陈抟左手握着宋太祖的手，右手挽着宋太宗的手说：“可以一起到集市上喝酒吗？”宋太祖宋太宗说：“我们和赵普三个人是一起游赏的，可以带他一起。”陈抟斜着眼睛看赵普看了很久，说：“也可以，也可以，没有他不能够帮助这个帝王。”已经进入了酒家，赵普是跛脚，偶然坐在了席位的右边，陈抟生气地说：“紫薇星，是帝星。一个小星就占据上位，这样可以吗？”呵斥了他，让他坐在帝位的左边。

## 拳手即伸

钩弋夫人赵婕妤，家在河间，武帝巡狩过之。望气者言“此有奇女”，天子亟使召至。女两手皆拳，上自披之，手即时伸。由是得幸，号拳夫人，居钩弋宫，遂生昭帝。

**【译文】**钩弋夫人赵婕妤，她的家住在河间，汉武帝狩猎的时候经过了这里。能够看云气推测吉凶的人说“这里有奇女子”，汉武帝迅速地派人召请她前去。这个女子两只手都呈拳状，皇帝亲自将她的手打开，她的手立即就伸展开。因为这样而获得临幸，称她是“拳夫人”，居住在钩弋宫，于是生了汉昭帝。

## 沙麓之祥

春秋沙麓崩，元城建公曰：“沙麓崩六百四十五年，宜有圣女[1]兴。”汉王贺，字翁孺，正值其地，日月当之。贺生禁，禁生元后。元后母李妊政君，梦月入怀。政君，元后小字也。元后母天下，自元、成、哀、平四帝，至王莽。扬雄作表：“太阴之精，沙麓之灵。作合

于汉，配元生成。”（《元后传》）

【注释】①圣女：有圣德的女子。

【译文】春秋的时候沙麓崩塌了，元城建公说：“沙麓崩塌后的六百四十五年，应当会有有圣德的女子使它兴盛。”汉代的王贺，字翁孺，正好在这个地方，时间也正好符合。王贺生了王禁，王禁生了元后。元后的母亲李氏怀政君的时候，梦见月亮进入自己的身体。政君，是元后的小名。元后母仪天下，从元帝、成帝、哀帝、平帝到王莽。杨雄写了一篇表：“太阴之精，沙麓之灵。作合于汉，配元生成”。

## 女相甚贵

章献明肃太后，成都华阳人。少随父下峡，至玉泉寺，有长老善相人，谓其父曰：“君贵人也。”及见后，大惊曰：“君之贵，以此女也。盍进京师乎？”赐以金百两。至京师，真宗判南京[①]，因张耆纳后宫中。帝即位为才人，进宸妃，正位宫闱，声满天下。仁宗即位，以太皇后垂帘听政。时玉泉长老，已居长芦矣。（《闻见录》）

【注释】①南京：宋大中祥符七年（1014年），建应天府（今商丘）为南京。

【译文】章献明肃太后，是成都华阳地区的人。年少的时候跟随父亲从三峡顺流而下，到了玉泉寺，有位长老善于给人看相，对她的父亲说：“你是一位贵人。”等到见到她以后，大吃一惊，说：“你的富贵，是因为这个女子。为什么不把她进献到京城呢？”她的父亲赏赐了长老一百两金子。到了京城，宋真宗是开封府尹，因为张耆把他纳入后宫里。宋真宗登基的时候她是才人，进而封为宸妃，在宫中是主位，声誉布满天下。宋仁宗登基的时候，凭借太皇太后的位置垂帘听政。当时的玉泉寺长老，已经迁居到长芦了。

## 能以死谏

赵姬，楚昭王之姬，越王勾践女也。昭王宴游，赵姬从，谓姬曰：“乐乎？”对曰：“乐则乐矣，而不可久也。”王曰：“愿与子生死若此。”姬曰：“君之乐游，要妾以死，不敢闻命①。”后王病，有赤云夹日如飞鸟。王问周太史，太史曰：“是害王身，请移于将相。”王曰：“将相于孤，犹股肱也。”不听。姬曰：“大哉，君之德。妾请从王死矣。妾闻，信者不负其心。”遂自杀。（《列女传》）

**【注释】**①闻命：接受命令或教导。

**【译文】**赵姬，楚昭王的姬妾，是越王勾践的女儿。楚昭王宴饮游乐，赵姬随侍，楚昭王对赵姬说：“开心吗？”赵姬回答说：“开心是开心，但是不能够持久。”楚昭王说：“我愿意和你像这样从生到死。”赵姬说：“你开心地宴游，要我以死相随，我不敢接受这样的命令。”后来楚昭王病了，有红色的云夹着太阳，像是飞鸟一般。楚昭王问周太史，周太史说：“这个会损害您的身体，请将它转移到将相的身上。”楚昭王说：“将相对我来说，就像是大腿和胳膊。”没有听从周太史的建议。赵姬说：“君王您真的有大德。我请求跟随您死去。我听说，守信的人不会辜负自己的心。”于是就自杀了。

## 钓弃前鱼

魏王与龙阳君共船而钓，得十余鱼而弃之，泣下曰：“妾始得鱼甚喜，后得益多而大，欲弃前所得也。今妾得拂枕席，爵至人君。四海之内，美人甚多，闻妾得幸，毕褰裳而趋。妾亦同所得鱼，将弃矣，得无涕乎？”王乃令曰：“敢言美人者族。”

**【译文】**魏王和龙阳君在同一个船里一起钓鱼，钓了十几条鱼之后就丢弃了，流下了眼泪，说：“我一开始钓到鱼非常开心，后来钓到的鱼更多也更大，想要丢弃之前所得到的。现在我得以拂拭床铺，爵位也到达人君的高度。四海之内，美人非常多，她们听说我得到宠幸，都提起衣裳来接近。我也像是我所获得的鱼，将要被丢弃，怎么不流泪呢？”魏王于是下令说：“敢谈论美人的将会被灭族。”

## 以计加诬

魏王遗楚美人，王悦之。夫人郑袖知王之悦之也，爱之甚于王。王曰：“妇女所以事夫者，色也。而妒者，其情也。今郑袖知寡人之所悦，其爱甚于寡人。此孝子所以事亲、忠臣所以事君也。”郑袖既知王以为不妒，因谓美人曰：“王爱子甚矣，然恶子之鼻。子见必掩其鼻。”美人从之。王谓郑袖曰：“美人见寡人必掩其鼻，何也？”曰：“似恶闻王之臭。”王曰：“悍哉！”令劓之。

**【译文】**魏王赠送了楚王美人，楚王非常喜欢她。夫人郑袖知道楚王喜欢她，比楚王爱她的程度更深。楚王说："女子侍奉丈夫的原因，是因为色。而妒忌，是因为情。现在郑袖知道我喜欢，她就会比我更爱。这就是孝子为什么侍奉双亲、忠臣为什么侍奉君王。"郑袖已经知道楚王认为她不嫉妒，因此对美人说："楚王非常喜欢你，但是讨厌你的鼻子，你见了楚王一定要掩盖住你的鼻子。"美人听从了她的建议。楚王对郑袖说："美人见到我一定会掩盖住她的鼻子，这是为什么呢？"郑袖说："好像是讨厌闻到大王您身上的臭味。"楚王说："竟然如此凶悍！"让人削去美人的鼻子。

## 临终固宠

汉武帝李夫人本以倡进。兄延年，生知音，善歌舞；每为新声，延年侍上起舞，歌曰："北方有佳人，绝世而独立。一顾倾人城，再顾倾人国。宁不知倾城与倾国，佳人不再得。"帝太息曰："善哉！世岂有此人乎？"平阳主因延年有女弟[①]，上乃召见之，实妙丽善舞，由是幸。生一男，是为昌邑哀王。初，夫人病笃，上临候之，夫人谢不可见，愿以王及兄弟为托。姊妹让[②]之，夫人曰："我以容貌得幸，今见我毁坏，必畏恶弃我，尚肯追思悯录[③]其兄弟哉！"夫人卒，上怜之，画其形于甘泉宫。上念李夫人不已，方士齐人少翁言能致其神，乃夜张灯烛，设帷幄，陈酒肉，而令上居他帐遥望，见好女如李夫人之貌，还幄坐，而步又不得就视。上愈相思悲感，为作诗曰："是耶，非耶？立而望之，何姗姗其来迟。"

今乐府诸音家弦歌之。

**【注释】**①女弟：妹妹。②让：责备。③录：惦记。

**【译文】**汉武帝的李夫人本来是通过倡优进献的。她的哥哥李延年，天生通晓音律，擅长唱歌和跳舞；每次创作了新的声律，李延年就会侍奉皇上跳舞，那首歌是："北方有佳人，绝世而独立。一顾倾人城，再顾倾人国。宁不知倾城与倾国，佳人不再得。"汉武帝叹息着说："真好啊！世上难道有这个人吗？"平阳公主趁机说李延年有妹妹，汉武帝于是召见了他的妹妹，确实是曼妙美丽，擅长跳舞，因此宠幸了她。她生了一个男孩，就是昌邑哀王。当初，李夫人病得非常厉害，汉武帝驾临问候，李夫人谢绝，不能够见到，想要将昌邑王和她的兄弟托付给汉武帝。她的姊妹责备她，李夫人说："我因为容貌而得到宠幸，现在如果看见我容貌被毁，一定会害怕并且讨厌嫌弃我，哪里肯追想怀念怜悯惦记她的兄弟啊！"李夫人去世后，皇上爱怜她，将她的形象画在甘泉宫。汉武帝不可遏制地思念李夫人，有一位齐地的方士少翁说能够招致她的魂灵，于是夜里面点上烛火，陈设了帷帐，摆上了酒肉，并且让汉武帝在其它的帷帐中远远观望，看见一位长得像李夫人容貌的美丽女子，回到帷帐中坐下，但是他的脚步又不能靠近去观看。汉武帝更加思念她，产生了悲伤的感觉，为她写诗说："是耶，非耶？立而望之，何姗姗其来迟。"现在的乐府中的各位乐工弹弦歌唱它。

## 画王昭君

王嫱字昭君，王穰女，南郡秭归人。汉元帝时匈奴入朝[1]，诏以昭君配之，号宁胡阏氏。一说元帝后宫人既多，不得当见，乃使画工图其形，按图召幸。宫人皆赂画工，多者十万金，少者不减五万金。昭君自恃其貌，独不与，工遂毁其形。及匈奴入朝，选宫人配之。昭君以图当行，入辞，光彩射人，竦动左右。天子重信外国，悔恨不及，穷案[2]其事。有画工毛延寿为人形，老少必得其真。安陵陈敞、新寺刘白、龚宽，并工狗马众势，人形不逮延寿。杜陵杨望、樊青，尤工布色，皆同日弃市[3]，籍其资财。昭君在路愁怨，遂于马上弹琵琶以寄恨。汉人怜昭君远嫁，为作歌诗。后昭君服毒死，举国葬之。胡中北地白草，而此草独青，故曰青冢。

**【注释】**①入朝：指属国、外国使臣或地方官员谒见天子。②穷案：彻底查究。③弃市：古代于闹市执行死刑，并将尸体弃置街头示众。

**【译文】**王嫱，字昭君，是王穰的女儿，南郡秭归人。汉元帝的时候匈奴谒见天子，汉武帝发布诏令用昭君来作为配偶，称呼她为宁胡阏氏。一种说法是汉元帝的后宫人非常多，不能够同一时间见到，于是让画工画出她们的形象，按照图画的形象召见他们宠幸。妃子们都贿赂画工，贿赂多的人达到了十万两黄金，贿赂少的人也不少于五万两黄金。只有王昭君倚仗自己的容貌不贿赂他，画工于是损毁她的形象。等到匈奴前来谒见汉武帝，选择妃子来匹配他。王昭君因为图纸形象应当前去，等到王昭君进入朝堂辞行，汉武帝发现她容貌光彩照人，惊动身边的人。汉武帝对外国特别重视诚信，非常后悔，要求彻底查究这件事。有一位叫毛延寿的画工画人的形象，无论是老是小，他一定会画出他们的真实形象。安陵陈敞、新寺刘白、龚宽，他们都工于狗、马一众的形象，但画人像比不上毛延寿。杜陵杨望、樊青，特别擅长上色，都在同一天执行死刑，弃尸街头，没收了他们的财产。王昭君在前去的路上十分幽怨，于是在马上弹奏琵琶来寄托自己的悔恨。汉人怜悯王昭君远嫁，为她写诗写歌。后来王昭君服毒死去，全国都给她送葬。匈奴北边地上的草是白色的，但是只有这个地方的草是青色的，所以叫青冢。

## 老温柔乡

冯万金善歌，世事江都王。王孙女嫁江都中尉赵曼，万金又事曼，因与主通。曼有疾，不能近妇人。主有身，恐，乃称疾，居王宫，一产二女，归之万金。长曰宜主，次曰合德，遂冒姓赵氏。宜主聪悟，善行气①术，长而纤细，举止翩然，谓之飞燕。合德肤滑，出浴不濡，善歌知音，皆绝色也。樊嫕进言合德容貌，帝召入宫。合德新沐，膏九回，沉水香，为卷发，号新兴髻；为薄眉，号远山黛；施小朱，号慵来妆。左右啧啧嗟赏。帝谓合德为温柔乡，曰："吾老是乡矣，不能效武帝求白云乡也。"宣帝时，披香博士淖方成白发教授宫中。号淖夫人，在帝后唾曰："此祸水也，灭火必矣。"

**【注释】**①行气：道教语。指呼吸吐纳等养生方法的内修功夫。

【译文】冯万金擅长唱歌，世代侍奉江都王。江都王的孙女嫁给了江都的中尉赵曼，冯万金因此又侍奉赵曼，趁机和主人私通。赵曼身体有病，不能接近女子。主人有了身孕，很害怕，于是假称自己有病，住在王宫里，一次生下了两个女儿，将她们给了冯万金。大一点的女孩子叫宜主，小一些的叫合德，于是冒充姓赵。赵宜主聪明颖悟，擅长内修功夫，身体修长而且纤细，言语行动飘忽敏捷，称呼她为赵飞燕。赵合德肌肤光滑，刚洗浴出来身体不会是湿的状态，擅长唱歌，通晓音律，都是容貌极美的人。樊嫕向皇上说关于赵合德的容貌的言论，皇帝召请赵合德进宫。赵合德刚出浴，涂抹了九回化妆用的膏，沉香，制造了卷发，称为新兴髻；画了薄薄的眉形，称为远山黛；扑了淡红的脂粉，称为慵来妆。身边的人都不停地称赞。皇帝说赵合德是温柔乡，说："我要在这温柔乡里老去，不能效仿汉武帝寻求白云乡。"宣帝的时候，白发的披香博士淖方成在宫中教习。称号是淖夫人，在皇帝后面吐唾沫说："她们是祸水，一定会将火扑灭。"

## 飞燕体轻

成帝微行[①]，过河阳主家，悦歌舞者赵飞燕，召入宫，大幸；有女弟，复召入，俱为婕妤。欲立飞燕为皇后，陈大夫刘辅上言："里语曰：'腐木不可以为柱，人婢不可以为主。'"书奏，收系狱[②]，后论为鬼薪[③]。成帝步太液池，起瀛洲榭，后歌归风送远之曲，以文犀[④]著击玉瓯。酒酣，风起，后扬袖曰："仙乎，仙乎！去故而新。"帝令左右持其裾，久之风止，裙为之皱。后曰："帝恩我，使仙去不得。"他日，宫姝或襞裙而皱，号留仙裙。（《外传》）

**【注释】**①微行：帝王或高官便服出行。②系狱：囚禁在监狱。③鬼薪：秦汉时，强制男性罪犯服劳役的刑罚。④文犀：有纹理的犀角。

**【译文】**成帝便服出行的时候，经过河阳公主家，喜欢唱歌跳舞的赵飞燕，召请她进宫，特别宠幸她；赵飞燕有一位妹妹，又召请进宫，她们两个都是婕妤。想要册立赵飞燕为皇后，陈大夫刘辅向皇帝谏言说："俗语说：'腐朽的树木不能够作为顶梁柱，别人的婢女不能够作为主人。'"文书呈奏之后，他被囚禁在监狱，后来被判决去服劳役。成帝在太液池旁行走，从瀛洲榭开始，后来唱了归风送远的曲子，用有纹理的犀角敲击精美的盛器。酒喝到尽兴的时候，微风吹来，皇后扬起袖子说："仙啊！仙啊！除去旧的，留下新的。"皇帝让身边的人捧着他的裙裾，很久以后，风停止了，衣裙也因为风吹而变皱了。皇后说："皇帝有恩于我，让我不能够成仙而去。"后来宫中的佳丽有折叠的衣裙上留有褶皱，就称它为留仙裙。

## 绛纱系臂

晋武胡贵嫔名芳，镇军胡奋女也。帝多简良家子以充内职[①]，自择美者，以绛纱系臂。芳既入选，下殿号泣，左右止之曰："陛下闻声。"芳曰："死且不畏，何畏陛下！"帝每有顾问，不饰言辞，率尔而答，进退方雅，始有专房之宠。帝尝与樗蒲[②]争失，遂伤上指。帝怒曰："此固将种也。"芳曰："北伐公孙，西距诸葛，非将种而何?"帝惭。

**【注释】**①内职：嫔妃。②樗蒲（chū）：一种古代赌博的游戏。投掷有颜色的五颗木子，以颜色决胜负，类似今日的掷骰子。

**【译文】**晋武帝的胡贵嫔名叫胡芳，是镇军将军胡奋的女儿。晋武帝大多选择出身良家的子女来充当嫔妃，亲自挑选嫔妃中美丽的人，用绛色的轻纱系在手臂上，胡芳已经入选，走下大殿的时候悲号哭泣，她身边的人制止她说："陛下会听见你哭泣的声音的。"胡芳说："我死都不怕，怕什么陛下！"晋武帝每次有事询问她的时候，她都不矫饰自己的语言，直率地回答，进退之间意旨方正风雅，开始获得了晋武帝的专宠。晋武帝曾经和她在赌博游戏上争输赢，因此伤了晋武帝的手指。晋武帝生气地说："你果然是将门后代啊！"胡芳说："向北征伐公孙，向西抵抗诸葛亮，不是将门后代是什么呢？"晋武帝听了之后感到很羞愧。

## 宫中羊车

晋武帝多内宠[①]，平吴之后，复纳孙皓宫人数千，自此掖庭殆将万人，而并宠者甚众。帝莫知其所适，常乘羊车，恣其所之，至便宴寝。宫人乃取竹叶插户，以盐汁洒地，而引帝车。

**【注释】**①内宠：指皇帝宠爱的人。

**【译文】**晋武帝有很多宠爱的人，平定吴国之后，又收纳了孙皓的几千妃嫔，从此以后掖庭妃嫔将近上万人，而且一起宠爱的非常多。晋武帝不知道他要去哪里，经常乘坐着羊车，任它去哪里，到那里就设宴就寝。宫中的妃嫔于是取下竹叶插在窗户上，用盐水洒在地上，来吸引晋武帝的车子。

## 不以私庇

林虑公主[①]子昭平君，尚[②]武帝女夷安公主。林虑困病，以金千斤、钱千万，为昭平君赎死罪，帝许之。林虑公主卒，昭平日骄，醉杀主，传毋系狱，廷尉上请，左右为前入赎，陛下许之。帝曰："吾弟[③]老，有是一子死以嘱我。"于是为之垂涕良久，曰："法令，先帝所造。因弟故而诬先帝之法，吾何面目入高庙乎？"遂可其奏。

**【注释】**①林虑公主：应是"隆虑公主"。东汉为汉殇帝刘隆避讳，因此称隆虑公主为林虑公主。②尚：专指娶公主为妻。③弟：妹妹，古代亦称妹为弟。

**【译文】**隆虑公主的儿子昭平君，娶了汉武帝的女儿夷安公主。隆虑公主被疾病困扰，用千斤黄金、千万贯钱，提前替昭平君赎死罪，汉武帝允许了。隆虑公主去世了，昭平君日益骄纵，喝醉以后杀了公主，传令不要把他囚禁在监狱，廷尉上奏请示，身边的人为昭平君说之前预先赎罪，皇帝已经答应了。汉武帝说："我的妹妹去世了，有这样一个儿子在死前托付给了我。"于是为他哭了很久，说："法令，是先帝所制定的。因为妹妹的原因而抹杀先帝的法令，我还有什么颜面死后进入高庙呢？"因此准许了廷尉的请示。

## 以忠而死

屈原名平，与楚同姓。仕于怀王，为三闾大夫之职，掌王三族。屈原入则与王图议国事，以出号令；出则接遇宾客，应对诸侯，谋行职修。王甚任之。同列上官大夫及用事[①]臣靳尚妒害其能，共谮毁[②]之，王疏屈原。原心烦乱，遂赴汨罗，自沉而死。

**【注释】**①用事：当权执政。②谮（zèn）毁：谗间毁谤。

**【译文】**屈原，名叫屈平，和楚王姓氏相同。在楚怀王的时候做官，官职是三闾大夫，执掌楚怀王三大家族的教育。屈原进入朝中的时候就和楚怀王商议国家大事，来发出号令；出了朝堂就会接待宾客，应对诸侯，他的策略都能够被采纳，也很尽职尽责。楚怀王十分器重他。和他同朝的上官大夫和当权执政的大臣靳尚嫉妒他的才能，共同谗间毁谤他，楚怀王渐渐疏远了屈原。屈原心情烦闷，于是到汨罗江，自己投江而死。

## 从师卒业

苏秦、张仪俱事鬼谷先生，受《捭阖之术》十有二章；复受《转丸》《祛箧》二章，然秦、仪用之，才得温言、酒食、坐席、交往、货财之礼耳。秦、仪乃复往见，具言所受于师者，行之少有口吻[①]之验耳，未有倾河填海移山之力。先生曰：“为子陈言至道[②]。”斋戒，择日而往，先生乃正席而坐，严颜而言，告二子以全贞[③]之道。

【注释】①口吻：说话的语气和措辞。②至道：精深微妙的道理。③全贞：应为“全身”的讹误，保全身家性命。

【译文】苏秦、张仪都师从鬼谷子先生，鬼谷子传授了十二章《捭阖之术》；又传授了两章《转丸》《祛箧》，然而苏秦、张仪运用所学，仅仅获得了温言、酒食、坐席、交往、货财的礼节罢了。苏秦、张仪于是再次前往相见，具体陈述了他们从老师那里学来的在运用中很少达到说话的语气和措辞的效果，更没有倾覆河水、填海移山的力量。鬼谷子说：“我为你们讲述语言中的最精深微妙的道理。”于是两个人斋戒之后，选择日子前去，鬼谷子摆正坐席坐下，面色严肃地说，告诉他们两个保全身家性命的道理。

## 预知反相

吴王濞，高帝兄仲之子也。高祖立濞为吴王，召濞相之，曰：“若有反相。”因拊其背曰：“汉后五十年，东南有乱，岂若耶？然天下同姓一家，慎无反。”濞曰：“不敢。”孝文时，皇太子引博局[①]，提[②]吴太子杀之，吴王怨望[③]，称疾不朝。景帝三年，吴王濞等七国举兵反。遣亚夫、灌婴将兵击之。

【注释】①博局：棋盘。②提：投掷。③怨望：怨恼愤恨。

【译文】吴王刘濞，是汉高祖的哥哥刘仲的儿子。汉高祖册立刘濞作为吴王，召唤刘濞前去为他看相，说：“好像有造反的面相。”因此拍着他的背说:“汉以后五十年,在东南方向有战乱,何如这样?然而天下都是一家同姓的,一定不要造反。”刘濞说:“不敢造反。”孝文窦皇后的时候,皇太子拿起棋盘投掷向吴太子,把他杀了,吴王怨恼愤恨,推说有病不上早朝。汉景帝三年的时候,吴王刘濞等七国起兵造反。朝廷派遣周亚夫、灌婴带领军队反击他们。

## 轻东家丘

邴原欲远游学,诣长安孙崧。崧辞曰:“君乡里郑君,君知之乎?”原答曰:“然。”崧曰:“学览古今,博闻强识,钩深致远①,诚学者之师模也。君乃舍之,蹑履千里,所谓以郑为东家丘②也。”原曰:“人各有志,所向不同。有登山而采玉者,有入海而探珠者,岂可以登山者不如海之深,入海不如山之高哉?君谓仆以郑为东家丘,则君以仆为西家之愚夫耶?”崧辞谢焉。

**【注释】**①钩深致远:能钩取深处和招致远处之物。比喻探索深奥的道理或治学的广博精深。②东家丘:东家丘即孔丘。孔子的西邻不知孔子的学问,称孔子为“东家丘”。指对人缺乏认识,缺乏了解。

**【译文】**邴原想要到远方游历求学,前去拜访长安的孙崧。孙崧推辞说:“你的同乡郑君,你知道吗?”邴原回答说:“知道。”孙崧说:“他的学识囊括古今,见闻广博,记忆力强,治学广博精深,确实是学者的楷模,你却抛下他,趿拉着鞋远赴千里之外,这就是所谓的把郑君作为东家丘看待了。”邴原说:“每个人都有自己的志向,所指向的地方不同。有的人会登山采集玉石,有人会入海探取珍珠,怎么可以说登山的人不如入海的人探得深，入海的人没有登山的人站得高呢？你说我将郑君看成了东家丘，那么你不就认为我是西家的愚夫了吗？”孙崧婉拒了他。

## 体用之学

安定先生胡翼之在湖学时，福唐刘彝执中往从之，学者数百人。彝为高弟①，凡纲纪②于学者，彝之力为多。后召对③，上问从学何人，对曰：“臣少从学于安定先生胡瑗。”上曰：“其人文章与王安石孰优？”彝曰：“胡瑗以道德仁义教东南诸生，时王安石方在场屋④修进士业。臣闻圣人之道，有体、有用、有文。君臣、父子、仁义、礼乐，历世而不可变者，其体也；诗书、史传、子集，垂法后世者，其文也；举而措之天下，能润泽其民，归于皇极者，其用也。国家累朝取士，不以体用为本，而尚其声律浮华之词，是以风俗偷薄⑤。臣师瑗尤病其失，遂明体用之学以授诸生。故今学者明夫圣人体用以为政教之本，皆臣师之功也。”上悦。（《李荐书》）

**【注释】**①高弟：谓门弟子之成绩优良者。②纲纪：国家社会的秩序与规律。③召对：君主召见臣下令其回答有关政事、经义等方面的问题。④场屋：科举时代试士的场所。⑤偷薄：不敦厚。

**【译文】**安定先生胡翼之在湖州治学的时候，福唐的刘彝前往跟随他学习，跟随他学习的有几百人。刘彝是他们中学习优良的人，只要是关于国家社会的秩序的教化，以刘彝所出的力为多。后来皇帝召见他回答问题的时候，皇帝问他学习上师从何人，他回答说："我年少的时候师从安定先生胡瑗。"皇帝说："这个人的文章和王安石相比哪个更好？"刘彝说："胡瑗用仁义道德教学东南的各个学生，当时王安石正在考场考进士。我听说圣人之道，有本体、有作用、有文德。君臣、父子、仁义、礼乐，历经世代而不能够变化的，就是它的本体。诗书、史传、子集，能够作为后代的垂示法则，就是它的文德；能够提出并且在天下间实施，能够滋养天下百姓，统归到皇帝所建立的准则、规范中，这就是它的作用。国家每朝每代选用人才，不把本体和文章的作用作为根本，而是推崇音律和轻浮华丽的词藻，这就是世风不敦厚的原因。我的老师胡瑗特别不满它违背体用的地方，于是明确地用圣人之道的本体与功用的学说来教授各位学生。所以现在的学者明确地圣人之道的本体与功用作为政治与教化的根本，这些都是我的老师的功劳。"

## 随资而教

客[①]有话胡翼之为国子先生日，番禺有大商遣其子来就学。其子傧[②]宕所赍千金，染病甚瘠，客于逆旅，若将毙焉。偶其父至京师，悯而不责，携其子谒胡先生，告其故曰："是宜先儆其心，而后诱之以道者也。"乃取一帙书曰："汝读是，可以先知养生之术。知养生而后可以进学矣。"其子视其书，乃《黄帝素问》也，读之未竟，惴惴然惧伐性命之过，甚痛悔自责，冀可自新。胡知其已悟，召而悔[③]之曰："知爱身则可以修身。自今以始，其洗心向道，取圣贤之书次第读之，既通其义，然后为文，则汝可以成名。

圣人不贵无过而贵改过。无怀昔悔，第勉事业。”其人亦颖锐善学，二三年登上第而归。（《李荐书》）

**【注释】**①客：在本国做官的外国人。②儇（xuān）：轻薄刁巧。③悔：应是“诲”的讹误。

**【译文】**有在本国做官的外国人说胡翼之在作为国子监先生的时候，外国有大商人派遣他的孩子前来跟随他学习。他的儿子轻薄刁巧，拖延他父亲所赠送的一千金，生病之后变得特别瘦弱，住在客栈里，就好像要死去一样。遇到他到京城的父亲，他的父亲怜悯他而没有责备他，反而带着他的孩子去拜访胡翼之，告诉他原因说：“这样的情况适合先让他心中反省，在这之后再用道理诱导他。”胡翼之于是拿出一卷书说：“你读这本书，可以先了解到养生的方法，知道养生之后就可以让学业上有进步了。”那个商人的儿子看向这本书，是一本《黄帝素问》，还没有读完，就为残害身而忧愁恐惧，特别后悔自责，希望自己可以改过自新。胡翼之知道他已经醒悟了，召请他前来并教导他说：“知道爱惜自己的身体就可以涵养自己的德性。从今天开始，去除杂念、一心向道，拿取圣贤书一个接一个地阅读，在已经通晓它的意思之后，再写文章，那么你就可以成名了。圣人可贵的不是没有过错，而是可以改正自己的过错。不要总是想着以前的过失，但要在自己的事业上勤勉。”这个人也非常聪敏，擅长学习，两三年后考中，然后就回去了。

## 如期而至

后汉范式字巨卿，少游太学，与汝南张邵为友。邵字元伯。二人各归乡里，式谓元伯曰："后二年，当过拜尊亲。"至期，元伯白母，请设馔候之，母曰："二年之别，千里结言①尔，何相信之审耶？"对曰："巨卿信士，必不乖违。"至日，巨卿果到，升堂拜母②，尽欢而别。

【注释】①结言：用言辞订约。②升堂拜母：古时友谊深厚的人，相访时，进入后堂拜候对方母亲，表示结为通家之好。

【译文】后汉的范式，字巨卿，年少的时候在太学游学，和汝南的张邵是朋友。张邵，字元伯。两个人各自回到了家乡，范式对张邵说："两年之后，我应当前往拜访你的双亲。"到了约定的时间，张邵告诉自己的母亲，请求她摆上筵席等候范式，他的母亲说："分别了两年，上千里的距离用言辞和你订约，你为什么如此确切地相信他呢？"张邵回答说："范式是讲信用的人，一定不会违背自己的诺言的。"到了那天，范式果然到了，进入后堂拜会对方母亲，尽情欢乐之后离开了。

## 出谒更仆

韩参政亿、李参政若谷，未第时俱贫。同途赴试京师，共有毡一席，一割分之。每出谒，更为仆。李先登第，授许州长社县主簿，赴官自控妻驴，韩为负一箱。将至长社三十里，李谓韩曰：“恐县吏来，箱中只有钱六百。”以其半遣韩，相持大哭，别去。后举韩，亦登第，皆至参政。（《邵氏录》）

**【译文】**参政韩亿、参政李若谷在没有考中的时候都很贫困。他们一同上京赶考，两人共同拥有一张毡席，从中间割裂分开。每次出去拜访的时候，轮流更换为对方的仆人。李若谷先行考中，被授职为许州长社县主簿，上任的途中他自己掌控妻子的驴，韩亿替他背负一箱。在将要到达长社县的三十里的地方，李若谷对韩亿说：“害怕县里的官吏前来，箱子中只有六百钱。”用了它的一半送给了韩亿，他们相互拉着手大哭，道别后离开了。后来李若谷举荐韩亿，韩亿也考中了，两个人都做官做到参政。

## 约更为传

熙宁、元丰间，士大夫论天下贤者，必曰君实、景仁。其道德风流[①]，足以师表当世；其议论可否，足以荣辱天下。二公盖相得欢甚，皆自以为莫及，曰：“吾与子，生同志，死当同传。”而天下之人，亦无敢优劣之者。二公既约更相为传，而后死者则志其墓。故君实为景仁传。其略曰：“吕献可之先见，景仁之勇决，皆予所不及也。”盖二公用舍大节[②]皆不谋而同，如仁宗时论立皇嗣，英宗时论濮安懿王称号，神宗时论新法，其言若出一人，相先后如左右手。故君实尝谓人曰：“吾与景仁，兄弟也，但姓不同耳。”然至于论钟律，则反复相非，终身不能相一。君子是以知二公非苟同

者。(《墓志》)

**【注释】**①风流：品格。②大节：关系重大的事。

**【译文】**在熙宁、元丰年间，士大夫之间如果要讨论天下间的贤德的人，一定会说君实、景仁。他们的品格，足够在当时成为榜样；他们的说法中的肯定或否定，足够让天下人觉得光荣或耻辱。他们二位大概互相投合，非常高兴，都自认为不能够赶得上对方，说："我和你，活着有相同的志趣，死去也应当一同流传。"世上的人，也没有敢和他们比较高低。这两个人既然约定互相流传，后去世的那个人就给前一个人写墓志铭。所以君实为景仁写传文。它大概是说："吕献可的先见，景仁的勇敢和决断，都是我所不能比肩的。"大概二位在关系重大的事情上的取舍都不谋而合，比方说宋仁宗的时候讨论拥立皇子，宋英宗的时候讨论濮安懿王的称号，宋神宗的时候讨论新法，他们的言论好像出自同一个人，先后辅佐得像是左右手一样。所以君实曾经对别人说："我和景仁，是兄弟，只是姓氏不同罢了。"但是到了谈论音律，他们就会一次又一次地认为自己是对的，别人是错的，一生都不能够看法一致。因此君子们知道了二位不是随声附和别人的人。

## 友三伟人

昔王文正公居宰府二十年，未尝见爱恶之迹，天下谓之大雅。寇莱公左右天子，却戎狄，保社稷，天下谓之大忠。枢密马公慷慨立朝，有犯无隐，天下谓之大直。此三君子者，一代之伟人。公与二三子深相交许，情如金石，则公之道可知矣。(范文正作《王

元之画像序》)

【译文】昔日王文正居住在宰相府二十年，没有见过他的喜好和厌恶的时候，天下的人说他德高而有才。寇来辅助天子，击退西北边境外的野蛮民族，保护国家，天下的人说他特别忠诚。枢密院的马公在朝堂上志气高昂，有违犯的事情从不隐藏，天下人说他特别正直。这三位君子，是一代的伟人。你和他们之间的交情特别深，那么你的品格就可想而知了。

## 脱粟见侍

公孙弘起家[①]为丞相，食故人高贺以脱粟[②]，覆以布被。贺怨曰："何用故人富贵为？脱粟、布被，我自有之。"怒而去，语人曰："弘身服貂蝉[③]，衣麻枲[④]；内厨五鼎，外膳一肴。其俭，诈也。"弘闻之，惭曰："宁逢恶宾，莫逢故人。"

【注释】①起家：起之于家而任官职。古代指由平民出身而晋升为官员。②脱粟：仅去除皮壳而未精碾的粗米。即糙米。③貂蝉：古代武官帽子上的装饰④麻枲（xǐ）：麻布之衣。

【译文】公孙弘由平民而晋升为丞相，给老朋友高贺吃糙米，给他盖布制的被子。高贺埋怨地说："老朋友富贵为什么这么做？糙米和布制的被子，我自己就有。"非常生气地离开了，对别人说："公孙弘戴着貂蝉官帽，身上穿着麻布的衣服；内厨有五个锅，外面却只做一道菜。他的节俭，是骗人的。"公孙弘听说之后，羞惭地说："宁愿碰到不好的宾客，也不要遇到老朋友。”

## 司马貌丑

司马徽有盛名，刘综欲候见之，先使左右往问。时徽正锄园，左右问曰：“司马公何在？”徽曰：“我是也。”左右见其貌陋，骂之曰：“何等田奴，冒认司马徽？”徽不与较，乃刷头易服出见综，谈论竟日，左右谢之。

**【译文】**司马徽享有很高的声誉，刘综想要等候和他相见，先派了自己身边的人前往询问。当时司马徽正在给他的园子除草，刘综身边你的人问：“请问司马公在哪里？”司马徽说：“我就是。”刘综身边的人看见他相貌丑陋，辱骂他说：“什么样的从事农耕的奴仆，竟敢冒认司马徽！”司马徽没有和他计较，就洗头换衣服，出去见刘综了，他们谈论了一整天，刘综身边的人向他道歉。

## 故旧难恃

宋向柳与颜峻友善。及峻贵，柳犹贫，素自许不推先[①]之。峻戒柳曰：“名位不同，礼有异数。卿何得作曩时意耶？”柳曰：“我与士逊心期久矣。岂可一旦以势利[②]处之？”及柳为南唐郡，涉义宣事败系狱，屡密请峻，求相申救，竟不助之，柳遂伏法。今人多有以故旧自恃，宜以此为戒。（《杨公笔录》）

【注释】①推先：推崇尊敬。②势利：依财势的多寡而有不同态度的作风。

【译文】宋向柳与颜峻之间友爱和善，等到颜峻地位显赫，宋向柳还是贫寒，向来自负，不推崇尊敬他。颜峻告诫宋向柳说："名分和地位不同，礼节也不一样，你怎么能还和以前一样的想法呢？"宋向柳说："我和颜峻深交很久了。怎么能短时间内就依财势的多寡而用不同的态度去处理呢？"等到宋向柳作为南唐的郡守时，因为参与义宣的事情，失败之后被囚禁在监狱，他多次秘密向颜峻请求救援，颜峻竟然没有帮助他，宋向柳于是被执行死刑。现在有很多人把老朋友当作自己的依靠，应该把这件事作为警戒。

## 贵不相忘

章子厚尝与刘子先有场屋之旧。子厚居京口，子先守姑苏，以新醞[①]《洞庭春》寄之。子厚答诗曰："洞霄宫里一闲人，东府西枢老旧臣。多谢姑苏贤太守，殷勤分送《洞庭春》。"其后，隔十年子厚拜相，亦不通问，寄书诮其相忘远引之意。子先以诗谢曰："故人天上有书来，责我疏愚唤不回。两处共瞻千里月，十年不寄一枝梅。尘泥自与云霄隔，驽马难追德骥才。莫谓无心向门下，也曾终夕望三台。"公得诗大喜，即召为宰属[②]，遂迁户侍。（《高斋诗话》）

【注释】①新醞（yùn）：新酿的酒。②宰属：宰相的属员。

【译文】章子厚曾经和刘子先是同一考场的旧交。章子厚居住在京口，刘子先是姑苏郡的知州，将新酿的《洞庭春》酒寄给他。章子厚用诗答谢他：“洞霄宫里一闲人，东府西枢老旧臣。多谢姑苏贤太守，殷勤分送《洞庭春》。”在这以后，过了十年，章子厚官拜宰相，他们也没有互通音讯，传递书信讥诮他远游彼此忘却。刘子先用诗道歉说：“故人天上有书来，责我疏愚唤不回。两处共瞻千里月，十年不寄一枝梅。尘泥自与云霄隔，驽马难追德骥才。莫谓无心向门下，也曾终夕望三台。”章子厚收到诗后非常高兴，立即召请他作为宰相的属员，于是升官成为户部侍郎。

## 往见优孟

优孟，楚之乐人。楚相孙叔敖知其贤，善待之。孙叔敖死，其子穷困，负薪逢优孟曰：“我孙叔敖之子也。父且死时，属我贫困往见优孟。”优孟曰：“若无远，有所之。”即为孙叔敖衣冠，抵掌谈语。岁余，庄王置酒，优孟前为寿，庄王大惊，以为孙叔敖复生也，欲以为相。优孟请归，与妇计之，三日复来，曰：“妇言慎无为[①]，楚相不足为也。如孙叔敖为楚相尽忠，楚王得以霸。今死，其子无立锥之地，负薪以自衣食。如孙叔敖不如自杀。”于是庄王谢优孟，召孙叔敖子，封之寝丘。

**【注释】**①无为：不要。

**【译文】**优孟，是楚国的乐工。楚国的孙叔敖知道他是一个贤德的人，对他很好。孙叔敖去世后，他的儿子陷入了困顿的境地，背着柴，遇到优孟说：“我是孙叔敖的儿子。我的父亲将要去世的时候，嘱咐我陷入贫困的境地的时候前去见优孟。”优孟说：“你不要走远，有要去的地方。”立即缝制出孙叔敖的衣冠，他们谈得非常融洽。一年多后，楚庄王摆上了酒宴，优孟上前为他祝寿，楚庄王特别惊讶，以为是孙叔敖复活了，想要任用他为宰相。优孟请求回家，和他的妻子计划，三天之后再来，说：“我的妻子说一定不要做官，楚相不值得去做。就像孙叔敖作为楚相竭尽忠诚，使得楚王得以称霸。现在他死了，他的儿子却没有一点立足的地方，背负柴草来维持衣食。像孙叔敖那样还不如自杀。”于是楚庄王向优孟道歉，召见孙叔敖的儿子，将寝丘封给了他。

## 托以妻子

郈成子自鲁聘晋，过于卫。左宰[①]谷臣止而觞之，陈乐而不作，酣毕而送以璧，成子不辞。其仆曰：“不辞，何也？”成子曰：“夫止而觞我，亲我也；陈乐不作，告我哀也；送我以璧，托我也。由此观之，卫其乱矣。”行三十里而闻卫乱作，右宰谷臣死之。成子于是迎其妻子，还其璧，隔宅而居之。（《孔丛子》）

**【注释】**①左宰：这里应为“右宰”的讹误。

**【译文】**郈成子从鲁国去访问晋国，从卫国经过。左宰谷臣让他留下并请他喝酒。陈设乐队但却不进行，酒醉之后送了他一块玉璧，郈成子没有前去辞别。他的仆人说：“不辞别，是为什么呢？”郈成子说：“让我留下并请我喝酒，是和我关系好；陈设乐队但是不进行，是告诉我他的哀愁；送我玉璧，是要把它托付给我。通过这个观想，卫国将要发生战乱。”向前走了三十里，听说卫国兴起了战乱，右宰谷臣已经死了。郈成子于是迎接他的妻子，将他的玉璧还给他的妻子，分出宅子的一部分让她居住。

## 赈其妻子

朱晖同县张堪有名德[1]，每与相见，常接以友道。晖以堪宿成名德，未敢安也。堪至，把晖臂曰：“欲以妻子托朱生。”堪后物故，南阳饥，晖闻堪妻子贫穷，乃自往候，视其困厄，分所有以赈给之；岁送谷五十斛、帛五匹，以为常。

**【注释】**①名德：名望与德行。

**【译文】**与朱晖同县的张堪有名望与德行，每次和他相见，经常以朋友之间交往的准则与道义来接待他。朱晖因为张堪很早之前就有的名望与德行，并不敢安心接受。张堪到了他家，拉着他的胳膊说：“想把我的妻子托付给你。”张堪后来去世了，南阳发生了饥荒，朱晖听说张堪的妻子贫困，于是亲自前去迎候，看见她的困顿，将自己所拥有的东西分给她来接济她；每年送她五十斛谷物，五匹布帛，认为这是常情。

## 庭训其子

韩魏公留守[1]北京，李稷以国子博士为漕，颇慢公。公不为较，待之甚礼。俄潞公代魏公为留守，未至，扬言[2]云：“李稷之父绚，我门下士也。闻稷敢慢魏公，必以父死失教至此。吾视稷犹子也，果不悛[3]，将庭训之。”公至北京，李稷谒见，坐客次[4]久之，公着道服出，语之曰：“而父，吾客也，只八拜。”稷不获已[5]，如数拜之。（《闻见录》）

**【注释】**①留守：古时帝王离开京城，命太子或重臣代为守国。②扬言：故意宣扬，散布某种言论。③不悛（quān）：不悔改。④客次：招待宾客的地方。⑤不获已：不得已。

**【译文】**韩魏公在北京守国，以国子监博士出身的李稷作为漕运使，对韩魏公很是轻慢无礼，韩魏公却不和他计较，对待他非常有礼节。不久潞公替代韩魏公守国，还没有到任，故意宣扬说：“李稷的父亲李绚，是我门下的读书人。听说李稷竟敢轻慢韩魏公，一定是因为父亲去世失去教导才这样。我看待李稷就像看待儿子一般，如果他还不悔改，我将要教育他。”潞公到北京后，李稷前来拜见，在招待宾客的地方坐了很久，潞公穿着道袍出来了，对他说：“你的父亲，是我的食客，你就对我拜八拜吧。”李稷不得已，只好按照规定的数目拜了他。

## 馆宾教走

蔡京晚岁渐觉事势[1]狼狈，亦有隐忧，其从子[2]应之自兴化来，因访问近日有甚人才，应之愕然曰：“天下人才，出在太师陶铸中。某何人，敢当此问？”京曰：“不然。觉得目前尽是面谀脱[3]取官职去做底人，恐山林间有人才，欲得知。”应之曰：“太师之问及此，则某不敢不对。福州有张觷字柔直者，抱负不苟，将适到部。”京遂宾致之，为塾客，然亦未暇与之相接。柔直以师道自居，待诸生严厉，诸生已不能堪。一日呼之来前曰：“汝曹曾学走乎？”诸生曰：“某等尝闻先生长者之教，但令缓行。”柔直曰：“天下被汝翁作坏了，早晚贼发，首先到汝家。汝曹若学得走，缓急④可以逃死。”诸子大惊，走告京曰：“先生忽心恙⑤如此。”京闻之，矍然⑥曰：“此非汝所知也。”即入书院，与柔直倾倒⑦，因访策焉。柔直曰：“今日救时已是迟了，只有收拾⑧人才是第一义。”京因扣⑨其所知，遂以杨龟山为对。龟山自是有召命。（《朱子语录》）

**【注释】**①事势：事情的形势。②从子：侄子。③脱：欺骗。④缓急：危急、急切需要或紧急的事情。⑤心恙：精神不正常。⑥矍（jué）然：惊惧貌。⑦倾倒：畅怀诉说。⑧收拾：收揽。⑨扣：求教。

**【译文】**蔡京晚年的时候渐渐觉得事情的形势陷入了困顿，也有了潜藏的忧虑，他的侄子蔡应之从兴化前来，因此询问他最近有什么人才，蔡应之惊愕地说：“天下的人才，出自太师你的熔炉中。我是什么人，怎么能当得起这样的询问？”蔡京说：“不是这样的，我觉得我的眼前都是当面恭维来骗取官职去做的人，恐怕山野间有人才，想要从你那儿知道。”蔡应之说：“太师的询问已经到了这个地步，那么我不敢不回答。福州有一个叫张觷的人，字柔直，他的志向不草率，刚刚到任。”蔡京于是用宾客之礼招引他，让他作为私塾的老师，但是没有时间和他接触。张觷以为师之道自任，对待各个学生非常严厉，各位学生已经不能够承受。一天呼唤他们前来询问：“你们曾经学过逃跑吗？”各位学生回答说：“我们曾经听先生和长辈的教导，只是让我们慢走。”张觷说：“天下被你们的父亲破坏了，总有一天乱贼会兴起，首先到你家。你们如果学会了逃跑，在危急事情出现的时候可以逃脱死亡。”各位学生非常惊讶，跑去告诉蔡京说：“老师忽然间精神不正常到了那样的地步。”蔡京听说之后，惊恐地说：“这并不是你们所知道的。”他立即进入书院，和张觷畅怀诉说，趁机询问策略。张觷说：“现在来挽救，时机已经过了，只有收揽人才才是第一要义。”蔡京于是向他求教他所知道的人才，张觷于是用杨龟山作为回答。杨龟山从此被君主召见。

## 东北道主

秦晋围郑，郑人谓秦：“盍舍郑以为东道主？”盖郑在秦之东，故云。今世称主人为东道者此也。东汉载北道主人，乃有三事。常山太守邓晨会光武于钜鹿，请从击邯郸，光武曰：“伟卿以一身从我，不如以一郡为我北道主人。”又，光武至蓟，将欲南归，耿弇以为不可。官属腹心皆不肯。光武指弇曰：“是我北道主人也。”彭宠将反，光武问朱浮，浮曰：“大王倚宠为北道主人，今既不然，所以失望。”后人罕引用之。(《容斋随笔》)

**【译文】**秦国和晋国围攻郑国，郑国人对秦国说：“为什么不放弃围攻郑国而把它当作东方道路上招待过客的主人？”大概因为郑国在秦国的东边，所以这么说。现在将主人称作东道主就是来自于这里。东汉有关于北道主的记载，与它相关的有三件事。常山太守邓晨在钜鹿拜见光武帝，请求跟随他攻打邯郸，光武帝说：“你与其只身一人跟随我，不如用一个郡作为我的北方道路上招待我的主人。”又有一次，光武帝到了蓟州，想要回到南方，耿弇认为这样不可以。所属的官吏和心腹都不同意。光武帝指着耿弇说：“你是我的北道主人。”彭宠将要造反，光武帝询问朱浮，朱浮说：“大王您依靠彭宠，将他作为自己北方道路上的主人，现在却不这样了，所以他很失意。”后世的人很少引用。

## 赠以女奴

韩魏公出镇[①]中山，有门客夜逾墙出娼家。公知，作《种竹》诗以警之，曰：“殷勤洗濯加培植，莫遣狂枝乱出墙。”门客自愧，作诗云：“主人若也怜高节，莫为狂枝赠斧斤。”公置一女奴赠之。（《青琐集》）

**【注释】**①出镇：出任地方长官。

**【译文】**韩魏公出任中山的长官，有一位门客夜里爬墙去妓院。韩魏公知道以后，写了一首《种竹》来警戒他，诗是：“殷勤洗濯加培植，莫遣狂枝乱出墙。”门客自己觉得很惭愧，写了一首诗说：“主人若也怜高节，莫为狂枝赠斧斤。”韩魏公给他买了一个女仆，赠给了他。

# 卷五 仕进类

## 周取士制

大司徒之职，以乡三物①教万民而宾兴②之。（《地官》）

乡大夫之职，各掌其乡之政教、禁令。正月之吉③受教法于司徒，退而颁之于其乡吏，使各以教其所治，以考其德行，察其道艺。三年则大比，考其德行、道艺④，而兴其贤者、能者。乡老⑤及乡大夫帅其吏与其众寡以礼宾之，厥明⑥乡老及乡大夫群吏献贤能之书于王。王再拜受之，登于天府。（同上）命乡论⑦秀士升之司徒曰选士⑧，司徒论选士之秀者而升之学曰俊士⑨。升于司徒者不征于乡，升于学者不征于司徒，曰造士⑩。（《王制》）

**【注释】**①三物：三事，即六德、六行、六艺。②宾兴：周代举贤之法，谓乡大夫自乡小学荐举贤能而宾礼之，以升入国学。③正月之吉：正月初一。④道艺：指学问和技能。⑤乡老：《周礼》官名。地官之属。掌六乡教化，每二乡由三公一人兼任。在朝谓之“三公”，在乡谓之“乡老”。⑥厥明：明日。⑦论：古同“抡”，挑选。⑧选士：周代选拔人才的一种制度。录取乡人中德业有成者。⑨俊士：周代称选取入太学者。⑩造士：学业有成就的士子。

【译文】大司徒的职务，是在乡间用六德、六行、六艺来教导百姓并举荐其中贤能的人用上宾的礼仪升入国学。

乡大夫的职责，是各自掌管所在乡的政治教化、禁止某种行为的法令。正月初一从司徒那里得到法规，回来之后发给乡里的官吏，让他们各自用它来教育自己管理的百姓，来考察他们的道德品行以及学问技能。每三年就会进行一次大的比试，考察他们的道德品行和学问技能，以此来举荐其中贤德的人和有能力的人。乡老和乡大夫率领他所属的官吏不管多少，都用礼节来对待他，第二日乡老和乡大夫等一众官吏献上举荐贤能的文书给周王。周王再拜之后接受文书，选拔进天府。诏令让乡里挑选优秀的人才擢升为司徒，叫“选士”，司徒挑选选士之中优秀的人才来擢升到国学，叫“俊士”。擢升成司徒的人不用参与在乡学里的杂役，擢升到国学的人不从事在司徒位置上的杂役，叫“造士”。

## 汉取士制

高祖诏曰：“贤士大夫既与我定有天下，而不与吾共安利之，可乎？有肯从我游者，吾能尊显之，以布告天下。其有称明德者，御史中执法[①]郡守，必身劝，为之驾，遣诣丞相府。”武帝诏：“召吏人有明当世之务、习先圣之术者，县次续食，令与计偕[②]。今至阖[③]郡不荐一人，其与中二千石[④]礼官博士议，不举者罪有司。”议曰："不举士，一则黜爵，再则黜地，三则黜爵削地毕矣。"

**【注释】**①中执法：中丞。②计偕：汉时被征召的士人皆与考察官吏相偕同上京城。③阖：全。④中二干石：此处应该是"中二千石"的讹误，中央实得二千石。

**【译文】**汉高祖下诏说："贤德的人已经和我平定并让我拥有了天下，但是不和我一起让国家安定并让它更好，可以吗？如果有愿意和我一起结交的，我能够让他尊贵显赫，发布诏令来告知天下。其中有美德名号的人，御史中丞下达郡守，一定要亲自劝说，给他准备好车驾，送他到丞相府衙。"汉武帝下达诏书："召请官吏中有明了当世的重要任务，学习了先代圣贤的学说的人，沿途地方官负责相继供给食物，让他们和考察官吏一起。到现在全郡都没有推荐一个人，这个和在中央实得二千石的礼官博士议定，没有举荐的官员有罪。"议定说："没有举荐士人的，一次罢黜官爵，两次取消封地，第三次职位和封地将全部削除。"

## 问克敌弓

李平叔云：洪景伯兄弟应博学宏词[1]，以《克敌弓铭》为题，洪惘然不知所出。有巡铺[2]老卒睹于案间，以问洪曰："官人欲知之否？"洪笑曰："非而所知。"卒曰："不然。我本韩太尉世忠之部曲，从军日见有人以神臂弓旧样献于太尉，太尉令如其制度制以进御[3]，赐名克敌。"并以岁月告之。洪尽用其语，首云"绍兴戊午五月大将"云云。主文[4]大以惊喜。是岁遂中科目，若有神助焉。

此盖熙宁中西人李宏中创造，因内侍张若水献于裕陵者也。

【注释】①博学宏词：科举名目的一种。始于唐开元中，迄于宋末。②巡铺：宋代贡院内设巡铺所，纠察举人应试时是否遵守场规、有无舞弊情事。③进御：进呈。④主文：主考官。

【译文】李平叔说：洪景伯应试博学宏词科，用《克敌弓铭》作为题目，洪景伯不知所措，不知道从哪下手。有一位巡铺所的老兵在桌子上看到了，因此问洪景伯说："官人你想要知道吗？"洪景伯笑着说："这不是你所知道的内容。"老兵说："不是这样。我原本是太尉韩世忠的部下，我在军队的时候看见有人把神臂弓的旧样献给韩世忠，韩世忠让人仿照它的样式制造来进呈给皇帝，皇帝赐了它'克敌'的名称。"并把时间告诉了他。洪景伯全部使用他的语言，开头说的是"绍兴戊午五月大将"等等。主考官因为这个非常高兴。于是这一年他就考中了，就像是有神仙相助。这个大概是熙宁年间西夏人李宏创造的，凭借内侍张若水献给裕陵的那个。

## 题名雁塔

唐进士自神龙以来，杏园宴[1]后，皆于慈恩寺塔题名。它时有将相则朱书之，或未及第时题名字添前进士。（李肇《国史补》）

佛在世时，有比丘见群雁飞，乃念曰："此雁可充我之食。"佛曰："此雁，王也，不可辄食。"乃为营塔。（曾慥《类说》）

【注释】①杏园宴：科举时代帝王恩赐新科进士的宴会。

【译文】唐代的进士从神龙年间以来，在帝王恩赐新科进士的宴会以后，都在慈恩寺塔上题名。等后来有做到将相时就用红笔描写，有的是没有及第的时候题写名字前添加上前进士。

佛在世的时候，有和尚见到过一群大雁飞翔，于是念叨着说：“这些大雁可以充当我的食物。”佛说：“这些大雁，是王，不能吃。”于是为它们建造了大雁塔。

## 熟读左传

艾颖少年赴乡举，逆旅中遇一村儒，状极阘茸[1]，顾谓艾曰：“君此行登第矣。”艾曰：“贱子家于郓，无师友，加之汶上少典籍，今学疏援寡，聊观场屋耳。”儒者曰：“吾有书一卷以授君，诘旦奉纳。”翌日果持至，乃《左传》第十也。谓艾曰：“此卷书宜熟读，取富贵。后四十年，亦有人因此书登甲科，然龄禄俱不及君，记之。”艾颇为异，时果擢甲科。后四十年，当祥符五年，御试此题，徐奭为状元。艾后以户部侍郎致仕，七十八薨。徐四十为翰林学士，卒。（《渑水燕谈》）

【注释】①阘茸（tà róng）：愚钝。

【译文】艾颖年少的时候赶赴乡试，在旅途中遇到一位浅薄的儒生，样子极为愚钝，回头对艾颖说：“你这一次出行会进士及第。”艾颖说：“我的家在郓州，没有老师和朋友，再加上汶水的北面没有典籍，我现在学问疏浅，没有人扶助，只是当作去看看考场而已。”那个儒生说：“我有一卷书传授给你，到明天早晨敬献给你。”第二天，他果然带着书本前来，是《左传》的第十章。那个儒生对艾颖说："这卷书应该熟读，它可以让你得到富贵。在这以后四十年，也会有人因为这本书考上进士，但是他的年龄和官位都比不上你，你要记得。"艾颖感到很是惊异，当时，他果然擢升成为进士。在他以后四十年，应该是祥符五年，殿试是这道题，徐奭是状元。艾颖后来在户部侍郎的位置上辞官退休，七八十岁的时候去世。徐奭四十岁的时候在翰林学士的位置上去世。

## 熟读乐记

张客省退夫应举时，因醉乘驴过市，误触倒杂卖[①]担子，其人喧呼不已，视担中只有《乐记疏》一册，遂以五十金市之，其人乃去。张初不携文字[②]，止阅所买《乐记疏》一册。无何[③]，省试出《黄钟为乐之末节论》，独《乐记》为详论擅场[④]，遂高中。明年擢甲科。（《倦游录》）

**【注释】**①杂卖：杂货小商贩。②文字：书籍。③无何：没有多久。④擅场：压倒全场。

**【译文】**客省张退夫应举的时候，因为喝醉了乘坐驴经过集市时，不小心碰到了杂货小商贩的担子，那个小商贩不停地喧嚷，张退夫看向担子，担子里只有一册《乐记疏》，于是用五十两黄金买下它，那个人就离开了。张退夫一开始没有带任何书籍，只是阅读所买的那一册《乐记疏》。没过多久，省试出了《黄钟为乐之末节论》的题目，只有《乐记》中有研究讨论，因此他压倒全场，于是他就考中了。第二年他擢升为进士。

## 梦中改名

孙梦得初名贯，字道卿，尝语予曰："某举进士，过长安梦登塔，见持一大文卷者，问之，云"来年春榜"。索而视之，不可。问："其间有孙贯否？"曰："无。惟第三人有孙抃。"既寤，遂改名抃，明年果然。（《东斋记事》）

**【译文】**孙梦得一开始名叫孙贯，字道卿，曾经对我说："我考进士的时候，经过长安梦见登上大雁塔，看见一个人手里拿着一个大的文卷，问他，说'这是明年的春榜。'我向他要来看，没有答应我。就问他：'这中间有孙贯吗？'他回答说：'没有。只有第三个人是孙抃。'"他醒了之后，就改名为孙抃，第二年果然考中了。

## 梦登云梯

莆田郑侨惠叔，乾道己丑春省试中选，未廷对[1]，梦空中一梯，云气围绕，窃自念曰："世所谓云梯者，兹其是欤？"俄身至云梯侧，遂登之。及高层仰望，则有大石苍然如镜面，正惧压己，忽冉冉升腾，立于石上，惊觉，自喜，但不晓登石之义。既而为天下第一，其次曰温陵石起宗。先是，考官用分数编排，石君当居上，临唱名[2]始易之云。（《容斋随笔》）

**【注释】**①廷对：殿试。②唱名：科举时代殿试后，皇帝呼名召见登第进士。

**【译文】**莆田郑侨，字惠叔，乾道年间己丑年春天的省试考中了，还没有殿试，梦见天空中有一个梯子，云气环绕，他私下念叨着："世上所说的云梯，就是这样的吗？"不一会儿，他的身体就到了云梯的一侧，于是他就登上了云梯。等到到了高处向上看，就看见有一块苍茫的大石头像镜子一样，他正害怕大石头会压到自己，忽然他的身体慢慢向上飘升，站立在了石头上，被惊醒了，心中暗自开心，但不知道登上石头的意义。不久之后他成为天下第一，在他后面的人是温陵的石起宗。之前，考官是用分数编排名次的，石起宗应该在上面，皇帝临时呼名召见的时候才改的。

## 朱衣点头

欧阳公知贡举[①]日，每遇考试倦坐，后常觉一朱衣人时复[②]点头，然后其文入格，不尔则无复与考，始疑侍史，及回视之，一无所见。因语其事于同列，为之三叹。尝有句云"唯愿朱衣一点头"。（《侯鲭录》）

**【注释】**①知贡举：唐宋时特派主持进士考试的大臣。②时复：时常。

**【译文】**欧阳修主持进士考试，每次遇到考试阅卷的时候，常常觉得身后站着一个穿红色衣服的人时常点头，然后他笔下的文章就在规定的品级以内，不这样就不再参与考试，一开始他怀疑是侍史，等他回头看的时候，却什么也看不见。因此他把这件事告诉了同朝为官的人，同行们听说后再三慨叹。曾经有句话说“唯愿朱衣一点头”。

## 私其乡人

杨大年为翰林学士，适礼部试天下士。一日，会乡里待试者，或云：学士必持文衡[①]，幸预有以教之。大年乃作色，拂衣而入，则曰：“丕休哉！”大年果知贡举。凡程文[②]用“丕休哉”者皆中选，而当时坐中之客，亦半有不以为意而不用者。（《闻见后录》）

**【注释】**①文衡：品评文章，有如以称量物。用来借指评定文章高下以取士的权力。②程文：科场应试者进呈的文章。

**【译文】**杨大年在作为翰林学士的时候，正好碰到礼部考察天下的读书人。一天，他遇见了乡里等待考试的人，有的人说：杨大年一定有评定文章高下以取士的权力，有幸参与，有人可以指导。杨大年神情变得严肃，甩着衣袖进去了，嘴里只是说：“丕休哉！”杨大年果然是主持进士考试的大臣。进程的文章凡是用了“丕休哉”的都被选中了，但是当时在座的客人，也有一半的人没有在意而没有用这句话。

## 欧变文礼

嘉祐中，士人刘几累为国学第一人，骤[①]为险怪[②]之语，学者翕然[③]效之，遂成风俗。欧阳公深恶之。会公主文，决意痛惩，凡为新文[④]者一切弃黜，时体为之一变，欧阳之功也。有一举人论曰：“天地轧，万物茁，圣人发。”公曰：“此刘几也。”戏续之曰：

“秀才刺，试官刷。”画以大朱笔横抹之，自首至尾，谓之红勒帛，判“大纰缪”字榜之，既而果几也。后数年，公为御试考官，而几在廷，公曰：“除恶务本[5]。今必痛斥轻薄子，以除文章之害。”有一士人论曰：“主上收精藏明于冕旒[6]之下。”公曰：“吾已得刘几矣。”既黜，乃吴人萧稷也。是时试《尧舜性仁赋》，有曰：“故得静而延年，独高五帝之寿；动而有勇，形为四罪之诛。”公大称赏，擢为第一人；及唱名，乃刘辉。人有识之者曰：“此刘几也，易名矣。”公愕然久之，因欲成就其名。小序有“内积安行之德，盖禀于天”，公以为积近于学，改为蕴。人莫不以公为知言[7]。主司[8]或梦火山军得名[9]，后欧公所取卷，乃刘辉也。

**【注释】**①骤：屡次。②险怪：特指文字艰涩怪异。③翕然：形容一致。④新文：诡异而趋时的文体、文风。⑤除恶务本：铲除恶势力，必须杜绝根本。⑥冕旒（liú）：古代帝王的礼冠和礼冠前后的玉串，也用作皇帝的代称。⑦知言：善于辨析他人之言辞。⑧主司：科举的主试官。⑨得名：得到名次。

**【译文】**嘉佑年间，读书人刘几多次成为国子监学生中的第一名，屡次写艰涩怪异的文字，学者们一致效仿他，成为了风尚。欧阳修对此极端的厌恶。适逢欧阳修主持考试，决定对此加以严厉地惩戒，凡是写诡异而趋时的文体的人都被排斥，当时的文体因为这个出现改变，这是欧阳修的功劳。有一个举人陈述说：“天地轧，万物茁，圣人发。”欧阳修说：“这是刘几写的。”戏谑地在后面续写说：“秀才刺，试官刷。”用大的朱砂笔横向将它抹去，从头到尾，叫它红勒帛，判了一个“大纰缪”的字作为题署，不久之后发现这篇文章果然是刘几的。

好几年之后，欧阳修是殿试的考官，刘几在朝堂上，，欧阳修说："铲除恶势力，必须杜绝根本。现在一定会严加斥责这些轻薄的学子，来铲除文坛的危害。"有一个士人议论说："皇上把精干的人收在了自己的麾下。"欧阳修说："我已经得到刘几了！"就把他排除了，后来发现是吴人萧稷。当时的试题是《尧舜性仁赋》，有人写道："故得静而延年，独高五帝之寿；动而有勇，形为四罪之诛。"欧阳修大为赞赏，擢升他为第一名；等到皇帝呼名召见的时候，发现是刘辉。有认识他的人说："这是刘几，他改名了。"欧阳修惊愕了很久，因此想要成就刘辉的声名。刘辉的小序中有"内积安行之德，盖禀于天"，欧阳修认为"积"和"学"非常相近，因此改成了"蕴"字。当时没有人不认为欧阳修是善于辨析他人之言辞的人。主考官中有的人梦见火山军得到名次，后来欧阳修所选取的试卷，就是刘辉。

## 怀甓喧噪

谢史馆泌解国学，举子黜落[①]甚众，群言沸摇，怀甓[②]以伺其出。泌知，潜由他途投史馆，避宿数日。太宗闻之，笑谓左右曰："泌职在考校，岂敢滥收小人？不自揣分，反怨主司，然固须防避。"又问曰："何官职驺导[③]雄伟，都人敛避左右？"奏曰："惟台省知杂，呵拥难近。"遂授知杂，以避掷甓之患。（《名臣遗事》）

**【注释】**①黜落：落榜。②甓（pì）：砖。③驺（zōu）导：古时贵官出行，在前引马开道的骑卒。

**【译文】**史馆谢泌，除名国学的举人，落榜的特别多，众人议论纷纷，怀揣着砖等着他从史馆出现。谢泌知道后，秘密地通过其他道路去史馆，躲那些值守的人躲了好几天。太宗听说过这件事以后，笑着对身边的人说："谢泌的职责在于考核和校对，怎么敢胡乱地收小人？他们不能够自己揣摩分析落榜原因，反而怨恨主考官，本来就需要预防规避。"又问身边的人："什么官职引马开道的骑兵最壮观，京城的人会躲避在两旁？"身边的人上奏说："只有台省知杂，卫护得让人难以接近。"于是宋太宗授予他台省知杂的官职，来避免被扔砖的祸患。

## 号传衣钵

《摭言》云：禅家相传[1]法谓之传衣钵。唐状元以下往谢主司，有与主司同科名者，谓之谢衣钵。故范质举进士，主文和凝爱其文，以第十三人登第，谓质曰："君之文宜冠多士，屈居十三，欲传老夫衣钵也。"质以为美。有献诗云："从此庙堂添故事，登庸衣钵亦相传。"（《邵氏录》）

**【注释】**①相传：递相传授。

**【译文】**《摭言》说：佛家递相传授佛法叫作传衣钵。唐代状元以下的人前往感谢主考官，如果有主考官同场考试的，就叫做谢衣钵。所以范质考中进士的时候，主考官和凝喜欢他的文章，将他作为第十三名让他登科，对范质说："你的文章应该在众多士子的文章之上，委屈你把你放在第十三名，是想要让你传我的衣钵。"范质认为这是一件很美好的事情。有人献上诗歌说："从此庙堂添故事，登庸衣钵亦相传”。

## 赋诗被谤

至和、嘉祐间，场屋举子为文尚奇涩，读或不成句。欧公力欲革其弊，既知贡举，凡文涉雕刻[①]者皆黜之。时范景仁、王禹玉、梅公仪、韩子华，同事[②]梅圣俞作参详官，未引试[③]前，唱酬[④]诗极多。欧公有“无哗战士衔枚勇，下笔春蚕食叶声”，最为警策[⑤]。圣俞有“万蚁战酣春昼永，五星明处夜堂深”，亦为诸公所称。及放榜，平时有声如刘辉辈皆不预选，士论颇汹汹。未几，诗传，哄然[⑥]以为主司惟酬唱，不复详考，且言以“五星”自比，而待我曹为“蚕蚁”，因造为丑语。自是礼闱不复作诗经[⑦]。元丰末几三十年，元祐初稍稍为之，要不如前日之盛，然是榜得苏子瞻为第二人，子由与曾子固皆在选中，亦不可谓不得人矣。（《石林诗话》）

**【注释】**①雕刻：刻意修饰文辞。②同事：执掌同一事务。③引试：引保就试。④唱酬：以诗词相酬答。⑤警策：形容文句精炼扼要而含义深切动人。⑥哄然：许多人同时发出声音。⑦经：应该是“终”的讹误。

**【译文】**在至和、嘉佑年间，考场中的举人们写文章还是奇诡艰涩的风格，有的都读不成通顺的句子。欧阳修竭力想要革除它的弊端，在被派主持考试时，只要文章涉及到刻意修饰文辞的人都被黜落了。当时范景仁、王禹玉、梅公仪、韩子华，执掌同一事务的梅圣俞作为参详官，在引保就试之前，相互间酬答的诗特别多。欧阳修有一句

“无哗战士衔枚勇，下笔春蚕食叶声”，文句最为精炼扼要而含义深切动人。梅圣俞有一句“万蚁战酣春昼永，五星明处夜堂深”，也被诸位所称道。等到放榜的时候，平时有声誉的像刘辉一类的都没有入选，读书人议论纷纷。没过多久，他们的诗歌流传出去，他们纷纷认为主考官只会以诗词相酬答，没有再详细考察，并且用“五星”自我比喻，但是主考官却对待我像“蚕蚁”一样，因此写出这样的丑话。从此礼部举行的科举考试不再写诗，这种情况在元丰末年之后三十年，元祐初年稍稍写了诗歌，拦阻不像之前程度那么深，然而这年的皇榜苏子瞻是第二名，苏子由和曾巩都在选中的范围里，也不能说没有得到人才。

## 鄙渴睡汉

吕文穆公未第时，薄游[①]一县。时胡大监旦随其父宰是邑，遇吕甚薄。客有喻胡曰：“吕公能诗，宜少加礼。”胡问警句[②]，客举曰：“挑尽寒灯不成梦。”胡笑曰：“乃一渴睡汉耳。”吕甚恨而去。明年首中甲科，寄声于胡曰：“渴睡汉状元及第矣。”胡曰：“待我明年第一人及第，输君一筹。”既而次榜，亦中首选。文穆公，蒙正也。

**【注释】**①薄游：漫游，随意游览。②警句：诗文中精炼、动人的文句。

**【译文】**吕文穆还没有考中时，随意游览到一个县。当时大监胡旦跟随他的父亲治理这个县城，遇见吕文穆，对待他甚为刻薄。客人中有人告知胡旦说："吕文穆擅长写诗，应该稍稍地加以礼待。"胡旦问他吕文穆诗文中有什么精炼、动人的文句，客人例举了一句："挑尽寒灯不成梦。"胡文旦嘲笑道："就是一个渴望睡觉的懒汉罢了。"吕文穆甚是怨恨地离开了。第二年他考中了状元，托人传话给胡旦说："渴望睡觉的懒汉考中状元了。"胡旦说："等我明年以第一名考中，输你一个等级，"不久之后中了次榜，也是第一名。吕文穆，就是吕蒙正。

## 座主设宴

韩康公绛子华谢事①后，自颍入京看上元，至十六日私第会，从官②九人皆门生故吏③，尽一时名德，如傅敛之、胡宽夫、钱穆父、东坡、刘贡父、顾子敦，皆在坐。钱穆父知府至晚，子华不悦。东坡云："今日为本殿烧香，人多留住，九子母丈夫也"（钱形有类，故云）。客大笑。方坐，出家妓十余人，中宴后新宠鲁生舞罢，为游蜂所螫，子华意不甚悦；久之呼出，以白团扇从东坡乞诗。坡书云："窗摇细浪鱼吹日，舞罢花枝蜂绕衣。不觉南风吹酒醒，空教明月伴人归。"上句记姓，下句记事。康公大喜。坡云："恐它姬厮赖④，故云耳。"

**【注释】**①谢事：辞职。②从官：属官。③门生故吏：学生和旧时部下。④厮赖：耍赖。

**【译文】**康国公韩绛辞职后，从颍州进入京城看上元节灯会，到正月十六的时候在私有的住宅聚会，九位属官都是他的学生和旧时的部下，都是一时有名望德行的人，像傅敛之、胡宽夫、钱穆父、东坡、刘贡父、顾子敦，他们都参加了聚会。钱穆父到府上是最迟的，韩绛对此觉得不开心。东坡说："今天是本殿烧香，人多将他留住了，就是九子菩萨的丈夫。"（钱穆父长得有点像，所以这么说。）客人哈哈大笑。才刚刚坐下，韩绛叫出十几位家中的歌伎，在宴饮之后，歌伎中有一位韩绛的新宠叫鲁生的刚刚跳完，被游蜂蛰了一下，韩绛的心中十分不高兴；很久时候将她叫出来，用白团扇向苏东坡求诗。苏东坡写道："窗摇细浪鱼吹日，舞罢花枝蜂绕衣。不觉南风吹酒醒，空教明月伴人归。"诗的上一句记录姓氏，下一句记录事件。韩绛看见之后非常开心。苏东坡说："我是怕其他歌伎耍赖，所以这么说。"

## 托孤门生

李文正公尝言，其座主①王仁裕知贡举时已年高，有数子皆早亡，诸孙并幼。每诸生至门，必延于中堂与夫人偶坐，受诸生拜，一如儿孙礼。然备酒馔、命诸生，至于饼饵羹臛②之物，皆公与夫人亲手调品。忽一日，生徒③毕集，出一诗笺曰："二百二十四门生，春风初长羽毛成。衰翁渐老儿孙小，它日知谁略有情。"

**【注释】**①座主：唐宋时，进士称主考官。②羹臛（huò）：菜羹和肉羹。③生徒：学生。

**【译文】**李文正曾经说，他的主考官王仁裕在主持考试的时候年纪已经很大了，他有好几个孩子都夭折了，他的各位孙子都还很年少。每次各位儒生到他家，一定会请他们到中堂和他的夫人坐一会儿，接受各位儒生的拜见，就像接受儿孙们的拜礼一样。然后准备酒食给他们，至于饼类和菜羹、肉羹之类的东西，都是王仁裕和他夫人亲手调制的。忽然有一天，他的学生全部聚集在一起，拿出一个诗笺，上面写着："二百二十四门生，春风初长羽毛成。衰翁渐老儿孙小，它日知谁略有情"。

## 陆氏一庄

崔群知贡举归，其妻劝令求田，群曰："予有美庄三十所，榜所放三十人是也。"妻曰："君非陆贽门生乎？君掌文柄[1]，约其子简礼，不令就试。如以君为良田，则陆氏一庄荒矣。"群无以答。（《唐余录》）

**【注释】**①文柄：评定文章的权威。

**【译文】**崔群主持考试之后回家，他的妻子劝说他让他购置家宅。崔群说："我有三十所美好的庄园，就是皇榜所放出的三十个人。"他的妻子说："你难道不是陆贽的门生吗？你掌握着评定文章的权威，却事先告诉他的儿子陆简礼，不让他参加科举考试。如果把你作为良田，那么陆氏的一个庄园就荒废了。"崔群无话可说。

## 赏常何

马周至长安，舍中郎将常何家。贞观间，诏百官言得失。何，武人，不涉学[1]；周为条二十余事，皆当世所切。太宗怪问，何曰："此非臣所能，家臣马周教臣言之。"帝即召之。间未至，遣使四辈趣。及谒见，帝与语，大悦，拜监察御史。帝以何得人，赐帛三百匹。

【注释】①涉学：研究学问。

【译文】马周到长安的时候，住在中郎将常何的家里。贞观年间，皇帝诏令百官讨论得失。常何是武将，不研究学问；马周陈述了二十多件事，都是当时比较紧急的事。太宗觉得比较奇怪，因此询问，常何说："这不是我所能够做到的，这是我的属官马周教我这么说的。"唐太宗立马召请他。隔了一段时间还没有到，唐太宗派了四队人催促他。等到他前来拜见的时候，唐太宗和他谈话，觉得非常开心，授予他监察御史的官。唐太宗因为常何得到这样的人才，因此赏赐了他三百匹布帛。

## 特抑故吏

鞠咏为进士，以文受知于王公化基。及王公知杭州，咏擢第，释褐[1]为大理评事，知杭州仁和县。将之官，先以书及所作诗寄王公，以谢平昔奖进[2]，今复为吏，得以文字相乐之意，王公不答。及至任，略不加礼，课其职事甚急，鞠大失望。于是不复冀其相知，而专修吏干矣。其后王公入为参知政事，首以咏荐人。或问其故，答曰："鞠咏之才，不患不达。所忧者，气俊而骄，我故抑之，以成其德耳。"鞠闻之，始以王公为真相知也。(《东轩笔录》)

【注释】①释褐：旧制，新进士必在太学行释褐礼，脱去布衣而换穿官服，後用來比喻做官或進士的及第授官。②奖进：称许荐引。

【译文】鞠咏参加进士考试，凭借文才受到王化基的欣赏。等到王化基掌管杭州后，鞠咏被擢升为进士，被授予大理评事，掌管杭州的仁和县。他将要到官任上，先把他写的一封信和一首诗寄给王化基，来感谢他往日对他的称许荐引，现在他也在做官，表达出希望能用书信交往同乐的意愿，王化基没有回复。等他到任后，王化基却全然不加礼遇，而是特别急切地考核他的公务，鞠咏大失所望。于是不再期望王化基的了解，而是专注于政事。后来，王化基被召到朝廷中做参知政事，第一件事就是举荐鞠咏。有人问他这么做的原因，他回答说：“凭借鞠咏的才能，不用忧虑他将来不显达。我所担心的是他恃才傲物，所以故意压制他，以此来成就他的德行罢了。”鞠咏听说了这件事，才真正把王化基作为知心的朋友。

## 僧相宾僚

张建封镇徐州，奏李藩为判官。有新罗僧能相人，公令看诸判官有得为相者否。僧云：“并无。”公不快，曰：“某妙择[①]宾僚，岂无一人至相坐者？”促召李判官至，僧降阶迎，谓张公曰：“判官是纱笼中人[②]，宰相冥司必潜以纱笼护之，恐为异物所扰。余官不然。”藩后果为相。（《原化记》）

【注释】①妙择：精心选择。②纱笼中人：旧指具有宰相福命的人。

**【译文】**张建封镇守徐州的时候，奏请授予李藩判官的职位。有一个新罗的僧人会给别人看相，张建封让他看各位判官有没有谁能够成为宰相的。新罗僧说："并没有。"张建封很不开心，说："我精心选择幕僚，怎么能够没有一个人能够做到宰相的呢？"急速地召请李判官前来，新罗僧走下台阶，前来迎接，对张建封说："李判官是具有宰相福命的人，阴间的管理宰相的长官一定会暗中用纱笼保护他，害怕他被奇怪的东西惊扰。其他的官员则不是这样。"李藩后来果然做了宰相。

## 访隐者居

钱文僖公自枢密留守西都，时朝廷无事，郡府多暇，钱相与诸公行乐无虚日。一日，出长夏门，屏骑从，同步至午桥，访郭君隐居。郭不知为钱相也，草具置酒，钱相甚喜，不忍去。至晚，衙骑从来，郭君亦不为动，亦不加礼，抵暮别去，送及门，曰："野人未尝至府庭，无从上谒谢。"钱相怅然谓诸公曰："斯人视富贵为如何？可愧也。"郭君名延卿，时年逾八十。少从张文定、吕文穆公游。二公相继入相，荐于朝，命以职官，不出。（《闻见录》）

**【译文】**时任枢密使的钱惟演留守西京，当时朝廷中没有大事，郡府比较空闲，钱惟演和各位大臣不间断地享受欢乐。一天，钱惟演出了长夏门，屏退了骑马的随从，一起走到午桥，拜访郭君山野里的住处。郭君不知道钱惟演是宰相，草草地置办了酒食，钱惟演非常欣喜，不忍心离开。到了晚上的时候，官衙里的骑兵跟随而来，郭君也没有因为这种情况而动摇，也没有以礼相待，等到暮色快要降临的时候离开了，郭君将他送到了门边，说："我没有到过府上，没有门径前去晋见道谢。"钱惟演怅然地对各位大臣说："这个人是将富贵看成了什么呢？我可以说是有愧了。"郭君名叫郭延卿，当时年纪已经超过了八十岁。年少的时候，他跟随张文定，吕文穆游历。他们二位相继做了宰相，将他推荐给朝廷，授予他官职，但是他拒绝入世为官。

## 廉蔺相避

蔺相如为上卿，居廉颇之右。颇曰："我为赵将，有攻城野战[①]之大功。相如徒以口舌为劳[②]而居上，素贱人。吾羞，不忍为之下。"宣言[③]曰："我见，必辱之。"相如闻，常称疾，不欲与争。已而，相如出，望见廉颇，相如引车避匿。其舍人耻之，欲辞去，相如曰："强秦之不敢加兵于赵者，以吾两人在也。今两虎共斗，其势不俱生[④]。吾所以为此者，先国家后私仇也。"颇闻之，肉袒，负荆谢罪。

**【注释】**①野战：在城市或要塞以外地区进行交战。②口舌为劳：只不过动动口舌而已，不是什么汗马功劳。③宣言：扬言。④势不俱生：两个强者对抗，不能都活命。

**【译文】**蔺相如是上卿，职位在廉颇之上。廉颇说："我是赵国的将军，有在城市或要塞以外地区进行交战并攻占城池的大功。蔺相如只不过是动动口舌，职位就能够在我之上，况且蔺相如原本就身份卑贱，我感到羞耻，无法容忍在他的下面。"扬言说："如果我见到他，一定会羞辱他。”蔺相如听说之后，经常假称自己有病，不想要和他产生争执。后来，蔺相如出行的时候，看见廉颇，蔺相如调转了行车的方向躲避。他的门客认为这样做是一种耻辱，想要告辞离去，蔺相如说：“强大的秦国之所以不敢和赵国开战，是因为有我和廉颇在。现在两只老虎相互争斗，在这样的情况下，两只老虎不会都生存下来。我之所以这么做，是先考虑国家，后考虑私人恩怨。”廉颇听说之后，赤裸着上身，背负着荆条去请罪。

## 寇贾极欢

寇恂拜颍川太守，贾复部将杀人，恂戮之。复以为耻，谓左右曰：“吾与寇恂并列将帅，而今为其所陷。今见恂，必手剑之。”恂知其谋，不欲与相见。谷崇曰：“崇，将也。得带剑侍侧，卒有他变，足以相当。”恂曰：“不然，蔺相如不畏秦王而屈于廉颇者，为国也。吾安可以忘之。”二人后卒极欢。

**【译文】**寇恂官拜颍川太守，贾复的部将杀了人，寇恂杀了他。贾复认为这是耻辱，对身边的人说：“我和寇恂都是朝中的将帅，但现在我被他诬陷。现在我只要见到寇恂，一定会手拿着剑把他杀了。”寇恂知道了他的计划，不想要和他相见。谷崇说：“谷崇我，是一位将军。我必须带着剑侍奉在你的左右，如果最后忽然有变，我足以抵挡。”寇恂说：“不是这样，蔺相如不害怕秦王但是屈服于廉颇，是为了国家。我怎么可以忘记这件事呢。”后来他终于极尽欢乐。

# 李郭相勉

唐安思顺为朔方节度使，时郭汾阳、李临淮俱为牙门都将。二人不相能[1]，虽同盘饮食，常睇目[2]相视，不交一言。及汾阳代思顺，临淮欲亡去，计未决，旬日诏临淮、汾阳半兵东出赵魏。临淮入曰："一死固甘，乞免妻子。"汾阳趋下，持手上堂曰："今国乱主迁，非公不能东伐。岂怀私忿时耶？"及别，执手涕泣，相勉以忠义。讫平剧贼，实二公之力。

**【注释】**①相能：彼此亲善和睦。②睇（dì）目：斜着眼。

**【译文】**唐代的安思顺是朔方节度使，当时郭汾阳、李临淮都是牙门都将。他们两人彼此之间并不亲善和睦，虽然一同吃饭，却经常斜着眼看，相互间不说一句话。等到郭汾阳替代安思顺作为节度使，李临淮想要逃遁，这种打算还没决定下来，十天之后皇帝诏令李临淮、郭汾阳带领二分之一的兵力向东征战赵魏。李临淮说："我死了固然甘心，请求赦免我的妻子。"郭汾阳快速地走下台阶，拉着他的手走上厅堂说："现在国家陷入混乱，主公被迁逐，如果不是你就不能够向东征伐。我怎么能在这个时候怀有私怨呢？"等到分别的时候，两个人拉着手哭泣，用忠义相互勉励。最终平定势力大的叛乱者，确实靠的是他们两个人的力量。

# 三将协心

高宗朝，光世军在马家渡，张俊军在采石，遂诏光世以兵援世忠，且令复移军健康[①]。三大将事权[②]相敌，兼持私隙，莫肯叶心。上诏魏矼谕光世曰："贼众我寡，合力犹惧不支，况军自为心，将何以战？为诸公计，当灭怨隙，不独可以报国，身亦有利。"矼劝光世贻书二帅，以示无他，使为犄角。已而二帅皆复书，交致其情。世忠之受两镇节钺也，高宗手书《郭子仪传》以赐之；张俊奏事，则又谕以子仪之事。

**【注释】**①且令复移军健康：此处应是"且令俊移军于建康"的讹误。②事权：处理事情的职权。

**【译文】**高宗在位的时候，光世驻扎在马家渡，张俊驻扎在采石，于是皇帝下令让光世出兵支援韩世忠，并且让张俊将自己的军队转移到建康。三位大将处理事情的职权是相当的，又互相有私人的嫌隙，不肯互相协作。皇上诏令魏矼告诉光世说："敌众我寡，你们相互协作都会担心不能够匹敌，何况军队以自我为中心的话，又凭借什么来战斗呢？为了诸位着想，你应当消除你们之间的恩怨嫌隙，这样做不仅仅可以报效国家，对你自己也有好处。"魏矼劝说光世写书信给另外两位将帅，来表示别无二心，让他们互为犄角。不久之后另外两位将帅都回信了，表达了自己的感情。韩世忠被授予两个镇的符节及斧钺，高宗亲手书写了《郭子仪传》来赏赐他；张俊向皇帝陈述事情的时候，皇帝就又把郭子仪的事情说给他听。

## 同年远嫌

寇莱公在枢府，上欲罢之。莱公已知，乃遣人告王冀公曰："遭逢最久，今出求一使相，幸同年[①]赞之。"公大惊，曰："将相之任，极人臣之贵。苟朝廷有所授，亦当恳辞，岂得以此私有所干于人也？"亟往问之，莱公不乐。后上议"准今出，与一甚官？"公曰："寇准未二十年已登枢府，太宗甚器之。准有才望，与一使相，使当方面，其风采足以为朝廷之光。"上然之。翌日降制，莱公捧使相诰谢于上前，感激流涕，曰："苟非陛下主张，臣安得有此命？"上曰："王某知卿，具道其言。"莱公出，谓人曰："王同年器识[②]，非准所可测也。"公在相府，抑私远嫌，皆此类。（《魏公遗事》）

**【注释】**①同年：科举时代称同榜或同一年考中者。②器识：器量和见识。

**【译文】**寇准在枢密院的时候，皇上想要罢免他。寇准已经知道，于是派人告诉王冀公说："我遇到你的时间是最长的，现在我想向你请求获得一个使相的职位，希望和我同一年考中的你能够帮助我。"王冀公大吃一惊，说："将相的职位，是臣子的职位中极为尊贵的。即使是朝廷来授予这个职位，也应当恳求推辞，哪能够凭借这个就私自给别人职位呢？"急速地前往询问他，寇准因此不开心了。后来皇上提出疑问："寇准现在出仕，给他一个什么官职呢？"王冀公说："寇准还没到二十岁已经进入了枢密院，太宗非常器重他。寇准有才能和名望，给他一个使相的官职，让他担当这方面的职务，凭借他的风采足以成为朝中的光。”皇上同意了。第二天降低爵位的时候，寇准捧着使相的诰命到皇上的面前谢罪，感激得眼泪都流下来了，说：“如果不是陛下您的安排，我哪里有这样的命运啊？”皇上说：“王冀公认识你，将事情详细地告诉了我。”寇准走出朝堂后，对别人说：“王冀公的器量和见识，不是我寇准能够猜测的。”寇准在宰相府，抑制私情，远避嫌疑，他们都是这类人。

## 友婿同年

王懿恪公拱辰与欧阳文忠公同年进士。文忠自监元①、省元②赴廷试，锐意魁天下。明日当唱名，夜备新衣一袭，懿恪辄先衣以入，文忠怪焉。懿恪笑曰：“为状元者，当衣此。”至唱名，果第一。后懿恪、文忠同为薛简肃公子婿，然文忠心少③之。文忠为参政时，吏拟进懿恪仆射，文忠曰：“仆射，宰相官也。王拱辰非曾任宰相者。”不可，改东宫官，以至拜宣徽使，终身不至执政。盖懿恪主李文靖，文忠主范文正，其党不同。（《闻见录》）

**【注释】**①监元：国子监课业考试第一名。②省元：宋代称礼部进士第一名。③少：轻视，看不起。

**【译文】**恪公王拱辰和欧阳修是同年的进士。欧阳修凭借国子监第一、礼部进士第一的位置进入殿试，意志坚决地要夺得状元。第二天皇帝呼名召见登第进士，夜里准备了一件新衣，王拱辰就先穿衣服进去了，欧阳修对此感到很奇怪。王拱辰笑着说：“是状元的人，应当穿这样的衣服。”等到皇帝呼名召见的时候，果然是第一。后来王拱辰、欧阳修一同作为简肃公薛奎的女婿，但是欧阳修看不起他。欧阳修作为参政的时候，官吏们打算将王拱辰推荐为仆射，欧阳修说：“仆射，是宰相一类的官职，王拱辰并不是能够担任宰相一职的人。”官吏们见他不允许，就将他推荐成东宫官，并做官做到宣徽使，一生都没能够到参与政事的职位上。大概是因为王拱辰支持李沆，欧阳修支持范仲淹，两个人的党派不同。

## 无信不朝

褒姒不好笑，幽王欲其笑，万方，故[①]不笑。幽王为烽燧大鼓，有寇至则举烽火，诸侯悉至而无寇，褒姒乃大笑。幽王欲悦之，数举烽火，其后不信，益不至。幽王之废申后，去太子，申侯怒，于是与西夷犬戎共攻幽王。幽王举烽火，征兵莫至，遂杀幽王骊山下。

**【注释】**①故：还是。

**【译文】**褒姒不喜欢笑，周幽王想让她笑，想了很多方法，还是不笑。周幽王为了她点燃了烽火台，大张旗鼓，有敌人来了就会点燃烽火，各路诸侯都到了，但是没有敌人，褒姒于是大笑。周幽王想要让她开心，因此几次点燃烽火，后来诸侯们都不相信了，也更加不会到来了。周幽王废黜了申后，剥夺了太子的职位，申侯因此非常愤怒，于是和西方的少数民族犬戎一同攻打周幽王。周幽王点燃了烽火台调集兵力，但是没有一个到来，于是他们在骊山下杀了周幽王。

## 立召访问

苏轼迁翰林学士，尝锁宿禁中。中使宣入对，宣仁问曰：“卿前年为何官？”曰：“臣前年为汝州团练使。”“今为何官？”曰：“臣待罪翰林。”上叹奇才，宣仁曰：“此先帝之意也。先帝每诵卿文章，必曰‘奇才，奇才’，但未及进用，卿即上仙耳。”轼不觉哭失声，宣仁与哲宗亦泣下，已而命坐赐茶，撤御前金莲，烛送归院。

**【译文】**苏轼升为翰林学士，曾经在宫中锁门值守。宫中派人宣他进殿问话，宣仁太后问他：“你前年做什么官？”苏轼回答说：“我前年是汝州团练使。”“现在是什么官？”苏轼回答说：“我现在翰林院。”皇上感叹他是奇才。宣仁太后说：“这是先帝的意思。先帝每次诵读你的文章，一定会说‘奇才，奇才’，但是还没有来得及任用，你就是上仙。”苏轼不知不觉间痛哭失声，宣仁太后和哲宗也流下了泪水，不久，命他坐下并赏赐给他茶水，撤掉皇帝面前的金莲烛，举着烛火送苏轼回到翰林院。

## 不如一鹗

汉邹阳谏吴王曰：“臣闻鸷鸟累百，不如一鹗。”后汉庞参字仲达，为左校令。先零反，御史中丞樊准荐参，曰：“鸷鸟累百，不如一鹗。”后汉孔融《荐祢衡表》曰：“伏见[①]处士祢衡，淑质[②]正亮[3]，奇才卓荦[4]；若得龙跃天衢，凤奋云汉，垂光虹蜺，足以近置之多士[5]。”吴吕蒙，庐陵贼起，诸将不能下。孙权曰：“鸷鸟虽百，不如一鹗。”令蒙讨平之。

**【注释】**①伏见：此处应是“窃见”的讹误②淑质：美好的资质，指美善的品质。③正亮：此处应是“贞亮”的讹误，忠诚正直，气节清高。④卓荦（luò）：卓越，突出。⑤足以近置之多士：此处应是“足以昭近署之多士”的讹误。

**【译文】**西汉的邹阳上谏吴王说：“我听说‘鸷鸟累百，不如一鹗。’”后汉的庞参，字仲达，是左校令。先零人造反，御史中丞樊准推荐了庞参，说：“鸷鸟累百，不如一鹗。”后汉的孔融《荐祢衡表》中说：“我私下看到处士祢衡，有美善的品质，忠诚正直，气节清高，拥有卓越的才能。如果得到了祢衡的辅助，就像龙一跃冲天，凤凰振翅云霄，虹霓俯射的光芒，足以显示官署人才众多。”吴国吕蒙，庐陵出现了叛乱，各位将领不能够平定。孙权说：“鸷鸟累百，不如一鹗。”让吕蒙征讨平定他们。

## 赵温雄飞

赵温，成都人。初为京兆尹，叹曰：“大丈夫当雄飞[1]，安能雌伏[2]。”遂弃官去。遭岁大饥，温尽散其家粮以赈给穷饿，所活万余人。至汉，献帝征为司徒。（《本传》）

**【注释】**①雄飞：比喻奋发有为。②雌伏：比喻隐藏，不进取。

**【译文】**赵温，成都人。一开始的官职是京兆尹，叹息着说：“大丈夫应该奋发有为，怎么能够不思进取。”于是辞官离去。这年他遇到了大饥荒，赵温散尽了他家的粮食来赈济穷困和饥饿的人，他所救活的人有一万多。到达汉都长安，汉献帝授予他司徒的官职。

## 殿直荐贤

范延赏为殿直①押兵过金陵，张忠定公为守，因问曰：“天使②沿路来还，曾见好官员否？”延赏曰；“昨过袁州萍乡县，邑宰张希颜者，虽不识之，知其好官员也。”公曰：“何以言之？”延赏曰：“自入县境，驿传桥道皆完葺，田莱垦辟，野无惰农；及至邑，则廛肆无赌博，市易不敢喧争，夜宿邮③中，闻更鼓分明，以是知其必善政也。”公大笑曰：“希颜固美矣，天使亦好官员也。”即日同荐于朝，希颜为发运使，延赏亦为阁门祗侯，皆号能吏。（《东轩笔录》）

**【注释】**①殿直：皇帝的侍从官。②天使：旧称皇帝派遣的使臣。③邮：古代传递文书的驿站。

**【译文】**范延赏，是皇帝的侍从官，押兵经过金陵，忠定公张咏是太守，因此问到：“使臣一路走来，曾经见到过好官吗?”范延赏说：“昨天经过袁州萍乡县，有个县令叫张希颜的，虽然我不认识他，但也知道他是好官。”张咏说：“你凭借什么说的呢?”范延赏说：“自从进入萍乡县境内，驿站桥道都修葺过，田地都得到开垦，田野中没有懒惰的农民；等到了县城，街市中没有赌博的人，交易中的人们不吵闹争执。夜晚住在驿站里，听到十分清楚的打更的鼓声。因此知道他一定善于处理政事。”张咏大笑着说：“张希颜原本就很好，使臣您也是一位好官。”当天就将两人一同举荐给朝廷。张希颜后来任发运使，张延赏也做了阁门祇候，都被称作能干的官吏。

## 王旦举代

王旦疾久不愈，上命肩舆入禁中，使其子雍与直省吏扶之，见于延和殿，劳勉[①]数四，因命曰：“卿今疾亟，万一有不讳，使朕以天下事付之谁乎？”旦谢曰：“知臣莫若君，惟明主自择。”再三问，不对。是时，张咏、马亮皆为尚书。上曰：“张咏如何？”不对。又曰：“马亮如何？”又不对。上曰：“试以卿言之。”旦强起举笏曰：“以臣之愚，莫如寇准。”上怃然[②]有间，曰：“准性刚褊，卿更思其次。”旦曰：“他人，臣不知也。”旦死岁余，卒用准为相。（兰元震云）

**【注释】**①劳勉：慰问勉励。②怃然：惊愕的样子。

**【译文】**王旦病了很久也没有痊愈，皇上命人用轿子把他抬到宫中，让他的儿子王雍和直省的官吏扶着他，到了延和殿，皇上慰问勉励了好几次。皇上趁机对他说：“你现在病得很重，万一有什么闪失，让我把这天下事托付给谁呢？”王旦感谢地说：“没有比君主更了解臣子的人了，只能依靠贤明的君主选择。”皇上再三追问，但他没有再回答。这个时候，张咏、马亮都是尚书。皇上说：“张咏怎么样？”王旦没有回答。皇上又说：“马亮怎么样？”王旦还是不回答。试着说一下你的意思。”王旦勉强举起笏板说：“以我的愚见，他们不如寇准。”皇上惊愕了一会儿，说：“寇准性情刚愎，你还是再想一想其他人。”王旦说：“其他人，我不知道。”王旦死后一年多，最后用了寇准作为宰相。

## 贬死朱崖

新繁县有东湖，德裕为宰日所凿。夜梦一老父曰：“某潜形其下，幸庇之。明府富贵，今鼎来[①]七九之年，当相见于万里外。”后于土中得一蟆，径数尺，投入水中，而德裕以六十三卒于朱崖，果应七九之谶。公卒，见梦于令狐绹曰：“公幸哀我，使我归葬。”绹曰：“卫公精爽[②]可畏，不言祸将及。”乃白于帝，得以丧还。（《北梦琐言》）

**【注释】**①鼎来：正来。②精爽：灵魂。

**【译文】**新繁县有个东湖，李德裕作为宰相的时候所开凿的。夜里梦见一个老翁说：“我在它的下面隐藏自己的身形，幸好有它的庇佑。官府的富贵，现今六十三年正来到，应当在万里之外相见。”后来在土中挖到一个蛤蟆，直径有好几尺，将它投放到水中，李德裕在六十三岁的时候在珠崖去世，果然应了七九的谶言。他去世的时候，托梦给令狐绹说：“请你哀怜我，让我能够回去安葬。”令狐绹说：“卫国公灵魂让人敬畏，如果不说的话灾祸将会降临。”于是告诉了皇帝，使他的尸身能够回来安葬。

## 携母贬所

绍圣初党祸起，刘安世器之尤为章惇、蔡卞所忌，远谪岭外，盛夏奉老母以行。途人皆怜之，器之不屈也。一日行山中，扶其母篮舆[1]憩树下，有大蛇冉冉而至，草木皆披靡，担夫惊走，器之不动也。蛇若相向者，久之乃去，村民罗拜[2]器之曰："官，异人也。蛇，吾山之神，见官喜相迎耳。"（《闻见录》）

**【注释】**①篮舆：古代供人乘坐的交通工具，形制不一，一般以人力抬着行走，类似后世的轿子。也说古时一种竹制的坐椅。②罗拜：围绕着下拜。

**【译文】**绍圣年间党锢之祸兴起，刘安世尤其被章惇、蔡卞所忌讳，将他贬谪到了岭外这样的边远地方，盛夏的时候侍奉着老母前行。路上的人都可怜他，刘安世并没有屈服。一天，他在山中行走，把座椅上的母亲扶到树下休息，有一条大蛇慢慢爬过来，它所经过的地方草木都倒了，抬座椅的人被吓跑了，但刘安世没有动。蛇就这样和他相对着，很长时间才离开，村民围绕着刘安世下拜说："你是一个不寻常的人。蛇，是我们这座山的山神，看见你开心地前来相迎。"

## 杜门莫见

苏黄门子由南迁既还，卜居[1]许下，多杜门[2]，不通宾客。有乡人自蜀中来求见之，伺候于门，弥旬不得通。宅南有丛竹，竹中为小亭，遇风日清美，或徜徉亭中。乡人既不得见，则谋之阍人[3]，阍人使待于亭旁。如其言，复旬日果出，乡人因趋进。黄门见之，大惊，劳久之，曰："君姑待我于此。"翩然复入，迨夜竟不复出。（《却扫编》）

**【注释】**①卜居：选择居住的地方。②杜门：闭门。③阍（hūn）人：守门人。

**【译文】**苏辙被贬谪到南方回来后，选择居住在许下，大多时候闭门不出，不和宾客们来往。有从蜀中来的同乡前来求见，在门外等候他，都快十天了也没有见到。他的宅子的南边有竹林，竹林中间有一个小亭子，遇到风和日丽的时候，有时候会在亭子中安闲自在地徘徊。他的同乡还是不能够见到，就从守门人那里想办法，守门人让他在小亭子旁边等待。就像守门人说的那样，又过了十天他果然出现了，他的同乡人因此紧跟着他进去了。苏辙见到他的同乡人，大吃一惊，慰劳了很久，说："你在这里等我一下。"又迅速而轻巧地进去了，一整夜也没有再出来。

## 曝背献芹

宋国有田父，常衣缊黂[1]，至春，自曝于日。当尔时，不知有广厦隩室[2]，绵纩[3]狐貉。顾谓其妻曰："负日之暄，人莫知之，以献吾君，将有赏也。"其妻告之曰："昔人有美戎菽[4]、甘枲茎[5]、芹萍子，对乡豪称之。乡豪取尝之，蜇于口，惨于腹，众哂之。"（《列子·杨朱》）按《列子》所载只如此。嵇叔夜《与山巨源绝交书》云：

“野人有快炙背而美芹子，欲献之至尊。”后世遂有“献芹”之说，实无所出，特嵇叔夜合而言之耳。

【注释】①缊黂（fén）：用乱麻作絮的冬衣。②隩室（yù）：暖室。③绵纩（kuàng）：絮丝棉的衣服。④莪菽：此处应该是“戎菽”的讹误，山戎所种植的一种豆科植物。⑤枲茎：苍耳的茎。

【译文】宋国有一个农民，经常穿着用乱麻作絮的冬衣，等到春天的时候，就自己在太阳下曝晒，那个时候，他不知道天下还有高大的屋宇、温暖的房子、絮丝棉的衣服、狐皮貉裘，他回头对他的妻子说：“背对太阳的温暖，别人都不知道，我把它告诉君主，一定会得到奖赏。”他的妻子告诉他说：“以前有人认为山戎种植的大豆很好，认为苍耳的茎、芹萍子很甜，对乡绅夸赞它们。乡绅拿来尝了尝，刺伤了嘴巴，在腹中造成了疼痛，大家都嘲笑他”。按照《列子》的记载就只是这样。嵇康的《与山巨源绝交书》中说：“山野之人有认为晒背很快乐和认为芹子很好的，想要献给皇上。”后代因此才有“献芹”的说法，实际上是没有出处的，只是因为嵇康的话比较贴合而这么说罢了。

## 漆书忧鲁

鲁漆室邑之女，过时未适人，倚柱而啸。邻妇曰：“子欲嫁乎？”曰：“非也。予忧者，鲁君老，太子幼。”邻妇曰：“此丈夫之忧也。”女曰：“不然。昔有客过，系马园中，践予葵，使予终岁不饱葵。邻女奔，使予兄追之，逢水溺死，使予终身无兄。予闻河润

九里，渐汝[①]三百步。今鲁国有患，君臣父子被其辱，妇女独安所避乎？”（《战国策》）

**【注释】**①渐汝：此处应是“渐洳”的讹误，浸湿。

**【译文】**鲁国漆室邑有一个女子，过了适嫁的年龄还没有许配给别人，靠着柱子啸叫。邻居中有一个妇女说：“你想要出嫁吗？”她回答说：“并不是，我忧虑的是鲁国国君太老而太子过于年幼。”邻居的妇女说：“这应该是男子忧虑的。”她说：“不是这样，以前有一个客人经过，把马系在我的院子中，践踏了我的葵花，使得我的葵花籽一年都没有饱满的葵花籽。邻居家的女儿跑了，让我的兄长去追，遇到水淹死了，让我一生都没有兄长。我听说河水润泽九里，会浸湿三百步的范围。现在鲁国有难，君臣父子都遭受了侮辱，难道只有妇女可以躲在屋子里安乐吗？”

## 脯龙折竿

明道先生为上元簿，曰：“茅山有龙池。其龙如蜥蜴而五色。”祥符中，中使取二龙，至中途，中使奏一龙飞空而去。自昔严奉以为神物。先生尝捕而脯之，使人不惑。其始至邑，见人持竿道傍以粘飞鸟，取其竿折之，教使勿为。及罢官，舣舟郊外，有数人共语：“自主簿折粘竿，乡民子弟不敢畜禽鸟。”（《墓志》）

**【译文】**程颢在做上元县主簿的时候，说：“茅山有一个龙池，它里面的龙长得像蜥蜴，有五种颜色。”祥符年间，宫中派人拿了两条龙，在途中的时候，使臣上奏有一条龙飞上天去了。从以前开始就将龙奉为神灵。先生曾经捕获它当肉吃，让人不至于迷惑。他刚开始到上元县的时候，看见有人拿着竹竿在道路旁边粘连飞过的鸟类，就拿下他的竹竿并折断了，叫他不要再这么做。等到他被罢官，在郊外乘船，有好几个人一起说：“自从主簿折断粘连鸟类的竹竿，村中的人就不敢蓄养鸟类了。”

# 卷六 人伦类

## 禄周亲党

陈桓子侍齐景公饮，请曰："晏子，君赐之卿位，群臣之爵莫尊于晏子。今衣缁衣鹿裘，栈车驽马而朝，是隐君之赐也。请觞之。"晏子曰："非臣之罪也。且臣以君之赐，臣父之党无不乘车者，母之党无不足于衣食者，妻之党无冻馁者；齐国之士，待臣而后举火[①]者数百家。如此，为隐君之赐乎？彰君之赐乎？"公曰："善。为我觞桓子。"（《说苑》）

【注释】①举火：过活，维持生计。

【译文】陈桓子侍奉齐景公宴饮，请教说："晏子，您赐予他卿位，大臣之中地位没有比晏子更高的，现在穿黑色布官服和鹿皮衣服，乘坐竹木车，使用跑不快的马来上朝，这样掩盖了您的恩赐呀。请允许我敬酒。"晏子说道："不是臣的过错啊，而且臣认为君主的赏赐是这些，臣父亲的亲族没有不能乘车出行的，臣母亲的亲族没有吃不饱穿不暖的，妻子的亲族没有受冻挨饿的；齐国的人，在我之后能维持生计的有几百家。像这样，是掩盖君王的恩赐还是彰显君王的恩赐呢？”景公说道：“好，替我敬桓子。”

## 散金宗族

疏广弃官归家，日令家具酒食，请族人、故旧、宾客，相与娱乐。居岁余，广子孙窃谓广所爱信老人曰：“子孙欲及君在时，颇立产业。今日饮食费且尽，愿丈人劝说买田宅。”老人以间为广言此计，广曰：“吾岂老耄不念子孙哉？使贤而多财则损其志，愚而多财则益其过。此金圣主所以养老臣包。与宗族共享其赐，尽吾今日，不亦可乎？”

**【译文】**疏广辞去官职，回到家里。每天让人准备酒菜，邀请族人、老朋友、客人和他一起消遣乐事。过了一年多，疏广的子孙偷偷的对疏广亲近信任的老人说：“子孙们想要在父辈健在时，建立起很好的家业。现在宴饮将要花光钱财，想要您劝说他买田地和宅屋。”那个老人断断续续对疏广说这些话，疏广说道：“我难道是老了不顾及子孙吗？假如他们有才华，多财的话会损害他们的志气；愚钝的话，多财会增加他们的过错。这些钱财是君主用来让我安养晚年的。和族人共同享受他的恩赐，今天花完，不也可以吗？”

## 三世同爨

博陵崔倕缌麻亲[①]三世同爨[②]。正元以来言家法者，以倕为首。生六子，一登辅相，五任大僚：太常卿邠、太府卿酆、外台尚书郎郾、廷尉卿郇、执金吾鄯、左仆射平章事郸，而邠及郾五知贡举，得七百四十人。邠昆仲自贵达，亦同居光德里一宅。

**【注释】**①缌（sī）麻亲：族兄弟。②同爨（cuàn）：同灶炊食。谓同居；不分家。

**【译文】**博陵崔倕同族三代在一起吃饭，和睦共处。正元年以来，说到治家的法则，以崔倕作为领头的。生了六个儿子，一个担任辅相，五个担任大僚：太常卿崔邠、太府卿崔酆、外台尚书郎崔郾、廷尉卿崔郇、执金吾崔鄯、左仆射平章事崔郸，而崔邠和崔郾五次掌管贡举考试，得到了七百四十个人才。崔邠的兄弟自从做官显达后，也一同居住在光德里的一个宅子里。

## 绢遗亲族

范文正公自政府归姑苏焚黄[1]，搜外库惟有绢三千匹，令掌吏录亲戚及闾里知旧，自大及小，散之皆尽。曰："宗族亲戚，见我生长，幼学壮士，为我助喜，我何以助之哉？"

**【注释】**①焚黄：旧时品官新受恩典，祭告家庙祖墓，告文用黄纸书写，祭毕即焚去，谓之焚黄。后亦称祭告祝文为焚黄。

**【译文】**范仲淹从京城返回姑苏祭告家庙祖墓，检查宫外的仓库还有绢布三千匹，命掌管此事的小吏记录亲戚邻居和旧交，从大到小，把这些绢布都分发完。说道："宗族的亲戚，见证我成长，幼时学习成为豪壮勇敢的人，为我助喜，我用什么来帮助他们呢？”

## 认郭汾阳

五代唐郭崇韬为枢密使用事，自宰相豆卢革等皆附之，以其姓郭，因问崇韬曰：“邠阳王本太原人，徙华阴；公世家雁门，岂其枝派耶？”崇韬曰：“因遭乱，亡失谱牒。尝闻先人言，上距邠阳四世耳。”革曰：“然则固从祖也。”

【译文】五代唐国的郭崇韬担任枢密使，掌有权力，从宰相豆卢革等人开始都依附他。因为他姓郭的缘故，因而问崇韬道：“邠阳王原来是太原人，迁居到华阴；您家世代在雁门做官，难道是他的后裔吗？”崇韬说道：“因为遭遇乱世，丢失了族谱。曾经听祖先说，上距邠阳王四代。”卢革说道：“那本来是祖父的亲兄弟。”

## 不告姓名

李白失意，游华山。县宰方开门决事，白乘醉跨驴过门。宰怒，不知太白也，引至庭下，曰：“汝何人，辄敢无礼？”白乞供状无姓名，曰：“曾用龙巾拭吐，御手调羹，力士脱靴，贵妃捧砚，天子殿前尚容吾走马，华阴县里不得我骑驴。”（《摭遗》）

【译文】李白不得志的时候，游览华山。县令刚刚开始处理公务，李白趁着醉意骑着驴进门。县令很生气，不知道他是李白，把他带到庭下，说道："你是什么人，怎么敢这样无礼？"李白请求呈上供词，没有姓名，写道："曾经用龙巾擦拭呕吐物，皇帝为我搅拌汤羹，高力士为我脱鞋，贵妃为我捧砚，皇上的殿前都容许我骑马，华阴县里面却不能让我骑驴"。

## 改名作相

范雎事魏中大夫须贾。须贾为魏昭王使于齐。齐襄王闻雎辩口，乃使人赐雎金十斤及牛酒，雎辞谢不受。须贾知之，大怒，以为雎持魏国阴事[①]告齐，故得此馈；既归，以告魏相。魏相齐大怒，使舍人笞击雎，折胁折齿。雎佯死，即卷以箦，置厕中。宾客饮者醉，更溺雎。及得出，伏匿，更名曰张禄。范雎既相秦，号曰张禄，而魏不知，以为范雎已死久矣。魏闻秦且东伐韩、魏，魏使须贾于秦。范雎闻之，为微行，敝衣闲步之邸见须贾。须贾见之而惊曰："范叔固无恙乎？"曰："臣为人庸贾。"须贾哀之，留与坐饮食，乃取其一绨袍[②]赐之。因问曰："秦相张君，公知之乎？"范雎曰："主人翁习知之。唯雎亦得谒，愿为君借大车驷马于主人翁。"范雎归取大车驷马，为须贾御之，入秦相府。须贾待门下，良久，问门下曰："范叔不出，何也？"门下曰："乃吾相张君也。"须贾大惊，自知见卖，乃肉袒膝行谢罪。雎曰："汝罪有三，所以得无死者，以绨袍恋恋，有故人之意，故释公。"尽请诸侯使，与坐堂上，饮食甚设，而坐须贾于堂下，置莝[③]豆其侧，令两黥徒夹而马食之，数曰："为我告魏王，急持魏齐头来！不然者，我且屠大梁。”

【注释】①阴事：秘密的事。②绨袍：厚缯制成之袍。③莝（cuò）：铡碎的草。

【译文】范睢担任魏中大夫须贾的下属，须贾受魏昭王派遣出使齐国。齐襄王听说范睢有辩才，所以派人赏赐范睢十斤金和牛、酒。范睢客气地推辞不受。须贾知道这件事之后，十分生气。认为范睢将魏国的秘事告诉齐国，所以才得到这些赏赐；等到回到魏国，把这件事告诉了魏国的宰相。魏齐很生气，命差役拷打范睢，肋骨和牙齿都断了。范睢假装死去，就用装土用的筐子，把他放到厕所里。喝醉的客人，更是往范睢身上小便。等到逃离后，就隐匿起来，改变自己的姓名叫张禄。范睢不久之后在秦国担任宰相，号称张禄，然而魏国不知道，认为范睢已经死去很久了。魏国听说秦国将要向东攻打韩国、魏国，魏国派遣须贾到秦国。范睢听说这件事，就便装出行，穿着破旧的衣服走到须贾住的地方。须贾见到范睢之后十分惊讶的说：“范睢向来平安吗？”范睢说道：“我做人比须贾愚笨。”须贾同情他，留下来和他一起坐着吃饭。于是拿了一件粗缯制成的袍子赠与他。接着问他道：“秦国的宰相张禄，您知道吗？”范睢说道：“主人和他熟悉。只有范睢也可以见他，愿意为您从主人那里借大车驷马。”范睢返回取来大车驷马，给须贾驾车，进入秦相府，须贾在门旁等了很久。问门客说道：“范睢为什么没有出来？”门客说道：“这是我们的宰相张君。”须贾十分的惊讶，自己明白被出卖，于是脱衣跪着走来谢罪。范睢说道：“你有三条罪，能够不被处死的原因是因为赠与我粗缯制成的袍子，有故人的情谊，所以释放了你。”范睢把诸侯国的使臣都邀请来，和他们坐在堂上，吃的喝的设置极其完备。然而把须贾的座位安排在堂下，把含有豆子的碎草放在他的旁边。命令两个受过墨刑的夹着他，让他像马一样吃草。几次说道："帮我告诉魏王，快拿魏齐的头来，如果不拿来的话，我就要屠杀大梁。"

## 称阁下执事

古者三公开阁，而郡守比古诸侯，亦有阁，故有"阁下"之称。前辈与大官书多呼"执事"与"足下"。刘子元《与宰相书》曰"足下"，韩退之《与张仆射书》曰"执事"，即其例也。惟"执事"则指左右之人，尊卑皆可通称。又自卑达尊，例云"座前"，尤非也。"阁下"降"殿下"一等，"座前"降"几前"一等，岂可僭用哉。（《因话录》）

**【译文】**古代三公开设阁，然而郡守和古代诸侯相当，也设有阁。所以有"阁下"的称呼，年岁大的人和高官通常称为"执事"和"足下"。刘子元在《与宰相书》说是"足下"，韩愈在《与张仆射书》中称"执事"，就是这个称呼的例子。"执事"指代左右的人的时候，地位尊卑都可以通用。又有从地位低到地位高的称呼，例如"座前"，更加不是这样。"阁下"较"殿下"下降一等，"座前"较"几前"下降一等，怎么能越分使用呢。

## 封母加太字

故事[①]，臣僚封赠母、祖母，不问生殁，并加"太"字，曰太夫人、太君。政和间，待制[②]刘安上建言："太者，事生之尊称也。封母而别之，所以致别于其妇。既殁，并祭于夫，若加之尊称，则是以尊临其夫也。以尊临夫于名义疑若未正。"自是始诏命妇追封，并除去"太"字，逮绍兴新书，复仍旧制。晏尚书敦复领吏部，援刘待制言申明，且引《汉·文帝纪》七年冬十月，"令列侯太夫人、夫人，无得擅征补"，注谓"列侯之妻称夫人。列侯死，子复为列侯，仍得称太夫人"，盖此义也。于是追封始不复称"太"云。按：帝者之祖称太皇、太后，称母皇太后，既升祔，只称皇后，正此比也。(《却扫编》)

**【注释】**①故事：旧日的制度；例行的事。②待制：官名。唐置。太宗即位，命京官五品以上，更宿中书、门下两省，以备访问。

**【译文】**旧日的制度，官员封赠母亲、祖母，不管有没有去世，都加"太"字，称为太夫人、太君。政和年间，待制刘安上提出："太，是对生者的尊称。给母亲这样的称呼，这样可以和妻子区分开。去世后，和丈夫合葬，如果还使用尊称，就是以更高的地位对着她的丈夫。以更高的地位来对着丈夫在名义上恐怕是不合适的。"从这时开始皇帝颁发诏书，命令妇人去世后追封，并且去除"太"字，等到绍兴颁布新的诏书，还仍然沿用旧的制度。尚书晏敦复管辖吏部引用刘待制的话郑重宣明，而且引用《汉·文帝纪》"七年冬十月，下令列侯太夫人、夫人不得擅自称呼。"注解说"列候的妻子称夫人。列候去世后，他的儿子再做诸侯，才可以称呼太夫人"，大概是这样的意思。因此死后追封就不再称呼"太"了。说明：帝王的的祖上称太皇、太后，母亲称为皇太后，升入祖庙附祭于先祖后只称呼皇后。正是这个类比。

## 曾子受击

曾子尝有为不中，曾皙怒，援木击之，曾子有顷乃苏，退，鼓瑟而歌。孔子闻之，告门人曰：“参来，勿内也。昔舜事瞽叟，索而使之，未尝不在侧，索而杀之，未尝不可得。而小箠[1]则受，大箠则走。今曾子委身待暴怒，以陷父不义，不孝孰大乎？”（《说苑》）

**【注释】**①箠（chuí）：鞭打。

**【译文】**曾子曾经做了不好的事，曾皙很生气，就用木头打他。曾子过了一段时间才苏醒过来，回家后，弹奏琴瑟唱起歌。孔子听说了这件事后。告诉门人说：“曾参来的话，不要让他进来，往日舜侍奉父亲，寻找他让他做事情，没有不在旁边的，寻找他想要杀了他，就没有找到过。鞭打得轻就接受，鞭打得重就逃离。现在曾参你交付身心等待父亲的大怒，让父亲陷于不义，谁的不孝顺更严重呢？”

## 三金不及

曾子曰：“吾及亲[1]仕三釜[2]而心乐，后仕三千钟而不洎，吾心悲。”（《庄子》）

曾子曰：“往而不可还者亲也，故孝欲养而亲不待。是故椎牛[3]而葬，不如鸡豚之逮亲存也。初吾为吏，禄不及釜，尚欣欣而喜者，非以为多也，乐其逮亲[4]也；既没之后，吾尝南游于楚，得尊官焉，堂高九尺，传尝[5]百乘，然犹北向而涕泣者，非为贱也，悲不逮吾亲

也。故家贫亲老，不择官而仕。”（《韩诗外传》）

【注释】①及亲：父母在世。②三釜：一釜为六斗四升，三釜比喻微薄的俸禄。③椎牛：击杀牛。④逮亲：双亲在世而得以孝养。⑤传尝：此处应是“转毂”的讹误。陆路的运输工具，指车子。

【译文】曾子说：“我父母在世的时候做官的俸禄微薄但是很开心，父母去世后俸禄很高但不能像那样开心，我的心里悲伤啊。”曾子说：“父母去世了不能再回来，所以子女要尽孝但是父母却等不及，这就是父母去世宰牛来办葬礼，不如父母在时杀鸡杀猪来孝敬双亲的缘故；我一开始做官的时候，俸禄还没有六斗四升，却觉得非常开心，并不是我认为俸禄很多，我快乐的是双亲在世而得以孝养。等到父母去世后，我曾经在楚国游历，得到了很高的官位，房子有九尺高，有一百辆车子，但是还是会朝北面痛哭，并不是因为有贼，悲伤的是不能再侍奉双亲。所以家里贫穷，双亲年老。就不挑选官职做官。”

## 百里负米

子路曰：“家贫亲老，不择禄而仕。昔者，由也为亲百里负米；亲没，南游于楚，从车百乘，累茵[①]而坐，列鼎而食，愿负米百里，岂可得乎？木欲静而风不停，子欲养而亲不逮，枯鱼衔索，几何不蠹？二亲之寿，忽如过隙，悲哉。”（《家语》）

【注释】①累茵：多层垫褥。

【译文】子路说：“家里贫穷，父母年老的话，不挑选官职来做官。以前，由也为了父母去百里之外背米，父母去世后，在楚国游历，随行的车一百辆，坐垫铺了多层来坐着，饭食也很好，想要为父母背着米走百里，难道能够实现吗？树木想要静下来，但是风却不停的吹，子女想要赡养父母但是却来不及，穿在绳子上的鱼干，怎么会不腐朽呢？父母的寿命，就像阳光划过缝隙那样快，悲痛啊。”

## 风木思养

孔子出行，闻有哭声甚悲，至则皋鱼也，被褐拥剑，哭于路左。孔子下车而问其故，对曰：“吾少好学，周流天下而至亲死，一失也；高尚其志，不事庸君而晚无成，二失也；少失交游，寡于亲友而老无所托，三失也。夫树欲静而风不止，子欲养而亲不待。往而不可返者，年也；逝而不可追者，亲也。吾于是辞矣。”立哭而死。于是孔子之门人，归养亲者一十三人。（《韩诗外传》）

**【译文】**孔子出外远行，听到有人哭的十分悲伤，到了跟前发现是皋鱼，穿着粗布衣服，抱着剑，在路的左边哭泣。孔子走下车问他原因，他对孔子说道：“我年少的时候喜欢学习，周游天下直至双亲去世，一错啊；志向高远，不伺候昏庸的君王，到了晚年都没有成就，二错啊；年少的时候缺少交友，朋友很少到老的时候没有依靠，是三错啊。树想要静下来但是风却不停的吹动，子女想要赡养父母但是他们却已经都不在了。已经错过的不能够再回来的是年岁；逝去了不能挽回的是父母。我在此告辞了。”立即痛哭而死。因此孔子的门人中有十三位回家奉养父母。

## 得禄思养

范仲淹少好学，时谓诸子曰："吾贫时与汝母养吾亲。汝母躬执爨，而吾亲甘旨[①]未尝充。今而得厚禄，欲以养亲，亲不在矣。汝母亦早世。吾恨忍令汝曹享富贵之乐。"于是俸赐常均于族人，并置义田云。

**【注释】**①甘旨：美味的食品。

**【译文】**范仲淹年轻的时候很喜爱学习，当时对儿子们说道："我贫困时和你们的母亲奉养我的父母，你们的母亲恭敬地掌理炊事。然而我的母亲很幸福但却没有美味的食品。如今得到了很高的俸禄，想要赡养双亲，他们却不在了。你们的母亲也早早的去世了。我克制着遗憾让你们享受富贵的快乐。"就把俸禄平均分给其他人，并且购置了义田。

## 黄赟葬父

赟，元时临江人，父均道仕永平。赟幼留江南，及长，去省父，已没三年。父妾闻其来，尽挟其资再嫁，拒不得见，赟号哭曰："苟得见庶母，示以父墓，归葬足矣，非利遗财也。"久之，梦父指葬处曰："见片砖可得。"明日求之，仿佛梦中所见，掘之，得父尸，还葬。

【译文】黄赟是元朝时的临江人，父亲黄均道在永平做官。黄赟小的时候留在江南，等到长大之后去看望父亲，已经去世了三年。父亲的妾室听说他要来，带着全部的家产再次嫁人，拒绝和他相见，黄赟哭着说："如果能够见到庶母，把父亲的坟墓指给我知晓，把父亲带回家安葬就足够了，不是想要他留下的财产。"过了很久，梦见父亲指着自己的埋葬之处说道："看见这块砖就可以找到了。"第二天去寻找，好像就是梦中所见到的，挖掘后，得到了父亲的尸体，回家安葬了。

## 赵苞悲母

苞，武城人，汉灵帝时为辽西太守，迎养母妻，道遇鲜卑入寇，被钞掠。苞率骑与战，贼出母以示苞，苞悲号谓母曰："欲养母朝夕，不图为祸。昔为母子，今为王臣，义不得相顾。"母遥谓曰："人各有命，何得相顾？"苞即与战，贼摧败，母妻亦为所害，封鄃侯。葬母讫，谓乡人曰："食禄而避难，非忠也；杀母以全义，非孝也。"遂呕血而死。

【译文】赵苞是武城人，汉灵帝在位时担任辽西太守，迎接奉养母亲和妻子的时候，在途中遇到鲜卑来的敌人，被抢劫。赵苞率领骑兵和敌人展开战斗，敌人带来赵苞的母亲给赵苞看，赵苞悲痛的对母亲说道："我想要早晚奉养母亲，不是为了这样的灾祸。以前是母子，现在是君王的臣子，大义不能兼顾。"母亲远远的对他说："每个人都有自己的使命，怎么能兼顾呢？"赵苞就和敌人投入战斗，敌人战败了，母亲也被杀害，被封为郿侯，安葬母亲完毕后，对乡里的人说："吃俸禄但却逃避灾难，是不忠啊；杀害母亲来成全大义，是不孝啊。"就吐血而死。

## 姑留其妇

邹孟轲既娶，将入室，其妇袒于内，孟子不悦，遂去不入。妇辞母求去，姑召轲而谓之曰："夫礼，将上堂，声必扬，所以戒人也。将入户，视必下，恐见人过。今子察于礼而责于妻，不亦远乎？"孟子留其妇，谢之。君子谓孟母知礼而明姑妇之道。（《列女传》）

**【译文】**邹国的孟轲娶亲后，将要进入卧室，她的妻子在卧室脱去上衣，孟子不高兴，没有进卧室就离开了。妻子告别母亲请求离开，母亲叫来孟子对他说："《礼》上说，将要进入厅堂的时候，一定要大声的说话，用这种方法告诉人家。将要进到屋里的时候，一定要看下面，害怕看见别人尴尬的时候。现在你不懂礼节却责备妻子，不是和圣人差的太远了吗？"孟子挽留妻子，并且道了歉。君子说孟母懂得理解而且知道怎么处理婆媳关系。

## 烹子遗羹

文王长子曰伯邑考，纣烹以为羹，以赐文王，曰："圣人不食其子羹。"文王得而食之。纣曰："谁谓西伯圣者，与食其子羹而

不知”。(《世纪》)

乐羊为魏将而攻中山，中山之君烹其子而遗之羹，乐羊坐于幕下而啜之，尽一杯。文侯谓褚师赞曰：“乐羊以我故而食其子之肉。”答曰：“烹其子而食之，且谁不食？”乐羊罢中山，文侯赏其功而疑其心。(《韩非子》)

**【译文】**文王的长子叫伯邑考，纣王把他做成了糊状的食物，把它赐给文王，说道：“圣人不吃他儿子做成的食物。”文王得到后吃了下去。纣王说：“谁说西伯侯是圣人呢？吃了自己儿子做成的羹，自己还不知道。”

乐羊担任魏国的将军将要攻打中山国，中山国的国君把他儿子做成羹送给他，乐羊在幕下坐着吃，吃光了一杯。文侯对褚师赞叹说：“乐羊因为我的原因吃儿子的肉。”褚师说：“把他儿子做成羹让他吃，谁会不吃呢？”乐羊打败中山，文侯赏赐了他功绩但是怀疑他的用心。

## 晚方识父

霍去病父仲孺，以县吏给事平阳侯家，与侯侍者卫少儿私通，生去病。仲孺吏毕归家，娶妇生子，不相闻久之。去病为骠骑将军击匈奴，道出河东，至平阳传舍[①]，遣迎。仲孺趋入拜谒，将军迎拜，因跪曰：“去病不早自知为大人之遗体[②]也。”仲孺扶服叩头曰：“臣得托命将军，此天力也。”去病大买田宅奴婢而去。

**【注释】**①传舍：驿站所设供行人休息的房舍。②遗体：指自己的身体,古人认为自身为父母的遗体。

**【译文】**霍去病的父亲仲孺，在平阳侯家担任吏役，和平阳侯的侍女卫少儿有私情，生下了霍去病。仲孺离职回到家中，娶妻生子，和儿子之间很久没有联系。霍去病担任骠骑将军攻打匈奴，从河东出发，到达平阳的驿站所设供行人休息的房舍，派仲孺迎接。仲孺进入拜见，霍去病迎接，接着跪着说："我不久前自己得知是您的儿子。"仲孺扶起霍去病叩拜道："我可以托寄生命给将军，这是上天所助。"霍去病为他父亲买了很多田宅和婢女后离开了。

## 从子之谏

后汉吴祐父恢，为南海太守。祐年十二，随父到官。恢欲杀青简竹以写书，祐谏曰："今大夫逾越五岭，远在海滨，其俗诚陋，旧多珍怪，上为国家所疑，下为威权所望。此书若成，即载之兼两。昔马援以薏苡兴谤，王阳以衣囊徼名。嫌疑之间，先贤所慎。"恢奇之，乃抚其首曰："吴氏世不乏季子矣。"

**【译文】**后汉吴祐的父亲吴恢，担任南海的太守，吴祐十二岁的时候，跟随父亲到任上。吴恢想要把竹简杀青来写书信。吴祐谏言说："现在您翻过五岭，在遥远的海边，这里的风俗确实粗俗，以前有很多珍贵奇异的物品，上被国君猜疑，下被诸侯怨恨。这本书如果要写成的话，需要两辆车来载。从前马援因为运回薏苡招致毁谤，王阳因为衣物而被人议论。这是容易让人产生嫌疑的事情，确实是先贤十分慎重的举止。”吴恢对吴祐所说的话感到很惊奇，于是抚摸着他的头说道：“吴氏的家族不缺乏像季子那样的人啊。”

## 素违父命

有佷子者家资万金，而自少小不从父语。父临亡，意欲葬山上，恐儿不从，倒言“葬我着渚下石碛上。”佷子曰：“我由来不奉教令，今当从此一语。”遂尽散家财，积土绕之，成一洲，长数百步。元康中始为水所坏。佷子，前汉人也。（《太平御览》）

**【译文】**有名叫佷子的人家里有万金家财，而且从小的时候就不听从父亲的话。父亲在将要去世的时候，想要儿子把自己安葬在山上，害怕儿子不听从，就说反话道：“把我葬在水中的沙滩上。”佷子说道：“我从来没有听从父亲的命令，现在应该听从这个命令。”于是花光了家中的钱财，用土堆起围绕着他的父亲的墓以前，建成了一个小洲，有几百步长。元康年间的时候被水损坏。佷子，是前汉人。

## 舁舆传代

原谷者，不知何许人。祖年老，父母厌患之，意欲弃之。谷年十五，涕泣苦谏，父母不从，乃作舆舁[①]弃之。谷乃随收舆归。父谓之曰：“尔焉用此凶具？”曰：“谷乃后父，老不能更作，得是以收之耳。”父感悟愧惧，乃载祖归侍养，克己自责，更成纯孝，谷为纯孙。（《孝子传》，见《太平御览》）

**【注释】**①舁（yú）：装载。

**【译文】**有个叫原谷，不知道是哪里人，祖父年纪大了，父母讨厌他，想要抛弃他，原谷当时十五岁，哭着苦苦的谏言，父母不听他的，于是做了车来装载祖父拉走抛弃了。原谷于是跟随着把车带回家。父亲对他说道："你用这个凶具做什么呢？"原谷说："原谷等到以后父亲年老，不用再做这样的工具，是因为这个原因收起它的。"父亲醒悟后十分的惭愧，于是把祖父拉回家奉养。严格要求自己，变成了至孝，原谷成了纯孙。

## 讥父铜臭

崔烈尝问其子钧曰："吾居三公，于议者何如？"钧曰："大人少有英称，历位卿守。论者不谓当为三公，而今登其位，天下失望。"烈曰："何为然也？"钧曰："论者嫌其铜臭。"烈怒，举杖击之，钧狼狈而走。烈骂曰："死卒，父挝而走，岂孝乎？"钧曰："舜之事父也，小杖受，大杖走。此恐陷父于不义，非不孝也。"烈惭而让官。

**【译文】**崔烈曾经问他的儿子崔钧说："我位居三公，议论我的人怎么说呢？"崔钧说："父亲大人很少有英名，曾经担任卿守，议论的人说您不应该位居三公，然而现在您登上这个高位，天下人都很失望。"崔烈："为什么这样呢？"崔钧说道："议论的人嫌弃父亲铜臭。"崔烈很生气，举起棍子来打他，崔钧狼狈地逃走了。崔烈骂道：

“要死，父亲要打你就逃跑，难道这是孝顺吗？”崔钧说：“舜奉养父亲，轻的责罚就接受，重的责罚就逃走。因为担心这样让父亲陷于不义，并不是不孝顺。”崔烈感到惭愧就把官让给其他人。

## 伤父被刑

吴郡陆襄父闲被刑，襄终身布衣蔬饭，虽姜菜有切割皆不忍食，居家惟以掐摘供厨。江陵姚子笃母以烧死，终身不忍噉[①]炙。豫章熊康父以醉而为奴所杀，终身不复尝酒。然礼缘人情，恩由义断。亲以噎死，亦不可绝食也。（《颜氏家训》）

**【注释】**①噉（dàn）：吃。

**【译文】**吴郡的陆襄父亲陆闲被处刑罚，陆襄就终身只穿布衣，吃蔬菜下饭。即使是用生姜做的菜肴，凡是切过的都不忍心食用。在家只用可以掐摘的蔬菜来供给厨房。江陵的姚子笃母亲因为被烧死，终身不忍心吃烤熟的肉。豫章的熊康父亲因为醉酒而被奴婢所杀害，就终身不再喝酒。然而礼是因为人的感情需要，情爱则可根据事理而断绝。父母亲因为吃饭噎死了，也不能因此绝食吧。

## 西平有子

《李晟传》：帝狩梁州，晟泣曰：“国家多难，乘舆播迁，见危死节，自吾之分。”乃自东渭桥，以精骑万人破贼。朱泚率残卒万人西走，余党悉降。帝曰：“天生晟为社稷万人，岂独朕哉？”乃拜晟行营副元帅，徙王西平郡。子愬字元直，以荫补。宪宗讨吴元济，以愬为节度。会大雨雪，行七十里，夜半至悬瓠城。雪甚，城旁皆鹅鹜池。愬令击之，以乱军声。愬入城，擒吴元济。柳文平淮夷雅曰："惟西平有子，惟我有臣。"

**【译文】**《李晟传》记载：皇帝在梁洲狩猎的时候，李晟哭着说："国家多灾难，流转迁徙，见到这样的危机，我为节义而死，是我的本分。"于是从东渭桥出发，带领一万精骑兵打败敌人。朱泚带领一万残兵向西逃走，其他的人都投降了。皇帝说："上天生下李晟是为了国家和百姓，怎么是为了我一个人呢？"于是任命李晟担任行营副元帅，调职为西平王。儿子叫李愬字元直，因为李晟的原因得到官职。宪宗讨伐吴元济的时候，任命以李愬担任节度使。遇到了很严重的雨雪天气。行军七十里。半夜的时候到达了悬瓠城。雪下得很大，城的旁边都是有鹅鹜的水池。李愬下令打鹅鹜，来混乱军队发出的声音。李愬进入城中后，抓捕了吴元济。柳宗元的文章《淮夷雅》写道："惟西平有子，惟我有臣。"

## 超宗凤毛

谢超宗，灵运孙，谢凤子。凤知制诰，宋文帝时超宗补新安王常侍。王母卒，超宗作诔辞，帝大嗟赏曰："超宗殊有凤毛。"帝意本谓世掌丝纶[①]，父子继美。时右将军刘道隆，武人，不识是超宗父名，出候超宗，曰："至尊说君有凤毛，此异物，可见乎？"再三检觅不得，乃去。（《本传》）

**【注释】**①世掌丝纶：父子或祖孙相继在中书省任职的称为世掌丝纶。

**【译文】**谢超宗，是谢灵运的孙子，谢凤的儿子。谢凤担任知制诰，宋文帝在位时谢超宗补任新安王常侍。新安王的母亲去世了，谢超宗写作诔文，宋文帝赞赏说："谢超宗是少有的人才。"宋文帝本意是他们父子说相继在中书省任职。儿子继承了父亲的美德。当时担任右将军的刘道隆，是一位武将，不知道谢超宗父亲的名字，出门等候谢超宗，说道："皇上说你有凤毛，这种奇特之物，可以看看吗？"多次查看，没有找到，就离开了。

## 入蜀迎父

番阳张吉父介，方娠时父去，客东西川不还。张君自为儿时与尚书彭器资同学，作诗云："应是子规啼不到，致令我父未归家。"闻者怜之。既长，走蜀，父初无还意，乃还省母，复至涪关，往返者三。其父遂以熙宁十年二月至自蜀，乡人迎谒叹息，器资赠以诗，略云："河可以竭山可徙，我翁不归行不已。三往三复翁归止，翁行尚壮今老矣，儿昔未生今壮齿。"郭功父诗略云："父昔离家子方孕，子得其父今壮年。胡弗归兮死敢请，慰我慈母心悬悬。三往三复又十载，孝子执鞭方言还。"（《复斋漫录》）

**【译文】**番阳的张吉父亲叫张介，刚刚出生时，父亲就离开了。客居在东西川，不回家。张君从小时候就和尚书彭器资一起读书，写诗道："应是子规啼不到，致令我父未归家。"听到诗的人都可怜他。长大之后，去到蜀地，父亲刚开始没有回家的意愿，于是回家看望母亲，再到涪关，来回往返三次。他的父亲于是在熙宁十年二月从蜀地回到家里。乡里人都迎接感叹，彭器资写诗作赠，大概写道："河可以竭山可徙，我翁不归行不已。三往三复翁归止，翁行尚壮今老矣，儿昔未生今壮齿。"郭功父诗写道："父昔离家子方孕，子得其父今壮年。胡弗归兮死敢请，慰我慈母心悬悬。三往三复又十载，孝子执鞭方言还。"

## 臂痛子归

曾参出薪于野，客至其家，母即以左手搤[1]右臂，臂痛，参即驰至，问母曰："臂何故痛？"母曰："今者客至，搤吾臂呼汝耳。"（《论衡》）

蔡顺少孤，事母孝，尝出求薪，有客卒至。母望顺不至，乃噬其指，顺即心动，弃薪驰归，跪问其故，母曰："有急客来，故噬指以悟汝耳。"（《论衡》）

【注释】①搤（è）：用力掐。

【译文】有一次曾参外出去野外砍柴，有客人到了他的家里，母亲就用左手用力掐自己的右胳膊，胳膊痛，曾参就跑着回到家，问母亲说："我的手臂是为什么痛呢？"母亲说道："现在客人来了，就掐我的手臂来喊你啊。"

蔡顺小的时候失去了父亲，照顾母亲非常孝顺，曾经外出找柴火，有客人突然来到。母亲见蔡顺还没回到家，就咬自己的手指，蔡顺的心里有感应，就丢掉柴火跑回家，跪着问母亲是什么原因，母亲说道：“有急客前来，所以咬手指来告诉你。”

## 置母于誓

郑庄公置姜氏于城颍而誓之曰：“不及黄泉，无相见也。”既而悔之。颍考叔为颍谷封人①，闻之有献于公。公赐之食，食舍肉，公问之，对曰：“小人有母，皆尝小人之食矣，未尝君之羹。请以遗之。”公曰：“尔有母遗，繄②我独无？”颍考叔曰：“敢问何谓也？”公语之故，且告之悔。对曰：“若阙地及泉，隧而相见，其谁曰不然？”公从之。公入而赋：“大隧之中，其乐也融融。”姜出而赋：“大隧之外，其乐也泄泄。”遂为母子如初。君子曰：“颍考叔纯孝也，爱其母，施及庄公。”（《隐元年》）

**【注释】**①封人：职官名。周代设置，掌守帝王社坛与京畿疆界。②繄（yī）：文言助词。惟，只。

**【译文】**郑庄公把姜氏安置在城颍，对她发誓说：“不到黄泉，我们不会再相见了。”过了不久就后悔了。颍考叔担任颍谷疆界的官吏。听说这件事情之后就献给郑庄公贡品。郑庄公赐给他食物，他把肉留了起来，郑庄公问他原因，他回答道：“小人有一位老母亲，我吃过的东西，他都吃过，没有吃过您赐给的饭食。请允许我送给她吃。”郑庄公说道：“你有母亲可以送，只有我没有。”颍考叔说：“请问是什么原因呢？”郑庄公告诉他原因，并且告诉他自己很后悔。颍考叔对他说："如果挖地挖到泉水，从隧道里相见，谁能说这样不可以呢？"郑庄公按照他说的做了，郑庄公进入隧道里面说道："在隧道里面相见，也是非常开心。"姜氏出了隧道作赋说道："隧道的外面相见，是多么快乐。"姜氏母子就和好如初。君子说："颍考叔是至孝，他爱自己的母亲，施及到郑庄公。"

## 滂母勉子

范滂字孟博，桓帝时以钩党禁锢。灵帝大诛党人，诏下急捕。滂闻之，自诣狱。县令郭揖解印绶，欲与俱亡，滂曰："滂死则祸塞。"其母就与之诀，滂曰："仲博孝敬，足以供养。惟大人割不忍之恩。"母曰："汝今得与李、杜齐名，死亦何恨？既有令名，复求寿考，可得兼乎？"滂受教，再拜辞。母戒其子曰："吾欲使汝为恶，则恶不可为；使汝为善，则我不为恶。"行路闻之，为流涕。考死①诏狱，年三十三。

**【注释】**①考死：拷打致死。

**【译文】**范滂，字孟博，桓帝在位时因为结党被关进监狱，灵帝大范围诛杀党人，下诏紧急逮捕，范滂听说这件事之后，自己去到监狱里。县令郭揖自己放弃官印，想要和范滂一起逃亡。范滂说道："我死了之后祸害就会停止了。"他的母亲前来和他道别，范滂说道："仲博是个孝敬的人，足以供养您，只是希望您割舍不忍的恩情。"母亲说道："你现在和李、杜齐名，死了又有什么后悔的呢？已经有了这样好的名声，又希望长寿，可以都得到吗？"范滂接受了教诲，拜了两次后辞别了。母亲告诫儿子说："我想让你作恶，但是恶事不能做；想让你做好事，我就没有做坏事。"路上的人听了之后，都为他流泪。范滂在监狱中被拷问致死，当时三十三岁。

## 杜羔得母

杜羔有至性。其父河北一尉而卒，母非嫡，经乱不知所之。会堂兄兼为泽潞判官，尝鞫狱[①]于私第，有老妇辨对，见羔出入，窃语人曰："此少年状类吾夫。"讯之，故羔母也。自此迎侍而归，又往访先人之墓，邑中故老已尽，不知所在。馆于佛寺，日夜悲泣，忽视屋柱煤烟之下见数行字，拂而视之，乃父遗迹云："我子孙若求吾墓，当于某村家问之。"羔哭而往。梁有老父年八十余，指丘垅，因得归葬。羔官至工部尚书致仕。（李肇《国史》）东坡尝书此事，遗朱康叔云。

**【注释】**①鞫（jū）狱：审理案件。

**【译文】**杜羔有天生卓绝的秉性。他的父亲曾经是河北的一个军官，后来去世了，母亲不是正妻，乱世的时候不知道她去了哪里。恰好堂兄兼任泽潞判官，曾经在私人住宅审理案件。有位老妇人在说明是非的时候，看见杜羔进出，偷偷地和其他人说："这个少年的模样像我的丈夫。"询问他，原来是杜羔的母亲。从那时杜羔就迎她回家奉养，又去寻找死去父亲的坟墓，村里旧时的亲戚已经没有了，不知他们在哪里。在佛寺住着，日日夜夜的哭泣，忽然看见屋子里柱子上的煤烟下出现几行字，擦拭后查看，是父亲写的遗迹："我的子孙如果想要找我的坟墓，应该去某村家探访。”杜羔哭着前往。桥上有位八十多的老人家，指着荒地给杜羔看。因而他的父亲能够回乡安葬。杜羔做官一直做到工部尚书。苏轼曾经记录了这件事，送给了祝康叔。

## 访所生母

司农少卿朱寿昌方在襁褓而所生母被出，及长，仕于四方，孜孜寻访不逮。治平中，官至正郎矣。或传其母嫁为关中民妻，寿昌即弃官入关中，得母于陕州。士大夫嘉其孝节，多以歌诗美之。苏子瞻为作诗序，且讥激世人之不养者。李定见其序，大惋恨。（《东轩笔录》）

**【译文】**司农少卿朱寿昌还在襁褓之中的时候，他的母亲被赶出了家门，等到长大之后，在各地做官，不断地寻找母亲没有找到，治平年间，升官做了正郎。有传言说他的母亲嫁给了关中百姓作为妻子。朱寿昌就辞去了官职去到关中，在陕州找到了母亲。士大夫赞赏他的孝义，很多人用诗歌来赞美他。苏轼为这些诗写了序，而且讽刺当时不奉养父母的人，李定看了他写的序，十分惋惜后悔。

## 嫡母不礼

裴秀母贱，嫡母宣氏不之礼。秀叔父徽有盛名，宾客甚众。秀年十余岁，有诣徽者，出则过秀。宣氏使其母进馔于客，见者皆起。秀母曰：“微贱如此，应为小儿故也。”宣氏知之，乃止。时人为之语曰："后进领袖有裴秀。"

**【译文】**裴秀的母亲出身低贱，嫡母宣氏对她没有礼貌。裴秀的叔父裴徽非常有名，宾客十分多。裴秀十多岁的时候，有人前来拜访裴徽，出门后去见裴秀，嫡母宣氏让他的母亲给客人端上饭菜，看见的人都站了起来。裴秀的母亲说："像我这样身份低微的他们这样尊敬我，应该是儿子的缘故。"宣氏听说了这件事情之后就停止了无礼的行为。当时的人说："后辈为人们做出表率的人有裴秀。"

## 截发供宾

陶侃母湛氏，初侃父丹聘为妾，生侃。陶氏贫贱，母纺绩资之。番阳孝廉范逵寓宿于侃，时大雪，湛氏乃彻所卧新荐，自剉给其马，又密截髻供馔。逵叹曰："非此母不生此子。"（《列女传》）

**【译文】**陶侃的母亲湛氏，最初陶侃的父亲陶丹娶母亲湛氏作为妾室，生下了陶侃。陶家身份低微，又贫困。他的母亲就纺丝缉麻来供给他。番阳的范逵被推举为孝廉，在陶侃家寄宿，当时下着大雪。母亲湛氏就割下自己睡觉的草垫给范逵的马匹做草料，剪下自己的头发卖了钱来供给饭食。范逵感叹说："如果没有这样的母亲的话是生不出这样的儿子的。"

## 断葱截肉

陆绩会稽人，为郡吏。汉明帝时，拷掠洛阳狱，肌肉销烂。母至京无缘相见，但作馈食付门卒以进之。绩对食悲泣，使者问其故，绩曰："母来不得见，故哭。"使者以为门卒通，意欲案之，绩曰："门卒非预也。吾母平时截肉，未尝不方断葱，以寸为度。今见馈食，是以知母之来。"使者使人廉问[1]，绩母果求。上闻，赦之。（《本传》）

【注释】①廉问：察访查问。廉，通"覝"。

【译文】陆绩是会稽人，担任郡吏。汉明帝在位时，在洛阳的监狱中被拷打，肌肉都溃烂了。母亲到了京城后也不能相见，只能做好饭食给看门狱卒代为给陆绩。陆绩对着饭食悲伤地哭泣。使者问他原因。陆绩说道："母亲前来不能见面，所以哭泣。"使者以为狱卒告诉了陆绩，想要审问他，陆绩说道："狱卒没有提前告知我。我的母亲平日里切肉，没有不切成一寸的方块，葱切成寸段。现在看见送来的饭食，就知道是母亲前来。"使者派人去察访查问，陆绩的母亲果然有请求。上级听说这件事后，赦免了陆绩。

## 诸兄役母

崔道固为宋诸王参军，被遣青州募人，长史以下并诣道固。道固诸兄等逼其所生，自致酒炙于客前，道固惊起，谓人曰："家无人力，老亲自执劬劳。"诸客皆知其兄所作，咸拜其母。母谓道

固曰："我贱，不足以报贵。汝宜答拜。"诸客皆叹美道固母子，而贱其诸兄。(《南史》)

【译文】崔道固担任宋诸王参军，被派到青州招募兵员，长史以下的官员一起前来拜谒崔道固。崔道固的各位兄长强迫崔道固的母亲亲自将酒饭捧到客人的面前，崔道固吃惊的站起，对众人说："家人没有力气，老母亲亲自来操劳。"各位客人都知道是他的兄长们做的，都来拜见崔道固的母亲。母亲对崔道固说道："我身份低微，不足答拜各位贵客。你应该答拜。"各位客人都赞美崔道固母子，但看轻他的各位兄长。

## 为乳母解纷

汉武帝乳母尝于外犯事，帝欲申宪[①]，乳母求救东方朔。朔曰："此非唇舌所争尔。必望济者，将去时但当屡顾帝，慎勿言。此或可万一冀耳。"乳母继至，朔亦侍侧，因谓曰："汝痴耳，帝岂复忆汝乳哺时恩耶？"帝虽材雄心忍，亦深有情恋，乃凄然愍之，即免罪。韩晋公浙西观察有乳母通求外事，公欲杀之，密求顾况营救。况诣公问之，公曰："天下皆知某守礼法，乳母先犯之。"况曰："公幼时早起夜卧，即要乳母。今为侯伯，乳母焉用哉？诚宜杀也。"公遽舍之。(《史遗》)

【注释】①申宪：绳之以法;依法处理。

【译文】汉武帝的奶妈曾经在外面触犯了法律，汉武帝将要把她绳之以法，奶妈向东方朔求救。东方朔说道："这不是靠申辩能争取到的事，一定要办成的话，将要离开的时候，只能不断回头望皇帝，一定不要说话。像这样可能有一点希望呢。"奶妈前来辞行时，东方朔也陪侍在皇帝的旁边，东方朔于是对她说："你是傻子啊！皇上难道会再想起你喂奶的恩情吗！"武帝虽然才智杰出，内心强硬，也深切怀有依恋之情，就悲伤地怜悯起奶妈，立刻免了奶妈的罪过。浙西观察使韩晋公有个乳母和外人交结为人谋求差事，韩晋公想要杀了她，她秘密的向顾况求救。顾况前往拜见韩晋公，韩晋公说道："天下人都知道我恪守礼法，我的乳母先触犯了法律。"顾况说道："您年幼的时候早上起床、晚上睡觉，就需要乳母。现在成为候伯，乳母有什么用呢？实在是应该杀掉啊。"韩晋公就放了她。

## 灭若敖民

楚司马子良生子越椒。子文（子良之兄）曰："是子也，熊虎之状而豺狼之声，弗杀，必灭若敖矣。"子良不可，子文为大戚。及将死，聚其族曰："椒也知政，乃速行矣，无及于难。"且泣曰："鬼犹求食，若敖氏之鬼不其馁！"而子文卒于越。秋七月，楚子与若敖氏战于皋许，遂灭若敖氏。（《宣四》）

**【译文】**楚国司马子良生了个儿子叫越椒，子文（子良的哥哥）对他说道："这个孩子，样子长得像熊虎，声音像是豺狼，不杀掉的话，就一定会使若敖族灭族。"子良不认同。子文十分的担忧。等到将要死的时候，把他的族人聚集到一起说："如果越椒当官的话，就赶紧走吧，不要遭到祸患。”并且哭着说：“鬼尚且要吃东西，难道若敖氏族的鬼要挨饿了吗？”后来子文在越去世。秋季七月，楚庄王和若敖氏在皋许作战，然后灭了若敖氏一族。

## 丧羊舌氏

叔向欲娶申公巫臣氏，其母止之曰：“甚美，必有甚恶。”叔向惧，不敢娶，平公强使娶之，生子伯石。始生，子容之母走谒诸姑曰：“长叔姒生男，姑视之。”及堂，闻其声而还，曰：“豺狼之声。非是，莫丧羊舌氏矣。”遂弗视。

**【译文】**叔向要娶申公巫臣的女儿，他的母亲阻止他说道：“特别的美丽，一定会有特别不好的祸患。”叔向害怕了，不敢娶她。平公强迫叔向娶她，生下了儿子伯石。刚开始出生的时候，子容的母亲告诉婆婆说道：“长叔的嫂子生了男孩，请您去看看。”走到堂前，听见了伯石的声音就返回了。说道：“是豺狼的声音，不是他的话，没有人可以灭掉羊舌氏。”就不去看望。

## 胡妇生子

苏武留匈奴十九岁，年老，子前坐事死。宣帝悯之，问左右：“武在匈奴久，岂有子乎？”武因平恩侯白：“前发匈奴时，胡妇适产一子通国，有声问来，愿因使者致金帛赎之。”上许焉。通国至，上以为郎。

【译文】苏武被匈奴扣留十九年。年纪大了。他的儿子之前因事获罪被处死刑。宣帝怜悯他，问左右的人说：“苏武在匈奴很久了，有儿子吗？”苏武就请平恩侯向宣帝说明：“之前被发配匈奴时，娶了胡人作为妻子生下一个儿子叫通国。有消息传来，想要通过使者送去金、帛来赎回他。”宣帝同意了。通国回到汉朝的时候，宣帝让他担任官职。

## 老人子无影

陈留有富翁，年九十，娶田客女为妾，一交接而死。后生男大，男谓其母曰：“我父年尊，无父人道，一宿斯须，何因有子？汝小家淫泆[①]，反欲恶我种类乎？”争财数年，州郡不决。丞相丙吉思惟良久，言：曾闻真人无影，老翁子亦无影，又不耐寒，可共试之。时八月，取同年小儿俱解裸之，此儿独啼言寒；又并日中行，后独无影。人咸服。（《风俗通》）

【注释】①淫泆（yì）：淫荡；淫乱。

【译文】陈留有一个富裕的老翁，有九十岁了，娶了农家女作为妾室，第一次洞房后老翁就死去了。后来生下一个儿子，老人的大儿子对他的母亲说：“我父亲年纪大了，没有再做父亲的能力，一夜的一会儿功夫，怎么就生下儿子呢？你小户人家不守妇道，反而想诬陷我们氏族？”相互之间为争夺财产诉讼了几年，州郡的官吏都不能做出判罚。丞相丙吉思考了很久，说道：“曾经听说过‘真人’没有影子，老翁的儿子也没有影子，并且不能忍受寒冷。可以都测试一下。”当时是八月份，找来同样大小的小孩，都脱了衣服站着，只有这个小孩哭着说冷；又一起在太阳下面行走，只有他的后面没有影子。人们都相信了。

## 存赵孤儿

赵朔为屠岸贾攻灭。朔有遗腹子，朔夫人置儿裤中得脱。朔客公孙杵臼、程婴二人谋取他婴儿，负之以文褓匿山中。婴谬谓诸将曰：“吾知赵氏孤处。”诸将发兵随之，公孙杵臼谬呼曰：“赵氏孤儿何罪，请活之。”诸将杀杵臼与孤儿，然赵氏真孤乃反在，程婴为匿。十五年，因韩厥复立之，是为赵武。程婴自杀，曰：“我将下报宣孟与公孙杵臼。”武为服齐衰三年，为之祭邑。(《史记》)

**【译文】**赵朔被屠岸贾攻击灭族。赵朔有一个遗腹子，赵朔的夫人把他放在裤子里才得以逃脱。赵朔的门客公孙杵臼、程婴两个人偷偷的得到其他人的婴儿，用绣花的襁褓包裹着藏在山里。程婴假装对各位将军说到：“我知道赵氏遗孤在哪里。”将军派遣军队跟着他，公孙杵臼假装呼喊道：“赵氏遗孤有什么过错，请让他活下来吧。”将军杀了公孙杵臼和孤儿。然而真的赵氏孤儿还活着。程婴把他藏了起来。十五年后，因为韩厥再次立赵氏孤儿，就是赵武。程婴自杀了，说：“我要到下面去报告赵宣孟和公孙杵臼。”赵武为他服丧三年，为他安排了祭邑的地方。

## 继父不容

杜祁公衍，越州人，父早卒，遗腹生公。前母有二子，不孝。其母改适河南钱氏。公年十五六，其二兄以为其母匿私财以适人，就公索之不得，引剑斫之，伤脑，走投其姑。姑匿其重橑[①]上，出血数升，仅而得免，乃诣河南归其母。继父不之容，往来孟洛间，贫甚，佣书以自资。(《东轩笔录》)

**【注释】**①重橑(lǎo)：复屋。

**【译文】**杜祁公名衍，是越州人，父亲很早就去世了，是遗腹子。父亲的前妻有两个儿子，不孝顺。他的母亲就改嫁给了河南的钱氏。他十五六岁的时候，他的两个哥哥认为他的母亲把财产私自藏起来给了别人，向他索要没有得到，就拿剑刺他，伤到了头，逃走投奔他的姑母，姑母把他藏在复屋上。血流了几升，才得以免除祸患，于是到河南回到母亲的身边。继父容不下他，他就来往在孟洛两地，十分的贫困，靠帮别人抄书来养活自己。

## 体有四乳

范忠文公镇兄镃，卒于陇城，无子。闻其有遗腹子在外，公时未仕，徒步求之两蜀间，二年乃得之。曰："吾兄异于人体，有四乳，是儿亦必然。"验之，果然。名之曰百常。(《墓志》)

【译文】范镇的兄长范镃，在陇城去世，没有孩子。听说他有遗腹子在外地，范公当时没有做官，步行在两蜀间往返寻找，两年后找到了遗腹子。说道：“我的兄长和其他人在身体上有区别，有四个乳房，他的儿子也一定是这样。”检查那个孩子，果真是这样。给他取名叫百常。

## 晬日试儿

江南风俗：儿生一期，为制新衣，盥浴装饰。男则用弓矢纸笔，女则刀尺针缕，并加饮食之物及珍宝服玩，置之儿前。观其发意所取，以验贪廉愚智，名之为试儿。亲表聚集，致宴享焉。自兹以后，二亲若在，每至此日，常有酒食之事尔。无教之徒虽已孤露[①]，其日皆为供顿，畅声乐，不知有所感伤。梁孝元帝年少之时，每八月六日载诞之辰，常设斋讲。自阮脩容薨殁之后，此事亦绝。（《颜氏家训》）

【注释】①孤露：幼失父母，毫无荫庇的人。

【译文】江南有这样的风俗：小孩出生一年的时候，为他制作新的衣服，洗浴打扮起来。男孩就用弓箭和纸笔，女孩就用刀尺和针线，然后加上吃喝的东西以及珍宝玩物，放在小孩的前面。观察他想要拿的东西，来检验他的贪廉愚智，这种做法叫试儿，亲戚们都聚集在一起。一起享用宴席。从此之后，父母如果都在的话，每次到了这个日子，都常常会有酒席。没有教养的人，虽然父母去世，在这一天仍然摆宴席，饮酒作乐，不知道感伤。梁朝孝元帝年少的时候，每年的八月六日在他出生的日子，常设开设佛法讲堂。自从阮脩容去世之后，这件事就没有再办过了。

## 取金环

羊祜年五岁，令乳母取所弄金环。乳母曰："汝先无此物。"祜即诣邻人李氏东垣桑木中探得之。主人惊曰："此吾亡儿所失物也，云何持去？"乳母具言之，知李氏子则祜前身也。

**【译文】**羊祜五岁的时候，让乳母去取自己玩的金环。乳母对他说："你之前没有这个东西。"羊祜即到邻居李氏家东边的矮墙的桑树中找到了金环。李氏主人吃惊地说道："这是我死去的孩子所丢的东西，你为什么要拿走呢？"乳母详细地说了找金环的过程，知道了李氏的孩子是羊祜的前世。

# 卷七 人伦类

## 沙门前身

中书令王珉。有一胡沙门瞻珉风采曰:“使我后生得为此人做子,愿亦足矣。”后珉生一子,始能言,便解外国语及绝国珠贝;生所未见,即识其名。咸谓沙门前身。(《洞冥记》)

**【译文】**有一位中书令,名叫王珉。当时有一位外国的沙门,看到他气质如玉,风采卓越,于是说:“假如我下辈子能够当这个人的儿子,我就心满意足了。”后来王珉就生了一个儿子,刚学会说话,就能听懂外国的语言,清楚极其辽远邦国的宝物;他今生并没有见到过,却知道他们的名字。大家都说这孩子的前世就是那个沙门。

## 取刀子

向靖有女,数岁而亡。始病时弄小刀子,母夺取不与,伤母手。后又产一女，年四岁，曰：“前时刀子何在？”母曰：“无也。”女曰：“昔争刀子，故伤母手，何云无也？请觅数刀合置一处，令女自识。”女见大喜，即取先者。（《冥祥记》）

**【译文】**向靖有个女儿，几岁就去世了。刚开始生病的时候经常摆弄小刀，母亲想要夺过来，孩子却不愿意松手，还割伤了母亲的手。后来这位母亲又生下一个女儿，大概四岁的时候，就问母亲：“那时候的刀子在哪里呀？”母亲说：“没有这回事。”女儿说：“当初就是因为争夺刀子，这才割伤了母亲的手，怎么能说没有这回事呢？请您找几把刀子来，把割伤您手的那把和这些刀子放在一起，让女儿我自己辨认。”女儿看见刀子后十分开心，她就是之前早亡的孩子。

## 永师前身

唐房琯为卢氏宰，与道士邢和璞出游，过夏口村，入废寺坐古松下。和璞使人凿地，得瓮中所藏刘师德与永禅师书，谓琯曰：“颇忆此耶？”因怅然悟前身之为永禅师也。（《东坡诗序》）

**【译文】**唐朝时期的房琯曾经担任卢氏宰，有一次和道士邢和璞一同出门游玩，路过夏口村的时候，进入一座废弃的寺庙，随后他们坐到了一棵古松下。和璞让人凿开地面，找到了藏在地下的瓮，并拿出里面藏匿的刘师德和永禅师的书，对琯说：“你还能记起这里吗？”因此突然悟到原来自己的前世就是永禅师啊。

## 戒子安分

韩忠宪戒其子曰："穷通祸福，固有定分。枉道以求之，徒丧所守，切勿为也。余以孤忠自信，未尝有因缘凭藉，而每遭人主为知己。今忝三公，所侍者公道与神明而已，焉可诬也。"唐介一日自政府归，语诸子曰："吾备位政府，知无不为。桃李固未尝与汝等栽培，而荆棘则甚多矣。然汝等穷通，亦自有命，惟自勉而已。"（《湘山录》）

**【译文】**韩忠宪告诫他的儿子说："不管是穷困、通达、灾祸、还是生活幸福美满，都有一定的定数。倘若不遵循正道去求取的话，不仅徒劳无功，还可能失去自己所拥有的，千万不可以走上这条路啊。我平日总是忠贞自持，未曾有可以依赖的缘分，但是却得到帝王的信任，视我为知己。如今位列三公，我所侍奉的唯有公道和神明罢了，怎么可以诬蔑神明呢？"有一天唐介从政府回到家中，对自己的孩子们说："我很惭愧，担任政府要位，知道什么事情该做，什么事情不该做。后辈们虽然没有像你们那样受到照顾和提拔，但是道路上的荆棘也非常多。然而你们未来是穷困还是通达，都各自有各自的命数，其中的秘诀也不过是要你们勉励提升自己的德行罢了。"

## 燕客索杖

韩忠宪亿教子严肃，知亳州，第二子舍人自西京倅谒告省觐，康公与右相及侄柱史宗彦皆中甲科归，公喜，置酒召僚属之亲厚者，俾诸子坐于席隅，惟持国多深思，知必有义方之训，托疾不赴。坐中忽云："二郎，吾闻西京有疑狱奏谳者，其详云何？"舍人思之未得，已诃之；再问，未能对，遂推案索杖大诟曰："汝食朝廷厚禄，倅贰一府，事无巨细，皆当究心。大辟奏案尚不能记，则细务不举可知。吾在千里，无所干预，犹能知之，尔叨冒[1]廪禄，何颜报国？"必欲挞之，从宾力解方已，诸子股栗[2]，家法之严如此，所以多贤子孙也。忠宪八子，曰纲、综、绛、绎、纬、缜、维、缅。绛、缜皆宰相，维门下侍郎。（《苏氏家训》）

【注释】①叨冒：贪婪，贪图；谦称受赏赐。②股栗：大腿发抖，形容恐惧之甚。

【译文】韩忠宪公名韩亿，他教导儿子十分严格。在他任职亳州的时候，他的二儿子在西京任舍人之职，请假回来探望父母。当时三儿子康国公韩绛和六儿子右相韩缜还有侄子韩柱史（宗彦）都考中了甲科归来，韩忠宪公十分欢喜，于是准备了酒席准备宴请诸位同僚及亲朋好友。他让孩子们坐在酒席的一角，只有五儿子持国心思多一些，知道宴席上一定会有规矩法度的训诫，因此称病没有赴宴。坐在座上的韩忠宪公忽然开口问道："二郎，我听说西京有未论断的案件，需要报请朝廷评议定案，具体情况是怎样的啊？"二儿子想了想还没回答，韩忠宪公就已呵斥他了；又再次发问，二儿子还是没能回答上来，韩忠宪公于是推开桌案拿着手杖，严厉地斥责道："你拿朝廷丰厚的俸禄，担任着一府的佐贰官，事情不管大小，都要用心管理。死刑这样的大案你都记不住，不用说那细枝末节的事物你肯定也不知道。我远在千里之外，没有参与这案件，都还能知道一些，你享受着国家的俸禄，有什么颜面说报效祖国呢？”说完一定要狠狠地打二儿子，在宾客的劝解下才罢手，几个孩子都被吓得瑟瑟发抖。其家法如此严格，所以教育出了很多的贤子贤孙。韩忠宪公有八个子，分别叫韩纲、韩综、韩绛、韩绎、韩纬、韩缜、韩维、韩缅。韩绛、韩缜都做到了宰相，韩维为门下侍郎。

## 称锤投足

寇莱公准少时不修小节，颇爱飞鹰走犬。太夫人性严，每不胜怒，举称锤投之，中足流血，由是折节从学。及贵，母已亡，每扪其疮痕辄哭。（《记郡》）

【译文】寇莱公，寇准在年少的时候，不拘小节，喜爱玩飞鹰和猎犬。太夫人的性情严格，每次发现都非常的生气，拿着称锤就砸了过去，砸中了他的脚，脚被砸出了血，从此以后改掉坏习惯开始认真学习了。等到他发达以后，母亲已经去世了，每次触摸到被砸伤的疤痕就痛哭起来。

## 杖碎金鱼

陈尧咨善射，号小由基。及守荆南回，其母冯夫人问：“汝典郡有何异教？”尧咨曰：“每以弓矢为乐。”母曰：“汝父教汝以忠孝辅国家，今汝不务行仁化，而专务一夫之勇，岂汝父之志耶？”杖之，碎其金鱼。（《燕谈》）

【译文】陈尧咨擅长射箭，外号小由基。等到他驻守完荆南回来的时候，他的母亲冯夫人问道："你典郡教导百姓有什么不一样的地方吗？"尧咨说："总是以练习射箭为乐。"母亲说："你父亲教导你要用忠孝教化国家百姓，今天你不致力于以仁道教化百姓，却专心致力匹夫之勇，这难道就是你父亲的志向吗？"说罢，用手中的拐杖击打他，击碎了他佩戴的金鱼饰。

## 逆料其子

范蠡居陶，中男杀人，囚于楚。乃装金千镒，遣少子往视，长男固请行，不得已遣之。长男至楚，如父言，进金庄生。生曰："可疾去，慎毋少留。"长男私留。庄生谓妇曰："朱公金，事成后归之，勿动。"乃入与王言："某星害于楚。"王乃封三钱府，欲赦。楚人惊告长男曰："王封三钱府，且有赦。"长男以为弟当出，复见生，曰："弟今自赦。"生知其复得金，令自持去。生羞为所卖，又见楚王曰："陶之富人朱公之子杀人，皆言其家持金赂王左右。今赦，以朱公子故也。"楚王怒，先论杀朱公子，明日下赦。长男持弟丧归，尽哀之。朱公独笑曰："我固知必杀弟也。非不爱其弟，是少与我为生难，故重弃财。至如少弟，不知财之所从来。前日欲遣者，为其能弃财也。事之理也，无足悲者。"（《史记》）

【译文】范蠡居住在陶地，他的二儿子杀了人，被囚禁在楚国。于是范蠡就装上黄金千两，派遣自己的小儿子前去探视，长子固执的请求让自己前往，没有办法范蠡就答应了。长子到了楚国，听从父亲的指令，拿着钱去找了庄生。庄生说：“你赶紧离开吧，一刻也不要多待。”长子自己却私自留下了。庄生对妻子说：“朱公的金子，等事情办成后就还回去，不要动。”于是就进宫对楚王说：“有灾星降临会祸害楚国。”于是王就封了三钱府，想要大赦天下。楚人很吃惊告诉长子说：“楚王下令封了三钱府，而且还下达了赦免令。”长子认为有了赦免令弟弟就会回来了，于是又去找庄生，说：“我弟弟今天因为大赦天下而得救，这是弟弟自己命大。”庄生知道他又来要金子，就让他把钱拿走了。庄生觉得自己被商人戏弄了，又去见了楚王说：“陶地的富商朱公的儿子杀了人，都说他们家用钱贿赂了王左右的人。如今大赦天下的举动，都是朱公子的原因。”楚王大怒，那就先杀了朱公子，明天再下达大赦天下的旨意。长子就带着弟弟的尸首回家了，为此感到非常的悲伤。只有朱公笑着说：“我已经知道你去了一定会害死弟弟。并不是说你不爱弟弟，是你从小跟着我吃苦长大，因此你很难舍弃钱财。至于你的小弟弟，不知道财富是怎么积累来的。那天我想要派小弟前往，也是因为他能够舍弃钱财的原因啊。每件事情的发生，都有他的道理，你不用这么悲伤。”

## 不才子

帝鸿氏有不才子，掩义隐贼，好行凶德，丑类恶物，顽嚚不友，是与比同，谓之浑敦。少皞氏有不才子，毁信废忠，崇饰恶言，猜谮[①]庸回[②]，服谗搜慝[③]，以诬盛德，谓之穷奇。颛帝氏有不才子，不可训教，不知话言，告之则顽，舍之则嚚，傲狠明德，以乱天常，谓之梼杌。此三族也，世济其凶。缙云氏有不才子，贪于饮食，冒于财贿，侵欲崇侈，不可盈厌，聚敛积实，不知纪极，不分孤寡，不恤穷匮。天下之民以此三凶谓之饕餮。舜臣尧，宾于四门，流凶族，投四裔，以御魑魅[④]。(《左传》)

**【注释】**①猜谮：因猜忌而诬陷。②庸回：指用心不良的奸邪小人。③搜慝：隐慝。隐瞒为恶之人。④魑魅：传说中山林间害人的精怪。

**【译文】**帝鸿氏有个不成器的儿子，不好道义，阴险毒辣，喜欢行凶作恶，把邪恶、丑陋的事物归为一类，与愚昧奸邪、难以相处的人做朋友，大家都叫他为浑敦。少皞氏（传说中继太皞而起的东夷首领,被封为鸟师,五帝之一。）也有个不成器的儿子，毁弃信义，废弃忠诚，崇尚恶毒的语言，花言巧语，口是心非，爱听信谗言，喜欢搜查隐匿的事情，用来诬枉有德之人，大家都叫他穷奇。颛帝氏也有个不成器的儿子，不听管教，不懂得好话和坏话，告诫他时便显得十分顽劣，不管他时就开始嚣张跋扈，鄙视至上的德行，扰乱世间的纲常伦理，大家都叫他梼杌。这三个家族的子孙，世世代代都继承先祖的奸邪凶恶。缙云氏有一个不成器的儿子，只知道追求美食，贪图财富，欲望膨胀，奢侈浪费，就没有满足的时候，聚敛大量钱财，不知道节制，既不布施财富给孤儿寡母，也不体恤贫穷匮乏的百姓。天下的百姓把他和上面的三凶相比较，叫他饕餮。舜做了尧的臣子之后，开辟四方天地，流放行凶作恶的家族，也将他们四个家族的人都流放到凶恶蛮荒的地方，让他们去为百姓抵御害人的妖怪。

# 不如友子

后汉太原王霸妻，不知谁氏。霸立高节，与同郡令狐子伯为友。子伯为楚相，而其子为郡功曹。子伯令子奉书于霸，车马服从，雍容如也。霸子方耕于野，闻客至，投耒而归，见令狐子，沮怍不能仰视。霸目之有愧色，客去，卧不起。妻怪其故，霸曰：“吾与子伯素不相若，向见其子容貌甚光，举措有适；我儿曹蓬发历齿，未知礼。则父子恩深不觉自失耳。”妻曰：“君少修清节，不顾荣禄。今子伯之贵，孰与君之高？奈何忘初志而惭儿子乎？”霸屈起而笑曰：“有是哉！”遂共隐遁终身。

**【译文】**后汉时期，太原的王霸有一位妻子，不知道她的姓名。王霸平日高风亮节，与同郡的令狐子伯是好朋友。子伯那时担任楚相的职位，而他的儿子也担任郡令的功曹。子伯就派自己的儿子送信给王霸，随行的车马仆人，都是一副雍容华贵的样子。王霸的儿子当时正在田野耕作，听到有客人到访，丢下农作的工具就赶紧回来了，看到令狐子伯的儿子后，沮丧的连头都不敢抬起来看。王霸看到这个场景后，感到很羞愧，客人离开后，就躺在床上不起来。妻子感到非常奇怪，询问他这样做的原因，霸说：“我和子伯平日里为人不相上下，刚刚我看到他的儿子容光焕发，言行举止都合乎礼节；可是我的儿子却头发乱乱的，口齿不清晰，一脸的老态，还不懂的礼仪规则。父子情深义重，难免觉得自己也很丢人。”妻子说：“你从年少就修养自己的品德节操，从来不在乎荣华富贵。如今子伯身上的富贵气质，怎么能和你高尚的节操相提并论呢？怎么忘记自己一开始的志向，在这里为儿子惭愧呢？”王霸赶紧起身笑着说：“说的是啊！”随即便和妻子一同隐居，终身不出。

## 伯道无儿

邓攸字伯道。后石勒过泗水，攸以牛马负妻子而逃，遇贼掠其牛马，步走，担其儿及弟子绥度，不能两全。乃谓其妻曰：“吾弟早亡，唯有一息，理不可绝，只当自绝我儿耳。幸而得存，我后当有子。”妻泣而从之，乃弃之。其子朝弃而暮及，明日攸系之于树而去。后妻不复孕，过江纳妾，甚宠之。讯其家属，说是遭乱，忆父母姓名，乃攸之甥。攸素有德行，闻之感恨，遂不复畜妾，卒以无嗣。时人哀之，为之语曰：“天道无知，使邓伯道无儿。”赞曰：“攸弃子存侄，以义断恩。若力所不能，自可割情忍痛，何至预加徽缠[①]，绝其奔走者乎？斯岂慈父仁人之用心也？卒以绝嗣，宜！勿谓天道无知，乃有知矣。”

**【注释】**①徽缠：绳索。亦比喻束缚，牵累。

**【译文】**邓攸，字伯道。后来石勒的部队在经过泗水的时候，邓攸用牛马载着自己的妻儿、侄子一起逃亡，途中又遇到了强盗，抢了他们的牛马，他们一行人只能步行，邓攸挑着自己的儿子和弟弟的儿子绥逃跑，这种情况根本没有办法保全两个孩子。于是就对自己的妻子说：“我的弟弟很早就去世了，只留下这一丝血脉，按理不能让我的弟弟绝后，那只有我自己舍弃自己的儿子了。假若我们有幸活下来的话，我们以后还是会有儿子的。”妻子哭着答应了他，于是邓攸就丢弃了自己的儿子。他们的儿子早上丢弃了之后，孩子到晚上就追上了他们，第二天攸就把孩子绑到树上离开了。后来妻子一直都没有再怀孕，他们渡过长江后，邓攸就纳了一房小妾，非常的宠爱她。询问她家亲属的情况，说是因为遭遇了战乱，能忆起父母的姓名，竟然是邓攸的外甥。邓攸平日德行厚重，听到这里就感到非常的悔恨，随后再也不纳妾了，死的时候也没有子嗣。当时的人们都感到非常的哀伤，都替他不平道：“上天真是无知啊，才让邓伯道没有儿子。”有赞说：“邓攸舍弃了自己的儿子，却保全侄子的性命，用仁爱割舍了恩情。如果自己真是没有能力救两个孩子，大可以割舍兄弟情义，忍痛放弃，也不至于给自己带个累赘，放弃自己的儿子，却带着自己的侄儿逃跑呢？这如果不是慈父仁人的用心，还能是什么？去世的时候，没有子嗣，也是一件好事！不要说天道无知，天道是有知的啊。”

## 神夺其子

王导子悦为中书郎，先导卒。导先梦人以百万钱买悦，潜为祈祷者备矣。寻掘地得钱百万，意甚恶之，一一皆藏闭。及悦疾笃，导忧念特至，不食积日。忽见一人形状甚伟，被甲持刀，导问是何人，曰：“仆蒋侯也。公儿不佳，欲为请命，故来耳。”导因与之食，食至数斗。食毕，谓导曰：“中书命尽，非可救也。”言讫不见，悦亦殒绝。

**【译文】**王导的儿子王悦曾经担任中书郎的职位，在王导去世之前。王导梦见有人要用一百万钱来买王悦，王导竟然私自答应了请求买子的这个人。随后王导就从地下挖出了一百万钱，顿时非常痛恨自己愚蠢的决定，就把这些钱全部封存。等到王悦病的非常严重的时候，王导内心忧愁的难以形容，一连几天都吃不下饭。忽然看见一个身材魁伟，身披铠甲，手持大刀的人走过来，王导寻问这人是谁，那人说："我是蒋侯。你的儿子身体不好，我想为他解除疾苦，因此特来拜访。"王导赶紧用美食招待他，蒋侯一吃就吃了几斗。吃完饭后，对王导说："你儿子中书郎的命数已经到头了，已经没有办法再救他了。"说完话就不见了，王悦也去世了。

## 祖孙移山

北山愚公年且九十，面山而居，惩山北之寒，出入之迂也，遂率子孙荷担，扣石垦壤，箕畚运于北海之尾。河曲智叟笑而止之，愚公长息曰："我之死有子在焉。子又生孙，孙又生子，子又生孙，子子孙孙无穷匮也，而山不加增，何若不平？"河曲智叟无以应之。（《列子》）

**【译文】**北山有一位愚公，已经有九十岁的高龄，在山的正面居住着，他们家苦于山区北部的阻塞，进出都需要绕道，于是就召集儿孙们挑着担子，凿石挖土，用箕畚装满土，运送到北海的边上。河曲的智叟笑着制止他，愚公长叹一口气说："我要是死去了，我还有儿子在呀。儿子又会生下孙子，孙子还会生下自己的儿子，儿子又生下孙子，子子孙孙无穷无尽，而山并不会增加，何必担心山不会被我们荡平呢？"河曲智叟没有言语回应。

## 不辨群孙

后周李迁哲尝除真州刺史，即本州包。迁哲妾媵百数，男女六十九人，缘汉千余里，第宅相次。姬媵之有子者，分处其中。迁哲鸣笳导从，往来其间，纵酒欢宴；子孙参见，或忘其年名，披簿以审之。郭子仪诸孙数十人，每群孙问安，不尽辨，颔之而已。

**【译文】**后周时期的李迁哲曾经官拜真州刺史，即本州包。李迁哲的妾室竟然有上百人之多，男女子孙也有六十九人，真是千里因缘一线牵，家里的宅院都是有次第的连在一起。妾室当中凡是生下孩子的人，都分别住在宅院中。李迁哲在胡笳声音的引导下，往来在这些房间内，饮酒享乐，欢聚一堂；子孙来参见他的时候，有时竟忘记了他们的年龄和名字，就拿着姓名簿询问他们。郭子仪的孙子也有几十人，每次孙子们来问安的时候，没有办法全部辨认，就只是点头示意而已。

## 祖笏犹存

唐文宗以右拾遗魏謩，征之裔孙，颇奇之。謩累谏，转起居舍人，紫宸中谢，上曰："卿家有旧书诏否？"对曰：比多失坠，惟簪笏存。"上曰："进来。"郑覃曰："在人不在笏。"上曰："覃不解朕意。此甘棠之义，非笏而已。"宣宗尝曰："謩名臣孙，有祖风，朕心惮之。”赞曰：暮之议论，挺挺有祖风烈。

【译文】唐文宗因为右拾遗魏暮的缘故，征召他的子孙。非常惊异他的为人。魏暮多次谏言，转去做起居舍人，成为天子的近臣，皇上说：“你家有旧书诏吗？”魏暮回答曰：“很多都已经丢失了，只有冠簪和手板。”皇上说：“拿过来。”郑覃曰：“关键的是人，而不是手板。”皇上说，“你一点都不懂我的意思，这是对官吏的爱戴，我当然不是要手板。宣宗曾经说：“魏暮这个名臣的子孙，有祖风，我敬畏他。赞赏说：魏暮的言论，正直的样子有强烈的祖辈风范。

## 臣叔不痴

王湛初有隐德，人莫能知，兄弟宗族皆以为痴。兄子济轻之，尝诣湛，见床头有《周易》，济请言之。因剖析玄理，微妙有奇趣。叹曰：“家有名士，三十年而不知。”济去，叔送出门。济从骑有一马难乘，无能骑者。请骑之，回策如素。济益叹其难测。既还，浑问济：“何以暂行累日？”曰：“始得一叔。”浑问其故，具叹述如此。浑曰：“何如我？”济曰：“济以上人。”武帝每见济，辄以湛调之，曰：“卿家痴叔死未？”济曰：“臣叔殊不痴。”称其实美。

【译文】王湛初有隐德，大家都不知道，兄弟乃至族人都认为他是个痴呆。兄长的儿子王济就很轻视自己的叔叔，曾经去叔叔王湛的房间里，看到床头有本《周易》，王济就请叔叔说一说里面的义理。

因为叔叔剖析玄妙道理的时候，微妙而且非常有趣。感叹道：“家里有位名士，我竟然三十年都不知道。”王济要离开了，叔叔就送他出门。王济的马匹中，有一匹马很难驯服，到今天都没有能够骑上马的人。王济就请叔叔骑一下，叔叔挥动马鞭，回旋如绕，非常熟练。济更加感叹叔叔的境界真是难以测量。随即就回到家中，王浑就寻问王济：“为什么待了那么多天呢？”王济说：“我才得到一位叔叔。”王浑便询问了其中缘由，也非常感叹事实竟然是这样的。王浑问：“跟我相比呢？”济说：“是在我王济之上的人啊。”武帝每此见王济的时候，都会用王湛来调笑他，说：“爱卿家的傻叔叔死了没有啊？”王济说：“臣子的叔叔真的不是傻子。”并称赞了叔叔真实的美德。

## 兄疫不去

晋咸宁中大疫，庾衮二兄俱亡，次兄毗复危殆，疠气方炽，父母诸弟皆出次于外，衮独留不去。诸兄强之，乃曰：“衮性不畏病。”遂亲自扶持，昼夜不眠。其间复抚柩哀临不辍。如是十有余旬，疫势既歇，家人乃返，毗病得瘥[①]，衮亦无恙。父老咸曰：“异哉此子，守人所不能守，行人所不能行；岁寒然后知松柏之后凋，始知疫疠之不能相染也。”

**【注释】**①瘥（cuó）：病。

**【译文】**晋朝咸宁时期，国家爆发大规模的瘟疫，庚衮的二个哥哥都因病去世了，次兄庚毗也病得很严重，因为疫情十分凶险炽盛，父母和弟弟都到外地避难去了，而衮独自留下没有离开。他的哥哥强迫他离开，于是衮说："我生性不畏惧疾病。"于是亲自服侍哥哥，昼夜不睡觉。在此期间反复的抚摸哥哥们的灵柩，哀伤的难以附加。就这样过了一百多天，疫情的形势好转，家人都返回了故乡，而庾毗的病也痊愈了，衮也安然无恙。父老乡亲都说："这孩子真是奇人呀，能够守护别人守护不了的，做到别人做不到的；到了天寒地冻的时候，才知道松柏是最后凋零的，才晓得即使是严重的瘟疫也不能伤害到圣贤君子。"

## 寝必共被

姜肱，彭城人，与弟仲海、季江事继母，俱以孝行著闻。其友爱天至，寝必共被。肱尝与季江夜于道遇贼，欲杀之。兄弟更相请死，贼遂两释之。汉桓帝时为郡守，阉竖专政，乃隐身卖卜。（《本传》）

**【译文】**姜肱，彭城人，和弟弟仲海、季江侍奉继母，都是以孝行闻名天下。他们兄弟之间的感情深厚，睡觉也要盖同一张被子。姜肱曾经和弟弟季江出门办事，夜里行路中遇到了强盗，强盗准备杀了姜肱。兄弟两个人便争着请求一死，强盗被他们感动，于是就把他们都放了。汉桓帝的时候姜肱担任郡守，宦官专政，姜肱就隐居起来，以占卜为生。

## 君良同居

刘君良，瀛洲人，四世同居，门内斗粟尺帛无所私。隋末荒馑，妻劝其异居，因易置庭树鸟雏。鸟雏斗鸣，家人怪之。妻曰："天下乱，禽鸟不相容，况人乎？"君良即与兄弟别处。月余，知其计，斥去妻曰："尔破吾家。"召兄弟复还同居。（《本传》）

**【译文】**刘君良，瀛洲人，四代人都住在一起，家里连一斗米，一尺帛都没有私藏的情况。隋末时期，闹饥荒，妻子劝他分家，因此就将家里庭树中的小鸟分开安置。小鸟叫得很厉害，家人都感到很奇怪。妻子说："天下大乱，禽鸟都没有办法住在一起，更何况是人呢？"君良随即就与兄弟们分开住了。一个多月后，知道这是妻子的计谋，就训斥妻子道："你在破坏我的家。"赶紧召回了自己的兄弟，大家还都居住在一起。

## 友恭备至

王览为生母朱氏偏爱，年数岁，见兄祥被母楚挞，览辄涕泣抱持。朱以非理使祥，览即与俱，又虐使祥妻，览妻亦趋而共之，朱患乃止。又欲鸩祥，览辄夺而先饮，几致毙。其友恭备至如此。晋武帝时，累官至光禄大夫。（《本传》）

**【译文】**王览从小受到生母朱氏的偏爱，大概几岁的时候，看见兄长王祥被母亲指责鞭挞，王览就哭泣着抱住哥哥。生母朱氏如果不合道义的役使王祥，王览就和哥哥一起作，后来生母朱氏又去虐待役使王祥的妻子，王览的妻子也快步走过去，一起承担，生母朱氏因担心自己的孩子就停止了。可是她又想用鸩酒毒死王祥，王览就连忙夺过毒酒先喝下去，自己差点死掉。他对哥哥的恭敬关怀到了这个地步。晋武帝的时候，他已经官至光禄大夫。

## 嫂轑釜羹

汉高祖微时，尝与宾客过其丘嫂食。嫂厌叔，佯为羹尽轑釜[1]。客已去，而视釜中有羹，由是怨嫂。及立，独不封其子。太上皇为言，高祖曰："非敢忘也，为其母不长者。"封其子为羹颉侯。

**【注释】**①轑釜（láo fǔ）：用勺刮锅。

**【译文】**当初高祖微贱的时候，常常和宾客去大嫂家吃饭。大嫂讨厌小叔，就假装羹汤已吃完，用勺子刮锅，宾客因此离去。可是过后看到锅里还有羹汤，高祖从此怨恨大嫂。等到高祖当了皇帝，分封兄弟，唯独不封大哥的儿子。太上皇为孙子说情，高祖说："我不是忘记封他，因为他的母亲太不像长辈了。"于是才封她的儿子为羹颉侯。

## 为嫂所嫉

陈平与兄伯居。伯尝纵平游学，人或谓平何食而肥。其嫂嫉平不亲家产，曰："食糠核耳（麦糠中不破者）。有叔如此，不如无。"伯闻之，遂弃其妇。乡人或谗平，居家时盗其嫂。

【译文】陈平和兄长陈伯住在一起。陈伯鼓励陈平去游学，有人就问陈平平日吃什么，吃的这么健壮。他的嫂子因为嫉妒陈平不看顾家里，就说："吃糠咽菜罢了。有这样的小叔叔，还不如没有。"陈伯听说了这件事后，就休弃了自己的妻子。乡人中，就有人诽谤陈平，说他在家的时候，冒犯自己的嫂嫂。

## 珠玉在侧

卫玠字叔宝，风神秀异；入市，见者皆以为玉人。王济字武子，玠之舅也。每见玠，辄叹曰："珠玉在侧，觉我形秽。"又尝语人曰："与玠同游，冏若明珠之在侧，朗然照人。"

【译文】卫玠，字叔宝，风姿神韵俊秀，异于常人。去市集中，大家都以为看到了玉人。王济，字武子，是卫玠的舅舅。每次看见卫玠，就感叹道："好像有珠玉在自己的身边，让我觉得自惭形秽。"又曾经对人说："和卫玠一起游玩，就好像有一颗明珠在你的身边，光明照耀。"

## 过妻兄食

刘穆之少贫，好往妻兄江氏乞食，多见辱江氏。后有庆会，属令勿来，穆之犹往，食毕求槟榔。江氏兄弟戏之曰："槟榔消食，君乃常饥，何忽须此？"妻市肴馔，为其兄弟，以饷穆之。穆之为丹阳尹，乃令厨人以金盘贮槟榔一斛以进之。

【译文】刘穆之年少的时候家里很穷，喜欢到妻子的哥哥江氏那里祈求食物，多次受到江氏的羞辱。后来有庆贺的宴会，嘱咐刘穆之不要来，穆之还是会去，吃完饭后还要求槟榔。江氏兄弟就戏弄他说："槟榔消食，而你却常常感到饥饿，为什么忽然要这个东西呢？"妻去集市买来了美味佳肴，让她的兄弟，宴请穆之。穆之后来成为丹阳的府尹，就令厨人用金盘放了一斛的槟榔送给他们。

## 财产归妻弟

许昌士人张孝基，娶同里富人女。富人只一子，不肖，斥逐之。富人病且死，尽以家财付孝基，与治后事如礼。久之，其子丐于途，孝基见之，恻然谓曰："汝能灌园乎？"答曰："如得灌园以就食，幸矣。"其灌园稍自力，孝基复谓曰："汝能管库乎？"答曰："得管库，又何幸也。"孝基使管库，觉驯谨无他过，知其能自新，遂以其父所委财产悉归之。其子自此励操。(《厚德录》)

【译文】许昌有一位读书人叫张孝基，娶了同乡一位富人的女儿。富人只有一个儿子，是个不孝子，于是就呵斥他离开。富人后来生病去世了，就把自己全部的家财和死后的丧礼都托付给了孝基。过了很长时间，富人的儿子在街道上乞讨，孝基看见后，悲伤地问道："你会灌溉庄园吗？富人的儿子回答道："如果能用灌溉庄园来换取一些粮食，真是一件幸运的事情啊。"等到灌溉庄园的工作做的还不错的时候，孝基就再一次问道："你会能管理仓库吗？"富人的儿子回答道:“能够管理仓库,真是一件幸运的事情啊。”孝基就派他去管理仓库,觉得他现在恭谨没有其他的过错,知道他已经改过自新了,于是就把父亲委托给自己的财产,全部都还给了这个儿子。富人的儿子从此以后,也开始勉励自己,培养自己的德行。

## 弃子存侄

鲁义姑者,野人之妇也。齐攻鲁至郊,遥见一人携一儿、抱一子,及军至,乃弃抱者而抱携者。将欲射之,遂止,问曰:“所抱者谁之子?”对曰:“兄之子。”“所弃者谁之子?”曰:“己子也。妾见大军至,不能两全,遂弃所生之子。”军曰:“子之于母,甚痛于心。何弃所生而抱兄子?”对曰:“子之于母,私爱也;侄之从姑,公义也。背公向私,妾不为也。”齐军曰:“鲁郊有妇人,犹持节行,况朝廷乎?”遂回军,不伐鲁。鲁军闻之,赐束帛,号曰“义姑”。

**【译文】**鲁义姑,是乡下人的妻子。有一次齐国攻打鲁国,军队行军到了鲁国的郊外,远远看到一个人手里牵着一个儿子,怀里抱着一个儿子,等到军队进军到跟前的时候,就把怀里抱着的孩子舍弃掉,抱起手里牵着的孩子。正准备放箭射击,看到这一幕赶紧停止,询问道:“你怀里抱着的是谁的孩子?”妇人回答道:“是我兄长的儿子。”“那你丢弃的又是谁的孩子呢?”妇人说:“是我自己的孩子。我看到大军已经赶到,没有办法保全两个孩子,于是就把我自己的亲生儿子舍弃掉。”军人说:“失去儿子对于母亲来说,是痛彻心扉的事情。为什么要放弃自己生的孩子而去抱起兄长的孩子呢？”妇人回答道：“儿子对于母亲来说，属于私爱；侄子对于姑姑来说，属于公义。舍弃公义而偏向私心的事情，我是不会做的。”齐国的军人说：“鲁国的郊区竟然有这样的妇人，仍然保持自己的节操和德行，何况是朝廷当中的人呢？”于是就班师回朝，不再讨伐鲁国。鲁国的国君听说了这件事，赐给她束帛，称她为“义姑”。

## 见诬通妹

河南李淑卿为功曹，应举孝廉。同时应举人害之，使婢宣言“淑卿淫其寡妹。”同举人诣尹，以骨肉相奸，不合应孝廉。淑卿杜门自绝。女妹伤被淫名，遂到府门自杀，淑卿亦自杀，明已无僭也。后三年，霹雳害淑卿者，以其尸置淑卿冢前。（《列子》）

**【译文】**河南有位叫李淑卿的人担任功曹的职位，应该被举为孝廉。可是与他一同应举的人想要陷害他，让自己的婢女到处宣扬“淑卿奸淫自己的寡妹。”与他一同应举的这个人就去禀报府尹，以骨肉兄妹竟然通奸的罪名污蔑他，认为他不应该被推举为孝廉。淑卿就闭门自杀了。他的妹妹莫名背上了淫乱的罪名，就到府衙门口自杀，因淑卿也自杀了，所以事情到这里也没有一个定论。后又过了三年，雷击毙了这个陷害淑卿的人，还将他的尸体放在淑卿的坟前。

## 冒刃赴姑

郑义宗，唐人。妻卢氏，事姑恭顺。夜有盗劫其家，家人悉奔窜，卢冒白刃往立姑侧，被贼箠击几死。贼去，人何其何以不惧，答曰："人之所以异于禽兽者，以其有仁义也。邻里急难，尚当相赴，况在于姑而可弃乎？若百有一危，我不得独生。"（《本传》）

**【译文】**郑义宗，唐朝人。妻子卢氏平日侍奉姑婆恭敬孝顺。晚上家中来了强盗，家人全都分散逃跑，但是卢氏却冒者生命危险，勇敢的顶住白刃站在了姑婆的前面，就这样她差点被贼人用锤子打死。贼人离开后，大家询问她为什么不害怕，卢氏回答道："人与禽兽之所以是有区别的，就是因为人是讲仁义的。邻里邻居遇到急难的事情，我们都要去帮忙，何况是自己的姑婆，怎么可以抛弃她呀？万一真的遇到了危险，我也不会独活的。"

## 引刀断臂

王凝妻李氏，青州人。凝为司户参军，以疾卒。李氏携幼子往负其遗骸以归，车过开封，旅舍止宿。主人见其妇人，避嫌不许。李氏顾天色已暮，不肯去，主人牵其臂而出之。李氏仰天恸曰："我为妇人不能守节，而手为人牵执，不可以此手污吾身。"即引刀自断其臂，路人嗟之。（《本传》）

**【译文】**王凝的妻子李氏，是青州人。王凝那时为司户的参军，因病去世了。李氏就带着年幼的儿子去接王凝的遗骸回家，车子路过开封的时候，他们住在了旅舍中。主人看见是个妇人，为了避嫌，便不许她入住。李氏看到天色已经很晚了，也不肯离开，主人就抓着她的胳膊往外走。李氏便抬头痛苦的呼喊道："我身为妇人却不能守节，我的手已经被人牵过了，不可以让这个手，玷污了我的身体。"随即就用刀，把自己的胳膊给砍断了，路人都为她感到惋惜。

## 窦氏投崖

唐奉天窦氏二女，生长草野，幼有志操。长者年十九，次者年十六。时群盗劫掠，匿岩穴间，盗曳出，驱迫以前。二女曰："宁死义，不受辱。"姊先投崖死，盗方惊骇，妹复自投，折足破面，盗乃舍之而去。(《列女传》)

**【译文】**唐朝的奉天的窦氏有两个女儿，虽然在草野乡间长大，但是从小就有志向和节操。大一点的十九岁，小一点的也十六岁了。当时有一群强盗抢劫掠夺，他们藏匿在山岩洞穴里，后来被强盗抓出来，想要强迫她们。二女说："我们宁愿死于道义，也不愿意受你们的羞辱。"姐姐先投崖死去，强盗感到非常的惊骇，妹妹也跳崖自杀，可是没有死，只是脚断毁容，于是强盗就放过她，离开了。

## 詹女给贼

詹氏，宋高宗时芜湖人。年十七，淮寇破邑，父兄被执，将杀之，女泣拜曰："妾虽陋，愿相从，赎父兄命。"贼然之。麾父兄亟去："无相念，我得侍将军足矣。"行数里，过市东桥，跃入水中死，贼骇叹而去。（《列女传》）

**【译文】**詹氏，宋高宗时期，芜湖人。十七岁，当时的淮寇攻破了防邑，父亲和兄长都被抓住了，正准备杀死他们，詹氏哭泣的跪拜说："我虽然长得很丑陋，但是我愿意顺从你们，希望可以赎回我的父亲和兄长。"贼人就同意了。于是她跪拜父亲和兄长后说道："父亲、兄长请不要挂念我，我今生能够侍奉将军，这就足够了。"就这样走了几十里地，路过市里桥东的时候，詹氏就跳到水里死去，贼人感到非常的惊异，感叹再三离开了。

## 班女成史

扶风曹叔妻，班彪女，名昭，字惠。兄固著《汉书》，其"八表"及《天文志》未及竟而卒。和帝诏就东观藏书阁踵而成之。帝数召入宫，令皇后诸贵师事焉，号曰大家。每有贡献异物，辄诏大家作赋颂。时《汉书》始出，多未能通者，内郡马融伏于阁下，从昭受读。昭作《女诫》七篇。（《列女传》）

**【译文】**扶风曹叔的妻子，是班彪的女儿，名昭，字惠。兄长班固著写了《汉书》，其中的“八表”和《天文志》两部分还没有完成就去世了。和帝就下诏，让班昭在东观的藏书阁继续编撰。和帝多次下诏让班昭进宫，并命令皇后和贵人们应以老师的礼仪来对待她，因此班昭被称为大家。每次有贡献的奇珍异宝，皇上就下令让班昭作赋颂来赞叹。在那时《汉书》一出现，很多人没有办法理解书中的义理，内郡的马融就跪拜在班昭家的楼阁下面，拜班昭为老师，请老师传授《汉书》。班昭后又作《女诫》七篇。

## 蔡女博记

陈留董祀妻，即蔡邕之女，名炎，字文姬。博学有才辩，又妙于音律。曹操因事问曰：“闻夫人家先多坟籍，犹能记忆之否？”文姬曰：“昔亡父赐书四千许卷，流离涂炭，罔有存者。今所诵忆，才四百余篇。”操曰：“今当使十吏，就夫人写之。”文姬曰：“妾闻男女之别，礼不亲授。乞给纸笔，真草唯命。”缮书送之，文无遗误。

**【译文】**陈留董祀的妻子，就是蔡邕的女儿，名炎，字文姬。博学多才，擅长才辩，又善于音律。曹操因为有事来询问文姬道：“听说夫人家之前有很多古代的典籍，不知道你还能记住多少呀？”文姬说：“之前我父亲送给我四千多卷书，可是一路上颠沛流离，生灵涂炭，并没有保存下来的书了。如今我能够记住的，也就四百多篇。”曹操说：“我现在派遣十名书吏到你家去抄写下来吧。”文姬道：“我听说男女之间的界限很严，按礼节是不可以亲相传授的。还是请您给我一些纸笔，真书或者草书，都按照您的指示。”于是抄书送给曹操，一个字都没有遗漏。

## 李易安词

近时妇人能文词，如李易安颇多佳句。小词云：“昨夜雨疏风骤，浓睡不消残酒。试问卷帘人，却道海棠依旧。知否，应是绿肥红瘦。”此语甚新。又《九日》词云：“帘卷西风，人似黄花瘦。”此语亦妇人所难到也。易安再适张汝舟，未几反目，有启事与綦处厚云：“猥以桑榆之晚景，配兹驵侩之下材。”传者无不笑之。（《渔隐丛话》）

**【译文】**现在这个时代的妇人也能吟诗作词，像李清照（字易安）就有很多传世的佳句。其中有一词句是这样的：“昨夜雨疏风骤，浓睡不消残酒，试问卷帘人，却道海棠依旧知否，应是绿肥红瘦。”这诗词颇具新意。又有一首词叫《九日》，里面讲道：“帘卷西风，人似黄花瘦。”这首词的意境不是一般的妇人能达到的。后来易安又嫁给了张汝舟，不过不久便反目，写给綦处厚的信中说道：“我与这个人（指张汝舟）实在难以相处，我怎么会在自己的晚年，以清清白白之身，嫁给这么一个肮脏低劣的市侩呢？”听到的人没有不笑话的。

## 情致非宜

毗陵士人家有女，年十六，能诗。《破钱》诗云：“半轮残月掩尘埃，依稀犹有开元字。想得清光未破时，买尽人间不平事。”《弹琴》诗云：“昔年甘笑卓文君，岂信丝桐解误身。今日未弹心已乱，此心元自不由人。”虽有情致，非女子所宜。

**【译文】**毗陵这个地方有一位士人，家中有个十六岁的女儿，能吟诗。自己作了两首诗叫做《破钱》《弹琴》。《破钱》讲道：“半轮残月掩尘埃。依稀犹有开元字。想得清光未破时，买尽人间不平事。”《弹琴》讲道：“昔年甘笑卓文君，岂信丝桐解误身。今日未弹心已乱，此心元自不由人。”这两首诗虽然很有情致，但不太适合女子。

## 女子题驿

后山见永安驿廊东柱有女子题《五字诗》云：“无人解妾志，日夜长如醉。妾不是琼奴，意与琼奴类。”读而哀之，作二绝句云：“桃李摧残风雨新，天孙河鼓隔天津。主恩不与妍华尽，何恨人间失意人。”《青琐高议》载：琼奴姓王氏，郎中幼女，失身于赵奉常家，为主母凌辱，道出淮上，书其事于驿壁，见者哀之。

**【译文】**今日前往后山，见到永安驿廊东边的柱子上有位女子提了首《五字诗》：“无人解妾志，日夜长如醉。妾不是琼奴，意与琼奴类。”看到之后心中升起哀怜之情，做了两句绝句：“桃李摧残风雨新，天孙河鼓隔天津。主恩不与妍华尽，何恨人间失意人。”《青锁高议》这本书里记载：“琼奴是王氏的孩子，是郎中的幼女。被赵奉的常家夺去了贞洁，又遭到了主母的凌辱，外出走到淮水之上，将此事记载了驿廊的墙壁上，看到的人无不为之哀痛。”

## 忆其妻像

齐王起九重之台，募国中能画者赐之钱。有敬君居常饥寒，其妻妙色。君工画，贪赐画殖，去妻日久，思忆其妻像，向之而笑。傍人见以白王，王召问之，对曰：“有妻如此，去家日久，心常念之。窃画其像，以慰离心，不料上闻。”进士赵颜于画工处得软障图，一妇人甚丽，颜欲得如此妻。画工曰：“余神画也，此名真真。呼其名百日，昼夜不歇，即必应。应则以百家彩灰酒灌之，遂活。”颜如其言，果下障，言笑饮食如常，逾年生一子。其友曰：“此妖也，余有神剑，可斩之。”是夕，真真泣曰：“妾南岳地仙也。君忽疑妾，不可更住。”携其子却上软障，呕出前酒，画上添一子。（《缙绅胜说》）

**【译文】**齐王建造了九层高的高台，招募国中能画画的人，并且予以赏赐。有位画工家中常常饥寒交迫，但是妻子长的却十分漂亮。他被招去为齐王画画，因为离开家里太久，想念自己的妻子，便拿出妻子的画像边看边笑，旁人看到之后告诉了齐王，齐王将他召过来问他为什么笑，画工答道：“我家中有妻子，因为离开家里太久，心中非常的想念她，就偷偷拿出了她的画像，以安慰我的思念之情，没有想到被君上所听闻。”进士赵颜在画工处得到了一副软障图，图中有一位女子甚是美丽，赵颜也想得到这样美丽的妻子。画工告诉他：“这可是一幅神奇的画卷，其中的女子叫做真真，你若能每日呼喊她的姓名，超过百日并且日夜不歇，她便会听到你的呼唤，另外还要用百家的彩灰酒浇到画上，这样他就能活过来。”赵颜按照画工说的去做，这位女子果然从画中走了出来，和他谈笑如常人，过了一年还为他生了一个儿子。这时赵颜的朋友说：“这是妖怪，你要是有神剑，便可斩了他。”到了晚上，真真哭泣着说道：“我本是南岳的地仙，你现在对我的身世有疑惑，我便不能留在你身边了。”带着他的孩子走入了画中，又将浇灌在画上的酒倒了出来，从此画中便多了一个孩子的模样。

## 丹腮点颊

吴孙和悦邓夫人，尝置膝上。和弄水精如意，误伤夫人颊，血污袴带。医者曰：“得白獭髓，杂玉与琥珀屑，当减痕。”及差，有赤点，更益其妍。诸嬖人更以丹脂点颊以要宠。（《拾遗记》）

**【译文】**吴王孙十分宠爱邓夫人，经常让她坐在自己的腿上。有一天邓夫人坐在他腿上，吴王孙在把玩水精如意，不小心弄伤了妇人的脸颊，血粘到了裤带上。医生说：“如果能取到白水獭的骨髓，还有杂玉和琥珀的碎屑，就能将脸上的疤痕淡化。”吴王孙找到后，敷在了邓夫人的脸上，疤痕变成了一个小小的红点，让邓夫人看起来更加的漂亮，后来的小妾都用胭脂在脸上点上红点，以此来获得宠爱。

## 难在去欲

东坡云：昨日太守阳君采、通判张君规，邀余出游安国寺，坐中论服气养生之事，余曰："皆不足道，难在去欲。"张曰："苏子卿啮雪咽毡，缩背出血，无一语少屈，可谓了死生之际矣。然不免为胡妇生子，穷居海上且尔。而况洞房绮疏之下乎？乃知此事不易消除。"众客皆大笑。（《志林》）

**【译文】**苏东坡说：昨天太守阳君采，通判张君规，邀请我去安国寺游玩，在寺中坐下后，我们就开始谈论养生之道。我说："养生微不足道，只是难在摒弃欲望。"张君规说："苏武（字子卿）渴了吃雪，饿了吞毡，背上都是血，但是没有一句埋怨的话，可真算得上是看破了生死。就算是这样，也不免为胡人的妇人生子，而且还在海上过着贫苦的生活。何况是在洞房罗烛之下呢？可知欲望不是容易消除的。"所有的人听到都大笑起来。

# 卷八 人伦类

## 原髻之始

髻者、继也，女子必有继于人。女娲氏以羊毛绳向后系之，以荆木竹为之笄，贯发。赫连氏造梳二十四齿，取疏通之义。尧舜以铜为笄，舜加女人首饰、钗梳，杂以象牙、玳瑁为之。周文王髻上加翠翘花，傅之铅粉。其高髻名凤髻，又有云髻加之，步步而摇，故曰步摇。始皇宫中梳望仙髻。汉宫有迎春髻。汉武帝时诸仙从王母下降，皆梳飞仙髻、盘龙髻，贯以凤首钗、孔雀搔头、云头篦，扫八字眉。汉明帝宫人梳百合分梢髻、同心髻，扫青黛蛾眉。魏武宫人扫连头眉。晋惠帝宫人梳芙蓉髻，通草五色花子，扫黑墨眉。一画连心细长，曰仙娥妆。隋文帝宫中梳九真髻。唐武德中梳平蕃髻，开元中梳双鬟望仙髻，贞元作偏髻子。（《炙毂子》）

**【译文】**髻是盘在头发上的发结，用来系头发的，由此可知女子也必须依靠于人。女娲氏曾经用羊毛绳系头发，用荆木竹为发髻来固定头发。赫连氏制造出了二十四齿的梳子，用来疏通头发。尧舜的时候用铜来制发簪，舜又用钗梳，象牙，玳瑁作为女人的首饰。周文王又在发髻上加上了翠翘花，然后再附以铅粉。高一点的发髻叫做凤髻，又在上面加上了云髻，走一步，摇一下，所以取名为步摇。秦始皇的宫中有发髻名为梳望，汉代皇宫中有发髻名为迎春。汉武帝的时候，诸位神仙从王母娘娘的宫中下降到凡界，都是梳着飞仙盘龙发髻，贯穿着以凤首钗，孔雀搔头，云头篦，而且都留着八字眉。汉明帝时期的宫人都梳百合分梢髻，同心髻，都画着青黛蛾眉。魏武帝时的宫人都画着连头眉。晋惠帝时候的宫人都梳着芙蓉髻，通草五色花子，留着扫黑墨眉。一笔画下来连心细长的妆容叫仙娥妆。隋文帝时候的宫人都梳着九真髻。唐武德帝宫中都梳平蕃髻。开元年间都梳双鬟望仙髻，贞元年间换成了偏髻子。

## 无盐不售

齐钟离春者，无盐邑女也。其为人臼头深目，长壮大节，昂鼻结喉，肥项少发，折腰出胸，皮肤若漆。行年三十，无容入卫，嫁不售，流弃莫执。于是乃拂拭短褐，自诣宣王，愿一见，谓谒者曰："妾齐之不售女也。闻君王之圣德，愿备后宫之扫除。"谒者以闻。宣王方置酒于渐台，左右闻之，莫不掩口大笑曰："此天下强颜女也。"宣王乃召而见之，谓曰："今夫人不容乡里布衣，而欲千万乘之王，亦有奇能乎？"无盐对曰："无有。"但揭目含齿，举手拊肘，曰："殆哉！殆哉！"如此者四。宣王于是停渐台，罢女乐，招进直言，立太子，进慈母，拜无盐为王后而国大治。（《列女传》）

**【译文】**齐国的钟离春，是无盐邑的女子。她长着大大的额头，深邃的眼窝，长长的手指，骨节很大，朝天鼻，还有喉结，脖子粗，头发稀疏，弓腰，鸡胸，皮肤像漆一样。已经三十岁了，想要出嫁却没有人愿意娶她，到处流浪也没有人管。于是她就整理一下粗布短衣，自己去求见齐宣王，请求见一面。并对近侍说："我是齐国没人要的女子，听说了国王的圣德，愿意做后宫打扫劳作的宫女。"近侍报告了齐宣王，齐宣王正在渐台设置酒宴，身旁的人一听，没有不捂着嘴大笑的，他们说："这是天下最厚颜无耻的女人。"齐宣王于是召见了她，对她说："如今你不能被乡下平民所接受，却打算嫁给尊贵的王，你有什么特殊技能吗？"钟离春回答："没有。"只是抬眼、咬牙，拿手拍打膝盖说："危险了，危险了！"像这样做了四遍。于是齐宣王停止渐台的酒宴，停止歌舞招揽人们来建议直言，策立太子，请示慈母，拜钟离春为皇后。国家政治修明，局势安定。

## 丑妻诮夫

许允妇是阮卫尉女，奇丑。交礼竟，允无复入内，家人深以为忧。会允有客至，妇令婢视之，还答曰："是桓郎。"桓郎者，桓范也。妇云："无忧，桓必劝入。"桓果语许云："阮家既嫁丑女与卿，故当有意，卿宜察之。"许便回入内，既见妇，即欲出。妇料其此出，无复入理，便捉裾停之，许因谓曰："妇有四德，卿其有几？"妇曰："新妇所乏，惟容耳。然士有百行，君其有几？"许云："皆备。"妇曰："夫百行以德为首，君好色不好德，何谓皆备？"

允有惭色，遂相敬重。（《世说》）

【译文】许允的妻子是阮卫尉的女儿，相貌丑陋无比。举行交拜礼后，许允就没有进去，家里人为此很是担忧。正好许允家来了客人。新娘叫丫环去看看是谁，丫环回来说："是桓公子。"所谓的桓公子，就是桓范。新娘说："不用担心，桓范一定会劝他回来。"果然桓范对许允说："阮家把相貌丑陋的女儿嫁给你，必然有其用意，你应当仔细观察她。"许允于是回到洞房。见到新娘后，就立即往外走。新娘料定他这次出去就不可能再回来了，便拉住他的衣襟请他留下。许因此对她说："女人必须具备四德，你有其中几样？"新娘说："我所欠缺的只是容貌。然而读书人应该有各种美好的品行，夫君又有几种呢？"许允说："全都有。"新娘说："在各种好品行中德行居首位。夫君好色不好德，怎么能说全都具备呢？"许允面有惭愧，从此敬重她。

## 梦立冰上

晋索紞，字叔彻，世为通儒，明术数。令狐策梦立冰上，与冰下人语。紞曰："冰上为阳，冰下为阴，阴阳事也。士如归妻，迨冰未泮，婚姻事也。君在冰上与冰下人语，媒介事也。"策曰："老夫耄矣，不为媒也。"会太守田豹因策为子求乡人张公征女，仲春而成婚。

【译文】晋朝的索紞，字叔彻，历代为大儒，而且精通术数。有一位叫令狐策的人，梦见自己站在冰上，和冰下的人说话。索紞说道：“冰上是阳，冰下是阴，这是阴阳之间的事情。如果男子是要来娶妻，应当在冰还没有化的时候，这是婚姻之事。你站在冰上和冰下的人说话，那你是在做媒吗？”令狐策说道：“我已经八九十岁了，不会去为别人保媒的。”令狐策和当地的太守田豹见面，为他的儿子求得乡人张公征的女儿，在春季的第二个月成婚。

## 月下老人

韦固少未娶，旅次宋城，遇异人倚囊坐，向月检书，曰：“此幽冥之书。”固曰：“然则君何主？”曰：“天下之婚尔。”因问囊中赤绳，子云：“以系夫妻之足。虽仇家异域，此绳一系，终不可易。君妻乃此店北卖菜陈妪女尔。”固逐之，入菜市，见妪抱二岁女，亦陋。老人指示，固怒磨小刀付奴曰：“杀彼女，当赐汝万钱。”奴翌日刺于稠人中，才伤眉间。尔后十四年，以父荫参相州军事，刺史王恭妻以女，年十六七，容貌端丽，眉间常贴花钿，未尝暂去。逼问之，曰：“妾郡守之犹子也。父卒于宋城任。时方襁褓，乳母鬻蔬以给朝夕，尝抱于市，为贼所刺，痕尚在。”因尽言。宋城宰闻之，名其店曰定婚店。（《续幽怪录》）

**【译文】**韦固年少时没有娶妻，他旅行到宋城时住在了那里。一天晚上，韦固看到一个奇异的人倚着口袋坐，对着月亮看书，说：“这是幽冥的书。”韦固说：“那你是掌管什么的？”老人说：“天下男女的姻缘。”韦固接着问布袋里的红绳。老人说是用来系住夫妻的脚，即使是仇家，即使不在一个地方，只要这个绳子一系，就没有办法改变姻缘。你的妻子是这个店北边卖菜陈大娘的女儿。韦固跟着他到菜市看见老妪抱着一个两岁女孩，长相很是丑陋。老人指给他看。韦固气得赶紧磨好小刀交给仆人说：“杀了那个小女孩，我就给赏赐你万钱。”仆人第二天在人多的地方行刺，只伤到小女孩的眉间。过了十四年，承父亲的福，韦固参与了相州的军事，刺史王恭把女儿嫁给他做妻子。女儿年纪十六七，长得很美，只是眉间常贴着额饰，从未拿掉一会儿。韦固逼问妻子，妻子说：“我是郡守的侄女，父亲在宋城任职时去世了。当时我还在襁褓中，乳母早晚喂给我蔬菜粥，她曾经抱我在市场上时，被贼人刺了一刀，疤痕还在。”此事传到宋城，宋城的地方官随即就将这家店题命为定婚店。

## 因昏报德

吴师入郢，楚子取其妹季羊以出。楚昭王之奔郑，楚大夫钟建负季羊以从。王将嫁季羊，季羊辞曰：“所以为女子，远丈夫也。钟建负我矣。”以妻钟建，以为乐尹。（《定四》）

五代和凝举进士，梁义成军节度使贺瓌辟为从事。瓌与唐庄宗战于胡柳，瓌败，脱身走，独凝随之，反顾见凝，麾之使去。凝曰：“丈夫当为知己死，吾恨未得死所尔，岂可去也！”已而一骑追瓌几及，凝叱之，不止，即引弓射杀之，瓌由此得免。瓌归，戒其诸子曰：“和生，志义之士也，后必富贵。尔其谨事之。”因妻以女。后官至太子太傅，封鲁国公。

**【译文】**吴国的军队进入郢都，楚王带了他妹妹季羊逃出郢都。楚昭王逃到郑，楚大夫钟建背着季羊一起跑。楚昭王想要把季羊嫁出去。季羊推辞说：“作为女子应当远离男子，如今钟建背我了。”于是她就做了钟建的妻子，让钟建做了乐尹。

五代的和凝考中了进士，梁义成军节度使贺瓌聘请他处理事务。贺瓌与唐庄宗在胡柳交战，贺瓌被打败了，逃跑时只有和凝跟随着他。贺瓌回过头来看见和凝，挥手让他离开。和凝说：“大丈夫应当为知己而死，我为自己没有死得其所而感到遗憾，怎么能离开呢！”这时已经有一名骑兵追赶过来，眼看就要追赶上贺瓌了，和凝大声呵斥，那骑兵仍不停止，和凝就拉开弓射死了他，贺瓌因此幸免于难。贺瓌回来，告诫他的孩子们说：“和凝这年轻人，有志气，讲义气，以后必定会富贵，你们要好好侍奉他。”于是将女儿嫁给了和凝。和凝最后官做到太子太傅，封鲁国公。

## 富人莫与

陈平少时，家贫，好读书；及长，可娶妇，富人莫与者，贫者平亦愧之。户牖富人张负有女孙，五嫁夫辄死，人莫敢娶，平欲得之。邑中有大丧，平家贫侍丧，以先往后罢为助。负见之丧所，独视伟平，平亦以故后去。负随平至其家，家乃负郭穷巷，以席为门，然门外多长者车辙。负归，谓其子仲曰：“吾以女孙与陈平。”仲曰：“平贫，不事事，一县中尽笑其所为，独奈何予之女？”负曰：“固有美如陈平长贫者乎？”卒与女。为平贫，乃假贷币以聘，予酒肉之资以内妇。负戒其孙曰：“毋以贫故，事人不谨。事兄伯如事乃父，事嫂如事乃母。”平既取张氏，资用益饶，游道日广。

【译文】陈平年少时家境贫寒，喜欢读书，等到长大可以娶妻的时候，富人嫌他贫穷，不愿意嫁给他。贫穷的人又觉得自己的女儿配不上他。家东边有位富人叫张负，他有一位孙女，嫁了五次，没有人敢娶她，只有陈平想娶她。等到乡里有丧事的时候，陈平因为家里贫穷，因此对待丧事的时候，最先去帮忙，却又忙到最后才走。张负来到守丧的地方，看到陈平，陈平谎称有事而后离开了。张负就跟着陈平回到了家，看到他家里在穷巷中，用竹席当门，而且门外还有很多长者的车辙。张负回到家对他的儿子说：我想将孙女嫁给陈平。他的儿子说：陈平十分的贫穷，而且不会做事，县中有很多嘲笑他的人，为什么要将女儿嫁给他呢？张负说：难道有像陈平一样贫穷却又尊敬长者的人吗？然后便将孙女嫁给了陈平。陈平因为贫穷拿不出聘礼，就用借来的钱当做聘礼，然后又将钱财给了自己的妻子。张负告诫子孙道：不要因为他贫穷，而不好好对他。对待他的兄长、伯伯应该像对待自己的父亲一样恭敬，对待他的嫂子就像对待自己的母亲一样孝敬。陈平娶了张氏之后，渐渐的富裕了起来，交游的范围也越来越广。

## 牵丝得女

郭元振少美，宰相张嘉贞欲纳为婿。元振曰：“知公有五女，未知孰美？”张曰：“吾女各有姿色，即不知谁是匹偶。使五女各持一线幔前，使子取便牵之。”元振欣然从命，遂牵一红线，第三女果有姿色。（《天宝遗事》）

**【译文】**有一个叫郭元振的美少男，宰相张嘉贞想要让他做自己的女婿。元振说："我知道您家有五个女儿，但是不知道谁最美呢？"宰相张嘉贞说："我的女儿各有各的姿色，只是不知道谁会是你的良配。于是让五个女儿每个人手里拿着一根线，站在屏风前，让郭元振走过去牵线。"元振高兴的听从了这样的建议，于是就牵了一红线，是第三个女儿，而且还是最漂亮的。

## 女手相贵

王克正仕江南，归本朝直舍人院。及死无子，唯一女十余岁。陈抟入吊，出语人曰："王氏女，吾虽不见其面，观其捧炉奉佛，手相甚贵。"后数年，陈晋公恕为参知政事，一日便坐，太宗问曰："卿娶谁氏？有儿子？"晋公对曰："臣无妻，有二子。"太宗曰："王克正江南旧族，身后唯一女。朕甚念之，卿可作配。"晋公不敢辞，遂纳为室。不数日，封国夫人，如陈之相也。

**【译文】**王克正在江南当官，属于本朝的直舍人院（南宋特置避讳官名）。一直到死了都没有儿子，只有一个十几岁的女儿。他的好友陈抟来悼念他，出来后对别人说："我虽然没有看见他女儿的真容，但看到她的手捧着香炉供佛，手相甚是富贵。"很多年之后陈晋公坐到了参知政事的位置上，有一天静坐，太宗问他："你娶了谁家的女子？有儿子吗？"晋公回答道："我没有妻子，但是有两个儿子。"太宗说道："王克正是江南的旧族，膝下唯有一女儿，我十分挂念她，你可以将她娶来。”晋公不敢辞去，于是就将她纳为了妾室。没过多长时间便被封为国夫人，相当于丞相夫人。

## 假作美婿

祖龙图无择，晚娶徐氏，有姿色。议亲之时，无择为馆职，徐氏必欲相其人，而无择貌寝，恐不得当也。同舍冯当世京，丰姿秀美，乃谕媒妁：俟冯出局，扬鞭跃马经过。徐居曰：“此祖学士也。”徐窃窥，喜甚，成婚始悟其非，竟以反目离昏。

**【译文】**祖龙县的图无择，晚年的时候娶了位姓徐的女子，长得十分漂亮。议亲的时候，无择还只是负责编校的小官，而徐氏却非要看看他的长相，只是无择相貌丑陋，这件婚事恐怕没有办法谈成了。无择的同窗好友冯世代住在京城，风度翩翩，俊秀非凡，于是徐氏便嘱咐媒人，等到冯世代骑马出门经过自己家门的时候，让她看一眼。于是等到冯世代经过徐氏家门口的时候，媒人说：“这位就是祖学士。”徐氏偷偷看了一眼冯世代，心中十分欢喜，等到与他成婚之后，才发现他根本不是表面看的样子，竟然又以夫妻反目的理由离婚了。

## 奇其清苦

后汉鲍宣妻桓氏，字少君。宣尝就少君父学，父奇其清苦，以女妻之，装送甚厚。宣不悦，曰：“少君生富，骄习美饰，吾贫贱不敢当礼。”少君乃悉归侍御服饰，更着短布裳，与宣共挽鹿车归乡里。拜姑毕，提瓮出汲，修行妇道。宣官司隶校尉。子永，中兴初为鲁郡守。永子昱从客问少君曰："太夫人宁复识挽鹿车时不？"对曰："先姑有言，存不忘亡，安不忘危。吾安敢忘乎？"

**【译文】**后汉鲍宣的妻子桓氏，字少君。鲍宣年少的时候在少君的父亲门下就学，少君的父亲十分惊异，鲍宣如此贫苦还能立志学习，便将自己女儿嫁给了他，又赠送了很多厚礼。鲍宣不情愿，说道："少君出生在富贵人家，娇贵又华美，我家太贫穷了，不敢娶她。"少君听闻后，回到家中之后，就换下了华丽的服饰，穿上了短粗布衣。和鲍宣一起驾着鹿车回到了鲍宣的故乡。拜见了鲍宣的母亲后，就提着水瓮去井边打水，开始学习妇人之道。后来鲍宣的官位升到司隶校尉。生了个儿子，取名为永，中兴初期，永担任鲁郡的太守。永的儿子昱接待客人的时候，客人寻问少君："太夫人可还记得曾经驾鹿车的时候吗？"少君对答道："我记得姑姑曾说，活着的时候不要忘记，人总是会死去的，安稳的时候也不要忘了，还有潜在的危险，我怎么敢忘记呢？"

## 道缊不乐

道缊，晋谢安侄女，博学强记，能属文。初适王凝之，还，甚不乐。安曰："王郎，逸少之子，不恶，汝何恨也。"答曰："一门叔父，只有阿大中郎。"谓献之也。（《本传》）

**【译文】**道缊，晋朝谢安的侄女，博学多闻，文采卓越。后来婚配给了王凝之，有一次回娘家，她非常的不开心。谢安就问："王郎，是王羲之的孩子，人也不坏，你为什么这么讨厌他呀。”道缊回答道：“他们家的叔父辈中，只有阿大中郎。”说的是王献之。

## 以姨继室

韩须如齐逆女，齐陈无宇送女，致少姜。少姜有宠于晋侯，晋侯谓之少齐。少姜卒，齐侯使晏婴请继室于晋，曰：“寡君不腆先君之适，以备内官，煜耀先人之望，则又无禄，早世殒命，寡人失望。君义不忘先君之好，惠顾齐国，辱收寡人，徼福于太公、丁公，照临敝邑，镇抚其社稷，则犹有先君之适，及遗姑姊妹若而人。君若不误敝邑，而辱使董振择之，以备嫔嫱，寡人之望也。”韩宣子使叔向对曰：“寡君之愿也。寡君不能独任其社稷之事，未有伉俪，在衰绖之中，是以未敢请。君有辱命，惠莫大焉。若惠顾敝邑，抚有晋国，赐之内主，岂惟寡君，举群臣实受其贶，其自唐叔以下，实宠嘉之。”遂成婚。（《昭二》）

**【译文】**韩须到齐国迎接齐国的女子少姜。齐国的陈无宇护送少姜到晋国。晋平公宠爱少姜，还称她为少齐，少姜死了之后，齐国的国君派遣齐国大夫晏婴到晋国，想把少姜的子嗣请回齐国。齐国大夫晏婴传齐国国君的话说：“我不敢辱没先君的教诲。我在这里早早地备了内官，想着把他的子嗣接回来，以光耀我们先祖的荣耀，少姜没有福报，又英年早逝，我非常的伤心。您没有忘记先君的好，愿意顾念我们齐国人，然后来庇佑我以及我的国家，又屡次降福于太公、丁公，使你们的荣光惠及到我贫瘠的国土上，又来镇抚我们的社稷，就像你的先君这样顾及我们一样。又遗下了你的姑舅伯姐，如果您不嫌弃我国土贫瘠，就派遣您的使者董振，亲自挑选嫔御美女，这是我希望看到的。”这时晋国的韩宣子，让叔向对晏婴说：“这也是我们君主的愿望，但是我不能独自担任社稷之事，又没有伉俪情深的女子在我身边，而我自己一直在衰老中，所以没有这样去请求，既然您的国君有了命令，那真是惠及于我们啊。如果您能愿意惠顾我的寒舍，并且能抚恤我们晋国，让我们能将美丽的女子进献给你们，那何止是我们的君主，所有的大臣都会受到此恩惠，自唐叔以下，真是莫大的恩宠呀。”然后便成婚了。

## 择娶九姨

龙图刘公煜，未第前娶尚书晃之长女，早亡。而赵氏犹有二妹，皆未适人。既而刘公登科，晃捐馆，夫人复欲妻之，使媒妁通意。刘曰：“若有武有之德，则不敢为姻；如言禹别之州，则庶可从命。”盖刘公不欲七姨为匹，意欲九姨议亲故也。夫人诟曰：“谚云：薄饼从上揭，刘郎才及第，岂得便揀点人家女？”刘曰：“非敢有择，但七姨骨相寒薄。”遂娶九姨，后生七子，几、忱皆至大官。七姨后适关生，竟不第，落泊寒馁。暮年，刘氏养之终身。（《青箱杂记》）

**【译文】**龙图的刘公煜，在还没有中第之前娶了当朝尚书晃的长女，但是尚书晃的长女很早就去世了。然而赵氏还有两位妹妹没有嫁人。等到刘公考中状元之后，尚书晃就辞去了官职，尚书夫人想要让媒人给刘公说媒，刘公拒绝了，说：“如果是武有之德，那便不敢有此婚姻；若是不在禹州当官，那么便可以从命。”大概是因为刘公不想娶七姨为妻，而是想娶九姨为妻。尚书夫人听后便说："谚语说：薄饼从上面揭，你刘郎虽然颇具才华，并考中状元，但是怎么能去挑拣别家的姑娘呢？"刘公说："实在不敢去挑拣，只是那七姨的骨相是薄福之相，经不得大富大贵啊。"后来就迎娶了九姨，并生了七个孩子，孩子"几"和"忱"都做了大官。七姨则嫁给了关生，关生没有考中，饥寒交迫。到了晚年，还是靠刘公的接济才能够保全终身。

## 再娶小姨

欧阳公修与王宣徽拱辰同为薛简肃公子婿。文忠公先娶长女，王拱辰娶其次。后文忠再娶其妹。故文忠有"旧女婿为新女婿，大姨夫作小姨夫"之戏。（《诗话》）

**【译文】**欧阳修和王拱辰都是薛简肃的女婿，欧阳修娶了大女儿，王拱辰娶了二女儿，然后欧阳修又娶了三女儿，所以欧阳修有"旧女婿就变成了新女婿，大姨夫做小姨夫"的戏言。

## 聘后登第

杜祁公少时客济源，有县令者能相人，厚遇之。与县之大姓相里氏议婚不成，祁公亦别娶。久之，祁公妻死，令曰："相里女子当作国夫人矣。"相里兄弟二人，前却祁公之议者兄也，令召其弟曰："秀才杜君，人材足依也，当以女弟妻之。"议遂定。其兄尤之，弟曰："杜君，令之重客。令之意，其可违？"兄怅然曰："姑从之，俾教诸儿读书耳。”祁公未成婚，赴试京师，登科。相里之兄厚资往见，公曰：“婚已定议，其敢违？某既出仕，颇忧门下无与教儿读书者尔。兄遗却之。”相里之兄大惭以归。祁公既娶相里夫人，至从官，以两郊礼奏异姓恩任，相里之弟，后官至员外郎。（《闻见录》）

**【译文】**杜祁公在年少的时候，曾经客宿在济源，济源的县令有识人之术，杜祁公以厚礼相待。祁公和济源县里的大族相里氏商讨婚姻，但是被拒绝了，而后祁公娶了别家的女子。过了一段时间，祁公的妻子去世了，县令说：“相里氏的女子可以做国夫人。”相里一族有兄弟二人，兄长拒绝了祁公的意思。县令又下诏让他的弟弟过来，对他说：“杜君是大才，其人相貌堂堂，是可以依托终身的人，你应当让妹妹嫁给他。”他弟弟就同意了这件婚事，亲事就这样定了下来了，但是相里氏的兄长还是不太愿意，他的弟弟就劝他：“杜君是县令最尊贵的客人，这估计也是县令的意思，怎么可以违背呢？”他的兄长十分惆怅地说道：“那就姑且遵从县令的意思吧，那便使我教这些孩子去读书。”祁公和相里氏还没有成婚的时候，去京师参加考试，后来就高中了。相里氏的兄长带着厚礼去见祁公，祁公说：“婚期已经定下来了，怎么敢违背呢？我既然已经考中要出仕了，但是十分担忧我门下没有教孩子读书的人啊。兄长，您可莫要忘了呀。”相里氏的兄长十分惭愧的回到了家里。祁公迎娶了相里氏的女子，带着他一起奔赴京师为官，又在两郊之礼的时候，奏请皇上恩典，让异姓也有机会来京师任官，异姓指的就是相里氏的弟弟，后来一直官至员外郎。

## 不背前约

刘廷式本田家，邻舍翁有女，约与为婚；契阔数年，廷式登第归乡，访邻翁而翁已死。女因病双瞽，家极困饿。廷式使人申前好，而女之家辞以疾，仍以佣耕，不敢姻士大夫。廷式曰：“与翁有约，岂可以翁死、女疾而背之乎？”卒与成婚，闺门极睦，其妻相携而后行。凡生数子。廷式尝坐小谴，监司欲逐之，嘉其美行，遂为之阔略。其后妻死，哭之极哀。东坡高其行，为文以美之。

**【译文】**朝廷命官刘廷式本来只是普通农民家的儿子。邻居老翁家中十分贫穷，他有一个女儿，与廷式约定了婚期。离别多年后，廷式考中进士，回到乡里寻访邻家老人，那时候老人已经去世了，他的女儿也因疾病，导致双目失明，家中极为困苦。廷式就托人到邻家重提了之前的婚约，而女子的家人以女子的疾病为由推辞了，而且觉得以靠着为他人耕地谋生的穷苦人家，怎么敢与士大夫通婚。廷式说：“我之前已经与老人达成约定，怎么能因为老人去世、女儿有疾病就违背婚约呢？”最终还是与她成了婚，婚后夫妻关系极为和睦。他的妻子要人搀扶才能走动。他们一共生了好几个孩子。刘廷式曾因为小的过失受到谴责，监察部门打算罢免他，但是鉴于他美好的品德和操守，就原谅了他。后来他的妻子去世了，他哭得非常哀痛。苏轼钦佩他的义举，写文章来赞颂他。

## 生子再嫁

声伯之母不聘，穆姜曰："吾不以妾为姒。"生声伯而出之，嫁于齐管于奚，生二子而寡，以归声伯。声伯以其外弟为大夫，而嫁其外妹于施孝叔。郤犨（chōu）来聘，求妇于声伯，夺施氏妇以与之。妇人曰："马兽犹不失俪，子将若何？"曰："吾不能死亡。"妇人遂行，生二子于郤氏。郤氏亡，归二子于施氏。施氏逆诸河，沉其二子。妇人怒曰："已不能庇其伉俪而亡之，又不能字人之孤而杀之，将何以终？"遂誓施氏。（《成十一》）

**【译文】**声伯的母亲没有举行婚礼，就住到夫家，穆姜说："我不可能把一个私奔同居的小妾当做自己的姐姐。"声伯的母亲生下声伯之后就离开了，后来嫁给了齐管，生了两个儿子后就守寡了，于是就让两个儿子又跟着声伯生活。声伯将两个弟弟推上大夫之位，又将妹妹嫁给了施孝叔。郤犨想要迎娶他的妹妹，于是就求见声伯，声伯就夺走了本要嫁给施孝叔的妹妹，让她嫁给了郤犨。妹妹对施孝叔说："连禽兽都不会抛弃自己的妻子，你准备怎么办？"施孝叔说："可是我还不能死。"于是妇人失望地离开了，后又给郤氏生了两个儿子。郤氏死了之后，就把这两个儿子送给了施氏。而施氏却将这两个儿子沉入了河底。妇人大怒说道："当初你不能保护你的结发妻子，让我落到他人的手中，如今你又不能闵人之孤，反而杀掉了他们，你这样的人怎么能立足在天地之间？"说完就诅咒了施氏。

## 再嫁被诳

诸葛恢女，嫁庾亮子。会妇既寡，不复出嫁。此女性凶强，无有登车理。恢既许江虨婚，乃移家近之。后诳女云：“宜徙。”于是家人一时去，独留女在后。比其觉，已不复得出。江暮来，女哭骂弥甚，积日渐歇。江暝而入宿，但在对床上。后观其意转，江乃诈魇，良久不寤，声气转急。女乃呼婢云：“唤江郎觉。”江于是跃来就之曰：“我自是天下之男子。卿何事而乃见唤耶？既尔相关，不得不与人语。”女默然而惭，情谊遂笃。恢女既改适，与亮书及之，答曰：“贤女尚少，故其宜也。感念亡儿，潸在初没。”（《世说》）

**【译文】**诸葛恢的女儿，嫁给了庾亮的儿子。守寡了后就决定，以后不会改嫁。这个女子性格刚强，绝无登车出嫁的可能。那时诸葛恢已经向江虨许婚，于是把家迁到江家附近。一开始诓骗女儿说：“应该搬家。”于是家里的人都走了，只留女子在后头。等到她察觉后，已经出不来了。江郎傍晚过来，女子哭骂得很凶，几天后才渐渐停歇。江虨晚上进来睡觉的时候，总是待在床对面。后来观察她的心情渐渐平静了，江虨就装梦魇的样子，好久也不醒，而且声音气息越来越急促。女子赶紧就呼唤婢女说：“快把江郎唤醒！”江虨于是跳跃起来说道：“我是顶天立地的男子汉，梦魇与你有什么关系，你干嘛要呼唤我呢？既然这样关心我，那怎么能不和我说话。”女子默然无语，心中感到羞愧，从此二人情义便深厚起来，诸葛恢的女儿要改嫁，就写信给庾亮谈到这件事。庾亮回信说：“令爱还年轻，这样做自然合适。只是感念死去的孩儿，就像他刚刚去世一样。”

## 求先圣裔

叔梁纥求婚于颜氏。颜氏有三女，其水曰征在。颜父问三女曰：“陬大夫虽父祖为士，然其先圣王之裔。今其人长十尺，武力绝伦，吾甚贪之。虽年长性严，不足为疑。三子孰能为之？”二女莫对。征在进曰：“从父所制，将何问焉。”父曰：“即尔能矣。”遂以妻之。征在既庙见，以夫之年大，惧不时有男，而私祷尼丘之山以祈焉，生孔子，故名丘，字仲尼。（《家语》）

**【译文】**叔梁纥向颜氏求婚，颜氏有三个女儿，最小的那个女儿叫做颜征在。颜父问他的三个女儿：“虽然周大夫的父祖都是士人，但是他也是先贤圣王的后裔，身高十尺，武力绝伦，我十分喜欢他，虽然年纪大，性情有点古板，但是不足为缺点，你们三个谁愿意嫁给他？”其中的两个女儿都不愿意，这个时候颜征在对父亲说：“我愿意遵从父亲的意思，没有什么疑问。”颜父说：“也就只有你最适合了。”于是便把颜征在嫁给了他。颜征在嫁过去之后祭拜了祖庙，又因为丈夫年纪大，担心不能为他诞下子嗣，便自己去尼丘山上祈祷，而后生下了孔子，因此取名为丘，字仲尼。

## 不与凡子

唐处士侯高将嫁女，曰：“吾一女，怜之，必嫁官人，不以与凡子。”王适瓌奇放气谓媒妪曰：“吾明经及第，即官人。”妪诸，公曰：“若官人即取文书来。”适计穷吐实。妪曰：“无苦我。只得一卷书粗若告身者，我袖以往，公未必取视。”公望见文书衔袖，果信不疑，曰：“足矣”。以女适王氏。（韩文公作《墓志》）

**【译文】**唐朝的处士侯高将要嫁女儿了，他说：“我只有一个女儿，甚是怜惜，要嫁人必定要嫁做官的人，不能嫁于平民百姓。”王适瓌奇听到后，对媒人说：“我不仅明通古今经典并且还高中，也就是官人。”媒人将这些话转告给了侯高，侯高说：“既然是官人，那便取文书来。”王适没有文书，只好将实情说了出来。媒人说：“你真是害苦我了，没办法只能随便取一卷书，我将它塞到袖子里，侯高未必会查看。”侯高见媒人袖里有文书，果然深信不疑，说：“可以了”。然后将女儿嫁给了王氏。

## 特取名士

孙明复先生退居泰山之阳，枯槁憔悴，鬓须皓白，家贫不娶。故相文定公李迪就见之，叹曰：“先生年五十，一室独居，谁事左右？不幸风雨，饮食生疾，奈何？吾弟之女甚贤，可以奉先生箕帚。”先生固辞。文定曰：“吾女不妻先生，不过一官人妻。先生德高天下，幸婿李氏，荣贵莫大于此。”石介与其群弟子进曰：“公卿不下士久矣。今丞相不以贫贱而欲托以子，是高先生行义也。”先生于是曰：“宰相女不以妻公侯贵族，而固以嫁山谷衰老、藜藿[1]不克之人。相国之贤，古无有也。予不可不成相国之贤名。”遂妻

之。其女亦甘淡薄，事先生尽礼。当时士夫莫不贤之。先生用富弼荐，除国子监直讲。（《渑水燕谈》）

**【注释】**①藜藿：藜和藿，指粗劣的饭菜。

**【译文】**孙明富先生隐居在泰山之东，面容枯槁，两鬓斑白，家中贫穷也没有娶妻。相文定公李迪去拜访的时候，叹息道："先生五十岁了还是一个人独居此处，谁能帮先生打理左右的事情呢？如果不幸有风雨交加，或者是有疾病该怎么办呢？我弟弟的女儿甚是贤良，可以侍奉在先生左右。"先生没有答应。相文定公又说："若是她不嫁给先生，最不过嫁给一个当官的。先生德高望重，名动天下，若能成为李家的女婿，那真是无上的尊荣了。"石介与他的弟子讨论到此事，便说道："公卿世族很久都不与士人之家往来了，现今丞相不因为女婿的贫贱，还要把女儿嫁给他，真是深明大义之人呀。"先生说道："宰相的女儿不嫁给公侯贵族，而嫁给隐居在山间衰老行动不便的人，宰相的贤明古今未有啊，我不能不成全相国的贤明。"然后便娶了宰相的女子。这位女子也愿意与先生同甘共苦，侍奉先生的时候没有不尽到礼仪的地方。当时的士大夫莫不称其贤良。先生被大臣富弼举荐，做了国子监的直讲。

## 简斥数妇

梁鸿字伯鸾，家贫不娶。同县孟氏有女，状肥丑而黑，力举石臼，择对不嫁。年三十，父母问其故，女曰："欲得贤如梁伯鸾者。"鸿闻而聘之，女求作布衣、麻屦、织筐作缉续之具；及嫁，始以装饰。入门七日，而鸿不答，妻乃跪床下请曰："窃闻夫子高义，简斥数妇，妾亦偃蹇[1]数夫矣，今而见择，敢不请罪？"鸿曰："吾欲裘褐之人，可与俱隐深山者，尔乃衣绮缟，傅粉墨，岂鸿所愿哉？"妻曰："以观子之志耳。妾自有隐居之服。"乃更为椎髻，着布衣，操作而前。鸿大喜曰："此真梁鸿妻也。"名之曰德曜，字孟光，乃共入灞陵山中，以耕织为业。至吴，依大家皋伯通居庑下，为人赁舂。每归，妻为具食，不敢于鸿前仰视，举案齐眉。伯通察而异之，舍之于家。

**【注释】**①偃蹇：困顿；窘迫。

**【译文】**梁鸿，字伯鸾，家中贫穷没有娶妻。和他一个县里的孟氏有一个女儿，体态肥硕，而且丑陋黝黑，力气大的能举起石臼，因为没有找到好的夫婿所以没有嫁人，已经三十岁了。父母问他为什么不愿意嫁人，她说："我想嫁给像梁伯鸾这样的贤者。"梁鸿听到后，便上门提亲。孟氏的女儿请求做布衣，麻屦，装东西的箱子等普通的物品作为陪嫁。嫁过去整整七日，梁鸿都没有和他说话，妻子便跪在床下问道："我听说夫子有大义，连训斥自己的女仆都是简单说两句，对我如此使我非常困惑，这样区别的对待我，我怎能不来请罪呢？"梁鸿说道："我想找一个能陪我隐居深山，穿着朴实的女子，但你现在衣着华丽，面铺粉黛，这怎能是我所期盼的妻子呢?"他的妻子说："我这是在观察您的志向呀，我当然有适合隐居的服饰。"然后将华丽的服饰更改为简单的服饰，又穿上了粗布衣，来到了梁鸿面前。梁鸿大喜，说道："真是我梁鸿的妻子呀。"并赐名德耀，字孟光，与他一同隐居在灞陵山中，以耕织为业。到了吴国，依附在大夫皋伯通的家中，为他捣舂米。每天从外边劳作归来，妻子都为他准备好饭食，不敢在他面前仰视他，两人举案齐眉。伯通看到后十分的惊异，离开了他家。

## 女识大魁

李翱尚书牧江淮郡日，进士卢储投卷来谒，李礼待之，置文卷几案间，赴公宇视事。长女及笄，见文卷寻绎数四，谓小青衣曰："此人必为状头。"李公闻之，深异其语，乃纳为婿。来年果状头及第，才过殿试，即赴佳姻。《催妆》诗曰："昔年曾去玉京游，第一仙人许状头。今日已成秦晋会，早教鸾凤下妆楼。"至官舍迎内子，入庭花开，乃题侍曰："芍药斩新栽，当庭数朵开。东风与拘束，留待细君来。"（《南部新书》）

**【译文】**李翱尚书在牧江郡的时候，一位进士带着卷案来拜访他，李翱以礼相待，将卷案放在桌子上，随着他去查看实情。李翱的长女已成年，见到桌子上的卷案后，反复查阅思量，并对身边穿着小青衣的奴婢说："这个人必定是状元。"李公听到之后，非常惊异，于是就将这位进士纳为女婿。第二年果然高中，才过了殿试，又即将迎来一段良好的姻缘。《催妆》这首诗讲："昔年曾去玉京游，第一仙人许状头。今日已成秦晋会，早教鸾凤下妆楼。"到了官舍迎娶自己的新妇的时候，看到庭院中的花开了，便题诗一首："芍药斩新栽，当庭数朵开。东风与拘束，留待细君来。"

## 祭仲杀糾

祭仲专，公使其婿雍糾杀之。雍姬知之，谓其母曰：“父与夫孰亲？”母曰：“人尽夫也，父一而已，胡可比焉？”遂告祭仲曰：“雍氏舍其室而将烹子于郊，吾惑之以告。”祭仲杀雍糾，尸诸周氏之汪，公载以出，曰：“谋及妇人，宜其死也。”（《左传》）

**【译文】**祭仲专权，郑厉公派祭仲的女婿雍纠去杀他。雍姬知道了，对她的母亲说：“父亲与丈夫哪一个更亲近？”她母亲说：“任何男子，都可能成为一个女人的丈夫，但是父亲却只有一个，怎么能够相比呢？”于是雍姬就告诉祭仲说：“雍氏不在他家里而在郊外宴请您，我怀疑这件事，所以告诉您。”祭仲就杀了雍糾，把尸体摆在周氏池塘边。郑厉公装载了雍糾尸体逃离郑国，说：“大事却和妇女商量，真是死的活该。”

## 婿为所薄

张延赏选婿，无可意者。其妻苗氏贤而知人，特选进士韦皋，许之。皋性疏旷，不拘细行，延赏窃悔。由是婢仆颇轻慢之，惟苗氏待之益厚。皋因辞东游，张氏罄奁具以治行。延赏幸其去，以七驮物为贶。皋行翌日悉还之，惟留奁物及书册而已。后五年，皋拥节旄，会德宗幸奉天，持节西川，替延赏，乃改姓名作韩翱，人莫敢言。至大回驿，去府三十里，人有报延赏曰：“赞相公者，韦皋也，非韩翱。”苗氏曰：“若韦皋，必韦郎也。”延赏曰：“天下姓名，同者甚众。彼韦生必填沟壑，岂能乘吾位乎？”次日，果韦皋也。延赏惭惧。自西门潜遁。皋入见，苗礼奉过布衣之日，求前轻慢者皆杖死之。时泗滨郭围因为诗曰：“宣父从周又入秦，昔贤谁不困风尘。当时甚讶张延赏，不识韦皋是贵人。”（《唐宋遗史》）

**【译文】**张延赏最近在为女儿选女婿，可是并没有中意的人。他的妻子苗氏非常的贤德，还有识人之术，她专门挑选了进士韦皋，张延赏就同意了。韦皋性格粗犷，不拘小节，张延赏内心十分后悔。于是就让自己的奴婢、仆人轻慢他，只有苗氏对待韦皋更加宽厚。韦皋因为辞官要去东游，张延赏就拿上所有的嫁妆为他送行。还很庆幸他要走了，用七匹马驮着的物品作为临别的礼物。皋走的第二天就把财物全部还回来了，只留下了装物品的盒子和一些书籍而已。过了五年，皋代表国家出使塞外，会德宗有幸领受天命，拿着旄节出使西川，代替延赏，于是改名为韩翱，也没有人敢妄言议论。到达大回驿站，距离张延赏府衙三十里地的时候，有人上报延赏说：“这位有名的相公，就是韦皋，不是韩翱。”苗氏说：“如果名字是韦皋的话，那必定是我们认识的韦郎。”延赏说：“天下人的姓名中，相同的人太多了。当初的韦生也不过是碌碌无为的普通人罢了，怎么能是接替我位置的那位君子呢？”第二天，果然就是韦皋。延赏非常的惭愧。就从西门偷偷跑掉了。皋进入拜见，苗氏在韦皋还是布衣的时候，礼遇有加，便要求将前面轻慢过韦皋的人都打死了。那时候泗滨的郭围因就作诗道：“宣父从周又入秦，昔贤谁不困风尘。当时甚讶张延赏，不识韦皋是贵人。”

## 不哀而惧

子产晨出，闻妇人哭，抚其御手而听之。有间，使执而问焉，则手杀其夫者。御问何以知之，曰："凡人于其所亲爱也，始疾而忧，临死而惧，死而哀。今夫已死，不哀而惧，是以知其奸也。"（《韩子》）

**【译文】**子产早上出门的时候，听到有妇人在痛哭，就按住驾车人的手，示意他停下。过了一会儿，就派官吏把那位妇人抓来审问，结果发现她是亲手杀死丈夫的凶手。驾车的人就问子产是怎么知道的，子产说："这个世界上的人在面对自己亲爱的人时，刚开始生病会感到忧愁，快要死的时候，会感到恐惧，死后会感受悲伤。如今她的丈夫已经去世了，她的哭声中并没有悲伤而是充满了恐惧，所以我才断定她有奸情呀。"

## 道悦桑妇

晋文公出会，欲伐卫，公子锄仰而笑。公问何笑，曰："臣之邻人有送其妻适私家者，道见桑妇悦而与言。然顾视其妻，亦有招之者。臣窃笑之。"公悟其言，乃引师还。未至，而有伐其北鄙者矣。（《列子》）

**【译文】**晋文公出兵准备攻打卫国，公子锄这时仰天大笑，晋文公问他为什么笑？公子锄说："我的邻居在送自己妻子回娘家的时候，在路上碰到一个采桑的妇女，愉快地和她搭讪，可是当他回头看自己妻子时，也有人用手势叫她。我正是为这件事而发笑啊!”晋文公领悟了他所说的话，就带领军队回国。还没回到晋国，就听说有军队入侵晋国北方。

## 不弃糟糠

宋弘为太尉，时帝妹胡阳公主新寡，帝与共论群臣，以微观其意。主曰：“宋弘盛容，群臣莫及。”帝曰：“试图之。”主坐于屏风，召弘问曰：“富易交，贫易妻，人情乎？”弘曰：“贫贱之交不可忘，糟糠之妻不下堂。”帝回谓主曰：“事不谐矣。”唐太宗尝谓尉迟敬德曰：“朕欲以女妻卿，何如？”敬德叩头谢曰：“臣妻虽鄙陋，相与共贫贱。臣虽不学，闻古人贫不易妻。”

**【译文】**宋弘在担任太尉时，皇帝的妹妹胡阳公主刚刚守寡，皇帝就和大臣们商议，想要征求他们的意见。胡阳公主说：“宋弘容貌庄严肃穆，大臣们都比不上。”皇帝说：“那我先去试探一下他的想法。”皇上让公主坐在屏风后面，然后将宋弘召到殿前问道：“富贵的时候就换掉以前的朋友，贫贱的时候就想换成富贵出身的妻子，这难道不是人情吗？”宋弘说：“贫贱时期结交的朋友不能够忘记，与自己同甘共苦的妻子不能够放弃啊。”皇帝回去告诉公主说：“这件事恐怕不会成功。”唐太宗曾经对尉迟敬德说：“我想要将自己的女儿嫁给你，怎么样呢？”敬德连忙叩头谢恩道：“臣的妻子虽然粗鄙丑陋，但是却与臣患难与共。臣虽然学识浅薄，但是也听闻古人不会换掉自己患难的妻子啊。”

## 车载故妻

朱买臣字翁子，尝卖薪樵，行且诵书，妻羞之，求去。其后，买臣独行歌道中，故妻与夫家上坟，见买臣饥寒，呼饭食之。及买臣为会稽太守，入吴界，见其故妻夫妻治道，买臣驻车，呼令后车载其夫妻到太守舍，置园中，给食，居一月，妻自经死。

**【译文】**朱买臣，字翁子，曾经靠砍柴维持生计。走路时还在读书，妻子以他为羞耻，想要离开。之后朱买臣一个人在道路上边走边唱，他的前妻和丈夫去上坟，看到朱买臣又冷又饿，就招呼他，给他饭吃。等到朱买臣担任会稽太守的时候，走到了吴县地界，看见他前妻和丈夫在修路，买臣停下车，叫后面的车子载他们夫妻到太守府。把他们安置在园中，供给他们食物。住了一个月，他的妻子后来上吊自杀了。

## 故妻复还

后汉黄昌，会稽余姚人，为蜀郡太守。初，昌为州书佐，其妇归宁，遇贼被获，流转入蜀，为人妻。其子犯事，乃诣昌自讼，疑母不类蜀人，因问所由。对曰：“妾本会稽余姚戴次公女，州佐黄昌妻。妾尝归家，为贼所掠，遂至此。”昌惊曰：“何以识黄昌耶?”对曰：“昌左足心有黑子，尝自言当为二千石。”昌出足示之，相持悲泣，还为夫妻。

**【译文】**后汉黄昌是会稽余姚人，担任蜀郡太守。当初，黄昌做任州书佐的时候，他妻子回娘家，半路遇到盗贼被劫走，流转到蜀地成了别人的妻子。她儿子犯案，她就到黄昌那里投案责备自己。黄昌怀疑犯人的母亲不像蜀人，就问她原因。她回答说："我本是会稽姚戴次公的女儿，州书佐黄昌的妻子。我因为回家遇到强盗，就被强盗掳掠，流落到这里。"黄昌大惊说："怎样识别黄昌呢？"她回答说："黄昌左脚心有黑痣，常自称当官至二千石。"黄昌伸出脚来给她看。两人因此相抱痛哭，仍旧结为夫妇。

## 履抟妻面

蜀刘炎妻胡氏，入贺太后，太后特留胡氏，经明乃出。胡氏有美色，炎疑其与后主有私，呼卒五百挞胡，至以履抟面而后弃遣。胡具以告，炎坐下狱。有司议曰："卒非挞妻之人，面非受履之地。"

**【译文】**蜀地刘炎的妻子胡氏，入宫去为太后庆贺，太后特意留下了胡氏，过了一晚上才让她离开。胡氏长得十分美丽，炎就怀疑她和后主有私情，让伍长带着四个人，用鞋底扇胡氏的脸，然后遗弃了她。胡氏悲愤交加，将这件事控告朝廷，刘炎因此被抓起来审判。有司议评论道："士卒并不是殴打妻子的主谋，而受打的也不只是胡氏的脸。"

## 妻戒大学

乐羊子远寻师学，一年来归，妻跪问故。羊子曰：“久行怀思，无他异也。”妻乃引刀趋机而言曰：“此织生于蚕茧，成于机杼，一丝而累，以至于寸。累寸不已，遂成丈匹。今若断斯织也，则捐失成功，稽废[1]时月。夫子积学，当日知其所亡以就懿德。若中道而归，何异断斯织也？”羊子感其言，复往终业，七年不返。

**【注释】**①稽废：稽延荒废。

**【译文】**乐羊子远行去拜访名师求学，一年就回来了，妻子跪着询问他这么快回来的原因。羊子说：“我离开家这样久了，十分的思念你啊，并没有发生其他的事情。”于是妻子就拉着羊子来到织布机的前面说：“这匹布的材料是来源于蚕吐的丝，然后由织布机完成纺织，一丝一丝的累积到了一寸。一寸一寸的累积，才成为布匹。如今我如果剪断这匹布，那布就没有办法纺织成功，先前日日夜夜的努力也全都断送了。你的学业也是这样慢慢累积成功的，每天都学习你所不知道的知识来成就自己美好的德行。如果中道返回的话，那和把这匹布从中间剪断有什么区别呢？”羊子听完妻子的话，大为感动，于是赶紧返回完成自己的学业，七年都没有回家。

## 妻诗勉夫

杜羔妻刘氏善为诗。羔累举不第，将至家，妻即先寄诗曰：

“良人的的有奇才，何事年年被放回。如今妾面羞君面，君到来时近夜来。”羔见诗，即时回去；寻登第，妻又寄诗云：“长安此去无多地，郁郁葱葱佳气浮。良人得意正年少，今夜醉眠何处楼？”可谓能勉其君子以正矣。

**【译文】**杜羔的妻子刘氏非常擅长写诗。杜羔几次考试都不成功，快到家的时候，妻子就提前写了一首诗寄给杜羔：“良人的的有奇才，何事年年被放回。如今妾面羞君面，君到来时近夜来。”杜羔看见诗后，马上就回去继续努力学习；随后就考中了，这时妻子又寄了一首诗：“长安此去无多地，郁郁葱葱佳气浮。良人得意正年少，今夜醉眠何处楼？”真的可以称得上是在勉励君子修正身心的金玉良言啊。

## 勉夫激昂

王章，汉时泰山人。初游学长安，独与妻居。章病，无被，卧牛衣中，与妻涕泣。妻呵之曰：“京师人谁逾仲卿者？今病困厄，不自激昂，乃涕泣，何鄙也？”汉成帝时，仕至京兆，欲上封事，妻止之曰：“人当知足，独不念牛衣中涕泣时邪？”章曰：“非女子所知。”书上，果下廷尉死。（《本传》）

**【译文】**王章，汉朝时候的泰山人。刚开始来长安游学，单独和妻子住在一起。后来章生病了，没有被子，躺在牛卧的杂草中，对着妻子哀伤涕泣。妻呵斥道：“京城里面的人，有谁的才华能超过你呢？今日不过是因病苦陷入困顿中，不知道自我激励，奋发向上，而是在这里哭泣，这多丢人了啊？”汉成帝时期，王章担任京兆尹，想要请求封禅，妻子制止了他，并且说：“人要学会知足，你怎么不想想你在牛棚哭泣的时候了呢？”章却说：“这不是你们女子所能了解的事情。”奏章上达后，王章果然被抓进刑狱，死去了。

## 黄允秽恶

黄允，济阴人，以俊才知名。郭林宗谓之曰：“卿有绝人之才，足成伟器。然恐守道不笃，将失之矣。”司徒袁隗见允，欲以女妻之。允已有妻夏侯氏，黜之，更娶袁女，大会宾客。夏侯氏中坐攘袂，数允秽恶十五事，言毕登车而去，允以此遂废于时。（《本传》）

**【译文】**黄允是济阴人，因为才华横溢和英俊的长相而闻名。郭林宗对他说：“你有绝世的才学，这足以让你成就大器。只是担心你行为上的不检点会毁你一生。”司徒袁隗看见黄允，就想要把女儿嫁给他。但是黄允已经有了妻子夏侯氏，就把她休弃，改娶袁家的女儿，婚礼那天大宴宾客。夏侯氏就坐在中间，手挥着衣袖，讲述了黄允做的十五件恶事，说完就坐车离开了，黄允当时因为这件事名声就坏掉了。

## 鼓盆而歌

庄子妻死，惠子吊之。时方箕踞鼓盆。惠子曰：“与人居，长子、老、身死，不哭，亦足矣，又鼓盆而歌，不已甚乎？”庄子曰：“不然。是其始死，我独何能无概？察其始而本无生，非徒无生而本无形，非徒无形而本无气。人见偃然寝于巨室，而歌嗷嗷，随而哭之，自以为不通乎？”故止。

【译文】庄子的妻子死了，惠子前去吊唁，庄子却像方簸箕一样岔开脚坐着敲打瓦盆唱歌。惠子说：“（您）和您的妻子住（在一起），养大了孩子，自己年老，人死了，您不哭也就罢了，怎么还敲打瓦盆唱歌，岂不是太过分了吗？”庄子说：“不是这样的。她初死之时，我怎么可能不为此而感叹伤心呢？可想一想人最初本来就没有生命，不仅仅没有生命，而且没有形体，不仅仅没有形体，连元气也没有。人都安然寝卧在天地这座大房间了，而我却要守着她哭，我认为这实在是不合乎常理的，”所以就没这么做。

## 慢服免官

卢江太守周龛，明日当除妇服，今日请客奏伎，丞相长史周觊等三十余人同会。袁隗奏曰：“夫嫡妻、长子，皆杖居庐，故周景王有二年之丧。既除而宴，《春秋》犹讥。况龛匹夫，暮宴朝祥，慢服之愆难逭。请免龛官。”觊等知龛有丧，吉会非礼，各夺俸一月。

【译文】卢江郡的太守周龛，要在明天去为妇人除去丧服，今日宴请客人并让歌妓伴奏，丞相长史周顗等三十多人前来赴会。袁隗上奏说："嫡妻长子都住在茅庐屋中，所以周景王有二年之丧。今除去丧服还要设宴，不符合礼数的行为，即便是《春秋》也会讥讽的，何况周龛只是一个平民百姓，傍晚设宴，早晨又行路拜祭，这种怠慢丧礼的过错，实在是难以避掉。请求免除周龛的官职。"周顗等人知道周龛在丧礼上举办吉宴确实不符合于礼，便扣去他一月的俸禄。

# 卷九 人伦类

## 古人因事出妻

或问:“妻可出乎?”曰:“妻不贤,出之何害?如子思亦尝出妻。今世俗乃以出妻为丑行,遂不敢为。古人不如此,妻有不善,便当出也。只为今人将此作一件大事,隐忍不敢发,或有隐恶,为其阴持之,以至纵恣,养成不善,岂不害事?人修身刑家最急,才修身便到刑家上也。”又问:“古人出妻,有以对姑叱狗、蒸藜不熟者,亦无甚恶而遽出之,何也?”曰:“此古人忠厚之道也。古人交绝,不出恶声。君子不忍以大恶出其妻,而以微罪去之,以此是其忠厚之至也。且如叱狗于亲前,亦有甚大?故不是处,只为他平日有故,因此一事出之尔?”或曰:“彼以此细故见逐,安能无辞?兼他人不知是与不是,则如之何?”曰:“彼必自知其罪,但自己理直可矣。何必更求他人知?然有识者当自知之,是亦浅丈夫而已。君子不如此。大凡人说话,多欲令彼曲我直。若君子,自有一

个含容意思。”或曰：“古语有之：出妻令可嫁，出友令可交。乃此意否?”曰：“是也。”（《伊川语录》）

**【译文】**有人问：“妻子可以休弃吗?”说：“妻子不贤德，休弃她有什么坏处呢?像子思也曾经休妻。现在世俗还把休妻当做丑恶的行为，所以不敢做这件事。古人不是这样做的，妻子如果品行不好，就应该休弃她。只是现在的人把这当做一件大事，隐忍着不敢表达。有的隐藏恶事，帮她暗暗的隐藏着。以至于放纵任性养成不好的习惯。这难道不是坏事吗?人生在世修养自己的品德和治理自己的家庭是最重要的，想要修身就一定要在齐家上下功夫。”这人又问道：“古人休妻，有的只是在姑婆面前训斥了狗，或者对于蒸煮的事情不是很熟悉罢了，并没有什么大的过错，却也会休弃她，这是什么道理呢?”说：“这恰恰是古人忠厚的地方啊。古人在与他人绝交的时候，是不会过分的指责他人，君子不忍心以大恶休弃自己的妻子，而是以小小的过失休弃她，这真是忠厚的品德啊。而且如果只是在亲人面前训斥了小狗，这有什么大的过错呢?因此不是因为这个原因，是因为她日常的行为，哪里会因为这一件事就把妻子休弃的呢?有人说：“你这样细微的见解，真的没有毛病吗?怎么确定他是真的还是假的，要怎么判断啊?”说：“你既然知道了这些罪过，只求自己心安理得就是了。何必要求他人知道呢?然而有见识的人一定是自知的，这只是浅谈大丈夫的为人而已。君子不只是如此。但凡人人说话，大多希望表现的别人邪曲自己正直。如果是君子的话，自然会含藏一个含容在里面。”那人说：“古语也说过：即使休弃的妻子，也要让她有再次嫁人的机会，即使绝交的朋友，也让他还能交到其他朋友。是不是就是这个意思啊?”说：“是的。”

## 周母不撰《关雎》

谢太傅刘夫人，不令公有别房。公既深好声乐，后遂颇欲立妓妾。兄子、外生等微达此旨，共问讯刘夫人，因方便，称《关雎》《螽斯》有不忌之德。夫人知以讽己，乃问谁撰此诗。答云："周公。"夫人曰："周公，是男子相为尔。若是周姥撰诗，当无此也。"（《妒记》）

**【译文】**谢太傅家中的妻子刘夫人，不让他（谢太傅）有别的妾室，但是谢太傅爱好音乐，因此想立歌妓为妾，就让兄长之子和外甥来表达这样的意思。他们共同来拜访刘夫人，若无其事的谈起了《诗经》中的篇章《关雎》和《螽斯》中有不嫉妒妾室的德行。刘夫人知道他们是在劝告自己，就问是谁写的这首诗。他们答道："周公"。夫人说道："周公是男子才会如此。若是周姥写的诗，那就不会有这样的情况了。"

## 密置妓馆

王导妻曹氏性妒，导惮之，乃密置众妾，于别馆以处之。曹氏知而将往，导恐被妻辱，遽命驾，犹恐迟，以所执麈尾柄驱牛而进。司徒蔡谟闻之，戏导曰："朝廷欲加公九锡。"导弗之觉，但谦退而已。谟曰："不闻余物，惟有短辕犊车，长柄麈尾。"导大怒，谓人曰："吾往与群贤共游洛中，何曾闻有蔡克儿也。"

【译文】王导的妻子曹氏嫉妒心强，王导十分忌惮她，于是就秘密的安置了一些妾室，让他们在居住在其他地方。后来曹氏知道了这件事，准备前往，王导害怕被自己的妻子羞辱，就赶紧让人驾车离开，即使这样也还是担心跑得慢，就拿着麈尾的手柄击打牛，驱使它跑得快一些。司徒蔡谟听说了这件事，就嘲笑王导说："朝廷想要赐给您九种礼器。"王导并没有察觉到话中有话，只是谦虚的应对着。谟曰："我没有听到其他物品是什么，只听到了其中有短辕的牛犊车，还有长柄的麈尾。"王导非常的生气，见人就说："我曾经在和群贤共游洛中的时候，哪里听说过蔡克儿的名字呢。"

## 我见亦怜

桓温平蜀，以李势女为妾，尝置斋中。妻南郡主始不知，既闻，与数十婢拔白刃袭之。正值李梳头，发委藉地，肤色玉耀，不为动容，徐徐结发敛手，曰："国破家亡，无心至此。今日若能见杀，乃是本怀。"辞甚凄惋。主于是掷刀，前抱之曰："阿子，我见汝亦怜，何况老奴。"遂善待之。（《拾遗记》）

【译文】桓温平定蜀地后，娶了李势的妹妹为妾，常把她安排在书斋的后面。他的妻子南康公主一开始不知道，听说了以后，就带着几十个婢女，拔出刀来要去杀她。恰好碰到李氏在梳头，她的头发长的都铺在了地上，皮肤如白玉一般光彩照人，看见了公主也面色不变，文静地扎着头发，然后合拢两手，从容地说："我国破家亡，并不想发展成现在这个样子；今天如果能被您杀死，倒是符合我的本心。”说话时很哀怨婉转。公主于是丢下刀，上前抱住她说：“你啊，我见到你也感到怜爱，更何况那老奴（指桓温）呢！”于是待她很好。

## 推婢墓中

于宝父有所宠侍婢，母甚妒忌；及父亡，母乃生推婢于墓中。后十余年开墓，而婢伏棺如生，载还，经日乃甦①，言其父常取饮食与之，恩情如生在，家中吉凶辄语之。考校悉验，地中亦不觉为恶。既而嫁之，生子。（《本传》）

**【注释】**①甦（sū）：用于死后再活过来。

**【译文】**于宝的父亲有一位十分宠爱的侍婢，于宝的母亲嫉妒心非常重；等到父亲去世后，母亲就将这位侍婢活生生的推到墓中。后来过了十几年，他们打开了墓地，但是却发现这位侍婢趴在棺材上，就像生前那样，于是就把她带了回来，过了几天竟然苏醒了，说他的父亲常常拿来饭菜喂给她吃，彼此恩爱就如同生前那样，家中发生的吉事或者不吉祥的事情，小妾都说了出来。经过勘验发现事实如此，她在地下的时候也并没有觉得有什么不妥的地方。随后小妾就改嫁，并生下一个儿子。

## 宁死亦妒

兵部尚书任瓌，赐二艳姬。妻柳氏性妒，烂其发秃尽。太宗闻之，赐金瓶酒，云：“饮之立死，不妒即不须饮。”柳氏拜敕曰：

“妾与瓌俱出微贱，更相辅翼，遂致荣官。今多内嬖，诚不如死，乞饮尽无他。”帝谓瓌曰：“人不畏死，不可以死恐。朕尚不能禁，卿其奈何？”二女令别宅安置。（《朝野佥载》）

**【译文】**太宗赏赐兵部尚书任瓌两个美丽的姬妾。任瓌的妻子柳氏嫉妒心很强，于是就扯光她们的头发，让她们变成秃子。太宗听说后，假装赐给柳氏毒酒，告诉她：“喝下，立即死去；如果不再嫉妒，就可以不用喝这杯酒。”柳氏向诏令下拜说：“我和任瓌都出身微贱，互相帮助，才有了今天的荣华富贵。如今他又纳了多个姬妾，确实不如死去，只求把酒一饮而尽，别无所求。”太宗告诉任瓌说：“人不害怕死，不可以用死来恐吓她。我都禁止不了，你又能怎么样呢？”只好把两个姬妾安置到别的宅院。

## 夫归见鬼

燕李季好远出，其妻有士。季至，士在内，妻患之。妾曰：“令士裸而解发，直出门。吾属佯不见也。”士从其计，疾走出门。季曰：“是何人也？”家室皆曰：“无有。”季曰：“吾见鬼，为之奈何？”妇曰：“取五姓之水浴之。”季曰：“诺。”乃浴。（《韩子》）

**【译文】**燕国人李季喜欢远游，他的妻子与男人私通，李季回到家，那男人还在家中，（李季的）妻子就感到很忧虑。李季的妾说：“让这个男人裸体并披散头发直接出门，我们都假装看不见。”于是那男人依计行事，快速跑出门。李季说：“这是什么人啊？”妻妾们都说："没有啊。"李季说："我见鬼了不成？，那可怎么办？"（妻子）说："拿五种牲畜的屎来洗澡。"李季说："好。"便用屎洗澡。

## 贾女窃香

韩寿美姿容，贾充辟以为掾。充每聚会，贾女于青琐中看，见寿悦之，常怀存想，发于吟咏。后婢往寿家，具述其事，并言女光丽。寿闻之心动，遂请婢潜修音问，及期往宿。寿蹻捷绝人，逾墙而入，家中莫知。自是充觉女盛自拂拭，悦畅有异于常。后会诸吏，闻寿有异香之气，是外国所贡香，一着人历月不歇。充计：武帝惟赐己及陈骞，家余无此，疑寿与女通；而垣墙至密，门阁急峻，何由得尔？乃托言有盗，令人修墙，使反曰："其余无异。唯东北角如有人迹，而墙高，非人所能逾。"充乃取左右婢拷问，即以状言。充秘之，以女妻寿。

**【译文】**韩寿的相貌很俊美，贾充聘他来做属官。贾充每次会集宾客，他女儿都从窗格子中张望，见到韩寿，就心中欢喜，心里常常想念着，并且在咏唱中表露出来。后来她的婢女到韩寿家里去，把这些情况一一说了出来，并说贾女艳丽夺目。韩寿听说了，意动神摇，就托这个婢女暗中传递音信，到了约定的日期就到贾女那里过夜。韩寿动作有力迅速，身手不凡，他跳墙进去，贾家没有人知道。从此以后，贾充发觉女儿越发用心修饰打扮，心情欢畅，不同平常。后来贾充会见下属，闻到韩寿身上有一般异香的气味，这是外国的贡品，一旦沾到身上，几个月香味也不会消散。贾充思量着晋武帝只把这种香赏赐给自己和陈骞，其余的人家没有这种香，就怀疑韩寿和女儿私通，但是围墙重叠严密，门户严紧高大，从哪里能进来私通呢！于是借口有小偷，派人修理围堵。派去的人回来禀告说："其他地方没有什么两样，只有东北角好像有人跨过的痕迹，可是围墙很高，并不是人能跨过的。"贾充就把女儿身边的婢女叫来审查讯问，婢女随即把情况说了出来。贾充秘而不宣，把女儿嫁给了韩寿。

## 贾后求少

晋惠帝贾后荒淫放恣，洛南尉部小吏端丽美容止，忽有非常衣服，众疑其窃，尉嫌而辩之。小吏云："行逢一妪，说家有疾病，卜者云宜得城南少年厌之，欲暂相烦。即随上车，内簏箱中，行可十余里，过六七门限，开簏箱，楼阙好屋。问此是何处，云是天上，即以香汤见浴。将入，见一妇人年三十五六，短而形青黑色，眉后有疵。共寝数夕，赠此众物。"听者知是贾后，惭笑而去。时它人入者多死，此吏后爱之，得全而去。

**【译文】**晋惠帝的皇后贾后荒淫无度，十分放纵，洛南尉部的小吏举止端庄，容貌秀丽，忽然有一天别人见他有着超过他位分的衣服，都觉得可能是他偷的，尉部为了避嫌，让他出来辩解，小吏说："我走在路上遇到一个老妇人，他说家中有疾病，算卦的人说最好能得到城南少年的欢心，病就能好，劳烦你帮我这个忙。然后我便上了车，进入了竹箱里，走了十余里，过了六七道门，打开了竹香，里边有高楼宫阙。便询问这里是什么地方？他们说这里是天上，然后便让我焚香沐浴。进入楼中见到一位三十五六岁的妇人，长得不高，皮肤是青黑色的，眉后还有疤痕。与她同床共枕了数个夜晚，她便赠予我这些物品。”听到的人都知道是贾后，面露惭色，笑着离开了。届时很多人也进去过，但大多都死了，只有小吏独得贾后喜爱，全身而去。

## 主讥髯戟

齐褚彦回为宋吏部郎，山阴公主淫恣，窥见彦回悦之，白前废帝，召彦回西上阁宿。公主夜就之，彦回不为移志。公主曰：“公须髯如戟，何无丈夫意？”彦回曰：“回虽不敏，何敢首为乱阶？”

**【译文】**齐国的褚彦回到宋国担任吏部侍郎，山阴公主淫荡放肆，窥见了褚彦回，很喜欢他，就告诉了前废帝，废帝就召唤褚彦回去西上阁留宿，公主就在夜间去找他，褚彦回不为她动摇心志。公主对他说：“您的胡须像戟矛，为什么却没有丈夫意气？”褚彦回说：“彦回虽然不聪慧，怎么敢带头进行淫乱？”

## 苏五奴妻

苏五奴妻善歌舞，有姿色，能弄踏摇娘。有邀迓者，五奴辄随之前。人欲其速醉，多劝其酒，五奴曰：“但多与我钱，虽吃锤子亦醉，不烦酒也。”今呼鬻妻者为五奴，自苏始。（崔令钦《教坊记》）

**【译文】**苏五奴的妻子善歌舞，容貌姣好，能弄踏摇娘，有人邀请他妻子献艺，五奴总是跟着去。有人想灌醉五奴好调戏他的妻子，就劝他多喝酒。五奴说："只要多给我钱，就是让我吃饼，我也是会醉的，不一定非得喝酒。"后来人们就称买卖妻子的人为"五奴"，是从苏五开始的。

## 私盗侍儿

汉爰盎使吴，吴王欲使将，不肯，使五百人围守之。初，盎为吴相，从史私盗盎侍儿。盎知之，弗泄，遇之如故。从史亡去，盎自追之，以侍者赐之，复为从史。及盎见守，从史适为司马，买二石醇醪，醉西南陬卒，夜引盎起，曰："君可以去矣。吴王期旦日斩君。"盎曰："何为者？"司马曰："臣故为君从史盗侍儿者也。"乃以刀决帐，道从醉卒直出。司马与分背，盎行七十里，明日，梁骑驰归。

**【译文】**汉爰盎出使吴国，吴王想让他当将军之职，他不肯，吴王就让五百个人围着他。当时盎担任吴相的时候，有一位小官和昂的侍婢私通。盎知道后，没有生气，依然待他如旧，但是小官因为害怕就跑掉了，盎派人追到他，并将这名侍婢赏赐给了他，又复了他的官职。如今盎被人困住了，而这名小官正好担任司马的职位，他准备了两壶好酒，灌醉了看守西南的小卒，趁着夜晚叫醒了盎并说："你现在可以走了，吴王等到天亮的时候就要杀你。"盎说："你是谁？"司马说："我是从前与侍婢私通的那个小官。"然后用刀劈开了帷帐，从喝醉的小卒旁边出了去。司马与之分开后，盎又行走了七十公里，在第二天遇到了梁王的梁骑。

## 开阁放妾

王处仲敦世，许以高尚之目，尝荒恣于色，体为之弊。左右谏之。处仲曰："吾乃不觉，如此甚易耳。"乃开后阁，驱诸婢妾数十人出路，任其所之，时人叹焉。

**【译文】**王敦，世人对他的评价是人格高尚。不过他也曾经纵情声色，以致身体都变差了。左右随从劝谏他，他说："我自己竟然没有意识到这个问题，其实也好办。"于是他打开自家后阁门，驱赶自己的几十个婢妾离开，让她们想去哪儿就去哪儿。当时的人们对此非常赞叹。

## 绿珠坠楼

梁氏女有容貌，石季伦以珍珠三斛买之，即绿珠也。孙秀使人求之，崇竟不许。崇曰："我为尔得罪。"珠泣曰："当效死于君前。"因自投于楼下而死。秀怒，乃劝赵王伦诛崇，遂矫诏收崇及潘岳、欧阳建等，母兄妻子皆被害。

**【译文】**从前梁氏家的女儿长得十分漂亮，石季伦就用三斛珍珠买了回来，取名为绿珠。孙秀派人去请求季伦把绿珠让出来，崇不同意。崇说："我为了你得罪了人。"绿珠哭泣着说："我应当为君去死。"说完就跳楼而死。孙秀知道后非常生气，劝赵王诛杀崇，赵王随即下诏诛杀崇以及潘岳、欧阳建等人，父母、兄弟、妻子、儿女皆被杀害。

## 梁氏塞井

梁氏，晋时白州人。双角山下有井，饮此水者必诞美女。梁女绿珠有容色，石季伦以珍珠三斛买之，后以孙秀叛，自堕楼死。里中以女美无益，以石填之。自后产女，形体不完矣。

**【译文】**梁氏是晋朝时白州人。传闻在双角山下有一口井，喝了井中水的人必定能产下美女。梁氏的女儿绿珠十分美丽，石季伦想用珍珠三斛将她买下，后因为孙秀的叛乱，跳楼而死。这乡里中的人认为女儿漂亮没有太大好处，就用石头把这口井填上了。之后再产下女子，面容形体便没有那么完美了。

## 儿杀其妾

严武幼豪爽，母裴不为挺之所容，独厚其妾英。武始八岁，怪问其母，母语之故，武奋然以铁锤就英寝碎其首。左右惊白挺之曰："郎戏杀英。"武辞曰："安有大臣厚妾而薄妻者?儿故杀之，非戏也。"父奇之曰："真严挺之子。"

**【译文】**严武幼年豪爽，他的母亲裴氏不受宠，他的父亲独宠妾氏英。当时严武年仅八岁，感到非常奇怪就询问他的母亲，母亲告诉了他，严武愤然而起，拿起铁锤前往英的寝房，砸碎了她的脑袋。左右的人受到惊吓立刻汇报给了严挺说："您的儿子杀掉了英。"可是严武却说道："怎么有大臣厚待妾氏而不宠妻子的理由呢？我杀掉她并非儿戏。"他的父亲惊奇地说道："真不愧是我严挺的儿子。"

## 声色移人

真宗临御岁久，中外无虞，与群臣燕语，或劝以声妓自乐。王文正性俭约，初无姬侍，其家以二直省官治钱。上使内东门司呼二人者，责限为相公买妾，仍赐三千两。二人归以告公，公不乐，然难逆上旨，遂听之。初沈伦家破，其子孙鬻银器，皆钱塘氏昔以遗中朝将相者，花篮、火桶之类，家人所有。直省官与沈氏议，只以银易之，具白于公。公颦蹙曰："吾家安用此？"其后，姬妾既具，乃呼二人问："昔沈氏什器尚在，可求否？"二人谢曰："向私以银易之，今见在也。"公喜，用之如素。有声色之移人如此。《龙州志》

**【译文】**宋真宗在位时间很久了，国内外太平无事，和群臣宴乐相语时，群臣劝他可以请歌姬来助兴娱乐。王文正生性简约，一开始身边并无侍女，家中以二直省官的俸禄赚钱。内东门上使、司呼这两个人，让他为相公买妾，并且赐他三千两银子。这二人回家后告诉了文正公，文正公不悦，但无法违背圣旨，于是就接旨谢恩。当初沈氏家族破败，他的子孙以卖银器为生，这些财物都是钱塘氏留给朝中将相之人的花篮、火桶之类，他的家人得到了这些。直省的官员和沈氏商量，只用银器交易并且告诉了文正公，公皱着眉头说道："我家里哪用得上这个?"然后他的妾室，把二人叫过来问道："沈氏家中各种常用的器物都在，我们可以求得到吗？"二人拜谢后说道："我们家只以银作为交易。"公很欢喜，用的还是之前的物件。巧言令色的人就不敢靠近了。

## 温公不私妾

司马温公从庞颖公辟为太原府通判，尚未有子。夫人为买一妾，公殊不顾，夫人疑有所忌也。一曰，教其妾："俟我出，汝自饰，至书院中，冀公一顾也。"妾如其言。公讶曰："夫人出，安得至此？"亟遣之。颖公知之，对友称其贤。(《闻见录》)

**【译文】**司马温公是庞颖公的太原府通判，还没有孩子。他的夫人为他买回来一个小妾，但是他从来没有看过，夫人以为他是有所顾忌。有一日夫人对小妾说："等到我出去的时候，你自己打扮好到书院中，让温公看一看你。"小妾听从了夫人之言。温公见到后惊讶地说道："夫人出去了，你到这里干什么？"然后便让她回去了。颖公知道了这件事，便对他的朋友称赞温公的贤德。

## 绛桃柳枝

《唐语林》云：退之二侍姬，名柳枝、绛桃。初使王庭凑，至寿阳驿，有诗云：“风光欲动别长安，春半城边特地寒。不见园花并巷柳，马头惟有月团团。”盖有所属也。迨归，柳枝窜去，家人追获。《及镇州初归》诗云：“别来杨柳街头树，摆乱春风只欲飞。惟有小桃园里在，留花不发待郎归。”自是专属意绛桃矣。（《西清诗话》）

**【译文】**《唐语林》里说道：有两位服侍的舞姬，叫做柳枝和绛桃。开始的时候在王亭，然后到了寿阳驿，诗中说道：“风光欲动别长安，春半城边特地寒。不见原花并向柳，码头惟有月团团。”大概是心有所属。等到回去的时候柳枝逃跑了，家人抓到她。《及镇州初归》这首诗写道：“别来杨柳街头树，摆乱春风只欲飞，唯有小桃园里在，留花不发待郎归。”自是专门写给绛桃的。

## 婢两尽忠

周室大夫仕于周，妻淫于邻。主父还，恐觉之，为毒药，使媵婢进之。婢私曰：“进之则杀主父，告之则杀主母。”因僵覆酒，主父怒而笞之。妻恐婢言之，因他过欲杀之，婢就杖将死而不言。主父之弟闻之，直以告。主父放其妻，将纳婢，辞以自杀，主父乃厚币嫁之。（《列女传》）

【译文】周室大夫去周都上任，他的妻子和邻居私通，等到大夫回来后，他的妻子恐怕东窗事发，便下了毒药，让婢女送进去。俾女心中暗想："如果我把毒酒送进去，主父就死了，可是如果我告发主母，那主母就死了。"便装作不小心把酒打翻，主父很生气，并责打了她。主母害怕这个俾女把事情说出来，便抓住她的过失，准备将她杀掉，俾女从容受罚，快要被打死了，也没有说出实情。主父的弟弟听到后，赶紧把实情告诉了主父。主父将妻子放逐了出去，想将这位婢女纳为妾，这位婢女以自杀相辞，主父便用厚厚的嫁妆将他嫁了出去。

## 幻术得婢

郭璞至庐江，爱主人婢，无由而得，乃取小豆三升，绕主人宅散之。主人晨见赤衣数千围其家，就视则灭，甚恶之，请璞为卦。璞曰："君家不宜畜此婢，可于东南二十里卖之，慎勿争价，则此可除。"主人从之。

【译文】郭璞要去庐江，但看上了房主的一个婢女，一时没有办法得到，于是取小豆三斗，把它撒在房主人宅院的四周。主人早晨起来，看到数千穿红衣的人把院子围了起来，到近处看，却发现什么也没有，心里又厌恶又恐惧，请郭璞为他占卦。郭璞对他说："你家里不应该收留这位婢女，可把她领到东南方二十里远的地方卖掉，千万不要和买主讨价还价，这样妖怪也就自行消失了。"主人就依此而行。

# 私其姑婢

崔郊居汉上，其姑有婢，端丽，善音律，郊尝私之。既贫，鬻婢於连帅于頔家，给钱四十一万，宠盼弥深，郊思慕无已。其婢因寒食来从事家，值郊立于柳荫，马上涟泣，誓若山河。崔生赠之以诗曰："公子王孙逐后尘，绿珠垂泪湿罗巾。侯门一入深如海，从此萧郎是路人。"或有嫉郊者，写诗于座。公睹诗，令召崔生，左右莫之测也。及见郊，握手曰：'侯门一入深如海，从此萧郎是路人'，是公作耶？"遂命婢同归，至于帏幌奁匣，悉为增饰之。（《唐宋遗史》）

**【译文】**崔郊住在汉上，他的姑姑家有一位婢女，长得十分秀丽，而且懂音律，崔郊想娶她为妻（曾与他私通）。因为家中贫寒，便将这个俾女卖到了连帅家，得钱四十一万，因为他们之间的感情很好，崔郊十分的思念她。有一天这位婢女因为寒食节要祭祀祖先的原因回到了家中，正好遇到了在柳荫树下的崔郊，马上泣涕连连，立下海誓山盟。崔郊赠了他一首诗："公子王孙逐后尘，绿珠垂泪湿罗巾，侯门一入深似海，从此萧郎是路人。"有一个妒忌崔郊的人，就将这首诗写给了连帅。连帅看到时候立马召见了他，左右之人难以揣测连帅的意图。连帅见到了崔郊，握着他的手说："'侯门一入深似海，从此萧郎是路人'是你写的吗？"然后便让婢女跟着他一同归家，至于珠宝，都一起赠予了他。

## 杜牧狎游

杜牧既为御史，久之分务洛阳。时李聪罢镇闲居，声妓豪华，为当时第一。尝宴客，女妓百余人皆殊色。牧瞪目注视，问李："闻有紫云者，孰是？宜以见惠。"李俯而笑，诸妓亦皆回首破颜。牧自饮三爵，朗吟而起曰："华堂今日绮筵开，谁唤分司御史来。忽发狂言惊座主，两行红粉一时回。"意气闲逸，旁若无人。后三年，《狎游》诗曰："落拓江湖载酒行，楚腰纤细掌中情。三年一觉扬州梦，赢得青楼薄幸名。舭船一棹百分空，十载青春不负公。今日鬓丝禅榻畔，茶烟细飏落花风。"（《本事诗》）

**【译文】**杜牧担任御史，几年后分到了洛阳。当时李聪罢官后，一直闲居在家，家中歌舞升平，歌妓豪华，算得上是当时第一。曾开办宴会，其中女妓竟有百余人，各个长相秀美。杜牧睁大眼睛注视着，回过头来问李聪："我听说有位女子叫紫云，不知道哪一位是呢?我想见一见。"李聪俯身大笑，诸歌妓也都回首发笑。杜牧自饮三杯，起身吟唱道："华堂今日绮筵开，谁唤分司御史来。忽发狂言惊座主，两行红粉一时回。"意气风发就像旁边没有人一样潇洒自在。三年后，又作《狎游》一诗："落拓江湖载酒行，楚腰纤细掌中情。三年一觉扬州梦，赢得青楼薄幸名。舭船一棹百分空，十载青春不负公。今日鬓丝禅榻畔，茶烟细飏落花风。"

## 约妓愆期

杜牧太和末往游湖州，刺史崔君素所厚者，悉致名妓，殊不惬意。牧曰：“愿张水嬉，使人毕观，牧当间行寓目。”使君如其言。两岸观者如堵，忽有里姥引鬟髻女，年十余岁，真国色也。将至舟中，姥女皆惧，牧曰：“且不即纳，当为后期。吾十年后，必为此郡。若不来，乃从他适。”因以重币结之。洎周墀入相，牧上笺乞守湖州，比至郡，则十四年所约之姝，已从人三载，而生二子。牧亟使召之。夫母惧其见夺，携幼以诣。母曰：“何约十年不来而后嫁，嫁已三年矣。”牧俯首曰：“其词直，强之不祥。”乃礼而遣之，为《怅别》诗：“自是寻春去较迟，不须惆怅怨芳时。狂风落尽深红色，茂绿成荫子满枝。”（《丽情集》）

**【译文】**杜牧在太和年末被贬，往游湖州，当时的刺史崔君甚是喜爱杜牧，找到当地所有的名妓，十分的惬意。杜牧说：“希望您能够在水上嬉戏，使人来观，我当在中查看。”使君按着他说的去做了。出游时，两岸观看的人多的拥堵，忽然看到有一位姥姥领着自己的外孙女，大概十几岁，长相真是国色天香呀。到了舟中，姥姥和外孙女都有点害怕，杜牧就说：“我现在不将她纳入房中，但是我们做一个长久的约定，十年之后，我一定会来这里。如果不来的话，那就让她嫁人吧。”然后用很多币帛来结下这个约定。随后到周墀入相，杜牧上书乞求留在湖州，再次回到那个郡的时候，太和十四年所约定的那个女孩已经嫁人三年了，还生了两个孩子。杜牧让使者将他们召见过来，她丈夫的母亲害怕儿媳被夺走，便让他们带上孩子一起。母亲说："为什么要约定十年不来，才可以嫁人呢？现在已经嫁人三年了。"杜牧俯首说道："他的言辞很正直，强迫的话可能不太好。"便非常有礼貌的将他们送了回去，然后作了一首诗："自是寻春去较迟，不须惆怅怨芳时，狂风落尽深红色，茂绿成荫子满枝。"

## 属意小鬟

范文正公守番阳郡，创庆朔堂，而妓籍中有小鬟尚幼，公颇属意，既去，以诗寄魏介曰："庆朔堂前花自栽，便移官去未曾开。年年长有别离恨，已托东风干当来。"介因鬻以惠公。今州治有石刻。（《泊宅编》）

**【译文】**范文正公在番阳郡的时候，创立了庆朔堂，他手下妓籍里有一位小丫鬟，年纪尚小，范文正公十分在意她。离开之后便写诗寄给了魏介说道："庆树堂前花自栽，便以观去未曾开，年年常有别离恨，以拖东风干当来。"介因鬻（卖）以惠公，现在州中还有石刻的文字。

## 奴乳孤儿

后汉李善，南阳清阳人，本同县李元苍头。元家疾疫，相继死没，惟有孤儿续始生数旬，而资财千万。诸奴婢欲杀续，分其财产。善潜负续逃，亲自哺养，乳为生湩。续在怀抱，奉之不啻长君。续年十岁，善与归本县，修理旧业，告奴婢于官，悉收杀之。祖逖有胡奴曰王安，逖甚爱之。及逖之诛，安叹曰："岂可使士稚无后乎？"乃往就市观刑，逖庶子道重始十岁，安窃取以归，匿之，变服为沙门。

**【译文】**后汉时期有一个人叫李善，是南阳清阳人，是同县李元家的老仆。李元家人因为瘟疫的侵害，一家人相继去世，只留下才出生没多久的孤儿，但是家中资财成千上万。众多奴婢就想要杀死李家最后的儿子，李续，并瓜分他家的财产。李善就偷偷地背着小少爷逃跑，亲自喂养他，自己的乳头竟然也有了乳汁。李续虽然还是襁褓中的小孩，李善对待他比对待兄长还要恭敬。李续十岁的时候，李善就带着他回到本县，重新修理旧业，将这些奴婢告官，长官将这些人都抓捕处决。祖逖有一个为奴的胡人，叫王安，祖逖非常喜欢他。等待祖逖被诛杀的时候，安叹息道："怎么能让这样一位正直的人没有后代呢？"于是就过去观看处刑，祖逖的庶子道重，那时候才十岁，安就把他偷回家，藏起来，伪装成沙门的样子。

## 买奴得翁

南阳庞俭少失其父，后居乡里，凿井得钱千余万，行求老苍头，使主宰牛马、耕种，直钱二万。有宾婚大会，奴在灶下，窃言："堂上母，我妇也。"婢即白其母。母使俭问，曰："是我翁也。"因下堂抱其颈啼泣，遂为夫妇。俭及子历二千石，刺史七八人。时为之语曰："凿井得钱，买奴得翁。"

**【译文】**南阳的庞俭在很小的时候就失去了父亲，后来居住在乡里，在凿井的时候，得了千万钱，当时他们花钱买了一位老仆，让他管理宰杀牛马、耕种等工作，买这位老仆花费了二万钱。有一次家中在招待宾客，举行婚礼，这位老奴就在灶下，自言自语道："坐在堂上的那位妇人，其实是我的妻子呀。"婢女随即就把这件事告诉了庞俭的母亲。母亲就派庞俭去问问到底怎么回事，后来发现真的是，于是说道："真的是我的丈夫啊。"因此走下堂去抱住他的脖颈哭泣，夫妻团聚。当时在场的有庞俭和太守子历，还有七八位刺史。当时的人们就评价这件事说："凿井得钱，买奴得翁。"

## 奴报故主

王逵者，屯田郎中李昙仆夫也，事昙久，亲信之，既而去昙，应募兵以选入捧日军，凡十余年。会昙以子学妖术，妄言事，父子械系御史台狱，上怒甚，治狱急。昙平生亲友，无一人敢饷问之者。逵旦夕守台门不离，给饮食、候信问者四十余日。昙坐贬恩州别驾，仍即时监防出城，诸子皆流岭外，逵追哭送之，防者遏之。逵曰："我主人也，岂得不送之乎？"昙，河朔人，不习岭南水土。其从者皆辞去，曰："我不能从君之死乡也。"数日，昙感恚而死，旁无家人。逵使母守其尸，出为之治丧事，朝夕哭，如亲父子，见者皆为之流涕，殡昙于城南佛舍然后去。呜呼，逵贱隶也，非知有古人臣烈士之行，又非矫迹求令名以取禄仕也。独能发于天性至诚，不顾罪戾以救其故主之急于终始，无倦如此，岂不贤哉！嗟乎！彼所得于昙不过一饭一衣而已，今世之士大夫，因人之力或致位公卿，而故人临不测之患，屏手侧足，戾目视之，犹惧其祸之及己也，若畏猛火，远避去之，或从而挤之以自脱，敢望其优？赈救耶?彼虽巍然衣冠，类君子哉？稽其行事，则此仆夫必羞之。（《涑水记闻》）

**【译文】**王逵是给屯田郎中李昙驾驭车马的人，侍奉李昙久了，李昙亲近而信任他，不久他离开了李昙。应征招募当兵而选入捧日军，呆了十多年。恰逢李昙因为儿子学妖术，随便说荒唐的话，父子因此戴上刑具，被关押在御史台的大狱中，皇上很生气，着急惩处他们。李昙平生的亲友没有一个人敢给他们送食物慰问的。王逵一天到晚守在门口不离开，供给饮食、守望问候了四十多天。李昙因为连坐被贬到恩州做了别驾，王逵仍就这样看护他们出城，李昙所有的儿子都被流放岭外，王逵哭着跟随着送他们，防备有人害他们性命。王逵说：“是我的主人，怎么能不送呢？”李昙是河朔人，不适应岭南的水土。跟随他的人都告别离开，说：“我不能跟着你在这里死了。”一段时间后，李昙在忿恨中死去，身边也没有家人。王逵让母亲守着他的尸体，出去为他办理丧事，早晚都哭，好像亲生父子，看见的人都为他流泪。王逵把李昙葬在城南佛舍然后离开了。唉，王逵是地位低下的役隶，没想到会有古代臣子的有节气的行为，又不是用高卓的形迹让他闻名天下，以取得做官的机会。自己能出于极真诚的天性，从开始到结束不顾罪恶过失来搭救他以前的主人，像这样不知道疲倦，不是很有德行嘛！唉！王逵以前所得到的对李昙来说不过一餐饭一件衣服而已。现在时代的士大夫，因为他人的力量有的能做到公卿的位置，但以前认识的人面临料想不到祸患时，袖手旁观，瞪眼凶狠地看着他们，甚至还害怕他们的灾祸会牵连到自己，害怕他们像猛火一样，远远的躲避离开他们，有的因而排挤他们而自我脱身，哪敢奢望他们的好，奢望他们去救济呢?那样的人虽然衣着穿戴的高大雄伟，属于君子吗?核查他们做的事，那么这个驾车人就一定会以他为耻辱的。

## 自比美貌

邹忌为齐相，长八尺余，体肥丽，朝服衣冠，窥照自视，谓其妻曰：“我与城北徐公孰美?”妻曰：“君美。”徐公，齐之美者也。忌不信，复问妾，妾曰：“君美。”旦日，客从外来，忌复问之。客亦曰：“徐君不如君。”及徐公来，忌熟视之，自以为不如。因思之曰：“吾妻之美我，私我也；妾之美我，畏我也；客之美我，有求于我也。”于是入朝见威王曰：“臣诚不如徐公，而臣妻，妾及客皆言臣美，或私畏于臣，或有求于臣。今齐地千里，宫女左右莫不私王，朝廷之臣莫不畏王，四境之内莫不有求于王。由是观之，王之蔽甚矣。”王曰：“善。”乃令群臣吏民“能面刺吾过者，受上赏。”（《十二国春秋》）

**【译文】**邹忌是齐国的宰相，身高八尺多，形体容貌光艳美丽。有一天早晨他穿戴好衣帽，照着镜子，对他的妻子说：“我与城北的徐公相比，谁更美？”他的妻子说：“徐公比不上您美。”城北的徐公，是齐国的美男子。邹忌不相信自己会比徐公美，于是又问他的妾说：“我与徐公相比，谁更美？”妾说：“徐公怎能比得上您呢？”第二天，一位客人从外面来拜访，邹忌和他坐着谈话，又问客人道：“我和徐公比，谁更美？”客人说：“徐公不如您美。”第二天，徐公来了，邹忌仔细地端详他，自己觉得不如他美。再照镜子看看自己，更觉得远远比不上人家。因为这件事自我思考：“我的妻子赞美我，是因为偏爱我；我的妾赞美我，是因为惧怕我；客人赞美我，是因为对我有所求。”于是邹忌上朝拜见齐威王，说：“我确实不如徐公美。但我的妻子偏爱我，我的妾惧怕我，我的客人对我有所求，他们都说我比徐公美。现在齐国土地方圆千里，大王身边的宫女没有不偏爱大王的，朝中的大臣没有不惧怕大王的；国土之内，没有不对大王有所求的。由此看来，大王您受蒙蔽一定很厉害了！”齐宣王说：“好！”于是向所有的臣子官吏和百姓下令，“能当面指出寡人过失的人，将得到上等的奖赏。”

## 梦吏换眼

陶谷少时梦数吏奉符换眼，吏附耳曰：“求钱千万。”谷不应。又云：“钱五万，安第二眼。”复不答。吏曰：“只安第三眼。”即以弹丸纳眼中。既觉，睛色深碧。后善相道士陈子阳曰：“贵人骨气，奈一双鬼眼，必不至显位。”

**【译文】**陶谷年少的时候，梦到好几位官吏，手拿着符节来换眼睛，小吏凑近他的耳边说：“希望得到千万银钱。”谷没有同意。小吏又说：“那银钱五万好了，安上第二眼吧。”谷还是不回答。小吏说：“只能安第三眼了。”随即就用弹丸安置在了眼中。随即就醒了过来，但眼睛的颜色竟然是深碧色。后来遇到善于相面的道士陈子阳，他说："你是贵人也有骨气，怎么就有一双鬼眼呢，未来一定不会有显赫的官位。"

## 视日不瞬

蔡京尝入朝，已立班，上御殿差晚。杲日照耀，众莫敢仰视。京注目久而不瞬。陈莹中私谓同列曰："此公真人贵人也。"或曰："公明知其贵相，胡不少贬，而议论之间大不相称，何耶？"莹中谓老杜诗曰："射人先射马，擒贼先擒王。"且云："此人得志，乃国家之大贼。"遂以急速公事请对，疏京悖逆十事。（《百家诗序》）

【译文】蔡京曾经入朝为官，一日诸位大臣已经按照品级站好等待上朝，稍后皇上就亲临朝堂。就像杲日照耀一样，众人都不敢仰视他，唯有蔡京一直看着他，眼神没有偏移。陈莹对自己同列的人说："这真是大贵人啊。"也有人说："您只是看到了贵相，怕他被贬的人不在少数啊，而且我们议论的事情，都不太相称，这怎么办呢？"莹举了老杜的诗篇说："射人先射马，擒贼先擒王。"又说："此人要是得志，一定是国家的大贼。"然后赶紧面见皇上，上书了蔡京的悖逆的十件事。

## 梦神劓鼻

徐郎中筠，少梦神人携竹篮，其中皆人鼻，视徐曰："形相不薄，但鼻曲而小，吾与汝易之。”劓去徐鼻，择以鼻安之。神笑曰：“好一正郎鼻也。”徐之鼻素不正，自尔端直，历官正郎。（《拾异志》）

**【译文】**徐郎中年少时，梦到神人拿着竹篮。里边放的全都是人的鼻子，这个神人看着徐郎中说：“你的面相不薄，但是鼻子不直且小，我可以跟你交换一下。”便割去了他的鼻子，换了一个给他安上去，神人笑道：“好一个正郎的鼻子。”以前徐郎中的鼻子不正，经历这件事之后，他的鼻子十分的端正，一直做到了正郎的位置。

## 额添一耳

方阴官以事恳上元夫人而不允，闻阳世有士人柳慎善为文，遂追令为表；既而获命，阴官喜曰：“子何愿？”曰：“特更欲聪明耳。”乃命取一耳置其额。既寤，额痒，辄搔出一耳。时人语曰：“天上有九头鸟，地下有三耳秀才。”（张君房《挫说》）

**【译文】**方阴官有事恳求上元夫人，但是没有得到允许，听闻阳间有一位士人叫柳慎，擅长文章，于是就请求他为自己书写奏疏；随即就得到了回应，阴府的官员高兴地问道：“你有什么愿望吗？”杨慎说道：“只是想变得更聪明一点。”阴官命下人取来了一个耳朵放在他的额头上，杨慎醒后，发现额头很痒，挠痒时挠出一个耳朵。当世之人都说：“天上有九个头的鸟，地下有三只耳朵的秀才。”

## 拾齿置怀

上昼弹雀于后园，有群臣称有急事求见。上亟见之，其所奏乃常事耳。上怒，诘其故。对曰：“臣以为尚急于弹丸。”上愈怒，举柱斧柄撞其口，堕两齿。其人徐俯拾齿置怀中。上骂曰：“汝怀齿，欲讼我耶？”对曰：“臣不敢讼，陛下自有史官书之。”上悦，赐金帛慰劳之。（《涑水》）

**【译文】**圣上大白天在后花园，玩弹雀，臣子说有急事求见，圣上立刻召见了他，但他所禀奏的只是日常事务。圣上很恼怒，询问他原因，他说道：“臣秉报的虽然是日常事务，但依然比玩弹丸要重要的多。”圣上愈加愤怒，举起斧柄就砸到他的嘴巴，掉了两颗牙齿。这位臣子徐徐俯身，捡起牙齿揣在怀里。圣上骂道：“你拿着牙齿想要告我的状吗？”臣子说道：“臣不敢告，陛下的功过自有史官会记录下来。”圣上脸色稍微好了一点，并赐他金帛以安慰。

## 草生髑髅

陈留周氏婢，名兴进，入山取樵，梦见一女，语之曰：“近在汝头前，目中有刺，烦拔之，当有厚报。”床头果有一朽棺头穿壤，髑髅堕地，草生目中，便为拔草，内着棺中，以甓塞穿，即于髑髅处得一双金指环。（桓冲之《述异记》）

**【译文】**陈留县周氏的俾女，名叫兴进，上山砍柴的时候，梦到一位女子对她说："离你头很近的地方，你能看到一根刺，烦请你帮我拔掉，我会重重报答你。"婢女查看，头顶果然有一棺材的头穿过土壤，其中的头盖骨躺在地上，地上的杂草生长在双目之中，俾女便将草拔掉，并且放置在棺材中，并且用砖头将它盖上，然后便在头盖骨的地方得到了一对金指环。

## 梦游华胥

黄帝忧天下之不治，竭聪明，尽智力，焦然饥色皯黯，昏然五情爽惑。于是放万机，退而闲居大庭之馆，斋心服形，三月不亲政事，昼寝而梦游于华胥氏之国。其国无师长，自然而已。其民无嗜欲，自然而已。不知乐生，不知恶死，放无夭殇。不知亲己，不知疏物，故无爱憎。乘空如履实，寝虚若处床，云雾不碍其视，雷霆不乱其听，神行而已。黄帝既悟，恬然自得，曰："今知至道，不可以情求矣。"又二十有九年，天下大治，几若华胥氏之国，而帝登遐。(《列子》)

**【译文】**黄帝忧虑天下混乱得不到治理，于是竭尽精力、智力和体力去管理百姓。弄得面色枯黄黝黑，头脑昏乱，情志迷惑。于是放下了纷繁的日常事务，退出来安闲地居住在宫外的大庭馆中，清除心中杂念，降服身体的欲望。三个月都没有过问政治事务。有一天他在白天睡觉的时候做梦，梦见自己游历到了华胥氏的国家。那个国家没有老师和长官，一切听其自然罢了。那里的百姓没有嗜好也没有对物欲的渴望，一切顺其自然罢了。他们不懂得以生存为快乐，也不懂得以死亡为可恶，因而没有幼年死亡的人。他们不懂得私爱自身，也不懂得疏远外物，因而没有可爱与可憎的东西。乘云升空就像脚踏实地，寝卧虚气就像安睡木床。云雾不能妨碍他们的视觉，雷霆不能扰乱他们的听觉，一切都凭精神运行而已。黄帝醒来后，觉得十分愉快而满足，说："现在我才懂得最高的'道'是不能用主观的欲望去追求的。"又过了二十九年，天下大治，几乎和华胥氏之国一样，而黄帝却升天了。

## 梦黄能

郑子产聘于晋，晋侯有疾，韩宣子逆客，私焉，曰："寡君寝疾，于今三月矣。并走群望，有加而无瘳。今梦黄熊入于寝门，其何厉鬼也？"对曰："以君之明，子为大政，其何厉之有？昔尧殛鲧于羽山，其神化为黄熊，以入于内渊，实为夏郊，三代祀之。晋为盟主，其或者未之祀乎？"韩子祀夏郊，晋侯有间，赐子产莒之二方鼎。（《昭七》）

**【译文】**郑国的子产到晋国探访。晋平公生病了。韩宣子迎接客人，私下说："国君卧病到现在三个月了，所应该祭祀的山川都祈祷过了，但是病情只有增加而没有见好。现在梦见黄熊进入寝门，这是何方的恶鬼？"子产回答说："以君王的英明，您做国家政务，哪里会有恶鬼？从前尧在羽山杀死了鲧，他的神识变成黄熊，钻进内渊里，成为夏朝郊祭的神灵，三代都祭祀他。晋国做盟主，或许没有祭祀他吧？"韩宣子祭祀鲧，晋平公的病逐渐痊愈，把莒国的两个方鼎赏赐给子产。

# 梦蕉覆鹿

郑人有薪于野者，遇骇鹿击而毙之，恐人见之也，遽而藏诸隍中，覆之以蕉，不胜其喜。俄而遗其所藏之处，遂以为梦焉，顺途而咏其事。傍人有闻者，用其言而取之；既归，告其室人曰：“向薪者梦得鹿而不知其处，吾今得之，彼直真梦者矣。”室人曰：“若将是梦见薪者而得鹿耶？讵有薪者耶？今其得鹿，是若之梦真耶？”夫曰：“吾据得鹿，何用知彼梦我梦耶？”其妻又疑其为梦。薪者归，复其真梦藏之之处，又梦得之之主，案所梦而寻得之，遂讼而争之，归之士师。士师欲二分之，以闻郑君，皆互有梦觉之说。相国曰：“欲辨梦觉，惟黄帝、孔丘。”（《列子》）

**【译文】**郑国有个樵夫在野外砍柴，遇上一头受惊的鹿，迎头追击，杀死了它。他怕别人看见，连忙把死鹿藏在干涸的水沟里，盖上柴草，异常欢喜。没过多久，樵夫忘了藏鹿的地方，于是自以为做了一场梦而已。沿途回家，嘴里嘟囔着这件事。旁边有人听见，就按着他的话拿到了鹿。回家后，告诉妻子说：“刚才有个樵夫梦见自己得到一头鹿，但又不知道藏在哪里；我现在得到了它，他简直是做了个真实的梦啊。”妻子说：“你大概是梦见樵夫得到了鹿吧？真的有那个樵夫吗？现在真的得到这头鹿，是你自己做了个真实的梦吧？”丈夫说：“我已经据此得到了鹿，何必再去追究是他做梦还是我做梦呢？”樵夫回到家，不甘心就这么丢失了鹿，当天夜里真的梦见藏鹿的地方，又梦见取走鹿的那个人。第二天清早，按照梦中情境，找到了得鹿的人。于是两人为了鹿的归属争执起来，闹到了士师那里。士师想让他们把鹿平分，这件事被郑国的君主听闻到了，便有醒和梦之说。相国说："想要分辨是醒着还是在做梦，可能只有皇帝和孔丘能做到了。"

## 论梦生于想

卫玠闻乐令梦，云是想。乐曰："形神不接，岂是想耶？"卫曰："因也。"乐曰："未尝梦乘车入鼠穴，持齑啖铁杵，皆无想无因故也。"卫思不得，成病，乐为解析即瘥。乐叹曰："此儿胸中必无膏肓之疾。"东莱吕氏曰："形神相接而梦者，世归之想；形神不接而梦者，世归之因。"因之说曰："因羊而念马，因马而念车，因车而念盖，固有牧羊而梦鼓吹曲盖者矣。是虽非今日之想，实因于前日之想，故因与想一说也。信如是说，无想则无因，无因则无梦。举天下之梦，不出于想而已矣。然叔孙穆梦竖牛之貌于牛未至之前，曹人梦公强之名于强未生之前，是果出于想乎？果出于因乎？虽然，起乐广于九原，吾知其未必能判是议也。"（《博议》）

**【译文】**卫玠幼年时，问尚书令乐广为什么会做梦，乐广说是因为心有所想。卫玠说："身体和精神都不曾接触过的却在梦里出现，这哪里是心有所想呢？"乐广说："是沿袭做过的事。人们不曾梦见坐车进老鼠洞，或者捣碎姜蒜去喂铁杵，这都是因为没有这些想法，没有这些可模仿的先例。"卫玠便思索沿袭问题，成天思索也得不出答案，终于想得生了病。乐广听说后特地为他解析，卫玠的病有了起色以后，乐广感慨地说道："看这孩子的心理，一定不会得无法医治的病！”东莱吕氏说道：“身体和精神接触过，然后梦到的东西，是这个世界本来存在的，身体和精神没有接触过而你们梦到的，是这个世界没有产生的本质，没有产生的本质怎么说呢？是这样说的：“因为羊所以你想到了马，因为马所以你想到的车，因为车，所以你想到了车上的盖子，所以有放羊的时候，所以梦到自己是吹着曲子的人。所以说你梦到的不一定是你今天想到的，实则可能是以前想到的，所以因和想其实是一个说法。即使是这样说，没有想就没有因，没有因就没有梦。所以天下之梦都是出于想而已。但是叔孙穆梦到牛的样貌是在牛没有到来之前，曹人梦到公强之名是公强没有出生的时候，难道都是出于见过而想象到的吗？难道是没有建管凭空想象出来的吗？虽然，乐广在九原之地，我知道他未必能分析出这层意义。”

## 枕中记

开元七年，道士吕翁者得神仙术，行邯郸道中，息邸舍，隐囊而坐。俄见少年卢生衣短褐，乘青驹，亦止邸中，与翁言笑。卢生顾其衣装弊亵，乃叹曰：“大丈夫生世不谐，困如是也。”翁曰：“子谈谐方适而叹其困，何也？”生曰“吾常志于学，自惟青紫可拾，今已过壮，犹勤畎亩，非困而何？”言讫，而目昏思寐。时主人方蒸黍，翁乃探囊中枕以授之，曰：“子枕吾枕，当令子荣适如志。”其枕青瓷而窍其两端，生俯首就之，见其窍渐大明朗，乃举身而入，遂至其家。数月，娶清河崔氏女。女容甚丽，生资愈厚。明年，举进士登第，释褐转渭南尉，俄迁监察御史，转起居舍人、知制诰，三载出典同州，迁陕牧，移节汴州，领河南道采访使，征为京兆尹。是岁，神武皇帝方事戎狄，除御史中丞、河西道节度，大破戎狄，归朝册勋，恩礼极盛。转吏部侍郎，迁户部尚书兼御史大夫，为时宰所忌，以飞语中之，贬端州刺史。三年征为常侍，未几同中书门下平章事。同列复诬与边将交结，图不轨，下制狱。中官为保之，减死，授驩州。数年，帝知冤，复进为中书令，封燕国公。生五子，有孙十余人。后以年逾八十病薨。卢生欠伸而寤，见其身方偃于邸舍，吕翁坐其傍，主人蒸黍未熟。生蹶然而兴曰："岂其梦寐也耶？"翁谓主曰："人世之适，亦如是矣。"生怃然良久，谢曰："夫宠辱之道，穷达之运，得丧之理，死生之情，尽知之矣。此先生所以窒吾欲也，敢不受教。"稽首再拜而去。

**【译文】**唐开元七年，有一个道士吕翁，获得了神仙之术。有一次他行走在邯郸的路上，住在旅舍中，收起帽子解松衣带靠着袋子坐着，一会儿见一个走在旅途中的少年，这位少年就是卢生。他身穿褐色粗布的短衣服，骑着青色的马，也在旅舍中停下，和吕翁一同坐下，言谈非常畅快。卢生看看自己的衣服破烂肮脏，便长声叹息道："大丈夫生在世上不得意，困窘成这样啊！"吕翁说："看您刚刚还言谈有度，怎么却开始感叹困苦，这是为什么啊？"卢生说："我曾经致力于学习，具有娴熟的六艺，觉得可以担任高官。现在已经是不在壮年，却还在农田里耕作，不是困还是什么？"说完，就眼睛迷蒙，昏昏欲睡。当时店主正在蒸黍做饭。吕翁从囊中取出枕头给他，说："您枕着我的枕头，可以让您荣华富贵，满足您的夙愿。"这是一个青瓷枕头，两端开有孔。卢生侧过头去睡在枕头上，看见那孔渐渐变大，并且其中明亮有光。便投身进入，于是回到了家。几个月后，他娶了清河崔氏的女子做妻子，这女人容貌很美丽，卢生的资产也更加丰厚。卢生非常高兴，衣服的装束和车马，也日渐鲜亮隆重起来。第二年，科举考进士，他通过了科举考试脱去平民的衣装，任秘书校对官，之后他又参加拔萃考试，转到渭南当县尉，不久迁升做监察御史，接着被提拔为起居舍人，授予知制诰的衔位，三年过后，出掌同州地方长官，升迁到陕当牧，当年，神武皇帝唐玄宗正用武力对付戎狄，拓展疆土，于是授予卢生御史中丞、河西节度使的官职。三年后，应皇帝的命令到皇帝身边当常侍，没多久，当上了宰相。同朝的官僚害他，又诬陷他和边疆的将领勾结，图谋不轨。皇帝下诏把他关进监狱。中官为他求情保住了性命，免了死罪，流放到驩州。过了几年，皇帝知道冤枉了卢生，重新任命他为中书令，加封燕国公。有五个孩子，有十余个孙子。后以超过八十岁的高龄病逝。卢生打了个呵欠伸了伸懒腰醒来，看见自己的身体还睡在旅舍之中，吕翁坐在自己身旁，店主蒸的黍还没有熟，接触到的东西跟原来一样。卢生急切起来，说：“难道那是个梦吗？”吕翁对卢生说：“人生所经历的辉煌，不过如此啊。”卢生惆怅良久，谢道：“恩宠屈辱的人生，困窘通达的命运，获得和丧失的道理，死亡和生命的情理，全知道了。这是先生你遏止我的欲念啊，我哪能不接受教诲啊！”一再磕头拜谢后离去。

## 大槐宫记

淳于棼家广陵，宅南有古槐。生豪饮其下，因醉致疾。二友扶生归卧，梦二玄衣使者曰：“槐安国王奉邀。”生随二使上车，诣古槐入一穴中，大城朱门题曰“大槐安国”。有一骑传呼曰：“驸马远临。”引生升广殿。见一人衣素练服朱华冠，令生拜王。王曰：“前奉贤尊命，许令女瑶芳奉事君子。”有仙姬数十，奏乐执烛，引导金翠步障，玲珑不断。至一门，号“修仪宫”。一女子号金枝公主，俨若神仙，交欢成礼，情礼日洽。王曰：“吾南柯郡政事不理，屈卿为守。”敕有司出金玉锦绣，仆妾车马，施列广衢，饯公主行。夫人戒子曰：“淳于郎性刚好酒。为妇之道，贵在柔顺，尔善事之。”生累日至郡，有官吏、僧道，音乐来迎，下车省风俗，察疾苦，郡中大理。凡二十载，百姓立生祠，王赐爵锡邑，位居台辅。生五男二女，荣盛莫比。公主遇疾而薨，生请护丧赴国，王与夫人素服，恸哭于郊，备仪羽，葆鼓吹，葬主于盘龙冈。生以贵戚，威福日盛。有人上表云：“元象谪见，国有大恐，都邑迁徙，宗庙崩坏，事在萧墙。”时议以生僭侈之应。王因命生曰：“卿可暂归本里，一见亲族诸孙，无以为念。”复令二使者送出一穴，遂寤。见家僮拥篲于庭，二客濯足于榻。斜日未隐，西垣余尊尚湛东牖。因与二客寻古槐下穴洞，然明朗可容一榻，上有土壤，为城廓、台殿之状。有蚁数斛，二大蚁素翼朱首，乃槐安国王。又穷一穴，直上南枝，群蚁亦处其中，即南柯郡也。又一穴盘屈若龙蛇状，有小坟高尺余，即盘龙山冈也。生追想感叹，遽遣掩塞。是夕，风雨暴发，旦视其穴，遂失群蚁，莫知所之。国有大恐，都邑迁徙，此其验矣。（《陈翰记》）

**【译文】**淳于棼家位于广陵，宅院的南面有一棵老槐树。过生日的那天，他一高兴，在树下多喝了几杯。因为过醉睡着了，两个朋友扶着他回到了房间。梦到两位黑衣使者说："奉槐安王的命令邀请你。"它随着两位使者上了车，来到一棵大的槐树下进入到一个洞穴里，城外红色的大门上题写着：大槐安国。有一个骑兵传唤到："驸马到了。"并带着他走入大殿，看到一个人身着素衣头戴红冠，让他拜见国王。国王说："过去奉先贤的命令，要将我的女儿瑶芳许配给你。"有数十位侍奉的小仙女在前拿着蜡烛、奏着乐引导他来至一扇称作'修仪宫'的门前，左右见金碧的步障、彩碧玲珑不断。有一位女子被称为金枝公主，神态就像神仙一样，彼此结交举行了婚礼，感情日渐浓厚。国王说："我这里有个叫做南柯的地方，那里不好管理，想请你去那里做地方太守。"让官吏准备好黄金玉帛，奴仆马车，在大道上站成两列，为公主践行。夫人告诫公主说："你的夫婿性情刚烈喜好饮酒。作为一位妻子，应该温柔和顺，你要好好的侍奉你的夫君。"过了几天后，他们到了南柯郡，有当官的、为僧的人奏着乐来迎接他们，下车后了解民间风俗、体察民间疾苦，自此以后，南柯郡得到了很好的治理。在当地治理二十年，百姓因感念他的恩德，为他建立了祠堂。赏赐爵位并册封锡邑，官位做到了三公宰辅。生了五个男孩、两个女孩，荣华富贵没有可以与之为比的。公主因病过世，他向国王请求回国服丧，国王与夫人穿着白色的衣服，在郊外哭得很悲伤。准备好葬礼需要的鸟羽，奏响哀乐，将公主埋葬在盘龙冈。在世的时候是帝王的亲族，威望和权势与日俱增。有人上奏说："天象有变异，预示国家将有大祸：京城将要迁移，宗庙将会崩坏，事变由外族挑起，在宫廷之内爆发。"众人议论，都说是淳于棼权势超过本分，要应在他身上。皇帝因此命令他说："爱卿可以暂时回家一段时间，看一看家中长辈，这里有孙子陪我，不用挂念。”又叫两位使者送出洞穴，后来就醒过来了。看见家里的仆人正拿着扫帚打扫庭院，两个朋友正坐在榻边洗脚，斜阳正照在西墙上，杯中剩酒还放在东窗窗台。淳于棼感叹不止，就叫两个朋友过来，和他一起寻找古槐树下的洞穴。洞底豁然开朗，可以放得下一张床。上面堆积着泥土，做成了城墙、楼台、宫殿的样子，有数不尽的蚂蚁，聚集在那里。两个大蚂蚁，白色的翅膀，红色的头那是槐安国的国王。又挖到一个洞穴：在大槐树向南的树枝四丈多高的地方，也有一大群蚂蚁集聚在其中，这就是淳于棼治理的南柯郡了。又找到一个洞穴，往东距离一丈多，老树根弯弯曲曲，像龙蛇一样，中间有个小土堆，有尺把高，这就是淳于棼安葬妻子在盘龙冈的坟墓了。淳于棼回想梦中经历，心中万分感慨，看到发掘所得踪迹，都和梦中相符合，他不忍心让两个朋友去破坏它，立刻吩咐照原样掩盖堵塞好。这天夜里，起了暴风骤雨，天明去看洞穴，全部蚂蚁都不见了，不知迁到哪里去了。梦中有人预言的“国家将有大祸，京都要迁移”，此就是应验了。

# 卷十 仙佛类

## 崆峒问道

黄帝立为天子十九年，闻广成子在于崆峒之上，故往见之，曰："我闻吾子达于至道，敢问至道之精？"广成子曰："自治而治天下，云气不待簇而雨，草木不待黄而落，日月之光益以荒矣。又奚足以语至道？"黄帝退居三月，复往邀之。广成子南首而卧，黄帝从下风膝行而进，再拜稽首，问曰："闻吾子达于至道，敢问治身奈何而可以长久？"广成子蹙然[①]而起曰："善哉问乎！吾语汝至道。至道之精，窈窈冥冥；至道之极，昏昏默默；无视无听，抱神以静，形将自正。必静必清，无劳尔形，无摇而精，乃可长生。慎内闭外，多知为败。我守其一以处其和，故千二百岁而形未尝衰。得吾道者上为皇，失吾道者下为土。将去汝，入无穷之门，游无极之野，与日月参光，与天地为常，人其尽死，而我独存矣。"（《庄子》）

【注释】①蹙然：局促不安貌或忧愁不悦貌。

【译文】黄帝做天子十九年，听说广成子在崆峒山上，便收拾行李前去拜访。问道："我听说您对人生的道理已经通达明了了，那么请问您，大道的精髓到底是什么呢？"广成子回答道："自从你治理天下以来，天上的云气在还没有积聚成功就开始下雨，地上的草木都还没有枯黄就开始凋落，日月的光辉也越来越昏暗，像你这样的人怎么能与你谈论至道呢？　"黄帝回去后，在家中闲居了三个月，再次去请教广成子。广成子头朝南躺着，黄帝从风的下方，双膝跪地走到广成子面前，再次叩头行大礼后问道："听说先生明达至道，请问怎么样修身养性，才能使生命长久呢？"广成子急速地坐起来，说："问得好啊！来，我告诉你什么是至道。至道的精髓，幽远深邃；至道的精微，昏暗寂静。不要向外看，不要向外听，用静滋养精神，身体自然就能健康长寿。内心一定要宁静，不要使身形疲劳，不要使精神动荡恍惚，这样才能够长生。内心一直保持虚静，耳目闭塞以免受到外界的打扰，知道得太多就会使你的内心受到干扰。我固守这一贯的大道，保持阴阳二气的和谐，所以我修身已有一千二百年了，我的形体依然健康不衰。掌握了我所说的大道的，在上可以做皇帝；无法掌握的人，在下只能化为尘土。我将要离开你，进入无穷无尽的大道之门，在广漠无极的境地逍遥畅游。与日月同光，与天地齐寿。人们来来去去都会死去，而我可以独存！"

## 穆王宴王母

周穆王名满，立时年五十，立五十四年一百四岁。王少好神仙，常欲使车辙马迹遍于天下，以仿黄帝焉。乃乘八骏之马，奔戎为右，造父为御。又觞西王母　于瑶池之上，王母谣曰：“白云在天，道里悠远。山川间之，将又无死，尚能复来。”祭父自郑圃来谒，谏王以徐偃之乱，王乃返国，宗社复安。

**【译文】**周穆王名叫姬满，登上皇位的时候已经五十岁了，在位五十四年，活了一百零四岁。穆王年轻时就喜欢修炼成仙的道术，想学黄帝那样乘车马游遍天下，于是他坐着八匹马拉的车奔赴西北戎族居住的地方，为他驾车的是造父。又和西王母一起把酒畅饮于瑶台之上。西王母唱道：“天上的白云，道路的漫长。高山大河把我们隔挡，一别再难通音信。但你会长生不老，相信以后还会遇到。”后来祭父从郑圃赶来拜见穆王，报告说徐偃造反作乱，穆王才又回到国　里平复了作乱，使社稷平安。

## 关令尹之生

关令尹喜，周之大夫也。母氏尝昼寝，梦天下绛绡流绕其身。及真人生时，其家陆地自生莲花，光色鲜盛，眼有日精，姿形长雅，垂臂下膝，堂堂有天人之貌。少好学坟典，素善于天文秘纬。仰看俯察，莫不洞彻，虽鬼神无以匿其真状，老子感焉。（《内传》）

**【译文】**西关的令守尹喜，是周朝大夫，他的母亲曾经在白天睡觉的时候，梦见从天上飞下红色绡绢，缠绕住她的身体，就在那时尹喜真人出生时，他们家里地上自己就开出了莲花，莲花鲜艳夺目，尹喜的眼睛非常有神，身型修长，手臂垂下来到膝盖处，看起来有天人的样貌。从小就喜欢学习古籍，善于研究天文地理，抬头观天，低头观地，没有他不懂的，就算是鬼神也不能隐藏身型，后遇到老子感悟天道。

## 老子之生

老子姓李名耳字伯阳。其母怀之八十一岁乃生。生时剖其母左腋而出，出而白首，故谓之老子。又云：母到李树下生老子，生而能言，指李树曰："以此为我姓。"又有老聃之号。老子黄色，美肩广颡[①]，长耳大目，疏齿方口，厚唇。额有参牛连理，日角月庭，鼻骨双柱。耳有三门，足蹈三五，手把十丈。以周武王时为柱下史，时俗见其久寿，故号老子。所出度世之法，九丹八石，玉醴金液，治心养性，绝谷变化，役使鬼神之法。（《列仙传》）

【注释】①颡（sǎng）：额头。

【译文】老子姓李，名耳，字伯阳，他的母亲怀他到八十一岁才出生，因难产而以手术刀剖开左边腋下，孩子一出生就一头白发，于是起名老子。还有一种说法，他的母亲在李子树下生下老子，生下来就会说话，指着李子说，我就要用李来做为我的姓，另外又号老聃，老子皮色黄白，眉毛很美，额头宽阔，耳朵很长，眼睛很大，牙齿稀疏，四方大口嘴唇很厚。他的额头有十五道皱纹，额角两端似有日月的形状。他的鼻子很端正，有两根鼻骨，耳朵上有三个耳孔。他一步可跨一丈，双手上有十道贵人的纹路。在周武王时期担任柱下史，大家看他长寿，于是称他为老子。传授度世之法，冶炼丹药，美酒佳酿，修身养性，辟谷养生，驾驭鬼神的办法。

## 安期卖药

安期生，琅琊阜乡人，卖药海边，时人皆言千岁公。秦始皇请见，与语三日三夜，赐金璧数万。出阜乡亭皆置而去，留书以赤玉舄一两为报，曰："后千岁来求我于蓬莱山下。"始皇遣使者数人入海，未至蓬莱山，辄风波而还，立祠阜乡亭。(《列仙传》)

**【译文】**安期生是琅琊阜乡人，在海边以卖药为生，当时的人们都叫他千岁公。秦始皇邀请接见他，与安期生谈论了三天三夜 ，赏赐他黄金后玉器数万件。可是他把赏赐的财宝都放在阜乡亭后就离开了，留下书信并以一两赤玉舄作为报酬，他给秦始皇留信说："千年之后，你可以来蓬莱山下求我。"秦始皇派遣使者多次下海，都没能到达蓬莱山，数次都因为遇见大风波浪被迫折返，便在阜乡亭为安期生设立祠堂。

## 橘中二老

有巴邛人，不知姓，家有橘。因霜后诸橘尽收，余二大橘，如三四斗盎。巴人即令攀摘，轻重亦如常。橘割开，每橘有二老叟，须眉皤然，肌体红明，皆相对象戏，身尺余，谈笑自若。但与决赌讫，一叟曰：“君输我海龙神第七女发十两，智琼额黄十二枝，紫绡[①]帔[②]一幅，绛台山霞实散二剂。”一叟曰：“君输我瀛州玉尘九斛[③]，阿母疗髓凝酒四钟，阿母女熊盈娘子跻虚龙缟袜八緉。后日，于先生青城草堂还我耳。”又有一叟曰：“王先生许来竟待不得，橘中之乐不减商山，但不得深根固蒂于橘中耳。”一叟曰：“仆饥虚矣，须龙根脯食之。”即于袖中抽出一草根，方圆径寸，形状宛转如龙，毫厘罔不周悉。因削食之，随削复满。食讫，以水噀之，化为一龙。四叟共乘之，足下泄泄云起，须臾风雨晦冥，不知所在。

**【注释】**①绡（xiāo）：用生丝织的绸子。②帔（pèi）：古代披在肩背上的服饰，妇女用的帔绣着各种花纹。③斛：旧量器，方形，口小，底大，容量本为十斗，后来改为五斗。

**【译文】**有一个巴邛人，不知道姓什么，家里生产橘子，因为在霜降后橘子需要尽快收上来，剩了两个橘子，有两三斤重，巴人让人把它摘下来，重量跟平时一样，橘子剥开，每瓣有两位老人，头发和胡子都是白色的，身体皮肤通透红润，一起下棋为乐，身长一尺多，有说有笑态度自然，但是他们是在做一场赌注。一个老人说，你输给我东海龙王第七个女儿头发十两，晋代鱼山神女妆发饰品十二支，紫色丝织的披肩一条，山西境内一座仙山的仙药三十二斗，另一位老人说：“你输给我瀛洲仙山的玉磨成玉粉四十五斗，西王母洗髓调养的药酒四壶，阿母女熊盈娘子绘制的白色龙纹袜八双，后日在先生的青城草堂给我就行，有一个老人说：“王先生这次来也呆不了太久了，橘子中的乐趣不比商山少，但是不能长期待在橘子中，一个老人说：“我有些饿了，需要龙须来充饥。”于是从袖中拿出一根仙草，半径有一寸长，形状婉转像一条龙一样，也没有一丝毫不同的地方，边削边吃，削过的部分马上就会复原。吃饱后，放了一点水，化成一条龙，四位老人一起坐在上面，脚下有云腾升，一会儿功夫，天气突变，风雨交加，人不知道去哪里了。

## 卢遨求仙

卢敖游玄阙[①]，在北海至蒙毂之上，见一士深目[②]而玄准[③]，渠头而鸢肩[④]，轩轩然[⑤]迎风而舞。顾见敖，慢然而下其臂，遁乎髀下。敖往视之，方卷龟壳而食蛤蜊。敖曰：“敖少好游，背群离党，观于六合之外，夫子可与敖为友矣。”若士傲然[⑥]笑曰：“我方南游乎罔康之野，北息乎沉默之乡，西穷冥冥之里，东贯鸿蒙之光。其外犹有沉沉之泥，下无地，上无天。吾能往来子处矣。吾与汗漫游于九垓之上。”乃举臂耸身入云中，敖仰视曰：“吾比夫子，犹黄鹄与壤虫也。终日行不离咫尺而自以为远，不亦悲哉？”敖燕人，秦皇召为博士，使求仙。（《淮南子》）

**【注释】**①玄阙：古代传说中的北方极远之地。②深目：眼睛凹陷。③玄准：高鼻子。④鸢肩：两肩上耸，像鸱鸟栖止时的样子。⑤轩然：欢笑的样子。⑥傲然：高傲地;高傲不屈的样子。

**【译文】**以前，有个叫卢敖的燕人漫游到了古代传说中的北方极远之地，从北海到达蒙谷山，发现有个眼睛凹陷，高鼻子的人在那里。头像水渠一样，双肩耸起像鸱鸟栖止时的样子，正开心地迎着风在翩翩起舞。他回头看见了卢敖，就慢慢地放下手臂，不再起舞，突然蹲了下去。卢敖感觉好奇就跑过去，想一探究竟，发现这个人把龟壳翻过来煮蛤蜊吃，卢敖说：“我从小就喜欢游历天下，离开自己的家乡和亲人朋友，游遍了六合之外的地域，今天在这里与你相遇，不知你愿意成为我的朋友吗？这个人傲气地笑着说：“我刚刚向南游过无边无际的旷野，在北方寂静幽暗的地方休息，向西跑遍了幽深无边的地方，往东一直来到太阳出现的地方。除此之外还有更为幽深的地方，是下无地，上无天。我能够在你来的地方往来。我能够漫游在中央至八极之地。”于是举起手臂就飞入了云层中，敖仰望着说：“我和先生相比真的是黄鹄和壤虫的区别啊，才游历到这里，就认为看尽了一切地方，难道不可悲吗？”卢敖是燕国人，秦国的皇帝招他为博士，让他寻找仙人。

## 王母蟠桃

七月七日，上于承华殿斋，忽有一青鸟从西方来集殿前，上问东方朔。朔曰：“此西王母欲来也。”有顷，王母至，垂紫云之辇，驾五色斑龙，上殿自设精馔，以柈盛桃七枚。帝食之，甘美。母曰：“此桃三千年一结实。”又南窗下有人窥看，帝惊问何人。王母曰：“是我邻家小儿东方朔，性多滑稽，曾三来偷桃子。此子昔为太上仙官，但务游戏，太上谪斥，使在人间。”（《汉武内传》）

**【译文】**在七月七日这一天，上于在承华殿内供斋，忽然飞来一只青色的鸟，鸟从西方飞来落在殿前，上于就问东方朔，这是怎么回事。朔说："这意味着西王母要来了。"过了一会儿，西王母到了，以紫色的祥云为车，驾着五彩的斑龙，殿内上方已经设有精美的饮食，用盘子装了七枚桃子。帝吃了一口，味道十分甘甜可口。王母说："这个桃子三千年结一个果子。"又看到南窗下有人在偷看，帝惊忙问这是谁呀。王母说："他是我邻家的小儿子，东方朔，生性调皮，爱玩乐，曾经三次跑到这里偷桃子。这孩子曾经是太上的仙官，但是因为太爱玩了，太上老君就把他贬斥到了人间历练。"

## 麻姑仙迹

昔王方平七月七日过蔡经宅，遣人与麻姑相闻。麻姑至，经举家见之。是好女子，约年十八九许，顶中作髻，余发垂之至腰。衣有文章而非锦绣，光彩耀目，不可名字。坐定，各进行厨，金盘玉杯，无限美膳。擗麟脯[1]行之，诸华馨香，充溢内外。麻姑自言："接待以来，见东海三为桑田。向闻蓬莱水浅于往者相会时略半，岂将复为陆陵乎？"方平笑曰："圣人言海中行复扬尘也。"麻姑欲见经母及妇，弟妇新产数日，麻姑望见之曰："噫，且止勿前。"即求少许米，掷地成丹砂。方平笑曰："姑年少，吾了不喜复作此曹狡狯变化也。"麻姑手似鸟爪。经心言："背痒时得此爬之，乃佳。"方平知经心中所言，使人牵经鞭之。但见鞭着背，亦不见有持鞭者。方平告经曰："吾鞭不可妄得也。"相传云：麻姑于此得道，后人即蔡经宅为坛，今在建昌府南城县麻姑山云。（出颜真卿记）

**【注释】**①麟脯：干麒麟肉。

**【译文】**从前王方平在七月七日的时候，途径蔡经的家，就遣人把这件事告诉了麻姑。麻姑到了之后，蔡经全家都去迎接她。她是一位貌美的女子，大概十八九岁，头顶是盘着发髻，剩余的头发就垂到了腰部。衣服上有花纹，但是布料却不是锦绣，但也光彩夺目，不知道用什么名字来形容。坐下后，大家都赶紧进献食物，放在金盘玉杯之中，都是人世间少有的美食。大家掰开麒麟肉干进食，房间内外都散发着芳香。麻姑说道："自从上一次侍奉您到现在，我已经看见东海三次变为桑田。听说蓬莱的水要比之前相对浅了一半，难道是沧海又要变为平地了吗？"方平笑着说："圣人说海水中又要开始尘土飞扬了。"麻姑想要见见蔡经的母亲和妻子，蔡经弟弟的媳妇刚刚生完孩子没几天，麻姑远远看见后说："哎，先停一下，别走上前。"随即就要了一些米，扔到地上变成了丹砂。方平笑着说："麻姑还是年少，我就不喜欢整这样变化的游戏。"麻姑的手看起来像鸟的爪子。蔡经心想："要是背痒的时候，能够用这个手抓一抓就太好了。"方平当即知道蔡经心中的念头，就派人抓住蔡经，要鞭打他。但是只看见鞭子打到背上，却不见有持鞭的人。方平告诉蔡经说："我的鞭可不是你随便想打就能被打到的。"有传言说：麻姑就在这个时候得道了，后人随即就将蔡经的宅院设立为坛，现今在建昌府南城县的麻姑山云。

## 蒯子摩铜人

蒯子训，不知所来。到洛，见公卿数十处，皆持斗酒片脯候之，曰："远来无所有，示致微意。"坐上数百人，饮啖终日不尽。

去后，数十处皆白云起，从旦至暮。时有百岁公说："小儿时，见训卖药会稽市，颜色如此。"训不乐住洛，遂遁去。正始中，长安东霸城中有见之者，与一老公摩挲铜人，曰："适见铸此，已近五百岁。"（《搜神记》）

**【译文】**蓟子训，不知道从哪里来。到达洛阳，看见有几十位公卿，都拿着几斗酒和果脯在等候着他，看见他之后，说道："先生远道而来，我们也没有什么贵重的物品，略备薄礼，以示敬意。"当时坐上有数百人之多，边吃边聊，一整天都没有散去。等到蓟子训离去后，几十处地方都飘起白云，从早上飘到晚上。那时候有一位百岁公说："在我小的时候，看见蓟子训在会稽市卖药的时候，也是如今这样的场景。"蓟子训不喜欢住在洛阳，于是就悄然离去了。在离开的途中，长安的东霸城中有看见蓟子训的人，他与一位老公公在抚摩一个铜人，说："距离我看到有人铸造这个铜人至今已经快五百年了。"

## 李少君道术

李少君字云翼，好道，入泰山采药，修绝谷全身之术。遇安期生，少君疾困，叩头乞活。安期以神楼散一丸与，服之即愈，乃上言："臣能凝倾成白银，飞丹砂成黄金，服之白日升天。身竦则凌天，伏入无间。控飞龙而八遐遍，乘白雁而九垓周，冥海之枣大如瓜，钟山之李大如瓶。臣食之，遂生奇光。师安期授臣口诀，是以保万物之可成也。"于是上甚尊敬，为立屋第。（《汉武内传》）

**【译文】**李少君字云翼，喜欢道教，入泰山去采药，修炼辟谷之术，遇到安期生，少君病痛缠身，磕头求活下来的方法，安期给了他一颗药丸，服用过后就会痊愈，于是跟皇上说 我能凝结白银，修炼丹砂成黄金，吃了之后白天就能飞升神仙，纵身一跳就能上天，能够在虚空中穿行，控制飞龙在八方之地，乘坐白鹤遨游九州大地，冥海中的枣跟西瓜一样大，钟山上的李子跟水瓶一样大，我吃了它，就生出了奇妙的光亮，我的老师安期生教给我口诀，是用来保证万物都能成就的。”皇上非常的尊敬他，在这个地方为他修建房屋。

## 遇羡门子

紫阳真人周义山，闻有药先生得道，在蒙山，能读《龙峤经》，乃追寻之蒙山，遇羡门子乘白鹤，执羽盖，佩青毛之节，侍从十余玉女君，乃再拜叩头，乞长生要诀。羡门子曰：“子名在丹台玉室之中，何忧不仙？远越江河来登此，何索。”（《列仙传》）

**【译文】**紫阳真人，周义山，听说有药先生已经得道了，现在在蒙山，能读《龙峤经》，于是就去蒙山追寻先生，路上遇到美门子乘着白鹤，手里拿着羽盖，佩戴着青毛，有十几位玉女仙君在左右侍奉，于是赶紧再三的叩首跪拜，乞求可以长生的秘诀。美门子说：“你的名字就在神仙居住的玉室里面，何必担心修仙不成功呢？跋山涉水，远道而来，有什么可以索求的呢？”

## 长房遇壶公

后汉费长房为汝南市掾，市有老翁卖药，挂一壶于肆头；市罢，辄入壶中，人莫之见，惟长房于楼上睹之，异焉。因往再拜，奉酒脯，翁乃与俱入壶中。唯见玉堂严丽，旨酒甘肴盈衍其中。共饮毕而出，曰："我神仙之人，以过见责，今事毕当去。子宁能相随乎？"后从壶翁求道入深山，于群虎中留使独处，长房不恐；又卧于空屋，以朽索悬万斤石于心上，众蛇来啮索且断，长房亦不移。翁抚之曰："子可教也。"复令食粪，粪中有三虫，臭秽特甚，长房意恶之。翁曰："子几得道，恨于此不成。"长房辞归，翁与一竹杖，曰："骑此任所之，则自至矣。既至，可投葛陂中。"又作一符曰："以主地上鬼神。"长房乘杖，须臾来归，以竹杖投葛陂，顾视则龙也。遂能鞭笞百鬼，驱使社公。

**【译文】**后汉费长房在汝南做副官，有一天他看到一位挂一个葫芦的老翁在集市上卖药。集市结束后，老翁就跳入葫芦中。别人没有看见，只有费长房在楼上看到。他觉得很奇异，于是带上酒肉前往拜访。老翁便带他一起跳入壶中。只见玉饰的殿堂庄严华丽，美酒佳肴充满其中。一起喝完酒出去，老翁说："我是神仙，因为犯下过错受到责罚，现在事情结束，我要离开了，你怎么能跟着我一起走呢？"随后费长房跟随老翁进山求道，老翁让他一个人在一群老虎之中，长房不害怕；又让他躺在一间空房里，用腐朽的绳子悬着一块万斤巨石在心上，很多蛇来啮咬那根绳子将要断，长房也不移动。老翁抚摸着他说："你是一个可教之才。”又让他吃粪，里面有很多虫子，特别臭特别污秽，长房心里厌恶它们。老翁说：“你马上就要得道了，遗憾在这里不能成功。”费长房辞别老翁回家，老翁给了他一根竹杖，说：“你骑上它可以去任何地方就会自己到。等到家，就把竹杖扔进葛陂湖。”又作了一张咒符，来役使地上的鬼神。 费长房骑上竹杖，转瞬就回到了家。把那根竹杖往葛陂湖中，回头看竟是一条龙。于是费长房便有了惩治恶鬼，使唤当地的土地公的能力。

## 刘阮天台

汉明帝时，刘晨、阮肇入山采药，见桃实，食之身轻；又见一杯，胡麻饭屑流出。溪边二女子呼名曰：“二郎来何晚？”因邀归，设胡麻饭、山羊脯、甘酒。有顷，客持桃至，庆女婿暮行夫妇之礼。住半年求归，女曰：“罪根未减。”送出洞。还乡已越七代，二人欲还女家，路迷不得去。（《齐谐记》）

**【译文】**汉明帝时，刘晨、阮肇上山采药，看见桃树的果实，吃了后发现身体变得十分轻盈。又看见一个装有芝麻熟米粒的杯子流出来。小溪边还有两个女子叫他们的名字说：“你们为什么来晚了？”于是邀请他们回去，吃芝麻饭、山羊肉干、甜美的酒。一会儿，有客人拿着桃子过来。庆祝有了夫婿，晚上行夫妻之礼。两人在这里住了半年想回去。女人说：“罪根还没有减去。”把他们送出洞。回家的时候已经过了七代，两个人想回女人的家，却因为迷路回不去了。

## 子乔吹笙

王子乔者，周灵太子晋也。好吹笙作凤鸣，游伊洛间，道人浮丘公接上嵩高山三十余年。后见桓良曰：“告我家，七月七日待我于缑氏山。”至时，果乘白鹤驻山头，举手谢时人而去。（《列仙传》）

**【译文】**王子乔是周灵王的太子，本名晋。喜欢吹笙，擅长吹出凤凰的叫声，在游伊水洛水的时候，道人浮丘公接他上嵩高山呆了三十多年。后来看见桓良说：“告诉我的家人，七月七日在缑氏山等我。”到时间，果然乘白鹤停留在山头，举手感谢当时人然后离开。

## 令威辽鹤

辽东城门华表柱，忽有白鹤来集，少年欲射之，乃飞翔空中而言曰：“有鸟有鸟丁令威，去家千年今来归。城郭如故人民非，何不学仙冢累累。”（《搜神记》）

**【译文】**辽东城门的华表柱上，突然飞来一只白鹤停留在上面，有一位少年想射它，于是鸟儿就盘旋在天空中，说道：“有一只鸟叫丁令威，我离家千年如今才回来，城镇还是那个城镇，可是以前在这里住的人都不在了，为什么修仙回来家里已是坟墓累累。”

## 伯阳服丹

后汉魏伯阳者，吴人也。与弟子三人入山，作神丹。丹成，乃曰：“先宜与犬试之。若犬飞，然后人可服。”乃与犬食，犬即死。伯阳服丹，入口即死。弟子服之亦死。余二弟子遂不服，乃共出山。去后，伯阳即起，将所服丹内弟子及白犬口中，皆起，遂皆仙去。乃作手书寄谢，二弟子乃始懊恨。伯阳作《参同契》三卷，以论作丹之意。

**【译文】**后汉的魏伯阳，吴国人。与弟子三人一同入山，制作神丹。神丹制成后，就说：“我们最好先让狗试一试。如果狗飞起来了，我们人再服用。”于是就拿去让狗先吃，狗随即死去了。伯阳也服用了丹药，刚放到嘴里就死了。弟子服用后也死了。剩余的两个弟子就不敢再服用，而是一起出山离开了。离开后，伯阳就飞起来了，刚才服丹药的弟子和那只白狗都飞起来了，大家就都成仙去了。于是就写信给那两个弟子表达感谢，二弟子非常的懊恨。伯阳制作了三卷《参同契》，以说明做丹的用意。

## 王乔飞凫

王乔，汉显宗时为叶县令。有神术，每月朔望，常诣京朝。帝怪其来数，而不见车骑，密令太史伺望之。言临至，必有双凫从南方飞来。于是候凫至，举罗张之，但得一舄，乃四年时所赐尚书官属屦也。后天下玉棺于堂前，吏人拥排，终不摇动。乔曰：“天帝独召我耶？”乃沐浴，寝其中，盖便立覆。宿昔葬于城东，土自成坟。

**【译文】**王乔，汉显宗时期担任叶县的县令。会神术，每月的朔望时期，就奉旨来京。皇帝很惊异的发现，只见他们人来了几个，却看不到他们的车骑，就秘密的命令太史偷偷观望一下。太史报告说他们来的时候，一定会有两只鸟从南方飞过来。于是等到鸟到了之后，用网抓，但是只抓住了一只四年中赐给尚书官属的鞋而已。后来从天上就飞下来一口玉棺，停在了堂前，吏人上前去推，怎么也推不动。乔说：“天帝独独召唤我吗？”于是就沐浴身体，睡在了玉棺中，玉棺的盖子马上就盖上了，过了两个夜晚，将玉棺埋葬在了城东，土自动形成了坟墓。

## 董奉种杏

吴董奉，候官人，有道术，居山不种田。为人治病，亦不取钱。重病愈者，使栽杏五株，轻者一株。如此数年，计得十余万株，郁然成林。乃使山中百禽群兽游戏其下，竟不生草，尝加莜治。后杏子大熟，于林中作一草仓，示时人曰：“欲买杏者，不须报奉。但将殿一器置仓中，即自往取一器杏去。”尝有人置谷少而取杏多者，群虎辄吼逐之。

**【译文】**吴董奉是候官人，会道术，住在山里也不种田，为人治病也不取报酬。治愈重病的人让他栽五棵杏树，病轻的人栽一棵。像这样过了好多年，一共得到了十多万株，郁郁葱葱的形成了树林。于是让山中的禽兽都在里面游戏，这里竟然也不长草，像是专门把草锄尽了一样。来杏子熟了好多，在林子里盖了一个茅草仓库，告诉大家说："想要买杏的人，不用去禀报，只要把一容器的谷物放到粮仓里，就可以自己取一容器杏离开。"曾经有人给的谷物少而拿的杏多，一群老虎就吼叫着追他。

## 负局磨镜

负局先生语似燕、代间人，因摩镜辄问主人得无有疾苦者。若有疾，辄出紫丸药与之，莫不愈。数十年后大疫，每到户与药，愈者万计，不取一钱。后止吴山绝崖，世世悬药与人，曰："吾欲还蓬莱山，为汝曹下神水。"崖头一旦有水白色，从石间来下，服之多所愈。

**【译文】**负局先生说话好像燕、代那边的人，经常磨着镜子就问主人有没有疾病。如果有疾病，就拿出紫药丸给他，没有不痊愈的。几十年后发生大的瘟疫，他挨家挨户地送药，治愈了成千上万的人，也不拿一分钱。后来住在吴山绝崖，每一世都拿药给人，说："我正要会蓬莱山，为你们引下神水。"悬崖头一旦有白色的水，从石缝间流下来，喝了能治好很多人的病。

# 葛元道术

葛元字孝先，从左元放受九丹液仙经，与客对食，并言及变化之事。客曰："食毕，先生作一事特戏者。"元曰："君得无促促欲有所见乎？"乃嗽口饭，尽成大蜂数百，皆集客身，亦不螫人。元乃张口，蜂皆飞入口，都毕，元嚼食之，是故饭也。元指床使行，指虾蟆及诸行虫飞燕雀龟之属使舞，应节如人也。元以冬为客设生瓜枣，夏致冰雪。又以数十钱使人散投井中，元以一器于井上呼钱出，于是钱一一飞从井出，皆向所投也。又为客设酒，无人传之，杯自至前，如或不尽，杯不去也。帝问曰："百姓思雨，宁可得乎？"元曰："雨易得耳。"乃书符着社中，一时之间，天地晦暝，大雨流潦。

**【译文】**葛元，字孝先，师从左元放学习《九丹液仙经》，他与客人对坐吃饭，谈到了变化的事情，客人说："饭事完毕，想请先生当一次表演戏法的人。"葛玄说："您难道不想立刻就看见吗？"于是他吃了口饭，把口中的米饭喷了出去，全都变为数百只的大蜂，都集聚在来客的身上，但是也不蛰人。过了好一会儿，葛玄才张开口，蜂就都飞入。葛玄嚼着它们，还是原来的米饭。他又指挥虾蟆和众爬虫、燕雀之类的动物，让它们翩翩起舞，节奏和常人一样。他冬日的时候为来客准备了生瓜枣子，夏季就给他们准备冰雪。又用数十枚钱，让人投到井里，葛云用一个器皿在井上呼唤它们，钱竟然一一从井里飞出。他为来客设备了酒宴，没有人传递酒杯，酒杯自己走到客人面前，如果有人不喝酒，那酒杯也不过去。葛云曾经和吴主的孙权一同坐在楼上，看见楼下的人在捏请雨的土人。吴帝说：“百姓想要求雨，难道也是可以求得到的吗？葛云说：“求雨是很容易的。”于是就书写了神符，拿到神社中，顷刻之间，天地晦暗，大雨流泻了好久。

## 李冰偃水

冰为蜀郡太守。人言泯江水为患，乃作三石人以止水势，作五石犀以压水精，又凿山分三十六江以灌溉。于是人无水旱之忧，家有粒食之乐。尝行山中，遇羽人曰：“公德及民物，已注名天府矣。”遂白日升天。

**【译文】**李冰是蜀郡的太守，他听说泯江水患严重，于是就建造了三个石头人像来阻止水患，还做了一个五石犀用来压制水怪，又把山凿出三十六条水渠用以灌溉农田，于是人民便没有了旱涝灾害的困扰，家里也收获了丰收的喜悦，曾经在山中行走，遇到仙人说：“他为人民做的功德，已经让他位列仙班了。”于是在白天就飞升成为神仙。

## 读石室书

王烈字长休，邯郸人也。烈入河东抱犊山中，得一石室。室中有两卷素书。烈读不知其字，不敢取；颇谙十数字形体，归书之以示稽叔夜。叔夜尽知其字。烈喜，乃将叔夜往识，其径分明了了。

往至，失石室所在。烈窃语弟子曰："叔夜不应得道故也。"

**【译文】**王烈，字长休，邯郸人，王烈来到河东抱犊山中，在那里得到一个石屋子，屋里有两卷道书，王烈拿起来读，却看不懂书上的字，不敢拿走，按照字的样子画下来十多个，把它带回去拿给嵇康看，嵇康竟然知道字的意思，王烈非常开心，于是把发生的事告诉嵇康，哪条道路分别解释清楚，再过去石屋子已经不在了，王烈悄悄地跟手下人说，嵇康不应该得到这些道法。

## 空中闻打麦

王老者，村居慕道。有老道士造之，留月余，忽遍身疮疡，谓王老曰："得酒数斛，浸之即愈。"遂为置酒满瓮。道士坐瓮中三日方出，须发皆黑，颜如童子，谓王老曰："能饮此酒，可以仙去。"时方打麦，王老全家饮之，须臾皆醉，忽风动云蒸，一时轻举，居舍鸡犬皆升，空中犹闻打麦声。

**【译文】**有一个姓王的老人，家住在慕道，有一位老道士来到此地拜访，停留一个多月，突然全身化脓，他告诉老王说："拿一些酒来，浸泡在里面就会痊愈。"于是帮他倒满了一大缸的酒，道士坐在缸中三天才出来，胡子和头发全部都变成黑色的了，面容像一个小孩子，告诉老王说："只要把这个酒喝了，就可以变成神仙了。"那时候他们家正在打麦子，老王全家都喝了这个酒，一会儿就都喝醉了，忽然感觉风吹云动，一时见变得很轻，他们家的鸡狗也一块儿升到天上去，天空中还是能听到打麦子的声音。

## 洞宾游岳阳

吕岩客字洞宾，汭中府人，唐礼部侍郎谓之孙，会昌中两举进士不第，去游庐山，遇异人，得长生诀。多游湘潭岳鄂之间，人莫之识。尝题《岳阳楼》诗云："朝游南粤暮苍梧，袖有青蛇胆气粗。三入岳阳人不识，朗吟飞过洞庭湖。"（《风土记》）

**【译文】**吕岩客，字洞宾，汭州人，唐朝礼部侍郎吕谓的孙子，会昌年间他两次参加科举考试都没有考中，于是就去游历庐山，在那里遇到一位奇人，得到了长生的秘诀。多游历于湘潭岳鄂之间，外表朴实，没人能认出来，曾经在《岳阳楼》中写到朝游南粤暮苍梧，袖有青蛇胆气粗。三入岳阳人不识，朗吟飞过洞庭湖。"

## 饮东林沈氏

熙宁间，湖州归安县之东林，有隐君子沈思，字持正，隐于东林，因以东老名焉。能酿十八仙白酒。一日，有客自称回道人，长揖东老曰："知君白酒新熟，愿求一醉。"公命之坐，徐观其目，碧色粲然，光彩射人；与之语，无不通，故知非尘埃中人也。因出与饮，自日中至暮，已饮数斗，殊无酒色。回曰："久不游浙中，今为子有隐德，留诗赠子。"乃擘席上榴皮，画相题诗于庵壁云："西邻已富忧不足，东老虽贫乐有余。白酒酿来因好客，黄金散尽为收书。"

**【译文】**熙宁年间，在湖州归安县的东林镇，有一位叫沈思的隐士，字持正，归隐在东林，因此以东老作为自己的名号，会酿十八仙白酒，一天有位自称叫吕洞宾的人，对东老作揖说："我知道你的白酒刚刚酿好，希望能求得一饮而醉。"持正就让他坐下，仔细观察他的眼睛，碧色鲜亮，光彩照人；和他说话，就没有他不知道的，所以就知道他不是尘世中的俗人，于是拿出酒跟他一起喝，从中午喝到了晚上，已经喝了好几斗，但是脸上没看出一点喝过酒的样子，他说："很久没游历过浙江了，见你积有阴德，留下一首诗送给你，于是拿起座位上的石榴皮，画像题诗在房屋的墙壁上："西邻已富忧不足，东老虽贫乐有余。白酒酿来因好客，黄金散尽为收书。"

## 弃妻游山

晋许迈，恬静不慕仕进。父母尚存，未忍遗亲，立精舍于余杭悬溜山，朔望时节还家定省。父母既终，乃遣妇孙氏还家。后改名玄，遍游名山采药，莫知所终。好道者皆谓之羽化。（《本传》）

**【译文】**晋朝有一个叫许迈的人，喜欢安静的生活，而且对求取功名的事情，并不感兴趣，只是父母还在世，不忍心舍弃父母，于是把修学的精舍建在余杭的悬留山，每到朔望的时候就回家看望父母，父母去世后，他便让妻子孙氏回了娘家。后来就改名字为玄，在各个名山中游历采药，谁也不知道在哪里去世，爱好修道的人都认为他已经羽化成仙。

# 卷十一 仙佛类（神鬼附）

## 释迦佛生

周昭王二十四年，释迦佛生刹利王家，放大智光，明照十方，世界涌金，莲花自然，捧双足分手指天地，作狮子吼声。年十九，欲出家，号天人师，住世四十九年，将金缕僧迦黎衣传衣与摩诃迦叶。自一祖迦叶传至三十二祖宏忍。（《传灯录》）

**【译文】**周昭王二十四年，释迦佛出生在刹利王家，在他出生的时候，四周竟然放出大智慧的光芒，光亮照到十方天地，整个世界都泛着金光，莲花自然开放，只见他站立在地面，一只手指着天，一只手指着地，发出如同狮子吼一样响亮的声音。在他十九岁的时候，想要出家修行，法号天人法师，在世间传道四十九年，将金缕僧迦黎衣传给摩诃迦叶。从此一祖迦叶传到三十二祖宏忍。

## 汉明帝迎佛

后汉孝明帝永平二年，偶梦金人，巍巍丈六，飞至殿庭，光明炳耀。问群臣，通事舍人傅毅对曰：“臣闻西域有得道者，其名曰佛。陛下所见，得无是乎？”帝遣博士王遵等十八人，同往西域求迎佛法，至月支国，遇迦叶、摩腾竺法兰二梵僧，带白毡，画释迦像《四十二章经》，白马驮之，邀至洛阳。此中土有三宝之始也。（《大箴一览》）

**【译文】**后汉孝明帝永平二年，偶然间，孝明帝梦到金色的人，身材强壮有六丈之高，飞到宫殿上来，发出灿烂的金光，通事官员傅毅回答说：“我听闻西域出现了得道的高人，名叫佛，陛下您看到的会不会就是他呢？于是皇帝派遣博士王遵等十八人，一起前往西域求法，在出发后的第二个月到达支国，遇然遇到了迦叶、摩腾竺法兰两位梵僧，带着白毡子，上面是画着释迦牟尼佛像的《四十二章经》，用白马驮着，于是邀请他们到了洛阳。这就是中土出现三宝的开端。

## 佛法入中国

汉骠骑将军霍去病，出陇西，过焉耆山，得休屠王祭天金人。颜师古曰：“今佛像是其遗法也。”初，帝闻西域有神，其名曰佛，因遣蔡愔等之天竺，求其道，得其书；及沙门以来，其书大抵以虚无为宗，贵慈悲不杀，以为人死不灭，复受形生。时所行善恶皆有报应，故所贵修炼精神，以至为佛。善为宏阔胜大之言，以劝

诱愚俗。精于其道，号曰沙门。于是中国始传其术，图其形象。而王公贵人，独楚王英最先好之。（《通鉴》）

**【译文】**汉骠骑将军霍去病，从陇西出发，路过焉耆山，得到了休屠王用来祭天的道具，颜师曾经说过："今天的佛像是遗留下来的法。"一开始，皇帝听说西域有神人叫佛，因此派遣了蔡愔等人去往天竺，求学他们的道法，求取他们的经书，以及请他们的佛教徒前来说法，他们的书大概都是以虚空、无为作为宗旨，可贵之处在于非常慈悲，不杀害生灵，他们认为人死后是不灭的，只是再换一个形态继续生活，也就是说，你做了善恶之事肯定是会有报应的，最好的办法就是修炼你的精神，最后修行成佛。擅长宣扬恢宏豁达的智慧语言，用来劝诫世俗愚昧无知的人。精进修行道业的人，被称为沙门。于是中国开始传播佛法，画他们的形象，可是王公贵族中，唯有楚王英是最开始修行佛法的。

## 建寺之始

汉明帝于东都门外立精舍，以处摄摩腾竺法兰，即白马寺也。腾始自西域，以白马驮经来。初止鸿胪寺，遂取寺名，创置白马寺，即僧寺之始也。（《事物纪原》）

**【译文】**汉明帝在东都门外建立了精舍，用来安置摄摩腾竺法兰，就是白马寺。一开始起源于西域，用白马驮着经书来到。起初他们停留在鸿胪寺，于是就改了寺名，起名白马寺，这就是僧寺的源头了。

## 祇园

佛大檀越须达多长者，居舍卫国，常施孤独，故曰给孤独。因往王舍城护弥长者家，为男求聘，因见其家请佛说法。须达本事外道，忽闻佛法，生欢喜心，接足作礼而白佛言："我舍卫国人多信邪。弟子欲营精舍，请佛住化。"佛默受请，即遣舍利弗指授规则，遍处求踏。唯有祇陁太子一国，广八十顷，林木郁茂，幽静可居。既得胜地，往白太子。太子戏曰："满以金布，便当相与。"须达出金布八十顷，精舍告成，凡千二百处。白王遣使，请佛安居。

**【译文】**佛大檀越须达多长者，居住在舍卫国，经常喜欢帮助孤寡无依的人，所以大家给他起名为给孤独。因为前往王舍城护弥长者的家中，为自己的儿子求取姻缘，因为看见他们家正请人讲佛法，须达本来是信奉外道的，忽然听到佛法，心里非常的欢喜，就赶紧行接足礼拜佛，并问佛陀说："我们舍卫国的人大部分都信奉神学，弟子愿意建造精舍，请佛陀您前往居住弘法。"佛陀默默地接受了邀请，随即派遣弟子舍利佛去教导戒律，并寻找精舍的地点。发现只有到祇陁太子这里，土地广袤，有八十顷，树木林地茂盛，环境幽静适合修行，就想马上买下这块地方，于是就去找太子，诉说这件事。太子开玩笑地说道："你要是能用金子铺满这块地，我就可以卖给你，须达真的拿出金子铺满这八十亩地，精舍建造成功，有一千二百处之多。王派遣使臣，恭请佛陀过来讲法居住。

## 达摩携履

二十八祖达摩，自天竺国泛海，见梁帝不契，潜上嵩山少林寺，面壁九年，端居而逝，葬熊耳山。魏宋云奉使西域回，遇师于葱岭，见手携只履，翩翩而逝。云问，师曰："西天去。"又谓云曰："汝王已厌世。"云闻之茫然，别师东迈，暨复命，明帝已登遐矣。孝庄即位，云具奏其事。帝令起圹，惟空棺一只，革履存焉。（《传灯录》）

**【译文】**二十八祖达摩，从天竺国出海，不远千里拜见梁帝，但因话不相投，便隐藏在了嵩山少林寺，面对着墙壁修行九年，在他平日修行的屋子里逝世，逝世后葬在了熊耳山上。魏朝宋云奉命出使西域回来，遇到老师在葱岭，看见他手里拿着一只鞋，翩翩而去。宋云忙问，老师说："去西天。"又对他说："你们的王已经离开这个世间，云听到这话后很茫然，告别师父往东走，到达目的地，要复命的时候，明帝已经去世了，孝庄王即位，宋云如实的禀报了此事，皇帝命令打开墓穴，只发现一只空棺材，鞋还在里面呢。

## 卓锡开山

舒州潜山最奇绝，而山麓尤胜。志公与白鹤道人欲之，词谋于梁武帝。帝以二人俱有灵通，俾各以物识其地，得者居之。道人云："某以鹤止处为记。"志公云："某以卓锡处为记。"已而鹤先飞去，至麓将止，忽闻空中锡飞声，志公之锡遂卓于山麓。道人不怿，然以前言不可食，遂各以所识筑室焉。

【译文】舒州潜山最为奇妙，尤其是山麓这个地方，当时有宝志禅师与白鹤道人都想在天柱山创立自己的道场，两人也都看上了这块风水宝地。两人找梁武帝商量，梁武帝认为这两个人都有神通，所以不敢轻易做决定，就让他们各自用各自的物品标识需要的土地，标记到哪里就住在那里，道人说：“我用仙鹤栖息的地方作为标记。”志公说：“我就以卓锡处为标记。那时候白鹤已经先行飞去了，到了天柱山的山麓就要停止的时候，忽然听到空中有锡飞的声音，宝志公禅师的卓锡已经落到了山麓。道人虽然不高兴，但是也不能反悔之前的约定，于是就各自以各自标注的地方建立道场。

## 神献寺基

国一大师，因猎者导，自径山重冈之西至于危峰之北。有顷，素衣老人前而致拜，请师登山绝顶，入五峰之间，愿舍此地为师立锡之所。有大湫指谓师曰：“吾家若去，此湫当涸。留一水穴，幸勿墟之，我将时至而卫师。”言讫，云雾晦冥，风雨骤作。及明既霁，湫水尽涸，惟一穴尚存，谓之龙井。今庵基现在，诸草不生。（《事状》）

【译文】国一大师，因为有打猎人的引导，从径山重冈的西面到达危峰的北面，过了一会儿，有一位穿着白色衣服的老人前来拜见，邀请大师到山顶上，进入五峰之间，他愿意将这个地方布施出来，供养大师作为修行场所。大师指着一个水沟说：“如果我离开后，这个大水沟就会干涸，希望你不要把它掩埋掉，我将在时节因缘到了的时候护卫师道。”说完后，云雾缭绕天一下子由白天变成黑夜，刮风下雨，天亮雨停之后，沟里的水干了，只有一个水穴还留着，称它为龙井，到今天这个庙还在，一点草都不长。

## 斧碎佛牙

五代《赵凤传》，有僧游西域，得佛牙以献。明宗以示大臣，凤言：“世传佛水火不能伤，请验其真伪。”因以斧斫之，应手而碎。方是时，宫中施物已及数千，因凤碎之，乃止。

**【译文】**五代《赵凤传》记载，有一位僧人曾经游历西域，得到一个佛牙，并把它献给了皇帝。明宗皇帝把它拿给大臣们看，赵凤说：“世间传闻佛水火不能侵害，请求验证一下是不是真的。”因此用刀斧去砍，用顺手的兵器去砸，用了很长时间，宫中能用的工具用了上千种，都被赵凤弄碎了，这才停止。

## 入远公社

晋惠远见庐峰清静，足以息心，始住龙泉精舍。刺史桓伊乃为远于山东立房殿，即东林也。绝尘清胜之宾，并不期而至。彭城刘遗民、豫章雷次宗、雁门周续之、新蔡毕颖之、南阳宗炳等，凡百有二十三人，并弃世遗荣，依远游止。（《高僧传》）

**【译文】**晋朝的惠远法师发现庐峰十分清净，非常适合清修，一开始他是住在龙泉精舍。刺史桓伊就为惠远在山东边修建了一座庙宇，就是东林庙，远离尘世的打扰，只有没有约定意外到来人而已。彭城的刘遗民、豫章的雷次宗、雁门的周续之、新蔡的毕颖之、南阳的宗炳等，总共有一百二三十人，他们也都是厌世之人，去远方游历到此地的！

## 不过虎溪

远法师居庐阜三十余年，影不出山，迹不入俗，送客过虎溪，辄鸣号。昔陶元亮居栗里山南，陆修静亦有道之士。远师尝送此二人，与语道合，不觉过之，因相与大笑。今世传《三笑图》。（《庐山记》）

**【译文】**惠远法师住在庐阜三十多年，没有出过山，也没有踏足过凡世，有一次送客人送到了虎溪，就听到老虎的叫声。以前陶渊明住在栗山南边，陆修静也是一个修道的人。惠远法师曾经送别这两个人，与他们之间的谈话太过投机，不知不觉竟然过了虎溪，几个人相视而笑。今天世人称为《三笑图》。

## 女子寄宿

高僧嵬戒行严洁，尝有一女子寄宿，自称天女，以“上人有德，天遣我来”，劝勉其意。嵬执意贞确，一心无扰，曰：“吾心若死灰，无以革囊见试。”女乃凌云而逝，顾曰：“海水可生，须弥可倾。彼上人者，秉心坚贞。”

**【译文】**高僧嵬是一位守戒严明的人，曾经有一个女子借宿，自己说自己是天女，借口“天上的人有好生之德，上天派遣我前来的”，劝导勉励他的意志。而嵬心意坚定，道心坚固，一颗心并没有被干扰，说：“我的心如同死灰，没有什么臭皮囊让你试炼。”于是女子驾着云彩飞走了，回头说：“海水可以上升，须弥山可以倾倒，品德高尚的人持心坚定不退。

## 白公问禅

杭州道林禅师，初至秦，望山见长松枝叶蟠屈如盖，遂栖止其上，复有鹊巢其侧，人目为鹊巢和尚。太守白居易入山，曰：“师住处甚危险。”师曰：“太守危险尤甚。”曰：“弟子位镇山河，何险之有？”曰：“心火相交，识性不停，得非险乎？”又问佛法大意，师曰：“诸恶莫作，众善奉行。”白曰：“三岁孩儿也解恁么道？”师曰：“三岁孩儿虽道得，八十老人行不得。”

**【译文】**杭州的道林禅师，刚到达秦地的时候，远远望见有一棵很老的松树，树上边盘曲着，像个鸟窝似的，所以称他“鸟窠禅师”。太守白居易到山中，说：“大师您在这居住很危险。”大师说：“太守你现在的处境才更危险。”太守说：“弟子在朝廷为官，位镇江山，能有什么危险？”鸟窠禅师说：“官场沉浮，勾心斗角，怎么能说没有危险呢？”又问鸟窠禅师，修行佛法的方法，法师说：“什么恶事都不要去做，什么善事你都要去做。”白居易说：“这三岁小孩都知道的事情，算得上什么高见呢？”鸟窠禅师严肃地说：“三岁小孩儿都知道的道理，八十岁的老人做不到。”

## 寒山子

天台寒山子以桦皮为冠，真大未展时来国清寺就拾得，取众僧残食菜滓食之。丰干禅师曰：“汝与我游五台，即我同流；若不去，非我同流。”曰：“我不去。”丰干曰：“汝不是我同流。”寒山却问：“去五台作什么？”曰：“我去礼文殊。”寒山曰：“汝不是我同流。”

**【译文】**天台宗的寒山用桦树皮做帽子，在想不明白真理，一筹莫展的时候来到国清寺拜见丰干禅师，取来一众僧人的剩菜剩饭吃，丰干禅师曰：“你跟我一同游历五台山，就是跟我一样的人，如果不去，就不是跟我一样的人。”寒山说：“我不去。”丰干说，你跟我不是一类人，寒山问：“去五台作什么？”丰干说：“我去拜见文殊菩萨。”寒山说：“你跟我不是同道中人。”

## 拾得子

天台拾得者，丰干禅师山中行，至赤城见一子，携至寺中，名为拾得。一日扫地，寺主问：“汝毕竟姓个什么，在何处住？”拾得放下扫帚，叉手而立，寺主罔测。寒山捶胸曰：“苍天，苍天。”拾得问：“汝作什么？”曰：“岂不见道东家人死，西家助哀。”二人作舞，哭笑而去。

**【译文】**天台宗有一位叫拾得的人，丰干禅师在山中修行，到赤城见到一个孩子，把他带回寺庙，取名为拾得。一天他在扫地，寺主问：“你到底姓什么，住在什么地方？”拾得放下扫帚，双手叉腰站着，寺主猜不出，寒山捶着胸口说：“苍天，苍天。”拾得问：你在干什么，寒山说：“怎么看不见东家有人死去，西家有人跟着一起哀悼，二人作舞，又哭又笑地走开了。

## 布袋和尚

布袋和尚，形材腲脮[①]，蹙额皤腹。以杖荷一布囊，供身之具，尽贮囊中。入市，见物辄乞，或醯醢[②]鱼菹，才接入口，分少许投囊中。白鹿和尚问：“如何是布袋？”师便放下布袋。又问：“如何是布袋下事？”师负之而去。

**【注释】**①腲脮（wěi něi）：肥貌。②醯醢：意思是指鱼肉做成的酱。

**【译文】**布袋和尚，身体很胖，眉皱在一起，而且肚子很大，用杖挑着一个布袋子，别人供养他的东西，他都放在里面。到集市中，有人供养他鱼肉做成的酱，他也接起来放到嘴里，分少一部分放到布袋里。白鹿和尚问：布袋里有什么，他就把布袋放下了。白鹿又问：“怎么把布袋放下了？”他就立刻提起布袋，头也不回地离去。

## 万回师

万回师，姓张氏。初，母祈于观音像而妊回。回生而愚，八九岁乃能语。虽父母亦以豚犬畜之。其兄戍役于安西，音问隔绝，父母遣人问讯。一日，朝赍所备而往，夕返其家，父母异之。弘农抵安西万余里，以其万里而回，因号万回。唐武后尝赐之锦袍玉带。

**【译文】**万回师，姓张，起初，他的母亲在观音像前求子，回来后就怀孕了。回生来就很愚钝，八九岁才会说话。他的父母就把他当成小猪小狗养着。万回的哥哥在安西当兵服役，一点音讯也没有。父母派人去询问。有一天，他早上带着准备好的东西出发，晚上就返回家中，从他家弘农村到安西，有一万多里地之远，因为他能一日行万里地还能返回，因此得名万回。唐武后曾经赐给他锦袍玉带。

## 寺为窟室

宋元嘉二十三年，魏崔浩不喜佛法，每言于魏王宜除之；及魏王讨盖吴，至长安，入佛寺，沙门饮从官酒，从官入其室，见大有兵器，出以白帝，怒曰："此非沙门所用，必与盖吴通谋，欲为乱耳。"命有司按诛阖寺沙门，阅其财产，大得酿具及州郡牧守富人所寄藏，物以万计，又为窟室以处妇女。浩因说帝悉诛天下沙门，毁诸经像。帝从之，诏"自今以后，敢有事胡神及造形像泥人铜人者，诛。"太子晃素好佛法，乃缓宣诏书，使远近豫闻之，得各为计。沙门多亡匿获免，或收藏经像；唯塔庙在魏境者，无复孑遗。

**【译文】**宋元嘉二十三年，魏崔浩不喜欢佛法，每每进言让魏王铲除佛法，在他到达长安时，去一座寺庙，发现有僧人在喝官酿官卖的酒，于是就走进房间，发现兵器，就把这件事告诉了皇帝，皇帝大为震怒说："这不是沙弥应该用的东西，一定是和盖吴密谋，想要谋反作乱。"于是下令司按诛杀了全寺僧众，检查他们的财产，发现大量酿酒的器具还有州郡的长官藏在这里的财物，数以万计，还为娱乐场所提供女子。崔浩趁机劝皇帝诛杀天下所有的和尚，焚毁经像。皇帝都同意了，下诏说"从今以后凡是再用泥塑或铜塑造佛像的人，杀。"当时太子拓跋晃一向喜好佛法，再三上奏，劝阻皇帝，让废佛的诏书缓慢宣扬，让远近的沙门听到音讯后，各自逃跑。很多沙门因为逃匿而免于灾祸，秘密藏了很多佛经、佛像；然而在魏国境内的寺院塔庙，却没有办法幸免于难，没有遗留下来。

## 傅奕浮图

奕，相州人。唐高祖时为太史丞，上书诋浮图曰："生死寿夭，本诸自然，今其徒皆云由佛。五帝、三王未有佛法，年祚长久。至汉、晋以来，政虐祚短，事佛果何益欤？"帝下议，萧瑀曰："佛，圣人也。非圣人者无法。"奕曰："礼始于事亲，终于事君。今以佛法抗君悖亲，所谓非孝者无亲。"瑀不能答，但合掌曰："地狱正为此人设也。"（本传）

【译文】奕，相州人。唐高祖时担任太史丞，上书诋毁浮图道："生、死、长寿、早夭，本来就是自然的，如今佛教的信徒都说是由佛陀决定的。五帝、三王的时期并没有佛法，国家也福泽长久。反而到了汉、晋以来，政事暴虐福泽短，侍奉佛教有什么作用呢？于是高祖就与群臣讨论这个提议，萧瑀说："佛是圣人。诽谤圣人的人，是目无礼法。"傅弈说："礼开始于对父母的供养，终于对皇上的忠诚。而佛祖违背他的国君，离开他的亲人，可以说是不忠不孝的人。"萧瑀无法反驳，只能合掌说："地狱的设置，正是为了你这种人！

## 东坡问禅

佛印禅师法名了元，饶州人。东坡与之游，时住润州金山寺。公赴杭过润，为留数日。一日，值师挂牌，与弟子入室。公便服入方丈见之。师云："内翰何来？此间无坐处。"公戏借和尚四大，用作禅林，师曰："山僧有一转语，内翰言下即答，当从听请。愿留所系玉带以镇山门。"公许之，便解玉带置几上。师云："山僧四大本空，五蕴非有。内翰欲于何处坐？"公拟议①，未即答，师急呼侍者云："收此玉带，永镇山门。"公笑而与之，师遂取衲裙相报。

【注释】①拟议：指草拟；多指事先的考虑。

【译文】佛印禅师法名了元，饶州人。苏东坡和他一块出游，期间住在润州的金山寺，苏东坡去杭州上任的时候路过，在此处留宿数日。一天，正好赶上禅师接待客人，和弟子一起来到室内。苏东坡就穿着便衣进入去面见禅师。禅师说："我这里可没有摆设坐榻，你来这里没地方坐。"苏东坡借着佛家讲的"四大"（地、水、火、风），作为禅机，佛印说：山僧有一个问题，居士如果能回答就坐下，如果回答不了，那就要留下腰间的玉带子，让我用来镇山门。东坡当即就同意了，解下腰间的玉带子放在桌子上。佛印禅师说：山僧本就四大皆空，五蕴非有，居士你要坐在哪里？苏东坡考虑了半天，回答不上来，佛印禅师赶紧招呼侍者说："快收下这个玉带，永远镇守山门。"苏东坡高兴的给了禅师，禅师马上取来僧衣回报他。

## 阇梨饭后钟

王播少孤贫，客扬州木兰院，随僧斋粥，僧厌苦之，饭后击钟。其后，播镇扬州访旧，题诗处有曰："上堂已了各西东，惭愧阇梨饭后钟。"后二纪，播出镇是邦，向所题已碧纱笼之矣，乃续云："三十年来尘扑面，如今始得碧纱笼。"

**【译文】**王播年轻的时候穷困潦倒，经常客居在扬州慧照寺木兰院，跟着和尚们蹭饭吃，和尚们讨厌他，于是故意错开吃饭的时间，等到吃完饭才击打吃饭的钟。后来，王播身居重位镇守扬州，顺道故地重游，并且题写了一首绝句："上堂已了各西东，惭愧阇梨饭后钟。"过了二十多年，王播又重新镇守扬州，顺道故地重游，和尚们把他题的诗用纱罩起来，王播接着写了一首绝句："三十年来尘扑面，如今始得碧纱笼。"

## 寺僧蒸豚

王中令既平蜀，饥甚，入一村寺。主僧醉甚箕踞，公欲斩之。僧应对不惧，公奇之。公求蔬食，云："有肉无蔬馈，蒸猪头甚美。"公喜，问："只能饮酒食肉，即为有它技也？"僧言能诗，公令赋蒸豚，立成，云："嘴长毛短浅含膘，久向山中食药苗。蒸处已将蕉叶裹，熟时兼用杏浆浇。红鲜雅称金盘饤，软熟真堪玉箸挑。若把毡根来比并，毡根自合吃藤条。"公大喜，与紫衣师号。（《仇池笔记》）

**【译文】**王中令到平蜀，饥饿难耐，于是走到一座寺院内，主持师父喝醉了酒盘腿坐着，王中令很生气想把他杀了。师父面对他一点不畏惧，王中令很好奇，王中令向他要一些素菜食物，师父说："有肉没有蔬菜，蒸猪头的味道非常美味。"王中令非常欢喜，问："既然能饮酒食肉，那还有其他的技能吧？"僧说他能作诗，公就让他为蒸豚赋诗一首，立马就做出来了，说："嘴长毛短浅含膘，久向山中食药苗。蒸处已将蕉叶裹，熟时兼用杏浆浇。红鲜雅称金盘饤，软熟真堪玉箸挑。若把毡根来比并，毡根自合吃藤条。"公非常的欢喜，就赐给他紫衣师的称号。

## 五方神现

武王伐纣，都洛邑，天大雨雪。甲子朔，五神车骑止王门之外，欲谒武王。王曰："诸神各有名乎？"师尚父曰："南海神名祝融，北海神名玄冥，东海神名勾芒，西海神名蓐收，河伯名冯修。”使谒者以名召之，神皆惊而见武王。王曰：“何以教之？”神曰：“天伐殷立周，谨来受命，各奉其使。”武王曰：“予岁时无废礼焉。”（《太公阴谋》）

**【译文】**武王要讨伐纣王，那时候定都洛邑，天下起大雨。甲子年的初一，有五辆神驾停在王门的外面，想要拜见武王，王说：“天下所有的神仙都有各自的名字吗？”老师尚父说：“南海神的名字是祝融，北海神的名字是玄冥，东海神的名字是勾芒，西海神的名字是蓐收，河伯的名字是冯修。”于是派遣使者用他们的名字召唤他，众神都很惊讶，赶紧拜见武王。王说：“要用什么方法来教化百姓？神说：“天子讨伐殷商建立了周朝，我等前来虚心接受命令，各自行使各自的职能，”武王说：“我是永远不会舍弃礼仪的。”

## 神占郡厅

梁刍琛为吴兴守，郡有项羽庙甚灵，于郡厅事为神坐。前后二千石，皆以牛充祭而避居他室。琛至，著履登厅事，常闻室中有此声。琛曰：“生不能与汉祖争中原，死据此厅事，何也？”因迁之。

**【译文】**梁刍琛为吴兴的太守，吴兴县有个项羽庙很灵验，于是当地人就在郡府中设置供奉的神座。前后两位太守，都用牛肉来拜祭，而自己却回避到其他房间居住。萧琛到了之后，负责管理登厅事，常听见屋里有人说话。琛说："你活着的时候不能跟汉主争得中原，死后却要霸占我们的议事厅，这是什么道理？"所以把他迁走了。

## 毁庐山庙

顾劭为豫章，禁淫祀，毁诸庙；至庐山庙，一郡悉谏，不从。夜有人经前，状若方相，云是庐山君。劭要之入，坐与谈《春秋》。灯尽，烧《左传》以续之。鬼欲凌劭，劭神气湛然，鬼反和逊，求复庙，劭笑而不答。鬼怒曰："三年内，君必衰。当此时，相报如期。"劭果病，咸劝复庙。劭曰："邪岂胜正！"终不听，遂卒。（《商芸小说》）

**【译文】**三国顾劭是豫章的太守，他废止过分不合礼仪的祭祀，拆除了很多庙宇；拆到庐山庙的时候，一个城的人都来求情，可是顾劭不听。有天夜里有人径直走到他的面前，还说自己是庐山的山神。顾劭就邀请他进来，两个人坐在一起讨论《春秋》。等到灯芯燃尽，就把《左传》烧了，用来续灯油。鬼本想把顾劭给吃了，但是因为顾劭精神充沛，鬼不敢害，于是反过来非常和善的请求他可以修复庙宇，顾劭笑笑没有说话。鬼愤怒地说道："三年之内，你一定会生病衰弱，到了那时候，我还会来报复你的。"顾劭果然生病了，大家劝他修复庐山庙。顾劭："邪恶怎能战胜正义呢。"始终不听，于是就去世了。

## 宿薄后庙

牛僧孺落第,归宛、叶间,将宿大安民舍,会暮失道,夜月始出,远望火明,至一大宅。黄衣阍人曰:"有客,有客。"入告,少时出曰:"请郎君入。"至大殿,蔽以珠帘,拜于殿下。帘中语曰:"妾汉文帝母薄太后,此是庙,郎何辱至?行役无苦乎?今夜风月佳甚。"呼左右:"屈两个娘子出见牛秀才。"良久,有二女子从云中至,太后顾曰:"此高祖戚夫人。"余下拜,夫人亦拜。又顾一人曰:"此元帝王嫱。"如前拜,各就坐。太后使紫衣中贵人曰:"迎杨家、潘家来。"久之,五色云中有二女子下。太后顾曰:"此是唐朝太真妃。"余即肃拜如礼。又指一人曰:"此齐帝潘淑妃。"余拜,妃复拜。既毕,太后命进馔具酒,各赋诗。别有善笛女子,太后谓曰:"识此否?此石家绿珠也。"因曰:"牛秀才来,今夕谁人与伴?"戚夫子、潘妃、绿珠皆辞不可;及乱,太后又曰:"太真先朝贵妃,固勿言也。"乃谓王嫱曰:"昭君嫁呼韩单于。胡鬼何能为?昭君幸无辞。"昭君不对,低眉羞恨,俄各归休。牛秀才为左右送入昭君院,会将旦,竟辞去。太后使人送往大安邸,旋失使人。行少时天始明,余却望,有庙荒毁不可入,竟不知其如何。(僧儒《周秦行记》)

**【译文】**牛僧孺在真元年间考进士没考上,回到叶宛一带,打算到大安百姓家里借宿,当时天已经黑了,迷了路,夜晚月亮出来,远远看到有火的光亮,到了一个有大庭院的富贵人家,穿黄衣服的看门人说："有客人，有客人。"黄衣人进去报告，不一会儿出来说："请公子进去。"到了大殿，殿上有珠帘遮挡着，在殿下礼拜后，帘后的人说："我是汉文帝的母亲薄太后，这是庙，公子为什么会来这里呢？您走路不辛苦吗？今天晚上的风光月色都很好，招呼左右侍从，叫两个娘子出来见牛秀才，过了好久，有两个娘子从殿中走来，太后说："这是高祖的戚夫人。"我便下拜，夫人也还礼，又看着一个人说："这是汉元帝的王嫱。"我又像拜戚夫人一样拜了一下，大家都坐好，太后对着穿紫衣服的宦官说："去把杨家、潘家迎来。"过了好久，就看见两位女子从云中走来，太后说："这是唐朝的太真妃子，我就伏在地上拜见，就像臣子拜见君王，又指一人说，"这是齐帝的潘淑妃。"我向她行礼 她也还礼，这些都结束后，太后让人把酒菜端上来，各自作诗，另外还有善于吹笛子的女子，太后问："认识她么？这是石家的绿珠啊。"太后说，牛秀才远道而来，今晚谁跟他作伴，戚夫子、潘妃、绿珠都推迟说不行，太后又说："太真是当朝先帝的贵妃更不行。"于是回头看着王嫱说，昭君开始嫁给呼韩单于，再说严寒的地方胡鬼又能做什么呢，昭君不回答，低着头羞涩怨恨，不一会儿各自回去休息，我被左右人送到昭君房中，宴会结束，终于辞别而去。太后让朱衣人送我去大安，不久就找不到送我的人了，天亮以后，我又返回去看那庙宇，荒凉破败进不去人，我一直也不知道这到底是怎么回事。

## 修江渎庙

文潞公少时，从其父赴蜀州幕官。过成都，潞公入江渎庙观画壁，祠官接之甚勤，且言夜梦神令洒扫祠庭，曰："明日有宰相来。君岂异日之宰相乎？”公笑曰：“宰相非所望。若为成都，当令庙堂一新。”庆历中，公以枢密直知益州听事之三日，谒江渎庙，若有感焉。方经营改造中，忽江涨，大木数千章蔽流而下，尽取以为材。庙成，壮观甲天下。（《闻见录》）

**【译文】**文潞公少时，跟着他的父亲赴蜀州当官，经过成都时，潞公去江渎庙看壁画，祠官接待他非常殷勤，并且说我昨天晚上梦到有神让我打扫好庭院，说：“明日要有宰相前来。难道您以后会成为宰相么？”文潞公笑着说：“宰相不是我所追求的，如果能当一个都令，我就会把你的庙翻新一下。”庆历年中，公任枢密院中书到达宜州开会住了三天，到了江渎庙，想起以前的事情，于是组织重修庙宇，忽然长江涨水，有大木头数千根随着水流下来，全都用来做木材，庙宇就这样建成了，壮丽的景观，闻名天下。

## 梦伯有

郑人相惊以伯有（郑人杀伯有，言其鬼至），曰“伯有至矣”则皆走，不知所往。铸刑书之岁二月，或梦伯有介而行，曰：“壬子，余将杀带也。明年壬寅，余又将杀段也。”及壬子，驷带卒，国人益惧。齐、燕平之三月壬寅，公孙段卒，国人愈惧。其明月，子产立公孙洩及良止以抚之，乃止。（《左传·昭公七年》）

**【译文】**郑国人以伯友之名相互惊吓（郑人杀死了伯有，就说他的魂魄来了），说“伯友来了，人全都逃走，不知所踪，铸刑书之岁二月，有人梦见伯友戎装而行，说：“壬子年，我将杀死驷带，到了壬寅年，我将杀死公孙段。”等到壬子年，驷带死了，国民更加恐慌，又到了第二年的壬寅年，公孙段也死了，国民越来越恐慌，因为此事，子产任用伯友的后代为官，这件事就到此结束了。

## 无鬼论

阮瞻素执无鬼论。忽有一客通名诣瞻，寒温毕，聊谈名理。客甚有才辩，瞻与之言，良久，及鬼神之事，反复甚苦，客遂屈，乃作色曰：“鬼神，古今圣贤所共传。君何得言无？即仆便是鬼。”于是变为异形，须臾消灭。

**【译文】**阮瞻平日坚持无鬼神的说法，忽然有一个客人报了姓名来求见阮瞻，寒暄完毕，他们就聊起事物的是非道理。那个客人口才极好，瞻和他聊了很久，谈到鬼神的事情时，反复都在说鬼神之说荒谬，那客人脸一沉，严肃地说道：“鬼神的事是从古至今圣人贤士们一同传扬的，您怎么能说没有呢？而且我就是个鬼。”于是客人变成鬼的样子，瞬间就消失了。

## 家中谈易

晋陆云尝行，逗宿故人家，夜暗迷路，忽望草中有火光，于是趣之。至一家便寄宿，见一年少，美风姿，共谈《老子》，音致深远。向晓辞去，行十许里，始至故人家，云“此数十里无人居。”云意始悟，却寻昨宿处，乃王弼冢。云本无玄学，自此谈玄殊进。

**【译文】**晋朝时期有一位叫陆云的人曾经出远门，准备寄宿在了朋友家中，夜幕降临，道路昏暗，因此就迷路了，忽然看见草丛中有火光，于是就走过去。见到一户人家便去寄宿，看见一位少年，风姿卓越，于是与他一起谈论《老子》，感觉遇到知音，因此聊了很久。天快亮了才离开，走了大约十多里地，才来到朋友家，朋友说“此处方圆十里地都没有人居住啊。”云这才醒悟过来，于是去寻找自己昨晚留宿的地方，发现竟然是王弼的坟墓。云本来是不相信玄学的，从此以后便越来越喜欢谈论玄学了。

## 因鬼杀子

梁国之北，地名黎丘，有奇鬼焉，善效人之子侄、昆弟，好扶挹丈人而道苦之。黎丘丈人之市醉而归者，黎丘之鬼效其子之状，扶而道苦之。丈人归，酒醒而谯其子，其子泣而触地曰：“孽无苦也。”其父信之，曰：“嘻，是必扶奇鬼也，我固闻之。明日复饮于市，欲遇而刺之。”明旦而醉。其真子恐其父之不能反也，遂迎之。丈人望其真子，拔剑刺之，而不知惑于似其子者，而杀其真子。(《战国策》)

**【译文】**梁国的北边，有一块叫做黎丘的地方，传说那里有一只非常神奇的鬼，擅长效仿别人的儿子、侄子或者弟弟的样子，喜欢扶着人家的老人，却让他在路上受苦。黎丘那有一位老人在市集上喝醉酒回家，黎丘的这个鬼就变化成他儿子的样子，扶着老人却让老人在道上受苦。老人回来后，酒醒了就责备自己的儿子，他的儿子跪地痛哭道："真是没有这样的事情啊。"他的父亲就相信了，说："哎，大概是那是代扶别人的奇鬼吧，我也听说过。明天我还去市集饮酒，如果遇到它，我就去刺杀他。"第二天老人又喝醉回来了。可是老人的真儿子害怕父亲有危险回不来，就赶紧去接父亲。老人看到自己的儿子后，就拔出剑刺过去了，却不想一想是不是真是自己的儿子，就这样杀死了自己的亲生骨肉。

## 正能辟邪

宋徐孝先为都官尚书。自晋以来，尚书寮皆携官属居省。年代久远，多有鬼怪。每夜昏之时，无故有声光。或见人着衣冠从中出，须臾复没；或门自开合，见者多死之。尚书周确卒于此省。孝先代确，即居之，经两载，妖变皆息。时人咸以为贞正所致。

**【译文】**宋代的徐孝先为都官尚书。从晋朝开始，担任尚书这个职位的人都可以带着自己的眷属到自己任职的地方居住。年代已经很久远了，所以会出现很多鬼怪。每到夜半黄昏的时候，无缘无故就出现声音或者亮光。或者看见有穿着衣服，戴着帽子的人从中间走出来，过了一会儿就不见了；有时候门会自己打开或者合上，看见的人，大多数都死去了。尚书周确就在这个省去世。孝先就代替确担任尚书的职位，从他居住开始，过了两年，这种妖异鬼怪的事情就全部消失了。那时的人都认为是徐孝先忠贞正义的品德导致的。

# 见怪不怪

魏元忠公正宽厚，不信邪鬼。未达时家贫，独一婢老，猿为看火。婢惊白公，公曰："猿闻我阙仆，为我执爨耳。"又尝呼苍头，苍头未应，犬代呼之。公曰："孝顺狗也，能代我劳。"又独坐，有群鼠拱之于前，公曰："汝辈饥，求食于我耶？"乃令饲之。又夜有鸺鹠鸣于屋端，家人将弹之，公曰："彼昼不见物，故夜飞此，亦天地所有，不可使南适越，北走胡，何须伤之。"又一夕，夜半有妇女数人立于床前，公曰："能徙吾床于堂下乎？"妇人竟移床于堂下。公曰："能复徙堂中乎？"群女乃复移床至旧所。公曰："能徙吾床至街市乎？"群女再拜而去，曰："此宽厚长者，岂可同常人玩之哉。"（《见异录》）

**【译文】**魏元忠为人公正宽厚，从不相信鬼怪邪说。还没有发达的时候，家中十分贫困，只有一位年迈的老婢女，还有一只猿猴为他家看火。婢女看到后非常吃惊地告诉白公，白公说："猿猴听说我缺少仆人，就过来当我的仆人，帮我料理司炊上的事情。"又曾经呼唤自己的奴仆，奴仆没有答话，狗就跑过去代为呼唤。公说："真是一只孝顺的狗啊，能够为我代劳。"还有一次，在家中独坐，有一群老鼠拱着爪子站在公的面前，公说："你们是不是饿了啊，在向我乞食呢？"于是就让人喂这些老鼠。还有一次，夜晚有一只小猫头鹰在屋顶上叫，家人正要用弹弓把它赶走，公说："猫头鹰在白天的时候，是看不到动物的，因此在夜幕降临的时候飞过来，这也是天地孕育的生命，你不让它在这里，那它能到哪里去，何必伤害它呢。”又一天，夜半时分，有几位妇女站在了公的床前，公说：“你们能把我的床，从这里移到堂下吗？”妇人竟然真的移床到了堂下。公说：“那你们还能把床移动回到房子中间吗？”这群妇女就又把床移回原来的地方。公说：“那你们能把我的床移动到街市中去吗？”群女再三礼拜后离去，说：“这是一位宽厚的长者，怎么能像跟普通人那样玩乐呢。”

## 鬼手入窗

少保马公亮，少时临窗烛下阅书，忽有大手如扇，自窗前伸入，次夜又至。公以笔濡雌黄水大书“花”字，窗外大呼：“速为我涤去，不然祸及于汝。”公不听而寝。有顷怒甚，索涤去愈急，公不应。将晓哀鸣而手终不能缩，且曰：“公将大贵。我戏犯公，何忍致我极地耶？公独不见温峤燃犀之事乎？”公大悟，以水涤去“花”字，遂谢而去。（《括异志》）

**【译文】**少保马公亮，年少的时候，在窗烛下看书，忽然有一只像扇子一样的大手，从窗户前伸进来，第二天晚上又出现了。公就用笔沾满了雌黄水，在他手上写了一个大大的“花”字，窗外的人大声呼叫道：“请速速为我洗去，不然的话，你会有灾祸的。”公没有听他的话，就去睡觉了。过了一会儿，窗外的人非常的生气，着急的请求为他洗去，公还是不理他。眼看就要天亮了，那人哀叹自己的手还是不能缩回去，便对公说：“您是大贵之人。我戏弄冒犯您，是我不对，您何必一定要置我于死地啊？难道您没有听过温峤燃犀的典故吗？”公因此大悟，用水把“花”字洗干净了，那人赶紧道谢，离开了。

## 爆杖惊鬼

或问朱子曰：“世人多为精怪迷惑，此理如何？”曰：“《家语》曰：‘山之怪曰夔魍魉，水之怪曰龙罔象，土之怪曰羵羊。’皆是气之杂糅乖乱所生，以为无则不可。如冬寒夏热，春荣秋枯，此理之正也。忽冬月开一朵花，岂可谓无此理，但非正耳，故谓之怪。孔子所以不语，学者未须理会也。”坐间或云：“乡间有李三者，死而为厉鬼，人凡有祭祀佛事，必设此人一分。或设黄箓大醮，不曾设他一分，斋食尽为所污。因为人放爆杖于所依之树，自是遂绝。”曰：“是他枉死，气未散，被爆杖惊散了。设醮请天地山川之神，却被小鬼污却，以此见得设醮无此理也。”（《语录》）

【译文】有人就询问朱子道：“世上很多人都会被人精怪所迷惑，这是什么道理呢？”朱子说：“《孔子家语》说：‘山上的精怪叫做夔魍魉，水里的精怪龙罔象，地下的精怪叫羵羊。’这都是因为气胡乱的混杂在一起才产生的，如果认为是没有的，那也不可以。就如同冬天十分的寒冷，夏天又十分的炎热，春天万物复苏，秋天万物枯槁，这才是正理。忽然在寒冬腊月，大地竟然开了一朵花，也不能说这是没有道理的，但这却不是正常的情况，因此被称为怪。孔子之所以不说的原因，学习的人也不用过于探究。”就在这时，有一个人说：“乡间有一位叫李三的人，死后变成了厉鬼，人间凡是有举办祭祀或者超拔的佛事，一定会为这个人祈求一分功德。如果再举办黄箓大醮，没有为他设下一分功德，那供养的斋食就全都被他污染了。因为有人在他依附的树上放鞭炮，他从那时就消散了。”朱子说：“是因为他是枉死的，气没有散，现在被爆杖惊散了。如果举办祭祀，礼请天地山川的神明，却被小鬼污染了斋饭，可见的这场祭祀是没有正理的。”

## 灯檠精

宋潜为甘渡巡检。故人赵当训其子弟，忽见美妇人立灯下，纤腰一搦，唱曰：“郎行久不归，妾心伤亦苦。低迷罗箔风，泣背西窗雨。”遂灭，趋赵就寝，曰：“妾本东方人，鬻身于彭城郎。今郎观光上国，妾岂可孤眠暗室？”明夜又来。诸生怪赵精神恍惚，具告。其父潜往观焉，因大呼遽入，以手抱之甚细，视之乃一灯檠，焚之。（《云斋广录》）

**【译文】**宋潜在担任甘渡巡检的时候。故人赵当在训诫他的孩子们，忽然看见一位美丽的少妇站在灯下面，捏着自己的纤纤细腰，唱道：“郎行久不归，妾心伤亦苦。低迷罗箔风，泣背西窗雨。”随即灯就灭掉了，等到赵要睡觉的时候，那女子又说：“我本来是东方人，卖身给了彭城一郎君。今日郎君去京师游玩，怎么让妾身孤单一人住在黑漆漆的房子里呢？”第二天夜里又来了。大家都很奇怪赵的精神为什么这样恍惚，赵就把事情经过都告诉大家。他的父亲偷偷潜入，想要一探究竟，因为呼喊着突然进入，用手抱住了那女子，发现腰部非常的细，一看原来是一个灯架，随即就烧掉了。

## 神座有狐

景德中，邠州有神祠，相传神亲享杯盘，盖神座下有穴，藏群狐，自穴出，享肴醴。王嗣宗得其实，纵火焚穴，擒杀群狐，鞭庙祝背遂绝。初，公在长安，极疏神山人放之短。好事有诗云：“终南隐士声华歇，邠土妖狐巢穴空；二事但输王太守，圣明方信有英雄。”（《渑水燕谈》）

**【译文】**宋真宗景德年间，邠州有座神祠，相传神会下凡，亲自享用杯盘中供奉的食物，其实是神座下面有一个洞穴，里面藏着一群狐狸，从洞穴出来后，享用供奉的佳肴。王嗣宗知道了真相，就放火焚烧了洞穴，擒拿并杀死了这群狐狸，鞭打了寺庙中管香火的人，这样的事情就不再发生了。一开始，公在长安的时候，就远离灵异神怪或者诉说他人的短处，有好事的人，写成了诗：“终南隐士声华歇，邠土妖狐巢穴空；二事但输王太守，圣明方信有英雄。”

# 卷十二 仙佛类（葬墓附）

## 鼎湖攀龙

黄帝采首阳山铜，铸鼎于荆山下。鼎既成，有龙垂胡髯下迎黄帝。黄帝上骑，群臣后宫从上龙七十余人，龙乃上去。馀小臣不得已，乃悉持龙髯，拔堕黄帝弓。百姓仰望黄帝，既上天，乃抱其弓与龙髯号。故后世名其处曰鼎湖，其弓曰乌号。（《汉•郊祀志》）

**【译文】**黄帝采集了首阳山的铜矿，在荆山下铸造铜鼎。在大鼎做好的时候，有龙垂下自己的胡须，来迎接黄帝。黄帝骑上龙，群臣以及后宫众人跟着骑上龙的有七十多人，于是龙就向上空飞去。余下的小臣没有办法一同骑上龙，于是就都抓着龙的胡须，就把龙的胡须拔下来了，掉到了地上变成黄帝弓。百姓仰望着黄帝，看到黄帝已经上天后，就抱其弓和龙的胡须哭泣。因此后世就将此处命名为鼎湖，这个弓被称为乌号。

## 桥山剑舄

黄帝葬于桥山南，空棺无尸，唯剑舄在焉。汉武帝因巡朔方，还祭黄帝于桥山。上曰："吾闻黄帝不死，有冢何也？"公孙卿对曰："黄帝已仙上天，群臣葬其衣冠。"（《史记》）

**【译文】**黄帝被安葬在桥山的南边，棺木空空，没有尸体，只有鞋子还在。汉武帝因为要巡视北方，就在桥山祭祀黄帝。皇上问道："我听说黄帝并没有死去，为什么还有坟墓呢？"公孙卿回答道："黄帝已经成仙上天，大臣们为黄帝设立了衣冠冢。"

## 水啮王季墓

滕文公卒，葬有日矣。天大雨雪至半月，群臣请弛期，太子不许。惠子谏曰："昔王季葬涡水之尾，栾水啮其墓，见棺前物。文王曰：'先君殆见群臣百姓矣。'乃出其棺，三日而后葬。今太子亦宜曰先君欲少留而抚社稷，故使雪甚弛期而更为日，此文王义也。"太子曰："善。"（《吕氏春秋》）

**【译文】**滕文公去世后，定下埋葬的时间后。上天竟然下起大雨雪，持续了半个月，大臣们都请求延期埋葬，但是太子不同意。惠子就劝谏道："之前王季被埋葬在涡水的尾部，有栾水侵蚀他的墓地，都看到了陪葬在棺木前的物品。文王说：'先君大概是想要见到群臣和百姓了。’于是就棺木抬出，三日后才又安葬。今天太子也可以参考，告诉大家先君想要多留几天，安抚社稷，因此才让雨雪导致葬期延迟，更改埋葬的时间，这是文王之义啊。”太子说：“就这样办。”

## 虎丘金精

吴王阖闾葬于虎丘山下，发吴都之士十万人共治葬，穿土为川，积壤为丘。池广六十步，水深一丈五尺。铜棺三重，倾池六尺。黄金珠玉为凫雁，扁诸之剑、鱼肠之干在焉。葬三日，金精上腾为白虎，蹲踞于上，因名虎丘。

**【译文】**吴王阖闾埋葬在虎丘山下，当初派出吴都将士十万人之多，一同参与治葬，挖开土地，将此处造为河流，用积土累成山丘。水池长约有六十步，水深大概一丈五尺。铜棺有三层，在池内注入六尺水银。用黄金、各种珠玉制作的凫雁，还陪葬了名剑扁诸、鱼肠剑。埋葬三日后，西方之气上腾为白虎的形状，蹲踞在墓地的上方，因此得名虎丘。

## 夫子梦奠

孔子早作，负手曳杖，逍遥于门，歌曰：“泰山其颓乎？梁木其坏乎？哲人其萎乎？夏后氏殡于东阶之上，则尤在阼也；殷人殡于两楹之间，则与宾主夹之也；周人殡于西阶之上，则尤宾之也。而丘也，殷人也。予畴昔之夜，梦坐奠于两楹之间。夫明王不兴，而天

下其孰能宗予！予殆将死也。”寝疾七日而没。(《檀弓》)

**【译文】**孔子早上起床后，倒背着手，拖着手杖，悠闲自在的在门外散步，一边走一遍唱道：“泰山是不是要坍塌了呢？大梁是不是要折断了呢？圣贤是不是要凋零了呢？夏后氏的灵柩停在了东阶上，那还是主人迎接宾客的地方；殷人的灵柩停在房屋正中间，那是举行重大仪式和重要活动时在宾主之间的位置；周人的灵柩停在西阶之上，那是显示尊礼之位的地方。而我孔丘啊，是殷人的后裔。我昨晚做了一个梦，梦见我坐在了两楹之间。可是明王还没有出现，而天下谁会如此尊重地对待我呢！我恐怕命不久矣了。”说完这句话之后，孔子就病了七天，然后就去世了。

## 曾子易箦

曾子寝疾，乐正子春坐于床下，曾元、曾申坐于足，童子隅坐而执烛。童子曰：“华而睆，大夫之箦与？”子春曰：“止。”曾子闻之，瞿然曰：“呼曰华而睆，大夫之箦与？”曾子曰：“然斯季孙之赐也。我未之能易也。”元起易箦，曾元曰：“夫子之病革矣。不可以变，幸而至于旦，请敬易之。”曾子曰：“尔之爱我也，不如彼。君子之爱人也以德细，人之爱也以姑息。吾何求哉？吾得正而毙焉，斯已矣。”举扶而易之，反席未安而没。(《檀弓》

**【译文】**曾子病得很严重，已经到起不来的地步，乐正子春坐在床下，曾元、曾申坐在曾子的脚边，童子则坐在墙角拿着蜡烛。童子说：

“这个席子这样的华丽光洁，这是大夫才能用的席子吧？”子春说：“别说了。”曾子听到后，惊醒过来说：“你刚才说什么？童子说：“这个席子这样的华丽光洁，这是大夫才能用的席子吧？”曾子说：“这是季孙赐给我的。我现在没有力气更换这个席子。曾元，你起来把这个席子换掉，曾元说：“夫子，您老人家的病已经很严重了。不可以再移动了，还是等到天亮后，我们再换吧。”曾子说：“你对我的爱，还不如童子对我的爱啊。君子是用德行来爱人，普通人才用姑息迁就的方式爱人。我现在还有什么要求的呢？我只不过是想要死于正礼，如此而已啊。”于是大家赶紧扶着曾子，更换了席子，席子还没有放安稳，曾子就去世了。

## 黔娄布被

黔娄先生卒，曾西来吊，见尸在牖下，覆以布被，覆头则足见，覆足则头见。西曰：“斜其被则敛矣。”妻曰：“斜之有余，不若正之不足。先生生而不斜而死斜之，非其意也。”（《高士传》）

**【译文】**黔娄先生去世了，曾西来这里吊唁，看到尸体竟然安置在窗户底下，尸体上蒙着布，这块布盖住头吧，脚就露在外面，盖住脚吧，头就露在外面。曾西说：“那就把布斜着盖在尸体上，不就可以了嘛。”妻子说：“斜着盖确是会富裕出一些布，但是还不如盖的方方正正，哪怕有不足的地方。先生在世的时候，没有丝毫的邪曲，死后却盖上斜着的布，这不是先生的意愿啊。”

## 召作玉楼记

李长吉将死时，忽昼见一绯衣人，驾赤虬，持一板，书若太古篆或霹雳古文者，云“当召长吉”。长吉了不能读，欻下榻叩头，言：“阿㜷（长吉学语时呼太夫人）老且病，贺不愿去。”绯衣人笑曰：“上帝成白玉楼，立召君为记。天上差乐，不苦也。”长吉独泣，边人尽见之。少之，长吉气绝。常所居窗中勃勃有烟气，闻行车嘒管之声。太夫人急止人哭，待之如炊五斗黍许时，长吉竟死。（《李商隐小传》）

**【译文】**李长吉快要死去的时候，忽然看到一个穿着红色丝帛衣服的人，只见那人驾着红色的虬龙，手里还拿着一块木板，木板上的文字很像是远古的篆体字或石鼓文，说要“召唤长吉”。长吉看不懂木板上的文字，忽然下床跪地磕头道：“我母亲（长吉学语时呼太夫人）年事已高，而且还生着病，我实在是不愿意离她而去啊。”穿着红色丝帛衣服的人笑着说：“天帝刚刚才建成一座白玉楼，让我马上召你去为楼写记。天上的生活可是美事一桩，并不痛苦啊。”长吉一个人在那里哭泣，旁边的人全都看见了。过了一会儿，长吉就没有了气息。他平日里所住房屋的窗子里，竟然有烟气，袅袅向上空升腾，还可以听到行车的声音、微微的奏乐声。长吉的母亲赶紧制止家人的哭声，等了大概有煮熟五斗小米那么长的时间，长吉真正的离世了。

## 六十不识女色

唐元德秀死，族弟结哭之恸。或曰：“子哭过哀。”结曰：“若知礼之过而不知情之至。大夫弱无固性，无专老，无在此，无馀生。六十年未尝识女色，未尝有十亩之地、十尺之宅、十岁之童，未尝完布帛而衣、具五味而食。吾哀之以戒荒淫、贪佞、绮纨、粱肉之徒。”

**【译文】**唐朝的元德秀死后，家中的弟弟元结哭得十分伤心。有人就说：“你哭的太过于悲哀了。”结说：“你只是知道，我在礼节上过分了，而不知道情感的真挚啊。兄长从小到大都没有顽固不化的脾气，不会倚老卖老，也不会执着现在，更不会哀悯余生。六十年都没有接触过女色，也没有超过十亩的土地、超过十尺的宅子、十几岁的童仆，也从未使用完整的布料制作衣服，或者用各种调味料调料食物。我哀悼我的兄长，也是在劝诫那些好色荒淫、贪佞只知道享受的纨绔子弟啊。”

## 鱼餐龟兹板

邢和璞居嵩、颍间，有《颍阳书》三篇。房琯问邢终身之事，邢言：“降魄之庭，非馆非寺，病起于鱼餐而休于龟兹板。”其后，房公舍阆州紫极宫见有治龟兹板者，始忆邢之言。有顷，刺史具鲙邀房，房悟，具以板事白于刺史。其夕，果病鲙，卒。

【译文】邢和璞先生居住在嵩、颍之间，著有《颍阳书》三篇。房琯请教邢和璞自己什么时候命终，邢和璞说："你命终的地点不是在庭院内，也不是驿馆，更不是寺院，而是因为吃鱼导致的，所以你死后要用龟兹板做成的棺材。"随后，房公住在阆州紫极宫的时候，看见有在用龟兹板做东西的人，才想起来邢和璞曾经对自己说过的话。过了一会儿，刺史就准备好了全鱼宴来招待房琯，房琯这才悟到邢和璞的神奇之处，就把这件事告诉给刺史。当天夜里，果然因为吃鱼生病，然后就去世了。

## 乖崖遗像

张乖崖守蜀，及代去，留一卷实封文字与僧正希白，且云："候十年观此。"后十年，公薨于陈州，讣至，蜀人罢市号恸。希白为公设大会，斋请知府凌策谏议发开所留文字，乃公画像，衣免褐，系缩草，裹自为赞曰："乖则违俗，崖不利物。乖崖之名，聊以表德。"遂尽于天庆观仙游阁，又为之立祠。

【译文】张乖崖驻守四川，等到卸任离去，留给僧正希白一个密封的卷轴，并嘱咐道："十年后才可以打开看。"十年之后张公在陈州过世，讣告传回四川，当地人号哭哀痛并停止买卖以表示悼念。希白为张公大兴佛事，设下斋饭，请知府、谏议大夫凌策一起，按照约定开启卷轴，见是一幅自画像，以及故人的自题："我这人从小不乖，幸亏读书养气，悬崖勒马。所以以乖崖之名，用来概括自己"知府把画像张挂在天庆观的仙游阁，又为他建立祠堂。

## 授黄白术

范文正公仲淹，少极贫悴。常与一术者游，病甚，告文正曰：“吾有炼水银法，儿幼不足以付，今以方授子。”并白银一斤，内文正怀中。后为谏官，术者之子已长，取其方及白金授之，封识宛然。

**【译文】**范文正公，范仲淹，年少的时候家里极为贫苦。经常和一位术士一起游玩，正好赶上这位术士病得很严重，对范仲淹说：“我有把水银炼制成白金的方法，可是我的儿子还太小了，没有办法托付给他，今天我想把这个方法托付给你。”把封好的秘方和一斤的白银，都放到了范仲淹的怀里。后来范仲淹当上了谏官，而术士的儿子也已经长大了，于是范仲淹就把当初术士给他的秘方和白银都还给了他的儿子，那个密封的标志完好如初，没有丝毫触碰的痕迹。

## 王雱复见

张靖言，荆公在金陵未病前一岁，白日见一人上堂再拜，乃故群牧吏，其死也，已久矣。荆公惊问：“何故来？”吏曰：“蒙相公恩，以待制故来。”荆公怆然问：“雱安在？”吏曰：“见今未结绝了。如要见，可令某夕幕庑下，切勿惊呼，唯可令一亲信者在侧。”荆公如其言。顷之，见一紫袍博带据案而坐，乃故吏也。狱卒数人枷一囚，自左门而入，身具桎梏，曳病足立庭下，血污地，呻吟之声，殆不可闻，乃雱也。雱对吏云：“告早结绝，良久而灭。”荆公几失声而哭，为一招使掩其口。明年，荆公薨。靖公门人，其说甚详。

**【译文】**张靖说，荆公在金陵生病的前一年，白天见到一位已经过世很久的官吏上堂参拜，荆公吃惊地问道：“来这里有什么事呢？”官吏说：“承蒙您的恩典，因为等待诏命，所以来了。”晋公悲伤地问道：“王雱在吗？”官吏对答到：“现在还没有结案，如果想要见他的话，可以让他夜里到堂前的帷幔下，但您不可声张，只可在身边带一位亲信之人。”荆公依照他的话去做了。不一会儿，看见数名狱卒押解着一名囚犯，从左门进入，身上被刑具拘系拖着生病的脚站在庭前，庭前的地已经被血玷污，痛苦呻吟的声音几乎听不到了，是王雱。王雱对官吏说：“早就已经审判完了，很久才能消失。”荆公几乎要失声哭出来，被一旁的招使捂住了嘴。第二年，荆公便过世了。靖公门下的学人将这件事详细地说了出来。

## 景文遗戒

宋景文公《遗戒》云：“吾殁之后，称家有无，以治丧用，浣濯之衣，鹤氅裘、纱帽、线履。三日棺，三月葬，慎无为流俗阴阳拘忌也。棺用杂木，漆其四会，三涂即止，使数十年足以腊五骸而已。吾学不名家，文章仅及中人，不足垂后。为吏在良二千石之下，无功于国，无惠于人。不可请谥，不可受赠典，不可求巨公作碑

志，不得作道、佛二家斋醮。汝等不可违命。违命作之，是以吾死为无知也。”（赵槩《闻见录》）

**【译文】**宋朝齐景公的《遗戒》中提到：“我死之后，办理丧事不可过于奢侈，用穿洗过的衣服，鹤氅裘、纱帽、线履来办理丧事。过世三天后再入棺，过世三个月后才能下葬，不要因为访间的流言蜚语而感到有所顾忌，棺材用杂木制作就行，在它的四边涂上漆就可以了，涂抹不可以超过三遍，可以使用数十年足以风干我的骨头就可以了。我的学识并不突出，文章也仅仅是中等水平，不足以名垂后世，为官俸禄在两千石以下，对国家没有什么实质性的付出作为，又没有广施恩惠给百姓。因此不可以向皇上要谥号，不可以接受皇上的赏赐和恩典，也不可以让皇上撰写碑文，更不可以请道、佛二家设斋坛祈祷。你们千万不要违背我说的话。如果违反了我说的话，做了这些事，就是当我死了，欺负我什么也不知道。”

## 木稼

《汉书·五行志》曰：成公十六年雨木冰。或曰：今之长老名木冰为木介。《旧唐书》：宁王卧疾，引谚语曰：“木若稼，达官怕。必大臣当之，吾其死矣。”已而果然。山谷《挽韩忠献公》诗曰：“冰枝忧木稼，食昴恨长庚。”荆公《挽魏公》诗亦云：“木稼曾闻达官怕，山颓今见哲人痿。”

**【译文】**《汉书·五行志》中记载：成公十六年，天气很冷，雨水刚降在树上，随即就结冻成冰。又有人说：当时老一辈人管木冰叫做木介。《旧唐书》：宁王卧病，引谚语说："树木上结冰，预兆高官中有人死亡。一定有大臣来响应这个谚语，因此我就要死了。"过了不久，结果真的死去了。黄庭坚的诗《挽韩忠献公》中写道："经历过寒冬的枝木担忧木冰，日食憎恨长久的庚岁。"荆公的《挽魏公》也写道："曾经听过达官怕木稼，有智慧的人衰落山体会倒塌。"

## 康节知命

熙宁十年夏，康节感微疾，气日益耗，神日益明，笑谓司马温公曰："雍欲观化一巡如何？"温公曰："先生未应至此。"康节笑曰："死生亦常事耳。"张横渠先生喜论命，来问疾，因曰："先生论命否？当推之。"康节曰："若天命则已知之矣，世俗所谓命则不知也。"横渠曰："先生知天命矣，载尚何言？"程伊川曰："先生至此，他人无以为力，愿自主张。"康节曰："平生学道，岂不知此？然亦无可主张。"时康节居正寝，诸公议后事于外，有欲葬近洛城者。康节已知，呼伯温入曰："诸公欲以近城地葬我，不可。当从伊川先茔耳。"七月初四，大书诗一章曰："生于太平世，长于太平世，死于太平世。客问年几何，六十有七岁。俯仰天地间，浩然独无愧。"以是夜五更捐馆。（《闻见录》）

**【译文】**熙宁十年的夏天，康节感到身体稍有不适，气一天天在消耗，可是精神一天天的清明起来，笑着对司马温公说："我想要去观化巡视一下怎么样呢？"温公说："先生还不应该到这个地步呀。"

康节笑着说："死生都是很平常的事情罢了。"张横渠先生喜欢谈论命运，来询问疾病的缘由，因而说："先生你平日相信命运吗？应该推算一下。"康节说："如果是天命的话，我已经知道了，世俗所认为的命运，那我就不知道了。"横渠说："先生知道天命，这句话怎么理解呢？"程伊川说："先生到了这个地步，他人也帮不上忙了，只希望可以自己做主了。"康节说："生平学道，难道不是如此的吗？也确实没有可以做主的事情。"那时的康节居住在正室，大家都在外面讨论后事，有想要把康节埋葬在靠近洛城的人。康节已经知道了，呼唤伯温进入说："你们想要在临近的地方埋葬我，这是不可以的。应当埋在伊川先人的坟地。"七月初四，大书诗一章说："生于太平世，长于太平世，死于太平世。客问年几何，六十有七岁。俯仰天地间，浩然独无愧。"于是在晚上五更天的时候去世了。

## 徐稚生刍

稚，豫章人，汉儒。与郭林宗友善，有母忧。稚往吊之，致生刍一束于庐前而去，众不知其故。林宗曰："此必南州高士徐孺子也。《诗》不云乎：'生刍一束，其人如玉。'吾无德以当之。"（《本传》）

**【译文】**稚，是豫章人，汉代的儒生。与郭林宗是好朋友，郭林宗的母亲不幸去世了。稚就前往吊唁，到了坟墓前，放置了一把草就离开了，大家都不知道是什么意思。林宗说："这一定是南州高士徐孺子了。《诗经》不是记载：'生刍一束，其人如玉。'只是我并没有这样的德行来胜任啊。”

## 赙布班贫

子柳之母死，子硕请具。子柳曰：“何以哉？”子硕曰：“请粥庶弟之母。”子柳曰：“如之何其粥人之母以葬其母也。不可。”既葬，子硕欲以赙布之余具祭器。子柳曰：“不可。吾闻之也，君子不家于丧，请班诸兄弟之贫者。”

**【译文】**子柳的母亲去世了，弟弟子硕请求准备埋葬的用具。子柳就问：“怎么置办呢？”子硕说：“我们把庶弟的母亲卖了吧。”子柳说：“怎么能把别人的母亲卖掉来换取钱财，埋葬自己的母亲呢。不可以这样做。”安葬结束后，子硕想要用安葬当中没有使用的祭器来换取钱财。子柳说：“这也是不可以的。我听说过这样的事情，君子不会靠着埋葬亲人来谋取利益，还是把他们分给兄弟中比较贫困的人吧。”

## 赠以麦舟

范文正公在睢阳，遣尧夫到姑苏般麦五百斛。尧夫时尚少，既还，舟次丹阳，见石曼卿，问“寄此何久？”答曰：“两月矣。三丧在浅土，欲葬之而北归，无可与谋者。”尧夫以所载麦舟付之。到家侍立良久，文正曰：“东吴见故旧乎？”曰：“曼卿为三丧未举，方滞丹阳，时无郭元振，无可告者。”文正曰：“何不以麦舟与

之？”尧夫曰：“已付之矣。”（《冷斋夜话》）

**【译文】**范文正公在睢阳的时候，派遣尧夫到姑苏贩卖小麦五百斛。尧夫那时候年纪还比较小，正准备回家，划船路过丹阳的时候，见到了石曼卿，便问道“您在这里停留多长时间了啊？”石曼卿回答道：“已经两个月了。我父母、配偶、子女接连去世，想要埋葬他们后回家，可是我没有能力，也找不到帮助的人。”尧夫就把自己所载麦舟都送给了他。到家后在那里站立了很长时间，父亲范文正公说：“你到东吴有没有见到认识的人啊？”儿子回答道：“遇到曼卿，他家遇到三件丧事，都没有举办，因此滞留在丹阳，那时也没有郭元振，没有可以倾诉帮忙的人。”父亲范文正公说：“那你为什么不把麦舟送给他呢？”尧夫说：“我已经送给他了。”

## 罄资助葬

河东柳先生仲涂，少时纵饮酒肆，坐侧有书生接语，乃以贫未能葬其父母，将谒魏守王公祐求资以办事。先生问：“费几何？”曰：“得钱二十万可矣。”先生曰：“子姑就舍，吾且为子谋之。”罄其资，得白金百两、钱数万以遗之。议者以郭代公之义不能远过。

**【译文】**河东柳先生仲涂，年少的时候喜欢在酒家纵酒享乐，听到坐在自己身边的书生的话，书生因为家里贫穷，没有办法埋葬自己的父母，于是准备拜见魏守王公祐，请求他可以资助自己办理丧事。先生就问道："需要多少钱啊？"书生说："需要二十万钱就可以了。"先生说："你姑且等我一下，我来为你筹集需要的钱财。"于是拿出自己家所有的财产，得到白金百两、数万钱送给了这位书生。有人评价，哪怕是郭代公那样的仁义，也不能超过啊。

## 道琮葬友

翟道琮，蒲州人，唐徙岭南。有同徙者死荆襄间，临终泣曰："人生有死，独委骨异壤耶？"道琮曰："吾若还，终不使留此瘗路旁。"去岁馀赦归，潦水失殡处。道琮哭诸野，波中忽沸，祝曰："尸在，可再沸。"果复沸，乃得尸还。道宿行店，仿佛见其友曰："君厚德，名位不止此。"寻擢太学博士。

**【译文】**翟道琮，蒲州人，唐朝的时候被贬谪到了岭南。有一位与他一同被贬谪的人，死在湖南和湖北的交界处，临终的时候，哭泣着说："人生下来难免会死，可是为什么独独会埋骨他乡呀？"道琮说："我如果还能返回故乡，一定不会让你埋葬在道路边。"过了一年多，道琮被赦免，返回了故乡，来到埋葬地后，发现雨后的积水太多，找不到当年埋葬的地点。道琮就对着野地痛哭，水波中间忽然就开始沸腾起来，赶紧默默祈祷道："如果尸体在这里地方，可以再沸一次。"果然水再一次沸腾起来，于是就找到了朋友的尸体，带着和自己一起返回故乡。路上在旅店留宿，仿佛看见了自己的朋友对自己说："您的厚德如此深厚，官位和名声不会止在今天这个位置上的。"随即就被提拔为太学博士。

## 玉鱼

长安大明宫宣政殿，每夜见数骑，衣鲜丽游其间。高宗使巫祝刘明奴、王谌然问其所由，鬼云："我是汉楚王戊太子，死葬于此。"明奴等曰："按《汉书》，戊与七国反，诛死无后，焉得有子葬于此？"鬼曰："我当时入朝，以路远不从坐，后病死，天子于此葬我。《汉书》自有遗误耳。"明奴因许与之改葬，鬼喜曰："我昔日亦是近属，今在天子宫内，出入不安，改卜极为幸甚。今在殿东北入地丈余，我死时天子敛我玉鱼一只，今犹未朽，必以此相送，勿见夺也。"明奴以事奏闻，有敕改葬苑外；及发掘，玉鱼宛然见在。以此，其事遂绝。（《西京杂记》）

**【译文】**长安的大明宫里面有座宣政殿，每天夜晚都能看到几位骑士，衣着打扮鲜艳亮丽，在这间房子里面游玩。高宗就派遣巫祝刘明奴、王谌然询问其中的缘由，这里面的鬼说："我是汉楚王戊太子，死后埋葬在这里。"明奴等人就说："按照《汉书》记载，戊太子与七国谋反，被杀后并没有子嗣，怎么会有子孙将你埋葬在这个地方呢？"鬼说："我那个时候入朝，因为路途遥远并没有连坐，后来时病死的，天子就将我安葬在这里。《汉书》的记载难免会有所遗误。"明奴因此许诺将他改葬，鬼非常愉悦的说："我在生前的时候也是血统关系较近的亲属，今天住在天子的行宫内，出入总觉得不安，能够改葬实在是一件非常幸运的事情。今天在宣政殿东北方向，往下挖一丈多的地方，我死的时候，天子为我陪葬了一只玉鱼，直到今天都没有腐朽，我一定要把它送给你，请您千万不要推辞啊。”明奴就把这件事上奏给皇上，把戊太子改葬在了苑外；等到发掘出他的棺椁的时候，果然看到了陪葬的玉鱼。改葬之后，闹鬼的事情就没有发生过。

## 金碗

卢充家西有崔少府墓，一日见一府舍门，进见少府与崔小女为婚三日，崔曰：“君可归，女生男，当以相还。”居四年，三月三日临水，忽见崔氏并少府抱儿还充，又与碗并赠诗一首。充取儿碗并诗，女忽不见。充诣市卖碗，崔女姨曰：“我妹之女嫁而亡，赠以金碗着棺”云。

**【译文】**卢充家的西边有一个名叫崔少府的墓地，有一天看见一座府邸开着门，进去后看见少府，并且与崔小女结婚，三天后，崔说：“您可以回去了，女儿如果生了男孩，我就把孩子还给你。”过了四年三月又三日，卢充去水边游玩，忽然看见崔氏和少府抱着儿子来还给充，又拿出一个碗并赠诗一首。充接过碗和诗，崔氏女忽然就不见了。充就去市里卖碗，崔女的姨姨说：“我妹的女儿在嫁人的时候去世了，就陪葬了一个金碗在棺材里呀”。

## 乌鸢蝼蚁

庄子将死，弟子欲厚葬之。庄子曰：“吾以天地为棺椁，以日月为连璧、星辰为珠玑、万物为赍送。吾葬具岂不备耶？何以如此？”弟子曰：“吾恐乌鸢之飧夫子也。”庄子曰：“在上为乌鸢食，在下为蝼蚁食，夺比与此，何其偏也？以不平平其平也。”

**【译文】**庄子将要去世了，弟子想要厚葬他。庄子说：“我以天地作为自己的棺椁，以太阳和月亮作为连璧、以星辰作为珠玑、以万物作为我的陪葬。我的丧葬用品还不齐全吗？你们又何必这么费心呢？”弟子说：“我们担心乌鸦、老鹰吃掉您的尸体。”庄子说：“天葬的话，我是乌鸦，老鹰的食物，埋到地下，我又是蝼蚁的食物，为什么要夺取乌鸦、老鹰的食物给蝼蚁呢，这样岂不是太偏心了？这是以不公平的方式来显示公平的道理呀。”

## 王孙薄葬

杨王孙，孝武帝时人，家业累千金，厚自奉养，生无所不至。及病且终，先令其子曰：“吾欲裸葬，以反吾真，必无易吾志。”其子不忍，乃往见王孙友人祁侯。祁侯谏曰：“犹戮尸于地下，不可。”王孙曰：“夫厚葬诚无益，而世竞以相高，糜财殚币，今日入而明日出。此与暴骸中野无异。厚裹之币帛，以夺生者之财用。古圣人不忍其亲，故为之制礼，今则越之，是以欲裸葬以矫俗也。”祁侯曰：“善。”遂裸葬。（《说苑》）

**【译文】**杨王孙，孝武帝时候的人，家业累积了千金之多，生活上用丰厚的物质照顾自己，无微不至的照看自己的身体。等到他生病快要去世的时候，提前给自己的儿子留下遗言道：“我想要举办裸葬，借此来返回我的本真，你一定不要改变我的意志啊。”可是他的儿子实在是不忍心，于是就去拜见父亲杨王孙的好朋友祁侯。祁侯建议道：“不如将尸体暴露在地下，也是可以。”王孙说：“厚葬这个礼仪实在是没有什么益处的，可是世俗之人竟然争着比较高下，浪费钱财，将钱币都烂在地下，还有今天埋葬下去，明天就被人挖出来的情况。这样的话，厚葬与在田野中暴露尸骨有什么不一样的地方呢。我们用上等的布帛包裹着我们的尸体，这是夺取在世人的财物呀。古代的圣人不忍心带给亲人负担，因此制定了礼仪，如今我们的礼仪已经超过了古礼，因此我要用裸葬来矫正这不好的风俗啊。”祁侯说：“你真有心啊。”随后便裸葬了他。

## 以书殉葬

梁元帝《金楼子》曰：“吾之亡也，可以一卷《孝经》、一帙《老子》、陶华阳剑一口以自随；外此，珠玉不入，铜锡勿藏也。田国让求葬于西门豹侧，杜元凯求葬于祭仲冢边，曹子臧求葬于遽伯玉侧，梁伯鸾求葬于要离之旁。彼四子者，异乎吾之意也。金蚕无吐丝之实，瓦鸡无司晨之用，慎毋以血膻 腥为祭也。棺椁之造，起自轩辕；周室有廧翣之饰，晋文公请隧，桓司马石椁，甚亡谓也。”

**【译文】**梁元帝的《金楼子》上记载：“我要是去世后，你们可以拿一卷《孝经》、一帙《老子》、一柄陶华阳剑，来随我一起入土；除此之外，任何宝玉、珍珠都不可以陪葬，另外金银铜锡也不必藏进我的墓地。田国请求让安葬在西门豹侧，杜元凯请求安葬在祭仲冢边，曹子臧请求葬于遽伯玉的旁侧，梁伯鸾请求安葬于要离之的墓地旁。他们四个人所期望的，与我的意愿相违背。金属铸的蚕没有办法吐丝，用瓦制作的鸡没有叫人们起床的灵性，千万不要让那些充满腥臊味的血肉作为祭祀啊。棺椁的制造，是从轩辕黄帝开始的；周王室有长柄的羽扇作为装饰，晋文公请求隧葬，桓司马使用的是石制的外棺，实在是没有那个必要。”

## 孔墓不生荆

孔子葬鲁城北泗上。注云：“冢茔百亩，冢茔中树以百数，皆异种，鲁人无能名其树者。传言弟子异国，人各持其方树来种之。茔中不生荆棘及刺人草。孔子当泗水而葬，水为之却流，下不冲其墓。”（《孔子世家》及晏《类要》）

**【译文】**孔子被安葬在鲁国城北泗水那边。有注解说：“这块墓地有上百亩，墓地中有上百棵的树木，都是特殊品种，鲁国没有能够叫得出这些树名字的人。有传言称，这是因为孔子弟子都是来自不同的国家，大家都拿着自己家乡的树苗来播种。这块墓地是不生长荆棘或者伤人的刺草的。孔子当年在泗水安葬的时候，水都为孔子改变了流水的方向，往下流的时候，都绕开孔子的墓地。”

## 郭璞相地

郭璞以母忧去职，卜葬于暨阳，去水百许步，人以近水为言。璞曰："当即为陆矣。"其后沙涨，去基数百里皆为桑田。璞尝为人葬，明帝微服往观之，因问主人："何以葬龙角？此法当灭族。"主人曰："郭璞云：此葬龙耳。不出三年，当致天子也。"帝曰："出天子耶？"答曰："能致天子问耳。"帝甚异之。

**【译文】**郭璞因为母亲过世辞去了官职，占卜之后便把母亲埋葬在暨阳，离水边也就一百步左右，有人说那里太接近水源了，郭璞说："马上就会变成陆地了。"后来那里沙子淤积漫过水面，超过水岸百里都变成了农田。有一次郭璞为人挑选墓地，晋明帝换上了便装前去察看，又问墓地的主人："为什么要葬在龙角的位置？这样的葬法会灭族的。"主人说："郭璞说过，这样的葬法是葬在龙耳上，不用三年，就会招致天子出现。"明帝说："是从家里引来天子，还是从外面来的呢？"主人回答说："是引得天子来问。"皇帝听后，非常的惊讶。

## 古冢得竹书

晋太康二年，仮郡人盗发魏襄王墓，或云安釐王冢，得竹书十车。其中与经传大异者，云：夏年多殷；益干启位，启杀之；太甲杀伊尹；文王杀季历；自周受命，至穆王百年，非穆王寿百岁也；幽王既亡，共伯和者摄行天子事，非二相共和也。初，发冢者烧

腹策照取宝物，及官收之，多烬简断编。（《束皙传》）

**【译文】**晋太康二年（公元281年），汲郡人偷盗魏襄王的陵墓（又可以称为安釐王的坟墓），得到竹书十车。这其中有和典籍相传的大不相同的，比如：夏朝比殷朝存在的时间长；益侵夺启的帝位，启杀了他；太甲杀了伊尹；文王杀了季历；自从周朝受命代替殷商，传至穆王已经百年，而不是穆王享寿百岁；幽王死后，是共伯和摄政行天子事，并不是两个宰相一起商议的。而这些都是因为开始的时候，盗墓人烧了竹册用来照明偷东西，等到官府没收的时候，大都是残缺不全的书籍。

## 发墓斩臂

王元谟从弟元象，任下邳太守，好发冢墓。时人闻垣内有小冢，或告元象，墓上见一女子，近视则亡，便命发之。有一棺上有金蚕铜人以百数，一女子可二十，资质若生，卧而言曰：“我东海王家女，应资财相奉，幸勿见害。”女臂有玉钏，斩臂取之，于是女复死。（《宋书》）

**【译文】**王元谟的弟弟元象，被任命为下邳的太守，喜欢发掘人家的坟墓。当时有人听说城中有一座小墓，就告诉元象，说他看见墓碑上有一女子，但走近看却又消失了，便想让元象把这个墓挖开。发现里面有一个棺木上有金蚕铜人数百个，还有一位女子，大概二十岁左右，姿态容貌好像活着一样，躺着说道：“我是东海王家的女儿，你现在所见的这些钱财宝物都归你了，请你留我一条性命。”他们看见女子的胳膊上有玉质的臂饰，就砍下了女子的胳膊，取夺了手臂上的饰品，于是女子就死去了。

## 牛眠得葬地

晋周访微时与陶侃结友。侃丁艰，家中忽失牛，遇一老父曰：“前岗见一牛眠山汚中，其地若葬，位极人臣。”又指一山云：“此亦其次，当世出二千石。”言讫不见。侃寻牛得之，因葬其母，以所指别山，与访之父葬焉。访果为刺史，著称于益。自访三世为益州。

**【译文】**晋朝的周访自孩童的时候，便与陶侃是好朋友，陶侃守孝的时候，家里的牛忽然丢了，遇到一位老公公说：“在前面的山岗里看见一头牛在山汚中睡觉，如果在那个地方埋葬先人，以后会官居宰相。”随后又指着一座山说：“这个稍微差一点，但是这一世会出尚书令。”说完就不见了。陶侃后来真的在那里找到了牛，就在那里埋葬了母亲，在老者所指的另一座山，埋葬了周访的父亲。后来周访果然成为了刺史，在益州当地颇享盛名。从周访开始，三世都是益州刺史。

## 僧指示葬地

李太尉在中书，舒元舆自侍御史辞归东都迁奉。太尉言：“近有僧自东来，云有一地，葬之必至极位，何妨取此。”元舆辞以家

贫不办，遂归，别觅葬地。他日僧又经过，复谓太尉曰：“前时地已有用之者。”询之，乃元舆也。元舆自刑部侍郎。（《感应录》）

**【译文】**李太尉在中书工作的时候，舒元舆是原来的御史，后来辞官回到东都奉事灵柩迁葬。太尉说：“最近有位僧人从东方来，说这里有一个地方，如果在那里安葬逝去的亲人，以后子孙必定官至高位，为什么不选择这里呢？”元舆以家贫为借口拒绝了，后来就离开了，在别的地方找好了埋葬的地方。后来那位僧人又一次经过，又和太尉说：“之前的那块地已经有用的人了。”询问之后原来是元舆。后来，元舆从刑部侍郎后来做上了宰相。

## 道上行殡

晋袁山松少有才名，善音乐。旧歌有《行路难》，曲辞疏质，山松好之，乃文其辞句，婉其节奏，每因酣醉继歌之，听者流涕。初，羊昙善唱乐，桓伊能挽歌，及山松《行路难》继之，时谓之三绝。时张湛好于斋前种松柏，而山松出游好作挽歌。人谓“湛屋下陈尸，山松道上行殡。”（裴启《语林》）

**【译文】**晋代的袁山松年少时，小有才子的名气，擅长音乐。有一首旧歌《行路难》，歌曲粗疏、歌词质朴，山松非常喜爱这首旧歌，于是就将这首歌的文辞进行润色，节奏修改的更为婉转，每次都因为喝醉酒，就开始不停地唱这首歌，听的人都流下了眼泪。开始时，羊昙擅长唱乐，桓伊擅长演奏追悼死者的哀歌，再加上山松的《行路难》，被当时的人民称为三绝。而张湛喜欢在自己的书斋前种植松柏，山松却喜欢出游并爱好创作追悼死者的哀歌。大家称“湛屋下陈尸，山松道上行殡。”

## 非始于田横

《谯子法训》云：有丧而歌者，或曰：“彼为乐丧也，有不可乎？”谯子对曰：“四海遏密八音，何乐丧之有？”曰：“今丧有挽歌者，何以哉？”谯子曰：“周闵云，盖高帝召齐田横，至于尸乡亭自刎。奉首从者，挽至于宫，不敢哭而不胜哀，故为歌以寄哀音，彼则一时之为也。邻有丧舂不相里，有殡不巷歌，引柩人衔枚，岂乐哀者耶？”按《庄子》曰：“绋讴以生，必于斥苦。”司马彪曰：“绋，引柩索也。斥，疏缓也，苦用力也。引绋，所以有讴歌者，为人有用力不齐，故促急之也。”《春秋左传》曰：“鲁哀公会吴伐齐，其将公孙更命歌虞殡。”杜预曰：“虞殡，送葬歌，示必死也。”《史记·绛侯世家》曰：“周勃以吹箫乐丧。”然则挽歌之来久矣，非始起于田横。然谯氏引礼文，颇有明据，故并存以俟通博。

**【译文】**《谯子法训》中写道：有因丧事唱挽歌的，有人问：你用奏乐的方式办丧事，我恐怕不能认可。谯子回答说：“四海之中，如果各种乐器停止演奏，又怎么能说是因为丧事而感到快乐呢？”那人又问：“为什么现在办丧事有挽歌呢？”谯子说：“周闵说：过去高帝诏见齐田横，让他去尸乡亭自杀。手下将头奉献给皇上，宫中的人无不悼念，再悲伤也不敢哭，只能以歌来表达自己悲伤的心情，这是那个时候的情况。邻居家办丧事，就不能进行生产活动。邻里有人出殡，就不能唱歌作乐，送葬者闭口不言，难道是因为丧事而感到快乐吗？”按照《庄子》所说的：“挽歌是用来缓解悲痛的。”司马彪说：“绋是牵引灵柩的绳索。斥，适当调节体力。送葬的时候，才有唱歌的人，因为人们发力不均匀，所以很急促。”《春秋左传》说：“鲁哀公集合吴国一起讨伐齐国，大将公孙更奉命演唱虞殡。”杜预说：“虞殡是送葬的歌，代表一定会击败齐国。”《史记·绛侯世家》写道：“周勃用萧给挽歌伴乐。”但是挽歌已经存在很久了，并不是从田横发起的，但是谯氏引用礼经经句，有很明确的依据，所以一起放在这里，等待学识渊博的人来定夺。

## 黄绢幼妇

后汉杨修字德祖，太尉震之玄孙。好学，有俊才，为丞相曹操主簿。《语林》曰：修至江南，读《曹娥碑》背，上有八字曰：“黄绢幼妇，外孙齑臼。”操不解，问修曰：“卿知否？”修曰：“知之。”操曰：“且勿言，待朕思之。”行三十里乃得之，令修解，修曰：“黄绢，‘色丝’，‘绝’字；幼妇，‘少女’，‘妙’字；外孙，‘女子’，‘好’字；齑臼，‘受辛’，‘辤’字。”操曰：“一如朕意。”俗云：有智无智，较三十里。

**【译文】**后汉时期的杨修，字德祖，是太尉杨震的四世孙。热爱学习，拥有卓越的才能，是丞相曹操的主簿。《语林》中说道：写到江南，就想到曾经读过《曹娥碑》上的八个字：“黄绢幼妇，外孙齑臼。”曹操不理解，就问杨修说：“你知道是什么意思嘛？”杨修对答到：“臣知道。”曹操说：“你先别说，让我想想。”走过三十里后，才停下来，让杨修解释。杨修说：黄绢就是有颜色的丝绸，为“绝”字；“幼妇”便是少女，为“妙”字；“外孙”则为女方的孩子，为“好”字；而这“齑臼”是一种捣姜蒜的容器，当时称为“受辛之器”，“受”加“辛”为“辞”。曹操说：“和我想的一样啊！”曹操感慨道：“我的才智与您相差三十里呀！”

## 妄认古冢

后周熊安生，学为儒宗，在山东时，或诳之曰：“其村古冢，是晋河南将军熊光，去安生七十三世。旧有碑，为村人埋匿。”安生掘地，求之不得，连年讼焉。冀州刺史郑譡判曰：“七十二世，乃是羲皇上人。河南将军，晋无此号。”安生犹率族人向冢而哭。

**【译文】**后周时期有一位叫熊安生的人，学识渊博，堪为儒学界的一代宗师，在山东的时候，有人就欺骗他说：“这个村子有一座古坟，就是晋朝时期，河南将军熊光，距离安生已经过去七十三世了。以前这里还有石碑，后来就被村里的人藏匿起来了。”于是安生就掘地寻找，但是却怎么也没有找到，连年向上级争讼。冀州的刺史郑譡判说：“七十二世之前的人，应该是伏羲，三皇时期的人啊。而河南将军，晋朝并没有这个称号。”安生还是率领着族人面向古冢哭泣。

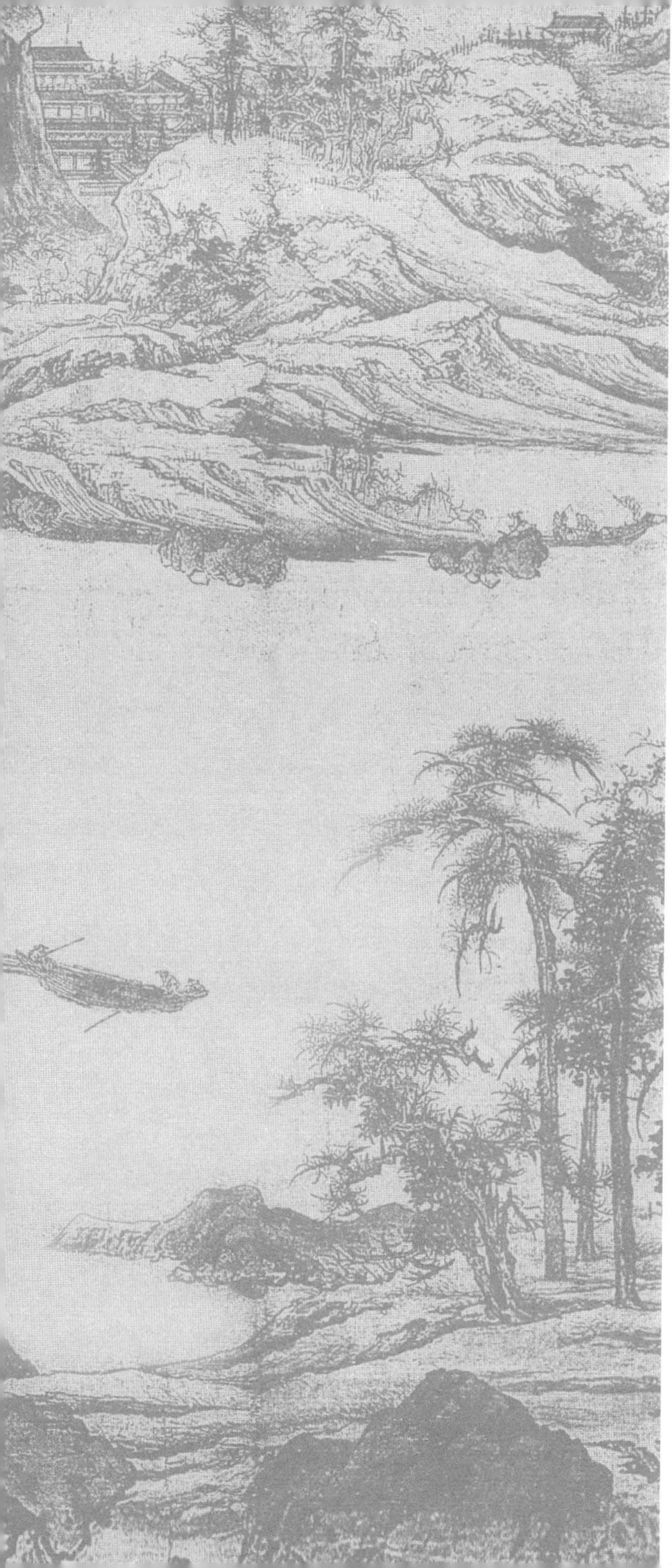

全本全注全译

# 群書類編故事

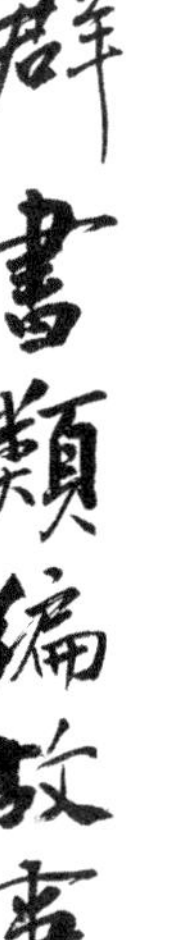

（下）

〔明〕王罃 编著
谦德书院 注译

团结出版社

**图书在版编目（CIP）数据**

群书类编故事 /（明）王罃编著；谦德书院注译．
—北京：团结出版社，2023.2

ISBN 978-7-5126-9624-2

Ⅰ．①群… Ⅱ．①王… ②谦… Ⅲ．①故事—作品集
—中国—明代 Ⅳ．①I242

中国版本图书馆 CIP 数据核字 (2023) 第 173209 号

---

**出版：**团结出版社
（北京市东城区东皇城根南街 84 号 邮编：100006）
**电话：**（010）65228880 65244790（传真）
**网址：**www.tjpress.com
**Email：**zb65244790@vip.163.com
**经销：**全国新华书店
**印刷：**三河市富华印刷包装有限公司

---

**开本：**148×210 1/32
**印张：**24.5
**字数：**550 千字
**版次：**2023 年 2 月 第 1 版
**印次：**2023 年 2 月 第 1 次印刷

---

**书号：**978-7-5126-9624-2
**定价：**128.00 元（全二册）

# 目录

## 卷十三 民业类

## 卷十四 技艺类

## 卷十五 文学类

## 卷十六 性行类

## 卷十七 人事类

## 卷十八 人事类

## 卷十九 宫室类

## 卷二十 器用类

## 卷二十一 冠服类

## 卷二十二 饮食类

## 卷二十三　花木类

## 卷二十四 鸟兽类

# 卷十三 民业类

## 豚蹄禳田

淳于髡滑稽多辩。齐威王八年，楚伐齐。齐使髡之赵请救，赍金百斤，车马十驷。髡仰天大笑，冠缨索绝。王曰："先生少之乎？"髡曰："臣今者从东方来，见道旁禳[1]田者操一豚蹄、酒一盂，祝曰：'瓯窭[2]满篝，污邪满车，五谷蕃熟，穰穰[3]满家。'臣见其所持者狭，所欲者奢，故笑之。"齐王乃益黄金千镒，白璧十双，车马百乘，髡至赵，予精兵十万，楚闻之引去。

**【注释】**①禳（ráng）：祭名。②瓯窭（ōu jù）：狭小的高地。③穰（ráng）：丰盛。

**【译文】**淳于髡为人诙谐喜好辩论。齐威王八年的时候，楚国讨伐齐国。齐威王让淳于髡出使赵国去搬请救兵，给了他一百斤黄金、十辆车马作为礼物。淳于髡得知后仰天大笑，笑得连帽带子都断了。齐威王问："先生您是嫌弃携带的礼物少吗？"淳于髡说："我今天是从路东边过来的，我看见农田边有一位拿着一只猪蹄、一杯酒祭祀的人。那个人祈祷道：'狭小的高地上产的粮食会填满竹笼，劣等的田地种出的粮食也会堆满车。播种的五谷会长势喜人，丰收的粮食会在家中堆满。'我看那个人拿来祭祀的物品很少，但是他的愿望却很过分，所以我才发笑。"于是齐威王追加了一千镒黄金、十双白玉璧和一百乘车马。淳于髡来到赵国后，赵国给予淳于髡十万精兵支援齐国。楚国人听说这件事后就退兵了。

## 苦饥常勤

陆龟蒙有田数百亩，屋三十楹，田苦下雨，潦则与江通，故常苦饥身，畚插莜刺无休。或讥其劳，答曰："尧舜霉瘠，禹胼胝[1]。彼圣人也，吾一褐衣，敢不勤乎？"

**【注释】**①胼胝：老茧。

**【译文】**陆龟蒙名下有几百亩田地，三十栋房子。但是陆龟蒙名下的土地质量很差，要是赶上下大雨的时候，田地的洪水能够通到江中，所以陆龟蒙经常挨饿受苦，陆龟蒙经常插秧除草。当时有的人就讥讽陆龟蒙的这种行为，陆龟蒙回答说："尧、舜都曾经在贫瘠的土地上耕耘，大禹由于劳作而生出老茧。那可是圣人啊，我只是一介布衣，怎么敢不勤劳呢？"

## 马头娘

蜀之先有蚕丛帝。又高辛时，蜀有蚕女，不知姓氏。父为人所掠，惟所乘马在。女念父不食，其母因誓于众曰：“有得父还者，以此女嫁之。”马闻其言，惊跃振迅，绝其拘绊而去。数日，父乃乘马而归。自此马嘶鸣不肯龁，母以誓众之言告父。父曰：“誓于人，不誓于马。安有人而偶非类乎？能脱我于难，功亦大矣。所誓之言，不可行也。”马跑，父怒，欲杀之。马愈跑，父射杀之，曝其皮于庭。皮蹶然而起，卷女飞去。旬日，皮复栖于桑上，女比为蚕，食桑叶，吐丝成茧，以衣被于人间。一日，蚕女乘云驾此马，侍卫数千人，谓父母曰：“太上以我身心不忘义，授以九宫仙嫔矣，无复忆念也。”今冢在什邡、绵竹、德阳三县界。每岁祈蚕者，四方云集。蜀之风俗，宫观诸寺皆塑女像，披马皮，谓之马头娘，以祈蚕焉。(《图经》)

**【译文】**蜀地的祖先有一位蚕丛帝。另在高辛帝的时候，蜀地有一位蚕女，但是人们不知道蚕女的姓氏。蚕女的父亲被人掠走了，只留下了父亲的坐骑。蚕女因为怀念父亲而就此绝食，蚕女的母亲于是对众人发誓说：“如果有谁能找到我女儿的父亲，我就把我的女儿嫁给他。”有一匹马听说了这句话之后飞速腾跃起来，挣断拴住马的缰绳跑走了。几天后，蚕女的父亲骑着那匹马回来了。从此之后那匹马不断嘶鸣不肯吃饭。蚕女的母亲把对众人的誓言告诉了蚕女的父亲。蚕女的父亲说：“这是对人的誓言，不是对马的誓言。既然是对人的誓言，那怎么能对不是我们的同类实行呢？这匹马能帮助我脱出灾难，的确有很大功劳。但是对众人发誓的誓言，不能对这匹马兑现。”蚕女的父亲话说完，那匹马就跑走了。蚕女的父亲很生气，想要杀掉那匹马。那匹马跑得越快，蚕女的父亲就拿弓箭射死了那匹马。蚕女的父亲剥下那匹马的皮，然后把那匹马的皮曝光在庭院中。这时候那匹马的皮突然飞了起来，把蚕女卷起来后飞走了。十天后那张皮出现在一棵桑树上。蚕女变成了一只蚕，蚕女变成的这只蚕正在啃食桑叶，之后又吐出了丝结成了茧，人们就用这种蚕丝来做衣服。一天，蚕女乘着云骑着那匹马，带领着的几千名侍卫，蚕女对父母说：“太上真君认为我的所作所为是不忘情义的，所以被授予九宫仙嫔的仙职，希望您们不要在挂念我了。” 蚕女的住址在什邡、绵竹、德阳三县的交界处。每年去那里祈祷养蚕收成的人会从四面八方赶来。按照蜀地的风俗，当地的寺庙道观都会立蚕女的塑像，塑像上会披上马皮，人们称之为马头娘，人们向马头娘祈祷今年养蚕的收成。

## 焚券得民

孟尝君使冯谖收债于薛。谖至，召取钱者，杀牛置酒，与期。贫者取其券而焚之，曰：“有君如此，岂可负哉！”孟尝君闻而怒，召谖让之。谖曰：“有馀者与期，不足者终无以偿。焚无用之券，捐不可得之虚，计令薛民亲君，有何疑焉？”孟尝君拊手而谢之。

**【译文】**孟尝君让冯谖去薛地去收债。冯谖到那个地方后，找来借钱的人，杀牛置酒招待他们，在宴席间让他们按约定日期还债。冯谖拿来贫困的人的契约并且烧掉，那些贫困的人说："您都这么做了，我们绝对不会辜负您。"孟尝君听说这件事后很生气，孟尝君召来冯谖并且斥责他。冯谖说："家里有富余的人会按照约定日期还债，家里不够还债的人始终没有办法偿还债务。把这些没有用的契约烧掉，放弃那些得不到的虚无的利益，这样让薛地的百姓对您有好感，这种办法有什么值得质疑的吗？"孟尝君听完后拍手恍然大悟，并且向冯谖认错。

## 公输云梯

公输般为高云梯，欲以攻宋。墨子闻之，自鲁往，裂裳裹足，日夜不休，十日十夜，而至于郢。见楚王曰："闻大王将攻宋，有之乎？"王曰："然。"墨子曰："请令公输般设攻宋之具，臣请城守之。"于是，公输般设攻宋之计，墨子萦带守之。公输般九攻之而墨子九却之，不能入，遂辍兵。（陈财传解带为城，以箸为械。）

**【译文】**公输般制作高云梯，以此来攻打宋国。墨子听说这件事后从鲁国亲自前往楚国，奔走急切，日夜兼程，走了十天十夜才走到了郢都。墨子拜见楚王说："我听说大王您要攻打宋国，是有这件事吗？"楚王说："没错，是这样。"墨子说："请您让公输般摆下攻打宋国的器具，请让我在城楼上防守城池。"于是公输般摆下了攻打宋国的计策，墨子环城据守。公输般攻打了九次，墨子防守了九次而且每次都击退了公输般，让公输般无法进入城池，于是楚王就撤兵了。（陈财传记载的是当时墨子解下腰带为城，公输般以筷子为攻城器械。）

## 堂无蚁𧍪

虢国中堂既成，召工圬墁，约钱二百万，复求赏拔。虢国以绛罗五百段赏之，嗤而不顾，曰："请取蝼蚁、蜴蜥记其数，置堂中；苟失一物，不敢受直。"（《元宗记》）

**【译文】**虢国的中堂建成后，召集工匠粉刷墙壁，工钱大约有二百万，又请求赏识和提拔。虢国赏赐给工匠五百缎红色纱罗。工匠嗤之以鼻没有理会，说道："请拿来蝼蚁、蜥蜴并记上它们的数量，之后把它们放在中堂内；如果丢了一个东西，那我就不敢索取报酬了。"

## 以术放生

北齐陆法和，初在梁时，所泊江湖必于峰侧揭表云："此处放生。"渔者皆无所得，才或少获，辄大风雨，舟人惧而放之，风雨乃定。有小弟子戏截蛇头，来诣法和。法和曰："汝何意杀？"因指示之。弟子见蛇头齰裤裆不落。法和使忏悔，为蛇作功德。

**【译文】**北齐有一个人叫陆法和，最开始陆法和在梁朝的时候，所到一个地方一定会在山的旁边写一份表，表上写："这里是放生的地方。"渔人在这里打渔但总是没有收获，有一次一个渔人捕捞到一些鱼，那位渔人就遭遇到了很大的风雨，那位渔人很害怕于是放生了那些捕捞上来的鱼，风雨才停下来。有一位小弟子为了戏耍而砍下了蛇头，然后带着蛇头来拜见陆法和。陆法和说："你为什么要杀掉这条蛇？"于是陆法和指向那个蛇头。那位小弟子看见那颗蛇头掉落到裤裆的地方后就悬在了空中，没有落下去。陆法和让那位小弟子忏悔，并且让弟子为那条蛇做法事。

## 舟载钓具

陆龟蒙高放，从张抟游历湖、苏二州，辟以自佐。尝至饶州，三日无所诣。刺史蔡京率官属就见之，龟蒙不乐，拂衣去。不喜交流。俗不乘马，升舟设蓬席，赍束书、茶灶、笔床、钓具往来，时谓江湖散人，或号天随子、角里先生。自比涪翁、渔父、江上丈人。

**【译文】**陆龟蒙为人率性洒脱，有一次陆龟蒙跟随张抟游历湖州、苏州的时候被聘为幕僚。陆龟蒙之前来到饶州的时候，一连好几天没有没有到任何地方拜访，时任刺史的蔡京带领下属来看望陆龟蒙，陆龟蒙不高兴，掸了掸衣服就离开了。陆龟蒙为人不喜欢交流，而且不喜欢乘马，所以在船上安置帐席，陆龟蒙带着书籍、茶灶、笔架、渔具往来其中，陆龟蒙称自己为"江湖散人"，陆龟蒙有时候又自号"天随子"、"角里先生"。陆龟蒙把自己比作涪翁、渔父、江上丈人。

## 钓鲤得书

吕望年七十，钓于渭渚，三日三夜，鱼无食者。与农人言，农人者，古之先贤人也。谓望曰："子将复钓，必细其纶，芳其饵，徐

徐而投之，无令鱼骇。”望如其言，初下得鲋，次得鲤，刳腹得书。书文曰：“吕望封于齐。”望知当贵。（《艺文类聚》）

**【译文】**吕望七十岁的时候，在渭水旁垂钓了三天三夜，但是没有鱼儿上钩。吕望对一位农民说了这件事，那位农民是古代的贤人。那位农民对吕望说：“你下回再钓鱼的时候，一定要用细鱼线，配上芳香的鱼饵，慢慢地将鱼饵投入水中，不要让鱼感到害怕。”吕望按照那位农民的话，第一次钓上了鲋鱼，第二次钓上了鲤鱼，吕望剖开鱼肚子的时候得到了一封信。信上写道：“吕望会被封到齐国。”吕望就知道自己要显贵了。

## 任公大钩

任公子为大钩巨缁，五十犗以为饵，蹲乎会稽，投竿东海，旦旦而钓，期年不得鱼。已而大鱼食之，牵巨钩陷没而下，惊扬而奋鬐，白波若山，海水震荡，声侔鬼神，惮赫千里。任公子得若鱼，离而腊之，自浙河以东，苍梧以北，莫不厌若鱼者。已而后世轻才讽说之徒，皆惊而相告也。夫揭竿累，趋灌渎，守鲵鲋，其于得大鱼难矣。饰小说以干县令，其于大达亦远矣。是以未尝闻任氏之风俗，其不可与经于世亦远矣。（《庄子·外物》）

**【译文】**任公子做了大鱼钩和粗黑的绳子，用五十头肥壮的牛作为鱼饵，就蹲在会稽山上，将钓钩甩到东海，每一天都在那里钓鱼，过了一年还没钓到鱼。后来有一条大鱼咬钩了，那条鱼牵动巨大的鱼钩，将巨大的鱼钩拖入水下，那条鱼惊诧地扬起身躯、摆动鬐背想要挣脱，激起了像山一样的白色波涛，海面为之震荡，发出像鬼神一样的声响，骇人的声威足以震慑千里。任公子钓到的这条鱼后，将这条大鱼切成小块然后腌制成鱼干，从浙河以东，到苍梧以北的人们，没有不饱食这条鱼的。后来有鄙薄世风地说客，都惊叹这件事并且在世间传颂。于是就有人拿鱼竿和钓线，竞相来到淮河岸边垂钓，但也只能钓些鲇鱼、鲫鱼这样的小鱼，再想钓到那样的大鱼就难了啊。那些人凭借浅薄荒诞的言辞来求得崇高的声誉，其实他们距离高妙通达的大道理还差得很远啊。因此不曾了解任公子的作风，不可以说是善于治理天下，而且其中的差距也是很远啊。

## 坐上钓鲈

左慈字元旅，庐江人。少有神道，尝在曹公坐。公曰：“今日高会，珍羞略备。所少者，吴江鲈鱼为鲙耳。”元旅曰：“此可得也。”因求铜盘贮水，以竿饵钓，钓于盘中。须臾，引一鲈鱼出，会者皆惊。

**【译文】**左慈，字元旅，是庐江人。年轻的时候就学会了仙术。有一次左慈参加曹操的宴席。曹操说：“今日大摆宴会，各种美味都大概准备齐全了。只是缺少了吴江的鲈鱼做成生鱼片啊。”左慈说：“这是可以得到的。”于是左慈让人拿来一个盛水的铜盘，然后在旁边用一只已经安好鱼饵的钓竿在这个铜盘中钓鱼。不一会儿，就钓上来一条鲈鱼，参加宴会的人都大为震惊。

# 因猎闻谏

梁君出猎，见白雁群下，彀弩欲射之。道有行者，梁君谓行者止，行者不止，白雁群骇。梁君怒，欲射行者，其御公孙龙止之。梁君怒曰："龙不与其君而顾他人？"对曰："昔宋景公时大旱，卜之，必以人祠乃雨。景公下堂顿首曰：'吾所以求雨，为民也。今必使吾以人祠乃雨，将自当之。'言未卒而大雨，何也？为有德于天，而惠于民也。君以白雁故而欲射杀人，无异于豺狼也。"梁君乃与龙上车，归呼万岁，曰："乐哉，人猎皆得禽兽，吾猎得善言而归。"（《庄子》，今载《新序》）

**【译文】**梁君外出打猎的时候，看见了一群白雁，梁君张开弩想要射雁。恰巧这时候路边经过了一位路人。梁君让那位路人停下来，但是那位路人没有停下，白雁群因此受惊吓而飞走了。梁君非常生气，想要射那位路人，在一旁御马的公孙龙劝阻梁君。梁君生气地说："你不支持我反而维护别人？"公孙龙回答说："当年宋景公在位的时候天下大旱，有人占卜这件事，一定要用人祭祀才能下雨。宋景公走下堂来磕头说：'我之所以来求雨正是为了百姓啊。如果今天一定要用人祭祀才能降雨的话，我愿意亲自献身。'宋景公的话还没说完就下起了大雨。这是为什么呢？正是因为宋景公的德行感化了上天，而让百姓得到了实惠啊。您如今却因为白雁被惊走的原因要射杀人，这与豺狼没有什么区别。"梁君于是与公孙龙一起登车，随行的人山呼万岁。梁君说："这让人高兴啊，别人是因为打猎到猎物而高兴，我是因为捕获到良言而满载而归啊。”

## 拔猛兽箭

晋桓石虔，小字镇恶。在荆州，于猎围中见猛兽被数箭而伏。诸将素知其勇，戏令拔箭。石虔因急往拔得一箭，猛兽跳，石虔亦跳，高于猛兽。兽伏，复拔一箭而归。从桓温入关，威震敌人。时有病疟者，谓“桓石虔来”以怖之，多愈。

**【译文】**晋朝人桓石虔，在小时候取了一个字叫镇恶。桓石虔在荆州的时候，在猎场看见一只身中数箭的猛兽趴在那里。随行打猎的勇士向来知道桓石虔勇武，于是打趣让桓石虔去拔那只猛兽身上的箭，桓石虔于是迅速跑到那只猛兽身边拔下了一只箭。拔箭的时候那只猛兽疼得跳了起来，桓石虔也跳了起来，而且桓石虔跳起来比猛兽还要高。那只猛兽再次趴下去的时候，桓石虔又拔下一只箭并且全身而退。自从桓温入关后，边境的敌人就被震慑了。当时如果有人生病，人们就用“桓石虔来了。”用这样的话来吓唬患病的那个人，大多数患病的人都会痊愈。

## 贵人倍直

王猛，秦人，晋时鬻畚为业。尝有人买之，随至山中，见父老曰：“贵人，十倍偿直。”辞出，乃嵩山也。后果相苻坚，佐兴秦国。猛病卒，坚谓太子安曰：“天不欲使吾平一六合耶？何夺吾景

略之速也。”（《通鉴》）

【译文】王猛，是秦人。在晋朝的时候王猛靠卖畚箕为生。曾经有一个人买畚箕的时候，王猛跟随那个人一直来到了山里面，山里面的乡亲们说：“您是贵人啊，我们出十倍的价钱买畚箕。”王猛辞别走出山后，才发现这里原来是嵩山。后来王猛果然在苻坚手下被封为宰相，帮助苻坚振兴秦国。王猛得病去世后，苻坚对太子苻安说：“这是苍天不让我一统天下吗？为什么这么快把我的王猛夺走啊。”

## 入谷自量

李珏，广陵人，随父贩谷。父老，珏继之，入与之谷，每使自量。父责之曰：“升斗出轻入重，以规厚利，同流者众。今但一斗升，又任之自量，吾不知其所以也。”珏终不改业，寿至百馀岁。一夕，无疾而终，棺裂有声，视之尸解。

【译文】李珏是广陵人，小的时候就跟随父亲贩卖粮食。父亲年老后，李珏就继承了父亲的营生，李珏买进谷子的时候，总是让卖家自己计量。李珏的父亲指责李珏说：“做粮食生意要卖的时候少称一点，进货的时候自己多称一点，这样才能获得丰厚的利益，大多数人都这么干啊。如今的一斗一升都让别人自己计量，我不知道你这么做要干什么。”但是李珏始终没有改变初衷，李珏一直活到了一百多岁。一天晚上，李珏在家里无疾而终，后来，人们听到李珏的棺材里面有东西裂开的声音，发现李珏已经成仙了。

# 卷十四 技艺类

## 扁鹊论病

扁鹊见齐桓侯曰："君有疾，在腠理。不治，将深。"桓侯曰："寡人无疾。"后五日，复见曰："君有疾，在血脉。不治，将深。"后五日，复见曰："君有疾，在肠胃间。不治，将深。"后五日，望见桓侯，退走曰："疾居腠理，汤熨之所及也；在血脉，针石之所及也；在肠胃，酒醪之所及也。其在骨髓，虽司命无奈之何。今在骨髓，臣是以无请也。"后五日，桓侯病，召扁鹊。扁鹊已逃去，桓侯遂死。使圣人预知微，能使良医早从事，则疾可已也。故病有六不治：骄恣不论于理，一不治也；轻身重财，二不治也；衣食不能适，三不治也；阴阳并藏气不定，四不治也；形羸不能服药，五不治也；信巫不信医，六不治也。扁鹊过邯郸，闻贵妇人，即为带下医；过洛阳，闻周人爱老人，即为耳目痹医；入咸阳，闻秦人爱小儿，即为小儿医。秦大医令李醯，自知技不如扁鹊，使人刺杀之。（《史记》）

**【译文】**扁鹊进见齐桓侯的时候，在齐桓侯面前了一段时间，扁鹊说："您在肌肤表面有些小病，不医治的话，病情恐怕会加重。"齐桓侯说："我没有病。"五天后，扁鹊再次进见齐桓侯的时候说："您的病灶在血管里，不及时医治将会更加严重。"又过了五天，扁鹊再一次进见齐桓侯说："您的病灶在肠胃里面，不及时治疗的话将要更加严重。"又过了五天，扁鹊远远地看见齐桓侯后，扁鹊掉头就走说："病灶在皮肤纹理之间的时候，用热水熨帖患处就能治好；病灶在血管里面的时候，用针灸可以治好；病灶在肠胃里的时候，用药剂就可以治好；病在骨髓里面，就算是神仙降临也是没有办法医治的症状。现在桓侯的病在骨髓里面，因此我也无法为他医治了。"过了五天，齐桓侯果然患病了，齐桓侯派人寻找扁鹊，扁鹊已经逃走了。齐桓侯于是就病死了。如果让人早发现病情的话，就可以早让良医治疗病症了，这样病情就会被根治了。所以有六种不治的病人，骄傲蛮横不讲理的人，这是第一种不医治的人；轻视身体重视钱财的人，这是第二种不医治的人；不能听从吃穿用度安排的人，这是第三种不能治疗的人；阴气阳气模糊不定、气息不顺的人，这是第四种不能医治的人；身体太弱不能服药的人，这是第五种不能医治的人；信巫术而不信医生的人，这是第六种不能医治的人。扁鹊路过邯郸的时候，听说当地人尊重妇女，所以扁鹊就做了妇科大夫；扁鹊路过洛阳的时候，听说当地尊敬老人，所以扁鹊就为老人们治疗眼疾耳疾；扁鹊经过咸阳的时候，听说当地人喜欢小孩，所以扁鹊就做了儿科大夫。秦国的大医令李醯，自知技不如扁鹊，所以就派人刺杀扁鹊。

## 医和戒色

晋侯求医于秦。秦伯使医和视之，曰：“疾不可为也。是谓‘近女室，疾如蛊。非鬼非食，惑以丧志。良臣将死，天命不祐。’”公曰：“女不可近乎？”对曰：“节之。天有六气，降生五味，发为五色，征为五声。淫生六疾。六气曰：阴、阳、风、雨、晦、明也。分为四时，序为五节，过则为灾。阴淫寒疾，阳淫热疾，风淫末疾，雨淫腹疾，晦淫惑疾，明淫心疾。女，阳物而晦时，淫则生内热惑蛊之疾。今君不节、不时，能无及此乎？”赵孟曰：“良医也。”厚其礼而归之。（《昭元》）

**【译文】**晋侯向秦国求医。秦伯派遣医和前往查看，医和说：“这种病让医生无法作为啊，也就是说近女色，就像中蛊了一样。没有鬼也没有美食的参与，蛊惑人让人丧失志向。忠良的臣子将会为此殒命，这样的话是连老天爷都不会保佑的。”晋侯说：“不可以接近女色吗？”医和回答说：“要节制啊。天中有六气，所以降生了五味，进而衍生出五色，也由此演化为五声。若是过分的话会生出六种疾病。六气指的是：阴、阳、风、雨、晦、明。也由此分出了四个季节，排序了五个节气，如果其中过分了就会变成灾害。在阴气过重时，不懂得节制就容易引发寒性的疾病；在阳气过重时，不懂得节制就容易引发热性疾病；在受风过重时，不懂得节制就会引发人体末梢的疾病；在湿气过重时，不懂得节制就会引发腹内的疾病；如果在夜间不懂得节制，就会神态惑乱；如果在白天不懂得节制，就会得心脏疾病。与女子接近是在阳气而阴暗的时候，如果纵欲过度就会得热性病，自己的心性也会因此受迷惑。如今您不节制，也不按照时令，能不病到这种地步吗？”赵孟说：“这是良医啊！”晋侯赏赐给医和丰厚的奖赏后就让医和回去了。

## 病在膏肓

晋侯疾病，求医于秦伯，使医缓为之；未至，公梦疾为二竖子，曰：“彼良医也，惧伤我，焉逃之？”其一曰：“居肓之上，膏之下。若我何？”医至，曰：“疾不可为也。在肓之上，膏之下，攻之不可，达之不及。药不至焉，不可为也。”公曰：“良医也。”厚为之礼而遣之。（《左传·成公十年》）

**【译文】**晋侯得病后，向秦伯求医，秦伯嘱咐医生治病的时候要拖延一阵。秦国的医生还没到的时候，晋侯梦到自己的疾病变成了两个年轻人说：“他虽然是良医啊，但是害怕伤害我。为什么要逃避呢？”其中一个年轻人说：“病在心房之上，在脂肪之下，像我这样该怎么办呢？”秦国的医生到了之后说：“这种病让医生无法作为啊，在心房之上，在脂肪之下，不能下猛药，普通的药又到达不到病患处。所下的药无法到达病灶那里，这是让医生无法作为的啊。”晋侯说：“真是良医啊！”于是赏赐给医生丰厚的奖赏后就让医生回去了。

## 视见五藏

扁鹊少为人舍长。舍客长桑君过，扁鹊奇之，常谨遇之。长桑君乃呼扁鹊语曰："我有药，能却老，欲传与公。"乃出其怀中之药予扁鹊，饮以上池之水三十日，当知物矣。扁鹊以其言，饮药三十日。从此视病尽见五藏症结，特以诊脉为名耳。

**【译文】**扁鹊年轻的时候曾经做过馆舍的负责人。馆舍中有一位叫长桑君的客人经过的时候，扁鹊觉得这个人非同寻常，于是扁鹊非常小心谨慎地对待长桑君。于是长桑君将扁鹊叫过来，说道："我有一副药方，能防止衰老，我想传授给您。"于是长桑君拿出怀中的药赠给扁鹊，服用这药要配雨水，连续服用三十天就知道这药的功效了。扁鹊按照长桑君的话，连续吃了三十天的药。从此以后扁鹊给人看病都能看出五脏病症的关键之处在哪里，扁鹊尤其以诊脉出名。

## 著《针经》

后汉郭玉，广汉人。初，有老父渔钓于涪水，自号涪翁。著《针经》《诊脉法》，授弟子程高。高传于玉，学方诊六征之技，阴阳不测之术。和帝时为太医丞，仁爱不矜，虽贫贱，必尽其心力疗。贵人时或不愈，帝令贵人羸服变处，一针即瘥。召玉诘状，玉曰："医言意也。腠理至微，随气用巧。神存心手之间，可得解而不可得言。贵者处尊高以临臣，臣怀怖慑以承之。其疗有四难：自用意而不任臣，一难也；将身不谨，二难也；骨节不能使药，三难也；好逸恶劳，四难也。臣意犹且不尽，何有于病哉？此所以不愈也。”

**【译文】**有一位后汉人叫郭玉，郭玉是广汉人。最初有一位老人在涪水旁垂钓。那位老人自称是涪翁。涪翁的著作有《针经》《诊脉法》。涪陵把这两本书传授给了程高。程高又传授给了郭玉，郭玉学习了诊脉六个特征的特技，以及如何测定阴阳的方法。汉和帝在位的时候，郭玉担任了太医丞，郭玉为人仁爱不骄纵，就算是遇见贫穷的人，也会尽力治疗。当时宫中有一位贵人的病没有痊愈，皇帝让那位贵人换上旧衣服并且搬往其他地方，郭玉只用了一针就治好了贵人。皇帝召见郭玉并且询问那位贵人的症状如何，郭玉回答说：“医生只能说出病症。人的肌理非常精细，需要随着其中的变化来巧妙应对。注意力要放在心里和手上，自己知道怎么做但是没有办法说出来。您在高位来询问我，我怀着惴恐之情来回答您的问题。治疗有四个难点，肆意妄为而不用太医治疗，这是第一个难点；自身不谨慎的人，这是第二个难点；在关键时候却不能用药，这是第三个难点；好逸恶劳，这是第四个难点。我尚且没有研究明白其中奥妙，更何况是对病症啊？这就是贵人之前没有痊愈的原因啊。”

## 医书不传

后汉华佗。广阳太守陈登得病，佗脉之，曰：“胃中有虫，欲成内疽，食腥物所致。”作汤二升，服之，吐虫三升，赤头皆动，半身犹是生鱼脍。佗为人性恶，难得意，耻以医见业。曹操苦头风，召佗在左右，后求归取方，因妻疾，数困不反。操累书呼之，佗恃能厌事，犹不肯至。操大怒，杀之。佗临死出书一卷与狱吏，曰："此可以活人。"吏畏法不敢受。佗索火焚之。

**【译文】**东汉的时候有一位叫华佗的人。广阳太守陈登染病了，华佗为陈登号脉说："您的胃里面有虫子，快要在内脏里面结成病灶了，这是因为常吃发腥的东西导致的。"于是华佗做了二升药剂，让陈登服了下去，陈登吐了三升虫子，这些虫子都是红色的头，而且都可以蠕动，身子的一半像是生鱼片。华佗为人性情耿直，难以得意，而且以做曹操的侍医为耻。当时曹操患上了头风，曹操想召来华佗为自己治病，想向华佗索要药方，因为当时华佗的妻子生病了，华佗几次由于妻子的病而没有赴曹操的召见。曹操几次下书召唤华佗，华佗因厌倦曹操而对医治他有所厌倦，还是不肯来。曹操十分生气，想要杀掉华佗。华佗临刑的时候拿出了一本书给狱卒说："这本书会教授治好人的本领。"狱卒害怕违法没有敢接受，于是华佗就把这本书烧了。

## 服金石药

刘无名常于庚申日守三尸，食雄黄。后见一鬼使曰："我泰山直符来摄君。见君顶上黄光数尺，不可近，得非雄黄之功乎？"因曰："一金一石谓之丹。君服其石，更饵其金，则黑籍落名，青华定箓。"刘后遇青华真人，授以丹诀，以铅为君，以汞为臣，八石为使，黄牙为田。（韩偓《金銮记》）

【译文】有一个人姓刘但是不知道他叫什么，刘某经常在庚申日这一天守着三具尸体，服用雄黄。后来刘某看见了一位鬼使者说："我拿着泰山直符来摄取您的魂魄，但是看到您的头顶上有几尺黄光，无法靠近，难道是您经常服用雄黄的原因吗？"于是刘某说："用一份金子与一份石头炼成的叫丹。我服用这种石头，佐以黄金，这样就会在阴阳册上划掉名字，收录到仙家的名册里面。"刘某后来遇见了青华真人，青华真人授予了刘某炼丹的秘诀：以铅为君，以汞为臣，八石为使，黄牙为田。

## 君平卜肆

汉严君平卜筮于成都市，以为"卜筮贱业，而可以惠众人。有邪恶非正之问，则依龟筮为言。与人子言依于孝，与人弟言依于顺，与人臣言依于忠。各因势导之以善，从吾言，已过半矣。"日裁阅数人，得百钱足自养，则闭户下帘而授《老子》。扬雄少从游学，数为朝廷在位贤者称君平德。李强为益州牧，喜谓雄曰："吾真得严君平矣。"雄曰："君备礼以待之，彼可见而不可得诎。"强以为不然。至蜀，致礼与相见，卒不敢言以为从事，乃叹曰："杨子云诚知人。"

【译文】汉朝有一位严君平在成都为人卜筮算卦，严君平认为："卜筮算卦虽然是低贱的职业，但是可以普惠众人。如果有人问善恶的问题，这样就按照从龟筮占卜出来的话告诉提问的人。对儿子就告诉他要孝顺；对弟子就告诉他要依顺；对臣子告诉他要忠诚，对各种人要因势利导劝其从善，按照这种方法，听从严君平话的人已经超过城中的一半了。”严君平每天要为几个人算卦，可以得到一百钱用来生活，之后就闭门教授别人《老子》。扬雄年轻的时候曾经跟随严君平游学，几次在朝廷中的贤能的人面前称颂严君平的德行。李强担任益州牧的时候，高兴地对扬雄说：“我真想见一见严君平。”扬雄说：“您要备全礼节去招待严君平，可以与严君平相见但是不要屈待严君平。”李强不以为然。等到李强到达蜀地后，备全礼节去拜见严君平，见面的时候李强不敢提请严君平担任从事的事情，于是李强感叹说：“扬雄的确识人啊。”

## 占易掘金

晋魏炤善《易》，临终，书版授其妻曰：“吾亡后五年，当有诏使来顿此亭。姓龚，此人负吾金。”至期，有龚使止亭中，妻遂赍版责之。使者沉吟良久而悟，乃命取蓍筮之，曰：“贤夫自有金在耳。知吾善《易》，故书版以寄意。”妻还掘金，皆如卜焉。

**【译文】**晋朝的魏炤擅长易术占卜，魏炤快要去世的时候，写了一封遗书给他的妻子说：“我去世后五年，会有一位传递诏书的使者来这座亭子滞留。那个人姓龚，这个人欠我钱。”到了那天，有一位姓龚的使者在亭子中稍作停留。魏炤的妻子带着魏炤的遗书责怪那位使者。那位使者在亭子中想了好长时间才想明白。于是那位使者让人取来蓍草占卜，那位使者说：“您贤明的丈夫有金子留下，他知道我擅长用《易经》占卜，所以才留下这么一封遗书。”魏炤的妻子回家后按照使者的话果然挖到了金子，与那位使者占卜出来的完全一样。

## 占其屋崩

晋淳于智能《易》筮。谯人夏侯藻母病，诣智卜。忽有一狐，当门向之嗥怖，藻驰见智。智曰：“君速归，在狐嗥处拊心啼哭，令家人惊怪，大小毕出。一人不出，哭勿止。”藻如其言，母亦扶病出，堂屋五间，拉然而崩。

**【译文】**晋朝的淳于智擅长用《易经》占卜。谯地人夏侯藻的母亲生病了，夏侯藻拜见淳于智，想请求淳于智占卜一卦。这时候，忽然有一只狐狸挡在门前哀嚎。夏侯藻见状飞快地禀告给淳于智。淳于智说：“您应该赶紧回家，在那只狐狸哀嚎的地方抚胸痛哭，要让家里人都感到奇怪，直到全家老少全都出家门才可以，就算还有一个人没有出家门，也不要停止哭泣。”夏侯藻按照淳于智的话去做，就连淳于智的母亲也带着病走出家门，这时候夏侯藻家里的五间堂屋一下子就坍塌了。

## 卜遇四相

张邓公尝谓予曰：“某举进士，时与寇莱公游相国寺，诣一卜肆，卜者曰：‘二人皆宰相也。’既出，逢张相齐贤、王相随复往诣之。卜者大惊曰：‘一日之内而有四人宰相。’四人相顾，一笑而退。因是，卜者日消声，亦不复有人问之，卒穷饿以死。而四人者，其后皆为宰相，公欲为之作传而未能也。是时，邓公已致仕，犹能道其姓名。今予则又忘其姓名矣，亦可哀也哉。（《范蜀蒙求》）

**【译文】**张邓二公曾经对我说：“我考进士的时候，当年与寇准一同前去相国寺游玩，请人占卜了一卦，算卦的人说：‘两个人都能做宰相。’出来的时候遇见了丞相张齐贤与丞相王随复前往拜见那位算卦的人。那位算卦的人大吃一惊说：‘一天之内我竟然可以遇见四位宰相。’四个人相视一笑就离开了。于是那位算卦的人就销声匿迹了，也不再有人向他求卦，最后那位算卦的人因为贫穷而挨饿至死。然而那四个人最后都当上了宰相，我想为那个人作一篇传记，可惜不能了。”当时邓公已经退休，还能说出那位算卦人的姓名。然而我现在又忘记了那位算卦人的姓名，这也是一件令人惋惜的事情啊。

## 蛮巫祝生

莆田人陈可大知肇庆府，肋下忽肿起，如生痈疖状，顷刻间大如碗。识者云：“此中挑生毒也。俟五更以菉豆嚼试，若香甘则是已然，使捣川升麻，取冷熟水调二大钱服之，遂洞下泻出，生葱数茎，根茎皆具，肿即消。续煎平胃散调补，且食白粥，经旬复常。”雷州民康财妻为蛮巫。林公荣用鸡肉挑生，值商人杨一者善医疗，与药服之。食顷，吐积肉一块。剖开，筋膜中有生肉存，已成鸡形，头尾嘴翅悉肖似。康诉于州，捕林置狱，而呼杨生，令具疾证及所用药。略云凡吃鱼肉瓜果汤茶皆可挑。初中毒，觉胸腹稍痛，明日渐加搅刺。满十日则物生能动，腾上则胸痛，沉下则腹痛，积以瘦悴，此其候也。在胸鬲则取之，其法用热茶一瓯，投胆矾半钱于中，候矾化尽，通口呷服，良久，以鸡翎探喉中，即吐出毒物。在下鬲则泻之，以米饮下，郁金末二钱，毒即泻下。乃碾人参、白术末各半两，同无灰酒半升纳瓶内，慢火熬半日许，度酒熟取出温服之，日一杯，五日乃止。然后饮食如其故。（《容斋随笔》）

**【译文】**莆田人陈可大掌管肇庆府的时候，肋下忽然肿起来一块，像疖子一样，顷刻之间这个疖子就变成了碗那么大。当是有见识的人说："这是中了挑生毒。等到五更天的时候嚼食绿豆，嚼到绿豆有甜味香气才可以，再让人捣川升麻，取来一万凉白开，调成两大钱服用下去，之后就会腹泻，再拿来几根完整的生葱服下，疖子的肿就会消散了。之后再用平胃散调补，再服用白粥，这样持续十天就可以痊愈了。雷州有一位百姓叫康财，康财的妻子是巫医，林公荣喜欢吃生鸡肉，有一次，林公荣遇见有一位叫杨一的擅长医术的商人，杨一给林公荣一方药让他服下。林公荣服下药没过多久，就吐出来一块堆积在胃里的肉。剖开这块肉，发现其中筋膜里面还有生的肉已经化成了鸡的形状，头、尾、嘴、翅都很相似了。康财把这件事上报给了州中，州中派人把林公荣抓到监狱里面，又叫来杨一，州府的人让杨一出示林公荣的病症以及所开的药方。大概就是凡是吃鱼、肉、瓜、果、茶、汤的人中毒后，觉得胸内隐隐作痛，第二天觉得痛的更加厉害。到了第十天吃下的东西就能在人的身体里面活动了，那东西向上腾挪就会觉得胸痛，向下沉积就会觉得肚子痛，最后会使人慢慢憔悴，就在这个时候，在胸痛的人就要把毒物取出来，按照杨一的方法是用一瓶热茶，向里面投入半钱胆矾，等到胆矾在茶中化尽的时候，就送入口中服下，过一段时间，用鸡毛伸入喉咙里面，这样就会吐出来毒物了。如果毒物在腹部，就要用腹泻的方法治疗，要喝下一碗米汤，服下二钱郁金末，这样毒物就会腹泻出去。再把半两人参、白术碾成粉末和干净的酒装在一个瓶子里面，用慢火熬半天左右，打出酒趁热服下，每天喝一杯，一共要喝五天，之后才能正常饮食。

## 巫术败酒

襄阳邓城县有巫师，能用妖术败酒家所酿。凡开酒坊者皆畏奉之。每岁春秋，必遍谒诸坊求丐，年计合十余家，率各与钱二十千，则岁内平善。巫偶因它事窘用，又诣于富室求益，拒之甚峻。巫出买酒一升，盛以小缶，取粪污搅杂，携往林麓，禹步诵咒，环绕数匝，瘗之地乃去。俄酒家列瓮，尽作粪臭。有道士曰：“吾有术能疗，但已坏者不可救耳。”即焚香作法，半日许臭止。（《容斋随笔》）

【译文】襄阳的邓城县有一位巫师，这位巫师能用妖术把酒家的酒变质。凡是开酒坊的人都很惧怕这位巫师，只好供奉这位巫师。每年的春天、秋天，这位巫师一定会走遍各家酒坊乞讨，一年会向十多家酒坊乞讨，每家酒坊都要给这位巫师二十千钱才可以，这样就会保佑酒坊在一年之内平安无事。这位巫师有一次因为别的事情急需用钱，于是这位巫师又去富庶的酒坊要钱，酒坊严厉地拒绝了那位巫师。

这位巫师出门买了一升酒，将酒装在一个小罐子里面，又取来屎、尿搅在这罐酒里，这位巫师带着这小罐酒来到林间，走步的时候诵读着咒语，绕了几圈后，巫师把那小罐酒埋在地里面后就离开了。不久那户富庶的酒坊中的酒缸就全裂开了，酒缸里面的酒散发着臭味。有一位道士说："我有方法能解决这件事，但是坏的酒抢救不回来了。"于是那位道士焚香作法，过了半天，酒散发的臭味就消失了。

## 急急如律令

符祝之类，末句"急急如律令"者，人以为如饮酒之律令，速去不得滞也。一说汉朝每行下文书，皆云"如律令"，言非律非令之文书，行下当亦如律令，故符祝有如律令之言。按：律令之令宜平声，读为零。律令是雷边捷鬼。此鬼善走，与雷相疾速，故云如此鬼之疾走也。(《资暇》)

**【译文】**用符咒之类的东西，在结尾总会说一句"急急如律令"，人们认为就像喝酒时候的律令，快点喝下不能留酒。还有一种说法是汉朝的时候每下诏书，都会说"如律令"，说没有"律"、"令"的文书，下发的时候也会按照律令处理，所以用符咒的时候有了"急急如律令"的话语。按语：律令应该读成平声，把令字读成"零"。律令就是雷边捷鬼。这种鬼擅长奔跑，速度像雷一样迅捷，所以"急急如律令"就是说像这种鬼一样快走。

## 贵不可言

单父人吕公善沛令，避仇从之，因家焉。沛中豪吏闻令有重客，皆往贺。萧何为主吏，主进，令诸大夫曰："进不满千钱，坐之堂下。"高祖为亭长，素易诸吏，绐曰："贺钱万贯。"不持一钱。入谒，吕公大惊，起迎之门。吕公见高祖状貌，因敬重之，引入坐上坐。萧何曰："刘季固多大言，少成事。"酒阑，吕公留高祖曰："君相贵不可言，臣相人多矣，无如季相，愿季自爱。臣有息女，愿为箕帚妾。"即吕后也。(《高祖纪》)

**【译文】**单父人吕公与沛令交好，吕公为了躲避仇家跟随沛令来到了沛县。沛县的豪杰官吏听说沛令带来了一位重客，都前往贺喜。当时萧何担任主管官员，管人的进出座位，萧何对来到这里的客人说："没有带一千钱来到这里的人，就坐在堂下。"当时汉高祖正担任亭长，汉高祖向来轻视县中的官吏，于是谎报说："我带来了万贯的钱财贺喜。"然而汉高祖没有拿一分钱。汉高祖近前参拜，吕公大为震惊，起身到门前迎接。吕公看见汉高祖的长相，不由得心生敬佩，吕公把汉高祖请到上座。萧何说："刘邦向来爱说大话，不办实事。"酒喝到尽兴的时候，吕公挽留汉高祖说："您的相貌高贵的让人无法描述，我给很多人相过面，但都比不上您的面相啊。希望您能多珍重，我膝下有一个女儿，希望您能娶她做媳妇。"吕公的女儿就是后来的吕后。

## 无贵相

王显与唐太宗有子陵之旧。太宗微时，常戏显曰：“王显抵老不作茧。”及帝登极而显谒，因召其三子皆授五品，显独不及，谓曰：“卿无贵相，朕非为卿惜也。”房玄龄谓曰：“陛下龙潜之旧，何不试与之？”帝与之三品，取紫袍金带赐之，其夜卒。

**【译文】**王显与唐太宗有旧交。唐太宗还没有登基的时候，经常拿王显打趣说：“王显到老了也不会出仕做官。”等到唐太宗登基，王显参拜唐太宗的时候，唐太宗召见王显的三个儿子都授予他们五品官，只有王显没有加封到这个地步。唐太宗对王显说：“您没有富贵的面相，不是我对你吝啬。”房玄龄对唐太宗说：“您与王显过去就交好，为什么不考察考察他？”于是唐太宗封王显为三品官，赏赐给王显紫色的朝服与金色的腰带，当天晚上王显就去世了。

## 冀公贵相

王冀公钦若，乡荐赴阙。张仆射齐贤时为江南漕，以书荐谒钱易。易公时以才名方独步馆阁，适会延一术士以考休咎，不容通谒。冀公局促门下，因厉声诟阍人[①]，术者遥闻之，谓钱曰：“不知何人耶？若形声相称，世无此贵者，但恐形不副声尔。愿邀之，使某获见。”希白召之，冀公卑微远人，神貌疏瘦，复赘于颈而举止山野，希白蔑视之。术者竦然侧目，瞻视冀公起，术人稽颡叹曰："人中之贵，有此十全者。"钱戏曰："中堂内便有此等宰相乎？"术者正色曰："宰相何时无此人，不作则已，若作之，则天下康富而君臣相得，至死有庆而无吊不完者，但无子而已。"钱戏曰："他日将陶铸吾辈乎？"术者曰："恐不在他日，即日可得。愿公无忽。"后希白方为翰林学士，冀公已真拜。

**【注释】**①阍（hūn）人：守门人。

**【译文】**冀公王钦若，由乡里推荐赴任所补任的官职。仆射张齐贤当时正担任江南漕，上书举荐钱易。王钦若当时以才学在馆阁内独步。当时钱易恰巧请一位术士前来请求占卜吉凶，那位术士没有被允许通过。王钦若正在门下大声呵斥守门人。那位术士远远地听见了，那位术士对钱易说："不知道这位是何许人也？如果他的貌相声音相符，世上的人恐怕没有这么富贵的面相了。只怕他的声音和相貌不符合。您可以把他请过来，让我见见他。" 钱易召来王钦若，王钦若是偏远地方的人，长相也十分消瘦，王钦若的脖子佝偻着而且举止也很粗野，钱易很看不起王钦若。然而那位术士却悚然侧目不敢直视王钦若，术士仰视着王钦若。那位术士拍着额头惊叹说："人间中的富贵，竟然有这样十全十美的人。"钱易戏谑地说："难道说这些人里面就有这样的宰相吗？"那位术士严肃地说："这种人怎么会当不上宰相，不当就算了，只要当上宰相，那么天下就会变得富庶，君臣之间也会变得和谐，这种人就算到死都有庆祝的事没有不完美的，只可惜他没有儿子。"钱易戏谑地说："难道说王钦若还会掌管我们吗？"术士说："恐怕不会很久，这几天就有消息。希望您不要怠慢。"后来钱易才被授予翰林学士的时候，王钦若已经被授予官职了。

## 急流勇退

钱若水为举子时，见陈希夷于华山，希夷曰："明日当再来。"若水如期往见，见一老僧与希夷拥地炉坐，僧熟视若水，久之不语，以火筯画灰作"做不得"三字，徐曰："急流中勇退人也。"若水辞去，希夷不复留。后若水登科，为枢密副使，年才四十致政。老僧者，麻衣道者也。（《闻见录》）

**【译文】**钱若水做举人的时候，在华山遇见了陈抟，陈抟说："明天还会再来。"钱若水按照约定前来，看见一位年老的僧人与陈抟席地挨着炉子而坐，那位年老的僧人端详着钱若水，很长时间那位老僧人都没有说话，后来老僧人用火钩子用灰写下"做不得"三个字，老僧人慢慢地说："这个人是急流勇退的人啊。"钱若水告辞离开后，陈抟也没留在那里。后来钱若水考中了进士，官至枢密副使，才四十岁就退休了。那位年老的僧人，就是麻衣道士。

## 作樵夫拜

种放字明逸，隐居终南山豹林谷，闻希夷之风往见之。希夷先生一日令洒扫庭除，曰："当有嘉客至。"明逸作樵夫拜庭下，希夷挽之而上，曰："君岂樵者？二十年后当有显官，名声闻天下。"明逸曰："放以道义来，官禄非所问也。"希夷笑曰："人之贵贱，莫不有命，君骨相当尔。虽晦迹山林，恐竟不能安异日。"自知之后，明逸在真宗朝以司谏赴召。帝携其手登龙图阁，论天下事；及辞归山，迁谏议大夫，东封改给事中，西祀改工部侍郎。希夷又谓明逸曰：“君不娶，可得中寿。”明逸从之，至六十岁卒。

**【译文】**种放，字明逸，隐居在终南山的豹林谷，种放听说陈抟的风度后想前往拜见陈抟。陈抟一天令人洒扫庭院的时候说：“会有贵客来到这里。”种放打扮成樵夫的样子在庭院中拜见陈抟，陈抟扶起种放说：“您怎么可能是樵夫呢？您二十年后会担任高官，您的名声也会闻于天下。”种放说：“我是为了道义而来，不是问自己前程官禄的。”陈抟笑着说：“人的贵贱，都是命中注定啊。您的骨相与您的官禄匹配。就算您隐居在山林，恐怕也不能安稳度日。”种放得知这件事后，种放就在宋真宗在位的时候以司谏的身份应召。皇帝拉着种放的手登上龙图阁，讨论天下大事。等到种放说自己要辞官隐居山林，宋真宗在东封的时候改任种放为给事中，西祀的时候改任种放为工部侍郎。陈抟还对种放说：“您要是不娶妻，能得到中正的寿命。”种放听从了陈抟的话，活到了六十岁去世了。

## 道人说梦

李士宁道人，蓬州人，先得涂氏所藏轩辕山镜，洞见远近。蔡君谟学士以道自任，闻先生之名，望风恶之。君谟一夕梦为虎所逼，有一人救之；虎既去，与之坐曰：“公贵人也，但头骨不正。”乃以手为按之，曰：“头骨已正矣。”梦觉，头尚痛。翌日，先生谒君谟，谓曰：“夜梦颇惊惶否？”君谟愕然，视其状，乃梦中逐虎正骨者，遂异之。后出守闽中，先生经由谒君谟，因告先生久患目疾不愈，昨夜梦龙树菩萨。先生即于袖中取出画本视之，一如梦中所见。先生乃瞠目视君谟，须臾，两目豁然明快。参政张公方平两制时，先生出入门下，极善相。时论以为公且大拜。先生以诗别公云："异时复与公相见，正是江南二月天。"其后久无爰立之说，忽除知江宁。先生自茅山来谒，即仲春也。（李壁《荆公诗注》）

**【译文】**李士宁是一位道士，是蓬州人。最开始李士宁得到涂氏珍藏的轩辕山镜，这只镜子可以洞察远近的东西。学士蔡襄崇尚道家，听说李士宁的名声后觉得十分厌恶。蔡襄一天晚上梦到一只老虎要攻击自己，有一个人救下了蔡襄，老虎离开后，那个人与蔡襄坐下来。那个人对蔡襄说："您是贵人，但是头骨不正。"于是那个人摁了蔡襄的头骨后说："您的头骨已经正过来了。"蔡襄醒来后觉得头十分痛，第二天早晨的时候，李士宁前来拜见蔡襄。李士宁对蔡襄说："您晚上做梦受到惊吓了吗？"蔡襄十分惊讶，看李士宁正是为自己驱赶老虎和为自己正骨的那个人，蔡襄感到十分奇怪。后来蔡襄外出镇守闽地的时候，李士宁路过的时候顺道拜见蔡襄。于是告诉蔡襄自己的眼疾很久没被治愈了。昨天晚上梦到了龙树菩萨。李士宁当即在袖子里面取出来画本查看，发现和梦中看见的一样，李士宁呆呆地看着蔡襄，忽然间李士宁的眼睛就明快了。参政张方平在平两制的时候，李士宁当时出入门下省，十分擅长相面。当时人们都议论说张方平会被大加封赏。李士宁写了一首诗送给张方平说："毅时复与公相见，正是江南二月天。"之后张方平的封赏就没有消息了，忽然有一天让张方平去掌管江宁。李士宁从茅山来拜访张方平，当时正是仲春时节。

## 善听声

术士王生，瞽而善听声。丁晋公守金陵，王生潜听其马蹄声曰：“参政月中必召拜相。”果如其言。后真宗晏驾，公充山陵使，王生来京师，俾听马蹄声，曰：“有西行之兆。”诸子责曰：“尔知相公充山陵使，故有是说。”或密问之，曰：“蹄西去而无回声。”后果罢相，分司西京，遂贬崖州。（《该闻录》）

**【译文】**术士王生，虽然眼盲但是擅长听声音。丁谓镇守金陵的时候，王生听到了丁谓的马蹄声说：“这位参政一个月内一定会封为宰相。”后来果然像王生说的那样。后来宋真宗驾崩了，丁谓出任山陵使，王生来到了京城，又恰巧听到了丁谓的马蹄声说：“这有被贬到西边的迹象。”一些人指责王生说：“你知道丁谓如今已经担任山陵使了吗？怎么可能像你说的那样？”有人悄悄问王生为什么这么说。王生说：“丁谓的马蹄向西走但是没有回声。”后来丁谓果然被罢免了宰相的官职，被调配到西京，接着丁谓就被贬到崖州了。

## 熟睡乃相

苏子美谪吴门，有相僧，子美谒之，云：“俟寝方可观。”子美一日熟睡，僧揭帐视之，云：“来得也曷。”吴人语甚为曷。子美扣之，乃曰：“得一州县官，肯起否？”子美意复召用，闻之不乐，果复湖州长史而卒。（《百家诗话》）

【译文】苏舜钦被贬到吴门的时候得知吴门有一位会相面的僧人。这一天苏舜钦前往拜见那位僧人，僧人说："等到您就寝我才可以给您相面。"苏舜钦一天熟睡的时候，那位僧人揭开帐幔熟视苏舜钦，僧人说："我来的正是时候。"吴地人把"甚"读成"舀"。第二天苏舜钦去拜访那位僧人，那位僧人说："您只能担任治理州县的官职，您甘心吗？"苏舜钦以为自己会被再调回京城，但听闻僧人的话后十分不开心，后来苏舜钦果然被任命为湖州长史，苏舜钦也就在任上去世了。

## 不容何病

孔子围于陈蔡。子贡曰："夫子之道至大，故天下莫能容夫子，盍少贬焉？"孔子曰："良农能稼而不能为穑，良工能巧而不能为顺。君子能修其道，纲而纪之，统而理之，而不能为容颜。"回曰："夫子之道至大，故天下莫能容。虽然，不容何病？不容然后见君子。"孔子欣然曰："有是哉！颜氏之子。使尔多财，吾为尔宰。"

【译文】孔子被围困在陈蔡两地的时候。子贡说："孔子遵循的是大道啊，天下为什么容不下孔子，为什么这么限制孔子啊。"孔子说："好的农民能种庄稼但是不能收割庄稼，好的工匠可以化巧但是不能顺着一个方向走。君子可以修正道路，设立纲目警惕自己，将事物串起来理清头绪，但是不能因为体面办事啊。"颜回说："孔子行的是大道，所以天下不能容。即使这样，容不下又如何呢？容不下才见真正的君子。”孔子欣慰地说：“是这样啊，颜回！要是有人给你很多厚利，你就被那个人所主宰了。”

## 命亦难信

熙宁、元丰间，有僧化成者，以命术闻于京师。蔡元长兄弟始赴省试，同往访焉。时问命者盈门，弥日方得前。既语以年日，率尔语元长曰：“此武官大使臣命也。他时衣食不阙而已，馀不可望也。”语元度曰：“此命甚佳。今岁便当登第，十馀年间可为侍从；又十年为执政，然决不为真相。晚年当以使相终。”既退，元长大病其言。元度曰：“观其推步，卤莽如此，何足信哉？更候旬日再往访之，则可验矣。”旬日复往，僧已不复记；再以年月语之，率尔而言，悉如前说，兄弟相顾大惊，然是年遂同登科。自是相继贵显，于元长则大谬如此，而元度终身无一语之差。以此知世所谓命者，类不可信，其有合者，皆偶中也。（《却扫编》）

**【译文】**熙宁、元丰年间的时候，有一位法号叫化成的僧人以占卜算命闻名京城。蔡京兄弟去省内赶考的时候，一同去拜见了化成。当时请化成算命的人挤满了门院，等排到蔡京兄弟的时候已经将近一天了。蔡京兄弟报上自己的生辰八字后，化成很快就对蔡京说：“您是武官大使的命。那时候只是衣食无忧而已，其余的不可以奢望。”化成对蔡卞说：“您的命好，今年就会考中进士，十年以内能当上侍从；再过十年可以执政，但是最终当不上真正的宰相，您晚年会以宰相的身份外出任职。”蔡京二人告辞后，蔡京十分诟病化成说的话。蔡卞说：“我看他算命的时候，草率成这个样子，有什么可相信的呢？等过十多天再去造访，就可以知道他说的是真是假了。”十天后，蔡京兄弟又来拜访化成，但是化成已经记不住蔡京兄弟了。蔡京兄弟把自己的生辰八字又告诉化成一遍，化成还是一下子就说出来了，和之前说的一样。蔡京兄弟两两相望大吃一惊，二人果然在同年考中了进士。从此以后蔡京兄弟日益显贵，但是僧人的话在蔡京身上差距很大，在蔡卞身上一句话也没有说错。从这件事可以知道世间所谓的“命”，大体不可相信，其中有对应上的也只是巧合而已。

## 得失皆命

君子当守道崇德，蓄价待时。爵禄不登，信由天命。须求趋竞，不顾羞惭；比较材能，斟量功伐；厉色扬声，东怨西怒；或有劫持宰相瑕疵而获酬谢，或有喧聒时人视听，求见发遣：以此得官，谓为才力，何异盗食致饱，窃衣取温哉？世见躁竞得官者，便为弗索何获，不知时运之来，不然亦至也。见静退未遇者，便为弗为胡成，不知风云不兴，徒求无益也。凡不求而自得，求而不得者，焉可胜算呼。（《颜氏家训》）

**【译文】**君子应当坚守正道，崇尚德行，蓄积声望，等待时机，即使仍然不能晋升官禄，也实在是由于天命。为达到某种需求而索求奔走，不顾羞耻，与人攀比才能，衡量功绩，声色俱厉，怨东怨西，有人甚至以宰相的缺点为要挟，从而获得官禄，还有人喧闹扰乱人们的视听，求得被安排录用，用这些手段求得官职，还声称自己有才干与能力，这与偷食致饱、窃衣取暖有什么分别呢！世人看见那些躁进奔走而得官的人，就认为不去追求怎能获得官位；但是不知道时运一到，就算不去追求官位，官位也自然会到来。看到那些恬静谦让而没得到官职的人，又认为不做怎么会成功；却不知道不到风云际会之时，就算徒劳追求也是无益的。世间那些不追求而有所自得，或追求而无所得的人，这怎么能算得过来呢！

## 不遇宣宗

贾岛不第，乃为僧，改号无本，居法乾寺，与无可唱和。一日，宣宗微行至寺，闻钟楼上有吟声，遂登楼，于岛案上取诗卷览之。岛不识，乃攘臂睨之，遂于手内取诗卷曰："郎君何会此耶？"宣宗下楼而去。既而岛知之，亟谢罪，乃赐御札，除遂州长江簿，后迁普州司仓卒。故程锜以诗悼之曰："倚恃诗难继，昂藏貌不恭。骑驴冲大尹，夺卷忤宣宗。驰誉超前辈，居官下我侬。司仓旧曹事，一见一心忪。"宣宗尝微行，温庭筠遇于逆旅。温不识，傲然诘之曰："公非司马长史之流乎？"又曰："得非文参簿尉之类乎？"帝曰："非也。"谪为方城尉。其制词曰："孔门以德行为先，文章为末。尔既德行无根，何所补焉？徒负不羁之才，罕有适时之用。"竟以流落而死。

**【译文】**贾岛没有考中进士，于是就出家为僧了，贾岛改法号为无本，居住在法乾寺中，但是寺内没有能与贾岛唱和写诗的人。一天，唐宣宗微服私访到寺内，听到钟楼上有吟诗的声音，于是唐宣宗来到楼上，在贾岛的桌案上取来诗卷阅览。贾岛不知道这个人是唐宣宗，贾岛就揣着胳膊斜着目光看着唐宣宗，于是夺来唐宣宗手上自己的诗卷说："郎君您怎么会这个东西？"唐宣宗下楼后就离开了。贾岛得知那个人是唐宣宗后，急忙谢罪，于是唐宣宗赏赐给贾岛御札，授予贾岛遂州的长江簿的职务，后来改任贾岛为普周司仓，贾岛也在任上去世。贾岛的老朋友程锜写了一首诗哀悼贾岛说："倚恃诗难继，昂藏貌不恭。骑驴冲大尹，夺卷忤宣宗。驰誉超前辈，居官下我侬。司仓旧曹事，一见一心忪。"唐宣宗还有一次微服出访的时候在旅店遇见了温庭筠。温庭筠不认识这个人就是唐宣宗，温庭筠高傲地诘问唐宣宗说："您不在司马、长史的职位上吗？"温庭筠又问道："那您难道还不是文、参、簿、尉之类的职务吗？"唐宣宗回答说："我不是。"于是唐宣宗将温庭筠贬为方城尉。调任的文书中写道："儒家首重德行，文章衡量人的最后标准。既然你的德行没有根基，那怎么弥补呢？你只是徒有才华而已，现在没有什么合适的官职任用你。"温庭筠最后竟然流落至死。

## 不遇玄宗

王维私邀孟浩然入内署，俄而玄宗至，浩然匿床下，维以实对。帝曰："朕闻其人而未见也。"诏浩然出，帝问其诗，浩然自诵所为，至"不才明主弃"之句，帝曰："卿自不求仕，朕未尝弃卿，奈何诬我？"因放还。（本传）

**【译文】**王维私下邀请孟浩然来家中做客，没过多长时间唐玄宗来到王维的家中，孟浩然藏在了床底下，王维将实情告诉给了唐玄宗。唐玄宗说：“我听说过这个人但是还没有见过他。”于是唐玄宗下诏书让孟浩然出来，唐玄宗问孟浩然诗写的怎么样，孟浩然朗诵自己所写的诗作，朗诵到“不才明主弃。”这句诗的时候，唐玄宗说：“你自己不求功名，我也未尝抛弃过你，你为什么要诬陷我？”于是唐玄宗就让孟浩然回家了。

## 心肯命通

唐庄宗时禁旅王庆乞叙功赏曰：“侍从济河日，臣系第一队入汴。臣属前锋，乞迁补。”庄宗颔之。他日又言，亦不纳。庄宗好乐，乐工子弟至有得官者，谓庆曰：“子何不学我吹管？稍稍能之，亦必获用。”后事李嗣源，亦言其劳。庄宗曰：“知庆薄有功，但每见庆则心愦然，安得更有赐与之意？”因举唐太宗诗曰：“待余心肯日，是汝命通时。”夫主天下生灵赏罚之柄，而所言若此，则进退诚有命也。（《翰府名谈》）

**【译文】**唐庄宗在位的时候，禁军王庆请求论功行赏，于是对唐庄宗说：“我从渡过黄河那一天，就从属第一队进入汴州。我是前锋，所以请求您为我补发改任的赏赐。”唐庄宗没有答应。又有一天，王庆再次提起这件事，但是唐庄宗还是没有答应。唐庄宗喜好乐曲，在乐工中甚至有被封赏官职的人，乐工中有人对王庆说：“你为什么不跟我学吹管笛呢？你稍微会一点，也一定会被起用。”后来王庆侍奉李嗣源，王庆也提及自己的功劳。唐庄宗说："我知道你略微有功劳，但是我每次见到你都很生气，哪里有心情再赏赐你呢？"于是唐庄宗举例唐太宗的诗说道："待余心肯日，是汝命通时。"皇帝掌握着天下生灵的赏罚大权，然而却把话说到这种地步，做臣子的进退都是命中注定的啊。

## 题诗坐穷

薛令之，闽之长溪人。及第，迁右庶子。开元中，东宫官寮清淡，令之题诗自悼，曰："朝日上团团，照见先生盘。盘中何所有，苜蓿长阑干。饭涩匙难绾，羹稀筋见宽。无所谋朝夕，何由保岁寒。"玄宗幸东宫，览之，索笔题其傍曰："啄木口嘴长，凤凰羽毛短。若嫌松桂寒，任逐桑榆暖。"令之遂谢病归。

**【译文】**薛令之是闽地的长溪人，薛令之考中进士后担任了右庶子。开元年间的时候，东宫的官僚喜好清淡，薛令之题了一首诗哀悼自己说："朝日上团团，照见先生盘。盘中何所有，苜蓿长阑干。饭涩匙难绾，羹稀筋见宽。无所谋朝夕，何由保岁寒。"唐玄宗来到东宫的时候看见了这首诗，于是要来笔写在薛令之写的诗旁边唱和了一首诗道："啄木口嘴长，凤凰羽毛短。若嫌松桂寒，任逐桑榆暖。"于是薛令之就告病还家了。

## 雷轰荐福碑

范文正守饶州，有书生甚贫。时盛行欧阳率更书《荐福寺碑》，墨本直千钱，为具纸墨打千本，使售于京师。纸墨已具，一夕雷击碎其碑。时语曰："有客打碑求荐福，无人骑鹤上扬州。"东坡作《穷措大》诗曰："一夕雷轰荐福碑。"韩魏公客有郭注者，行年五十，未有室家。公以侍儿与之，未及门而注死。（《冷斋夜话》）

【译文】范仲淹镇守饶州的时候，看见有一位贫困的书生。当时世上流行欧阳询的《荐福寺碑》，《荐福寺碑》的墨拓本就价值千钱，范仲淹为那位贫困的书生准备了一千多幅纸墨，等到拓好后让那位贫困的读书人拿到京城售卖。纸墨都准备齐全了，一天晚上打雷击碎了荐福寺碑。当时的人们都说："有客打碑求荐福，无人骑鹤上扬州。"苏轼的《穷措大》诗中说："一夕雷轰荐福碑。"韩琦的门客中有一位叫郭注的人，当年有五十多岁，但是还没有成家。韩琦将自己的侍女许配给郭注，那名侍女还没过门，郭注就去世了。

## 点睛龙飞

张僧繇于金陵安乐寺画四龙，不点睛，每云："点之，即飞去。"人以为诞妄，因点其一。须臾，雷霆破壁，一龙乘云上天。一龙不点眼者见在。（《水衡记》）

【译文】张僧繇在金陵的安乐寺画了四只龙，但是没有画龙的眼睛，每回张僧繇都说："画上龙的眼睛，龙就飞走了。"当时的人们都以为张僧繇在说大话，于是张僧繇为一只龙画上了眼睛，顷刻之间，有雷击碎了墙壁，那条被画上眼睛的龙就乘云上天了。还有一只没画上眼睛的龙保留在寺中。

## 羞为画师

太宗与侍臣泛舟春苑池，见异鸟容与波上，悦之，诏坐者赋诗，而召阎立本侔状，阁外传呼“画师”。阎立本是时已为主爵郎中，俯伏池左，研吮丹粉，望坐者羞怅流汗。归，戒其子曰：“吾少读书，文辞不减侪辈。今独以画见名，与厮役等。若曹慎毋习。”（本传）

**【译文】**唐太宗与诸位大臣在春苑池乘舟，唐太宗看见一只奇特的鸟从容地站在水波上，唐太宗十分高兴，于是让在座的人写诗助兴，之后召来阎立本临摹那只鸟。阁外的人传呼着“画师”叫来阎立本。阎立本当时已经担任了主爵郎中，阎立本趴在春苑池的左边，研磨着颜料，看着在座赋诗的人，阎立本羞愧地流下了汗。回到家中阎立本告诫自己的儿子说：“我年轻的时候也读书，当年我的文采不比同辈人差，如今我却以画画出名，与那些杂役为伍，你们千万不要学我。”

## 朱桃椎像

成都画师姓许，善传神。一日，有人敝衣憔悴，求传神，许笑之，其人解布囊，出黄道服、鹿皮冠、白玉簪，顶冠易衣危坐，以手摩面则童颜矣，引其须应手而黑，乃一美丈夫也。许惊曰：“不知神仙临降。”道人曰：“君传吾神置肆中，有求售，止取千钱。”

后有识者云："此《唐神仙传》朱桃椎也。"求者辐凑。许贪画直，每像辄取二千，梦道人曰："汝福有限，安得过取？"掌其左颊。既寤，头遂偏。（《括异记》）

**【译文】**成都有一位姓许的画师，许画师擅长画神仙。一天有一位穿着破衣服看起来十分憔悴的人前来求画，许画师笑话这个人，那个人解下布囊，拿出黄色道服、鹿皮冠、白玉簪，那个人换上这身衣服端坐在那里。那个人用手摸了一下自己的脸就变成了一张年轻的脸庞，再用手捻了自己的胡须，那个人脸上的胡须顺着那个人的手就变成了黑色。许画师发现那个人竟然是一位美男子。许画师惊讶地说："我不知道神仙您今天降临到这里。"那位道人说："您画我们的神仙卖给人间，有来求您作画的，只可以收取一千钱。"后来有见识的人说："这个人就是《唐神仙传》里面记载的朱桃椎啊。"听说这件事后，登门求购的人源源不断。许画师贪图利益，每一幅画像就收取了二千钱。这天晚上许画家梦见了那位道人说："你的福气有限，怎么能过度收取呢？"于是那位道人扇了许画家的左脸。许画家醒来后发现自己的头偏向了一边。"

## 画洞宾像

滕宗谅守巴陵，有华州回道士上谒，风骨耸秀。滕知其异人，口占诗赠之曰："华州回道士，来到岳阳城。别我游何处，秋风一剑横。"回闻之，怃然大笑而别。或云：宗谅因密令画工图其形，今岳阳楼传本，状貌清俊，与俗本特异。（《笔录》）

【译文】滕宗谅镇守巴陵的时候，有一位华州的回道士请求拜见，那位回道士风骨俊秀。滕宗谅知道这位回道士不寻常，于是随口吟诵了一首诗赠给那位回道士说："华州回道士，来到岳阳城。别我游何处，秋风一剑横。"回道士听闻后，开心地大笑着离开了。有人说：滕宗谅于是秘密让画工画出巴陵的形胜，如今的岳阳楼传下来的珍本，看上去十分清秀俊俏，与一般的传本不一样。

## 甘蝇贯虱

甘蝇，古之善射者，弯弓而兽伏鸟下。弟子飞卫，学射于甘蝇，巧过其师。纪昌又学射于飞卫，卫曰："视小如大，视微如著，而后告我。"昌以牦垂虱于牖间，南面而望之，旬月之间浸大也，三年之后如车轮焉。乃以燕角之弛，朔蓬之干射之，贯虱之心而垂不绝。昌既尽卫之术，计天下之敌己者一人而已，乃谋杀卫。一日相遇于野，二人交射中路，矢锋相触，坠于地而尘不扬。卫之矢先穷，昌遗一矢。既发，卫以荆棘之端打之而无差。于是二人相拜于途，请为父子。

【译文】甘蝇，是古代擅长射箭的人，只要射出箭就能射杀鸟兽。甘蝇的弟子飞卫向甘蝇学习射箭，飞卫箭术的精巧胜过了甘蝇。纪昌又向飞卫学习射箭，飞卫说："看小的东西就像看到大的东西一样，看见微小的东西就像看到显著的东西一样，你能达到这样的地步再告诉我。"纪昌把牛尾巴上面的虱子放在窗户上面，纪昌在南边看那只虱子，十多天后纪昌就觉得那头虱子在自己的眼睛里面越来越大，三年之后那头虱子在纪昌眼中已经有车轮这么大了。于是就用燕子的唾液和干草混在一起射那头虱子，纪昌射中虱子的心但是没有让虱子落地。纪昌把飞卫的本领全学回来了，纪昌想天下之内能打过我的只有一个人，那个人就是飞卫，于是就想谋杀飞卫。一天二人在田野相逢，两个人在路上互相射箭，箭头互相碰到一起，箭枝落在地上但是没有弹起尘土。飞卫的箭先用光了，但是纪昌射来一支箭。纪昌射箭后，飞卫拿来荆条的一头丝毫不差的把箭打下来了。于是二人在路上相拜，认为父子。

## 由基穿杨

养由基蹲甲而射之，彻七札焉。（《左传·成公十六年》）

楚有养由基者善射，去柳叶百步而射之，百发而百中。左右观者数千人，皆曰“善射”。有一夫立其旁，曰；“善，可教射矣。”养由基怒曰：“客安能教我射乎？”客曰：“非吾能教子支左诎右也。夫去柳叶百步而射之，不以善息，少气衰力倦，弓拨矢钩，一发不中者，百发尽息。”（《史记·周纪》）

**【译文】**养由基蹲在甲胄上射箭，能射透七副铠甲。

楚国有一位养由基擅长射箭，养由基能在距柳叶一百步的地方射中它，射出去一百枝箭能射中一百枝。在周围观看的有几千人，都说：“好射术。”有一位男子站在养由基身旁说：“好啊，我可以教你射箭。”养由基生气地说：“你凭什么教我射箭？”那个人说：“不是我能教你射箭。距离柳叶一百步能射中它，如果不掌握好呼吸的方法，那么缺少气息就会导致力量衰减，张弓搭箭，如果有一支箭射不中，那么何谈百发百中呢？”

## 康肃善射

陈康肃公尧咨善射，当时无双，公亦以此自矜。尝射于家圃，有卖油翁释担而睨之，久而不去。见其发矢，十中八九，但微颔之。康肃问曰：“汝亦知射乎？吾射不亦精乎？”翁曰：“无他，但手熟耳。”康肃忿然曰：“尔安敢轻吾射？”翁曰：“以我酌油知之。”乃取一葫芦置于地，以钱覆其口，徐以杓酌，油沥沥自钱孔入而钱不湿。因曰：“我亦无他，唯手熟尔。”康肃笑而遣之。（《金坡遗事》）

**【译文】**康肃公陈尧咨擅长射箭，世上没有第二个人能跟陈尧咨相媲美，陈尧咨也就凭着射箭的本领而自夸。曾经有一次，陈尧咨在家里射箭，有一位卖油的老人放下担子，站在那里斜着眼睛看着他，很久都没有离开。卖油的老人看他射十箭中了八九箭，但老人只是微微点点头。陈尧咨问卖油的老人：“你也懂得射箭吗？我的箭法不是很高明吗？”卖油的老人说：“没有别的奥妙，不过是手法熟练罢了。”陈尧咨听完气愤地说：“你怎么敢轻视我射箭的本领！”老人说：“凭我倒油的经验就可以懂得这个道理。”于是拿出一个葫芦放在地上，把一枚铜钱盖在葫芦口上，慢慢地用油杓舀油注入葫芦里，油从钱孔注入而钱却没有湿。于是说：“我也没有别的技巧，只不过是手熟练罢了。”陈尧咨笑着将卖油的老人送走了。

## 射虎乃石

楚熊渠子夜行，见寝石以为伏虎，弯弓射之，没金饮羽。下视，知其石也。因复射石，矢摧无迹。渠子见其诚心，金石为之开，而况于人乎？（《韩诗外传》）

李广为右北平太守，出猎，见草中石，以为虎而射之，中没镞，视之石。因复射之，终不复入。广所居郡闻有虎，自射之。及居右北平射虎，虎腾伤广，广亦竟射杀之。广为人长大，猿臂，其善射亦天性也。（《史记》）

李远出猎，见丛薄中以为伏兔，射之，旋入寸余，细视之，乃石。（《北史》）

**【译文】**楚国的熊渠子晚上走路的时候，看见了一块扁石头，熊渠子以为那是趴着的老虎，于是张弓搭箭射向那块石头，熊渠子发现自己射出去的那支箭已经射进了石头里面，箭头已经看不到了。下去一看，才知道是石头。熊渠子又射石头，箭折断了，并且石头上没有留下一点痕迹。熊渠子看见要是心诚的话，就算金属石头都可以打开，更何况人呢？

李广担任右北平太守，李广外出打猎的时候，草中有一块石头，李广以为是老虎，于是就拿箭而射去。射出的那支箭的箭头射进了石头里面，李广下马视察那块石头。于是李广又射向那块石头，但是始终无法把箭射进石头里面。李广听说所居住的郡中有老虎出没，李广亲自射杀了那只老虎。等到李广担任右北平太守射杀老虎的时候，那只老虎跳起来伤到了李广，这样李广还是射死了那只老虎。李广比平常人高大，还有着猿猴一样的手臂，想必李广擅长射箭也是出自天性吧。

李远外出打猎的时候，看见草丛中像是有兔子的样子，于是离远射向那只兔子，箭射进里面一寸多，李仔细查看发现原来是一块石头。

## 操瑟齐门

齐王不好瑟，有求仕于齐者，操瑟而往，立齐之门，三年不得入。客骂之曰："王好竽而子鼓瑟。瑟虽工，如王之不好何？"（韩文）

**【译文】**齐王不喜欢瑟，有一位在齐国求取官职的人，他弹着瑟琴前往，有个人站在齐国城门的门口，连续三年都没让他进来。有人骂他说："齐王喜欢竽但是你却弹瑟琴。就算你瑟琴弹的再好，大王不喜欢那又能怎么样呢？"

## 观棋烂柯

信安郡石宝山，晋时樵者王质伐木入山，见二童子棋，与质一物如枣核，食之不觉饥，以所持斧置坐而观。童子指谓之曰："汝斧柯烂矣。"质归乡闾，无复时人。（《述异记》）

**【译文】**信安郡有一座石宝山，晋朝的樵夫王质进山砍柴，看见有两个小孩在下棋，小孩给王质一个像枣核一样的东西，王质吃下后就不觉得饥饿了，于是王质就放下砍柴的斧子席地而坐看两个小孩下棋。有一个小孩指着王质的斧子说："你的斧子把已经烂了。"王质回到家中，发现已经没有与他同时候的人了。

## 别墅围棋

苻坚率众百万，次淮淝，京师震恐，加谢安征讨大都督。安夷然无惧色，旋命驾，出别墅，亲朋毕集，方与玄围棋，赌别墅。安棋常劣于玄。是日玄惧，便为敌手而又不胜。安遂顾谓其甥羊昙曰："以墅乞汝。"遂游陟至夜乃还，指授将帅，各当其任。既而兄子玄等破坚，有驿书至，安方对客围棋看书，既竟，便折于床上，了无喜色，棋如故。客问之，徐答云："小儿辈已破贼。"既罢，还内过户限，心喜甚，不觉屐齿之折。其矫情镇物如此。

**【译文】**苻坚率领着百万军队驻扎在淮淝，京城传来这件消息后大为震惊，于是加封谢安为征讨大都督。谢安还是像往常一样面无惧色，没过多久就让人驾车，离开了自己的别墅，谢安的亲朋好友全都聚集到一起，这时候谢安正与张玄下围棋，以这个别墅做赌注。谢安的围棋水平往常比张玄差一点。当天张玄很害怕，与谢安下棋的时候没有下赢谢安。谢安于是回头对外甥羊昙说："我把别墅给你了。"谢安游玩到半夜才回到营帐，谢安委派将帅各司其职。后来谢玄打败了苻坚，有战报发来，当时谢安正与客人下棋看书，谢安了解战报内容后，就把战报扔在了床榻上，谢安也没有流露出喜悦的神色，还是像往常一样下棋。客人问发生什么事了，谢安缓缓地说："那些鼠辈已经被攻破了。"谢安招待完客人，回到了门里面后，心里面十分高兴，还没有察觉到自己的鞋跟已经折了。谢安的表情表现得十分镇静。

## 赌集翠裘

则天时，南海贡集翠裘，后以赐张昌宗。狄仁杰奏事，命与昌宗双陆。则天曰："赌何物？"梁公曰："以臣紫袍为对，赌昌宗集翠裘。"则天曰："此裘价逾千金。"公曰："臣袍乃大臣朝见之衣，翠裘乃嬖幸宠遇之服。对臣之袍，臣犹怏怏。"昌宗神沮气索，累局连北。公对御褫裘谢恩而出，及光范门，遂与家奴衣之，从马而去。(《集异记》)

**【译文】**武则天在位的时候，南海进贡了集翠裘，武则天把集翠裘赏赐给了张昌宗。狄仁杰上书奏事的时候，武则天让狄仁杰与张昌宗下双陆棋。武则天说："赌点什么？"狄仁杰说："我用我的朝服赌张昌宗的集翠裘。"武则天说："这件集翠裘价值一千金。"狄仁杰说："我的官服是大臣上朝时候穿的衣服，集翠裘是仆人受宠穿的衣服。我拿我这件朝服作为赌注，我还觉得舍不得呢。"张昌宗听完后垂头丧气，接连败北。狄仁杰赢下集翠裘谢恩后就出来了。狄仁杰走到光范门的时候，把集翠裘赏给了自己的下人穿了，狄仁杰骑着马走了。

## 甄琛博奕

琛，后魏人。夜奕棋，令苍头执烛，或倦睡，则杖之。奴曰："即为君读书，执烛不敢辞。是何事也？"琛大惭，遂研习经史。（《北史》）

**【译文】**元琛是后魏人。元琛晚上下棋的时候，让家里的仆人拿着蜡烛，有仆人犯困元琛就用棍子责打他。仆人说："您要是读书，我不敢不好好拿着蜡烛，可是您现在在干什么？"元琛大为惭愧，于是就开始研读经书史籍了。

## 射燕蜂蜘蛛

魏管辂馆陶令。诸葛原迁新兴太守，辂往饯之，原取燕卵、蜂窠、蜘蛛著器中，使覆射卦成。辂曰："第一物含气须变，依乎宇堂，雄雌以形，翅翼舒张，燕卵也；第二物家室倒悬，门户众多，藏精育毒，得秋乃化，蜂窠也；第三物觳觫[①]长足，吐丝成维，寻网求食，利在昏夜，蜘蛛也。"举坐惊喜。

**【注释】**①觳觫（hú sù）：让人恐惧而发抖。

**【译文】**魏国的管辂担任馆陶令。诸葛原改任新兴代收的时候，管辂前往为诸葛原饯别。诸葛原取来燕卵、蜂窠、蜘蛛藏在罐子里面，让管辂射覆猜里面有什么。管辂说："第一个东西含着气息但是须臾之间就会转变，这种东西需要依傍在堂屋之上，是一雄一雌赐予了它的形状，让它的翅膀可以舒展开来，这是燕卵。第二个东西的家是倒悬着的，这种东西有很多家，又能储存精华，又能繁育毒素，到秋天才能幻化成型，这是蜂窠。第三个东西让人害怕恐惧，它有着长脚，能吐丝成网，之后再依靠网捕食，这种东西在晚上很厉害，它是蜘蛛。”在座的人都觉得惊喜。

## 射鼠生三子

唐袁客师，天纲子也。高宗置一鼠子于奁，令术家射，皆曰“鼠客”。师曰：“虽实鼠，然入则一，出则四。”发之，鼠生三子。

**【译文】**唐朝人袁客师，是袁天纲的儿子。唐高宗将一只老鼠放在梳妆盒里面，让术士占卜，术士都说：“鼠客。”袁客师说：“虽然的确是老鼠，放进去的时候是一只老鼠，放出来会有四只老鼠。”打开一看，那只老鼠生了三只小老鼠。

## 射橘蜂石龟

赵晋公在中书，闻丁文果善覆射；召至，函置一物，令文果射。文果书四句云：“太岁当头坐，诸神列四旁；其中有一物，犹带洞庭香。”发函视之，乃用历日第一幅裹绿橘一枚也。又，太宗置一物器中，令文果射，亦书四句云：“花花华华，山中采花；虽无官职，一日两衙。”启之，乃蜂也。又取一物令射，云：“有头有足，不

石即玉；欲要缩头，不能入腹。”乃压书石龟也。（《玉壶清话》）

**【译文】**赵普在中书省的时候，听说丁文果擅长覆射。赵普召来丁文果，赵普在盒子里面放置一个东西，让丁文果覆射。丁文果写下四句话道：“太岁当头坐，诸神列四旁；其中有一物，犹带洞庭香。”打开盒子查看，发现是用一张日历包裹着一个橘子。还有一次，宋太宗把一个东西藏在一个器物之中，宋太宗让丁文果覆射，丁文果也写了四句话：“花花华华，山中采花；虽无官职，一日两衙。”打开一看，发现是一只蜜蜂。唐太宗又取来一件东西让丁文果覆射，丁文果写道：“有头有足，不石即玉；欲要缩头，不能入腹。”打开发现原来是压书的石龟。

## 平城傀儡

傀儡子起汉祖平城之围。其城一面，即冒顿妻阏氏，兵强于三面。陈平访知阏氏妒忌，造木偶人，运机关，舞埤[1]间。阏氏望见，谓是生人，虑下城冒顿必纳，遂退军。史家但云秘计，鄙其策下。今却翻为戏具，引歌舞者曰郭郎，髡发，善谑笑，凡戏场必在排儿之首。（《乐府杂录》）

**【注释】**①埤（pì）：城墙的女墙。

**【译文】**傀儡子兴起于汉高祖的平城之围。其中包围平城一面的人是冒顿的妻子阏氏，阏氏的兵力要比另一三面要强盛。陈平走访得知阏氏妒忌心很强，于是造了木偶人，运作机关让木偶在城墙的女墙上跳舞。阏氏看见后，以为这是活着问的人，阏氏认为冒顿单于打下城池后一定会将此人纳为妻子，于是阏氏就退军了。史家都说陈平用了什么诡秘的计策，鄙夷地将陈平的计策视为下策。如今陈平造的木偶却被人们做成了唱戏用的道具，有一位能歌善舞的人叫郭郎，郭郎剃了光头，擅长诙谐，唱戏的人一定会把郭郎的戏排在前面。

# 卷十五 文学类

## 刘子学术

公及诸侯朝王，遂从刘康公、成肃公会晋侯伐秦。成子受脤[①]于社不敬，刘子曰："吾闻之，民受天地之中以生，所谓命也。是以有动作礼义、威仪之则，以定命也。能者养之以福，不能者败以取祸。是故君子勤礼，小人尽力。勤礼莫如致敬，尽力莫如敦笃。敬在养神，笃在守业。国之大事，在祀与戎。祀有执膰[②]，戎有受脤，神之大节也。今成子堕弃其命矣，其不反乎？"（《左传·成公·十三年》）

**【注释】**①脤（shèn）：祭祀社稷所用的肉。②膰（fán）：祭祀用的熟肉，

**【译文】**成公和诸侯一起朝拜周王，于是跟随刘康公、成肃公会盟晋侯讨伐秦国。成肃公接受祭祀地神的肉是不尊敬的行为，刘康公说："我听说，百姓承受天地中生存，这就是所谓的命啊。这是因为

人的行为要符合礼仪、威仪的规则，这是用来定命的。有能力的人能颐养福分，没有能力的人会招致祸患。所以君子要勤于礼节，小人尽其所能。勤奋于礼节不如致力于尊敬，尽其所能不如敦厚笃信。尊敬的要点在于养神，笃信在于坚守行业。国家的大事在于祭祀与征战。祭祀有专用的熟肉，征战需要分发祭祀用的肉，这是对神最大的礼节。如今成肃公丢到了其他的命，这不是适得其反吗？”

## 识龙鲊

陆机尝饷张华鲊，于时宾客满坐，华发器便曰：“此龙肉也。”众未之信，华曰：“试以苦酒濯之必有异。”既而五色光起，机还问鲊主，果云：“园中茅积下得一白鱼，质状殊常，以作鲊过美，故以相遗。”

**【译文】**陆机曾经请张华吃腌鱼，当时宾客坐满了，张华发现后就说：“这是龙肉。”在座的人没有信，张华说：“试着用苦酒浇上去肯定有异常。”人们按照这么做后腌鱼发射出五色的光芒，陆机回家后问那个腌鱼的主人这条腌鱼是怎么来的，那个腌鱼的主人果然说：“我园子中的茅草堆下得到了一条白鱼，那条白鱼与众不同，所以就把这条鱼做成了腌鱼的美味，把这条腌鱼送给了您。”

## 误解蹲鸱

江南有一权贵，误读《本草》《蜀都赋》注解“蹲鸱，芋也”，

乃为“羊”字。人馈羊肉，答书云：“馈蹲鸱”。（《颜氏家训》）

开元中，冯先进入院校《文选》，兼复注释，解“蹲鸱”云：“今之羊中，即是著毛萝卜”。院中学士向外说，萧嵩闻之，拊掌大笑。（《唐新语》）

**【译文】**江南有一位权贵，不小心把《本草》《蜀都赋》中的注解“蹲鸱，芊也”的“芊”读成了“羊”字。有人给那个人带来了羊肉，于是那位权贵写了一封回信说：“送给我蹲鸱。”

开元年间的时候，有一位姓冯的进士到翰林院校对兼再注释《文选》的时候，注解“蹲鸱”说：“如今的羊，就是当年的毛萝卜。”翰林院的学士把这件事传到了外面，萧嵩听说这件事后，拍掌大笑。

## 爱掉书袋

党进不识一字，朝廷遣防秋①于高阳，朝辞日须欲致词，阁门曰：“大尉边臣，不须如此。”进性强狠，坚欲致词，进笏前跪，移时竟不能道一字；忽仰面瞻天表，厉声曰：“臣闻上古其风朴略，愿官家好将息。”仗卫掩口。后左右问曰：“大尉何故念此两句？”进曰：“我常见措大爱掉书袋，我亦掉两句，要得官家知我读书。”（《玉壶清话》）

**【注释】**①防秋：古代游牧民族往往在秋天趁着马壮的时候南下入侵，所以要调兵防守。

**【译文】**党进不识字，朝廷派遣党进前往高阳防止外族入侵。党进外任的时候想要致辞，内阁派人说：“太尉是驻守边境的大臣，不需要这么做。”党进生性执拗顽固，坚持要致辞，于是党进拿着朝笏跪着前进，期间竟然说不出来一个字，这时候党进忽然仰面望着天，大声地说：“我听说上古的帝王崇尚节约，希望诸位官员能够休养生息。”侍卫都捂住嘴笑。后来身边的人问党进说：“太尉为什么要念这两句话。”党进说：“我经常看你见那些酸腐书生喜欢引经据典，我也要引用两句话，要朝廷上的人知道我读过书。”

## 不识字义

李建勋罢相江南，出镇豫章。一日游西山，田间茅舍有老叟教村童，公觞于其庐，连食数梨，宾僚有曰：“梨号五藏刀斧，不宜多食。”叟笑曰：“《鹖冠》云五藏离别之离，非梨也。盖离别伤胸怀，有若刀斧。”遂就架取小册，振拂以呈丞相，乃《鹖冠子》也。

**【译文】**李建勋在江南被免去了丞相外出镇守豫章。一天李建勋在西山游玩的时候，看见田野间的茅屋中有一位老人在教村童读书，李建勋在屋子里喝酒，一连吃了好几个梨，有一位幕僚说：“梨这种水果号称藏了五把刀斧，不能多吃。”老人笑着说：“《鹖冠子》中记载五藏是离别的离，而不是水果的梨。大概指的是离别让人伤心，就像刀斧一样。”于是那位老人走近架子取来了一个小册子，那位老人擦拭并抖了一下小册子后献给了李建勋，这本书正是《鹖冠子》。

## 阿蒙学识

孙权谓吕蒙及蒋钦曰：“卿今当途掌事，宜学问以自开益。”蒙始就学。鲁肃过蒙言议，拊蒙背曰：“吾谓大弟但有武略，今者学识英博，非复吴下阿蒙。”蒙曰：“士别三日，即更刮目相待。”

**【译文】**孙权对吕蒙和蒋钦说：“你们如今走上仕途管事了，你们也应该增长学问促进自己了。”吕蒙从此就开始学习了。有一次，鲁肃偶然听闻过吕蒙谈论事情，鲁肃拍着吕蒙的后背说：“我原以为你只有武才，没想到你如今的学识这么渊博，并不是当年那个吴下阿蒙啊。”吕蒙回答说：“离别三日，就可以对人刮目相看了。”

## 扬雄著书

扬雄家贫嗜酒，好事者载酒肴从游学。钜鹿侯芭常从雄授其《太玄》《法言》。刘歆亦观之，谓雄曰：“空自苦。今学者有利禄，然尚不能明《易》，又如《玄》何？吾恐后人用覆酱瓿[①]也。”雄笑而不应。时严尤闻扬雄死，谓桓谭曰：“子常称雄书，岂能传于后世乎？”谭曰：“必传，君与谭不及见也。凡人贱近贵远，亲见子云禄位容貌不能动人，故轻其书。昔老聃著虚无之言两篇，薄仁义，非礼乐，然后世好之者，尚以为过于《五经》。今扬雄之书文义至深，而论不诡于圣人。”自雄之没，至今四十余年，其法大行。而《玄》终不显，然篇籍俱存。（本传）

杨子云作《法言》，蜀贾人赍钱十万，愿载于书，子云不听。夫富无仁义之行，犹园中之鹿，栏中之牛，安得妄载？（《论衡》）

**【注释】**①覆酱瓿（bù）：盛放酱的坛子，比喻不受重视。

**【译文】**扬雄的家里很贫困，但是扬雄却很喜欢喝酒，有好事的人带着美酒佳肴来跟随扬雄学习。钜鹿人侯芭经常跟随扬雄学习，扬雄交给侯芭《太玄》《法言》。刘歆当时也在围观学习，刘歆对扬雄说："您自己清贫到这种地步。如今的学者有着利益俸禄，然而他们尚且不明白《易经》，更何况《玄》呢？我恐怕后人不再重视学问啊。"扬雄笑而不答。当时严尤听说扬雄去世后，严尤对桓谭说："我常常听您称赞扬雄的著作，他的著作能流传于世吗？"桓谭说："一定会流传下来的，我和您都来不及见到了。人们大都是在贫贱的时候亲近，在富贵的时候疏远。看见扬雄的人跟他提及爵禄美色都不能打动扬雄，所以人们就轻视了扬雄的书。昔日老子写下了两篇虚无的话，里面基本没有讲什么仁义的道理，也不赞同礼乐，然而后世的人们依旧很喜欢《老子》，甚至以为能超过《五经》。如今扬雄的著作其中蕴含着深奥的道理，扬雄的论述也不逊于圣人。"自打扬雄去世后，到现在已经四十年了，但是扬雄留下来的道理流传于世。然而《玄》这本书终究没有显耀，然而这本书还留存着。

《玄》是扬雄写的。《法言》这本书，蜀地的商人给扬雄十万钱，想要买走扬雄的著作。扬雄没有答应。富人不做仁义的事情，就像园中的鹿、栅栏中的牛，怎么能随意而为呢？

## 子建八斗

曹子建，魏曹丕弟，封陈王，博学多才。谢灵运美之曰："天下文章共一石，子建自有八斗，我只得二斗。"自比其不及子建也。（《魏志》）

**【译文】**曹植是魏国人曹丕的弟弟，曹植被封为陈王，曹植博学多才。谢灵运称赞曹植说："天下文章要是占一石的话，曹植能占八斗，我只能占二斗。"觉得自己跟子建比不如他啊。

## 著《论衡》

王充好论说，始诡异，终有理。乃闭门潜思，绝庆吊之礼，户牖墙壁各置笔砚，著《论衡》八十五篇。蔡邕入吴始得之，秘玩以为谈助。后王郎得其书，时称其才进。或曰："不见异人，当得异书。"问之，果以《论衡》之益。王充作《论衡》，北方都未有得之者，蔡伯喈尝诣之，或搜求至隐处，果得《论衡》，捉取数卷，将去，伯喈曰："唯我与尔共之，勿广也。"（《抱朴子》）

**【译文】**王充喜欢辩论，最开始让人觉得很诡异，但是王充一直认为自己说的有道理。于是就闭门思过，拒绝别人邀请的红白喜事的礼仪，王充在门窗各放置了笔砚，写下来八十五篇《论衡》。蔡邕到吴地的时候一开始十分得意王充的这本《论衡》，蔡邕私下玩味这本书用来做谈资。后来王朗得到了这本书，那时候王朗就称这本书的观点很先进，写的也很有才华。有人说："看不见那位超凡的人，却看见了这本超凡的书。"有人问他看到了什么书，果然是《论衡》中的奥妙。王充写《论衡》的时候，在北方还没有人能得到这本书，蔡邕曾经尝试拜访王充，有一次蔡邕找到了王充隐居的地方，果然得到了那本《论衡》，蔡邕拿走了几卷，快要离开的时候，蔡邕说："只有你和我知道这本书，千万不要泄露外传。"

## 兴嗣千文

周兴嗣，梁人。武帝欲教诸王书，令剪钟王所书字，一字一片纸，召兴嗣韵之，一夜编上，须发皆白。(《尚书故实》)

**【译文】**周兴嗣，是梁人。梁武帝想要让诸位王爷学习，让人裁剪下王羲之写的字，一个字用一片纸拓好。武帝又找来周兴嗣，武帝让周兴嗣用一个晚上把这些字组合起来，要读起来朗朗上口，周兴嗣编纂完后胡须和头发全白了。

## 携饼借书

起畯字德进，宋城人。少治《易》。时龚深甫《易解》新出，世未多见。畯闻考城一士人家有之，则徒步往见，独携饼食数枚以行，既至其门，求见主人，问以借书之事，意颇以为难，而命之饭。畯辞曰："所为来者，欲见《易解》耳，非乞食也。"主人嘉其

意，方许就传，因馆之一室中。畯阖户，昼夜写录，饥则啖所携之饼，数日而毕。归书主人，长揖而还。（《却归编》）

**【译文】**起畯,字德进，是宋城人。起畯年轻的时候研究《易经》。当时龚深甫的《易解》刚出版，当时的世人还没有太见过这本书。起畯听说考城一位士人的家里有这本书，于是起畯徒步前往那位士人的家。起畯只是带着几张饼就动身了，起畯到了那位士人的家里面后，求见那位士人，想要问问借书的事情。那位士人觉得很为难，只是请起畯吃饭。起畯推辞说："我来这里的原因是为了读到《易解》啊，不是前来要饭的。"那位士人很欣赏起畯的态度，但是只允许起畯在自己家里面阅读，于是那位士人让起畯住在一间屋子里面。起畯关上门，无论早晚都在那里抄录，起畯饿了就吃自己带的饼，几天后就抄写完毕了。起畯把《易解》还给了那位士人，重重施了礼后就告辞了。

## 写书皆精

唐以前书籍皆写本，未有模印之法。人以藏书为贵，虽不多而藏者精于雠对，故往往皆有善本。学者以传录之艰，故其诵读亦精详。五代时，冯道奏请，始镂《六经》板印行。（《石林燕语》）

**【译文】**唐朝之前的书都是抄写流传下来的，那时候还没有雕版印刷的技术。所以当时人们认为藏书是一件宝贵的事情，那时候书虽然不多，但是藏书的人都会细心的校对，所以往往有善本留存下来。

学者抄录的时候很艰难，所以学者诵读文章的时候也会一丝不苟。五代的时候，冯道上书请求皇帝雕版《六经》印刷。

## 王勃序阁

勃，唐人，都督阎公镇豫章，九月九日宴滕王阁。阎公宿命其婿作序以宴客，出纸笔遍请客，客莫敢当。时勃年十三，欲往南海省父，亦预席，独不辞。公怪之，遣吏伺其文，立成，又私宴勃，谢以五百练而去。（序注）

**【译文】**王勃是唐朝人，阎都督镇守豫章的时候，九月九日这一天阎都督在滕王阁设摆宴席。阎都督让自己的女婿把在前一天晚上写的一篇序展示给当时的来宾，阎都督拿出纸和笔请来客续写这篇序，在座的客人都推辞不敢写。当时王勃只有十三岁，想要去南海看望自己的父亲，在宴席上也有王勃的座位，在场的人只有王勃没有推辞。阎都督觉得十分奇怪，于是让手下的小吏伺候王勃写下序文，王勃当时就写下了《滕王阁序》，阎都督又私下宴请了王勃一回，用五百匹白绢当作对王勃的酬谢。

## 江淹才尽

齐江淹自宣城罢归，泊禅灵寺渚，梦一人自称张孟，曰：“前以壹匹锦相寄，今可见还。”淹探怀中得数尺与之，此人大恚曰；“那得割截都尽。”顾见邱迟谓曰：“既无所用以还君。”自尔淹文章踬矣。又曾梦人授五色笔，由是文藻日新。后宿冶亭，梦一丈夫自称郭璞曰：“吾有笔在卿处多年，可以见还。”淹探怀中得五色笔一还之。尔后为诗，绝无美句，人谓之才尽。

**【译文】**齐朝的江淹从宣城罢官回家的时候，停泊在禅灵寺的岸边，江淹梦到一个人自称是张孟，说：“我之前给您了一匹锦，如今您可以还给我了。”江淹在怀中取来几尺锦还给了那个人。那个人很生气地说：“差点都用光了。”那个人回头看见了邱迟对他说：“因为没有用了所以才还给你。”从此以后江淹的文章水平就下降了。江淹又梦到一个人给自己一支五色笔，从此以后江淹的文笔又越来越好了。后来江淹在冶亭的时候梦到了一位自称郭璞的人说：“我有一支笔放在您那里好多年了，您可以还给我了。”江淹从怀中拿出一支五色笔还给了那个人。从此以后江淹再写诗，就没有优美的句子了，人们都说江淹的才华已经枯尽了。

## 君房代词

张君房，宋人。时当直词臣学多不优，以君房代之。真宗命撰《日本国祥光记》，张醉饮樊楼，当直者大窘。钱、杨二公戏作《闲忙令》，大年曰：“世上何人号最忙，司谏拂衣归华山。”希白曰：“世上何人号最忙，紫微失却张君房。”（《湘山野录》）

**【译文】**张君房是宋朝人。当时的词臣大多没有什么真才实学，于是张君房就取代了这些人。宋真宗让张君房撰写了《日本国祥光记》。张君房在樊楼喝酒喝醉了，在场的人都觉得很尴尬。杨亿与钱易各自戏作了一首《闲忙令》，杨亿写道：“世上何人号最忙，司谏拂衣归华山。”钱易写道：“世上何人号最忙，紫微失却张君房。”

## 依样葫芦

陶谷文翰为一时冠。后为宰相者，往往不由文翰，而闻望皆出谷下。谷不平，乃俾其党，因事荐谷，以为谷久在词禁，宣力实多。太祖笑曰：“颇闻翰林草制，皆检前人旧本，改换词语。此乃俗所谓依样画葫芦尔，何宣力之有？”谷闻之，乃作诗，书于玉堂之壁，云：“官职须从生处有，才能不管用时无。堪笑翰林陶学士，年年依样画葫芦。”太祖益薄其怨望，决意不用。（《东轩笔录》）

**【译文】**陶谷的文采在一段时间独步天下。后来的人往往并不凭借文采担任宰相，然而当时士人的名声都在陶谷下面。陶谷觉得不公平，于是就跟那些人混在了一起，于是就有人举荐了陶谷，认为陶谷常年在翰林院，接触过很多诏书。宋太祖笑着说：“常听说翰林院起草诏书都是按照前人的诏书，改换一些词语而已。这就是世俗所说的依样画葫芦罢了，哪里来的什么真正的诏书。”陶谷听后，作了一首诗写在玉堂的墙上：“官职须从生处有，才能不管用时无。堪笑翰林陶学士，年年依样画葫芦。”宋太祖越来越鄙视陶谷的埋怨，最后决定不起用陶谷。

## 谢石拆字

谢石善拆字，徽宗尝书“朝”字，密遣人试之，石即呼“万岁”。其人曰：“不能乱道。”石曰：“十月十日生，非今上而谁？”高宗幸浙，书“杭”字，石曰：“兀术且至矣。”既归，蜀有士人文觉戏以“乃”字为问，谓其无可拆也。石曰：“及字不成，君终身不及第。”有人遇于途，告以妇不能产，书“日”字于地，石曰：“明出地上，得男矣。”其验如此。尝特补承信郎，复因范觉民入相，讨论追夺。一日谓石曰：“我亦能拆字。”石诘之，曰：“尔姓谢，所谓身在讨论之中；名石，则终身右选，不能出头。”闻者大笑。（周益公《玉堂杂记》）

**【译文】**谢石擅长拆字。宋徽宗曾经写过一个“朝”字。宋徽宗让人秘密测试谢石。谢石接到字后当即喊出：“万岁。”那个人说：“不许乱喊。”谢石说：“十月十日出生的人，除了皇帝还能有谁呢？”宋高宗来到浙地的时候写了一个“杭”字。谢石说：“金兀术快要到了。”谢石回到家乡后，蜀地有一位读书人玩笑地写了一个“乃”字给谢石，并说没有什么可拆解的。谢石说：“及字没有写全，您一辈子也考不上进士。”有一个人在路上遇见了谢石，那个人告诉谢石说自己的媳妇没有办法生下孩子。那个人写下了一个“日”字。谢石说：“孩子明天就会出生，是个男孩。”谢石的话果然得以验证了。谢石曾经破格补任承信郎。当时范觉民进京担任宰相，讨论追究剥夺的事情。一天范觉民对谢石说：“我也能拆字。”谢石问怎么回事。范觉民回答说：“你姓谢，表示一生都要陷于讨论之中。你叫石，也就是在右选封赏的时候不能出头。”听到这番话的人都哈哈大笑。

## 杜子美诗

杜甫浑涵汪茫，千汇万状，兼古今而有之。他人不足，甫乃有余，残膏剩馥，沾丐后人多矣。故元贞谓诗人以来，未有如子美者。甫又善陈时事，律法精深，至千言不少衰，世号诗史。韩愈于文仅许可，至歌诗，独曰：“李杜文章在，光焰万丈长。”诚可信云。杜甫少与李白齐名，时号“李杜”，为歌诗伤时挠弱，情不忘君，人怜其忠云。

**【译文】**杜甫非常博学多才，写出的文章种类纷繁，兼收古今汇集到杜甫身上。他人写文章多有不足，但是杜甫写文章绰绰有余。前人留下的文学遗产，普惠了后人很多啊。所以元稹认为自打有诗人，没有能比得上杜甫的人。杜甫又擅长写时事，杜甫写诗的律法很精巧深奥，就算写下千言也不会衰减，所以当时的人们管杜甫写的诗称作“诗史”。韩愈只能在文章上略微接近，但是在诗歌上，韩愈说：“李杜文章在，光焰万丈长。”这的确是令人信服的啊。杜甫年轻的时候就与李白齐名了，当时人称“李杜”。杜甫写下的诗歌感伤凋敝的时事，又不忘君主，人们也都称赞杜甫的忠心。

## 李贺锦囊

李贺每旦日出，骑款段马，从小奚奴，背古锦囊，遇有所得，即投囊中。及暮归，太夫人使婢探囊出之，见所书多，辄曰："是儿要当呕出心始已耳。"上灯与食，长吉从婢取书，研墨叠纸足成之，投他囊中，非大醉及吊丧卒如此。贺能探寻前事，今古来未尝经道者。

**【译文】**李贺每天早上都会外出，李贺骑着款段马，跟随着小奚奴，李贺背着古锦囊，走到哪里想到好的句子就写下扔进囊中。等到晚上李贺才回家，李贺的母亲让侍女拿出来囊中抄写的诗句，看见李贺写下了很多诗句。于是李贺的母亲就说："我的儿子是要呕出心才能停止创作啊。"晚上吃饭的时候，李贺从侍女那里取来自己写下的诗句，李贺研墨备好纸准备写完这首诗，写完后把这首诗扔在了其他的囊中，没有大醉或者吊丧的时候李贺也会这么做。李贺能探寻前尘往事，走古今往来没有人走过的路。

## 贾岛推敲

唐贾岛于京师骑驴，得句曰："鸟宿池边树，僧敲月下门。"又欲作"推"字，练未定，引手作推敲势。时韩愈权京兆尹，岛不觉，行至第三节，左右拥至尹前。岛备道所得，愈曰："敲字佳。"与并辔而归，为布衣交。又每以岁除，取一年所作诗，祭以酒脯，曰：

"劳吾一岁精神。"祭而焚之。(《嘉话》并《金门岁节》)

【译文】唐代的贾岛在京师骑驴的时候,想出了一句:"鸟宿池边树,僧敲月下门。"但是贾岛想把"敲"改成"推"字,贾岛始终没有定下来,于是用手比划推、敲的姿势。当时韩愈暂任京兆尹,贾岛不知不觉就走到了第三节,侍卫把贾岛推搡到韩愈面前。贾岛把自己所想说了出来,韩愈说:"用'敲'字更好。"于是韩愈和贾岛并行回家,二人从此结下了交情。每年年末的时候,贾岛都会取来一年所创作的诗作,并且用酒肉祭祀,贾岛这时候会说:"辛苦我一年的精神了。"祭祀后就把诗焚烧了。

## 李白圣于诗

李太白诗如无法度,乃从容于法度中,盖圣于诗者。《古风》《两春》多效陈子昂,亦有全用其句处。太白去子昂不远,其尊慕如此。然多为人所乱,有一篇分而为二者,有二篇合而为一者。太白诗不专是豪放,如首篇大雅,久不作,多少和缓。

【译文】李白写诗似乎没有法度可寻,但是又像在法度中随心所欲,大概这就是在诗中具有圣人的才华。《古风》《两春》很大一部分都效仿陈子昂,也有照搬陈子昂句子的地方,李白距陈子昂生活的年代不远,但是能让李白尊敬羡慕到这种地步。然而这两篇文章总是被人们弄混,有把一篇文章分为两篇文章的人,有把两篇文章合成一个的人。李白的诗不只是豪放,像第一篇就很雅致,只是李白不经常写雅致的文章，多多少少有一些忽视了。

## 折节读书

陈子昂始以豪家子狂侠使气，至年十七八未知书，尝从博徒。入乡学，慨然立志，因谢绝门客，专精经典。数年之间，经史百家，无不该览。

**【译文】**陈子昂最开始凭借富户人家的儿子而肆意妄为行狂侠之事，到十七八岁的时候陈子昂还没读书，陈子昂曾经还赌过博。陈子昂进入地方学校后慷慨地立下志向，于是陈子昂从此就谢绝了门客，专心研究经典。陈子昂在几年之内，就把经史百家的书全读完了。

## 造书鬼哭

苍颉造书而天雨粟，鬼夜哭。高诱曰：自书契作，诈伪萌生，去本趋末，弃耕耨之业而务锥刀之利。天知其将饿，故为雨粟；鬼恐为文所劾，故哭也。鬼或作兔，兔恐有取毫作笔之害及之，故哭。（《淮南子》）

**【译文】**仓颉造字的时候，天上降下了小米，鬼在晚上哭泣。高诱说："从字书发明出来那天，欺诈和伪造就萌生了，人们就忘记了本分追名逐利。很多人放弃了农耕，专心去从事刀笔以谋求利益。上天知道这些人就要挨饿了，所以降下了小米。鬼害怕被文章弹劾，所以哭泣。也有人说‘鬼’字应该是‘兔’字，兔子害怕被人抓住，人们为了获取兔子的毛皮做笔而杀害兔子，所以兔子会哭泣。

# 卷十六 性行类

## 饮盗马者酒

秦缪公亡骏马，自往求之，见人往杀其马，方共食肉。缪公谓：“是吾马。”诸人皆惧而起，缪公曰：“吾闻食骏马肉不饮酒者杀人。”即以次饮之酒，杀马者惭而去。居三年，晋攻秦缪公，围之。食马得酒者遂为之溃围，公得解。（《说苑》）

**【译文】**秦缪公丢失了一匹骏马，于是亲自前往搜寻，看见有人杀掉了自己的马，正在那里吃马肉。秦缪公说：“这是我的马。”众人都害怕起身。秦缪公说：“我听说如果吃骏马肉不喝酒的话，对人的身体有害。”于是秦缪公赏赐给他们酒喝，把马杀掉的人惭愧地离开了。三年后，晋国攻打秦缪公，并且把秦缪公包围了。之前那些吃过马喝过酒的人冲破了包围圈，秦缪公也因此得以解脱。

## 鼠啮马鞍

北魏哀王冲为鼠啮马鞍，俗云：“鼠啮不吉。”吏惧，以为必死。冲怜之，故以刀穿己衣，如鼠齿状，缪言鼠啮，啮者不吉。太祖曰：“妄意耳，何害也？”俄而吏以啮鞍闻，太祖曰：“儿衣尚然，况鞍乎？”遂不之问。（《北史》）

**【译文】**曹冲的马鞍被老鼠咬坏了，人们说：“被老鼠坏东西不吉利。”小吏很害怕，认为自己一定会被处死。曹冲可怜他，于是就拿刀戳坏了自己的衣服，做成被老鼠咬坏的样子，于是说衣服被老鼠咬坏了，这是不吉利的。曹操说：“你这是胡乱想，哪来的不吉利的事情。”不久那名小吏将马鞍被咬坏的事上报给曹操，曹操说：“我儿子的衣服都这样了，更何况马鞍。”于是就再也没有过问。

## 不疑偿金

隽不疑，南阳人。为郎，事文帝。其同舍郎告归，误持同舍郎金去。已而金主觉，意不疑。不疑乃买金偿之。而先告归者来归金，亡金郎大惭。人或毁曰：“不疑状貌甚美，然独盗嫂，何也？”不疑曰：“我无兄，然终不自明也。”以此称为长者。（《史记》）

**【译文】**隽不疑是南阳人，担任郎官的时候侍奉汉武帝。同署内的郎官辞官回家，不小心拿走了另一位郎官的金子走了。后来那位郎官发觉了，怀疑是隽不疑拿走的，隽不疑花钱买金子还给那位郎官。后来那位退休的郎官回来归还金子，丢金子的那位郎官十分惭愧。有人诋毁隽不疑说："隽不疑长相帅气，但是勾引他的嫂子，这是为什么呢？"隽不疑说："我没有兄长，然而那些人是不会明白的。"人们也因此奉隽不疑为尊长。

## 羹污朝衣

刘宽，华阴人。汉灵帝时迁太中大夫，居官多恕。夫人欲试之令恚，伺当朝会，装严已毕，使婢奉肉羹，翻污朝衣，宽神色不变。徐曰："羹烂汝手乎？"又尝出行，有失牛者就宽车认牛去，宽无所言；有顷，认牛者得牛还，谢罪，宽曰："物有相似，幸劳见归。"其性度如此。（《后汉书·刘宽传》）

**【译文】**刘宽是华阴人。汉灵帝的时候被任命为太中大夫，在家、为官多行恕道。他的夫人想试试让刘宽生气，有一次朝会的时候，刘宽准备盛装出席，一位侍女端着肉汤不小心撒到了刘宽的朝服上面。刘宽的神色没有改变，而是缓缓地说："肉汤烫到你的手了吗？"还有一次出行的时候，有一位丢牛的人来到刘宽的车前认牛，并且把牛牵走了，刘宽也没说什么。不一会儿，之前那位丢牛的人找到自己丢失的那头牛，那个人前来谢罪，刘宽说："东西难免有相似的，辛苦您归还了。"刘宽大度的性情就是这样。

## 师德包容

娄师德，郑州人。狄仁杰之入相也，师德荐之而不知，意颇轻师德，数挤之于外。武后见之，尝问仁杰曰："师德知人乎？"对曰："臣尝同僚，未闻其知人也。"武后曰："朕之知卿，乃师德所荐，亦可谓知人矣。"仁杰既出，叹曰："娄公盛德，我为其所包容久矣。吾不能窥其际。"（《新唐书·娄师德传》）

**【译文】**娄师德是郑州人。狄仁杰入阁拜相的时候，是娄师德推荐的狄仁杰，但是狄仁杰却不知道，狄仁杰还很轻视娄师德，几次想要把娄师德排挤出朝外。武则天见状，有一次问狄仁杰说："娄师德识人吗？"狄仁杰回答说："我曾经和他共事过，没听说娄师德识人的事情。"武则天说："我知道你是被娄师德举荐的，娄师德可以说得上是识人了。"狄仁杰出来后感叹说："娄师德有很大的德行啊，我被他包容很长时间了，但是我没能猜透他的内心啊。"

## 富弼忍诟

弼少时有人诟之者，闻若不闻。人或告之，弼曰："恐诟他人。"曰："明呼公名。"曰："天下固有同姓名者。"竟置不问，遂致相位，不亦宜乎？

**【译文】**富弼年轻的时候有人诟病他，富弼听见了也像没听见一样。有人把诟病的话告诉了富弼，富弼说："恐怕是诟病别人的。"那个人说："诟病你的那个人说出了你的名字。"富弼说："天下之内有同名同姓的人。"富弼竟然再没过问，后来富弼就当上了宰相，这难道不是一件好事吗？

## 偷儿求首

韩魏公镇相州，因祀宣尼斋夜宿省，偷儿入室，挺刃曰："不能自济，求济于公。"公曰："几上器具可直百千，尽以与汝。"偷儿曰："愿得公首。"公即引颈。偷儿稽颖曰："以公德量过人，故来试公。几上之物已荷公赐，愿无泄也。"公曰："诺。"终不以语人。其后为盗者以他事坐罪，当死于市中，备言其事曰："虑吾死后，公之遗德不传于世也。"（《遁斋闲览》）

**【译文】**韩琦镇守相州的时候，因为在宣尼斋祭祀所以晚上住在了那里，有一名小偷走进屋子里面，拿着刀说："我活不下去了，希望您能施舍我点东西。"韩琦说："桌案上的东西能值很多钱，可以全给你。"小偷说："我想要你的脑袋。"韩琦当即将脖子伸向小偷。这时候小偷磕头对韩琦说："我听说您大肚能容，所以来试探您。桌案上的东西承蒙您赏赐给我，希望您不要向别人提及此事。"韩琦说："好的。"后来韩琦也始终没有告诉别人。再后来那位小偷由于别的事获罪被捕，将要在市上被处决，那位小偷就把韩琦的故事说了出来，小偷还说："我怕我死之后，韩琦的德行恐怕不会被流传于世上了。"

# 刺客取金带

康定间元昊寇边，韩魏公领四路招讨驻延安。忽夜有人携匕首至卧内，遽褰帷帐，魏公起，坐问："谁何？"曰："某来杀谏议。"又问曰："谁遣汝来？"曰："张相公遣某来。"盖是时张元夏国正用事也。魏公复就枕曰："汝携余首去。"其人曰："某不忍，愿得谏议金带足矣。"遂取带而出。明日，魏公亦不治此事，俄有守陴卒报城橹上得金带，乃纳之。时范纯祐亦在延安，谓魏公曰："不治此事为得体，盖行之则沮国威。今乃受其带，是堕贼计中矣。"魏公握其手，再三叹服曰："非琦所及。"（《麈史》）

**【译文】**康定年间的时候，李元昊进犯边境，韩琦率领四路招讨驻扎在延安。晚上忽然有一个人拿着匕首来到韩琦的屋子里面，那个人闯进帐幔，韩琦起身问道："是谁？"那个人回答说："我是来杀谏议大夫你的。"韩琦又问道："谁派你来的？"那个人回答说："是张相公派我来的。"张相公大概是在西夏当政的张元。韩琦又躺下说："你拿走我的脑袋吧。"那个人说："我不忍心，希望得到谏议大夫的金腰带就可以了。"于是韩琦取来腰带给那个人。第二天，韩琦也没有追究，不久有守城的士兵报告说在城墙上的望楼得到了一个金腰带，于是就缴获了。当时范纯祐也在延安，范纯祐对韩琦说："不追究这件事才得体，大概是因为追究下去恐怕有丧国威。今天收下这个腰带，是那个贼人中计了。"韩琦握着范纯祐的手，再三赞叹表达钦佩说："这不是我所能达到的境界啊。"

## 酌一杯水

隋赵轨为齐州别驾。东邻有桑椹落其家，轨悉拾还其主曰：“吾非以此求名，意者非机杼物不愿侵人。”及诏入朝，父老挥涕曰：“别驾在官，水火不与百姓交，不敢以杯酒相送。公清如水，请酌一杯水奉饯。”轨受饮之。后为原州司马，在道夜行者逸入田中，暴人禾。轨驻马待明，访知禾主，酬直而去。

**【译文】**隋朝的赵轨担任齐州别驾的时候。东边的邻居有桑葚落入了自家庭院，赵轨把这些桑葚全都捡起来归还邻居，赵轨说：“我做这件事不是为了求名，大概是不是自己劳动所得的东西，不愿意侵占别人。”等到朝廷召赵轨入朝的时候，当地的百姓都流下眼泪说：“您在任上的时候，不侵犯百姓分文利害。我们不敢用一杯酒为您饯行。您的清廉就像水一样，请允许我们为您倒一杯水饯行。”赵轨接过这杯水后一饮而尽。后来赵轨担任原州司马，夜间时分在路上不小心误入田中，踩坏了人家的禾苗。赵轨驻马等到天明，走访禾苗的主人，赔偿之后才离开。

## 公权度量

唐柳公权善书。当时公卿碑志必求其亲书，贶①遗万计。尝贮金银杯盂一笥，令奴掌之，縢②识如故，及启而器皆亡，奴妄言叵测者。公权笑曰：“杯盂羽化矣。”不复诘问，时人服其雅量。（本传）

**【注释】**①贶：赠送。②縢：封闭。

**【译文】**唐代的柳公权擅长书法。当时在朝为官的士大夫的碑志都会请柳公权亲自书写，柳公权因此收到的礼物数以万计。柳公权曾经收藏了一套金银杯具，柳公权让一位奴仆看管这套杯具，但是封存的标识完好无损，等到柳公权打开的时候发现里面的杯具已经丢失了，那位奴仆试图说一些胡话搪塞过去。柳公权笑着说："这套杯具羽化成仙了。"柳公权就再也没有过问，当时的人都敬佩柳公权的度量。

## 夷简碎器

宋吕夷简四子皆聪慧，语夫人曰："四儿皆腰金，未知谁作相。"一日试之，使小鬟擎玉器贮茶，诈跌碎之，三子皆惊跃失色，唯公著凝重不动。公谓夫人曰："此子是也。"元祐中果拜相。（《谈圃》）

**【译文】**宋朝的吕夷简的四个儿子都十分聪明，吕夷简对夫人说："四个儿子都会被赐予金腰带，就是不知道谁能做宰相。"一天吕夷简测试自己的儿子，吕夷简让小丫鬟拿着玉杯盛茶，并且让小丫鬟假装不小心打碎那个玉杯，有三个儿子大惊失色地跳跃，只有吕公著没有动，冷静地站在原地。吕夷简对夫人说："吕公著能当上宰相。"在元祐年间，吕公著果然被封为宰相。

## 为相宁灌园

陈仲子，字子终。楚王遣使持金百镒，聘以为相。仲子曰："仆有箕帚之妻，请入计。"乃谓妻曰："今日为相，明日结驷连骑，食方于前[1]。"妻曰："左琴右书，乐在其中矣。结驷连骑，所安不过容膝；食方于前，所甘不过一肉。今以容膝之安，一肉之味，而怀楚国之忧，乱世之多害，恐先生不保命也。"仲子夫妻逃去，为人灌园。（《高士传》）

**【注释】**①食方于前：吃的阔气。

**【译文】**陈仲子，字子终。楚王派遣使者拿着一百镒的黄金想聘请陈仲子担任宰相陈。仲子说："我有一位结发的妻子，请允许我商量一下。"于是陈仲子对妻子说："现在我当上了宰相，明天你我一同前去赴任高官，我们能吃的阔气一点。"陈仲子的妻子说："左边有琴，右边有书，快乐就在其中啊。一同前去赴任高官，所求安稳不过就是容身而已。所求吃的阔气，也不过是吃肉而已。如今为了容身、吃肉，却担上楚国的烦恼，乱世之中多有不测，我害怕您的性命不保啊。"陈仲子夫妻于是逃走，为别人浇灌田园去了。

## 张相喜啖

张齐贤为布衣时，倜傥有大度，孤贫落魄。常舍道上逆旅，有群盗十余人，饮食于逆旅之间，居人皆惶恐窜匿，齐贤径前揖之曰："贱子贫困，欲就大夫求一醉饱，可乎？"盗喜曰："秀才乃肯自屈，何不可也？顾吾辈粗疏，恐为秀才笑耳。"即延之坐。齐贤曰："盗者，非龌龊儿所能为也，皆世之英雄耳。仆亦慷慨士，诸君又何间焉？"乃取大碗满酌，饮之，一举而尽，如是者三。又取彘肩，以指分为数段，举而啖之，势若狼虎。群盗视之愕然，皆咨叹曰："真宰相器也！不然何能不拘小节如此也？他日宰制天下，当念吾曹皆不得已而为盗耳。愿自结纳。"竞以金帛遗之，齐贤皆受不让，重负而返。

**【译文】**张齐贤还是百姓的时候，为人潇洒大度，但是当时张齐贤的处境很贫困落魄。有一次张齐贤住在道旁旅馆的时候，恰巧有十多位强盗在旅馆吃饭，住宿的人都因为害怕而逃跑躲了起来，张齐贤径直走上前施礼说："卑贱的我很贫穷，想要跟你们一同吃饭喝酒可以吗？"强盗开心地说："读书人肯屈身跟我们在一起，这有什么不可以的呢？我还担心我们是粗人，害怕被读书人耻笑呢。"于是就将张齐贤请来。张齐贤说："强盗并不是那些龌龊的人能做的，都是世上的英雄啊，我也是慷慨的人，与你们没有什么区别。"于是张齐贤取来一个大碗，满满地倒上酒，张齐贤一饮而尽。张齐贤像这样喝了三碗。又取来猪腿分成几段，拿着猪腿像虎狼一样吃下去。众位强盗惊讶地看着张齐贤，都感叹着说："这真是当宰相的人啊。要不然怎能不拘小节成这个样子呢。他日这个人要是能当上宰相，应该会体谅我们是不得已才当上强盗的啊。我们应该结交这个人啊。"这些强盗竞相递给张齐贤金银布匹，张齐贤全都接受了并没有推辞，张齐贤满载而归。

## 石敢当

五代汉高祖刘知远为晋高祖押衙。潞王从珂反唐，愍帝出奔。晋祖自镇州朝京师，遇愍帝于卫州。知远遣勇士石敢袖铁椎，侍晋祖虞变。晋祖与愍帝议事，帝左右欲兵之。知远拥晋祖入室，石敢格斗死。知远以兵尽杀愍帝，左右留帝传舍而去。

**【译文】**五代的汉高祖刘知远在石敬瑭手下做官的时候。潞王李从珂反唐，唐愍帝出逃。石敬瑭从镇州前往京师，在卫州遇见了唐愍帝。刘知远派遣勇士石敢，让石敢袖中藏着铁锤，暗中保护石敬瑭以备不测。石敬瑭与唐愍帝商量事的时候，唐愍帝的手下想杀害石敬瑭。刘知远护着石敬瑭走到室内，石敢在外面战死。刘知远派兵杀害了唐愍帝，唐愍帝的手下在馆驿留下唐愍帝的尸首逃跑了。

## 二桃杀三士

齐景公蓄勇士。公孙接、田开疆、古冶子事景公，以勇力搏乳虎闻。晏子趋，三子者不起，晏子见公，请去之。公乃使人馈之二桃，令三子计功而食。公孙接曰：“接一搏特猏，再搏乳虎。若接之功，可以食桃而毋与人同矣。”援桃而起。田开疆曰：“吾仗兵却三军，若开疆之功，可以食桃而无与人同矣。”援桃而起。古冶子曰：“君济于河，鼋御左骖以入砥柱之一流。是时也，冶少不能游，潜行逆流百步，顺流九里，得鼋而杀之，左操马尾，左挈鼋头，雀跃而上。人皆曰：‘河伯也！’冶子视之，则大鼋之首也。若冶之功，可以食桃而毋与人同矣。”二子耻功不逮而自杀，古冶子亦自杀。（《晏子春秋》）

【译文】齐景公养了一批勇士。公孙接、田开疆、古冶子三人侍奉景公，凭着他们勇猛有力能徒手搏击猛虎而闻名齐国。晏子在他们面前小步急走，他们三人却不起身避让。晏子拜见景公的时候请求除掉他们，晏子让景公派人送了两个桃子给他们，让他们三个人按照功劳的大小来分桃子。公孙接说：“我曾经一出手就徒手打死了一只敢于驱逐老虎的猛犬，再出手又打死一只产仔后的母虎，像我这样的功劳，可以吃桃子而不与他人同享。”说完就拿起一个桃子站起身来。田开疆说：“我手执兵器两次击退三军齐备的强大敌人，像我这样的功劳，也可以吃桃子而不与他人同享。”说完也拿起一个桃子站起身来。古冶子说：“我曾经与君王一起渡黄河，大鼋咬住着左面拉车的马而潜入暗礁激流之中，那个时候，我年纪尚轻不会游水，就潜入水中步行，逆水前进了百步，又顺流行了九里，捉住大鼋并杀了它。我左手握着马尾，右手提着大鼋的头，像白鹤飞跃一样跳出水面。渡口的船夫都说：‘是河神！’再仔细一看，原来是大鼋的头。像我这样的功劳也可以一个人吃桃子不与他人同享。”公孙接、田开疆都认为自己的功劳比不上古冶子，二人就自杀了，古冶子见状也自杀了。

## 淳于代烹

淳于恭，北海人。平居清静，不慕荣名。家有果树，人或侵盗，辄助为收采。又见盗禾者，恐其羞愧，伏草莽中，待盗去，乃起。王莽末，兄崇将为盗所烹，请代得免。

**【译文】**淳于恭是北海人。他居住的地方很朴素，周围也很清净，淳于恭不喜欢虚名。淳于恭的家里面有果树，有人偷果树上的果实，淳于恭就帮助那个人采摘。淳于恭有看见一位偷柴禾的人，淳于恭害怕那个人羞愧，于是淳于恭就趴在草丛之中，等到那位盗贼离开后才起身。王莽末年的时候，淳于恭的哥哥淳于崇要被强盗烹杀的时候，淳于恭请求自己取代哥哥，二人因此得以幸免。

## 周顗取印

周顗，晋元帝时为尚书左仆射。王敦反，王导以从弟率宗族诣朝台待罪，顗入，导呼之曰："以百口累卿。" 顗直入不顾，既见帝，言导忠诚，申救甚至，帝纳其言。顗喜，饮醉出，导又呼之，顗曰："今年杀贼奴，取金印如斗大。"导甚恨之。帝命还导朝服。后敦据石头城，收顗等杀之。导料检中书故事，乃见顗救己之表，流涕曰："我虽不杀伯仁，伯仁为我而死。幽冥之中，负此良友。"（《通鉴》）

**【译文】**王敦叛乱时，王导带领家族子弟到宫门处请罪，恰好遇见正要进宫的周顗。王导叫住周顗说："我们家这几百口人的性命就全靠你了！"周顗径直走向朝中。周顗入朝后向晋元帝陈述王导的忠诚，恳切地为王导求情，晋元帝答应了周顗的请求。周顗很开心，直到喝醉了才出朝中。王导看见周顗出来，又喊周顗的名字，周顗说："如今杀了这帮贼子，便可换个斗大的金印系在胳膊上。"王导因此怀恨在心。周顗离开后皇帝归还了王导的朝服，王敦带兵入建康后，将周顗收押，并且杀害了周顗。后来王导料理处置中书的遗留事项，看到了周顗营救自己的表章。王导手执表章痛哭不已说："我虽没有杀伯仁，可是伯仁是因我而死啊。黄泉之下，我对不起这样一位好朋友啊。"

## 画蛇添足

昭阳为楚伐魏，移师攻齐。陈轸与齐王使见昭阳曰："有祠者赐其舍人酒一卮。舍人相谓曰：'数人饮之不足，一人饮之有余，请画地为蛇，蛇先成者饮酒。'一人蛇先成，引酒且饮，乃左手持酒，右手画蛇。曰：'吾能为之足。'未成，一人蛇成，夺其卮曰：'蛇故无足，子安能为？'遂饮酒。为蛇足者终亡其酒。今公攻魏，破军杀将，又移师攻齐，战胜不知止，犹为蛇足也。"昭阳乃解军而归。

**【译文】**昭阳为楚国攻打魏国，又调转军队攻打齐国。陈轸与齐王的使者来会见昭阳说："有一位主管祭祀的官员，把一壶酒赏给来帮忙祭祀的门客。门客们互相商量说："几个人喝这壶酒不够，一个人喝这壶酒还有剩余。请大家在地上画蛇，先画好的人就喝这壶酒。"一个人先把蛇画好了，他拿起酒壶准备饮酒，然后左手拿着酒壶，右手画蛇，说："我能够给蛇添上脚！"没等他画完，另一个人的蛇画好了，夺过他的酒说："蛇本来没有脚，你怎么能给它添上脚呢？"于是就把壶中的酒喝了下去。那个给蛇画脚的人最终失掉了那壶酒。如今您攻打魏国，打败了敌军战杀了敌人将领，又调转军队攻打秦国。您战胜后不知道收手，就好比那个给蛇画上脚的人啊。”于是昭阳就率领军队回国了。

## 晏子使楚

晏子短小，使楚，楚人为小门于大门侧而延晏子。晏子不入，曰：“使狗国者，从狗门入。今臣使楚，不当从狗门入。”王曰：“齐无人耶？”对曰：“齐之临淄，张袂成帷，挥汗成雨，何为无人？齐使贤者使贤王，不肖者使不肖王。婴不肖，故使王尔。”及婴坐，左右缚人，王问：“何为者？”曰：“齐人坐盗。”王视晏子曰：“齐人善盗乎？”晏子对曰：“婴闻橘生江北则为枳，叶徒相似，其实味不同，水土异也。今此人生于齐不为盗，入楚则盗，得无楚之水土使为盗耶？”王笑曰：“寡人反取病焉。”（《晏子春秋》）

**【译文】**晏子身材短小，出使楚国的时候。楚王让人在大门的旁边开一个五尺高的小洞请晏子进去。晏子不进去，说：“出使到狗国的人从狗洞进去，今天我出使到楚国来，不应该从这个洞进去。”迎接宾客的人带晏子改从大门进去。晏子拜见楚王。楚王说：“齐国没有人吗？竟派您做使臣。”晏子回答说：“齐国首都临淄有七千多户人家，展开衣袖可以遮天蔽日，挥洒汗水就像天下雨一样，怎么能说齐国没有人呢？”楚王说：“既然这样，为什么派你这样一个人来做使臣呢？”晏子回答说：“齐国派遣使臣，各有各的出使对象，贤明的使者被派遣出使贤明的君主那儿，不肖的使者被派遣出使不肖的君主那儿，我是最无能的人，所以就只好委屈下出使楚国了。”晏子入座后，有两个官吏绑着一个人走到楚王面前。楚王问：“绑着的人是什么国家的人？”近侍回答说：“他是齐国人，犯了偷窃罪。”楚王用余光看着晏子说：“齐国人本性就善于偷窃吗？”晏子离开座位回答说：“我听说这样的事：橘子生长在淮河以南就是橘子，生长在淮河以北就变成枳了，只是叶子的形状相像，它们果实的味道不同。这样的原因是什么呢？是水土不同。现在老百姓生活在齐国不偷窃，到了楚国就偷窃，莫非楚国的水土使得老百姓善于偷窃吗？”楚王笑着说：“是我自讨没趣了。”

## 招饭相谑

文潞公说，顷年进士郭震、任介，皆西蜀豪逸之士。一日，郭致简于任曰：“来日请餐皛饭。”任不晓厥旨，如约以往。将日中，方具粝饭一盂，芦菔、盐各一盘，馀更无别物。任曰：“何谓皛饭？”郭曰：“白饭、白芦菔、白盐，岂非皛饭耶？”任勉强食之而退。任一日复致简于郭，曰：“来日请食毳饭。”郭亦如约而往。迨过日中，迄无一物。郭问之，任答曰；“昨日已曾上闻。”郭曰：“何也？”任曰：“饭也毛，芦菔也毛，咸也毛，只此便是毳饭。”郭大噱[1]而退。蜀人至今为口谈，俗呼“无”曰“毛”。（《魏王语录》）

**【注释】**①噱：大笑。

**【译文】**文彦博说过一件事，过去有郭震、任介两位进士。这二人都是西蜀当地豪放的士人。一天郭震给任介写了一封信说："改日请您来吃皛饭。"任介没有领悟到其中的意思，于是按照约定前往，快到中午的时候，郭震才准备出一盆糙米饭，和一盘芦菔和盐，就没有别的东西了。任介说："什么叫皛饭？"郭震说："白饭、白芦菔、白盐，难道不就是皛饭吗？"任介勉强吃下后告辞离去。一天，任介又给郭震写了一封回信说："改日请您吃毳饭。"郭震也按照约定前往。过了中午后，任介还没有准备任何东西。郭震问任介这是怎么回事，任介回答说："昨天已经告诉您了。"郭震问道："您说什么？"任介回答说："毛饭，毛芦菔，毛咸盐，这就是所说的毳饭。"郭震大笑着离开了。蜀地人说话的时候，会把"无"读成"毛"。

## 因文进谗

楚怀王使屈原造为宪令，属草稿未定，上官大夫见而欲夺之，平不与，因谗之曰："王使平为令，众莫不知。每有一令出，平伐其功，以为非我莫能为也。"王怒而疏平。平嫉王听之不聪也，谗谄之蔽明也，邪曲之害公也，不正之见容也，故忧愁幽思而作《离骚》。离，愁也；骚，忧也。

**【译文】**楚怀王让屈原制订法令，屈原起草尚未定稿的时候，上官大夫得知后就想强行更改法令，屈原不赞同，上官大夫就在怀王面前谗毁屈原说："大王叫屈原制订法令，大家没有不知道的，每一项法令发出，屈原就夸耀自己的功劳，认为除了他，没有人能做的了这件事。"楚怀王很生气，于是就疏远了屈原。屈原埋怨楚怀王不明察，因为听信谗言而受蒙蔽，让邪恶的力量侵害了公正，不让正直的人容身。屈原因此怀着幽愤而写下了《离骚》。“离”字表示忧愁；“骚”字表示担忧。

## 后宫祝诅

成帝班婕妤，帝初即位，选入后宫，俄而大幸，为婕妤。赵飞燕谮告许皇后、班婕妤挟媚道，祝诅后宫，詈及主上。许皇后坐废，考问婕妤，对曰：“妾闻‘死生有命，富贵在天’。修正尚未蒙福，欲以何望？使鬼神有知，不受不臣之诉；如其无知，诉之何益？故不为也。”上善其对，赐黄金百斤。

**【译文】**汉成帝时期班婕妤在汉成帝即位的时候，被选入后宫，不久班婕妤就被皇帝临幸，汉成帝很喜欢班婕妤。赵飞燕诋毁许皇后、班婕妤，赵飞燕说她们好用魅惑的道术诅咒后宫，甚至包括皇帝。许皇后获罪被废，皇帝考问班婕妤。班婕妤回答说：“我听说‘生死有命，富贵在天’。遵守正道尚且没有等到福分，我还奢求什么呢？假如鬼神有灵验，不会接受不臣之人的诅咒；假如鬼神没有灵验，这种诅咒又会有什么好处呢？所以我不会做这样的事。”皇帝赞许班婕妤的回答，于是赏赐给班婕妤一百斤黄金。

## 蜜饧诬毒

孙亮出西苑食生梅，使左右至中藏取蜜，蜜中有鼠粪，召问藏吏。吏叩头，亮问曰："左右从汝求蜜耶？"吏曰："向有求，实不敢与。"求者不伏，侍中刁立、张邵启云："二人词语不同，请付狱推究。"亮曰："此易知。"令破，鼠粪燥，求者首服。亮又使人以银碗并盖就藏取交州所献甘蔗饧。使者先恨藏吏，以鼠粪投饧中，启言藏吏不谨。亮呼吏持饧器入，亮曰："器且盍之，无缘有此，将所使有恨于汝乎？"吏叩头曰："尝从某求宫中莞席，有数，不敢与。"亮曰："必是此也。"覆问所使，理穷首伏，即加髡鞭，斥付外署。

**【译文】**孙亮路过西边的花园，想要吃生梅，于是就派手下到宫中的仓库拿蜜来浸泡梅子，手下发现蜂蜜中有老鼠粪，于是孙亮把藏吏召过来审问。藏吏叩头。孙亮问道："我的手下向你要过蜂蜜吗？"藏吏回答说："您的手下之前向我索要过蜂蜜，可是我实在不敢给。"孙亮的手下没有承认。侍中刁立、张邠上奏说："二人说的话都不同，请让司法部门彻底查问。"孙亮说："这很容易知道。"孙亮叫人破开老鼠屎，发现老鼠屎里是干燥的。孙亮又派那位手下拿着银碗去宫中的仓库取来交州进贡的甘蔗糖。那位手下憎恨小吏，所以把老鼠屎放在糖中，并且上奏说是因为小吏看管不严造成的。孙亮让那名小吏拿着盛放糖的银碗单独进来。孙亮又问那名小吏："器皿都被遮盖收藏好，本来就不应该有这个东西。你有什么事情得罪了那位手下吗？"官吏叩头说："他以前向我要莞草席，莞草席有一定数量，我不敢给他。"孙亮说："一定就是这个原因了。"孙亮再次询问那位手下，那位手下理屈词穷认罪，于孙亮惩罚手下髡刑、鞭刑后，呵斥着把手下交给属衙治罪。

# 卷十七 人事类

## 大名难居

范蠡与勾践既灭吴，以大名之下，难以久居，为书辞王曰："主忧臣劳，主辱臣死。昔君辱于会稽，所以不死，为此事也。今既雪耻，请从会稽之诛。"勾践曰："孤将与子分国而有之，不然将加诛于子。"蠡曰："君行令，臣行意。"乃装其轻宝珠玉，乘舟泛海，终不反。勾践表会稽山为蠡奉邑。蠡浮海出齐，变姓名，自谓鸱夷子皮，耕于海畔，父子治产，居无何，致产数千金。齐人闻其贤，以为相。蠡叹曰："居家则致千金，居官则致卿相。此布衣之极也，久受尊名不祥。"乃归相印，尽散其财，以与亲知，怀其重宝，间行以去，止于陶，自号陶朱公。

**【译文】**范蠡与勾践灭掉吴国后，范蠡认为在盛名之下，难以安稳生活，于是上书辞别勾践说："君主担忧，臣子辛劳；君主受辱，臣子死节。当年您在会稽受辱，我之所以没有赴死正是因为这件事。如今您已经报仇雪恨了，请您因为在会稽受辱的事情来杀掉我吧。”勾践说：“我想与您分治国土，让你我一起共有国家，如果不这样我就要杀掉你了。”范蠡说：“君主下达命令，臣子要揣摩上意。”于是范蠡装着自己细软、珠宝、美玉，在江湖上乘舟，最后也没有回来。勾践把会稽山作为范蠡的封地。范蠡顺着河流来到齐地，改换自己的姓名，自号鸱夷子皮，范蠡在海边躬耕，范蠡父子操办家业，没过多久，家产就有几千金了。齐国人闻听范蠡的贤能后，想要拜范蠡为相。范蠡感叹说：“在家能攒下千金，当官能做到卿相。这是百姓的极点了，太久享受尊敬的名声是不吉利的事。”于是范蠡就归还了相印，把家财全都分给亲近的人，范蠡拿着自己最珍贵的宝贝趁机离开了齐国。范蠡来到了陶，范蠡也因此自号陶朱公。

## 造物忌名

陈抟隐华山，幼时戏涡水，一青衣媪抱置怀中，乳之曰：“今汝更无嗜欲，聪悟过人。”先生尝戒门人种放曰：“子他日遭逢明主，名动天阙。名者，古今美器。造物者深忌之，天地间无完名。子名将有物败之。”放晚节侈饰过度，营产满雍镐间，遂丧清节。（《玉壶清话》）

**【译文】**陈抟隐居在华山，陈抟幼时曾经在涡水嬉戏，有一位穿青色衣服的老妇人把陈抟抱在怀中，老妇人哺乳着陈抟说：“从今以后你就不要有嗜好和欲望了，你会聪明过人的。”陈抟曾经告诫门生种放说：“你有一天会遇到贤明的君主，你的名声会惊动天下。名声是完美的器物，制造东西的人都很忌讳完美的标准，天地间没有完好的名声。你会获得名声但是会因为在器物上败坏。”种放晚年过度奢侈，家产堆满了屋子，于是种放就丢失了自己清廉的节操。

## 法真逃名

法真，扶风人，好学博通，东汉时为关西大儒。同郡田翁荐之不就，深自隐匿。友人称之曰：“真名可得闻，身难得见，逃名而名我随，避名而名我追，可谓百世之师者矣。”（本传）

**【译文】**法真是扶风人，喜欢学习，博古通今。东汉的时候成为了关西一带有名的大儒。同乡田翁举荐法真，但是被法真推辞了，法真自己隐居到很偏僻的地方，法真的朋友称道他说：“能听闻到法真的名字，但是很难见到法真的真身。逃避名声然而名声就会追随我；躲避名声然而名声就会追随我，这可以称得上是人们的老师啊。”

## 韩康遁名

康字伯休，霸陵人。卖药长安市，口不二价三十余年。有小女子卖药，康守价不移，女子怒曰：“公韩伯休邪？乃不二价。”康曰：“我欲避名，今小女子亦知有我，何用药为？”乃避入山中，汉明帝聘之不起。（本传）

**【译文】**韩康，字伯休，是霸陵人。韩康在长安的集市上卖药，三十多年都不让人讲价。有一位小女孩来买药，韩康坚守价格不允许讲价，那位小女孩生气地说："你是韩康吗？竟然不让人讲价。"韩康说："我本来想回避这个名声，可如今连小女孩都认识我，我的药还有什么用呢？"自此韩康就逃往山中，就连汉明帝也聘用不来韩康。

## 松菊主人

韦表微，唐宪宗授监察御史里行，不乐，曰："爵禄，滋味也，人皆欲之。吾年五十，拭镜剪白，冒游少年间，取一班一级，不见其味也。将为松菊主人，不愧陶渊明而已。"（本传）

**【译文】**韦表微，在唐宪宗在位的时候被授予监察御史里行的职务，但是韦表微闷闷不乐，韦表微说："爵禄是滋味啊，人们都想要爵位。我今年已经五十岁了，擦拭镜子剪掉白头发，与那些少年混在一起，争夺一班一品级的利益，我不知道其中的味道在哪里啊。能做松菊主人，不愧是陶渊明啊。"

## 醉人推骂

苏轼曰：得罪以来，深自闭塞。扁舟草屦，放浪山水间，与渔樵杂处，往往为醉人所推骂，辄自喜，渐不为人识。平生亲友无一字见及，有书与之亦不答，自幸庶几免矣。（东坡《回李端叔书》）

**【译文】**苏轼说："我自从得罪以来，深自闭门，杜绝与外界的交往。经常乘着小船，穿着草鞋，纵情于山水之间，我跟樵夫渔父混杂相处。我常常被醉汉所推搡责骂，反倒常常暗自高兴，因为逐渐使人们不认识自己了。平生的亲朋好友也没有一个字的信寄来，即使我写信给他们，他们也不回信，自己庆幸差不多可以避免与世人交往了。

## 虚左自迎

魏公子信陵君置酒大会宾客。坐定，从车骑，虚左，自迎侯生。侯生直上坐公子上坐，不让，公子执辔愈恭。侯生曰："臣有客在市屠中，愿枉车骑过之。"公子引车入市，侯生下见其客朱亥，故久立语，微察公子，颜色愈和，乃就车。酒酣，侯生曰："今日嬴之为公子亦足矣。嬴乃夷门抱关者也，公子自迎于众人广坐之中，欲就公子之名，故久立公子于市中，人皆以嬴为小人，以公子为长者也。"侯生因进朱亥曰："屠者朱亥贤者，世莫能知，故隐屠间耳。"（《史记》）

**【译文】**魏国公子信陵君设摆酒宴，宴请宾客，等到宾客们入座后。信陵君带着车马，空出车上左边的座位，亲自去迎接的侯嬴。侯嬴径直走向并且坐在公子的上座，丝毫没有谦让。信陵君握着缰绳，更加恭敬。侯嬴又对信陵君说："我有一位朋友在肉市里，希望委屈你的车马去访问他。"信陵君就驱车进入肉市。侯嬴下了车，会见他的朋友朱亥，斜着眼睛傲视着，故意久久地站着跟朋友谈话，侯嬴暗暗地观察信陵君，信陵君的脸色更加温和，这时候，侯嬴才与朱亥登车。酒喝到尽兴的时候，侯生说："今天我难为您也算够了。我不过是夷门的看门人，公子您却肯屈身驾驭着车马，在大庭广众中亲自迎接我。然而我想要成就公子爱士的美名，所以故意让公子的车马久久地站在市场中，借访问朋友来观察公子，公子却更加恭敬。这样，街上的人都认为我是小人，认为公子是有德性的人，能够谦虚地对待士人。”侯生对公子进言说：“我访问的屠夫朱亥，这个人是有才德的人，世上没有哪个人了解他，因此隐居在屠户中间。”

## 微行被辱

汉武帝尝至柏谷，夜投亭宿，亭长不内，乃宿于逆旅。逆旅翁谓上曰：“汝长大多力，当勤稼穑，何忽带剑群聚，夜行动众？此不欲为盗则淫耳。”上默然不应，因乞浆饮，翁曰：“吾只有溺，无浆也。”有顷还内。上使人觇之，见翁方要少年十余人，皆持弓矢刀剑，令主人妪出安过客。妪归，谓其翁曰：“吾观此丈夫，乃非常人也。且亦有备，不可图也，不如因礼之。”其夫曰：“此易与耳。鸣鼓会众，讨此群盗，何忧不克？”妪曰：“且安之，令其眠，乃可图也。”翁从之。时上从者十余人，既闻其谋，皆惧，劝上夜去。上曰：“去必致祸，不如自止以安之。”有顷，妪出，谓上曰：“诸公子不闻主人翁言乎？此翁归，饮酒狂悖，不足计也。今日且令公子安眠，无他。”妪因还内。时天寒，妪酌酒多与其夫，诸少年皆醉。妪出谢客，杀鸡作食。平明上去，是日还宫，乃召逆旅夫妻见之，赐妪金十斤，其夫为羽林郎。自是惩戒，希复微行。（《汉武故事》）

**【译文】**汉武帝曾经来到柏谷，晚上想找到附近的亭长投宿，但是亭长没有收留汉武帝，于是汉武帝只好在旅馆投宿。旅馆的老人对皇帝说：“你现在年轻力胜，应该勤奋地干农活，为什么佩戴着剑和别人聚在一起，在晚上与这么多人行动，你这么做不是为了抢劫就是为了奸淫。”汉武帝沉默不语，无言以对，于是向老人要一碗水。老人说：“我正好有尿，没有水给你。”不一会儿，老人回到里屋，汉武帝派人查看情况，发现老人正在请十多位小伙子拿着刀剑弓箭准备动手。老人让妻子在外面安稳顾客，老人的妻子回来对老人说：“我看那个大丈夫不像一般人，况且人家有准备，不可以有谋害人家的想法啊，不如趁机礼遇那个大丈夫。”老人听从了妻子的建议。当时汉武帝身边的十多位侍卫听说老人的密谋后都十分害怕，侍卫们劝汉武帝趁夜色逃跑。汉武帝说：“这样的话一定会招致祸患，不如让他们打消怀疑镇定下来。”不久，老人的妻子出来对皇帝说：“你们没听到那个老头说的话吧，这个老头喜欢喝酒，酒后狂妄自大，你们不要想太多。这里几天能够让您安眠，不要想别的。”老人的妻子于是回到里屋。当时天气很寒冷，老人的妻子为大家倒酒，又到了很多酒给自己的丈夫，老人找来的诸位少年全都喝醉了。老人的妻子出来向汉武帝认罪，并杀了一只鸡给汉武帝一行人作为食物。等到天亮的时候，汉武帝就离开了这里，当天就回到了宫里面，然后赏赐给老人的妻子十斤金子，封老人为羽林郎。汉武帝从这回吸取了教训，从此以后很少萌生微服出行的想法了。

## 老子赠言

孔子去周，而老子送之曰："吾闻富贵送人以金，仁者送人以言。吾虽不能富贵而窃仁者之号，请送子以言：凡当世之聪明深察而近于死者，好议人者也；博辨宏大而危其身者，好发人之恶者也。"孔子曰："敬奉教。"（《家语》）

【译文】孔子离开周朝领土的时候，老子为孔子送行说："我听说富贵的人送人钱财，仁德的人送人良言。我虽然配不上富贵和仁德，但请允许我送您一句话："凡是因为聪明洞察而自身接近死亡的人，是因为喜欢议论人；凡是雄辩大论而导致自身陷入危险的人，是因为揭发了人的罪恶。"孔子说："受教了。"

## 乃若妇人

子高游赵，平原君客有邹文、李节者，与相友善。及将还鲁，诸故人诀既毕，文、节送行三宿。临别，文、节流涕交颐，子高徒握手而已，分背就路。其徒问："先生与彼二子善，彼有恋恋之心，而先生厉声高揖，无乃非亲之谓乎？"高曰："始吾谓此二子丈夫也，今乃知其如妇人耳。人生有四方之志，岂鹿豕哉，而常群聚乎？"（《孔丛子》）

【译文】子高到赵国游历。平原君的门客邹文，季节和子高有交情。等到子高要回鲁国的时候,向各位朋友告别后,邹文,季节又送子高好几十里路,就后要分别了,邹文、季节泪流满面,而子高只是和他们握手,子高施礼之后就与他们分别了。子高的随从问道:“先生你和那两个人关系不错,人家还对您依依不舍,而先生您就这么大声地施礼、道别,这难道不是故意不和您的朋友亲近吗?”子高回答说:“最开始,我还以为他们大丈夫呢,直到今天才知道他们原来不过是女人而已。男人生下来就要立志于四方,哪能像猪鹿一样经常聚在一起?”

## 投笔而叹

班超,扶风人。初,与母随兄同至洛阳,家贫,佣书以自养,投笔叹曰:“大丈夫当效傅介子、张骞立功异域,以取封侯,安能久事笔砚间乎?”左右笑之。有相者曰:“生燕颔虎头,飞而食肉,此万里侯相也。”汉文帝时击匈奴有功,封定远侯。(本传)

**【译文】**班超是扶风人。起初班超与母亲跟随兄长一同来到洛阳,班超的家里十分贫穷,只好依靠自己谋生来读书,班超扔下笔感叹说:“大丈夫应该效仿傅介子与张骞在他国立功,被封为侯爵,怎么能一直在笔墨间用功呢?”旁边的人都笑话班超。有会相面的人说:“班超生得燕颔虎头,这是表明能飞起来吃肉,是封万里侯的相貌啊。”汉文帝在位的时因为班超与匈奴作战取得功勋,因此被封为了定远侯。

## 相别一世

张咏，号乖崖，少与逸人傅霖同学。公既显达，求霖三十年不可得，作《忆霖》诗云："寄语巢由莫相笑，此生终不羡轻肥。"晚年守宛丘，有被褐骑驴叩门大呼曰："语尚书，青州傅霖。"阍吏走白公。曰："傅先生天下士，汝何人，敢呼姓名？"霖笑曰："别子一世，尚尔童心。是岂知世间有我哉？"公问："昔何隐，今何出？"霖曰："子将亡矣，来报子。"公曰："吾亦自知之。"霖曰："知复何言？ "后一月，公薨。（《西清诗话》）

**【译文】**张咏，号乖崖，年轻的时候与隐士傅霖一同学习。张咏发达后，寻找傅霖三十年都没找到，于是张咏写了一首《忆霖》诗道："寄语巢由莫相笑，此生终不羡轻肥。"张咏晚年的时候镇守宛丘，有一位百姓骑着驴敲张咏的门，那个人大喊说："告诉张咏，我是青州的傅霖。"守门人跑进去告诉张咏。张咏说："傅先生是天下的贤士，你是什么人？敢直呼傅先生的名字。"傅霖笑着说："好久没看见您了，觉得恍如隔世，你还是有着那颗童心。这不追到世间还有我吗？"张咏问道："你当初为何隐居？现在又为何现身？"傅霖说："您要去世了，我来告诉您？"张咏说："我自己也早就知道了。"傅霖说："你知道了那我还说什么。"一个月后，张咏去世了。

## 引发不前

张元伯病，且卒。其友范巨卿忽梦元伯呼曰："吾以某日死，以某日葬，子未我忘，岂能相及耶？"式梦觉，悲叹泣下，驰赴之，未及到而丧已引发，将至圹，而柩不肯进。其母抚之曰："元伯岂有望乎？"遂停柩移时，乃见有素车白马，号哭而来。其母曰："是必范巨卿也。"巨卿至，叩丧曰："死生异路。"因执绋引[①]，柩乃前。既葬，式止冢次，为修坟树，乃去。（本传）

**【注释】**①绋引：牵引灵柩的绳索。

**【译文】**张劭患病，将要去世的时候。张劭托梦给朋友范式说："我是在某天去世的，是在某天下葬的，你没有忘记我吧，你还能给我送行吗？"范式醒来后，悲伤地流下了眼泪，骑马来到张劭家中，范式还没到的时候就已经发丧了，送灵的队伍来到墓地的时候，但是棺材怎么都放不进去。张劭的母亲抚摸着棺材说："张劭难道还有救吗？"于是拦住了送灵的队伍继续移动棺材，然后看见有一辆白马拉着的车，车中的人大哭驾车前来。张劭的母亲说："这一定是范式。"范式来到后，向送灵的队伍磕头说："阴阳两别了。"于是范式拉着牵引灵柩的绳索，张劭的棺材才继续前行。下葬后，范式在张劭的墓旁住下，在张劭的墓旁种完树后才离开。

## 谩书之辱

汉匈奴冒顿，高后时遗书曰："孤偾之君，生于沮泽之中，长于平野牛马之域，数至边境，愿游中国。陛下孤立，孤偾独居。两主不乐，无以自娱，愿以所有，易其有无。"高后报书曰："单于不乐弊邑，赐之以书，弊邑恐惧。退日自图，年老气衰，齿发堕落，行步失度。单于过听，不足以自污。弊邑无罪，宜在见赦。"

**【译文】**汉朝时候的匈奴首领冒顿单于给吕后写了一封信说："孤弱不能自立的君主，我出生在沼泽中，生长在牧牛放马的地方，我几次来到边境想来到中国游览。陛下孤立在城中，我孤弱不能自立的一个人居住。两位君主都不快乐，没有什么可以娱乐的，我希望用我有的东西，能与您交换我没有的东西。"吕后回了一封书信说："单于没有忘记我们这个小地方，还亲自写了一封信，这让我们这个小地方诚惶诚恐，我只想退守以求自保。我如今年老气衰，头发和牙齿也都掉落了，动作也变得迟缓了。不知道单于过于听信了谁的话，非要来小地方玷污自己。我们这个小地方实在没有罪过，希望你能赦免我们。"

## 诣谒悖慢

后汉祢衡，字正平。孔融爱其才，数称于曹操，言衡欲诣操。操大喜，敕门者有客便通，待之极厚。衡着布衣，疏巾，手持三尺棁杖坐大营门，以杖捶地，大骂。吏曰："外有狂生，言语悖逆。"

操怒谓融曰:“祢衡竖子,孤杀之如雀鼠。直顾此人素有虚名,远近将谓孤不能容之。今送与刘表,视当何如?”衡临发,众人为之祖道,乃更相戒曰:“衡悖虐无礼,今因其后至,咸以不起折之也。”及衡至,众人莫肯兴,衡大号。众问其故,衡曰:“坐者为冢,卧者为尸。尸冢之间,能不悲呼?”

**【译文】**东汉人祢衡,字正平。孔融爱惜祢衡的才能,几次在曹操面前称赞他,说祢衡要拜见曹操。曹操十分开心,于是告诉守门人有客人来就放行,曹操对待祢衡十分优渥。祢衡穿着布衣,戴着头巾,拿着三尺棁杖坐在大营门前,祢衡用棁杖捶地大骂。小吏通报曹操说:“门外有一位狂生,说出的话很忤逆。”曹操生气地对孔融说:“祢衡这个小子,我杀死他就像杀死麻雀老鼠那么简单。我就是看他平日有些名气,如果杀了他,我怕被天下人说我不能容人。现在我把他送给刘表,你们看怎么样?”祢衡临行前,众人为祢衡饯行,于是大家都劝诫祢衡,祢衡说:“我放荡无礼,因为我后到那里,都会认为我是被赶到那里的。”等到祢衡到刘表那里后,众人都没有接待祢衡,于是祢衡大哭。众人询问祢衡原因,祢衡说:“坐着的人像坟丘,躺着的人像尸体。我在坟地之中,怎么能不悲哀呢?”

## 偏躁傲诞

杜甫,襄城人。唐玄宗时擢右卫率府参军,安禄山反,避地至凤翔,上谒肃宗,拜右拾遗。奏房琯罪细不宜免官,贬华州司户参军。关内乱,弃官之蜀。会节度使严武表为参谋检校、兵部员外郎。性偏躁傲诞，尝醉登武床，瞪目视曰：“严挺之乃有此儿。”武外若不为忤，中实衔之。一日，武欲杀甫，冠钩于帘，左右白其母，奔救得止。（本传）

**【译文】**杜甫是襄城人。唐玄宗在位的时候被破格提拔为右卫率府参军，安禄山造反后，杜甫逃往凤翔，杜甫拜见唐肃宗被封为右拾遗。杜甫弹劾细数房琯罪过不应该免官，于是杜甫被贬为华州司户参军。当时关内大乱，杜甫丢弃官职逃往蜀地。恰巧当时节度使严武上表杜甫担任参谋检校、兵部员外郎。杜甫的性格暴躁傲慢，有一次喝醉了登上了严武的床榻，杜甫瞪着眼睛说：“严挺之竟然有这样的儿子。”严武表面上像是没有生气杜甫的冒犯，但是严武心中已经记恨杜甫了。一天，严武想要杀掉杜甫，但是严武的帽子被帘子钩住了，手下告诉了杜甫的母亲，杜甫的母亲跑来救下杜甫，这件事才得以平息。

## 独拜床下

后汉庞德公，诸葛孔明每至德公家，独拜床下。德公初不令止。司马德操尝诣德公，值其渡沔上先人墓，德操径入堂呼德公妻子，使速作黍，“徐元直向云：当来就我，与德公谈。”其妻子皆拜堂下，奔走供设。德公还，直入，不知何者是客也。

**【译文】**东汉有一位庞德公。诸葛亮每回来到庞德公家中，就一个人拜在庞德公的床下。司马徽曾经造访庞德公。恰巧庞德公渡沔水去祭祀先人的坟墓，司马徽竟走进庞德公家里面，把庞德公妻子儿女叫来，并要求他们快点做黍饭招待自己，并说："徐庶曾说有客人要来与我和庞德公谈论。"庞德公妻子儿子都在堂下拜见司马徽，奔跑着供设饮食。庞德公回家后，也直接走进家里，像是没有主客之分一样。

## 谒见异礼

后汉王符，字节信，安定人。度辽将军皇甫规解官归安定。乡人有以货得雁门太守者，亦去职还家，书刺谒见规。规卧不迎，既入，问："卿前在雁门食雁，美乎？"有顷，白王符在门，规素闻符名，惊遽而起，衣不及带，屣履出迎，援符手而还，与同坐极欢。时人为之语曰："徒见二千石，不如一缝掖。"言书生道义之为贵也。

**【译文】**东汉的王符字节信，是安定人。度辽将军皇甫规辞职回到安定的时候。同乡有一位靠贿赂担任雁门太守的人也离职回家，那个人写信要拜见皇甫规。皇甫规假托卧病不迎接，那个人进来后，皇甫规问道："你在雁门吃大雁，满意吗？"过了一段时间，有人禀报说王符来到门前，皇甫规向来就听说过王符的名声，于是立刻起身，衣服还没来得及系上腰带，拖着鞋就出门迎接，拉着王符的手回到室内，皇甫规与王符坐在一起相谈甚欢。当时的人为这件事写了一句话："徒见二千石，不如一缝掖。"这句话就是在形容书生道义的可贵。

# 游谒有遇

范文正在睢阳掌学，有孙秀才者索游，上谒文正，赠钱一千。明年，孙生复谒文正，又赠一千。因问："何为汲汲于道路？"孙生戚然动色曰"母老无以养，若日得百钱，则甘旨足矣。"文正曰："吾观子辞色，非乞客也。吾今补子为学职，日可得三千以供养。子能安于学乎？"孙生大喜，于是授以《春秋》。后十年，有孙明复先生以《春秋》教授学者，道德高迈，朝廷召至，乃昔日索游孙秀才也。（《东轩》）

**【译文】**范仲淹在睢阳掌管学校的时候，有一位姓孙的秀才在街上寻求资助，孙秀才来拜见范仲淹，范仲淹给孙秀才一千文钱。第二年孙秀才又来拜见范仲淹，范仲淹又给孙秀才一千钱。于是范仲淹问道："你为什么在路上索求资助呢？"孙秀才动容地说："我的母亲年事已高，我没有办法奉养母亲，如果每天能赚一百钱，那么日子就会好过一些了。"范仲淹说："我看你的样子，不像是乞丐。我现在补任你到地方学校任职，每天能拿到三千钱的俸禄。你能安心治学吗？"孙秀才十分高兴，于是范仲淹教授孙秀才《春秋》。十年后，有一位孙明复先生教授别人《春秋》，孙明复德高望重，朝廷召见孙明复，孙明复就是当年那位在街上寻求资助的孙秀才。

## 知入玉堂

熙宁间，苏公颂以集贤院学士守杭州。梁况之以朝官通判明州，之官，道出钱塘。公一见异之，留连数月，待遇甚厚。既别，复遣介至津亭，手简问劳，且以一砚遗之曰："石砚一枚，留为异日玉堂①之用。"梁公姑谢而留之。元祐六年，梁公在翰苑，一夕宣召甚急，将行而常所用砚误坠地碎，仓卒取他砚以行。既至则面受旨，尚书左丞苏某拜右仆射。梁公受命，退归玉堂，方抒《思命词》。涉笔之际，视所携砚，则顷年钱塘苏公所赠也，因恍然大惊。是夕，梁公亦有左丞之命。他日会政事堂，语及之，苏公一笑而已。

**【注释】**①玉堂：宋代翰林院别称。

**【译文】**熙宁年间的时候，苏颂以集贤院学士的身份镇守杭州。梁况之以朝中官员的身份到明州做通判，赴任的时候，二人在钱塘相遇。苏颂一看见梁况之就觉得不同寻常，连续留梁况之几个月，苏颂对待梁况之非常好。分别后，苏颂又让人拿着亲笔信到津亭问劳梁况之，又送给一块砚台给梁况之说："这一块砚台，留着给您他日在翰林院中用。"梁况之勉强地道谢并且留下了这块砚台。元祐六年的时候，梁况之当时在翰林院任职，一天晚上帝王有紧急的事情召见梁况之，梁况之快要动身的时候不小心把常用的砚台碰到地上摔碎了，梁况之仓促地取来一块砚台就动身了。到翰林院的时候，梁况之当面受旨，尚书左丞苏某担任右仆射。梁况之接受旨意后回到了翰林院，梁况之正想委任措辞，拿起笔的时候，看见了自己携带的那块砚台，这块砚台就是当年苏颂给梁况之的砚台，于是梁况之恍然大悟。这天晚上梁况之也被任命为左仆射。有一天在政事堂开会的时候，梁况之提到了这件事，苏颂闻听后只是笑了笑。

## 寇丁相轧

寇莱公与丁晋公始甚相善。李文靖公为相，丁公为两制[①]。莱公屡以丁荐而公不用，何也？文靖答曰：“今已为两禁矣，稍进则当国。如斯人者，果可当国乎？”寇曰：“如丁之才，相公自度，终能抑之否？”文靖曰：“唯行且用之，然他日勿悔也。”既而二公秉政，果倾轧，竟如文靖之言。（《倦游杂录》）

**【注释】**①两制：翰林学士与中书舍人合称。

**【译文】**寇准与丁谓最开始很交好。当时李沆担任宰相，丁谓当时担任翰林学士和中书舍人。寇准屡次举荐丁谓，但是李沆却不任用，寇准很好奇。李沆说：“丁谓已经当上翰林学士与中书舍人了，再提拔丁谓就要让他掌管国家了。像丁谓这样的人能让他掌管国家吗？”寇准说：“像丁谓这样的才能，您想一想，能否一直打压他吗？”李沆说：“如果你觉得可以就任用丁谓，到时候不要后悔。”不久，寇准与丁谓当政后，果然互相打击，正如李沆说的那样。

## 管鲍相交

《列子》曰：管夷吾与叔牙二人相交，管仲曰："吾与鲍叔贾，分财多自与，鲍叔不以我为贪，知吾有亲也。吾常为鲍叔谋事大穷困，鲍叔不以我为愚，知时有不利也。吾尝三仕三见逐，鲍叔不以我为不肖，知不遭时也。知我者鲍叔，生我者父母。"昔鲍叔有疾，管仲为之不食，不内浆，宁戚患之。管仲曰："生我者父母，知我者鲍子。士为知己者用，马为知己者良。鲍子死，天下莫知安用水浆。虽为之死，亦何伤哉。"（《韩诗外传》）

**【译文】**《列子》中记载说：管仲与鲍叔牙二人有交情，管仲说："我与鲍叔牙做生意，每回鲍叔牙都会多给我，鲍叔牙也不会嫌弃我贪婪，鲍叔牙知道我和他亲近。我曾经与鲍叔牙商量事情的时候陷入困境，鲍叔牙不认为我愚笨，知道当时有不利于我的地方。我曾经三次被起用，但是三次被放逐，鲍叔牙不认为我不像话，知道我是生不逢时。了解我的人是鲍叔牙，生我的人是我的父母。"当年鲍叔牙患病的时候，管仲因为鲍叔牙的病不吃饭也不喝水，宁戚的心里十分担心鲍叔牙。管仲说："生我的人是我的父母，了解我的人是鲍叔牙。士人应该被了解的人起用，马为了解自身的主人而卖力。鲍叔牙去世了，天下人都会废寝忘食，我就算为鲍叔牙死，那有什么值得哀伤的呢？"

## 陈雷让举

雷义与陈重相友善。有司举义茂才，义让于陈重，刺史不听，义遂佯狂，被发走，不听命。邻里为之语曰："胶漆自谓坚，不如陈与雷。"（《史记》）

**【译文】**雷义与陈重交情很好。有关部门将举荐雷义做茂才，雷义让给陈重，但是刺史没有采纳。因此雷义就装疯，披散着头发逃跑，不听从任命。邻居听说这件事后说："胶和漆自认为很牢固，但是不如雷义与陈重。"

## 伸于知己

晏婴之晋，至中牟，见弊冠反裘负刍，息于道侧者。婴问曰："吾子何为者？"对曰："我越石父者。为人臣仆于中牟。见使将归。"婴曰："何为仆？"对曰："吾身不免冻饿之地，吾是以为仆也。"婴曰："可得而赎乎？"对曰："可。"遂解左骖而赎之，因载而与之俱归。至舍，不辞而入。越石父立而请绝，晏婴使人应之曰："子何绝我之暴也？"越石父曰："臣闻士者屈于不知己，而伸于知己。吾三年为臣仆，人莫吾知也。今子赎我，吾以为知己矣。今不辞而入，是与臣我者同矣。"晏子出，见之曰："向也见客之容，今也见客之意。"遂以为上客。

**【译文】**晏子出使晋国，到中牟这个地方，看见一个戴着破旧的帽子，反穿着皮衣，背着柴草在路边休息的人，晏子问他说：“您是干什么的呢？” 那个人回答说：“我是越石父。我到中牟来做人家奴仆，如果见到齐国的使者，我就准备回去。”晏子问：“为什么来做奴仆呢？”越石父回答说：“我不能避免自身的饥寒交迫，因此做了人家的奴仆。”晏子问：“可以用钱把你赎回去吗？”越石父回答说：“可以。”晏子就解下在左边拉车的马，用来赎出越石父，晏子让越石父坐在自己的车上一同回齐国。车到了晏子居室的时候，晏子没有告诉越石父走进家中，越石父很生气，要当即与晏子绝交。晏子派人回答越石父说：“您为什么突然就要同我绝交呢？”越石父回答说：“我听说，贤士在不了解自己的人面前会蒙受委屈，在了解自己的人面前会心情舒畅，我在人家做了三年奴仆，却没有什么人了解我。今天您把我赎了出来，我以为您是了解我的。现在您不跟我告别就独自进屋去了，这跟把我当奴仆看待的人是一样的。”晏子从家里走出来，与越石父相见说：“刚才，我只见到您的外貌，而现在看到了您的内心。因此，晏子把越石父当做上等客人。

## 涸鲋求水

庄周贫，贷粟于监河侯。监河侯曰：“诺。我将得邑金，将贷子三百金，可乎？”庄周曰：“昨周来，有中道而呼者，周顾视车辙中有鲋鱼焉。周问之，对曰：‘我东海之波臣也。君岂有升斗之水而活我哉？’周曰：‘诺。我且南游吴越之土，激西江之水而迎子，可乎？’鲋鱼曰：“吾得升斗之水而活耳。君乃言此，曾不如早索我于枯鱼之肆。”

**【译文】**庄周家境贫困，于是到监河侯那里去借粮。监河侯说：“好！我马上就可以得到俸禄了，等到那个时候，我借给你三百金子，好吗？”庄周说道：“我来的路上，听见在道路中间有东西在叫喊。我四周环顾一看，在车辙中有一条鲋鱼。我询问这条鲋鱼。鲋鱼回答说：‘我是东海的水族臣民。您有没有斗升之水让我活命啊？’我说：‘好啊，我将去说服南方的吴越国王，引来西江的水来迎接您，好吗？’鲋鱼说：“我只要得到斗升之水就可以活命了，您却说这样的话，还不如早点到卖干鱼的店铺去找我！”

## 位高金多

苏秦出游数岁，大困而归。兄弟、嫂妹、妻妾皆笑之。及相六国，过洛阳，车骑辎重，诸侯送之，拟于王者。苏秦之昆弟、妻嫂侧目不敢仰视。秦笑嫂曰：“见季子位高、金多也。”秦喟然叹曰：“此一人之身，富贵则亲戚畏惧之，贫贱则轻易之，况他人乎。”（《史记》）

**【译文】**苏秦在外游荡几年后，因为十分贫困就回家了。苏秦的兄弟、嫂子、妹妹、妻妾都嘲笑苏秦。等到苏秦担任六国宰相的时候，一次苏秦经过洛阳，车马辎重都是诸侯送给苏秦的，场面堪比王侯。苏秦的兄弟、妻子、嫂子都侧目，不敢仰视苏秦。苏秦嘲笑嫂子说：“只是看到我地位很高，钱也很多罢了。”苏秦感叹说：“我就是一个人啊，我富贵的时候让亲戚害怕，贫贱的时候让亲戚轻视，更何况他人呢。”

## 佞佛求富贵

竟陵王子良笃好释氏，招致名僧，讲论佛法，道俗之盛，江左未有。或亲为众僧赋食行水，世颇以为失宰相体。范缜盛称无佛。子良曰：“吾子不信因果，何得有富贵贫贱？”缜曰：“人生如树花同发，随风而散。或拂帘幌，坠茵席之上；或关篱墙，落粪溷之中。坠茵席者，殿下是也；落粪溷者，下官是也。贵贱虽复殊途，因果竟在何处？”子良无以难。（《齐纪》）

**【译文】**竟陵王萧子良喜欢佛教，萧子良喜欢请名僧讲谈佛法，道家当时的盛大是江东前所未有的。有时候萧子良亲自为众位僧人打饭打水，当时的人们都认为这么做有失宰相的地位。范缜当时大力宣称世上没有佛。萧子良说：“你们不信因果报应，怎么知道有富贵贫贱？”范缜说：“人生就像树上的花一起绽放，花随风飘散。有的花会拂过帘幔，坠落到草席上；有的花被吹进篱笆内，落入粪坑中。落在草席上的是您，落在粪坑中的是我。人贵贱的路不一样，那么其中的因果究竟在哪里呢？”萧子良没有话可说了。

## 石崇富侈

石崇，字季伦。任侠，无行俭。在荆州劫远使商客，致富不资，舍宅舆马拟王者。庖膳必穷水陆之珍，后房百数，皆曳纨绮，珥金翠。而丝竹之艺，尽一世之选。筑榭开沼，殚极人巧。久之，太仆与贵戚王恺、羊琇之徒以奢靡相尚。恺以饴澳釜，崇以蜡代薪；恺作紫丝步障四十里，崇作锦步障五十里以敌之；崇涂屋以椒，恺以赤石脂。武帝每助恺，尝以珊瑚树赐之，高二尺许，枝柯扶疏。恺以示崇，崇便以铁如意击之，应手而碎。恺既惋惜，崇命左右悉取珊瑚，有高三四尺者六七株，恺恍然自失。

**【译文】**石崇，字季伦，崇尚侠气，不拘小节。石崇曾经在荆州劫持原路而来的商客，石崇因此得来的财富不计其数，石崇的住宅车马都按照王侯的标准来置办。石崇家做饭一定会用尽水里和陆地上的珍馐美味，石崇有一百多位小妾，每一位都穿戴绮绣，耳环都是用金子和翡翠做成的。石崇家中的乐队，都是在世间选拔最好的人。石崇家中修筑亭台以及修池的时候，一定会用尽工匠的巧妙。过了很久，太仆和外戚王恺、羊琇这些人都竞相比富。王恺用糖来洗锅，石崇用蜡烛代替柴禾。王恺做了一个四十里的紫丝步障，石崇做了一个五十里的紫丝步障与王恺攀比。石崇用椒涂满屋子，王恺用赤石脂涂满屋子。晋武帝每回都会帮助王恺，有一次赏赐给王恺一棵珊瑚树，这棵珊瑚树有二尺多高，这棵珊瑚树的枝条不是很丰满。王恺向石崇炫耀，石崇于是就拿着一个铁如意打向那棵珊瑚树，珊瑚树应声而碎。王恺十分惋惜，石崇让手下取来家中的全部珊瑚树，三四尺高的珊瑚树就有六七棵，王恺怅然若失。

# 杜祁公贫

杜祁公衍，杭州人。父早卒，遗腹生公，前有二子不孝。其母改适河阳钱氏。公年十五六，二兄以为其母携财利以适人，就公索之不得，引剑斫之，伤脑。走投其姑，姑匿之，重伤脑上，出血数升，仅死得免。乃诣河阳，归其母。继父不之容，往来孟洛。家贫甚，佣书以自资。常至济源，富民桐里氏奇之，妻以女。由是资用稍给，举进士殿试第四。及贵，其兄长犹存，待遇甚有恩，礼二兄及钱氏姑氏，子孙受公荫补官者数人。（《东轩笔录》）

**【译文】**祁公杜衍是杭州人。杜衍的父亲去世的早，在杜衍还没有出生的时候就去世了，杜衍还有两个哥哥，但是都非常不孝顺。杜衍的母亲改嫁到河阳一户姓钱的人家。杜衍十五、六岁的时候，杜衍的两位哥哥认为母亲携带家产嫁给了别人，于是来找杜衍索要，但是没有得到任何东西，杜衍的哥哥拔剑砍向杜衍，杜衍被砍伤了脑袋。杜衍去投奔他的姑姑，他的姑姑把杜衍收留下来，杜衍脑袋上伤口很重，流出了几升的血，差点因此去世。后来，杜衍来到河阳回到了母亲那里。但是杜衍的继父不收容杜衍，杜衍只好来往于孟洛之间。杜衍的家境很贫困，只好自己出钱读书。杜衍经常到济源，有一位富户桐里氏觉得杜衍不一般，所以把女儿嫁给了杜衍。杜衍从此以后稍微有了经济来源，杜衍在殿试的时候考中了第四名。等到杜衍发达的时候，杜衍的哥哥还在世，杜衍对待他们非常好，杜衍礼遇两位哥哥、母亲和姑姑，杜衍的子孙有几个人因为恩荫而被授予官职。

# 颜蠋巧于居贫

颜蠋与齐王游，食必太牢，出必乘车。妻子衣服丽都。蠋辞去，曰："玉生于山，制则破焉，非不宝贵也，然而璞不完。士生于鄙野，推选则禄焉，非不尊遂也，然而形神不全。蠋愿得归，晚食以当肉，安步以当车，无罪以当贵，清净贞正以自娱。"嗟乎！战国之士未有如鲁连、颜蠋之贤者也，然而未闻道也。晚食以当肉，安步以当车，是犹有意于肉与车也。晚食自美，安步自适，取于美与适足矣，何以当肉与车为哉？虽然；可谓巧于居贫者也。未饥而食，虽八珍犹草木也。使草木如八珍，唯晚食为然，蠋固巧矣。然非我之久于贫，不知蠋之巧也。

**【译文】**颜蠋与齐王出游的时候，吃的是猪、牛、羊，外出一定乘车。颜蠋的妻子与儿子的穿着在都城数一数二。颜蠋辞谢说："玉生长在山中，雕琢的时候就会破坏玉的本身，并不是玉不宝贵，而是因为璞石不完全了。士人出生在偏远的荒郊，被人推荐而获取了俸禄，并不是地位尊贵导致的，只是当年的形态、志向不完整了。颜蠋希望回到家乡，每天晚点吃饭，也像吃肉那样香，安稳而慢慢地走路，足以当作乘车，把没有罪责当做尊贵，让我保持清净正直，使我自己高兴满足。"哎！战国的士人没有再像鲁连、颜蠋那样贤能的人了，然而就算他们还是没有得道啊。把晚点吃饭当成吃肉一样香，把慢步当成车，说明颜蠋还是怀念肉和车啊。晚饭自足，慢步让自己舒心，在自足和舒适间就足够了，为什么还要比作肉和车呢。即便这样，也已说得上是在贫困中过的精巧的人。不饥饿就吃东西，就算有各种山珍海味也都视作草木。把草木视作各种山珍海味，只有晚吃饭才会这样。颜蠋是一个很精明的人啊。然而我没有长时间居住在贫困的环境下，所以不知道颜蠋的精明啊。

## 始凶终吉

宋人有好行仁义者，三年不懈。家无故黑牛生白犊，以问孔子，曰“此吉祥也，以荐上帝。”居一年，父无故而盲，其牛复生白犊。又问孔子，曰：“吉祥也。”复教以祭。居一年，其子无故而盲。其后楚攻宋，围其城，丁壮者皆乘城而战，死者大半，此人以父子有疾皆免。及围解而疾俱复。（《列子》）

**【译文】**宋国人有喜欢施行仁义的人，持续了三年都没有懈怠。那个人家里的黑牛无因无故生下了白色的小牛，那个人问孔子这是什么原因，孔子说：“这是吉祥的事情啊，是天帝在表彰你。”过了一年，那个人的父亲莫名其妙地盲了，那头黑牛又生下了白色的小牛。那个人又去问孔子这是什么原因，孔子说：“这是吉祥的事情啊。”孔子又让那个人祭祀。又过了一年，那个人也莫名其妙地失明了。后来楚国攻打宋国，包围了那个人所在的城池，城中的年轻人都登上城楼准备作战，然而其中死伤了大半，那个人和他的父亲因为眼盲而得以幸免。等到楚国撤军后那个人和他的父亲的眼疾好转就能看得见东西了。

## 失马得马

北叟，塞上之翁也。马无故亡入北。人吊之，翁曰："安知非福乎？"后其马将胡骏马而归，人贺之，翁曰："安知非祸乎？"其子骑堕而折臂，人吊之，曰："安知非福乎？"后胡兵大出，丁壮者战死，唯子以跛故得父子相保，故以北叟知祸福相因倚而生也。（《淮南子》）

**【译文】**北叟是塞上的老人。北叟的马无缘无故地跑到北地。人们都为此来宽慰北叟。北叟却说："怎么就知道这不是一种福气呢？"后来那匹走丢的马带着胡人的许多匹良马回来了。人们都前来祝贺北叟。北叟又说："怎么知道这就不是一种灾祸呢？"北叟的儿子从马上掉下来摔断了腿。人们都前来慰问北叟。北叟说："怎么知道这就不是一件好事呢？"胡人大举入侵边塞，健壮男子都被征兵去作战，去作战的人都战死了。只有北叟的儿子因为腿瘸的缘故免于征战，父子一同保全了性命。这是因为北叟知道福祸相生相倚的道理啊。

## 融藏张俭

山阳张俭为中常侍侯览所怨，览为刊章下州郡捕俭。俭与融兄褒有旧，亡抵于褒，不遇。时融年十六，俭少之而不告。融见其有窘色，谓曰："兄虽在外，吾独不能为君主耶？"因留舍之。后事泄，俭得脱走，遂并收褒、融送狱。二人未知所坐。融曰："保纳舍藏者，融也，当坐之。”褒曰：“彼来求我，非弟之过，请甘其罪。”吏问其母，母曰：“家事任长，妾当其辜。”一门争死，后竟坐褒焉。

【译文】张俭为中常侍侯览所记恨，密令要州郡捉拿张俭。张俭与孔融兄长孔褒是旧交，于是张俭逃到孔褒家中，但是孔褒却不在家。当时孔融年仅十六岁，张俭认为孔融年轻，并没有告诉自己的处境。孔融看见张俭窘迫的样子，对张俭说：“我的哥哥虽然在外未归，我难道不能招待您吗？”因此孔融留张俭住在自己家。后来事情泄漏，张俭得以逃脱，孔褒、孔融则被逮捕入狱。但不知孔融、孔褒二人是因为什么获罪。孔融说：“收容匿藏张俭的是我，有罪归我。”孔褒说：“张俭是来找我的，不是弟弟的罪过，罪过在我，我心甘情愿。”官吏问孔融、孔褒的母亲，孔融、孔褒的母亲说：“年长的人主管家中事务，罪责在我。”全家都争着赴死，最后竟然判孔褒有罪。

## 朱家脱急

季布，楚人，为项籍将，数窘汉王。及羽灭，高祖购求，布匿朱家为奴。家心知是布，诫其子同食。家之洛阳，见汝阴侯滕公曰：“季布何大罪而上求之急也？”滕公曰：“布数窘上，怨之。”家曰：“臣各为其主，布为项籍，其职也。项氏臣可得尽杀邪？以布之贤而求之急，不走北即越耳。忌壮士之资敌国，此伍子胥所以鞭笞平王也。”滕公言之，拜为郎中。（《史记》）

【译文】季布是楚国人，担任过项羽的部将。季布曾经好几次导致刘邦陷入窘境。等到项羽败灭之后，刘邦重金搜捕季布，季布当时在朱家中当奴仆以躲避灾祸。朱家知道那位奴仆就是季布。朱家告诉儿子说要和季布吃一样的饭。朱家前往洛阳拜见汝阴侯夏侯婴说："季布犯下了什么罪名，为什么皇帝这么急切地搜捕季布。"夏侯婴说："季布好几次陷皇帝于窘境，所以皇帝十分记恨季布。"朱家说："季布受项羽差遣，这完全是职分内的事。项羽的臣下难道可以全都杀死吗？凭着季布的贤能，陛下追捕又如此急迫，这样，季布不是向北逃到匈奴去，就是要向南逃到越地去了。这种忌恨勇士而去资助敌国的举动，就是伍子胥所以要鞭打楚平王尸体的原因了。"夏侯婴把这件事上报给汉高祖，于是刘邦就任命季布担任郎中了。

## 避难复壁

后汉赵岐，字邠卿，为京兆郡曹。时中常侍唐衡兄玹为虎牙都尉，郡人以进不由德，轻悔之。岐又数为贬议，玹后为京兆尹，果尽杀岐家属。岐逃难四方，江、淮、海、岱，靡所不历。自匿姓名，卖饼北海市中。时孙嵩年二十余，察岐非常人，呼与共载，岐惧失色。嵩密问曰："视子非卖饼者。又相问而色动，不有重怨，即亡命乎？我北海孙宾石，阖门百口，势能相济。"岐以实告之，遂以俱归。藏于复壁中数年，作《厄屯歌》二十三章。诸唐死灭，因赦乃免。

【译文】东汉人赵岐，字邠卿，当时担任京兆郡曹。那时候是唐衡的哥哥唐玹担任虎牙都尉，当地人都认为唐玹的德行不够用，所以很轻视怠慢唐玹。赵岐又几次弹劾唐玹，后来唐玹担任京兆尹的时候，唐玹杀死了赵岐的家属。赵岐向四方避难，长江、淮河、渤海、泰山，赵岐全都去过。后来赵岐隐姓埋名，在北海卖饼。当时孙嵩才二十多岁，孙嵩觉得赵岐不一般，于是孙嵩询问赵岐："我看你不像是卖饼的人，询问你的时候，你的脸色有变化，你不是与人有深仇大恨，就是逃亡的人。我是北海的孙宾石，家中有一百多口人，或许可以帮上你的忙。"赵岐于是以实情相告，孙嵩将赵岐带回家中，设宴款待，并把赵岐藏在夹壁中好几年，赵岐在其中创作了共二十三章的《厄屯歌》。后来唐氏一族全部被诛杀，因为有赦命赵岐才结束了逃亡生涯。

## 华歆拯难

歆，汉人。避董卓乱，夜行逃难，遇一丈夫与俱。其人忽堕井中，深不可上，众欲弃之，歆曰："有难不救，是为不义。"遂相率出之，亦不问其姓名而去。（《汉书》《史记》）

**【译文】**华歆是汉朝人。华歆为了躲避董卓作乱，在晚上逃难的时候遇见了一位男子。那位男子忽然掉进了井里面，那口井很深，那位男子很难爬上来，大家都想丢下那位男子，华歆说："看到落难的人不搭救，这是不道义的事情。"于是带领人出来搭救那位男子，也没过问那位男子的姓名就离开了。

## 思归免祸

晋张翰，字季鹰，吴人，纵任不拘，时号“江东步兵”。会稽贺循入洛，经吴阊门，于船中弹琴。翰初不相识，乃就循言谈，知其入洛，翰曰：“吾亦有事北京。”便同载去，不告家人。齐王冏辟为大司马掾。冏时执权，翰谓同郡顾荣曰：“天下纷纷，祸难未已。夫有四海之名者，求退良难。吾本山林间人，无望于时。子善以明防前，以智虑后。”荣执手，怆然曰：“吾亦与子采南山蕨，饮三江水耳。”翰因见秋风起，思吴中菰莼羹、鲈鱼鲙，曰：“人生贵得适志，能羁宦数千里以要名爵乎？”遂命驾归。俄而冏败，人皆谓之见机。翰任心自适，不求当世。或谓曰：“卿乃可纵适一时，不为身后名邪？”答曰：“使我有身后之名，不如即时一杯酒。”人贵其旷率。

**【译文】**晋朝的张翰，字季鹰，是吴地人，张翰随性不拘束，当时人们称张翰为“江东步兵”。会稽人贺循想去洛阳，经过吴地阊门的时候在船中弹琴。张翰最开始并不认识贺循，于是开始和贺循交谈，张翰得知贺循要到洛阳。张翰说：“我也有事要到北京。”于是就与贺循同船而行，张翰也没有把这件事告诉给家人。齐王司马冏任命张翰担任大司马掾。司马冏当权的时候，张翰对同乡顾荣说：“天下纷乱，灾祸没有停息。凡是在天下有名的人，想要隐退都是很难的事情啊。我本来就是山林间的人，不期望时运能给予我什么。您最好明察过去，洞察未来。”顾荣拉起张翰的手悲伤地说：“我应该与您一起在南山采蕨菜，一同喝三江的水啊。”张翰看到刮起了秋风，于是想起了吴地的菰莼羹、鲈鱼鲙，张翰说：“人生最好不过是达成志向，怎么能因为羁绊官场奔走千里来所求名声爵位呢？”于是张翰就让人驾车回到家乡。不久，司马冏就兵败了，人们都说司马冏是投机取巧。张翰从此跟随自己的内心，不希望在当世闻名。有人对张翰说：“您可以在一时随心所欲，但是您不考虑身后的名声吗。”张翰回答说：“让我有死后的名声，不如这时候喝的一杯酒啊。”人们都欣赏张翰的洒脱率性。

## 伏兵弭变

向敏中除平章事，坐事出知永兴。驾幸澶渊，密诏尽付西鄙，得便宜从事。会邦人大傩[1]，有告禁卒欲倚傩为乱者，密使麾兵被甲衣袍伏庑下幕中。明日尽召宾僚兵官，置酒纵阅，无一人预知者。命傩入，先令驰骋于中门外，后召至阶。公振袂一挥，伏卒齐出，尽擒之。果各怀短刃，即席诛之。剿讫屏尸，亟命灰沙扫庭，张乐宴饮，宾从股栗。（《归田》）

**【注释】**①傩：岁末祭祀。

**【译文】**向敏中被任命为平章事，因为受牵连被贬谪出任永兴知县。宋真宗前往澶渊亲征，赐给向敏中密诏，把西部边地全部交付给向敏中，允许向敏中全权处理。向敏中得到诏书后收藏起来，像平常一样处理政务。恰逢岁末祭祀的时候，有人报告禁兵打算趁祭祀时作乱，向敏中秘密派部下军队身披铠甲埋伏在走廊下的帷幕中。第二天，向敏中把宾客僚属军官全部召来，设酒听任检阅，没有一人提前知道这件事。于是向敏中命令禳祭的人进入，最开始让这些人在中门外驰骋，后来向敏中把这些人召到阶台，这时候，向敏中挥动衣袖，伏兵现身，把这些要作乱的禁兵全部擒捉，发现这些人果然各自怀揣着短刀，向敏中将他们当场斩杀。然后让人挪走尸体，用草木灰和细沙土打扫院庭，继续张乐宴饮，在座的客人都两腿发抖，于是边境就安定了。

## 死而结草

晋魏颗败秦师于辅氏，获杜回，秦之力人也。初，魏武子有嬖妾，无子。武子疾，命颗曰："必嫁是妾。"疾笃曰："必以为殉。"及卒，颗嫁之，曰："疾病则乱，从其治也。"及辅氏之役，颗见老人结草以亢杜回。回踬而颠，故获之。夜梦老人曰："予所嫁妇人之父也。尔用先人之治命，予是以报。"（《左传·宣公十五年》）

**【译文】**晋国的魏颗在辅氏战胜了秦国的部队，抓获了杜回，杜回是秦国的大力士。一开始魏武子有一位爱妾，但是二人没有孩子。魏武子患病的时候对魏颗说："你要将她嫁出去。"等到魏武子病危的时候又对魏颗说："我死后一定要让她殉葬。"魏武子去世后，魏颗将小妾嫁了出去，魏颗说："人在病重的时候，神智是昏乱不清的，我将她嫁出去，是依据父亲神智清醒时的吩咐。"晋军在辅氏之战获胜，魏颗看见到那位白天结绳绊倒杜回的老人，杜回因此一步一跌，魏颗因此抓获了杜回。魏颗在晚上梦到老人对自己说："我是那位小妾的父亲，您违背您父亲的命令而救活了我的女儿，所以我今天来报恩，用结草来帮助您！”

## 饿人报德

宣子田于首山，舍于翳桑，见灵辄饿，问其病，曰：“不食三日矣。”食之，舍其半，问之曰：“宦三年矣，未知母之存亡，今近焉，请以遗之。”使尽之而为之箪食与肉，置诸橐以与。既而与为公介（甲士也）倒戟以御，公走而免之。问：“何故？”对曰：“翳桑之饿人也。”问其名居，不告而退，遂自亡。

**【译文】**当初，赵盾在首阳山打猎，在翳桑住了一晚。赵盾看见灵辄饿倒在地，问他得了什么病，灵辄回答说：“我已经好几天没有吃东西了。”赵盾给他东西吃。灵辄留下一半食物不吃。赵盾问其原因，灵辄答道：“我在外当奴仆已经多年了，不知道母亲还在不在。现在离家近了，请让我把这些东西送给她。”赵盾要这个人吃光，并给这个人预备一筐饭和肉，放在袋子里送给这个人。不久灵辄做了晋灵公的甲士，却把戟掉过头来抵御晋灵公手下的人，使赵盾得免于难。赵盾问这个人为什么这样做，回答说：“我就是您在翳桑救的饿汉呀。”赵盾问这个人的名字和住处，这个人没有回答就离开了，接着赵盾也逃亡了。

## 北郭更难

齐北郭子骚踵赴晏子，乞假养母，晏子以仓粟府金遗之，辞金而受粟。有间，晏子见疑于景公，出奔。北郭子造公庭曰："晏子，天下之贤士也。今去之，齐国必见侵矣。请绝胫以白晏子。"因自杀。公闻之，大骇，自追晏子之国。晏子叹息曰："不肖罪过，而士以身明之，哀哉"。(《说苑》)

【译文】齐国人北郭骚登门拜见晏子，北郭骚请求晏子施舍一些东西让自己养活母亲。晏子派人拿一些仓中的米和府库中的钱送给北郭骚，而北郭骚推辞掉金钱，只接受了粮食。过了一段时间，晏子被齐景公怀疑，晏子要出逃国外。北郭骚拜访齐景公说："晏子是天下的贤士。如今您疏远晏子，齐国一定会遭受到侵犯，我用我的尸体为晏子辩白。"于是北郭骚就自杀了。齐景公闻听后大吃一惊，一直将晏子追到边境才追过来。晏子叹息说："我不正派的罪过，却让士人用死亡来证明，可悲啊。"

## 被彰卿德

王忳，广汉人。东汉时尝诣京师空舍中，见一书生疾困，谓忳曰："我命在须臾，腰下有金十斤相赠，死后乞藏骸骨。"即命绝。忳以金一斤营葬，余置信下，无人知者。后数年，忳为亭长，忽有马驰入亭中，大风复飘一绣被堕忳前，言之于县，县以与忳。后乘马至洛县，马奔入他舍，主人见之，问所由得，忳具说前故。主人怅然曰："被随旋风与马俱亡，卿何阴德致此二物？"忳自念有葬书生及埋金事，主人大惊曰："是我子也。姓金，名彦。前到京师，不知所在。大恩未报，天以此章卿德耳。"(本传)

**【译文】**王忳，字少林，是广汉人。东汉的时候，王忳曾经有一次来到京师的时候，在一间空房子里见一位卧病的书生，王忳怜悯这位书生，于是来看望这位书生。书生对王忳道：“我是去洛阳的，但是得病卧床，生命将不保，我腰下有十斤黄金，愿意送给你，我死了以后，请你把我的尸体埋了。”王忳还没有来得及问书生的姓名，书生就去世了。王忳马上卖掉一斤金子，为这位书生操办后事，剩下的金子，王忳全部放在棺材下面，没有人知道这件事。过了几年，王忳被任命为大度亭长。王忳到任的那天，有一匹马跑进亭中，后来大风又吹来一床绣被，掉落在王忳面前，王忳将这件事报告给县衙，县衙把马和绣被给了王忳。王忳后来骑马去洛县，王忳的马闯进一家住宅。主人看到这匹马后问王忳怎么得到的这匹马。王忳详细地说明了得马的原因。主人愁怅地说：“绣被为风吹跑与马一起丢失，您积了怎样的阴德得才到这两件东西？”王忳想到之前埋葬那位书生的事情，于是王忳将这件事说了出来，并且讲了书生的形貌及埋藏金子的地方。这位主人吃惊地说道：“这是我的儿子啊。我的儿子叫金彦。之前去京师，现在不知道他在什么地方。这是因为没有报答您的大恩，所以老天用绣被与马匹表彰您的德行啊。”

## 蛇珠雀环

隋侯见大蛇被伤而治之，后蛇衔珠以报，其殊径寸，纯白，夜有光明，如月之照。一名隋侯珠，一名明月珠。（《搜神记》）

后汉杨宝九岁，见一黄雀为鸱枭所搏，坠地下，为蝼蚁所困。

宝取之归，置巾箱中，以黄花养之，毛成飞去。夜有黄衣以白环四枚与宝："令君子孙洁白，位登三公，当如此数矣。"（《续齐谐语》）

【译文】隋侯看见一只大蛇受伤并且救助这条大蛇，后来这条蛇衔着一颗宝珠来报答隋侯，这颗宝珠超过平常宝珠的尺寸，这颗宝珠是纯白色，到晚上能放射出光亮，像月亮照射的一样。这颗宝珠被称作隋侯珠，也被称作明月珠。

东汉的杨宝九岁的时候，看见一只黄雀被鸱枭攻击，黄雀坠落到地面上，被蚂蚁围困起来，杨宝拿来这只黄雀回家，把这只黄雀放在装衣服的箱子里面，杨宝用黄花养这只黄雀，黄雀的毛长成后就飞走了。到晚上，有一位穿着黄色衣服拿着四枚白玉环给杨宝说："您和您的子孙都很洁白，都会做到三公的位置，做到三公的人就是白玉环的数量。"

## 孔愉放龟

愉，山阴人。晋元帝时，以讨华轶功封侯。尝经行余不亭，见笼龟于路者，愉买而放之溪中，中流左顾者数四。后愉封侯铸印，而龟钮左顾，三铸如初。印工以告，愉乃悟其为龟之报，遂佩焉。（本传）

【译文】孔愉是山阴人。在晋元帝的时候，由于讨伐华秩有功而被封侯。孔愉曾经有一次经过余不亭的时候，看以有一位卖乌龟的人。孔愉买下那头乌龟，并且把乌龟在溪中放生，乌龟游走的时候向左边回了四次头。后来孔愉被封侯铸造印纽的时候，乌龟纽总是向左偏，铸造了好几次还是这个样子。印工将这件事告诉了孔愉，孔愉才明白是那头乌龟在报恩，于是孔愉就佩带上了这方印。

## 放鱼改业

熊慎，豫章人。父祖以取鱼为业。尝载鱼宿江浒，慎闻船内千百人念佛经声，惊而察之，乃鱼也，悉放之。改业鬻薪于石头，穷苦至甚，露宿江上。忽见沙中有光，就视之，得金数斤，因致巨富，子孙数世不乏。

**【译文】**熊慎是豫章人。熊慎的父亲、祖父都是靠打渔为生。熊慎有一次载着鱼在江边留宿，听到船中有成千上百个僧人正在诵念佛经的声音，熊慎惊起视察周围，发现是鱼发出的声音，于是熊慎就把鱼全部放生了。熊慎从此就依靠进山砍柴为生，熊慎的生活过得十分困苦，只好露宿在江上。这时候，熊慎忽然看到沙子里面有光，熊慎靠近查看，得到了几斤的金子，熊慎由此就收获了巨大的财富，几代子孙都花不完。

## 羊羹报德

中山君飨都大夫，司马子期在焉。羊羹不遍，子期怒而走。于是以伐中山君，中山君亡走。有挈戈随其后者，顾谓二人“子奚为？”对曰：“臣父尝饿且死，君下壶餐饵之，臣父且死曰：‘中山

有事，汝必死之。’故来死君也。”中山君慨然曰：“吾以一杯羊羹亡国，以一壶餐得二人。”（《战国策》）

**【译文】**中山国君宴请国都里的士人，大夫司马子期也在其中。由于羊羹没有分给自己，司马子期一生气便离开中山国了，并且以这个理由攻打中山国，中山君逃亡的时候，有两个人提着武器跟在中山君的身后。中山君回头对这两个人说：“你们是干什么的？”二人回答说：“我们的父亲有一次饿得快要死了，您赏给一壶熟食给他吃。他临死时说：‘中山君有了危难，你们一定要为他而死。’所以特来为您效命。”中山君仰天长叹，说：“我因为一杯羊羹亡国，因为一壶熟食得到两个勇士。”

## 绝缨报恩

楚庄王赐群臣酒，日暮灯烛灭，有人引美人衣，美人援绝其冠缨，告王曰：“有引妾衣者，妾绝其缨。取持火来，视绝缨者。”王曰：“今已饮，不绝缨者不欢。”君臣百官皆绝缨，乃出火。居二年，晋与楚战，有一人常在前，五合五获首。怪而问之，对曰：“臣乃夜绝缨者也，王隐忍不暴而诛。常愿肝脑涂地，颈血湔敌久矣。”遂平晋。

**【译文】**楚庄王宴会群臣，晚上蜡烛被风吹灭了，有一个人拉住一位美人的衣服，那位美人折下那个人的冠缨告诉楚庄王说：“有人拉扯我的衣服，我折下了那个人的冠缨。请您点上灯，看看是谁的冠缨被折断了。”楚庄王说：“今天大家一起喝酒，不折下冠缨不算尽兴。”于是群臣百官都折下冠缨，楚庄王这时候才让人点灯。两年后，晋国与楚国交战，有一个人经常冲锋在前，五次冲锋都能斩下敌人的首级。楚庄王感到奇怪，于是询问那个人。那个人回答说：“我是那天晚上被折下冠缨的人，您发慈悲没有杀掉我。我愿意为您肝脑涂地，让自己的一腔热血挥洒到阵前。”于是楚国就战胜了晋国。

## 报漂母恩

韩信从下乡南留亭长食，亭长妻苦之，乃晨炊蓐食。信往，不为具食，自绝去。至城下钓，有一漂母哀之，饭信。信曰：“吾必重报母。”母怒曰：“大丈夫不能自食，吾哀王孙而进食，岂望报乎？”项羽死，高祖袭夺信军，徙为楚王，都下邳。信至国，召所从食漂母，赐千金，及下乡亭长钱百，曰：“公，小人。为德不竟。”召辱己少年以为中尉，告诸将相曰：“此壮士也。方辱我时，宁不能死？死之无名，故忍而就此。”（本传）

**【译文】**韩信跟随下乡南留亭亭长谋生，亭长的妻子对韩信很刻薄，于是早晨韩信起来查看，没有和他们吃饭，自己告辞而去。韩信前往城下钓鱼，有一位洗衣服的老妇人很可怜韩信，就施舍给韩信一份饭。韩信说：“我一定会重重地报答您。”老妇人生气地说：“大丈夫都养活不了自己，我是在可怜你给你饭吃，怎么能希望你来报答我呢？”项羽去世后，汉高祖夺下韩信的军权，将韩信封为楚王，将下邳设为王都。韩信来到封国后召来那位洗衣服的老妇人，赏赐给老妇人一千金，又给了下乡亭亭长一百钱，韩信说：“你是小人，不会成人之美。”韩信又找来当年侮辱过自己的少年担任中尉，并告诉国中的诸位文武大臣说：“这是一位壮士。他侮辱我的时候，我恨不能杀死他。但是我又没有什么理由杀死他，所以我的隐忍成就了现在的自己。”

## 报刖足仇

庞涓自以能不及孙膑，以法断膑两足。涓为魏将军伐韩，韩请救于齐。齐以田忌为将，而孙子为师，居辎车中，坐为计谋。涓倍日并行，逐之。孙子度其行，暮当至马陵。马陵道狭而旁多险阻，可伏兵。乃斫大树，白而书之曰：“庞涓死于此树之下。”庞涓夜至斫木下，见白书，乃钻火烛之，读其书未毕，齐军万弩俱发。魏军大乱，庞涓乃自刎，曰：“遂成竖子之名。”

**【译文】**庞涓自认为能力不及孙膑，于是庞涓想办法弄残废了孙膑的两条腿。庞涓率领着魏国的部队攻打韩国，韩国向齐国请求救兵。齐国派田忌担任主将，任命孙膑为参谋，孙膑坐在车中施展计谋。庞涓命令部队日夜兼程追杀韩国部队。孙膑算出庞涓部队的位置，算到当天晚上庞涓的部队会来到马陵。马陵的地形狭窄两旁有险要的高地，可以在那里设下伏兵。于是命令士兵砍下一棵大树，用白色笔写下：“庞涓死在这棵树下。”晚上，庞涓来到了那棵被砍下的大树下面，庞涓看到了用白色笔写下的字，于是命人钻木取火照亮白色的字，庞涓还没来得及读完字迹，齐国的部队万箭齐发。魏国的部队大乱，庞涓于是拔剑自刎，死之前说：“就让那个小子成名吧。”

## 斩醉尉

汉李广以将军击匈奴，坐亡失多，与故颍阴侯屏居蓝田南山中射猎。尝从一骑出，从人田间饮。还至霸陵，尉醉，呵止广。广曰：“故李将军。”尉曰：“今将军尚不得夜行，何故也？”广宿亭下。居无何，武帝召广为右北平郡守。广请霸陵尉与俱，至军斩之，上书谢罪。上报曰：“报忿除害，胜残去杀，朕之所图于将军也。若乃免冠徒跣，稽颡请罪，岂朕之指哉？将军其率师东辕，以临右北平。”

**【译文】**汉代李广以将军的身份去进攻匈奴，但是因为手下士兵失踪伤亡过多而获罪。李广与之前的颍阴侯在隐居的蓝田南山打猎。李广有一次跟随一个人骑马外出，与人在田地间饮酒，等李广回到霸陵的时候，霸陵尉当时喝醉了，呵斥住李广。李广说：“我是当年的李将军。”霸陵尉说：“现在的将军尚且不允许在晚上行走，你这是为什么呢？”李广在亭子下面住了一晚上。没过多长时间。汉武帝任命李广担任右北平郡守。李广请皇帝让霸陵尉与他一起赴任，到了驻扎军队的地方的时候李广就把霸陵尉斩杀了，李广上书谢罪。皇帝回复说：“报仇平定祸患，战胜残敌而减免伤亡，这是我对将军你的期许啊。将军你要是脱下帽子、光脚而行，磕头认罪的话，这难道是我对将军您的指派吗？将军您应该率领部队东行，到右北平驻扎。”

## 还宝带获报

白中令应举屡不第，诣葫芦生问命，生殊不许。后入安上门，见一妇人以新紫帕封在闹中，女奴力倦，置于门闑，车马骈集，妇人女奴相失，帕在闑旁。公为守卫，至日晏，其主竟不至。忽妇人号泣曰："夫犯刑宪，有能救护，惟欲宝带，今辰遗失。夫不免极刑矣。"公以带还之，其人泣谢而去。明日再见，葫芦生曰："秀才近种阴德，来年及第，位极人臣。"（《芝田录》）

【译文】白中令考了好多回进士都没有考取上，于是拜访葫芦生请他算命，葫芦生没有答应。后来白中令经过安上门的时候，看见一位妇人拿着一块崭新的紫色绢帕在闹市中，妇人身边的侍女奴仆用尽力量把那位妇人送到安上门，这时候有车马经过，那位妇人和奴仆侍女就消失了，那块崭新的紫色绢帕掉在了门旁，白中令在那里看守，等到日落十分，这块帕的主人还没有现身。忽然有一位妇人哭泣说："我的丈夫触犯了律法，有能救护的方法，需要那块宝带，只是在今天早上丢失了。我的丈夫恐怕要身死法场了。"白中令把那块崭新的紫色绢帕还给了那位妇人，那位妇人哭泣着告谢离开了。第二天白中令再拜访葫芦生的时候，葫芦生说："你现在积了阴德，明年就会考中进士，您以后会位极人臣。"

# 卷十八 人事类

## 生空桑中

伊尹生乎空桑。注云：伊尹母居伊水之上，既孕，梦有神告之曰："臼水出而东走，无顾。"明日，视臼水出，告其邻东走十里，而顾视其邑，尽为水身，因化为空桑。有莘氏女子采桑，得孕儿于空桑之中，命之曰伊尹，而献其君。令庖人养之，长而贤，为殷汤相。（《列子》）

**【译文】**伊尹出生在空桑。注释说：伊尹的母亲住在伊水的上游，伊尹的母亲怀孕的时候梦见有一位神仙告诉伊尹的母亲说："顺着臼水出门向东走，不要回头。"第二天，伊尹的母亲从臼水走来，告诉邻居说自己向东走十里地，然而伊尹的母亲回头看了一眼自己的家乡，发现已经全都化成了水。于是伊尹的母亲也化成了空桑，有莘氏的女子采桑的时候，发现在空桑之中孕育出来了一个婴儿，于是人们给这个小孩起名为伊尹，人们把伊尹献给了君主。君主让厨师抚养伊尹，伊尹长大后十分贤能，当上了商汤的宰相。

## 绂麟

孔子生之夜，有二苍龙自天而下，有二神女擎香雾于空中，以沐征在。先是，有五老列于庭，则五星之精，又有麟吐玉书于阙里人家，云水精之子，系衰周而素王。故二龙绕室，五星降庭。征在以绣绂系麟角。及夫子将终，抱麟解绂而泣。（《拾遗记》）

**【译文】**孔子降生的那个晚上，有两条苍龙从天而降，又有两位神女在空中播撒香雾，用来沐浴出生的孔子。最开始，有五位老人站在庭前，那五位老人就是五星化成的人形，又有一只麒麟在一户人家里吐下宝书，据说这只麒麟是水精的儿子，代表着周室衰落，需要有一位能治理天下的贤士。所以有两只龙盘绕在屋子上面，五星降落在庭前，孔子将丝带系在麒麟的角上。等到孔子要去世的时候，孔子哭泣着抱着那只麒麟，解下那条丝带。

## 丞相放生

光禄卿巩申，佞而好进，老为省判，趋附不已。王荆公为相，每遇生日，朝士献诗，颂僧道，献功德，疏以为寿；皂吏走卒，皆笼雀鸽，就宅放之，谓之放生。申不闲诗什，又不能诵经，于是以大笼贮雀鸽诣客次，搢笏开笼，每放一鸽雀，叩齿祝之曰："愿相公一百二十岁。"时有边塞之主妻病，而虞侯割股以献者，天下

骇笑。或对曰：“虞侯为县君割股，大卿与丞相放生。”（《东轩笔录》）

**【译文】**光禄卿巩申为人奸佞但是想进取上位，巩申年老的时候做了一省的通判，但是巩申还是趋炎附势。王安石担任宰相的时候，每到王安石生日那一天，朝中的士大夫都要为王安石作诗，僧人要做道念经，要为王安石进献功德，写表章为王安石庆寿。王安石家中的小吏与仆人都拿着被关起来的麻雀鸽子，在王安石家附近放飞他们，并且把这种做法叫做“放生”。巩申不会作诗，又不会念经，于是在王安石生日这一天，拿着一个装着麻雀和鸽子的大笼子来拜访王安石。巩申放置好笏板后就打开笼子，每放生一只鸽子、麻雀，巩申就叩头祈祷说：“希望王安石能活到一百二十岁。”当时有一位掌管边塞的官员的妻子生病了，有一位虞侯割下一块大腿肉进献给那位官员，这件事被天下传笑。有人写了一副对联说：“虞侯为县君割股，大卿与丞相放生。”

## 同庚俱贵

王仲仪与吕宝臣俱以丁未生。申公在相位，仲仪三十余岁，龙图阁待制、知渭州。时西方有警，令三帅选差神龙卫千兵送行，更候迓吏，驺御之盛，前此未有。往别申公，申公顾左右：“唤十二郎来。”（即宝臣也）。公曰：“仲仪今拥千兵擢帅，汝犹为管库也。”仲仪既去，申公徐曰：“汝无羡，后十年却于汝手作差遣。”治平初，宝臣擢枢密院副使，仲仪复以端明殿学士为渭帅。（《闻见录》）

**【译文】**王素与吕公弼同在丁未年出生。当时吕公著担任宰相，王素三十多岁就担任了龙图阁待制，掌管渭州。当时西边战事紧张，于是令三帅选拔一千名士兵为王素送别，两旁站立的武士、车马的盛大情形前所未有。王素向吕公著告辞，吕公著对下人说："把吕公弼叫来。"吕公著说："王素如今当上了千人部队的统帅，你还是一位掌管仓库的小官啊。"王素离开后，吕公著慢慢地说："你不要羡慕他。十年后他会听从你的调遣。"治平初年的时候，吕公弼被破格提拔为枢密副使，王素又以端明殿学士的身份担任渭州的统帅。

## 县令生日

开宝中，有神泉县令姓张，外施廉洁，内极贪渎。一日榜县门，示"某月某日知县生日，告示诸色人，不得馈送。"有曹吏曰："宰君明言生日，欲我辈知也。"众曰："然。"至日，各持缣献之，曰："续寿衣。"宰一无所拒。后又告示曰："后月某日县君生日，仍前不受馈送。"吏复持练以献焉。时王嵒赋《鹭鸶》诗以讽之曰："飞来疑是鹤，下处却寻鱼。"

**【译文】**开宝年间的时候，神泉县有一位张县令，张县令对外宣称自己很廉洁，但是官署内却十分贪腐。一天张县令在县衙门口张贴告示说："某月某日是县令的生日，在此特意告诉县里面的人不许送礼。"有一位小吏说："县令张贴出来生日，是让我们知道啊。"众人附和说："是这样啊。"到了生日那天，县里面的小吏都准备好绢布献给县令说："这是延长寿命的衣服。"县令没有拒绝全都收下了。后来县令又张贴告诉说："下个月某天是我子女的生日，我还是不收礼物。"县衙的小吏还是拿着绢布献给县令。当时王嵓写了一首《鹭鸶》诗来讽刺县令说："飞来疑是鹤，下处却寻鱼。"

## 为同甲会

文潞公在洛日，年七十八。同时中散大夫程珦、朝议大夫司马旦、司封郎中致仕席汝言，年皆七十八，尝为同甲之会，各赋诗。潞公诗曰："四人三百二十岁，况是同生甲午年；占得梁园为赋客，合成商岭采芝仙。清淡娓娓风生席，素发萧萧雪满肩。此会从来诚未有，洛中应作画图传。"（《笔谈》）

**【译文】**文彦博在洛阳七十八岁的时候。与中散大夫程珦、朝议大夫司马旦以及以司封郎中身份退休的席汝言同岁，这几个人曾经举办过同年的聚会，每个人都在宴席上作诗。文彦博作诗道："四人三百二十岁，况是同生甲午年；占得梁园为赋客，合成商岭采芝仙。清淡娓娓风生席，素发萧萧雪满肩。此会从来诚未有，洛中应作画图传。"

## 楚丘何老

楚丘先生行年七十，披裘带索见孟尝君。君曰："先生老矣，春秋高矣，多遗忘矣。何以教之？"楚丘曰："噫。将使我追车而赴马乎？投石而超距乎？逐麋鹿而搏虎豹乎？吾已死矣，何暇老矣。将使我出正词而当诸侯乎？决嫌疑而定犹豫乎？吾始壮矣，何老之有？”（《新序》）

**【译文】**楚丘先生将近七十岁了，楚丘披着外套系着绳子来见孟尝君。孟尝君说：“您已经很年迈了，岁数也很大了，而且还健忘。您有什么要请教的吗？”楚丘说：“哎，难道您让我追赶上车和马的速度吗？难道您想让我投掷石头投掷出超凡的距离吗？难道您想让我追赶麋鹿并且与老虎、豹子相搏吗？这样的话我早就死了，那里顾得上什么衰老？如果让我出使诸侯游说，扫平您内心的犹豫迟疑，这样的话我还在壮年啊，哪里来的什么衰老呢？”

## 颜驷不遇

颜驷，汉文帝时为郎；至武帝辇过郎署，见驷庞眉皓发，上问曰：“叟何时为郎，何其老也？”答曰：“臣文帝时为郎。文帝好文而臣好武，至景帝好美而臣貌丑，陛下好少而臣已老，是以三世不遇。”上擢拜会稽都尉。

**【译文】**颜驷在汉文帝的时候担任了郎官，汉武帝即位后车辇经过郎署的时候，看见颜驷的大眉毛和白头发，汉武帝问颜驷：“你什么时候担任的郎官，为什么这么老了。“颜驷回答说：”我在汉文帝的时候担任了郎官。汉文帝喜欢文但是我喜欢武；等到汉景帝的时候，皇帝喜欢长相好的人，但是我的容貌很丑；皇帝您喜欢青年才俊，然而我已经老了，所以我在三世内都没有得到提拔。”汉武帝破格提拔颜驷担任会稽都尉。

## 吞气九千岁

东方朔，元封中游鸿濛之泽，忽遇老母采桑于白海之滨，俄而有黄眉翁指母以语朔曰：“昔为吾妻，托形于太白之精。今汝亦此精也。吾却食吞气已九千余岁，目中瞳子皆有青光，能见潜隐之物。三千年一返骨洗髓，三千年一剥皮伐毛。吾生来已三洗髓、一伐毛矣。”

**【译文】**东方朔在元封年间前往鸿濛湖游玩，东方朔忽然遇见一位老妇人在白海的水边采桑，不久有一位黄眉的老人指着那位老妇人对东方朔说：“她曾经是我的妻子，现在把形体寄托在太白精内。你现在也成为了太白精。我停止进食靠呼吸生存已经九千多岁了，我的眼珠里面有青光，我能看见隐身的东西。每隔三千年我会清洗一次骨髓，再每隔三千年我会削除毛发。我从出生到现在已经洗了三遍骨髓且削除了一次毛发。

## 洛阳耆英

元丰五年，文潞公以太尉留守西都。时富韩公以司徒致仕，潞公慕唐白乐天九老会，乃集洛中公卿大夫年德高者，为耆英会。以洛中风俗，尚齿不尚官，就资圣院建大厦曰耆英堂，命闽人郑奂绘像堂中，共十三人。时宣徽使王拱辰留守北京，贻书潞公，愿与其会，年七十一。独司马温公年未七十，潞公素重其人，用唐九老狄兼謩故事，请入会。温公辞以晚进，不敢班文、富二公之后。潞公不从，令郑奂自幕后传温公像，又之北京传王公像。于是预其会者，凡十三人。潞公以地主携鼓乐，就富公宅作第一会，至富公会送羊酒不出，余皆次为会。洛阳多名园、古刹，有水竹林亭之胜。诸老须眉皓白，衣冠甚伟。每宴集，都人随观之。潞公又为同甲会。司马郎中旦、程太中珦、席司封汝言，皆丙午也，亦绘像于资圣院。其后司马温公与数公又为真率会，有约，酒不过五行，食不过五味，唯菜无限。楚正议违约，增饮食之数，罚一会。皆洛阳太平盛事也。洛之士庶，又生祠潞公于资圣院。温公取神宗《送公判河南》诗隶于壁，榜曰伫瞻堂。塑公像其中，冠剑伟然，都人事之甚肃。（《闻见录》）

**【译文】**元丰五年的时候，文彦博以太尉的身份留守西都。当时富弼以司徒的身份退休，文彦博崇尚白居易的九老会，于是召集在洛阳士大夫中德高望重的人举办一场耆英会。按照洛阳的风俗尊重年老的人而不推崇当官的人，当地靠近资圣院建了一座大楼叫耆英堂，又让郑奂在堂中绘制了十三个人的画像。当时宣徽使王拱辰留守在北京，写了一封信给文彦博说愿意参加这次聚会，当时王拱辰已经七十一岁了，只有司马光还没到七十岁，文彦博向来看重王拱辰，于是引用了香山九老和狄兼谟的例子邀请王拱辰。司马光认为自己年轻所以就打算推辞掉这次宴会，司马光不敢排在文彦博和富弼的后面。文彦博没有答应，于是就让郑奂在幕后去给司马光画像，又让郑奂去北京给王拱辰画像。于是一共有十三个人参加了这次耆英会。文彦博为尽地主之谊，带着乐队前往富弼的府上办第一次宴会，到了富弼那里后，富弼在家中准备好了羊、酒，其余的人纷纷来参加宴会。洛阳城中有很多有名的园子和古庙，那些都是临近水边亭台的竹林胜地。赴会的诸位老人须发皆白，但是穿着的衣服显得十分精神。每回宴会的时候，城中的人都会前往观赏。文彦博有举办了一次同甲会。郎中司马旦、太中程珦、司封席汝言，都是丙午年出生的人，文彦博也让人在资圣院绘制了画像。后来司马光又好几次与文彦博举办了几次真率会，席上约定，酒不能过五行，吃饭不能超过五味，只有菜品无限。楚正议违约了，于是就增加他的饮食，再罚楚正议举办一次宴会。这都是洛阳城中太平年代的盛大的事啊。洛阳的士人和百姓，在资圣院建造了文彦博的生祠。司马光将宋神宗的《送公判河南》诗写在了墙上，题匾叫“伫瞻堂”。又在祠堂里面塑造了文彦博的雕像，雕像戴着高冠、配着剑看样子十分雄伟，洛阳人十分严肃地供奉文彦博。

## 死鬼为祟

《魏管辂传》：信都令舍，妇女病头痛、心痛。辂筮之曰：“北屋西头有两死男子，一男持矛，主刺头，故头痛；一男持弓矢，主射胸腹，故心痛。”徒掘骸骨冢中，并愈。

**【译文】**《魏管辂传》记载：信都令的家中有一位妇女患上了头痛、心痛病。管辂占卜说：“北屋的西边有两个男子死尸，一位男子死尸拿着矛，所以头痛；另一位男子死尸拿着弓箭，射向胸部腹部，所以心痛。”有人把这两具尸体埋在了墓中，那位妇女就痊愈了。

## 既死复苏

前辈多知人，或云各有术，但不言尔。夏文庄公知蕲州，庞庄敏公为司法，尝得时疾在告。方数日，忽吏报庄敏死矣，文庄大骇，曰：“此人当为宰相，安得便死？”吏言其家已发哀。文庄曰：“不然。”即自往见，取烛视其面，曰：“未合死。”见医，语之曰：“此阳证伤寒，汝等不善治误尔。”亟煎承气汤灌之。有顷，庄敏果苏，自此遂无恙。世多传以为异。（《石林燕语》）

**【译文】**前辈有很多有智慧的人，有人说他们都会仙术，只是不说罢了。夏竦掌管蕲州的时候，庞籍担任司法。有一次庞籍由于患病请求告假。才过了几天，有一位小吏忽然报告夏竦说庞籍已经去世了，夏竦大为震惊，说：“这个人应该做宰相，怎么这个时候就去世了。”小吏说庞籍家里都发丧了。夏竦说：“不能这个样子。”于是夏竦立即前往庞籍家里，夏竦取来蜡烛照看庞籍的脸说：“还没有死呢。”夏竦找来医生，医生对他们说：“你们这是被伤寒骗了，是因为你们没有好好医治才耽误了。”医生立即煎承气汤给庞籍灌下。过了一段时间，庞籍果然复苏了，从此之后就痊愈了。世间都说这件事很怪异。

## 问病尝粪

唐郭宏霸为侍御史，时大夫魏元忠病，僚属省候。宏霸独后，请视便液，即染指尝验疾轻重，贺曰：“甘者，病不瘳[①]；今味苦，当愈。无患。”元忠恶其媚，暴语于朝。

【注释】①瘳：痊愈。

【译文】唐代的郭宏霸做侍御史的时候，当时的大夫魏元忠病了，魏元忠的同事都来看望他。郭宏霸一个人在最后面，郭宏霸请求查看魏元忠的粪便尿液，于是郭宏霸当即就用手指插在粪便之中，亲口品尝味道以检查魏元忠的病情怎么样。郭宏霸祝贺魏元忠说：“如果味道甜，病就不会痊愈。现在您的粪便味道是苦的，您就快要痊愈了，请您不要担心。”魏元忠讨厌郭宏霸的谄媚，因此魏元忠便在朝中疯狂抨击郭宏霸。

## 元章心恙

米芾诙谲好奇，在真州尝谒蔡太保攸于舟中。攸出所藏右军王略帖示之。芾惊叹，求以他画换易，攸意以为难。芾曰：“公若不见从，芾不复生，即投此江死矣。”因大呼，据舡舷欲坠，攸遽与之。知无为军，初入州廨，见立石颇奇，喜曰：“此足以当吾拜。”遂命左右取袍笏拜之，每呼曰“石丈”，言者闻而论之，朝廷亦传以为笑。（《石林燕语》）

**【译文】**米芾为人诙谐，喜欢奇异的东西，米芾在真州的时候曾经在船上拜见太保蔡攸。蔡攸向米芾展示王羲之的王略帖。米芾大为惊叹，想用其他的画换取这幅字帖，蔡攸认为这件事很难办。米芾说："您要是不答应，我就不活了，我现在就跳江。"于是米芾大声呼叫，站在船边像是要坠入江中，蔡攸当即就把字帖给米芾了。米芾掌管无为军，第一次来到州衙的时候，看见一块奇特的立石，米芾高兴地说："这块石头值得我拜一拜。"于是让手下取来朝服、朝笏,米芾郑重地参拜那块石头，米芾每回都管这块石头称作"石丈"，有好事的人听说这件事后就议论米芾，朝廷中的官员也都笑话这件事。

## 墓土止疟

五代朱瑾，在唐为兖州节度使。梁太祖攻败之，奔杨行密，大破梁兵，后以杀徐知训族灭。瑾名重江淮，人畏之。其死也，尸之广陵北门，路人私共瘗之。是时，民多病疟，皆取其墓上土，以水服之，云病辄愈，更益新土，增成高坟。

**【译文】**五代的朱瑾，在唐朝的时候担任兖州节度使。梁太祖打败了朱瑾，朱瑾去投奔杨行密，大破梁朝的军队，后来又杀掉徐知训并且灭了他的族。朱瑾在江淮很有声望，百姓都很敬畏朱瑾。朱瑾去世后，朱瑾的尸体暴露在广陵北门，路过的人一起悄悄地把朱瑾埋葬了。当时百姓多染上疟疾的，都取来朱瑾坟上的土，就水服用，人们说按照这个方法治疗疟疾就会痊愈，朱瑾的坟墓每天都会有新土生出，最后长成了高高的坟墓。

## 萑符之盗

郑子产有疾，谓子太叔曰："我死，子必为政。唯有德者，能以宽服民。其次莫如猛。夫火猛烈，民望而畏之，故鲜死焉。水懦弱，民狎而玩之，则多死焉，故宽难。"疾数月而卒。太叔为政，不忍猛而宽。郑国多盗取人于萑符之泽（泽名）。太叔悔之，曰："吾早从夫子，不及此。"兴徒兵以攻萑符之盗，尽杀之，盗少止。仲尼曰："善哉，政宽则民慢，慢则纠之以猛；猛则民残，残则施之以宽。宽以济猛，猛以济宽，政以是和。"

**【译文】**郑国的子产生病了，子产对子太叔说："我死之后，您一定会当政。只有施行德政，才能使民众信服。其次就莫过于严政。像火一样猛烈的政治，百姓见到会畏惧，这样就少有死伤。如果政治像水一样懦弱，百姓就会无所顾忌而玩忽，这样就会多有死伤，所以宽政很难啊。"子产染病几个月后就去世了。太叔当政不忍心用猛政而施行了宽政。郑国的萑符兴起了很多盗贼。太叔十分后悔说："要是我早听从子产的话就不会这样了。"于是太叔兴兵攻打萑符的盗贼，太叔把他们全部歼灭了，盗贼不久就被剿灭了。孔子说："好啊，政治宽和导致民众怠慢，民众怠慢就要用猛政纠正；如果用猛政就会使民众受伤，民众受伤就再施以宽政。宽政用来弥补猛政，猛政来弥补宽政，这样的话政局就稳定了。"

## 单车降贼

《张纲传》：广陵贼张婴，寇乱十余年，朝廷不能讨。大将军梁冀怨纲曾奏己，以为广陵太守，欲因事中之。纲单车之职，径造婴垒，申示国恩。婴初大惊，既见纲诚信，皆拜泣曰："荒裔愚人，不堪侵枉，相聚偷生，若鱼游釜中，喘息须臾间耳。实恐投兵之日，不免孥戮。"纲约之以天地，誓之以日月，婴乃降。纲在郡卒，年三十六。纲病，吏人咸为祠祀祈福，言"千秋万岁，何时复见此君？"张婴等制服行丧。

**【译文】**《张纲传》记载：广陵的贼人张婴，作乱十多年，朝廷没有办法平叛。大将军梁冀记恨张纲弹劾自己，于是上书请求派张纲担任广陵太守，梁冀想要从中作梗迫害张纲。张纲一个人驾车来到张婴驻扎的地方，张纲重申国家对张婴的恩情。张婴最初大为震惊，但是看见张纲十分坦诚，张婴及部下都下拜哭着说："我们是蛮荒愚笨的人，我们不堪忍受欺压、冤枉，只好聚在一起苟且偷生，像鱼游在锅里面一样，自己的生命就在须臾之间。我们害怕朝廷出兵剿匪那一天，恐怕免不了会被屠害。" 张纲以天地的名义向日月发誓不会这么做，张婴于是就投降了。张纲在郡中去世，年仅三十六岁。张纲得病的时候，手下的官吏都为张纲祈祷祝福，说道："千年万年，什么时候才能再见到张纲。"张婴等人也穿丧服为张纲发丧。

# 黄巢之乱

黄巢募众数千，以应王仙芝。转寇河南十五州，众遂数万。入蕲、黄，北掠齐、鲁，入郓、陷沂。驱河南山南之民十余万，掠淮南，寇浙东。逾江西，破虔、吉、饶、信等州。因刊山开道七百里，直趋建州，儳路围福州。是时，闽地诸州皆没。陷桂、管，进寇广州，破潭州，攻鄂州，转掠江西，再入饶、信、杭州，众至二十万。攻临安，戍将董昌兵寡不敢战，伏弩射杀贼将，贼骇乃还。残宣、歙等十五州。广明元年陷睦、婺二州。济采石，侵扬州，悉众渡淮，犯申、光、颍、宋、徐、兖等州，陷东都。张承范以强弩三千防关，巢攻关。齐克让战关外，俄而巢至，师大呼，川谷皆震。巢乘黄金舆，卫者绣袍华帻，骑士数十万先后之。陷京师，自奉明门升太极殿，僭即位，号大齐。求衮冕不得，绘弋绨为之。取广明，判其文曰："唐去丑口而著黄，明黄当代。"唐明年，李克用破巢于渭南。四年二月，克用追巢，败之，擒巢爱子。巢计蹙，谓林言曰："若取吾首献天子。"言不忍，巢乃自刎，不殊，言固斩之，函首献行在。

**【译文】**黄巢招募了几千士兵为了响应王仙芝。黄巢流窜到河南十五个州县，旗下的部队一下就涨到了几万人。黄巢率领部队来到蕲、黄一带，向北掠夺齐、鲁两地，又将部队开进郓地，还攻陷了临沂。黄巢驱赶着河南、山南十多万百姓，又掠夺了淮南。侵犯浙东。黄巢越过江西，攻破了虔州、吉州、饶州、信州等州郡。于是黄巢依山开路七百里，直奔建州，同时还包围了福州。当时闽地的诸州全都沦陷了。黄巢又攻陷了桂州、管州，黄巢要继续进犯广州，攻破了潭州，打下了鄂州。这时黄巢又掉过头攻打江西，再次进犯饶州、信州、杭州。这时候黄巢的部队已经扩充至二十万。黄巢攻打临安的时候，临安守将因为兵力太少不敢迎战，于是设下埋伏，用弩射杀了贼军的将领，贼军大为震惊地退兵了。只剩下了宣州、歙州等十五州还没有沦陷。广明元年的时候，黄巢攻打下来了睦州、婺州二州。黄巢渡过了采石矶，进犯扬州，黄巢的部队悉数渡过淮河，进犯申州、光州、颍州、宋州、徐州、兖州等州，黄巢攻陷了洛阳。张承范带着三千强弩在潼关防御，黄巢攻打下来了潼关。齐克让与黄巢在关外交战，不久黄巢的部队就到来了，黄巢的部队呼喊的声音震撼了山谷。黄巢乘坐黄金车，黄巢身边的护卫都穿着绣工精巧的袍子和华丽的头巾，有数十万骑兵先后到达。长安也因此沦陷，黄巢从奉明门来到太极殿，僭越登基，国号大齐。黄巢没有找到皇帝登基用的礼服，只好绘一副黑色粗制的衣服代替。黄巢取代了广明的年号，下了一封伪诏书说："'唐'字去掉'丑口'二字换上'黄'字，就是'廣明'的天下。"第二年，李克用在渭南攻破了黄巢。广明四年二月的时候李克用追剿黄巢，期间打败了黄巢，擒住了黄巢最喜爱的儿子。黄巢无计可施，于是对林言说："砍下我的头颅献给当今天子。"林言没有忍心。于是黄巢就拔剑自刎了，但是没有死掉，林言这时候一下子砍下黄巢的头颅，林言把黄巢的首级装在盒子里面去献给了皇帝。

## 盗能却兵

齐兴兵伐楚，子发帅师以当之。兵三却，楚尽用其计，齐师愈强。于是，市偷进请曰："臣有薄伎。"子发诺而遣之。偷则夜解齐将军之帱，子发使人归之；明日又取其枕，子发又归之；明日又取其簪，子发又归之。齐师大骇，将军曰："今日不去，楚军恐取吾头。"乃还师而去。

**【译文】**齐国兴兵讨伐楚国，子发率领部队抵御。子发好几次击退敌兵，楚国用尽了计谋，但是齐国的军队愈发强大，于是有一位小偷请求拜见子发说："我有微不足道的伎俩。"子发答应了小偷的请求并且派遣小偷任务。小偷晚上解开并拿回了齐国将军的帐子，子发早上派人把帐子送回去；第二天小偷又拿来将军的枕头，子发早上又派人把枕头送回去；第三天小偷又拿来将军的簪子，子发早上又派人把簪子送回去。齐国的军队大为震惊，齐国的将军说："今天要不退兵的话，楚国的部队就会得到我的头颅了。"于是齐国的将军就率兵离开了。

## 梁上君子

陈寔在乡闾，平心宰物，为太丘长。有盗夜入其室，止于梁上。寔命子孙，训之曰："不善之人，未必本不慈，习与性成，如梁上君子是也。"盗惊，自投地。寔徐譬[①]之曰："视君状貌，不似恶人，宜深克己反善。然当由贫，今遗绢二匹。”自是一县无复窃盗。

【注释】①譬：晓谕。

【译文】陈寔在乡下的时候，遵从内心从政治民，陈寔因此担任了太丘长。有一个强盗晚上进入房间，躲在房梁上。陈寔召集训诫子孙说：“不善良的人，未必他的内心本就不慈爱，只是习惯与性格相辅相成，就像躲在梁上的君子一样。”盗贼听完这番话后大为震惊，于是自己跳到了地上。陈寔慢慢地晓谕他说：“我看您的样子不像是坏人，您应该深刻反省自己。但是想必您现在的处境很贫困，我今天给你两匹绢。”从此之后全县都没再出现过盗贼。

## 盗没为官户

隋麦铁杖骁勇，有膂力，日行五百里，走及奔马。陈太建中为群盗，广州刺史欧阳顾俘之以献，没为官户，配执御伞。每罢朝后，行百余里，夜至南徐州，逾城而入，行光火劫盗。旦还及时，仍又执伞。如此者十余度，物主识之，州以状奏。帝惜其勇捷，诫而释之。炀帝朝，与贼战死。

【译文】隋朝的麦铁杖十分骁勇，麦铁杖的两膀十分有力量，麦铁杖可以每天走五百里路，麦铁杖跑起来像马一样快。南陈太建年间的时候，麦铁杖做了强盗，广州刺史欧阳顾俘虏了麦铁杖并且把麦铁杖进献给皇帝，皇帝让麦铁杖为官家做事，让麦铁杖撑御伞。每次散朝后，麦铁杖都要走一百多里地，晚上到南徐州，翻越城墙进入城中打家劫舍。等到早上，麦铁杖又回到朝中为皇帝撑御伞。麦铁杖像这样办了十多次，有被打劫的人认出了麦铁杖，州县把这件事上奏给了皇帝。皇帝爱惜麦铁杖的英勇敏捷，只是告诫麦铁杖，并且把麦铁杖放走了。隋炀帝朝的时候，麦铁杖与贼人作战时战死了。

## 作绿野堂

裴度徒东都留守加中书令。时阉竖擅威，天子拥器，缙绅道丧，度不复有经济意，乃治宅东都集贤里，筑山穿池，竹木丛萃。有风亭水榭，燠馆凉台，号绿野堂，激波其下。度野服萧散，与白居易、刘禹锡为文章、把酒，穷昼夜相欢，不问人事。帝知度年虽及，而精神不衰。每大臣自洛来，必问度安否。开成三年，以病丐还东都，真拜中书令，卧家未克谢，有诏先给俸料。上已宴群臣曲江，度不赴。帝赐诗曰："注想待老成，识君恨不早。我家柱石衰，忧来学丘祷。"别诏"方春慎疾为难，勉医药自持。朕集中欲见公诗，故示此，异日可进。"使者入门而度薨，年七十六。帝闻震悼。

**【译文】**裴度被调任为东郡留守并加封了中书令的职务。当时朝中太监专权，皇帝被架空了，士人的道路被阻塞，裴度也没有治理天下的心思，于是在洛阳的集贤里经营宅院，裴度在宅院里面修建假山池水，院子里面的竹子树木显得十分苍翠。池边有亭台，也有专门纳凉的亭子，裴度称之为"绿野堂"，在堂下有激荡的水波流过。裴度穿着百姓的衣服随心而为，裴度与白居易、刘禹锡做文章饮酒，彻夜狂欢，不询问人间的俗事。皇帝也知道虽然裴度年纪大了，但是精神没有衰退。每次有大臣从洛阳赶来，皇帝一定会过问裴度怎么样。开成三年的时候，裴度因病乞求返回洛阳，皇帝封裴度为中书令，裴度在家中卧病没有来得及谢旨，但是已经有诏书提前给裴度相应的俸禄以及对应官职的用料。皇帝在曲江大宴群臣，裴度没有赴宴，皇帝赐下一首诗给裴度："注想待老成，识君恨不早。我家柱石衰，忧来学丘祷。"皇帝又下了一道诏书说："如今刚刚开春，对待疾病还是要谨慎，您要提醒自己按时吃药。我最近想看看您的诗作，所以给您写了一首诗。您可以写完后把诗送入宫中。"传递诏书的使者刚一进门，裴度就去世了，裴度去世的时候七十六岁。皇帝闻听后大为震惊，十分哀悼。

## 遗布激盗

烈，太原人，乡里以义行称。有盗牛者，主得之。盗曰："刑戮是甘，乞不使王彦方知也。"烈闻，遗布一端。或问，烈曰："盗惧吾闻过，有耻恶之心，必能改善，故以此激之。"后有老父遗剑于路，一人见而守之。至暮，父还寻得剑，怪问其姓名，乃先盗牛人也。（本传）

**【译文】**王烈是太原人，王烈在乡里以义气的行为著称。有一位盗牛人被牛主人抓获后，盗牛人说："我甘愿受罚，但是请不要把这件事告诉给王烈。"王烈听说这件事后，给了那个盗牛人一块布。有人问为什么这么做。王烈说："那位盗牛人害怕被人知道自己的过错，这就是有羞耻之心，一定会能弃恶从善，所以我这么做。”后来有一位乡亲在路上丢了一把剑，一个人看见了这把剑就守在那里。到了晚上，那位乡亲来寻找那只宝剑，结果遇见那个人就寻回了宝剑。乡亲觉得很奇怪于是问那个人的姓名，发现就是之前的那位盗牛人。

## 三乐自足

荣启期行乎郕之野，鹿裘带索，鼓瑟而歌。孔子问曰：“先生所以为乐者，何也？”期对曰：“吾乐甚多，而至者三：天生万物，吾得为人，一乐也；男女之别，吾得为男，二乐也；人生有不免襁褓者，吾行年九十五矣，三乐也。贫者士之常，死者人之终。吾何忧哉？”（《家语》）

**【译文】**荣启期在郕地间行走，荣启期披着鹿裘用绳子做衣带，弹着瑟琴唱着歌。孔子请教荣启期说：“您因为什么高兴呢？”荣启期回答说：“让我高兴的事情有很多，而其中让我最开心的有三件事。天生万物，我成为了人，这是第一件让我开心的事情；男女有别，我成为了男子，这是第二件让我开心的事情；难免有早夭的人，而我活到了九十五岁，这是第三件让我开心的事情。贫困是人之常情，死亡是人生的终点。我有什么可以担忧的呢？”

## 毁车杀马

冯良年三十为尉，奉檄书迎督邮，即路慨然，耻在厮役；因毁车杀马，裂衣冠，遁至犍为，从姜抚学。妻子求索，踪迹断绝；后见草中有败车死马，衣裳朽腐，以为虎狼盗贼所害，发丧制服。十许年，乃还乡里。故坡诗云：“杀马毁车从此逝，子来何处间行藏。”（事见《后汉•周稚传》）

【译文】冯良三十岁的时候做了尉官，冯良拿着文书迎接督邮，来到道路的时候十分感慨，觉得在这里干活让人羞耻。于是冯良毁掉车辆杀死马匹，撕开衣服帽子，逃往犍为，跟随姜抚学。冯良的妻儿想要知道冯良的去向，但是冯良已经杳无音讯了，后来看见了草丛中有毁坏的车辆和被杀死的马匹，旁边还有腐烂的衣裳，冯良的妻儿认为冯良被野兽或者是强盗杀害了。于是冯良的家人为冯良发丧。大约十年后，冯良回到了家里。所以有诗写道：“杀马毁车从此逝，子来何处间行藏。”

## 御诗送行

贺之章年八十六，卧病，冥然无知，疾损，上表乞为道士还乡，明皇许之。舍宅为观，赐名千秋，仍赐鉴湖剡洲一曲，诏令供张东门，百寮祖饯，御制送诗云：“遗荣期入道，辞老竟抽簪。岂不惜贤达，其如高尚心。寰中得秘要，方外散幽襟。独有青门饯，群英帐别深。”（《唐诗纪事》）

【译文】贺知章八十六岁的时候，卧病在床，已经病的不省人事了，由于抱病，贺知章上书请求以道士的身份回到家乡，唐玄宗答应了。

唐玄宗令人将贺知章的宅子修建成道观，并且亲自赐名为“千秋”，唐玄宗又赏赐给贺知章一曲赐鉴湖剡洲，唐玄宗下令打开东门，让朝廷中的官员都来送行。唐玄宗还亲自为贺知章写了一首送别诗：“遗荣期入道，辞老竞抽簪。岂不惜贤达，其如高尚心。寰中得秘要，方外散幽襟。独有青门饯，群英帐别深。”

## 尧逊许由

巢父，尧时隐人，年老，以树为巢而寝其上，故人号为巢父。尧之让许由也，由以告巢父，巢父曰：“汝何不隐汝形，藏汝光，非吾友也。”乃击其膺而下之。许由怅然不自得，乃遇清冷之水，洗其耳，拭其目，曰：“向者闻言负吾友。”遂去，终身不相见。樊仲父牵牛饮之，见巢父洗耳，乃驱牛而还，耻令牛饮其下流也。（《逸士传》）

**【译文】**巢父是尧帝时期的隐士，巢父年事已高，就在树上搭建一个巢穴住在上面，所以当时的人们称他为巢父。尧帝要让位给许由，许由把这件事告诉了巢父。巢父说：“你为什么不隐藏你的身形，收敛你的光芒，你不再是我的朋友了。”于是巢父击打许由的胸口，把许由打了下去。许由十分惆怅，无法消遣。遇见了一汪清澈冰冷的水，许由用这汪水洗自己的耳朵，擦拭自己的眼睛说：“之前是我听别人的话而辜负了朋友。”于是就离开了，终其一生也没再出现过。樊仲父牵牛来饮水，看见巢父在洗耳朵，于是就驾牛回去了，樊仲父耻于让牛喝巢父洗过耳朵的水。

## 四皓待定

四皓以秦政暴虐，乃逃入蓝田山，作歌曰："漠漠高山，深谷逶迤；煜煜紫芝，可以疗饥。唐虞世远，吾将安归。驷马高盖，其忧甚大。富贵之留人，不如贫贱而肆志。"乃共入商洛山，以待天下定。(《高士传》)

**【译文】**四皓认为秦朝的政治暴虐，于是逃到了蓝田山。四皓作了一首诗歌道："漠漠高山，深谷逶迤；煜煜紫芝，可以疗饥。唐虞世远，吾将安归。驷马高盖，其忧甚大。富贵之留人，不如贫贱而肆志。"于是前往入了商洛山，等待天下平定。

## 庞公遗安

公，襄阳人，居岘山，未尝入城府。荆州刺史刘表不能屈。因释耕于陇上，妻子耘于前。表问曰："先生苦居畎亩，而不肯官禄，后世何以遗子孙乎？"公曰："世人遗之以危，我独遗之以安。虽所遗不同，未必无所遗也。"遂携妻子，登鹿门山采药，不反。

**【译文】**庞公是襄阳人，庞公的家住在岘山。庞公没有去过城里面。荆州刺史刘表也不能请来庞公出仕做官。于是只能任由庞公躬耕陇上，庞公的妻子也在田地间干活。刘表问庞公说："您受苦在田地中，但是不肯出仕做官，您会给您的子孙留下什么呢？”庞公说：“世上的人都只会给子孙留下危险，只有我给我的子孙留下平安。即使留下来的东西不同，也未必没有什么东西留下来。”于是庞公带领着自己的妻儿去鹿山采药，从此庞公再也没有回来。

## 披裘拾薪

披裘公者，吴人也。延陵季子出游，见道中遗金，顾而睹之公曰：“取彼金。”公投镰瞋目，拂手而言曰：“何子居之高，视之卑？吾披裘而负薪，岂取遗金者哉！”季子大惊。既谢，而问其姓名，曰：“何足语姓名哉!”

**【译文】**披裘公是吴地人。延陵人季子出游的时候，看到地上有人丢下的黄金，季子环顾四周，看见了披裘公说：“快来拿你丢下的金子。”披裘公扔下砍柴刀，睁大眼睛，挥手说：“您的地位有多么高？眼界竟然这么狭窄。我披着裘、背着柴禾，像是拿取地上丢下金子的人吗？”季子大为震惊。于是季子上前认错，之后季子又问披裘公的姓名，披裘公说：“我怎么配说出姓名啊。”

## 子陵垂钓

后汉严光字子陵，小字狂奴，余姚人；少与光武同游太学。及帝即位，光隐身不见，帝令物色访之。后齐国言，有一男子，披羊裘钓泽中。帝疑其光，备礼聘之，三反而后至，舍于北军。司徒侯霸与光素旧，使人奉书："愿因日暮自屈。"光不答，乃投扎与之："君房足下，位至鼎足，甚善。怀仁辅义天子悦，阿谀顺旨要领绝。"霸得书，封奉之。帝笑曰："狂奴故态也。"注曰："霸使西曹属侯子道奉书，光箕踞读书讫，问子道曰：'君房素痴，今为三公，宁小差否？'子道曰：'位至鼎足，不痴也。'光曰：'遣卿来何言？'子道传霸言。光曰：'卿言不痴，是非痴语。天子征我三乃来，人主尚不见，当见人臣乎？'子道求报，光口授之。使者嫌少，求足。光曰：'买菜乎？求益也？'"光武车驾幸其馆，光卧不起。帝即其卧所，抚光腹曰："子陵，不可相助为理邪？"光眠不应，良久，乃张目熟视曰："昔唐尧著德，巢父洗耳。士故有志，何至相迫乎？"帝曰："子陵竟不可屈邪？"乃升舆，叹息而去。复引入，论道旧故。从容问光："朕何如昔时？"光曰："陛下差增于往。"因共偃卧，以足加帝腹上。明日，太史奏客星犯帝座甚急。帝笑曰："朕与故人严子陵共卧耳。"除谏议大夫，不屈，耕于富春山。后人名其处为严陵濑云。

**【译文】**后汉有一位叫严光，字子陵，小名狂奴，严光是余姚人。严光在年轻的时候与汉光武帝一同在太学游学，等到汉光武帝即位后，严光就去隐居因而失去了消息，汉光武帝让人走访查询严光的所在。后来齐国上书说有一位男子披着羊裘在河中垂钓。汉光武帝怀疑这人就是严光，于是汉光武帝备好礼物前去征召严光，一共聘请了很多次严光才前来。严光在北军落脚，当时的司徒侯霸与严光有旧交情，于是派人送了一封信说："希望您在傍晚之前可以屈身前来。"严光没有应答，只是草草写了一封信札回复侯霸说：“您已经位极人臣了，这是一件好事。怀着仁德去辅佐皇帝，阿谀奉承的想法要杜绝。”侯霸得到这封回信后，封存起来献给了皇帝。皇帝笑着说：“严光还是当年那个样子啊。”注释上记载说：“侯霸派遣西曹属侯子道前去送信，严光岔开腿读完书信后，问侯子道说：‘侯霸向来愚笨，如今已经位至三公了，他愚笨的毛病好点了吗？’侯子道回答说：‘侯霸已经位极人臣了，不愚笨了。’严光说：‘侯霸派您来有什么话要说吗？’侯子道告诉严光侯霸说的话。严光说：‘您说严光不愚笨，这的确是不愚笨的话。皇帝已经召见我好几次了，但是我看不见君主，那这样君主会看见臣子吗？’侯子道向严光索求报酬，严光口头应允了，但是侯子道嫌少。严光说：‘这是在买菜吗？你还要更多东西吗？’”汉光武帝的车驾来到了严光的住处，但是严光卧床不起。汉光武帝来到严光的床边，摸着严光的肚子说：“严光啊，你不能来帮我治理天下吗？”严光正在睡觉，没有应答，过了很久严光才醒来，严光张开眼睛查看了一会儿说：“当年的尧以德行著称，但是巢父却做推辞。士人应该有志向，但何必这么步步紧逼呢？”汉光武帝说：“难道您不肯屈身吗？”于是汉光武帝大为叹息着令人驾着车马离开了。没过多久，汉光武帝又来到严光的住处，这时汉光武帝像过去一样与严光论道，汉光武帝从容地问严光说：“你看我跟从前比怎么样？”严光说：“皇帝您比过去有增损啊。”于是二人躺到了一起，严光把脚放在了汉光武帝的肚子上。第二天，太史上奏说有客星严重地侵犯皇帝的命座。汉光武帝笑着说：“那是因为我和老朋友严光躺到了一起啊。”汉光武帝任命严光为谏议大夫，严光没有答应，只是在富春山上躬耕。后人把严光躬耕的地方称作严陵濑云。

## 垂钓不饵

唐张志和筑室越州，豹席稯屩，垂钓不设饵，志不在鱼也。县令使浚渠，执畚无忤色。尝欲以大布制裘，嫂躬为织；及成衣之，虽暑不解。观察使魏少游号其居为玄真坊，以门隘，买地大其门，号回轩巷。先是门阻流水，少游为构之，号大夫桥。

**【译文】**唐代的张志和在越州修建了一处房子，他在房子里面铺了用豹子皮做成的席子。张志和垂钓的时候不用鱼饵，因为张志和的志向不在鱼的身上。当时县令派张志和疏通河渠，张志和拿着畚箕，脸上没有流露出反抗的颜色。张志和想要用粗布制作外套，他的妻子亲自为张志和织成这件外套。等到这件外套做成后，哪怕是热天张志和也不脱下。有一位观察使魏少游将张志和的宅子称做“玄真坊”，但是魏少游认为张志和的门很窄，于是魏少游买下了张志和门前的一块地扩大了张志和的门，魏少游称之为“回轩巷”。最初动土的时候，新修的门阻断了流水，魏少游在水面上修筑了一座桥，称之为“大夫桥”。

## 希夷入对

华山隐士陈抟，字图南，唐长兴中进士；游四方，有大志，隐武当山。常乘白驴，从恶少年数百，欲入汴州；中途闻艺祖登极，大笑坠驴，曰：“天下于是定矣。”遂入华山为道士。艺祖召，不至。太宗召，以羽服见于延英殿，顾问甚久。送中书见宰辅，丞相宋琪问曰："先生得玄默修养之道，可以教人乎？"曰："抟不知吐纳修养之术，假令白日冲天，亦何益于圣世？上博达今古，深究治乱，真有道仁明之主。正是君臣同德致理之时，勤心修练，无出于此。"琪等以其语奏，帝益重之。（《闻见录》）

**【译文】**华山有一位隐士叫陈抟，字图南，是唐朝长兴年间的进士，陈抟游历四方，心有大志，隐居在武当山。陈抟经常骑一头白驴，一次，陈抟跟随着几百名浪荡少年想要去汴州。陈抟途中听说宋太祖登基后，大笑着坠下了驴说："天下平定了。"于是陈抟就前往华山当了道士。宋太祖想要召见陈抟，但是陈抟没有前去。宋太宗召见陈抟，陈抟穿着羽服在延英殿会见了宋太宗，宋太宗请教了陈抟很长时间。之后，宋太宗把陈抟送到中书省去见宰辅，丞相宋琪问陈抟说："听说先生您得到了静养修身的方法，你可以把这个方法教授给别人吗？"陈抟回答说："我不知道这种吐纳修养的方法，如果让太阳冲撞了上天，这对圣人的治世有什么益处呢？皇帝博古通今，十分通晓治乱的道理，如今的皇帝真是一位仁德贤明有道的君主。现在正是君臣上下同心同德治理天下的时候，最大的勤奋修炼也莫过于此了。"宋琪等人把这些话上奏给宋太宗，宋太宗越来越重视陈抟。

## 召邵康节

康节与富文忠早相知。文忠初入相，谓门下士田大卿曰："为我问邵尧夫，可出，当以官职起之；不，即命为先生处士，以遂隐君之志。"田大卿为康节言，康节不答。乃因之诏天下举遗逸，公意河南府必以康节应诏。时文潞公尹洛，以两府礼召见康节，康节不屈，遂以福建黄景应诏。时天下应诏者二十八人，同见宰执于政事堂。至江南，黄景以闽音自通姓名，文忠不乐。各试论一首，命官为试衔知县。文忠奏天下尚有遗材，乞再令举，诏从之。王拱辰尚书尹洛，乃以康节应诏。颍川荐常秩，皆先除试将作监主簿，不理选限。文忠招康节而不欲私，故以天下为请。知制诰王介甫不识康节，缴还词头曰："使邵某常民，一试衔亦不可。与果贤者，不当止与试衔，宣召试然后官之。"上不纳，下知制诰祖无择，除去"不理选限"行词，然康节与常秩皆不起。后常秩赐对，除谏官。《列传》史臣书云"与常秩同召某，卒不起"，有以也夫。（《闻见录》）

【译文】邵雍与富弼很早就认识。富弼刚做宰相的时候，对门客田大卿说："替我问问邵雍能否出仕，如果邵雍答应的话，我会任命邵雍官职；如果邵雍不答应的话，就让邵雍当隐士吧，让邵雍遂了他自己的心愿。"田大卿把这件事对邵雍讲了一遍，邵雍没有答应。于是富弼上书请求皇帝下令让天下举荐贤能之士，富弼心想河南府一定会让邵雍应征。当时文彦博掌管洛阳，用两府的礼节召见邵雍，然而邵雍没有答应，于是只好推荐福建的黄景应征。当时天下响应征召的贤士一共有二十八个人，这些人一同在政事堂受宰相接见。等到富弼接见江南贤士的时候，黄景说着闽南话通报名姓。富弼得知后很不开心，面试一轮后，授予了他们县令的官职。富弼再次上书皇帝说："天下还有遗漏的贤能之士，希望皇帝再次下令让地方举荐人才。"皇帝下令按照富弼的意思做。当时王拱辰以尚书的身份掌管洛阳，于是王拱辰就推荐了邵雍。颍川当地推荐了常秩，二人都被暂时任命为将作监主簿考察一段时间，并且没有考察的期限。富弼征召邵雍不是为了一己私欲，而是为了天下才请来邵雍。当时的知制诰王安石不认识邵雍，于是王安石在撰写诏敕时候写下摘要说："邵雍和常秩都是平民，全都担任官职进行考察这是不行的。把这种机会留给真正贤能的人，那这样就不只是要担任官职进行考察的事情了，还要让皇帝下令委任考察再授予官职。"皇帝没有采纳，交给了知制诰祖无择，知制诰祖无择除去了"没有考察期限"的条件。然而最终邵雍和常秩都没有被起用。后来常秩得到了一次廷对的机会，常秩也因此被授予了谏官。史臣在他们的列传中有"与常秩一同的邵某，最终都没有起用。"的记载，大概就是这个事情。

## 处士拟贽

林逋处士隐居西湖，朝廷命守臣王济体访。逋闻之，投贽一启，其文皆俪偶声律之流，乃以文学保荐，诏下赐帛而已。济曰："草泽之士，文须稽古，不友王侯。文学之士，则修词立诚，俟时致用。今逋两失之。"（《该闻录》）

**【译文】**隐士林逋在西湖隐居，朝廷委派当地的长官王济去拜访林逋。林逋听说后，撰写了一篇文章送给王济做见面礼，这篇文章韵律十分流畅，文辞也十分华丽，于是王济凭借林逋的文学推荐给皇帝，皇帝只是赏赐给林逋一些锦缎而已。王济说："隐居的人，文章需要模仿古人，不是为了结交王侯。真正有文学的士人，需要在写文章的时候表现真实的意图，等待时机以便经世致用。如今您这两点都没有占到。”

## 排斥种放

种放以处士召见拜官，真宗待以殊礼，名动海内。后谒告归终南山，恃恩骄倨甚。王嗣宗时知长安，放至，通判已下群拜谒，放俯垂手接之而已，嗣宗内不平。放召其诸侄出拜嗣宗，嗣宗坐受之，放怒。嗣宗曰："向者通判以下拜君，君扶之而已。此白丁耳。嗣宗状元及第，名位不轻，胡为不得坐受其拜？"放曰："君以手搏得状元耳。何足道也？"嗣宗怒，遂上疏言："放实空疏，专饰诈巧，盗虚名。陛下尊礼放，擢为显官。臣恐天下窃笑，益长浇伪之风耳。陛下召魏野，野闭门避匿，而放阴结权贵，以自荐达。"因抉擿[①]言放阴事。上虽两不之问，而待放之意日衰。（《涑水纪闻》）

**【注释】**①抉擿（tì）：择取。

**【译文】**种放凭借隐居的身份受朝廷任命，宋真宗用超规格的礼仪对待种放，这件事在当时震惊了全国。后来种放请求回到终南山，但是种放依仗着受宠十分骄纵。当时王嗣宗掌管长安，种放来到长安的时候，长安的通判降阶施礼，拜见种放，种放只是草草扶起通判做回应，王嗣宗的心中不高兴。种放让自己族中的侄子来拜见王嗣宗，王嗣宗只是坐着接受种放的侄子们施礼，种放很生气。王嗣宗说："之前通判屈身向您下拜施礼，您只是把他扶起来而已。您的这些侄子们只是没有功名的百姓啊。我是状元，身份地位都不轻，为什么就不能坐着接受你侄子们的拜见呢？”种放说：“您不过就是博得来状元的名头，这何足挂齿？”王嗣宗十分生气，于是上书说：“种放这个人其实空有虚名，专门掩饰自己来行欺诈的事情，种放盗用虚名。皇帝您尊重礼遇种放，破格提拔种放担任显耀的官职。我怕这样您会被天下人耻笑，这么做也会助长欺骗的风气。皇帝您召见魏野，魏野关门躲起来，而种放私自结交权贵，凭借自荐而发达。”于是王嗣宗又择取种放私下干的事情上报给皇帝。皇帝虽然没有在两方过问，但是对待种放的心思却日益衰退了。

## 终南捷径

卢藏用始隐山中，时有意当世，人目为随驾隐士。晚乃徇权利，务为骄纵，素节尽矣。司马承祯尝召至阙下，还山，藏用指终南山曰：“此中大有嘉处。”祯徐曰：“以仆视之，仕宦之捷径耳。”藏用大惭。

**【译文】**卢藏用最开始在山中隐居，但是当时卢藏用有出仕的想法，人们都认为卢藏用是一时的隐士，随时都会出仕。卢藏用晚年的时候徇私为自己牟利，十分骄纵，当年隐居时的节操都丢尽了。司马承祯曾经在官署召见过卢藏用，卢藏用返回山里的时候，卢藏用手指着终南山说：“这里面有非常好的地方。”司马承祯慢慢地说：“依我看，这里就是做官的捷径啊。”卢藏用闻听后大为惭愧。

# 卷十九 宫室类

## 履癸瑶室

履癸，夏桀名，得有施氏妹喜。有宠，所言皆从。为倾宫瑶台①，殚百姓之财，肉山脯林②，酒池糟堤。池可运船，堤可十里，一鼓③而牛饮者三千人。殷伐之，遂亡其国。（《史记》《新序》）

**【注释】**①倾宫瑶台：倾宫，指巍峨的宫殿。瑶台，用玉石装饰华美的高台。②肉山脯林：意思是积肉如山，列脯如林。形容穷奢极侈。③鼓：古以三十斤为一钧，四钧为一石，四石为一鼓，合四百八十斤。

**【译文】**履癸，是夏桀的名字，他娶了有施氏的女儿妹喜为妃。夏桀对妹喜十分宠爱，对她所说的话都言听计从。他为妹喜建造了巍峨的宫殿、华美的高台，耗尽了百姓的财物；宫内积肉如山，列脯如林，酒池糟堤。其酒池大到可以行船，糟堤长达十里，三千人同时豪饮一鼓之酒。后来殷商率军讨伐夏桀，夏朝因此亡国。

## 韩王营第

赵韩王居涑水[①]，谋营第宅。人阻之曰："王居第足矣，不必再营多费。"王不听，乃遣人于秦陇市良材。及第成，为西京留守，已病矣。诏诣阙[②]，将行，乘小车一游第中，遂如京师；至，捐馆[③]，不复再来矣。此为多营妄费者之深戒焉。（《涑水纪闻》）

**【注释】**①涑水：中国山西省境内的一条河流。②诣阙：指赴京城。③捐馆："捐"指放弃，"馆"指官邸，意思是放弃自己的官邸，一般指官员的去世。后遂以"捐馆"为死亡的婉辞。亦省作"捐舍"。

**【译文】**韩王赵普居住在涑水，他准备建造一处新的住宅。为此有人劝阻他说："韩王，您现在的住宅已经足够了，不必再浪费钱财建造新的了。"赵普不听，于是派人前往秦陇购买好的材料。当房子建成的时候，赵普正担任西京留守。这时他已是重病在身，接到了皇上的诏书让他前往京城。快要出发之际，他乘坐着小马车游览了新宅邸，随后便前往了京城。到达京城后，一直到去世，也没有再回过新宅。那些喜欢肆意营建、铺张浪费的人应当以此引以为戒。

## 秉烛一览

郭从义镇河阳，于洛中造大第，皆以香柏为之。文梓[①]为梁，花石甃池，引水筑山，碾硙[②]厩库亭阁，无不备具。第成，约费白金五十铤[③]。次年，被召还都，暮抵其第，秉烛周览。时朝会有期，侵星④而出，行至东都而卒。家人不能居。

**【注释】**①文梓：有纹理的梓树，为良木美材。②碾硙（niǎn wèi）：利用水力启动的石磨。③铤：古同“锭”，专门铸成的各种形态的金银块，用以货币流通。④侵星：拂晓。

**【译文】**郭从义镇守河阳，在洛阳建造了一处大宅邸，全都以香柏树做原材料建造的。以有纹理的梓树作为房梁，以花石砌池，引水筑山，水力石磨、马厩、府库、亭台楼阁等，全都建造齐全。宅第建成后，耗费的白银总计约五十铤。宅邸建成的第二年，郭从义被召回京城，傍晚时抵达了自己的宅邸，他点着蜡烛四处细细巡视了一遍自己的新宅。因当时的朝会有时间限制，郭从义拂晓时分便从家中出发，走到东都时便去世了。家里人因此没能居住在这里。

## 升之过奢

宋陈升之为相，治第于润州，极为宏壮，绵亘数百步。宅成，公已疾甚，唯肩舆①一登西楼而已。人谓之三不得：居不得，卖不得，修不得。（《笔谈》）

**【注释】**①肩舆：古代的一种代步工具，由人抬着走。

**【译文】**宋神宗熙宁初年，陈升之为宰相，他在润州修建宅邸，建造的极为宏壮，庭院楼台绵延横贯几百步。宅邸建成，陈升之已经病情严重，唯一一次是让人用轿子抬着上西楼看了下而已。世人称这座宅院有三不得：居不得，卖不得，修不得。

## 高大门闾

于公，东海郯人，为县狱吏。门闾[①]坏，父老为治其门。曰：“少高大门闾，令容驷马[②]、高盖车。我治狱多阴德，未尝有所冤，后子孙必有兴者。”至子定国，事汉宣帝为丞相，孙永为御史大夫，皆封侯。（本传）

**【注释】**①门闾：指里门。②驷马：指显贵者所乘的驾四匹马的高车，表示地位显赫。

**【译文】**西汉的于公，是东海郡郯县人氏，为县里的狱吏。他家中的里门损坏了，父老乡亲准备帮他修理。于公说：“将里门修的高大一些，可以通过四匹马的高盖车。我办案审判诉讼之事积了很多阴德，从来没有冤假错案，后世子孙一定会兴旺昌盛的。”后来到他的儿子于定国，果然成为汉宣帝的丞相，孙子于永官至御史大夫，并且传世封侯。

## 第宅庳陋

杜祁公衍[①]，不事资产，退寓南都凡十年，第宅庳陋，居之裕如[②]。出入从者才十许人，乌帽、皂绨袍、革带。亲故或言：宜为居士服。公曰：“老而谢事，尚可窃高士名耶？”（《言行录》）

**【注释】**①杜祁公衍：即杜衍，别称杜祁公，北宋名臣。②裕如：形容从容自如。

**【译文】**北宋的杜祁公杜衍，从不利用权力置办私产，退休后便寄居在南京应天府的回车院，一住就是十年。住宅低矮简陋，但他却显得从容自如，出入时跟随服侍的人才十来个，戴着乌帽，身穿黑色长衣，束着皮制衣带。亲戚朋友劝他说："你应该穿居士服的。"杜祁公回答说："我老后辞职退休了，怎么还能以高士的名号自居呢？"

## 仅容旋马

李文靖公沆为宰相，治第于封丘门内，厅事前仅容旋马。或言其太隘，公笑曰："居第当传子孙。此为宰相厅事诚隘，若为太祝奉礼厅事则已宽矣。"（温公《训俭》）

**【译文】**从前李文靖公李沆做宰相时，在封丘门内修建住宅时，其厅堂前面仅有能容一匹马转个身的空间。有人说这里太狭窄了，李文靖笑着说道："宅邸是要传给子孙的。这里作为宰相起居的厅堂，确实有点狭窄，但是如果将来做为祭祀时行礼的地方已经十分宽敞了。"

## 不肯治第

范文正公在杭州，子弟以公有退志，乘间请治第洛阳，树园圃以为逸老①之地。公曰："人苟有道义之乐，形骸②可外，况居室哉？今吾年逾六十，生且无几，乃谋树第治圃，顾何待而居乎？

吾之所患，在位高而退艰，不患退而无居也。且西都士大夫园林相望，为主人者莫得常游，而谁独障吾游夫？岂必有诸己而后为乐耶？俸赐之余，宜以赒[③]宗族。若曹遵吾言，无以为虑。”（《逸事》）

**【注释】**①逸老：年老闲居休养，犹养老。②形骸：人的躯体。③赒：动词，周济；救济。

**【译文】**范仲淹在杭州任职的时候，家中子弟晚辈知道了他有退隐的想法，于是趁着间隙的时候向他请求在洛阳建造宅院及园林花圃，作为他安享晚年的地方。范仲淹说：“人如果有享有道义的快乐，身体都可以不要，何况是居住的房子呢？我现在已经超过六十岁了，都没有几年可活了，现在竟然还想着建造宅院园林花圃，更何况我还能住得上吗？我担心的事情，是位居高位很难退下来，而不是应该考虑退休下来有没有可以住的地方。而且西都士大夫的园林多到数不胜数，身为主人的人都不能经常游玩，谁能挡着不让我出去游玩呢？难道一定要有适合自己的园林花圃才是真正的快乐吗？俸禄赏赐有盈余的时候，应该用来周济族中宗亲。你们应该遵守我说的话，不要再为此事担心。”

## 空馆女歌

竟陵椽刘讽，夜投空馆。有三女郎至，歌曰：“明月清风，良宵会同。星河易翻，欢娱不终。绿尊翠杓[①]，为君斟酌。今夕不饮，何时欢乐。”忽有黄衣人曰：“婆提王屈娘子速来。”女郎皆起。明

旦，拾得翠钗数只。（《幽怪录》）

**【注释】**①翠杓：嵌翡翠的酒器。

**【译文】**竟陵的一个小吏刘讽，夜间投宿在夷陵空馆的时候，来了三个女人，她们歌咏道："明月清风，良宵会同。星河易翻，欢娱不终。绿尊翠杓，为君斟酌。今夕不饮，何时欢乐。"突然间有一个穿黄衫的人走来说道："婆提王让娘子快快回去。"女郎们都起身来听令走了。第二天早上，刘讽拣到了几只翠钗。

## 买宅得金

魏郡张本富，卖宅与程应。应举家疾病，卖与何文。文先独持大刀，暮入北堂梁上。一更中，有一人长丈余，高冠赤帻，呼曰："细腰，细腰。"应诺。"何以有人气？"答："无。"便去。文因呼细腰，问："向赤衣冠是谁？"答曰："金也。在西壁下。"问："君是谁？"答云："我杵也。今在灶下。"文掘得金三百斤，烧去杵。由此大富，宅遂清宁。

**【译文】**魏郡的张奋，家里本来极其富裕，后来他将房屋卖给了程应。程应搬进去后，全家却都生病了，所以又将房屋转卖给了何文。何文先是独自一人拿了大刀，在傍晚时进入北面的堂屋中，躲在梁上。一更时，忽然有一个高达一丈多的人，戴着高帽子，缠着红色头巾，他进入北堂喊道："细腰，细腰。"有人答应了一声。那人又问道："屋里为什么有活人的气息？"细腰回答说："没有呀。"于是那个人便离开了。何文于是便像刚才那人一样呼唤细腰，问道：“那个穿赤色衣冠的人是谁？”细腰回答说：“是黄金。他就在堂屋的西墙下。”何文又问：“你是谁？”细腰回答说：“我是木杵。现在在灶头下面。”何文到细腰说的地方挖掘，得到了三百斤黄金，接着便将木杵拿出来烧掉了。此后何文家中十分富裕，其宅屋也就清静安宁了。

## 抱瓮灌园

子贡过汉阴，见一丈人为圃畦，凿隧而入，并抱瓮而出灌，用力甚多而见功寡。子贡曰：“有械于此，一日浸百畦，夫子不欲乎？”丈人曰：“奈何？”曰：“凿木为机，后重前轻，挈水若抽，数如沃汤，其名桔槔[①]。”为圃者忿然作色而笑，曰：“有机械者，必有机事；有机事者，必有机心。道之所不载也。吾非不知，羞而不为也。”子贡懑然[②]而惭，曰：“始吾以夫子天下一人耳，不知复有斯人也。且子独不见大桔槔乎？引之则俯，舍之则仰；彼人之所引，非引人也。故俯仰不得罪于人。”（《庄子》）

**【注释】**①桔槔（jié gāo）：汲水的吊杆，杠杆状。②懑（mèn）然：烦闷之意。

**【译文】**子贡经过汉阴的时候，见到一位老人为了种菜，因此挖了一条地道通向水井，并抱着坛子取水来浇灌菜地，但是这样花费的力气很多而成效却很低。子贡就对老人说：“可以用木头制造一个机械来灌溉，机械后重前轻，取水就像抽水一样，出来的数量就像水开了往外溢一样，这种机器的名字就叫桔槔。”种菜的老人听后脸上露出愤怒之色，却笑着道："有机械的人，必然会做投机取巧的事；做投机取巧的事，必然会有投机取巧的心。这是不符合道的。我不是不知道这种机器，而是羞于用它而不用啊。"子贡听后觉得烦闷又羞愧，说道："起初我总以为天下圣人就只有我的老师孔丘一人罢了，不知道还会有碰上刚才那样的人。况且，您难道没见过桔槔吗？拉起它的一端时另一端便会俯身临近水面，放下它的一端时另一端就会高高仰起。它是因为有人的牵引，而并非是它牵引了人，所以或俯或仰都不会得罪人。"

## 园主不礼

晋王献之高迈[①]不羁，虽闲居，终日不怠。容止风流，为一时之冠。尝经吴郡，闻顾辟疆[②]有名园，先不相识，乘平肩舆径入。时辟强方会宾友，献之游历既毕，傍若无人。辟强勃然数之曰："傲主人，非礼也；以贵骄士，非道也。失是二者，不足齿之伧[③]耳。"便驱出门，献之傲如也，不以屑意。

**【注释】**①高迈：指人的风格、气度高雅，脱俗，不拘泥。②顾辟疆：人名。③伧：粗野，粗俗。

**【译文】**晋朝的王献之气度超然洒脱，不受拘束，即使终日在家闲居，举止容貌也不懈怠，他的风流洒脱在当时成为一时之冠。他曾经有一次经过吴郡，听说顾辟疆家有个名园，原先并不认识这个名园的主人，但他还是径直进入到了人家府上。当时顾辟疆正在与宾客朋友设宴畅饮，可王献之在游遍了整个花园后，却旁若无人。顾辟疆气得脸色都变了，斥责他说道："你对主人傲慢，这是失礼；靠地位高贵来傲视别人，这是无理。失去了这两者的人，只是一个不值得一提的粗俗之人罢了！"说完便将他一行赶出了门。王献之却傲然依旧，对顾辟疆的话不屑一顾。

## 视井生男

妇人妊身，三月未满，着婿衣冠，平旦绕井三匝，映水视影，勿反顾，必生男。陈成者，生十女。其妻绕井三匝，咒曰："女为阴，男为阳。女多灾，男多祥。"绕井三日，不汲，及期，果生一男。（《博物志》）

**【译文】**妇人有了身孕后，只要还未满三个月时，穿着夫婿的衣冠，在清晨时绕井走三圈，看着水中的倒影，不要回头，必定能生下男婴。有个叫陈成的人，已连续生了十个女儿。他的妻子为此绕着井走了三匝，念着咒语说："女为阴，男为阳。女多灾，男多祥。"绕井走了三天，没有打水。到了生产期后，果然生下了一个男婴。

## 百万买邻

梁吕僧珍，字元瑜，为南兖州刺史。初宋季雅罢南康郡，市宅，居僧珍宅侧。僧珍问宅价，曰："一千一百万。"怪其价贵。季雅曰："一百万买宅，一千万买邻。"及僧珍生日，季雅往贺，函白钱一千，阍人[1]少之，不为通，季雅强进。僧珍疑其故，自发之，乃金钱也。僧珍言于武帝，拜衡州刺史。

【注释】①阍人：周官名，掌晨昏启闭宫门。后世通称守门人为阍人。

【译文】南北朝时梁国的吕僧珍，字元瑜，为南兖州刺史。当初，宋季雅被免去南康郡的职务后，在吕僧珍家的旁边买了一处住宅。吕僧珍问他价格，他回答说："一千一百万。"吕僧珍对这么昂贵的价格感到奇怪，宋季雅说道："我花一百万买房，一千万买邻居。"待到吕僧珍生日时，宋季雅前往祝贺，送了一个盒子，上面写着："钱一千"。守门人觉得这份礼太轻，没有给他通报，宋季雅便强闯了进去。吕僧珍怀疑这盒子里有什么名堂，便亲自打开了，发现原来里面装的是黄金铸的钱。于是，吕僧珍向梁武帝推荐宋季雅说他很有才干，宋季雅因此被起用为衡州刺史。

## 邻居占地

杨玢仕蜀，至显官。随王衍归后唐，致仕[①]，归长安。旧居多为邻里侵占，子弟欲诣府诉，玢批状尾云："四邻侵我我从伊，毕竟须思未有时。试上含元殿基望，秋风吹草正离离。"子弟不敢言。

【注释】①致仕：辞官退休之意。

【译文】杨玢在蜀政权任职，位居高官。后来随王衍归顺了后唐，辞了官，归居长安。他的旧居大多已被邻里侵占，后辈子弟们准备前往官府诉讼，杨玢在诉状末尾批道："四邻侵我我从伊，毕竟须思未有时。试上含元殿基望，秋风吹草正离离。"子弟们看后不敢再多言。

## 风吹灶凶

李南少明风角[①]，女亦晓冢术[②]，为卷县民妻。晨诣爨室，卒有暴风，妇便上堂从姑求归，辞其二亲。姑不许，乃跪而泣曰："家传术，疾风卒起，先吹灶突及井，此祸为女妇之爨者，妾将亡之应。"因著其亡日。（《汉书》）

**【注释】**①风角：古代占卜之法，以五音占四方之风而定吉凶。②冢术：察看阴宅风水的术法。

**【译文】**李南年轻时很清楚风角的占卜之法。他的女儿也通晓相冢术，嫁给了卷县的一百姓为妻。一天清晨时她到厨房去时，突然刮起了暴风，妇人便上到厅堂向婆婆请求回娘家，向二老辞别。婆婆没有答应，于是李南的女儿跪地哭泣道："我家传下有术法，如果有疾风突然刮起，先吹向灶屋的烟窗以及井架，这祸事必定会降到厨房主持炊事的妇女身上。这是我将死亡的征兆。"因此说明了她的死亡日期。

## 祀灶解

灶坏，炀者[①]请新之，既成，又请择吉日以祀，告之曰："灶在祀典，闻之旧矣。《祭法》曰‘王为群姓立七祀’，其一曰灶。达于庶人庶士，立一祀，或立户，或立灶。饮食之事，先自火化以来，生民赖之，祀之可也。”说者曰：“其神居人之间，伺察小过，作谴告者。”又曰：“灶鬼以时录人功过，上白于天，当祀之以祈福祥。”此仅出汉武帝时方士之言耳，行之惑也。苟行君子之道，以谨养老，以慈抚幼，寒同而饱，均丧有哀。祭者敬不忘礼以约己，不忘乐以和心，室暗不欺，屋漏不愧。虽岁不一祀，灶其诬我乎？苟为小人之道，尽反君子之行，父子、兄弟、夫妇，人执一爨以自糊口，专利以饰诈[2]，崇奸而树非，虽一岁百祀，灶其私我乎？天至高，灶至下。帝至尊严，鬼至幽仄[3]，果能欺而告之，是不忠也。听而受之，是不明也。下不忠，上不明，又可以为天帝乎？

**【注释】**①炀者：灶下烧火的人。②饰诈：指做假骗人。③幽仄：微贱;卑陋。

**【译文】**灶坏了，烧火者请求新建；当新灶建好了，烧火者又请求选择一个吉日祭祀灶神。有人告诉他说：“建灶后要举行灶神祭祀典礼，很早以前就听说过了。《祭法》中记载说‘王为群姓立七祀’，其中一个便是灶神祭祀典礼，这涵盖了平民百姓和小官小吏，或是设立一祭祀的神坛，或是建立一房子，或是建造一新灶。凡是有关饮食的事，先自人类懂得用火烹饪以来，人民便依赖上了，所以举行祭祀典礼是应该的。”说者道：“神灵居留在人间，侦察我们所犯的小过，然后发出谴责与警告。”然后又说道：“灶鬼按时记录人的功过，然后上天禀告给天庭，所以应当祭祀它来祈求降福与吉祥。”这些话只是汉武帝时的那些方士说过，实行起来还是让人有点迷惑。如果是平时遵循君子之道，以谨来养老，以慈来抚幼，使饥寒时能同饱，去世后有人哀悼送丧；祭祀的人恭敬不忘礼节，以此来约束自己，不忘欢乐来缓和心境，暗室不欺，屋漏不愧。这样即使是一年不举行祭祀典礼，灶鬼难道还能诬蔑自己吗？如果行小人之道，全都与君子行止相反，父子、兄弟、夫妇，各自开一个灶升火做饭吃，专门想着怎么作假骗人，崇尚奸邪而树立错误的观念，即便是每年举行一百次祭祀典礼，灶鬼难道就会为我循私吗？天帝是至高的，灶鬼是至下的。天帝有至高的尊严，灶鬼的地位微贱卑陋。如果灶鬼欺瞒而不向天帝禀告实情，这是不忠；如果天帝听后听信了，则是不明。在下的不忠，在上的不明，又如何能成为天帝呢？

## 戒厕上相寻

郭璞素与柏彝友善，每造之，或值璞在妇间，便入。叹曰："卿来，他处自可径前，但不可厕上相寻耳；必，客主有殃。"彝后因醉诣璞，正逢在厕，掩而观之，见璞裸身披发，衔刀设醊[①]。璞见彝，抚心大惊曰："吾每嘱卿勿来，反更如是！非但祸吾，卿亦不免矣。"璞终婴王敦之祸，彝亦死苏峻之难。

**【注释】**①醊（zhuì）：古代祭祀时把酒洒在地上。

**【译文】**郭璞与宣城太守桓彝的关系很亲密，桓彝每次拜访郭璞的时候，有时正赶上郭璞还在内室，他也会直接闯入房间。为此郭璞感叹说："您来的时候，别的房间都可以直接出入，但千万不要到厕所里面去找我。不然，你我二人都会有灾难。”后来一次桓彝在醉酒后前往拜访郭璞，正赶上郭璞在厕所里，于是他便悄悄地潜入厕所，结果却发现郭璞赤裸着身体，披头散发，口中含着宝剑正在做法。郭璞发现了桓彝，捶着胸大惊道：“我总是叮嘱你不要到这里来，结果你却偏要来！你这样做不仅害了我，就连你也将性命不保啊。”结果后来郭璞因王敦而被杀，桓彝也死于之后的苏峻之乱。

## 焚经投厕

后魏崔浩好非毁佛法，而妻郭氏敬好释典，时时读诵。浩怒，取而焚之，捐灰厕中。及浩得罪，被置槛内送城南，卫士溲[①]其上，呼声嗷嗷，闻于行路。自宰司之被戮，未有如浩者，人以为报应。

**【注释】**①溲：大小便。这里指小便。

**【译文】**后魏时期有个叫崔浩的人非常喜欢诋毁佛法，而他的妻子郭氏却敬信喜好佛典，经常在家诵读。有一次，崔浩听到后大怒，夺过佛经来烧掉了，并把灰倒在了厕所里。当崔浩获罪后，被囚禁在木笼里送往城南，几十个卫士在他头上撒尿，发出嗷嗷的叫喊声，路人都能听到。自古以来，宰相一级的官员被羞辱的情形，没有比得上崔浩的，世人都认为这是报应。

# 卷二十 器用类

## 仙翁叶舟

陈季卿家于江南，尝访僧于青龙寺，遇僧他适，有终南山翁亦候僧归。东壁有《寰瀛图》，季卿乃寻江南路而长叹曰："安得自渭泛河达于家？"山翁笑曰："是不难。"命僧僮折阶前一竹叶，作舟置图上。季卿熟视久之，稍觉渭水波浪，一叶渐巨，席帆既张，恍若登舟，旬余已至家矣。（《异闻录》）

**【译文】**陈季卿住在江南的时候，曾前往青龙寺去拜访一位僧人，正好遇上僧人到别的地方去了，有个终南山的老翁也在等候和尚的归来。东边的墙上有一幅《寰瀛图》，季卿就上前寻找前往江南的路并叹道："要如何能够从渭水泛舟渡过黄河到达家里呢？"那老头笑着说道："这个不难办到。"于是命僧童到阶前去折了一片竹叶，做成叶舟，然后把它放到图中的渭水之上。陈季卿盯着那叶小舟注视了很久，渐渐觉得渭水起了波浪，那片竹叶也渐渐变大起来，像席子似的船帆也已经张开了，恍恍惚惚就好像登上了船，十多天后便已经到家了。

## 李郭仙舟

郭林宗，汉人，尝诣河南尹李膺，膺大奇之，遂相与友善，名震京师。后归，送至河上，车数千辆，李与郭同舟而济。众望之，以为神仙焉。（本传）

**【译文】**郭林宗，东汉人，曾前往拜见河南尹李膺，李膺对他很是欣赏，于是二人结为好友，名震京师。后来郭林宗回归故乡，士大夫、诸儒生送到河边，车子有好几千辆。李膺与郭林宗同船过河，送行的众宾客望着他俩，就像是神仙一般。

## 丰城双剑

初，吴之未灭也，斗牛之间常有紫气。张华[①]闻豫章人雷焕，妙达纬象[②]，乃要焕宿，屏人曰："可共寻天文。"因登楼仰观。焕曰："宝剑之精，上彻于天耳。"华曰："君言得之。吾少时有相者言，吾年出六十，位登三事[③]，当得宝剑佩之。斯言岂效欤？"因问曰："何在？"焕曰："在豫章丰城。"华即补焕为丰城令。焕到县，掘狱屋基，入地四丈余，得一石函，光气非常，中有双剑并刻题，一曰龙泉，一曰太阿。其夕，斗牛间气不复见焉。焕以南昌西山北岩下土以拭剑，光芒艳发。遣使送一剑并土与华，留一自佩。或谓焕曰："得两送一，张公岂可欺乎？"焕曰："本朝将乱，张公当受其祸。此剑当系徐公墓上矣④。灵异之物，终当化去，不永为人服也。"华得剑，爱之："乃干将也，莫邪可复至否？虽然，天生神物，终当合耳。"因以华阴土一斤致焕。焕更以拭剑，倍益精明。华诛，失剑所在。焕卒，子叶为州从事，持剑行经延平津，剑忽于腰间跃出堕水。使人没水取之，不见剑，但见两龙，各长数丈，蟠萦有文章，没者惧而反。须臾，光彩照水，波浪惊沸，于是失剑。叶叹曰："先君化去之言，张公终合之论，此其验乎？"

**【注释】**①张华（232年—300年）：字茂先。范阳郡方城县（今河北固安）人。西晋时期政治家、文学家、藏书家，西汉留侯张良的十六世孙。②妙达纬象：妙达，精通之意。纬象，星象。③三事：此指三公。④此剑当系徐公墓上矣：此典故出自春秋时候的吴国公子季札。季札出使晋国，途经徐国与徐君相见，徐君渴望得到季札腰间佩带的宝剑，因为吴国铸造的宝剑是非常有名的；但季札因要出使上国，没有佩剑很失礼，就没有给徐君，等他返回经过徐国时，徐君已经死了。季札感到失去了一个知音，就带着随从跑到徐君的墓地，祭拜之后摘下佩剑挂在墓地的封树上，然后离去。

**【译文】**东吴还没有被灭的时候，斗牛二星宿之间常常有紫气出现。尚书张华听说豫章(江西)人雷焕精通天文、妙达纬象之学,于是邀请雷焕前来一块住下。他屏退其他人，对雷焕说道："我们可以共同探讨这天文星象。"因此二人登楼仰观星空。雷焕说道："这是宝剑的精华，向上传到了天上啊。"张华说道："你说得对啊。我年轻的时候就有看相的人说，我到了六十岁的年纪后，将位登三公，会获得宝剑佩带。他说的话难道要应验了吗？”因此问雷焕道：“宝剑在什么地方？”雷焕道：“在豫章的丰城县。”张华于是便任命雷焕为丰城县令。雷焕到达丰城县后，让人将监狱的地基挖掘开来，深入地下达四丈多，发现了一个石函，发出强烈的光茫，石函中有两把剑，并题刻有字，一把叫龙泉，一把叫太阿。当天晚上，斗牛二星之间的紫气便没有再出现了。雷焕用南昌西山北岩下的土来擦拭剑身后，剑变得艳光四射。他派遣人将一把剑连同南昌西山北岩下的土一起送给张华，留下一把自己佩带。有人对雷焕说：“你得到了两把宝剑，却只送给张公一把，这难道不是欺瞒张公吗？”雷焕说道：“本朝将发生动乱，张公应当遭受到这些大乱带来的灾祸啊。这把剑应当挂到徐君墓地的树上。它是有灵性的东西，最终都会消失的，不是人能够永远佩戴的东西啊。”张华得到宝剑后，很是喜欢，他说道：“这把剑是‘干将’，‘莫邪’剑能够再拿来吗？虽然我有了一把这样的宝剑，但这本来就是天生的神物，最终应当放到一块才行啊。”于是张华拿了一斤华阴土送给雷焕，雷焕用这些土擦留下的宝剑，宝剑的光芒更加光亮。张华杀掉了雷焕，却没有找到雷焕留下的那把莫邪剑。雷焕死后，他的儿子雷华担任州从事一职。一天他带着剑行经延平津，身上所佩的剑突然从腰间跳了起来坠入了水中。他连忙命人下水找剑，但没找到，只发现了两条龙，分别有数丈长，盘踞在水中，身上有错杂的花纹。潜入水下寻找宝剑的人因为害怕而返回了水面。一会儿后，水面上出现了满天光彩，掀起了惊涛骇浪，而剑也消失不见了。雷华惊叹道：“我父亲去世前所说的话，张公最终将遭祸之说，这就是验证吗？”

## 剑有灵

开元中，河西骑将宋青春，每阵常运臂大呼，执馘而旋，未尝中锋镝，西戎惮之，一军始赖焉。后吐蕃入寇，获生口数千。军帅令译问："衣大虫皮者，尔何不能害青春？"答曰："常见青龙突阵而来，兵刃所及，若叩铜铁。我为神助将军也。"青春乃知剑之有灵。（《酉阳杂俎》）

**【译文】**开元年间，河西骑将宋青春，每次在阵前时都会挥动手臂大声呼喊，往往能提着敌人的首级凯旋，从来没有被兵刃所伤过。为此西戎人害怕他，而军队的人都很依赖他。后来吐蕃族入侵被打败，唐军俘获了数千人，统帅让翻译问吐蕃士兵："穿着老虎皮的你们，为什么没能伤害到宋青春将军？"吐蕃士兵答道："我曾看见一条青龙突破阵型奔来，我们的兵刃碰到将军的身体，就好像碰在铜铁上一样。我觉得有神灵在帮助宋将军。"宋青春这才知道自己使用的剑是有灵性的。

## 鬼携扇去

周祖自邺举兵向阙，京师乱。范鲁公质，隐于民间。一日，坐封丘巷茶肆中，有人貌怪陋，前揖曰："相公无虑。"时暑中，公所执扇偶书"大暑去酷吏，清风来故人"诗二句。其人曰："世人酷吏冤，抑何止如大暑也？公他日当深究此弊。"因携其扇去。公惘

然久之，后至祆庙[1]后门，见一土木短鬼，其貌肖茶肆中见者，扇亦在其手中。公心异焉。(《闻见录》)

【注释】①祆庙：祆教祭祀火神的寺院。

【译文】周祖从邺地起兵攻向了皇宫，京城因此大乱，范鲁公范质藏匿到了民间。一天，范质坐在封丘一处巷子里的茶馆中喝茶，一个相貌奇怪丑陋的人上前向他行礼道："相公无虑。"当时正处酷暑季节，范鲁公所拿的扇子上写着"大暑去酷吏，清风来故人"的二句诗。那人说道："世上的酷吏冤案，也许不止是像这大暑呢！您将来定当要深究这种弊端。"因而带着范鲁公的扇子离开了。范鲁公一阵惘然，久久回不过神来。后来范鲁公到了祆庙的后门，发现了一个土木短鬼，其面貌与在茶馆中见到的那个人一样，而且扇子也在他的手中。范鲁公心中很是惊异。

## 进龙镜

唐天宝中，扬州进水心镜一面，清莹耀目，皆有盘龙，势如飞动。玄宗览而异之。进镜官扬州参军李守泰曰：铸镜时，有老人自称姓龙名护，须发皓白，眉垂至肩，衣白衣。有小童衣黑衣，呼为玄冥。至镜所，谓镜匠吕晖曰："老人解造真龙镜，为汝铸之，将惬帝意。"遂令玄冥入炉所，扃户三日。户开，吕晖等搜觅，已失龙护及玄冥所在。炉前获素书一纸云："开元皇帝，圣通神灵。吾遂降祉斯镜，可辟众邪，鉴万物，秦皇之镜无以加焉。"歌曰："盘龙盘龙，隐于镜中。分野有象，变化无穷。兴云吐雾，行雨生风。上清仙子，来献圣聪。”吕晖等移炉，以五月五日于扬子江心铸之。后大旱不雨，叶法善祠镜龙于凝阴殿。须臾，云气满殿，甘雨大澍。(《异闻录》)

**【译文】**唐玄宗天宝年间，扬州有人进献了一面水心镜。这面水心镜镜面清莹净亮，耀眼夺目。镜的背面盘着一条龙，像是要飞腾一般生动逼真。玄宗观赏后因它与一般的镜子不同而感到奇怪。进献这面镜子的官员扬州参军李守泰向玄宗皇帝说，当时他们铸造这面镜子时，来了一位自称姓龙名护的老人，须发花白，眉毛下垂到了肩上，身上穿着白衫。身边跟随着一个身穿黑衣的小童，老人称他叫玄冥。那老人来到铸造镜子的地方，对镜匠吕晖说："我老头子懂得铸造真龙镜的方法，愿意为你制作一面，这将会让皇帝特别高兴。"于是就让随他来的那个叫玄冥的小童进到铸造镜子的院子里，将门窗关闭好，过了三天三夜。当门打开后，吕晖等人在院子里搜寻，却不见了那位老人和小童的踪影，只在镜炉前边找到一纸素书，上面写道："开元皇帝，圣德感通神灵。于是降下福祉于这面镜上，可辟众邪，查鉴万物，即使是秦皇铸的镜也没能比这更好的了。"为此，有人歌唱道："盘龙盘龙，隐于镜中。分野有象，变化无穷。兴云吐雾，行雨生风。上清仙子，来献圣聪。"吕晖等人看罢于是将镜炉移到了船上，于五月五日午时在扬子江上完成铸镜最后的工序。后来天下大旱不雨，昊天观道士叶法善在凝阴殿做法祈求镜龙。一会儿后，整个大殿便充满了云气，天上下起了大雨。

## 破镜重圆

陈太子舍人徐德言，尚叔宝妹乐昌公主。陈政衰，谓其妻曰："国破必入权豪家，倘情缘未断，尚冀相见。"乃破镜，人分其半，约他日以正月望日卖于成都市。及陈亡，其妻果为杨越公[①]得之，乃为诗曰："镜与人俱去，镜归人不归。无复嫦娥影，空留明月辉。"乐昌得诗，悲泣不已。越公知之，怆然召德言至，还其妻，因与德言、乐昌饯别，令乐昌为诗曰："今日甚造次，新官对旧官。笑啼俱不敢，方信作人难。"(《古今诗话》)

**【注释】**①杨越公：即杨素，是隋朝的重臣和权臣，擅长书法。因被封为越国公，故称。

**【译文】**南朝时陈国太子舍人徐德言，娶了陈后主叔宝的妹妹乐昌公主为妻。陈朝政权衰败后，对妻子说道："国家破落后你必定会被抓入权豪之家，倘若我俩情缘未断，希望将来还能再次相见。"于是将一面铜镜一劈两半，夫妻二人各藏半边，约定以后每年正月的月圆之夜时拿到成都集市去卖。当陈灭亡后，徐德言的妻子果然被抓赐给了杨越公为妻。徐德言听说后便作了一首诗道："镜与人俱去，镜归人不归。无复嫦娥影，空留明月辉。"乐昌公主得到这首诗后，悲泣不已。杨越公知道后，悲伤地召来徐德言，将他的妻子送还给徐德言，并向徐德言、乐昌公主饯别，使得乐昌公主为此写了首诗道："今日甚造次，新官对旧官。笑啼俱不敢，方信作人难。"

## 洞宾磨镜

尚书郎贾师雄畜古铁镜，常欲淬磨。洞宾称回处士自赞其能，笥中取药置镜上曰：“药少，归取之。”既去，久不至。遣人求，得所止佛庐，扉上有诗一首云：“手内青蛇凌白日，洞中仙果艳长春。须知物外烟霞客，不是尘中磨镜人。”师雄视镜上药已飞去，一点通明如玉，乃知异人。（《集仙传》）

**【译文】**尚书郎贾师雄藏有一面古铁镜，常想着如何淬磨。吕洞宾自称回道人，自赞说自己精通淬磨镜子。他从竹篓中取出一株药放置在镜面上，说道：“药带少了，我回去取。”吕洞宾离开后，过了很久也没有回来。郎贾师于是派人去寻找，只发现了一处寺庙，在寺庙门上写着一首诗：“手内青蛇凌白日，洞中仙果艳长春。须知物外烟霞客，不是尘中磨镜人。”贾师雄再看镜子时，发现上面的那株药已飞走了，放药处形成了一处通明如玉的点，这才知道吕洞宾是一个世外高人。

## 窦仪镜背

宋太祖以乾德二年[①]平蜀，其宫人舆至汴，有入内者，镜背有识“乾德四年铸”者。帝怪之，以问翰林学士窦仪，对曰：“此必蜀物，蜀主尝有此号。”帝大悦曰：“作相须用读书人。”（《续编》）

**【注释】**①乾德二年：即公元964年。乾德作为年号，在历史上共出现了两次，一是前蜀后主王衍的年号（919年-924年），共计6年；一是北宋太祖赵匡胤的年号（963年十一月-968年十一月），共计6年。同时期的南唐后主李煜、吴越忠懿王钱俶也使用该年号纪年。

**【译文】**宋太祖在乾德二年时平定了前蜀政权，其宫中妇人被用车拉到了汴京的宫廷。其中有个被收入宫廷的宫女有一面铜镜，铜镜的背面刻有“乾德四年铸造”的字样。宋太祖对此迷惑不解，于是就向翰林学士窦仪咨询，窦仪看了看铜镜回答说：“这一定是前蜀的物品，当年前蜀后主使用过这个年号。”宋太祖很高兴，感叹道：“宰相须用读书人啊。”

## 琴有杀心

蔡邕在陈留，邻人有以酒食召邕者。客弹琴于屏，邕至门潜听之，曰：“嘻，以乐召我而有杀心，何邪？”遂反。将命者以告主人，遽自追问其故，邕具以告。弹琴者曰：“我向鼓琴，见螳螂方向鸣蝉，将去而未飞，螳螂为之一前一却。吾心耸然，唯恐螳螂之失也。岂此为杀心形于声乎？”邕莞然而笑曰：“此足以当之矣。”

**【译文】**蔡邕在陈留时，他的一个邻居用酒食招待他。当时有一个客人在邻居家屏风后弹琴，蔡邕走到门口时悄悄聆听，大惊道：“啊！他用音乐吸引我，却是有杀心的，是什么原因呢？”于是就返回家了。奉命来传令的仆人将此告诉了主人，主人急忙亲自追上去询问蔡邕逃离的原因，蔡邕把情况详细地告知了邻居。弹琴的人说：“我刚才弹琴时，看见螳螂正爬向一只鸣蝉，蝉儿将要离开却没有飞起，螳螂随着他一进一退。我内心很紧张，只怕螳螂会抓不到它。这难道就是产生杀心并且在琴声中流露出来的原因吗？”蔡邕微笑着说道：“这足以称为杀心了！”

## 蔡邕琴笛

邕，陈留人。汉灵帝时为中郎将，以数上书陈奏忤上意，又内宠恶之，虑不免，乃亡命江湖，远迹吴会。吴下有饶桐爨下者，邕闻火烈声，知其良材，因截为琴，果有美音，其尾焦，故曰焦尾。又至柯亭以竹为椽，仰见良竹，取以为笛，发声嘹亮。（本传）

【译文】蔡邕，陈留郡人。汉灵帝时担任中郎将，因为多次上书陈述自己的政见而违背汉灵帝的旨意，又因为得宠的宦官憎恶他，他担心免不 了会遭到毒害，于是就流亡于江湖，足迹远达吴郡、会稽郡。吴郡有个人用烧桐木来做饭，蔡邕听见火势猛烈的声音，知道这是一块好木料，因而请求把桐木给他并制成了琴，果然能弹出优美悦耳的声音。因为琴的尾部已经烧焦，因而把它取名为“焦尾琴”。另外他到达柯亭时，有人用竹子做屋椽。蔡邕抬头打量那竹椽认为是好竹子，于是便拿来将它做成了笛子，吹奏出来的声音非常嘹亮。

## 女知绝弦

蔡琰，邕之女，年六岁。邕夜弹琴，弦绝。琰问之曰：“第一弦也？”复断，问之曰：“第四弦？”邕曰：“偶中耳。”琰曰：“昔季札

观风，知四国兴衰[1]。师旷吹律，知南风不竞[2]。由是言之，何得不知？”（本传）

【注释】①季札观风，知四国兴衰：典出《左传·襄公二十九年》，季札前往鲁国，叔孙穆子请观于周乐，分别演奏了各国舞乐，而季札通过乐舞一一道出了各国的兴衰情况。②师旷吹律，知南风不竞：典出《左传·襄公十八年》：“晋人闻有楚师，师旷曰：‘不害。吾骤歌北风，又歌南风。南风不竞，多死声。楚必无功。’”杜预注：“歌者吹律以咏八风，南风音微，故曰不竞也。师旷唯歌南北风者，听晋、楚之强弱。”

【译文】蔡琰，是蔡邕的女儿，年纪刚六岁。一次蔡邕晚间弹琴时，突然断了一根弦。蔡琰便问父亲道：“是第一根弦断了吗？”接着又有一根弦断了，蔡琰又问道：“是第四根弦断了？”蔡邕说：“你这不过是偶然说中罢了。”蔡琰说道：“过去季札通过观察民风，能知晓四国的兴衰；师旷吹奏南北风，知晓南风声音低弱，与律不合。由此而言，为什么不能知晓呢？”

## 桓伊抚筝

昔桓伊[1]，字叔夏，为豫州都督。时谢安婿王国宝专利无厌，安每抑制之。孝武末年，嗜酒，而会稽王道于狎昵谄邪，国宝以安功名盛极而间之，帝召伊宴饮，安侍坐。帝命伊吹笛。伊神色无变，即吹为一弄，乃放笛云：“臣于筝分乃不及笛，然自足韵合，歌管并请一吹。”帝善其调达[2]，敕御妓奏笛。伊曰：“御府人于臣必自不合，臣有一奴，善相便串。”帝召之。奴既吹笛，伊抚筝而歌《怨诗》曰：“为君既不易，为臣良独难。忠信事不显，乃有见疑患。周旦佐文武，《金縢》功不刊。推心辅王政，二叔反流言。”声节慷慨，俯仰可观。安泣下沾衿，越席就之，捋其须曰：“使君于此不凡。”帝甚有愧色。

**【注释】**①桓伊：生卒年不详，字叔夏，小字子野（一作野王），谯国铚县（今安徽省濉溪县临涣镇）人。东晋时将领、名士、音乐家。②调达：倜傥，放达。

**【译文】**昔桓伊，字叔夏，担任豫州都督。当时谢安的女婿王国宝专谋私利，品行不好，所以谢安常对他加以约束限制。等到孝武末年时，全国人都嗜酒好肉，而会稽狎昵谄邪的风气最为厉害。于是王国宝以谢安功名极盛而进谗言设计陷害他。一次孝武帝召桓伊去宴饮，谢安在座相陪。孝武帝命令桓伊吹笛，桓伊神色不变，便吹了一曲。之后他放下笛子说：“臣弹筝的天分不及吹笛，但也足以自成乐调配合歌唱，请允许愚臣弹筝歌唱，并请一人来吹笛配合吧。”孝武帝赏识他的倜傥与放达，于是下令召来一个御妓来奏笛。桓伊又说：“御府的人与臣必定配合不好，臣有一奴仆，擅长与我配合。”于是孝武帝允许他召来了自己的奴仆。奴仆吹起了笛子，桓伊便抚筝而歌唱《怨诗》道：“为君既不易，为臣良独难。忠信事不显，乃有见疑患。周旦佐文武，《金縢》功不刊。推心辅王政，二叔反流言。”歌声慷慨激昂，俯仰可观。谢安不禁流下眼泪打湿了衣襟，于是他起身坐到桓伊身旁，用手理顺桓伊的长须道：“仅就此举足见足下不是凡人！”孝武帝脸上露出了愧色。

## 作箜篌引

《箜篌引》者，朝鲜津卒霍里子高所作也。有一狂夫披发提壶，涉河而渡，其妻追止之不及，堕河而死，乃号天嘘唏，鼓箜篌而歌曰："公无渡河，公竟渡河，公堕河而死当奈何？"曲终，投河死。子高援琴作此歌，故曰"箜篌引"。

**【译文】**《箜篌引》，是朝鲜津卒霍里子高所作的琴曲。一天有一个疯癫之人，披头散发，提着一个葫芦，正要徒步过河，他的妻子追上来制止他，没有来得及，因此他落在了河中淹死了。他的妻子不禁感慨唏嘘，大声号哭起来，于是拨弹箜篌歌唱道："公无渡河，公竟渡河！公堕河而死当奈何？"曲终也投河而死。子高弹拨着箜篌将歌声写了下来，取名为《箜篌引》。

## 得玉能辨

魏田父[①]有耕于野者，得玉径尺，不知其玉也，以告邻人。曰："此怪石也。畜之弗利其家。"田父虽疑，犹豫以归，置于庑下。其玉明照一室。大怖，遽而弃之远野。邻人取之，以献魏王。魏王召玉工相之，玉工望之再拜，贺曰："大王得天下之宝，臣所未尝观。"王问其价，玉工曰："此无价以当之，五城之都，仅可一观。"魏王赐献玉者千金，长食上大夫之禄。（《尹文子》）

**【注释】**①田父：出自《史记·项羽本纪》，意思是种田的老头，即老农。

**【译文】**魏国有个在野外耕作的老农，捡到了一块直径一尺的宝玉，但他不知道那是玉，于是将这件事告诉了邻居。那邻居听后便说："这是一块怪石。收藏它会不利于家人的。"老农虽然疑虑，但还是犹豫着将宝玉拿回了家，放在家中廊下。晚上宝玉发出的亮光照亮了整个房子。老农一家非常害怕，于是急忙将那宝玉丢到很远的郊野。邻居知道后便将宝玉取了回来，并将其献给了魏王。魏王召来玉石工匠对这块宝玉进行鉴定。玉匠望着宝玉拜了两拜，向魏王恭贺道："大王得到的这天下珍宝，微臣还不曾见过。"魏王向他询问那宝玉的价值，玉匠回答说："这块宝玉没有什么东西能与它的价值相当，就算是用五座城池来相比，也就只是可以看一眼而已。"魏王于是赐给那个献玉的人千金，并让他长期享有上大夫的俸禄。

## 卞和献玉

卞和者，楚野民，得玉，献怀王。使乐正子占之，言非玉。王以为欺慢，斩其一足。怀王死，子平王立，和复献之，平王又以为欺，斩其一足。平王死，子立为荆王。和复欲献之，恐复其害，乃抱其玉而哭，昼夜不止，涕尽，续之以血。荆王遣问之，于是和随使献玉。王使剖之，中果有玉，乃封和为陵阳侯。卞和辞，不就而去。

**【译文】**卞和，是一个楚国的村民。他得到了一块璞玉，并将其奉献给了楚怀王。楚怀王命玉工乐正子查看，乐正子说这不是玉。楚怀王认为卞和是在欺骗轻慢他，于是让人砍下了卞和的一只脚。怀王死后，他的儿子平王即位，卞和再次捧着璞玉去献给平王，平王又以为卞和是在欺骗他，于是又让人砍去了卞和的另一只脚。平王死后，他的儿子荆王即位。卞和又想将璞玉献给荆王，但又担心会再次遭受伤害，于是抱着璞玉痛哭不止，眼泪哭干了后，又继续连血都哭出来了。荆王得知后派人询问原因，于是卞和便随使者前往将璞玉献给了荆王。荆王命人将璞玉剖开，里面果真有稀世之玉，于是封卞和为陵阳侯。卞和推辞了，没有赴任便离开了。

## 张伯怀一

后汉钟离意为鲁相，出私钱万三千，修夫子车；身入庙，拭机席剑履。男子张伯，除堂下草，土中得玉璧七枚。伯怀其一，以六粒瘗[①]孔子教授堂下。床首有悬瓮，意问户曹[②]曰："此何瓮也？"曰："夫子瓮也。背有丹书，人勿敢发。"意乃发之，得素书，文曰："后世修吾书，董仲舒；护吾车，拭吾履，发吾笥，会稽钟离意。璧有七，张伯藏其一。"意即召问，伯果服焉。

**【注释】**①瘗（yì）：埋葬；埋藏。②户曹：掌管民户、祠祀、农桑等的官署。

**【译文】**后汉会稽郡人钟离意做鲁相时，拿出自己的一万三千文钱，让人修理孔夫子的车。他还亲自到孔庙去，揩拭里边孔子曾用过的桌子、坐席、刀剑、鞋子。有个男子张伯，在堂下除草时，从泥土里捡到了七枚玉璧。张伯将一枚藏在怀里，将另外六枚埋葬在孔子传授学业的讲堂下方。讲堂前的床头悬挂着一个瓮，钟离意见后便问户曹道：“这是什么瓮？”户曹回答说：“这是孔老夫子的瓮。里面装有丹书，没有人敢打开它。”钟离意于是把瓮打开了，从里面得到一块帛书，帛书上写着：“后代研究我著作的，是董仲舒；保护我车子，揩拭我鞋子，开启我书箱的，是会稽人氏钟离意。玉璧有七块，张伯私藏了其中的一块。”钟离意于是召来张伯询问，张伯真心的诚服了。

## 羊公种玉

羊公雍伯，洛阳人，性笃孝。父母终，葬无终山，遂居焉。山八十里，上无水。公汲水，作义浆①于坂头，行者皆饮之。三年，有一人就饮；饮讫，出石子一升与之，使至高平好地有石处种。曰：“种此可生好玉，又得好妇。”时语毕不见。后种其石，数岁，时时往视，玉子生，人莫知。有徐氏，北平著姓，女甚有名，时人求，多不许。公乃试求徐氏。徐氏以为狂，乃戏云：“以白璧一双来，当听为婚。”公至所种石中，得五双白璧以贽②徐氏。徐氏大惊，遂以女妻之。天子异之，名其地曰玉田。（《搜神记》）

**【注释】**①义浆：旧时施舍行人的浆水。②贽（zhì）：初次拜见长辈所送的礼物。

**【译文】**羊公伯雍，是洛阳人，生性十分孝顺。他的父母去世后，埋葬在无终山上，所以他也就在这里安家落户了。无终山高八十里，上边没有水，羊伯雍于是便到别处提了水，作为浆水放在山坡头，供路过的人饮用，这样一连坚持了三年。有一天，有一个人前来饮水，喝完后拿出一斗石子给他，让他拿到一处既高又平且有石块的好地方种上，还说："种上这些石子会生出好玉来。你还能娶上好媳妇。"说完后那人便消失不见了。后来羊伯雍按照那人的嘱咐把石子种了下去，一连几年，他时常到种石子的地方去察看，石头上真的长出了玉，只是媳妇却还不知道在哪儿。有一户姓徐的人家，是北平的豪门大户。他家的女儿很有名气，当时很多人去求婚，但他家都没有答应。羊伯雍于是也试着去求婚，徐家主人以为他是个疯子，就跟他开玩笑说："你如果能献上一对白玉，我就把女儿嫁给你！"羊伯雍听了，立刻来到他那种玉的地方，得到了五对白玉，送给徐家作为礼物。徐氏见了非常惊异，于是将女儿嫁给了他。天子听到这件事后，觉得挺新奇，便将羊伯雍种玉的那块地称为"玉田。"

## 怀琉璃瓶

唐贞元中，扬州坊市有丐者自称媚儿，姓胡，怀中出琉玻瓶，可受半升，表里通明，如不隔物。曰："施满此圣瓶子则足矣。"瓶项如韦管，人与之百钱，投之，铮然有声。见瓶间，大如粟粒，众异之。复与千钱，亦如此，以至万钱亦然。好事者以驴与之，入瓶如蝇大，动行如故。俄有度支纲至数十车，纲人驻车观之。纲主戏曰："尔能令诸车入瓶中乎？"媚儿白"可"，乃微侧瓶口，令车悉入，历历如行路然。有顷，渐不见，媚儿即跳身入瓶。纲官大惊，以挺扑瓶破，一无所有，从此失媚儿所在。后月余，有人于清河北遇媚儿，部领车乘，趋东平而去。(《太平广记》)

**【译文】**唐代贞元年间，扬州的街道上出现了一个行乞的女艺人，自称媚儿，姓胡。她从怀中掏一个琉璃瓶，可容半升，表里通明，仿佛中间什么也没有似的。她对观众说："如果施舍的钱能够装满这个瓶子，我就知足了。"这个瓶子的嘴就像芦苇管一般粗细。有人拿出一百钱，投进了瓶子里，铮然有声。再看瓶子里，投进去的钱看起来却只有米粒大小，观众们很是惊异。又有人给了媚儿一千钱，结果跟刚才的情况一样，以至后来又有人给了一万钱，情况也一样。之后有几个好事者，骑来驴给她，结果那驴一样变得像苍蝇那么大，但行动却还是与原来一样。一会儿，有税官带着几十车的税收财物路过这里，税官因此驻足观看。税官对胡媚儿开玩笑说："你能够将这些车辆都装进瓶子里去吗？"胡媚儿回答说："可以。"胡媚儿于是微侧瓶口，让那些车辆滚滚向前，一一都进入了瓶中，让人看得清清楚楚，就像走路一样。过了一会儿，几十辆车便不见了。这时，胡媚儿也纵身一跃，跳入了瓶中。税官大惊，立即抓起瓶子将其摔破了，结果却什么也没有。从此，失去了胡媚儿的踪迹。一个多月之后，有人在清河北面遇见了胡媚儿，她率领着那些车辆，朝东平方向而去。

## 前定得钱

隋末，一书生居太原，苦于贫。所居抵官库，因穴而见，有钱数万贯，遂欲携挈。见一金甲人持戈曰："汝要钱，可取尉迟公[①]帖来。此尉迟公钱也。"书生访求，至铁冶处有尉迟敬德者，方袒露蓬首，锻炼之次，乃前拜之。公问曰："何故？"曰："乞钱五百贯，以济贫困。”尉迟怒曰：“打铁人安得钱？乃侮我耳。”生曰：“足下他日富贵，若能哀悯，但乞一帖。”公不得已，令生执笔曰：“钱付某乙五百贯，月日署名。”书生携去。公与其徒大笑，以为妄也。书生却至库复见，金甲人令系于梁上高处。书生取钱只五百贯。后敬德佐神尧，立殊功，敕赐钱一库。开库欠五百贯，将罪主者，忽于梁上得帖子。视之，乃打铁时书帖，累日惊叹。求书生，具陈所见，厚遣之。（《逸史》）

**【注释】**①尉迟公：即尉迟敬德（585年－658年），本名尉迟融（《新唐书》作尉迟恭），字敬德，朔州鄯阳县人，祖籍太安狄那（今山西省寿阳县）。唐朝开国名将，“凌烟阁二十四功臣”之一。

**【译文】**隋朝末年，有个居住在太原的书生，家里非常穷苦。他住的地方紧挨着官府仓库，于是他便挖了个洞钻了进去。府库里有几万贯钱，他便准备拿走一些。这时只见一个穿金甲的人手持长枪对他说：“你要钱，可以到尉迟敬德那里要个公帖来，这些是尉迟敬德的钱。”于是书生就到处访求尉迟敬德。在一个打铁的铺子里，他打听到了有个叫尉迟敬德的人，正在赤裸着上身、蓬头垢面地在打铁。当他休息时，书生于是上前拜见。尉迟敬德就问他：“有什么事？”书生说：“我想向您借五百贯钱，以解决当前的贫困问题？”尉迟敬德听后大怒道：“我一个打铁的，哪来的钱？你这是在侮辱我吧！”书生说：“您将来能够富贵！如果您能可怜一下我，便只要给我写个字条就可以了。”尉迟敬德没办法，只好让书生自己拿笔写字条道：“今支付给某某五百贯钱。”然后署上年月日，最后署上尉迟敬德的名。书生拿到字条后便拜谢走了。尉迟敬德和他的徒弟拍着手大笑，认为这书生太荒谬了。书生却拿着字条回到府库，再次见到了金甲人。金甲人让书生把字条系在房梁上边，让书生拿钱，只限五百贯。后来敬德辅佐英明之主，立下了特大功劳，因此皇上下令赐给他钱财，外加一库未启封的财物。当他开库查点时，发现少了五百贯。正当他准备处罚守库人时，忽然发现了房梁上的那张字条。尉迟敬德一看，正是当初打铁时写的那张字条。一连几天，他都惊叹不已。他派人暗中寻找到了书生，书生将自己所见之事都告诉了尉迟敬德，尉迟敬德又重重赏了他。

## 上清童子

岑文本山亭避暑，忽有人叩门云："上清童子元宝参奉。"冠青圆角冠，衣浅青衣，自言由汉得果成仙，语以汉魏间事，了如目睹。岑因问其冠帔[①]，答曰："仆外服圆而心方正，此是上清五铢服也。又天衣六铢，尤细五铢也。"言讫，进出门而去，行数步，至墙下忽不见。文本使人掘之，乃一古墓，其中唯得一古钱。文本方悟"上清童子"者，谓青铜也；名"元宝"者，钱之文也。"外圆心方"，正铁之状也；"青衣"者，铜衣也；"五铢"者，亦钱文也。此乃汉朝所铸也。文本自是钱帛日盛，至中书令，忽失古钱，岑遂亡矣。

**【注释】**①冠帔（guān pèi）：古代妇女之服饰。冠，帽子。帔，披肩。泛指道士的服装。借指道士。

**【译文】**唐代的岑文本在山亭避暑时，忽然有人来敲他的门说："上清童子元宝前来求见。"只见来人是个戴浅青色圆角道士帽、披浅青色圆角帔、穿青色圆头鞋的道士，自称从汉朝时就已修成正果成了仙。岑文本与他说起汉魏之间发生的一些事，道士对答如流，就好像是他亲眼见过一般。岑文本问他道士的服装有什么讲究，他回答说："我穿外衣是圆的，而心间是方正的。这是上清五铢服。天人穿的是六铢服，更轻细的便是五铢服。"说完道士就告别出了山亭门回去了。他刚出门走了几步，来到一处墙下时就忽然不见了。岑文本于是让人在墙下挖掘，挖到了一个古墓，墓中只有一枚古钱。岑文本这时才恍然大悟，原来"上清童子"就是"青铜"的意思；取名"元宝"，就是钱上的字；"外圆心方"，正是钱的形状；青衣，就是铜衣；"五铢"，也是钱上的文字，这是汉朝时所铸造的。岑文本从这之后钱财越来越多，官职也做到了中书令。后来岑文本忽然丢失了那枚古钱，他便死了。

## 整钱瓮欹

建安有村人，小舟建溪往来，采薪为业；山上忽有数钱流下，寻至山半，树下有大瓮，钱满其中而瓮少欹，故钱流出。于是推正，以石搘[①]之，取五百余钱归，率家人往，将尽取之，而亡其所，徘徊数日，不忍去。夜梦人曰："钱有主，不可取也。向为瓮欹，以五百顾尔正之耳。"（徐铉《稽神录》）

【注释】①搘（zhī）：古同"支"，支撑。

【译文】建安有个村人，常撑着小船往返于建溪之上，以打柴为生。有一天，山上忽然有几枚钱滚了下来，于是他便上山寻找。寻到半山腰时，在一棵大树下发现了一口大瓮，里边装满了钱，而瓮稍微有点歪斜，所以钱流了出来。于是他将瓮扶正了，用石头将其支撑住，并从中取了五百多枚钱拿回了家。回家后他就领着家人返了回来，准备将那些钱全都带回家。但是当他来到山上时，却发现那口大瓮不见了。他在山上徘徊了好几天，舍不得离开。一天夜里有人在梦中告诉他说："那些钱是有主的，不可以拿。之前因为瓮歪了，所以用五百枚钱请你将瓮扶正而已。"

## 蔡伦造纸

后汉蔡伦为中常侍尚方令，有才思。自古书契多编以竹简，其用缣[①]白者亦谓之纸（《东观汉记》作纸，其字从巾）。缣贵而简重，并不便于人。伦乃造意用树肤、麻头为麻纸，及敝布、鱼网为网纸，楮皮为谷纸。奏上之，和帝[②]善其能。自是莫不用焉，天下咸称蔡侯纸。

**【注释】**①缣：细密的绢。②和帝：即刘肇（公元79年—公元106年），东汉第四位皇帝。

**【译文】**后汉时期的蔡伦，在担任中常侍兼尚方令时，很有才思。自古以来，人们大多是将字或写或刻在编成册的竹简上，那些用来写字的丝绸也叫做纸（《东观汉记》作纸，其字从巾）。绢布很贵，而竹简则很笨重，并且人们使用起来不方便。蔡伦于是想出了一种方法，用树皮、麻头做麻纸；用破布、鱼网造网纸；用楮树的韧皮纤维做谷纸。他将这种方法上奏给汉和帝，汉和帝夸奖了他的才能。从此之后，大家都采用他造的纸，所以天下人便将这种纸称为“蔡侯纸”。

## 仲将墨法

韦仲将[①]合墨法，以好纯烟擣[②]讫，以细绢簁[③]于缸中。墨一斤，以好胶五两浸梣皮汁中。梣[④]，江南樊鸡木皮也。其皮入水绿色，解胶，又益黑色，可下鸡子白去黄五枚，以珍珠一两，麝香一两，皆别治细簁，都令调下铁臼中。宁刚不宜泽。擣三万杵，多益善。合墨不得二月九月，温时败臭，寒则难干，湩[⑤]溶见风日破碎，重不得过二两。（《太平御览》）

仲将之墨，一点如漆。（《萧子良答王僧虔书》）

**【注释】**①韦仲将：即韦诞（179年—253年），字仲将。京兆杜陵（今陕西省西安市）人。三国时期魏国大臣、书法家、制墨家。工于草书，伏膺于张芝，兼学邯郸淳之法，有“草圣”之称，著有《笔经》。②擣：古通“捣”。③簁（shāi）：将物置于筛内摇动,使粗细分离。④梣（chén）：落叶乔木，羽状复叶，叶子椭圆形，圆锥花序，没有花瓣，可放养白蜡虫，木材坚韧，可制器物。树皮叫秦皮，可入药。通称白蜡树。⑤湩（dòng）：乳汁。

**【译文】**韦仲将在《合墨法》中记载的合墨之法为：“将上好的纯烟捣好，然后用细绢布将捣好的烟筛到缸中。取墨一斤，用好胶五两浸在梣树皮捣的汁液中。梣皮，也就是江南樊鸡木的皮。其皮入水后为绿色，与胶混合后，又会渐渐变成黑色。这时可以用五枚鸡蛋，去黄留白，再用珍珠一两，麝香一两，分别用细筛子筛选，然后都调和一起放入铁臼中。宁愿硬一点而不宜过湿。捣三万杵，捣的越久越好。合墨时不得选在二月份或是九月份，因为温度过高时便会腐败发臭，而天气太冷时则难以变干。当混合后的墨汁溶解见风时，便会干裂破碎，得到不超过二两重的墨。”

用韦仲将合墨之法制成的墨，一点点便如乌漆般黑。

## 立本观画

阎立本，唐太宗时拜右相，观张僧繇金陵画壁，曰：“得名耳。”再往，曰：“犹近代名手也。”三往，于是寝食其下，数日而后去。夫立本以画名一代，其于张之高下间耳，而不足以知之。世人强其不能而论能者之得失，不亦疏乎？（本传）

**【译文】**阎立本，在唐太宗时担任右相。当他第一次到金陵观看张僧繇的画壁时，说：“张僧繇不过是虚得其名。”当第二次他再去观看时，说：“张僧繇就犹如近代名手一样啊。”当他第三次又去看时，便睡觉、吃饭都在张僧繇的画壁之下朝夕揣摩，一直到几天后才离开。阎立本凭借绘画而享有一世盛名，他与张僧繇的绘画水平差不多，而还不足以让世人知晓他。世人将能力不强的人当作强者，却反过来议论水平高的人的得失，不也是一种疏忽吗？

## 阮孚蜡屐

孚①，阮咸②子。晋元帝时封南安侯，转吏部尚书，以病家居。

初，祖约[3]性好财，孚性好屐，同是累而未判。或有诣约，见正理财物，客至，屏去不尽，倾身障之，意未能平。及诣孚，见正着蜡屐，自叹曰："未知一生能着几两屐？"神色闲畅，于是胜负始分。（本传）

**【注释】**①孚：即阮孚，字遥集，陈留尉氏（今河南尉氏县）人。晋朝大臣，始平太守阮咸之子。②阮咸：生卒年不详。字仲容，陈留尉氏人（今河南），系阮籍之侄，与阮籍并称"大小阮"，与嵇康、阮籍、山涛、向秀、刘伶、王戎并称"竹林七贤"。③祖约（？-330年），字士少，范阳郡遒县（今河北省涞水县）人。东晋将领。豫州刺史祖逖胞弟。

**【译文】**阮孚，是阮咸之子，晋元帝时被封为南安县侯，后转任吏部尚书，因为身体有病而住在家中。当初，祖约生性爱好财宝，而阮孚喜欢鞋子。同样是一种累人的嗜好，可是无法由此分出两人的高下。这时有人来拜访祖约，正好碰见他在整理财物。客人到了后，祖约还有一些财物没收好，于是侧着身体意图将没收好的财物遮住，言谈举止间表现出很不平静的样子。当有人前往造访阮孚时，看到他正在自己生火给鞋子上蜡，一边忙着一边叹息道："不知道一个人一生能穿几双鞋呢？"神色如同闲暇时一样欢畅，由此二人高下立判。

## 吕虔授刀

虔[1]有佩刀,工相之，登三公，可服此刀。以授王祥，曰："公有公辅量，故相与。"祥佩之，至三公；归终，授弟览曰："汝后必兴，足称此刀。"览至光禄大夫。传至子裁[2]，裁传之子导[3]，皆相

继贵显。(本传)

**【注释】**①虔：吕虔（生卒年不详），字子恪。任城国（今山东济宁东南）人。汉末至三国曹魏时期将领。②裁：王裁，字士初，琅琊临沂（今山东临沂市）人。魏晋时期大臣，光禄大夫王览之子，官至抚军将军长史。③导：王导（276年—339年），字茂弘，小字赤龙。东晋开国元勋，政治家、书法家。

**【译文】**吕虔有把佩刀，工匠看过之后，认为这把刀只有位列三公的人才有资格佩带。吕虔将这把刀送给了王祥，并说："你有宰相的肚量，所以我将这把刀送给你。"王祥佩带了这把刀，最终果然位列三公。在他死时又将刀传给了弟弟王览，说："你的子孙后代必定会兴旺，足以有资格佩带此刀。"果然，王览最后官至光禄大夫，之后他又将刀传给了儿子王裁，王裁又传给了儿子王导，他们都相继显贵。

## 赏五花簟

宋尚书令王俭，尝集才学之士，总校虚实，类物以隶之，谓之丽事；多者赏之，惟庐江何宪为胜，赏以五花簟、白团扇，坐簟执扇，客气甚自得。秣陵令王摛后至，俭以所隶示之，摛操笔便成，举坐赏击。摛乃命左右抽宪簟，自掣取扇，登车而去。

**【译文】**南朝时期宋尚书令王俭，曾经召集有才学的人，让他们用典来作文章咏物，以比较优劣，称之为"丽事"；规定善于用典的人可受奖赏。最后庐江人何宪得胜，王俭便奖赏他一块五彩竹席和一把白团扇。何宪坐在席子上，手里拿着扇子，言行虚伪，很是得意。这时秣陵县令王摛来晚了，王俭便把何宪所作的文章给他看，王摛看后操笔作文，片刻即成，在坐的人都击节叫好。于是王摛叫随从抽去何宪的坐席，又亲自夺过白团扇，然后登上马车扬长而去。

## 说经夺席

戴凭征博士①，诏公卿大会，群臣皆就席，凭独立。世祖②问其意，对曰："博士说经皆不如臣，而坐居臣上，是以不得就席。"帝令与诸儒难说，帝善之。后正旦朝贺，令群臣说经，更相难诘，义有不通，辄夺其席以益通者。凭遂重坐五十余席。故京师语曰："解经不穷戴侍中。"

**【注释】**①博士：古代学官名。②世祖：此指东汉光武帝。

**【译文】**戴凭征试博士之后，朝廷曾召开公卿大会，群臣都就席而坐，只有戴凭一个人站着。光武帝便问他这是什么意思，戴凭回答道："博士中说经的都不如我，但他们却坐在我的上面，所以我不就席。"于是光武帝便召他上殿，让他与诸儒说疑问难。光武帝认为他说得很好。后来朝廷庆贺元日时，光武帝命令群臣解说经书，互相问疑质难，凡有经义说不通的，就夺了他的席位给能解说通的人，戴凭最终因此重坐了五十多席。所以京师中流传着一句话说"：解经不穷戴侍中。"

## 赠七宝枕

郭翰乘月卧庭中，空中一少女冉冉下，曰：“吾天织女也。上帝命游人间，愿乞神契。”乃升堂共枕，欲晓辞去，后夜复来。翰曰：“牵牛郎何在？那敢独行？”曰：“阴阳变化，关渠何事？”至七夕，忽不来，数夜方至。一夜，凄恻流涕曰：“帝命有期，便当永诀。”以七宝枕留赠而去。

**【译文】**郭翰乘着月色高卧庭院中时，看见空中有一位少女冉冉飘下，对他说：“我是天上的织女，上帝命我到人间一游。我愿以神灵之身托付于你。”于是他们手拉手地进了内室，解衣共枕。天快亮时女子便告辞离去，后半夜时又来。郭翰对她说：“牵牛郎在哪里？你怎么敢独自出门？”女子回答道：“阴阳变化，关他什么事？”到七夕时，女子忽然不再来了，过了几个晚上才来。一天夜里，女子忽然脸色凄惨并且痛哭流涕地对郭翰说：“上帝的命令有期限，我们现在就该永别了！”便拿出一个七宝枕留赠给他，而后离去。

# 卷二十一 冠服类

## 幞头始末

上古披发服皮。三代即有衣冠，皆列品命，无敢惑。黔首之服，以三尺皂绢裹发，名折上巾。后周武帝裁为四脚，名服头，但空裹髻而已。隋大业中，著巾子，以桐木为之，内外皆漆。又赐百僚丝葛巾子，呼为高头样。自后有华韶样、仆射样。马周上议："裹头左右各三折，象三才；重系前脚，法二仪[①]。"诏从之。（《炙毂子》）

【注释】①二仪：指日月。

【译文】上古时期人们披散着头发穿的是动物的毛皮。三代才开始有衣服和帽子，都规定出各个官阶，没有敢迷惑众人的。普通百姓的衣服，用三尺黑布包住头发，取名为折上巾。后来周武王裁改成四角，取名为服头，只是空空地裹着发髻罢了。隋朝大业年间，开始做巾子，用桐木做成，里面和外面都刷上漆。又赐给百官丝葛巾子，称为高头样。在此之后又有了华韶样、仆射样。马周向皇上提建议："裹头巾左右都应该是折三下，代表着三才，即天地人；主要系上前边，效法二仪即日月。"皇帝采纳后发布诏令。

## 朝服本戎服

今之朝服，乃戎服。盖自隋炀帝数出幸，因令百官以戎服从。一品紫，次朱，次青，皂靴乃马鞋也。后世循袭，遂为朝服。然唐人朝服，犹着礼服，幞头圆顶软脚，今之吏人所冠者是也。桶顶帽子，乃隐士之冠。京师士人行道间，犹着衫帽。至渡江，戎马中乃变为白凉衫[①]。绍兴二十年间，士人犹是白凉衫。至后来军兴，又变为紫衫，皆戎服也。(《朱子语录》)

**【注释】**①白凉衫：宋代未中式的士人的常服。

**【译文】**现在的朝服，是军服。大概从隋炀帝多次外出，因此命令百官都身穿军服跟从。一品官员的军服是紫色，其次是红色，再次是青色，黑色靴子就是马鞋。后世遵循沿袭，于是变成了朝服。然而唐朝的朝服，好像穿着礼服，头戴圆顶软脚幞头，就是如今官吏头上戴的冠。桶顶的帽子，是隐士戴的冠。京城中走路的士人，尚且戴着衫帽。等到渡过江河，军服又变成了白凉衫。绍兴二十年间，士人尚且穿着白凉衫。到后来军队兴起，又变为紫色衣衫，都是军服。

## 服制之变

因言服制之变：前辈无着背子[①]者，虽妇人亦无之。士大夫家居，常服纱帽、皂衫、束带，无此则不敢出。背子起殊未久。或问："妇人不着背子，则何服？"曰："大衣。"问："大衣，非命妇亦可着否？"曰："可。"或举胡德辉《杂志》云："背子本婢妾之服，以其行直主母之背，故名背子。后来习俗相承，遂为男女辨贵贱之服。"曰："然。然尝见前辈杂说中载之，上御便殿，着纱帽、背子，则国初已有背子矣。皆不可晓。"（《朱子语录》）

**【注释】**①背子：褙子，古代衣服的一种。男女都可穿，样式不同。

**【译文】**说起服制的变化：长辈没有穿褙子的，虽然是夫人也没有。士大夫在家中时，常服是纱帽、黑衫、束带，没有这些不敢出门。褙子的起源也不是很久远。有的人问："妇人不穿褙子，那穿什么衣服呢？"回答说："长衣。"又问："长衣不是有封号的妇人也能穿吗？"回答说："可以。"有人举了胡德辉《杂志》中的例子说："褙子本来是奴婢妾室的衣服，因为她们的言语行为对着主母的后背，所以称为褙子。后来继承了以前的习俗，于是成为人们辨别地位高低的衣服。"说："对。曾经看见前辈在杂说中记载着，皇上到了别殿，戴着纱帽、穿着褙子，说明国家初年就有了褙子。大家都不知道。"

## 笏本记事

令官员执笏，最无道理。笏者，只在君前记事，恐事多，须以纸粘笏上，记其头绪。或在君前不可以手指人物，便用笏指之。此笏常尺，插在腰间，不执在手中。夫子“摄齐①升堂”，何曾手中有笏？摄者，是畏谨，恐上阶时踏着裳，有颠扑之患。执圭者，自是贽见之物，只是捧至君前，不是如执笏。所以夫子执圭鞠躬，“足缩缩，如有循”，缘手中有圭，不得摄齐，亦防颠扑。

**【注释】**①摄齐：提起衣摆。

**【译文】**让官员拿着笏板，是最没有道理的。笏板，只用在君主面前记录事情，害怕事情多，需要把纸粘在笏板上，记录事情细节。或者在君主面前不能用手去指人和东西，就用笏板去指。这个笏板和平常尺子一样，插在腰间，而不拿在手中。孔夫子说“摄齐升堂”，什么时候手中拿着笏板呢？提起衣摆的人，是畏惧谨慎，害怕上台阶的时候踩到衣服，有摔倒的危险。以手持圭的人，就像是拿着礼物相见，只是捧到君主面前，不是像手持笏板一样。所以孔夫子手持着圭鞠躬，“足缩缩，如有循”，因为手中有圭，不能提起衣摆，也防止了摔倒。

## 旧衲布袄

宋徐湛之，武帝长女、会稽公主之子也。武帝微时①，贫甚，有衲布衣袄，皆敬皇后手自作。帝既贵，以此衣付公主曰：“后世有骄奢者，以此示之。”及文帝欲杀湛之，主以锦囊盛衲衣掷示上曰：“此我母为汝父作此衲衣，今日有一顿饱饭，便欲杀我儿子。”遂免。

**【注释】**①微时：地位卑贱时。

**【译文】**南朝宋时期的徐湛之，是汉武帝的长女会稽公主的儿子。汉武帝地位卑贱的时候，极其贫穷，身上穿的衲布衣袄，都是敬皇后亲手缝制的。等到汉武帝富贵以后，把这些衣服交给公主说：“后代如果有骄奢淫逸的人，就把这件衣服给他看。”等到汉文帝想要杀死徐湛之的时候，公主扔给文帝用锦囊包着衲布衣袄并示意说：“这是我的母亲给你的父亲缝制的衣服，今天能够吃上饱饭了，就想杀我的儿子。”于是免于一死。

## 宋祖加袍

宋太祖，初周恭帝时为殿前都检点，率众御辽兵，次[①]陈桥驿，都指挥使石守信等谋曰：“主上幼弱，我辈出死力破敌，谁则知之？不如先册点捡为天子，然后北征。”未及对，黄袍已加身矣。周宰相范质闻之，执王溥手曰：“仓卒遣将，吾辈之罪也。”爪入溥手，几出血。（《续编》）

**【注释】**①次：驻扎。

**【译文】**宋太祖，起初在周恭帝时做殿前都检点，带领着众人抵抗辽国军队，驻扎在陈桥站，都指挥使石守信等人谋划说：“周恭帝年幼弱小，我们这些人出生入死，奋力杀敌，谁又知道呢？不如先册封都检点为天子，然后向北征伐。”还没有等到回答，黄袍就已经穿上身了。周时期的宰相范质听说后，拉着王溥的手说：“仓促派兵，是我们的罪过啊。”他的手用力地掐王溥的手，几乎都掐出血了。

## 练裙不缘

马后，马援女，为汉明帝后。无子，育贾氏子为子，爱如己子，是为肃宗。母子慈爱，始终无间。后居后宫，谦肃身长七尺二寸，诵《易》读《春秋》，御众以德。常衣大练裙，不加缘。诸姬望见，以为绮縠[①]；就视，乃练裙。其俭素类如此。（本传）

**【注释】**①绮縠（qǐ hú）：丝织品的总称。

**【译文】**马皇后，是马援的女儿，汉明帝的皇后。没有孩子，抚育了贾氏的孩子，对他就像爱自己的儿子一样，这就是肃宗。母慈子孝，总是亲密无间。后来住在后宫，肃宗身高七尺二寸，能背诵《周易》熟读《春秋》，凭借德行让众人臣服。经常穿着大的白绢下裳，不加衣边。各个妃子看见后，以为他穿的是丝织的衣服；靠近去看，原来是白练素裙。肃宗就像这样一般节俭。

## 孝王更服

沈景，汉顺帝时为侍御史，有能称，后迁河间孝王相。景到国，谒王，王不正服，箕踞殿上。侍郎赞拜，景峙不为礼。问王所在，虎贲曰："是非王邪？"景曰："王不王服，常人何别？今相谒王，岂谒无礼者邪？"王惭而更服，景然后拜。王由是折节[①]自修。（《孝王传》）

**【注释】**①折节：克制、改变平时的志行。

**【译文】**沈景，在汉顺帝时期做侍御史，以有才能著称，后来调为河间孝王相。沈景去拜谒河间王，而河间王没有穿着正式服装，在大殿上箕踞而坐。侍郎向沈景行礼，沈景站着并不回礼。问侍郎河间王在哪里，虎贲说："这不是我们的王吗？"沈景说："大王衣冠不整，不穿王的衣服，与平常人有什么区别？如今我来拜见河间王，怎么是拜见一个无礼的人呢？"河间王听后觉得很惭愧，更加佩服沈景，沈景才对河间王行礼。从此河间王改变自己平时的行为提升自我修养。

## 公孙布被

公孙，齐人，汉武帝时由太常为丞相，封平津侯。每朝会议，开陈其端，令人主自择，不肯廷争。尝与公卿约议，至上前，倍[①]其约，顺上旨。汲黯诘曰："齐人多诈而无情，实始与臣等建此议，今皆倍之，不忠。"又尝曰："弘位在三公，奉禄甚多，然为布被，此诈也。"上问弘，弘曰："有之。无汲黯之忠，陛下安得闻此言？"上益厚遇之。

**【注释】**①倍：违背，背叛。

**【译文】**公孙弘，是齐国人，汉武帝时期由太常担任丞相，封为平津侯。每次上早朝开会时，他总是陈述事情的开端，让皇帝自己抉择，不愿意在朝廷上争吵。曾经和三公九卿约定好商议事情，等到了皇帝面前，就违背了之前的约定，顺从皇帝的旨意。汲黯责怪他说："齐国人总是狡诈无情，实际上开始和我们提议这件事，现在都违背了，一点也不忠诚。"又曾经说："公孙弘位至三公，有很多俸禄，但是盖的还是普通的布被，这其中一定有诈。"皇上问公孙弘，公孙弘说："确实是这样。如果不是汲黯那样忠心，陛下怎么会听到这些话呢？"皇上更加厚待公孙弘了。

## 露冕行部

郭贺，洛阳人，汉明帝时为荆州刺史。有殊政[①]，百姓便之。帝巡狩，见而嗟叹，赐以三公之服，敕行部去襜帷，使百姓见其容服，以章有德。所过莫不荣之。（本传）

**【注释】**①殊政：突出的政绩。

**【译文】**郭贺，是洛阳人，汉明帝时期担任荆州刺史。政绩十分突出，百姓都认为很方便。皇帝巡行视察各地，看见郭贺后感叹，把三公的朝服赐给了他，命令所巡查的地方摘下帷帐，让百姓看到皇帝面容和朝服，来彰显郭贺的德行。她所经过的地方没有人不与有荣焉。

## 盘龙貂蝉

周盘龙，兰陵人，胆气过人。齐高帝时为大司马，加光禄大夫，名播北朝。武帝戏之曰："卿著貂蝉[1]，何如兜鍪？"盘龙曰："此貂蝉从兜鍪中出耳。"（本传）

**【注释】**①貂蝉：古代王侯头冠上的饰物。

**【译文】**周盘龙，是兰陵人，胆识过人。在齐高帝的时候担任大司马职位，又加任光禄大夫。名声传遍北朝。武帝开他的玩笑说："你戴上貂蝉，和兜鍪相比怎么样？"周盘龙说："这个貂蝉是从兜鍪里出来的。"

## 陈禾碎裾

禾，宋徽宗时为右正言。时宦官童贯与黄经等表里为奸，缙绅[1]侧目。禾言："此国家安危之机，宜亟窜远方。"奏未终，帝起，禾引帝裾落。帝曰："卿能如此，朕复何忧？"内侍请易衣，帝却曰："留以旌直臣。"卢安奏禾狂妄，谪监信州酒税。

**【注释】**①缙绅：原指红色带子，现在指的是官员。

**【译文】**陈禾，在宋徽宗担任右正言。当时宦官童贯和黄经等人狼狈为奸，其他的官员都为此畏惧又愤恨。陈禾说："这种关系国家安危的时机，应该快速将其赶跑到远方。"上奏还没结束，皇帝站起来，陈禾拉下了皇帝的衣角。皇帝说："你能像这样坚决，朕又担心什么呢？"内侍请求替皇上更换衣服，皇帝却说："留下这件衣服来表扬耿直的大臣。"卢安上奏弹劾陈禾为人狂妄，被贬去监收信州酒税。

## 华宝不冠

宝，五代宋人。父戍长安，属宝曰："须我还，与汝上头[1]定婚。"后长安陷，父竟没于难。宝年七十，犹不冠不婚。人问之，曰："有父命。"辄号恸。（史记）

**【注释】**①上头：这里指男子束发加冠，表示成年。

**【译文】**华宝是五代时期的宋朝人。父亲戍守长安，对华宝说："等我回来，就给你束发加冠然后为你订婚。"后来长安陷落，他的父亲竟然死于战争。华宝七十岁那年，仍然没有行冠礼没有结婚。别人问他，他说："我在听父亲的话等待他。"说完就哭得极其伤心。

## 释之结袜

汉景帝时，有王生者，善为黄老言。尝召居廷中，公卿[1]尽会立，王生令张释之结袜。释之跪而结之。人或谓王生曰："奈何辱廷尉？"王生曰："吾老且贱，张廷尉天下名臣，故使结袜以重之。"诸公闻之，贤王生而重廷尉矣。（《史记》）

**【注释】**①公卿：三公九卿。

【译文】汉景帝时。有一个姓王的人，擅长黄老学说。曾经被征召到朝廷中，三公九卿都站在旁边，王生让张释之给自己穿好袜子。张释之跪着为他穿好。有人对王生说："你为什么羞辱张廷尉呢？"王生说："我年老而且地位低微，张廷尉是天下皆知的名臣，所以让他帮我穿好袜子来增加他的名望。"各位大臣听了后，都认为王生贤能而更加敬重张廷尉了。

## 倒屣迎粲

王粲，字仲宣，高平人。汉献帝时徙长安，蔡邕奇之。时才学贵显，宾客盈坐。闻粲在门，倒屣[1]迎之。粲即至，年幼弱，容貌短小。一坐尽惊。曰："此王公孙，有异才，吾不如也。"后西京乱，依刘表。以粲貌寝，不甚礼焉。（本传）

【注释】①倒屣：倒穿着鞋。

【译文】王粲，字仲宣，是高平人。汉献帝的时候搬家到长安居住，蔡邕认为王粲是个奇人。当时有才华学识的人，各个显贵聚在一起，宾客满门。听说王粲在门外，倒穿着鞋去迎接他。王粲进来的时候，大家发现他年纪幼小，身体羸弱，个子也不高。坐着的众宾客都惊呆了。说："这个王粲，有奇特的才能，我们这些人比不上。"后来西京战乱，王粲投靠刘表。因为王粲其貌不扬，对他不是很有礼节。

## 子思却裘

子思居卫，缊袍[①]无表，二旬而九食。田子方遗之狐白裘，子思辞而不受。子方曰：“我有，子无，何不受？”子思曰：“伋闻之，妄与不如遗弃沟壑。伋虽贫，不忍以身为沟壑也。”（《说苑》）

**【注释】**①缊袍：乱麻做絮的袍子。

**【译文】**子思在卫国居住，穿着用乱麻做的袍子，没有罩衫，二十天中只吃了九顿饭。田子方赠送给他一件狐狸的白色皮裘，子思拒绝没有接受。田子方说：“我有皮裘，你没有，为什么不接受呢？”子思说：“我听说过，擅自给予不如将其丢弃在山沟。我虽然贫穷，不忍心把皮裘扔进山沟。”

## 寒不借衣

陈无己、赵挺之、邢和叔，皆郭大夫婿。陈在馆职，侍祠[①]郊丘，无重裘不能御寒。无己止有其一，其内子为于挺之家假以衣之。无己诘所从来，内子以实告。无己曰：“汝岂不知我不着渠家衣邪？”却之。既而遂以冻病死。谢克家作其文集序中有云“箧无副裘”。又云：“此岂易衣食者？”盖指此事。（《朱子语录》）

**【注释】**①侍祠：随从祭祀。

**【译文】**陈无己、赵挺之、邢和叔，都是郭大夫的女婿。陈无己担任编校的职位，去郊区随从祭祀，没有厚毛皮衣来御寒。陈无己只有一件，他的妻子在赵挺之家借到一件厚毛皮衣。陈无己责问她衣服是从哪里来的，妻子将实情告诉了他。陈无己说：“你难道不知道我不穿他家的衣服吗？”拒绝了妻子。然后就因为冻病死了。谢克家写的文集小序中说道“箧无副裘”。又说：“这哪里能交换衣服和食物呢？”大概指的就是这件事。

## 不着深衣

康节先生，嘉祐中朝庭以遗逸命官，辞之不从，河南尹遣官就第[①]，送告敕朝章，康节服以谢，即褐衣如初。至熙宁初再命官，三辞，又不从；再辞朝章，且谢曰：“吾不复仕矣。”始为隐者之服，乌帽緇褐，见卿相不易也。司马温公依《礼记》制为深衣、幅巾、缙带。每出，朝服乘马，用皮匣贮深衣随其后，入独乐园则衣之。尝谓康节曰：“先生亦可衣此乎？”康节曰：“某为令人，当服今时之衣。”温公叹其言合理。（《闻见录》）

**【注释】**①就第：被免职回家。

**【译文】**康节先生，在嘉祐年间朝廷赠给他官职，他辞去不答应，河南府尹被免去官职，回老家了，把授官的文凭和朝服送过去，康节先生拒绝穿上朝服，还是穿着以前的粗布短衣。到了熙宁初年再次任命他做官，三次拒绝，又没有接受；第二次拒绝朝服，而且道歉说：“我不会再做官。”开始穿上隐者的衣服，黑色的帽子褐色的衣服，看到他也很不容易。司马温公按照《礼记》制成了深衣、幅巾、缙带。每次出门，穿着朝服骑着马，用皮匣子装下深衣，只有游园去玩的时候，才会穿。曾经个有人对康节先生说："先生也可以穿这样的衣服吗？"康节说："我是现在的人，应当穿符合现在情况的衣服了，司马温公感叹认为他说的话很合理。

## 误持裤去

后汉陈重，字景公，豫章人，举孝廉为郎。同舍郎有告归宁[①]者，误持邻舍裤以去。主疑重所取，不自申说，市裤偿之。后归宁者还，以裤还主，其事乃白。

**【注释】**①归宁：这里指男子归省父母。

**【译文】**后汉的陈重，字景公，是豫章人，因为孝廉被举荐做官。一同做舍郎的有请假回家看望父母的人，错拿了旁边人的裤子离开。主人怀疑是陈重拿的，陈重不为自己申述，买了一条新的裤子赔偿给裤子主人。后来回家看望父母的同僚回来了，把裤子还给了他的主人，这件事情才还给陈重清白。

# 卷二十二 饮食类

## 赐宴问酒价

真宗尝曲宴群臣于太清楼，群臣欢笑无间。忽问："廛沽尤佳者何处？"中贵人[1]以实价对之。上遽问近臣曰："唐酒价几何？"无能对者。惟丁晋公奏曰："唐酒每斗三百。"上曰："安知？"丁曰："臣尝读杜诗，曰：'速来相就饮一斗，恰有三百青铜钱。"上大喜曰："甫诗可为一时之史。"（《玉壶清话》）

**【注释】**①中贵人：皇帝宠幸的近臣。

**【译文】**真宗曾经在太清楼宴请群臣，众臣欢声笑语，亲密无间，忽然有人问："酿得最好的酒能值多少钱？"皇帝宠幸的近臣把实际价格告诉了他。皇上忽然问身边的大臣说："唐朝的酒价格是多少呢？"没有人能回答上来。只有丁晋公回答说："唐朝的酒水每斗三百青铜钱。"皇上说："你怎么知道呢？"丁晋公回答："臣曾经读杜甫的诗，诗中说：'速来相就饮一斗，恰有三百青铜钱。'"皇上很高兴说：

"杜甫的诗可以作为一个时期的历史。"

## 麴生风味

叶法喜居玄真观。尝有朝士诣之，解带淹留[①]，满座思酒。忽有一美措傲睨直入，称麴秀才，年二十余，肥白可观，笑揖诸公，末席抗声譁论，良久，暂起。法喜曰："此子突入，词辩如此，岂非妖魅为惑？"俟其复至，密以小剑击之，应手坠于阶下，化为瓶榼，一座惊慑。遽视，乃一瓶 醍，咸笑饮之，其味甚佳。曰："麴生风味，不可忘也。"（《唐开元记》）

**【注释】**①淹留：长期逗留。

**【译文】**叶法喜欢住在玄真观。曾经有官员前去拜访他，就出仕长期在道观逗留，高朋满座想要喝酒。忽然有一个长相俊美的贫士傲慢轻视地直直走来，自称麴秀才，今年二十有余，他又白又胖，笑着对大家作揖，座次的末位上有人大声喧哗，很久之后，那个年轻人才起身。叶法喜说："这个人突然进来，像这样说话，难道不是妖魅幻化迷惑我们的吗？"等到他又来的时候，偷偷用小剑击向他，随着手掉到台阶下，化成酒器，席中众人都吓了一跳。过去看，原来是一瓶美酒，都笑着喝下它，味道非常好。说："麴米酿成的酒别有风味，不能忘记。"

## 蜀旱禁酿

蜀简雍拜招德将军，性简傲跌宕[①]。在先主坐席，犹箕踞倾倚。时天旱，禁酿酒者。有刑吏于人家索得酿具，论者欲罚。雍与先主游观，见男女行道，谓先主曰：“彼人欲行淫，何以不缚？”先主曰：“何以知之？”对曰：“彼有其具，与欲酿者同。”先主大笑，而原欲酿者。滑稽皆此类。

**【注释】**①跌宕：行为放纵不羁。

**【译文】**蜀国的简雍升职招德将军，性格高傲，行为放纵不羁。在先主面前坐着时，尚且箕踞仰靠着。当时天气干旱，禁止人们酿酒。有官吏在人家中搜到酿酒器具，按法律规定想要处罚这家人。简雍和先主出游在旁边观看，看见男男女女走在路上，对先主说：“那个人想要行淫，为什么不抓住他呢？”先主说：“你怎么知道的呢？”回答说：“他有器具，和想要酿酒的人一样。”先主大笑，原来想要放了酿酒的人。他的滑稽举止都像这些一样。

## 饮于市肆

仁宗在东宫，鲁简肃公宗道为谕德[①]。一日，真宗急召公，将有所问。使者及门，而公不在，移时，乃自仁和肆中饮归。中使遽入白，乃与公约曰：“上怪公来迟，当托何事以对？”公曰：“但以实告。”曰：“然则当得罪。”公曰：“饮酒，人之常情。欺君，臣子之大罪。”中使嗟叹而去。真宗果问，使者具如公对。真宗问：“卿何故私入酒家？”公谢曰：“臣家贫，无器皿。酒肆百物具备，宾至如归。适有乡里亲客自远来，遂与之饮。然臣既易服，市人亦无识臣者。”仁宗曰：“卿为宫臣，恐为御史所弹。”然自此奇公，以为

忠实，可大用。（《归田录》）

【注释】①谕德：官职名，随侍帝王或尊长左右。

【译文】仁宗还是太子的时候，鲁简肃公鲁宗道担任谕德一职。有一天，真宗急忙召见鲁简肃公，将要问他一些话。使者到门前，鲁简肃公不在家，过了一会儿，他才从仁和酒肆中喝完回来。使者快速进门告诉鲁简肃公皇帝要见他，于是和鲁简肃公约定说："皇上要是怪罪您去的迟了，你要借口什么事情回答他呢？"鲁简肃公说："只是把事实告诉他就好。"使者说："如果这样您可能真的会被怪罪。"鲁简肃公说："喝酒，是人之常情。欺骗君主，是做臣子的大罪。"使者叹息着离开。真宗果真问使者，他按鲁宗道说的如实以告。真宗问："爱卿为什么私自进入酒肆？"鲁宗道道歉说："我的家中贫穷，没有喝酒的器具。酒肆里什么器具都很齐全，就像在家里一样，正好我有乡里亲友远道而来，于是在酒肆和他们一起畅饮。然而因为我换了衣服，集市上的人没有能认出我的。"仁宗说：你是我宫中的大臣，担心你会被御史弹劾。"然而从此以后这个奇人，被皇上认为是忠厚老实的，可以重用。

## 瓮间盗饮

毕卓，新蔡人。晋元帝时为吏部郎。比舍郎[①]酿熟，卓因醉，夜至瓮间盗饮之，为掌酒者所缚。明旦视之，乃毕吏部也。乐广闻而笑之，曰："名教中自有乐处，何必乃尔。（《通鉴》）

【注释】①舍郎：酿酒的人。

【译文】毕卓，是新蔡人。晋元帝时期担任吏部郎。和酿酒的人相熟，毕卓喝醉后，晚上到酒瓮中去偷酒喝，被看管酒水的人抓住。第二天早上去看，原来是毕卓。把这件事告诉大家，大家都被逗笑了，说："在礼教范围内自然有乐土，你何必要去偷酒喝呢？"

## 坐客常满

后汉孔融为太中大夫，职闲，宾客日盈其门。叹曰："坐上客常满，尊中酒不空。吾无忧矣。"与蔡邕素善。邕卒之后，有虎贲[①]士貌类邕者，融每酒酣，引同坐，曰："虽无老成人，尚有典刑。"

【注释】①虎贲：一种官职，古代对勇士的称呼。

【译文】后汉的孔融担任太中大夫，职位清闲，家中每天都有很多宾客。感叹说："宴席上的客人经常高朋满座，酒杯中的酒永远不会空。我就没什么忧虑了。"孔融和蔡邕一向交好。蔡邕死之后，有一个长得很像蔡邕的虎贲士，孔融每次喝多了，就拉着他一起坐，说："身边虽然没有年长德高的人，但是还有法律可以依靠。"

## 投辖留宾

陈遵，字孟公，嗜酒。每大饮，宾客满堂，辄关门，取客车辖投井中，倘有急，不得去。尝有部刺史奏事，过遵，俟遵沾醉[①]，入见遵母，叩头自白当对有期会，母乃令从后阁出去。遵所到，衣冠怀之，唯恐在后。时列侯有与遵同姓字者，每至，入门曰“陈孟公”，坐中莫不震动。既至而非，因号其人曰“陈惊坐”云。

【注释】①沾醉：大醉。

【译文】陈遵，字孟公，爱好喝酒。每当宴请大家喝酒的时候，宾客满堂，就关上大门，将客人的马车扔进井中，倘若有人有急事，也不能离开。曾经有刺史上奏这件事，说陈遵的过错，等到陈遵大醉，刺史进府拜见陈遵的母亲，叩首向她说明应该约束陈遵，陈遵母亲于是让他从后屋离开。陈遵所到之处，众人衣袂纷飞，都害怕在他后边。当时诸侯有和陈遵同名的人，每当到了后，进门说“陈孟公”，坐着的人没有不震惊的。等到进门后发现不是陈遵，因此称那个人为“陈惊坐”。

## 扬觯而酌

智悼子卒，未葬。晋平公饮酒，师旷、李调侍鼓钟。杜蒉入寝，酌曰：“旷饮斯。”又酌曰：“调饮斯。”又酌堂上，北面坐，饮之，降趋而出。平公呼而进之曰：“蒉，曩者尔心或开，予是以不与尔言。尔饮旷，何也？”曰：“子卯不乐。智悼子在堂，斯其为子卯也大矣。旷也，大师也，不以诏，是以饮之也。”“尔饮调，何也？”曰：“调也，君之亵臣也。为一饮一食，忘君之疾，是以饮之也。”“尔饮，何也？”曰：“蒉也，宰夫也。非刀匕是共，又敢与知防，是以饮之。”公曰：“寡人亦有过焉。酌而饮寡人。”杜蒉洗而扬觯[①]，公曰：“如我死，则必无废斯爵也。”遂谓之杜举。（《檀弓》）

**【注释】**①觯（zhì）：古代饮酒用的器具。

**【译文】**智悼子死了，没有下葬。晋平公喝酒，师旷、李调在旁边敲钟。杜蒉进入寝殿，倒酒说："师旷喝这杯。"又倒了一杯说："李调喝这杯。"又去堂上倒酒，面向北面坐下，喝了一杯酒，就走下台阶离开了。晋平公喊他进来，对他说："杜蒉，刚才我在想你或许是想要开导我，于是我没有跟你说话。你让师旷喝酒，是为什么呢？"杜蒉说："子日和卯日不能演奏乐曲。智悼子的尸体还在灵堂前，这件事比子日卯日还要大啊。师旷，是大师，不告诉您规矩，作为惩罚应该喝酒。""你让李调喝酒，又是为什么呢？"回答说："李调，是您亲近的大臣。只是为了一些饮食，就忘记了您作为君主的忌讳，作为惩罚应该喝酒。"晋平公又问："你又是为什么喝酒呢？"回答说："杜蒉，是厨师。不和厨具为伍，怎敢跟您谈论这些事，因此我也应该自罚一杯。"晋平公说："我也有过错。给本王倒上酒，我自罚。"杜蒉洗干净酒杯又高高举起，晋平公说："如果我死了，一定不要扔掉这只酒杯。"于是后来把举杯称为杜举。

## 罪行酒者

王敦字处仲，王导字茂宏。敦与导尝造王恺。恺使美人行酒，以客饮不尽，辄杀之。酒至导、敦所，敦固不肯持，美人悲惧失色，而敦傲然不视。导素不能饮，恐行酒者得罪，遂勉强尽觞。导还，叹曰："处仲若当世，心怀刚忍①，非令终也。"

【注释】① 刚忍：刚愎残忍。

【译文】王敦，字处仲；王导，字茂宏。王敦和王导曾经拜访王恺。王恺让美人为大家倒酒，因为客人没喝完，就杀掉恶人。酒到了王导、王敦的座位，王敦坚持不肯接过酒，美人悲伤害怕变了脸色，但是王敦依旧视若无睹。王导一向不能喝酒，但担心倒酒的人会因此获罪，于是勉强喝完一杯酒。王导回来，感叹说："王处仲如果当权，为人刚愎残忍，不会有好结果的。"

## 饮行觞者

阴铿为湘东王参军，与宾友宴饮，见行觞[①]者，因回酒炙授之，坐客皆笑。铿曰："吾侪终日酣酒，而执爵者不知其味，非人情也。"及侯景乱，铿为贼擒，或救之得免。铿问之，乃前行觞者。

【注释】①行觞：依次斟酒。

【译文】阴铿担任湘东王参军，和宾客朋友们一起宴饮，看见依次斟酒的人，因此回送给他酒和肉，坐着的宾客都笑了。阴铿说："我们这些人每天都喝酒喝得很尽兴，但是拿着酒壶替我们倒酒的人不知道其中滋味，这不合情理。"等到侯景之乱的时候，阴铿被贼人捉住，有人救下他才能免于一死。阴铿问那个人，才知道他是之前那个倒酒的人。

## 仙浴酒瓮

张开光尝与母及弟出游，独留妪守舍。俄有道士敝衣冠，疥癣被体，直入裸浴酒瓮中，妪不能拒。既暮，出游归渴甚，闻酒芳烈，亟就瓮中饮。妪心恶道士，不敢白，而但不饮。居数日，开光与母弟拔宅[①]而去。此事与葛洪《神仙传》李八百事略同。（曾慥《集仙传》）

**【注释】**①拔宅：全家迁移。

**【译文】**张开光曾经和自己的母亲以及弟弟一同出去游玩，只留下老妪守在家中。不久有一个衣不蔽体的道士，身上长满了疥疮，他直接光着身子在酒桶中沐浴，老妪拒绝不了他。等到天黑了，张开光三人出游回来非常渴，闻到浓烈的酒香味，就去酒桶中喝酒。老妪心中恶心那个道士，不敢告诉他们，只是不喝酒。住了几天后，张开光和母亲、弟弟全家迁移离开这里。这件事和葛洪的《八仙传》中记载的李八百的事情类似。

## 醉人见诬

郭朏有才学而轻脱[①]，夜出为醉人所诬。太守诘问，朏笑曰："张公吃酒李公醉者，朏是也。"太守令作《张公吃酒李公醉赋》。朏云："事有不可测，人当防未然。何张公之饮也，乃李老之醉焉。清河丈人，方肆杯盘之乐；陇西公子，俄遭酩酊之愆。"守笑而释之。（《遁斋闲览》）

**【注释】**①轻脱：轻佻。

**【译文】**郭朏有真才实学但是为人轻佻，在晚上出去被喝醉的人诬陷。太守责问他，郭朏笑着说："张公喝酒李公却醉酒，郭朏现在就是这种状况。"太守让他写下《张公吃酒李公醉赋》。郭朏写道："事有不可测，人当防未然。何张公之饮也，乃李老之醉焉。清河丈人，方肆杯盘之乐；陇西公子，俄遭酩酊之愆。"太守笑着放了他。

## 能饮一石

威王问淳于髡曰："先生能饮几何而醉？"髡曰："赐酒大王之前，执法在旁，御史在后，恐惧俯伏，不过一斗径醉矣；若亲有严客，奉觞上寿[①]，不过二斗；若朋友交游，久不相见，卒然相睹，欢然道故，私情相语，可五六斗；若乃州闾之会，男女杂坐，六博投壶，相引为曹，握手无罚，目眙不禁，此可饮八斗；日暮酒阑，合尊促席，男女同席，舄履交错，堂上烛灭，主留髡而送客，罗襦襟解，微闻香泽。当此之时，髡心最欢，能饮一石。故曰：酒极则乱，乐极则悲。"以讽谏焉。齐王曰："善。"乃罢长夜之饮。（《史记》）

**【注释】**①奉觞上寿：举起酒杯，献上祝寿的话。

**【译文】**齐威王问淳于髡说："先生能够喝多少酒就醉了呢？"淳于髡说："大王赐酒之前，旁边有执法的官员，后边有御史，恐惧地趴下，不过是一斗酒就醉了；如果家里有贵客，就捧着酒杯，献上祝寿的话，也不过喝上二斗；如果是和朋友出游，好久没有见面，突然一起相对，欢快地说以前的事情，相谈甚欢，可以喝下五六斗酒；如果是州闾宴会，男男女女混杂坐下，一起玩六博和投壶，互相组合玩耍，握异性的手也不会被责罚，眼睛盯着他人看也是可以的，这种时刻就能喝下八斗酒。等到天黑，宴会快要结束的时候，酒杯堆在一起，男女都坐在一起，鞋子叠放在一起，厅堂上的烛火将要燃尽，主人留下我而送别其他客人，女客的衣襟微微开解，好像能闻到阵阵幽香。这个时候，我的心情最欢畅，能够喝一石。因此说：酒极则乱，乐极生悲！”把这个道理用来讽谏齐威王。齐威王说：“好。”因此就停止了漫漫长夜的宴饮。

## 三升可恋

王绩其饮至五斗不乱。人有以酒邀者，无贵贱辄往，著《五斗先生传》。武德中，诏征以扬州六合县丞，待诏门下省。时省官例，日给良醞三升。君弟名静，为武皇千牛[1]，谓曰：“待诏可乐否？”君曰：“吾待诏禄俸殊为萧瑟，但良醞三升差可恋耳。”待诏，江国公，君之故人也，闻之曰：“三升良醞，未足以绊王先生。判日给王待诏一斗。”时人号为“斗酒学士”。贞观中，以家贫赴选。时太乐有府史焦革，家善醞酒，冠绝当时。君若求为太乐丞，选司以非士职，不授。君再三请曰：“此中有深意。且士庶清浊，天下所安。不闻庄周避漆园，老聃耻柱下。”卒授焉。数月而焦革死，妻袁氏时送美酒。岁余，袁又死。君叹曰：“天乃不令吾饱美酒。”遂挂冠归田。自是，太乐丞为清流，君葛巾联牛，躬耕东皋，自称东皋子。

**【注释】**①千牛：刀名，刀很锋利能屠千头牛；也指保护皇帝的警卫人员。

**【译文】**王绩喝酒能够喝五斗都不会醉。有人以喝酒的名义邀请他，无论显贵还是贫贱都会前往赴约，著有《五斗先生传》。武德年间，皇帝下诏征用他担任扬州六合县的县令，在门下省做待诏。当时官员的俸禄，每天给三升好酒。王绩的弟弟叫王静，是武则天的禁卫，对王绩说："待诏做得高兴吗？"王绩说："我这个待诏的俸禄极其可怜，只是那三升好酒还值得留恋罢了。"待诏江国公，是王绩的老朋友，听说王绩的事情后说："三升好酒，不足以牵绊住王先生。第二天给王待诏一斗酒。"当时人们称他为"斗酒学士"。唐代贞观年间，因为家中贫穷前往吏部听候铨选。当时太乐府史焦革，家中特别喜欢酿酒，当时非常有名。王绩请求担任太乐丞，吏部官员因为王绩的请求不合乎规定，没有同意。王绩再三请求说："这里边有深远的意义。而且士人和百姓的清浊，是天下安心的地方。没有听说过庄周避漆园，老聃耻柱下。"最终吏部授予他太乐丞的职位。几个月之后，焦革去世了，他的妻子袁氏经常送给王绩美酒。一年以后，袁氏也死了。王绩叹息说："上天这是不让我喝饱美酒啊。"于是辞官回老家了。从此以后，太乐丞这个官就被认为是清高的职务，王绩就戴着头巾放牛，亲自在东皋耕田，自称东皋子。

## 曼卿豪饮

石曼卿喜豪饮，与布衣刘潜为友。尝倅海陵，潜访之，剧饮中夜。酒欲竭，有醋斗余，乃倾入酒中并饮之。明日，酒醋俱尽。每与客痛饮，露发跣足[①]，着械而坐，谓之囚饮；坐木杪谓之巢饮；以稿束之，引首出饮，复就束，谓之鳖饮。（《类苑》）

**【注释】**①跣足：赤着脚。

**【译文】**石曼卿喜欢大碗喝酒，和平民刘潜是好朋友。曾经在海陵做官，刘潜拜访他，二人一起喝酒直到深夜。酒就要喝完了，还有几斗醋，就将醋倒进酒里一起喝掉。第二天，酒和醋都被喝完了。每当和客人畅饮时，他们散着头发光着脚，戴着枷锁坐下喝酒，称自己为囚饮；坐在树梢上喝酒称之为巢饮；用秸秆捆住自己，伸出脖子喝酒，喝完再把头缩回去，称之为鳖饮。

## 以妻间坐

窦卞与王永年接熟。卞知深州，永年为监押，遂至通家[①]。既而卞在京师，永年求监金曜门书库。卞为干提举监司杨绘，绘遂荐之。既相亲昵，永年尝置酒，延卞、绘于私室，出其妻间坐。妻以左右手掬酒，饮卞、绘，谓之白玉莲花杯。其亵狎如此。（《东轩笔录》）

**【注释】**①通家：彼此交谊深厚，就像一家人一样好。

**【译文】**窦卞和王永年相熟。窦卞做了深州知州，王永年担任监押，于是两个人的友情逐渐深厚，就像一家人一样。等到窦卞在京师任职的时候，王永年请求监守金曜门书库。窦卞因为提点推荐监司杨绘，杨绘于是推荐他。等到他们关系亲近后，王永年曾经准备酒席，请窦卞、杨绘来自己家做客，让自己的妻子坐在席位中间。妻子左右手各举着一杯酒，向窦卞、杨绘敬酒，说这是白玉莲花杯。他们之间就像这样亲近。

## 诳妻戒酒

刘伶尝渴甚，求酒于其妻。妻捐酒毁器，涕泣谏曰："君酒太过，失摄生之道，必宜断之。"伶曰："善。吾不能自禁，惟当祝鬼神自誓耳。便可具酒肉。"妻从之，伶跪祝曰："天生刘伶，以酒为名。一饮一石，五斗解酲，妇人之言，慎不可听。"仍引酒御肉，隗然[1]复醉。

**【注释】**①隗（wěi）然：醉倒的样子。

**【译文】**刘伶曾经特别口渴，向他的妻子讨酒喝。妻子将酒倒掉，也毁坏了装酒的容器，哭着劝谏他："你喝了太多的酒，已经失去了保养身体的办法，一定要戒掉喝酒。"刘伶说："好。我不能控制自己不饮酒，只有当着鬼神的面发誓才行。你可以去准备酒肉了。"刘伶的妻子听了他的话去做，刘伶跪下祷告说："天生刘伶，因为喝酒出名。一喝就是一石，五斗解除酒病，妇人的话，谨慎莫听。"说完仍然喝酒吃肉，很快就又喝醉倒下了。

## 友戒其饮

张文忠公喜酒，饮量过人。既登第，通判济州，日饮醇酎[①]，往往至醉。是时，太夫人年已高，颇忧之。一日，山东贾存道先生过济，文忠馆之数日。先生爱文忠之贤，虑其以酒废学生疾，乃为诗示文忠曰："圣君恩重龙头选，慈母年高鹤发垂。君宠母恩俱未报，酒如成病悔何追。"文忠矍然起，谢之。自是非亲客不对酒，终身未尝至醉。

【注释】①醇酎（chún zhòu）：味厚的美酒。

【译文】张文忠公喜欢喝酒，酒量过人。等到他考中科举后，担任济州的通判，每天都喝很多美酒，经常喝得酩酊大醉。这时，太夫人年岁已高，非常担忧他。有一天，山东人贾村道先生经过济州，在文忠公的家中小住了几天。贾存道先生喜欢张文忠公的贤能，担心他会因为嗜酒荒废学习且身体会生病，于是写诗警示张文忠公说："圣君恩重龙头选，慈母年高鹤发垂。君宠母恩俱未报，酒如成病悔何追。"张文忠公听后惊惧起身，感谢贾存道。从此以后不是亲近的客人不与他喝酒，终身不曾再喝醉过。

## 埃坠饭中

孔子厄于陈蔡，从者七日不食。子贡以所赍货窃犯围而出，告籴于野人，得米一石焉。颜回、仲由炊之于坏屋之下。有埃墨堕饭中，颜回取而食之。子贡自井望见之，问曰：“仁人廉士，穷改节乎？”子曰：“改节何称于仁廉哉！”子贡以所饭告孔子。子曰：“吾将问之。”召颜渊曰：“畴昔[①]予梦见先人，岂或启佑我哉？子炊而进饭，吾将祭焉。”对曰：“有埃墨堕饭中，欲置之则不洁，欲弃之则可惜。回即食之，不可祭也。”孔子曰：“然乎？吾亦食之。”（《家语》）

**【注释】**①畴昔：往日，从前。

**【译文】**孔子被困在陈蔡，跟随他的弟子连着七天都没有吃饭。子贡用身上的财物偷偷逃出围困，向当地村民换取了一些米，最后得到一石米。颜回和仲由在破旧的屋子里做饭。有黑灰掉进饭里，颜回拿出来吃下去了。子贡在井旁边看到了这一幕，问孔子说：“仁德志士会因为贫穷就改变节操吗？”孔子说：“改变节操怎么可以称他为仁义廉正呢！”子贡就把颜回偷吃饭的事情告诉孔子了。孔子说：“我会问问他的。”孔子把颜回叫过来说：“先前我梦见了祖先，或许是先人在给我们指路保佑我们吧？你快去做饭，我要祭祀祖先。”颜回回答说：“有黑灰掉入饭中，想要不管它觉得饭不干净，想要扔掉它又觉得太可惜了。我就把沾上灰的饭吃了，您不能用来祭祀。”孔子说：“是这样吗？那我也能吃。”

## 不食嗟来

齐大饥，黔敖为粥于路，以待饿者而食之。有饥者蒙袂辑屦[①]，贸贸然来。黔敖左奉食，右执饮，曰：“嗟来食。”扬其目而视之，曰：

“予唯不食嗟来之食，以至于斯也。”从而谢焉，终日不食而死。曾子闻之曰：“微与其嗟也，可去其谢也。可食。”

【注释】①蒙袂辑屦：形容潦倒困顿的样子。

【译文】齐国发生大饥荒，黔敖在路上为饥饿的人熬粥，等待饥饿的人来吃。有饥饿的人饿得用衣袖捂住脸，漫无目的地走来。黔敖左手拿着食物，右手端着喝的，说：“你快来吃！”这个人抬头看去，说：“我唯独不吃嗟来之食，所以才到了今天这般地步。”黔敖跟上他的脚步向他道歉，但是那个饥饿的人因为长时间不吃东西饿死了。曾子听说后说道：“黔敖没有礼貌地呼喊时可以不吃，可当他道歉后就可以吃他的食物了。”

## 不食盗食

东方有士曰爰旌目，将有适而饿于道。狐父之盗人丘也，见而下壶餐以哺之。爰旌目三哺而后能视，曰 ：“子何为者也？”曰：“我狐父之盗人丘也。”爰旌目曰：“嘻。汝非盗耶？胡为而食我？”两手据地，而呕之不出，喀喀[①]然遂伏而死。（《新序》）

【注释】①喀喀：呕吐或吞咽的声音。

【译文】东边有个叫爰旌目的士人，将要出门去远方但半路上很饿。狐父有个强盗叫丘，看见挨饿的爰旌目就用水壶盛汤饭喂给他吃。爰旌目吃了三口后就能看到东西了，说：“您是谁呢？”强盗回答说：“我是狐父的强盗，我叫丘。”爰旌目说：“呀，你不是强盗吗？为什么要给我食物吃呢？”他说完就两手扶地，想要通过呕吐将食物吐出，但吐不出来，咳嗽了几声就趴在地上死了。

## 留饭礼薄

步隲避乱江东，与广陵卫旌相善，俱以种瓜自给。会稽焦征羌，郡之豪族。隲与旌寄食[1]其地，惧为所侵，乃共修刺奉瓜，以献征羌。方内卧，驻之移时，旌欲去，隲止之曰：“本所以来，畏其强也。今舍去，欲以为高，只怨耳。”良久，征羌开牖见之，隐几坐帐中，设席致地，坐隲、旌牖外。旌愈耻之，隲辞色自若。征羌身自享大案，肴膳重沓，而小盘饭与隲、旌，惟菜茹而已。旌不能食，隲极餐致饱，乃辞出。旌怒隲曰：“能忍此乎？”隲曰：“吾等贫贱，是以主人以贫贱遇之，固其宜也。当何所耻。”（《三国志·吴志·步骘传》）

**【注释】**①寄食：依赖他人生活。

**【译文】**步隲到江东躲避战乱,和广陵的卫旌交好，二人都以自己种瓜为生。会稽的焦征羌，是郡县里的豪门大族。步隲和卫旌依赖焦征羌的土地种瓜过日子，害怕被他侵占，于是一起写了请帖带着瓜，献给焦征羌。焦征羌正在屋里睡觉，二人在外面等候了许久，卫旌想要离开，步隲阻止他说：“我们之所以过来，是害怕焦征羌的蛮横。现在离开，想要借此表现我们清高，只会和他结下怨恨罢了。”很久之后，焦征羌打开窗户看到他们，靠着几案坐在帷帐里，在地上摆上座位，让步隲和卫旌坐在窗户外面。卫旌更加觉得耻辱，步隲仍然言谈如常，神色自如。焦征羌独自享用大的几案，案上摆满了美酒佳肴，但却给步隲、卫旌用小盘子盛饭，只给他们素菜吃。卫旌没有吃，步隲吃得很饱，于是告辞出去。卫旌生气地对步隲说："你怎么能忍受焦征羌这样对待我们？"步隲说："我们身份低贱，因此主人才用对贫贱人的礼节对我们，也是应该的。何必以此为耻呢。"

## 不择美食

唐乾符中，有豪士承藉勋荫，锦衣玉食，极口腹之欲。尝谓门僧圣刚曰："凡以炭炊饭，先烧令熟，谓之炼火，方可入爨[①]。不然，犹有烟气，难餐。"及大寇，先陷瀍、洛，财产剽尽，昆仲数人与圣刚同窜，潜伏山草，不食者三日。贼锋稍退，徒步往河桥道中小店，买脱粟饭于土杯，同食，美于粱肉。僧笑曰："此非炼炭所炊。"但惭腼无对。（康骈《剧谈录》）

【注释】①爨（cuàn）：烧火煮饭。

【译文】唐朝乾符年间，有豪强称霸的人继承祖辈财产，享尽口腹之欲。曾经对圣刚僧人说："凡是用炭火做饭，先烧炭让其成熟，这叫作炼火，才可以煮饭。不然，尚且有油烟，做出来的饭不好吃。"等到寇贼侵犯的时候，先攻陷了瀍、洛二地，这个人的财产都被抢光了。和几个平时称兄道弟的人以及圣刚僧人一同逃跑，偷偷藏在山里的草丛中，三天没有吃饭。寇贼攻势稍退一些后，他们走着去桥上的小店中，买了装在土杯里的粟米饭，一同食用，这人说比肉还要美味。僧人笑着说："这不是炼火的炭烧出来的。"这个人只是面有愧色没有回应。

## 进粥三呵

郭林宗尝止陈国问学，见童子，魏德公知其有异。德公求近其房止，供给洒扫。林宗尝不佳，夜中命作粥。林宗一啜，怒而呵之曰："高明为长者作粥，使沙不可食。"以杯掷地，德公更进粥，三进三呵，德公无变容，颜色殊悦。林宗曰："始见子之面，今乃知子之心。"遂友善之，卒为妙士[1]。（本传）

**【注释】**①妙士：富有才德的人。

**【译文】**郭林宗曾经阻止陈国问学，召见童子，魏德公知道发生了一些情况。魏德公请求靠近他的房子，给他打扫卫生。郭林宗吃不好，晚上命人煮粥。林宗一喝。生气地呵斥他说："高明给长者煮粥，放入了沙子不能吃。"把碗摔在地上，德公第二次端进粥来，三次进来三次被呵斥，德公没有变脸色，脸色还很愉快。林宗说："刚开始见你那面还不了解你，现在才明白你的心思。"便对他友善起来，最后他成为富有才德的人。

## 烂蒸葫芦

郑余庆与人会食，日高，众客皆馁[1]，呼左右曰："烂蒸去毛，莫拗折项。"诸人相顾，以为必蒸鹅鸭。良久就餐，每人前下粟米饭一碗，蒸葫芦一枚。余庆餐美，诸人强进而罢。东坡《汁字韵》诗却作"卢怀谨"，岂其偶忘之耶。（《太平广记》）

【注释】①馁：饥饿。

【译文】郑余庆请别人聚会宴饮，过去很久，众位宾客都饿了，郑余庆对下人说："将它去毛后蒸烂，不要折断它的脖子。"众人互相看对方，认为一定是要蒸鹅或鸭子。很久之后开始吃饭，每个人面前放着一碗粟米饭，一个蒸葫芦。郑余庆吃得很香，其他宾客勉强进食。苏东坡的《汁字韵》却写道"卢怀瑾"，岂能忘记呢。

## 廊食无惧

张文定公齐贤，河南人。少为举子，贫甚，客河南尹张全义门下。饮啖兼数人，自言平时未尝饱。遇村人作顿斋方饱，尝赴斋后，时见其家悬一牛皮，取煮，食之无遗。太祖幸西都，文定献十策于马前，召至行宫，赐卫士廊食[1]。文定就人盘中以手取食，帝用柱斧击其首，问所言一事，文定且食且对，略无惧色。赐束帛，遣之。

【注释】①廊食：廊餐。

【译文】文定公张齐贤，是河南人。年少的时候作为被推荐参加科举考试的读书人，家里非常贫困，客居在河南府尹张全义的门下。吃的饭相当于好几个人的饭量，自己说平时不曾吃饱过。遇见村民吃顿斋饭才吃饱，曾经在村民家吃完饭后，看见他的家里悬挂着一张牛皮，取下煮熟，将牛皮吃掉没有剩余。太祖到西都，文定公在太祖马前献上十条办法，被召见进入行宫，赐给他卫士的廊餐。文定公靠近端着盘子的侍者，直接用手抓食物，皇帝用柱斧击打他的头，问他所说的事情，文定公一边吃着一边回答，没有一点害怕的神色。皇帝赐给他布帛，让他离开了。

## 廉颇善饭

颇一饭斗米，肉十斤。为赵将，拒[①]秦兵于长平。寻使赵括代将，免归，失势，故客尽去。及复用为将，客又至。颇曰："客退矣。"客曰："吁，君何见之晚也。今天下以势道交，君有势则我从君，无势则我去。此固其理也，又何怒乎？"

**【注释】**①拒：抵抗。

**【译文】**廉颇一顿饭就能吃一斗米，十斤肉。作为赵国将军，在长平抵抗秦国军队。不久派赵括代替廉颇做将军，廉颇被免职归来，失去势力后，原来的门客都离开了。等到再次被任命为将军的时候，门客又回来了。廉颇说："你离开吧。"门客说："哎，您怎么还没有看透呢？现在天下人都根据势力打交道，您有势力那我就追随您，没有实力我就离开。这本来就是如此，您何必发怒呢？"。

## 何曾食万

曾，阳夏人。晋武帝时，累迁至颍昌侯。尝侍帝宴，退谓诸子曰："主上未尝言经国远图，惟说平生常事，非贻厥[①]孙谋之道也。后嗣其殆乎？"曾豪奢，服食过于王者。大官蒸饼上，不拆十

字则不食。日食万钱，犹云无下箸处。（本传）

**【注释】**①贻厥：留传，遗留。

**【译文】**何曾，是阳夏人。在晋武帝的时候，多次升迁到颍昌侯。曾经在宴会上侍奉皇帝，退下对自己的孩子们说："主上不曾说及治理国家深远的谋划，只是说了人生平常的小事，这不是留传下来为子孙谋划的办法。子孙后代难道要灭亡吗？"何曾喜欢豪华奢侈，穿的衣服和吃的食物比帝王都讲究。有官员送上蒸饼，不拆成十字他就不吃。每天吃饭就花掉万贯钱，还说没有下筷子的地方。

## 易简食品

苏易简，宋人。太宗问："食品何珍？"对曰："物无定味，适口者珍。臣一夕寒甚，拥炉痛饮，夜半吻燥①。中庭月明，残雪中覆一齑盂，连咀数根。此时自谓上界他厨，鸾脯凤胎，殆恐不及。屡欲作《冰壶先生传》纪其事，因循未果。"上笑而然之。

**【注释】**①吻燥：嘴唇干燥。

**【译文】**苏易简，是宋朝人。宋太宗问他："什么样的食物最珍贵呢？"苏易简回答说："食物没有固定的味道，适合自己口味的就是珍贵的。臣有一天晚上感到特别寒冷，坐在火炉面前畅饮，半夜嘴唇干燥。庭院中月光皎洁明亮，院中残雪覆盖着荞菜，一连嚼了好几根。这时自己说即使是天上的仙厨，鸾鸟和凤凰的肉，都比不上这荠菜。多次想写下《冰壶先生传》来纪念此事，只是还没有实现。"皇帝笑着表示赞同。

## 尽食钓饵

王安石，字介甫，临川人。宋朝知制诰，为诡行[1]。一日，上赏花钓鱼宴内侍，以金碟盛钓饵置几上，安石食之尽。明日，上谓宰辅曰："安石诈也，使误食一粒则止矣，今食尽，非情也。"（《闻见录》）

**【注释】**①诡行：诡诈的行为。

**【译文】**王安石，字介甫，是临川人。宋朝担任制诰，做诡诈的行为。有一天，皇上宴请内侍来赏花钓鱼，用金碟子盛着鱼饵放在茶几上，王安石把鱼饵都吃了。第二天，皇上对宰辅说："王安石狡诈，让他误食一个鱼饵就停下，现在都吃完了，不是实情啊。"

## 终身啖麦

徐孝克，东海郯人，能谈玄理，性至孝。陈宣帝时为国子祭酒。陈亡，随例[1]入长安。家道壁立，母欲粳米为粥不能办。母既亡，惟啖麦而已。有遗粳米者，辄对米悲泣，终身不食焉。（本传）

**【注释】**①随例：按照往例。

**【译文】**徐孝克，是东海郯城人，懂得深奥玄妙的道理，为人非常孝顺。陈宣帝时担任国子祭酒。陈国灭亡，按照惯例进入长安。家徒四壁，他的母亲想要用粳米做粥都不行。母亲死后，徐孝克只能吃麦子。有人给他送粳米来，他就对着粳米哭泣，终身不吃。

# 卷二十三　花木类

## 作猗兰操

孔子聘于诸侯，莫能用。自卫反鲁，谷中见香兰独茂，喟然叹曰："夫兰当为王者香。今乃独茂，与众草为伍。"乃止车，援琴鼓之，自伤[1]不逢时，托于兰，作《猗兰琴操》云。（《琴操》）

**【注释】**①自伤：自我悲伤感怀。

**【译文】**孔子去各个诸侯国游说，没有国君任用他。从卫国返回鲁国，在山谷中看见一棵兰花独自茂盛生长，感叹说道："那兰花应该是花中的王者。现在独自茂盛，和一般的草丛为伍了。"于是停下车，取出琴来弹琴，自己悲伤感怀自己生不逢时，将情怀寄托到兰花身上，于是写下了《猗兰琴操》。

## 饮梅花下

隋开皇中，赵师雄迁罗浮。一日，天寒日暮，于松林间酒肆旁舍，见美人淡妆素服出迎。时已昏黑，残雪未消，月色微明。师雄与语，言极清丽，芳香袭人，因与之扣酒家门，共饮。少顷，一绿衣童子，笑歌戏舞。师雄醉寐[①]，但觉风寒相袭。久之，东方已白。起视大梅花树上，有翠羽剌嘈相顾，月落参横，但惆怅而已。（《龙城录》）

【注释】①寐：睡觉。

【译文】隋朝开皇年间，赵师雄搬家到罗浮。有一天，天气寒冷，夜色弥漫，在松林间的酒肆旁边的屋舍中，看见有画着淡妆穿着朴素的美人出来迎接。当时天色已黑，残雪还没有消融，月光皎洁微微照亮。赵师雄便和她说话，女子讲话声音非常动听，身上也芳香袭人，趁机和她一起敲开酒肆的门，二人一起饮酒。一会儿过后，有一个穿绿色衣服童子，笑着唱歌跳舞。赵师雄喝醉了睡觉时，只觉得寒风刺骨。过了很久，天已经大亮。赵师雄醒来看到一棵高大的梅花树上，有绿色的小鸟叽叽喳喳和他四目相对，月亮已经落下去，梅花树的影子或横或斜，只是赵师雄却还有点惆怅。

## 逐犬入枸杞

朱孺子，幼事道士王元正，居大若岩。一日汲[①]于溪，见二花犬，因逐之，入于枸杞丛下。掘之，根形如二犬，烹而食之，忽觉身轻，飞于峰上，云气拥之而去。

【注释】①汲：从河里取水。

【译文】朱孺子，年幼的时候侍奉王元正道士，在大若岩居住。有一天去小溪中打水，看见了两只花斑狗，趁机追逐它们，跑到了枸杞丛下边。朱孺子将枸杞挖出来，枸杞的根形状就像刚才那两只狗一样，朱孺子把它煮熟吃了，忽然觉得身上很轻盈，就飞到了山峰上，在云雾的簇拥之下离开了。

## 花尽有数

富郑公留守西京，因府园牡丹盛开，召文潞公、司马端明、楚建中、刘凡、邵先生同会。是时，牡丹一栏凡数百本。坐客曰："此花有数乎？且请先生筮之。"既毕，曰："凡若干朵。"使人数之，如先生言。又问曰："此花几时开尽，请再筮之。"先生再揲蓍[①]，良久曰："此花尽，来日午时。"坐客皆不答，郑公因曰："来日食后，可会于此，以验先生之言。"坐客曰："诺。"次日食罢，花尚无恙。洎烹茶之际，忽群马厩中逸出，与坐客马相蹄啮，奔入花丛中。既定，花尽毁折矣。于是洛中愈伏先生之言。（《闻见录》）

【注释】①揲蓍（shé shī）：数蓍草。古代问卜的一种方式。

【译文】富郑公在西京留守，因为府内花园中牡丹花盛开，召集文潞公、司马端明、楚建中、刘凡、邵先生一同集会。这时，围栏里的牡丹一共几百株。坐着的客人说："这个花有数量吗？还请先生占卜一下。”占卜完毕后，说：“一共有若干朵。”派人去数，果然像先生说的一样。又问说：“这牡丹花什么时候开尽凋谢呢，请您再次占卜。”先生第二次数蓍草，很久之后说：“这花开尽的时候，是明日午时。”客人都不回答，郑公趁机说：“明天吃完饭之后，大家可以在这里集会，来验证先生说的话。”客人说：“好的。”第二天吃完饭，牡丹花尚且没有变化。等到大家煮茶的时候，忽然马厩中的马匹逃出来了，和客人的马互相用蹄踢，用嘴啃，跑到牡丹花丛中。等到马匹安静下来，牡丹花都被毁坏了。于是洛阳的人们更加信服先生说的话。

## 能染花色

韩湘，愈之侄孙，自言解造逡巡酒，能开顷刻花。愈曰：“子岂能夺造化而开花乎？”湘乃聚土，以盆覆之，俄而举①盆，有碧牡丹二朵，叶有小金字云：“云横秦岭家何在，雪拥蓝关马不前。”愈后贬潮州，至蓝关遇雪，乃悟。湘又言：“能染花红者，可使碧。”献于退之。后堂之前染白牡丹一丛，云“来春必作金棱碧色”；明年花开，果如其说。

**【注释】**①举：举起。

**【译文】**韩湘，韩愈的侄孙，自己说“解造逡巡酒，能开顷刻花”。韩愈说：“你怎么能违背大自然的规律开花呢？”韩湘于是聚拢起一抔土，用花盆覆盖住，不久拿开花盆，就有两朵绿色的牡丹，叶子上有小的金字写道：“云横秦岭家何在，雪拥蓝关马不前。”后来韩愈被贬潮州，走到蓝关的时候下起了雪，才明白当时金色小字讲的是什么。韩湘又说:“能将花染红的,也可以变成绿色。”将其献给韩愈。后堂前面有一丛白牡丹,写道“来春必作金棱碧色”;第二年花再开放的时候,果然像韩湘所说的那样。

## 四相赏花

花之名天下者,洛阳牡丹、广陵芍药耳。红叶而黄腰,号金带围而无种,有时而出,则城中当有宰相。韩魏公守广陵日一出四枝,公当其一,选客具乐以赏之。是时,王岐公以高科[①]为倅,王荆公以名士为属,皆在选而阙其一,莫有当者,数日不决,而花已盛。公命戒客,而私自念:“今日有过客,不问何如,召使当之。”及暮,南水门报陈太博来,亟使召之,乃秀公也。明日,酒半折花,歌以插之。其后四公皆为首相。(《后山丛谈》)

《东轩笔录》云:四枝正紫,重跗累萼,中有金蕊绕之,号腰金紫。余并同。

**【注释】**①高科:科举高中。

**【译文】**能够扬名天下的花,是洛阳牡丹、广陵芍药。叶子发红枝茎发黄,号称金带围而没有种子,有时长出,那么城中应该会出现宰相。韩魏公镇守广陵的那天出现了四只花,韩魏公应当是其中一位,选择韩魏公的人都高兴地欣赏花。这时王岐公因为科举高中作为辅助,王荆公因为是名士作为附加,二人都在选了但是还缺少一位,没有适合的人,好几天都没有决定,但是花朵已经盛开了。韩魏公命令禁止人来拜访,而是自己念叨:“今天有经过的人,不问他怎么样,就召用他来担任。”等到天黑了，南水门上报陈太傅前来，很快派人召见他，于是成为柳秀公。第二天，喝酒喝到一半开始插花，一边唱歌一边插花。后来四位大人都做了宰相。

《东轩笔录》说：四枝紫色的芍药，花萼和花房重重叠叠，中间有金色花蕊冒出，称为腰金紫。我也同意这个说法。

## 下自成蹊

李将军恂恂[①]如鄙人，口不能出辞；及死之日，天下之人，知与不知，皆为之流涕。彼其忠诚，信于士大夫也。谚曰：“桃李不言，下自成蹊。”此言虽小，可以喻大。

**【注释】**①恂恂：恭谨温顺的样子。

**【译文】**李将军恭谨温顺像我一样，不爱讲话；等到他去世那天，天下的人，了解或者不了解李将军的人，都为他流泪。李将军那样的忠义诚信，士大夫都心服。俗话说：“桃李不言 ，下自成蹊”这句话虽然很小，但可以比喻大的事情。

## 巴东双柏

寇莱公知[①]巴东县，尝手植双柏于县庭，至今人以比甘棠，谓之莱公柏。后巴东失火，柏与公祠俱焚。明年，蒲田郑赣来为令，悼柏之焚，惜公手植不忍剪，代种凌霄花于下，使附干而上，以著公德，且慰邦人之思。（《燕谈》）

【注释】①知：担任。

【译文】寇莱公担任巴东县的知县，曾经在县衙内亲手种植了两棵柏树，到现在人们还把这两棵柏树比作甘棠，叫它们莱公柏。后来巴东县失火，柏树和莱公祠都被烧毁。第二年，蒲田郑赣来做县令，悼念被烧毁的柏树，怜惜它们是寇莱公亲手种植的不忍心刨除，在树下种上凌霄花代替，让凌霄花依附着柏树树干而上，来使寇莱公的功德显著，安慰乡人对他的思念。

## 竹醉日

种竹者多用辰日，山谷所谓“竹须辰日斸，笋看上番成”是也。又用腊月，杜陵所谓“东林竹影薄，腊月更须栽”是也。非此时移之多不活，唯五月十三日，古人谓之竹醉日，又谓之竹迷日，栽竹多茂盛。或阴雨则鞭行①，明年笋茎交出，然又有不拘此者。晏元献诗云“苒苒渭滨族，萧萧尘外姿。如能乐封植，何必醉中移。”（《艺苑雌黄》）

竹有雌雄。雌者多笋故也。种竹当种雌，自根而上至生梢，一节发者为雄，二节发者为雌。（《仇池墨记》）

【注释】①鞭行：竹根在地下延伸生长。

【译文】种植竹子的人多在辰日种植，就是山谷中所说的“竹须辰日斸，笋看上番成”。又在腊月栽种，这是杜陵所说的“东林竹影薄，腊月更须栽”。不是这个时间移植大多活不下来，只有五月十三日，古人把这一天称为竹醉日，又称为竹迷日，这时栽种竹子大多会长得很茂盛。遇到阴雨天气竹根就会向地下延伸生长，第二年竹子笋茎交错，然而又不止于此。晏元献写诗说："苒苒渭滨族，萧萧尘外姿。如能乐封植，何必醉中移。"

竹子有雌雄之分。雌竹上多结笋。种竹子应当种植雌竹，从竹根往上到长出竹梢，一节就生梢的是雄竹，两节生梢的是雌竹。

## 不可无此君

王徽之，字子猷。时吴中一士大夫家有好竹，欲观之，便出坐舆造竹下，讽啸[1]良久。主人洒扫请坐，徽之不顾而去。尝借居空宅中，便令栽竹。徽之但啸咏指竹曰："何可一日无此君耶。"

**【注释】**①讽啸：意思等同啸咏。

**【译文】**王徽之，字子猷。当时吴地有一个士大夫家中喜欢养竹子，王徽之想要去观赏，就坐车到竹林下，啸咏了很久。主人打扫庭院后请王徽之坐下，王徽之不回头地离开了。曾经借住在空房子里，王徽之就让下人栽种上竹子。王徽之只是啸咏着说："怎么可以一天没有竹子呢？"

## 交趾入献

汉永元间，岭南献生荔枝，十里一置，五里一堠[1]，昼夜传送。唐羌上书曰："臣闻上不以滋味为德，下不以贡膳为功。伏见交趾七郡献生荔枝、龙眼等，南州土地炎热，恶虫猛兽不绝于路，至于触犯死亡之害。此二物升殿，未必延年益寿。”诏敕大官勿复受献。

【注释】①堠（hòu）：古代瞭望敌方的土堡。

【译文】汉朝永元年间，岭南地区向宫中进献新鲜荔枝，十里地经过一个驿站，五里地经过一个土堡，昼夜不停地传送。唐羌上奏说：“臣听闻皇上不重视食物滋味是好的品德，下面的人不认为进贡膳食是功劳。低头只见七个郡县进献新鲜荔枝、龙眼等，南方气候炎热，路上的恶虫猛兽源源不断，以至于不小心碰到就会危及生命。这两样水果进奉到大殿，未必能让陛下您延年益寿。”皇帝下诏大官不要再进献荔枝。

## 葡萄遗母

唐高祖赐群臣会于御前，有葡萄，侍中陈叔达执[①]而不食。上问其故，云：“臣母患口干，求之不能得。”上曰：“卿有母可遗乎？”遂流涕呜咽，因赐之。

【注释】①执：拿着。

【译文】唐高祖赏赐各位大臣在宫殿前聚会，宴会上有葡萄，侍中陈叔达拿着葡萄却不吃。皇上问他为什么不吃，陈叔达说：“臣的母亲最近经常口干，想要吃葡萄却找不到。”皇上说：“你有母亲可以将葡萄送给她吗？”于是陈叔达痛哭流涕，抽噎不止，因此皇帝赐给了他葡萄。

## 方朔窃桃

东都献短人[1]，帝呼东方朔，朔至，短人谓上曰："王母种桃，三千岁一着子。此子不良，已三过偷之矣。"后西王母以七月七日降帝宫，命侍女索桃，须臾已至。盘盛桃七枚，母自啖二，以五枚与帝。帝留牧着前。母曰："用此何为？"上曰："欲种之。"母笑曰："此桃三千年一着子，非下土所植。"（《汉武故事》）

**【注释】**①短人：矮人。

**【译文】**东都进献了一个小矮人，皇帝叫来东方朔，东方朔到了之后，矮人对皇帝说："王母娘娘种下蟠桃，三千年才结出一颗桃子。这颗桃子不是很好，多次经过已经被偷了。"后来西王母在七月七日降落在皇帝的宫殿中，命令侍女端上蟠桃，一会儿侍女就到了。盘子里盛着七只桃子，西王母自己吃了两颗，把剩下的五颗送给皇帝。皇帝留着桃子没有吃。西王母说："放着它不吃干什么呢？"皇帝说："我想要种植蟠桃。"西王母笑着说："这个蟠桃三千年结一次果，不是凡间的泥土能够种植的。"

## 啖李伐树

和峤性至俭，家有好李，求之不过数十。王济候其上直[1]，率少年诣其园，共啖毕，伐树，送一车枝与和峤，唯笑而已。峤诸弟往园中食李，而皆计核责钱，故峤妇弟王济伐之也。

【注释】①上直：上班，当值。

【译文】和峤性格极其节俭，家中有好的李子树，能求来树枝的人不过几十个。王济等到和峤当值的时候，带着自家孩子到他的果园中，一起吃完树上的李子，然后砍掉了李树，送给了和峤一车树枝，但和峤也只是微笑面对。和峤的弟弟们前去园子里吃李子，都是按照吃剩下的果核来计算钱。所以和峤妻子的弟弟王济砍掉了他的李子树。

## 故妻采桑

鲁秋胡[①]子纳妻五日而官于陈，后归，未至家，见路旁有美妇人方采桑，秋胡悦之，下车，愿托桑阴下。妇人采桑不顾，胡曰："力田不如逢市，力桑不如见郎。今吾有金，愿与夫人。"妇人不受，胡乃归。母呼其妇，乃向采桑者也。数胡之罪，而自投于河。

【注释】①秋胡：春秋时期鲁国人，后来泛指爱情不专一的男子。

【译文】鲁国的秋胡刚娶妻五天就去陈国做官了，后来回来，还没到家，看见路边有一个美貌的妇人正在采桑叶，秋胡喜欢她，从车上下来，愿意带她到桑树荫下去。妇人采着桑叶没有回头看他，秋胡说："努力耕田不如遇到好的集市，努力摘桑叶不如遇见好郎君。现在我有钱，愿意送给你。"妇人不接受，秋胡才回家。秋胡的母亲呼唤他的妻子，就是先前采桑叶的夫人。母亲数落秋胡做的荒唐事，于是他自己投河了。

## 手植三槐

王晋公祐，事太祖为知制诰。时魏州节度使符彦卿有飞语[①]闻于上，遣祐使魏州，以便宜付之。告曰："使还，与卿王溥官职，"乃至魏，得彦卿家僮二人挟势恣横，以便宜决配而已。及还朝，太祖问曰："汝敢保符彦卿无异意乎？"祐曰："臣愿以百口保之。"上怒，华州安置。祐赴贬时，亲朋送于都门外，谓曰："意公作王溥官职矣。"祐笑曰："祐不做，儿子二郎必做。"二郎者，文正公旦也。祐素知其必贵，手植三槐于庭，曰："吾子孙必有为三公者。"已而果然。天下谓之三槐王氏云。（《闻见录》）

**【注释】**①飞语：没有根据的话。

**【译文】**王晋公王祐，侍奉太祖担任知制诰。当时魏州的节度使符彦卿有一些没有根据的话让皇帝听到了，于是派王祐出使魏州，让他自行决断处理符彦卿。告诉王祐说："等你出使回来后，赐予你王溥的官职。"于是到了魏州，得知是符彦卿家中两个仆人依仗权势放纵专横，并根据情况惩罚发配了二人。等王祐回到朝廷，太祖问他说："你敢保证符彦卿对我没有二心吗？"王祐说："臣愿意用一百张嘴来保证。"皇帝大怒，将他发配到华州。王祐将前往被贬的地方时，亲朋好友在都城门外为他送行，对他说："我们还想着您会做王溥的官职呢。"王祐笑着说："我不做的话，我的儿子一定会做到的。"二郎就是文正公王旦。王祐一向知道儿子会大富大贵，亲手在庭院中种下了三棵槐树，说："我的子孙中一定会有能做到三公的人。"不久后果然实现了。天下人将其称为三槐王氏。

## 樗栎不材

吴有大树，人谓之樗。其大本拥肿而不中绳墨，其小枝卷曲而不中规矩。（《庄子·逍遥游》）

匠石之齐，至乎曲辕，见栎社树[①]。其大蔽牛，观者如市，匠石不顾。弟子曰："自吾执斧斤以随夫子，未尝见材如此其美也。先生不肯视，何耶？"曰："已矣，勿言之矣。散木也，是不材之木也，无所可用。"（《庄子·人间世》）

**【注释】**①栎社树：把栎树当作社神。

**【译文】**吴国有一棵很大的树，人们都叫它樗。它的树干笨重但并不笔直，它的树枝卷曲也不规整。

有个叫石的木匠来到齐国，到了曲辕，看见一棵被当作社神的栎树。树很大能够遮蔽很多头牛，来参观的人数不胜数像逛集市一样，石木匠却不回头看一眼。他的徒弟就说："从我跟着老师您拿起斧头学习开始，不曾见过像这样优秀的木材。老师您不肯看它，这是为什么呢？"石木匠说："罢了，不要再说了。这是散木，是没用的木材，没有什么用处。"

## 邻瓜美恶

梁大夫宋就为边县令，与楚邻界。梁楚边亭皆种瓜。梁亭劬力[1]数灌，其瓜美；楚人窳而希灌，其瓜恶。楚令以梁瓜之美，怒，因往夜窃搔梁瓜。梁觉之，欲往报，搔楚瓜。宋就曰："是构怨之道也。"乃令人夜往，窃为楚灌瓜。楚旦往，则已灌瓜，伺而察之，则梁亭为也。楚令大悦，因具闻楚王。楚王乃谢以重币，故梁楚之欢，由宋就也。

**【注释】**①劬（qú）力：勤劳尽力。

**【译文】**梁国大夫宋就担任边界县令，和楚国相邻。梁国和楚国边界的驿亭都种着瓜。梁国的亭长辛勤护理多次浇水，种的瓜很好；楚国人懒惰很少给瓜浇水，他们的瓜长得不好。楚国县令因为梁国的瓜长势好，大怒，因此在晚上偷偷摘梁国的瓜。梁国人察觉到后，想要报复，去摘楚地的瓜。宋就说："这是产生怨恨的方法。"于是命人晚上前去，偷偷给楚国人的瓜浇水。楚国人第二天早上去的时候，发现瓜已经被人浇过水了，在一旁躲起来观察，发现是梁国的亭长做的。楚国县令很高兴，因此把事情详细地告诉了楚王。楚王于是用很多金币酬谢梁国，所以梁楚两国交好，是因为宋就的原因。

## 帝为烧梨

唐肃宗尝夜坐，召颍王等三弟，同于地炉罽毯上坐。时李泌绝粒[1]，上每自烧梨以赐之。颍王恃恩固求，上不与，曰："汝常饱肉食，先生绝粒，何乃争之？"颍王曰："臣等试大家心，何乃偏耶？不然，三弟共乞一颗，可乎？"上亦不许，赐以它果。颍王等又曰："臣等以大家自烧，故乞，他果何用？"因曰："先生恩渥如此，臣等请联句，以为他年故事。"颍王曰："先生年几许？颜色似童儿。"信王曰："夜抱九仙骨，朝披一品衣。"一王曰："不食千钟粟，唯餐两颗梨。"既而三王请上成之，上曰："天生此间气，助我化无为。"

**【注释】**①绝粒：不吃不喝，断绝饮食。

**【译文】**唐肃宗曾经在晚上坐着，召见颍王等三个弟弟，和自己一同围着地炉坐在毛毯上。当时李泌断绝饮食，皇上每次都亲自烧梨赐给他。颍王仗着皇帝恩宠坚持求赐，皇上不给，说："你经常吃肉，先生不吃不喝，断绝饮食，你何必跟他争这一个小小烤梨呢？"颍王说："臣等是在试探皇上的心，怎么能说是不正之风呢？不然的话，三个弟弟一起向您乞求一颗梨，可以吗？"皇上还是没有答应，赐给了他们其他的水果。颍王等人又说："臣等因为是皇上亲自烧的梨，所以乞求赏赐，其他的水果有什么用呢？"趁机说："李泌先生受如此厚待，臣等请求为他作诗，为将来留下他的故事。"颍王说："先生年几许？颜色似童儿。"信王说："夜抱九仙骨，朝披一品衣。"一个王爷说："不食千钟粟，唯餐两颗梨。"然后三个王爷请皇上最后完成此诗，皇上说："天生此间气，助我化无为。"

## 始创糖霜

唐大历间，有僧号邹和尚，不知所从来，跨白驴登伞山，结茅以居。须盐米薪菜之属，即书寸纸，系钱缗①，遣驴负至市区。人知为邹也，取平直，挂物于鞍，纵驴归。一日，驴犯山下黄氏者蔗苗，黄请偿于邹。邹曰："汝未知因蔗糖为霜，利当十倍，吾语汝塞责可乎？"试之果信，自是流传其法。邹末年北走通泉县灵鹫山龛中，其徒追及之，但见一文殊石像，始知大士化身，而白驴者狮子也。

**【注释】**①缗（mín）：穿铜钱的绳子。

**【译文】**唐朝大历年间，有个僧号叫邹和尚的僧人，不知道他是从哪里来的，骑着白驴登过伞山，建造简陋的屋舍居住。需要柴米油盐的时候，就写一封信，把铜钱系上，派驴背着到市区。人们看到驴子就知道是邹和尚，把钱取下来，将他需要的东西挂在驴鞍上，放驴子回家。一天，驴踩了山下黄氏的甘蔗苗，黄氏要求邹和尚赔偿。邹和尚说："你不知道蔗糖做成糖霜，利润会涨到原来的十倍，我告诉你这个方法可以用来抵偿过失吗？"黄氏尝试后果然可行，因此开始流行将甘蔗做成糖霜的方法。邹和尚老年的时候向北走到通泉县灵鹫山的寺庙中，他的徒弟追上他，只看见一座文殊菩萨的石像，才知道邹和尚是菩萨的化身，而那只白色驴子是他的坐骑狮子。

## 焚香数车

唐太宗与萧后宫中观灯，问孰与隋主，曰："彼亡国之君，陛下开基之主，奢俭不同尔。"帝曰："隋主如何？"后曰："每除夜，殿前诸位设火山数十。每一山焚沉香数车，沃[①]以甲煎，焰起数丈，香闻数十里。一夜用沉香二百余车，甲煎二百余石。房中不然膏火，悬宝珠一百二十照之。"太宗口刺其奢，心服其盛。（《续世说》）

【注释】①沃：浇，灌。

【译文】唐太宗和萧后在宫中观灯，问她自己和隋朝的皇帝谁更好，萧后回答说："隋帝是亡国的君主，您是开国奠基的君主，奢侈节俭是很不同。"唐太宗说："隋朝的皇帝怎么样啊？"萧后说："每当除夕晚上，宫殿前各位大臣设立了几十个火山。每一座山都焚烧了好几车沉香，用甲煎浇灌，火焰会烧起几丈高，香味即使隔着几十里都能闻到。一个晚上就用了二百多车沉香，甲煎二百多石。房屋内不用烛火照明，悬挂着一百二十个明珠来照明。"唐太宗嘴上批评隋帝的奢侈，心里却很佩服当时的国力强盛。

## 焚香返魂

司天主簿徐肇，遇苏氏子德哥者，自言"善为返魂香"，手持香炉，怀中取一贴白檀香末，撮于炉中，烟气袅袅直上，甚于龙脑。德哥微吟曰："东海徐肇欲见先灵，愿此香烟用为引导，尽见其父母曾高。"德哥曰："但[1]死经八十年已上，则不可返矣。"（宋洪刍《香谱》）

【注释】①但：只是。

【译文】司天监主簿徐肇，遇到了苏氏的儿子苏德哥，自己说"善为返魂香"，手里拿着香炉，从怀里掏出一贴白檀香末，拿一撮放在炉中，烟气袅袅直上，比龙脑香还要香。苏德哥轻声念道："东海徐肇欲见先灵，愿此香烟用为引导，尽见其父母曾高。"苏德哥说："只是已经死了八十年后的人，就不能返回了。"

## 茗为酪奴

齐王肃归魏，初不食羊肉及酪浆，常食鲫鱼羹，渴饮茗汁。高帝曰："羊肉何如鱼羹？茗汁何如酪浆？"肃曰："羊，陆产之最；鱼，水族之长。羊比齐鲁大邦，鱼比邾莒[1]小国。惟酪不中，与茗为奴。"彭城王勰曰："卿不重齐鲁大邦，而爱邾莒小国。明日为设邾莒之会，亦有酪奴。"因呼茗为酪奴。（《洛阳伽蓝记》）

【注释】①邾莒（zhū yǔ）：春秋二小国名。

【译文】齐国的王肃回到魏国，最开始不吃羊肉也不喝奶茶，经常吃鲫鱼羹，渴了就喝茶。高帝说："羊肉和鱼羹相比怎么样？茶水和奶茶相比怎么样？"王肃说："羊是陆地上最好的动物；鱼是水中最好的动物。羊好比是齐鲁大国，鱼好比是邾莒小国。只有奶酪不行，和茶一样是奴仆。”彭城王勰说：“您不重视齐鲁大国，却独爱邾莒小国。明天为您设立邾莒的宴会，也有酪奴。”因此把茶称作酪奴。

## 认稻弗争

吴钟离牧客居永兴，自垦荒田，稻熟，民有识认牧以稻予民，县长欲绳以法，牧为请得释。民惭惧，舂稻得米六十斛[①]还牧，牧不受，民输置道旁，无敢取者。晋郭翻客居临川，欲自垦荒田，先立表题“经年无主，乃作稻将熟，有认之者，悉推与之。”县令闻而语之，以稻还翻，遂不受。

【注释】①斛：容量单位，十斗是一斛，后改为五斗为一斛。

【译文】吴国的钟离牧在永兴居住，自己开垦荒田，稻子长熟后，村民有认识钟离牧把水稻送给村民的，县长想要将他绳之以法，钟离牧为他求情使其被放出。村民对此感到惭愧害怕，春天水稻收获后，还给钟离牧六十斛，钟离牧没有接受，村民将米放到道路旁边，没有人敢去拿。晋朝郭翻在临川客居，想要自己开垦荒地，先写了一个题表“经年无主，乃作稻将熟，有认之者，悉推与之。”县令听说他写的这个话，把稻子还给了郭翻，但他没有接受。

## 先黍后桃

孔子侍坐于鲁哀公，设桃具黍。哀公曰：“请用。”仲尼先饭黍而后啖桃，左右皆掩口失笑。公曰：“黍者，非饭之也，以雪[①]桃也。”仲尼对曰：“丘知之矣。夫黍者，五谷之长也。祭先王以为上盛，果有六而桃为下，祭先王不得入于庙。丘闻之也，君子以贱雪贵，不闻以贵雪贱。今以五谷之长，雪果蓏之下，是侵上忽下也。”（《韩子》）

**【注释】**①雪：擦拭。

**【译文】**孔子在鲁哀公旁边坐着，鲁哀公派人准备了桃子和黄米饭。鲁哀公说：“请用。”孔子先吃完的米饭后吃的桃子，左右的人都捂着嘴偷笑。鲁哀公说：“黄米饭不是用来吃的，是用来擦拭桃子的。”孔子回答说：“我知道。那黄米是五谷之首。祭祀先王的时候将它作为上等贡品，水果也有六种但是桃子是下品，祭祀先王的时候不准放入太庙。我听说君子用廉价的东西来擦拭贵的东西，没有听说过用贵的东西擦拭廉价的东西的。现在用五谷中的上品，来擦拭水果中的下品，是对上等粮食的侵犯和对下等水果的忽视。

## 其花难见

梁太祖皇后张氏，尝[①]于室内，忽见庭前菖蒲花光彩照灼，非世中所有。后惊视，谓侍者曰：“汝见否？”曰：“不见。”后尝闻见者当富贵，因取吞之，是月产武帝。

**【注释】**①尝：曾经。

**【译文】**梁太祖的皇后张氏，曾经在屋子里，忽然看见庭院前的菖蒲花光彩照人，不像是人世间的东西。皇后惊讶地注视着，对侍女说："你看见了吗？"回答说："我什么都没看到。"皇后曾经听说看到这种景象的人就会大富大贵，因此取下菖蒲花吞了下去，当月就生下了武帝。

## 菜生异花

菜品中芜菁、菘芥之类，遇旱其标[①]多结成花如莲，花或作龙蛇之形。此常性，无足怪者。熙宁中，李宾客及之知润州，园中菜花悉成荷花，仍各有一佛坐于花中，形如雕刻，莫知其数。暴干之，其相依然。或云："李君之家，奉佛甚谨，因有此异。"（《笔谈》）

**【注释】**①标：末端，树的末梢。

**【译文】**菜品中芜菁、菘芥这类蔬菜，遇到天气大旱，它们的枝干末端就会开出像莲花一样的花朵。这种花朵有的像龙和蛇的形状。这种情况很常见，不足为奇。熙宁年间，李宾客去往润州做知州，院子中的菜花都变成了荷花，而且每朵花中都坐着一尊佛像，形状好像雕刻的一样，不知道花中佛有多少数量。将它们晒干后，佛像的样子还像之前一样。有人说："李君一家，非常虔诚地信奉佛教，因此有这种异象。"

# 卷二十四 鸟兽类

## 凤凰至

黄帝即位，施恩修德，宇内和平，未见凤凰，乃召天老而问之曰：“凤象何如？”天老对曰：“夫凤象鸿前而麟后，蛇头而鱼尾，龙文而龟背，燕颔而鸡喙。首戴德，颈揭义，背负仁，心入信，翼挟礼，足履文，尾系武。小音金，大音鼓。延颈奋翼，五色备举。住即安，来则喜，游必择所饥，不妄下。”黄帝曰：“于戏！允哉！朕何敢与焉？”于是，黄帝乃服黄衣，带黄绅，戴黄冠，斋于中宫。凤乃蔽日而至，止帝东园，集梧树，食竹实，没身[1]不去。（《韩诗外传》）

**【注释】**①没身：终身。

**【译文】**黄帝即位后，施恩典注重德行修养，天下太平，没有见到凤凰，于是召见天老询问说：“凤凰的样子是什么样的？”天老回答说：“凤凰，前面像鸿雁后面像麒麟，有蛇的头和鱼的尾巴，有龙的纹路和龟的背脊，燕子的下巴和鸡的喙。头上顶着德行，脖颈揭示着义气，背上背负着仁义，心中藏着诚信，翅膀带着礼教，脚上穿着文化，尾巴上系着武力。声音小的时候像敲击金属似的，声音大的时候像打鼓一样。伸长脖子扇动翅膀，五种颜色都有。停留在哪里，哪里就会和平，当地的人们会非常高兴，游行的时候会选择饥饿的地方，不会随便飞下来。”黄帝说：“和它一起玩耍！它会飞来吗？我哪里敢给呢？”于是，黄帝穿上了黄色的衣服，带着黄色的腰带，头上戴着黄色的帽子，在中宫斋戒。凤凰就遮蔽着太阳飞来了，停在黄帝东边的园子里，聚集在梧桐树上，吃竹实终身不离开。

## 辨凤与鸾

后汉辛缮，治《春秋谶纬》，隐居华阴，光武征不至。有大鸟高五尺，鸡头燕颔，蛇颈鱼尾，五色备举而多青，栖缮槐树，旬时不去。弘农太守以闻，诏问百寮，咸以为凤。太史令蔡衡对曰：“凡象凤者，有五多。赤色者凤多，青色者鸾多，黄色者鹓多，紫色者鷟(zhuó)多，白色者鹄多。今此鸟多青，乃鸾，非凤也。”上善其言。三公闻之，咸逊位[①]避缮。(《快录生》)

**【注释】**①逊位：让出职位，退位。

**【译文】**后汉的辛缮，编撰《春秋谶纬》，在华阴隐居，光武帝征召他也不去。有一只高五尺的大鸟，长着鸡一样的头燕子一样的下巴，蛇的脖子和鱼的尾巴，五色齐全然后多是青色，在槐树底下栖息，十几个小时也不离开。弘农太守听说了，召见百官并询问他们，他们都认为是凤凰。太史令蔡衡回答说："凡是凤凰，大多生有五种颜色。红色的多是凤，青色的多是鸾，黄色的多是鹓，紫色的多是鷟，白色的多是鸿鹄。现在这只鸟身上多是青色，是鸾鸟，不是凤。"皇上认为他说得对。三公听说后，都让出自己的职位给辛缮。

## 献鹤道飞

齐王使淳于髡献鹤于楚，出邑门，道飞其鹤，徒揭空笼，以见楚王，曰："齐王使臣献鹤，过于水上，不忍鹤渴，出而饮之，飞去。吾欲绞胫[①]而绝，恐人议吾君，以鸟故，令士自杀。吾欲买而代之，是不信而欺吾王。欲赴他国，痛吾两主，使不通。故来受罪。"楚王曰："善。"（《史记》）

**【注释】**①胫：小腿。

**【译文】**齐王派淳于髡到楚国去进献白鹤，出了城门，半路上白鹤飞走了，淳于髡白白地揭开空笼子，来见楚王，说："齐王派臣向您进献白鹤，经过湖水，不忍心看到白鹤受渴，放它出去喝水，没想到它竟飞跑了。我想要砍断自己的腿自尽，担心世人议论我的国君，因为一只鸟的原因，让谋士自杀。我想要再买一只鹤来代替飞走的那只，可这又是对国君的欺骗。想要逃往其他国家，让您和齐王都悲痛，也行不通。因此前来领罪。"楚王说："好。"

## 苏仙乘鹤

苏仙公者，名耽，桂阳人。有数十白鹤降于门，遂升云汉而去。后有骑白鹤来，止郡城东北楼上，人或挟弹弹之。鹤以爪攫[1]楼板似漆书云："城郭是，人民非，三百甲子一来归。吾是苏仙君，弹我何为？"(《神仙传》)

**【注释】**①攫(jué)：用爪抓取；掠夺。

**【译文】**苏仙公，名耽，是桂阳人。有好几十只白鹤落在他的门前，于是升空而去。后来有人骑着白鹤归来，停在郡城东北方向的城楼上，有的人用弹弓射向他。白鹤用爪子抓着楼板好像在用漆书写："城郭是，人民非，三百甲子一来归。吾是苏仙君，弹我何为？"

## 鹰搏鹏雏

楚文王少时，雅好田猎，天下快狗名鹰毕聚焉。有人献一鹰曰："非王鹰之俦[1]。"俄而云际有一物，翱翔飘飖，鲜白而不辨其形。鹰见，于是竦翮而升，矗若飞电。须臾，羽堕如雪，血洒如雨。良久，有一大鸟堕地而死。其两翅广数十里，喙边有黄，众莫能知。时有博物君子曰："此大鹏雏也。"文王乃厚赏之。(《幽明录》)

**【注释】**①俦(chóu)：类，辈。

**【译文】**楚文王年少的时候，非常喜欢去田野中打猎，天下跑得快的猎狗和有名的猎鹰都聚集在一起。有人进献了一只鹰说:“这和文王的鹰不是一类的。”不久云边有一个东西,翱翔飘摇,白色鲜亮但看不出它的形状。鹰看见后,振翅高飞,快若闪电。一会儿后,羽毛像雪一样飘落,它的血像雨一样洒落掉下来。很久之后,有一只大鸟落地而死。它的两只翅膀有几十里长,鸟喙边是黄色的,众人不知道这是什么鸟。当时有博览群书的君子说:“这是大鹏的雏鸟。”楚文王于是给了他很丰厚的赏赐。

## 罪杀鸠之鹞

魏公子无忌方食,有鸠飞入案下。公子使人顾望,见一鹞在屋上飞去。公子乃纵鸠令出,鹞逐而杀之。公子暮为不食,曰:“鸠避患归无忌,竟为鹞所得,吾负之。为吾捕得此鹞者,无忌无所爱[①]。”于是,左右宣公子慈声,旁国左右捕得鹞三百余头以奉。公子欲尽杀,恐无辜,乃自按剑,至其笼上曰:“谁获罪无忌者耶?”一鹞独低头,不敢仰视,乃取杀之,尽放其余。名声布流,天下归焉。(《列士传》)

**【注释】**①爱:吝惜。

**【译文】**魏国公子无忌正在吃饭的时候,有一只斑鸠飞到桌子底下。公子让下人四处寻找它。看见一只鹞鹰在屋子上飞过。公子才让人放走斑鸠,鹞鹰追逐杀死斑鸠。公子到了晚上不吃饭,说:“斑鸠避开祸患到无忌这里来,最后竟然被鹞鹰杀死,是我辜负了斑鸠。为我捉到这只鹞鹰的人,无忌不会吝惜赏赐的。”于是,下人将公子的命令传达出去，邻国的人捉到了三百多只鹞鹰来进奉。公子想要都杀死它们，又担心滥杀无辜，于是自己按住剑，到笼子前说：“谁得罪无忌了？”只有一只鹞鹰低下了头，不敢抬头看魏无忌，于是将它取出杀死了，把剩下的鹞鹰放走了。公子的名声传扬出去，天下的有识之士都来归顺他。

## 鹦鹉报事

张华有白鹦鹉，华每出行还，辄说僮仆善恶，后寂无言，华问其故，鸟云：“见藏瓮中，何由得知？”公后在外令唤鹦鹉，鹦鹉曰：“昨夜梦恶，不宜出户。”公犹强之。至庭，为鹯[1]所搏，教其啄鹯脚，获免。

**【注释】**①鹯（zhān）：一种猛禽，类似鹞鹰。

**【译文】**张华有白鹦鹉，他每次外出回来的时候，白鹦鹉就向他说仆人的好坏，后来就安静不说话，张华问鹦鹉原因，鸟说：“看见有人藏在瓮中，什么原因知道了吗？”后来张华在外面让下人叫鹦鹉，鹦鹉说：“昨天晚上做了恶梦，不宜出门。”到了院子里，就被鹞鹰攻击，让鹦鹉啄鹞鹰的脚，张华才逃过去。

## 呼雪衣女

开元中，岭南献白鹦鹉，养之宫中。岁久，颇聪慧，洞晓言词。上及贵妃皆呼雪衣女。性既驯扰[1]，常纵其饮啄飞鸣，然亦不离屏帏间。上令以近代词臣诗篇授之，数遍便可讽诵。上每与贵妃及诸王博戏，上稍不胜，左右呼“雪衣娘”，必飞入局中，鼓舞以乱其行列；或啄嫔御及诸王手，使不能争道。忽一日，飞上贵妃镜台，语曰：“雪衣娘昨夜梦为鸷鸟所搏，将尽于此乎？”上使贵妃授以《多心经》，记诵颇精熟，日夜不息，若惧祸难有所禳者。上与贵妃出于别殿，贵妃置雪衣娘于步辇竿上，与之同去。既至，上命从官校猎于殿下，鹦鹉方戏于殿上，瞥有鹰搏之而毙。上与贵妃叹息久之，遂命瘗于苑中，为立冢，呼为鹦鹉冢。（《明皇杂录》）

**【注释】**①驯扰：驯服柔顺。

**【译文】**开元年间，岭南进献白色鹦鹉，养在了宫中。时间久了之后，鹦鹉很聪明，能说很多词。皇上和贵妃都叫它雪衣女。性子驯服柔顺，经常将它放飞去觅食鸣叫，然而白鹦鹉也不会离开宫中。皇上下令让人教给它近代词人的诗词，几遍之后鹦鹉就能背诵。每当皇上和贵妃以及各个王爷博戏的时候，皇上稍微有些不敌，就朝左右呼唤“雪衣娘”，鹦鹉一定会飞进棋局中，飞上飞下弄乱别人的棋局排列；有的时候会啄妃嫔和诸王的手，让他们不能和皇上抢棋子。忽然有一天，白鹦鹉飞上贵妃的梳妆台，对她说：“雪衣娘昨天晚上梦见被凶猛的鸟攻击，我将要死了吗？”皇上让贵妃教给它《多心经》，鹦鹉背诵得很熟练，日夜不停，好像因为害怕灾祸在向鬼神祈祷消除似的。皇上和贵妃从偏殿出去，贵妃把雪衣娘放在步辇的竿子上，和自己一同出行。到了以后，皇帝命令跟从的官员在大殿下打猎，鹦鹉正在殿上嬉戏，瞥见有鹰正在搏斗就死了。皇上和贵妃叹息良久，于是命人将它葬在宫苑中，为它立下冢，称为鹦鹉冢。

## 鹦鹉告贼

长安豪民[1]杨崇义妻刘氏，与邻舍儿李弇私通，同谋害崇义，埋井中。刘氏诉于官府，县官诣所居检校，架上鹦鹉忽然曰："杀家主者，李弇也。"遂执讯得实。明皇封为禄衣使者。（《天宝遗事》）

【注释】①豪民：有财有势的人。

【译文】长安有财有势的人杨崇义的妻子刘氏，和邻居家的儿子李弇私通，一起谋害杨崇义，然后把他埋进井里。刘氏向官府诉讼，县官到她住的地方检查，架子上的鹦鹉忽然说："杀死我家主人的是李弇。"于是捉拿李弇审问他，证明确有此事。唐明皇将鹦鹉封为禄衣使者。

## 鸲鹆报事

晋司空桓豁在荆，有参军剪五月五日鸲鹆舌，教令学语，遂无所不名。顾参军善弹琵琶，鸲鹆每立听移时，又善能效人语声。司空大会吏佐，令悉效四坐语，无不绝似。有生齆鼻[1]，语难学，学之不似，因内头于瓮中以效焉，遂与齆者语声不异。主典人于鸲鹆前盗物，参军如厕，鸲鹆伺无人，密白："主典人盗某物。"参军衔之而未发。后盗牛肉，鸲鹆复白，参军曰："汝云盗肉，应有验。"鸲鹆曰："以新荷裹置屏风后。"检之，果获，痛加治，而盗者患之，以热汤灌杀。参军为之悲伤累日，遂请杀此人，以报其怨。司空教曰："原杀鸲鹆之痛，诚合论杀；不可以禽鸟故，极之于法。"令止五岁刑也。(《幽明录》)

**【注释】**①齆鼻（wèng bí）：因鼻孔堵塞而发音不清。

**【译文】**晋朝司空桓被舍弃在荆地，有参军剪掉了五月五日那天鸲鹆的舌头，教它说话，于是没有它叫不上来名字的东西。顾参军擅长弹琵琶，鸲鹆每次都站着仔细听，又擅长模仿人说话的声音。司空举行盛大宴会招待官吏们，让鸲鹆将所有官吏说的话都模仿一遍，没有不相似的。有人鼻孔堵塞而发音不清，说的话很难学，鸲鹆学的不像，于是将脑袋埋进瓮中来模仿，就和鼻子堵塞的人说话的声音没有什么区别了。主持典礼的人在鸲鹆面前偷东西，参军去上厕所，鸲鹆等到周围没人时，对参军偷偷说："主持典礼的人偷了某件东西。"参军心里记恨但没有揭穿他。后来他又偷了牛肉，鸲鹆又告诉了参军，参军说："你说他偷牛肉，应该是可以验证的。"鸲鹆说："他用新鲜荷叶包裹上放在了屏风后面。"派人去屏风后面搜查，果然真有此物，严厉惩罚处置偷盗的人，偷盗者记恨鸲鹆，用热水将鸲鹆烫死。参军为鸲鹆之死伤心了好多天，于是请求杀死这个人，来报复鸲鹆的怨恨。司空教育他说："原本鸲鹆被杀的心痛，诚然应该处死他；不可以凭借禽鸟的缘故，将他处以法律的极刑。"下令把那个人抓进监狱囚禁五年。

## 陈仓雉瑞

秦穆公时，陈仓人掘地得物，若羊非羊，若猪非猪，牵以献诸公。道逢一童子，童子曰："此名为媪，常在地食死人脑。若欲杀之，以柏捶其首。"媪复曰："彼二童名为陈宝。得雄者王，得雌者霸。"陈仓人舍媪，逐二童子。童子化为雉，飞入平林，陈仓人告穆公。穆公发[①]徒大猎，果得其雉。又化为石，置之汧渭之间，至文公为立祠，名陈宝祠。时有赤光若流星，集祠则若雄雉。（《列异传》）

**【注释】**①发：派遣，派出。

**【译文】**秦穆公的时候，陈仓人挖掘土地得到了一件东西，长得像羊而不是羊，像猪又不是猪，牵着它去进献给诸侯。路上遇到一个小孩，小孩说："这个东西称为媪，经常在地下吃死人的脑袋。如果想要杀死它，用柏树枝捶它的头就可以。"媪又说："那两个小孩称为陈宝，得到小男孩可以称王，得到小女孩可以称霸。"陈仓人丢下媪，去追逐两个童子。童子化身成为野鸡，飞进平原上的树林中，陈仓人向秦穆公禀告此事。秦穆公派人去寻找，果然捉到了野鸡。又变为石头，将他们放在汧水和渭水之间，到秦文公的时候为他们建立了祠庙，称为陈宝祠。当时有像流星一样的红光，集中在祠庙好像是一只雄的野鸡。

## 傅母抚雉

卫侯女嫁于齐太子，中道闻太子死，问傅母，曰：“宜往当丧。”丧毕，女不肯归，终之以死。傅母悔之，取女所操琴，于冢上鼓之。忽二雉[①]出墓中，母抚雉曰：“女果为雉邪？”言未毕，雉飞，忽不见。傅母因作《雉朝飞操》。（《乐府》）

**【注释】**①雉：鸟，俗称野鸡。

**【译文】**卫侯的女儿嫁给了齐国的太子，中途听到太子已死，问傅母，说：“应该前去帮助处理丧事。”丧事办完后，女儿不肯回国，最终死在了齐国。傅母对此十分后悔，拿出女儿曾经谈过的琴，在坟前弹了起来。忽然两只野鸡从墓中跑出来，母亲抚摸野鸡说：“女儿你变成了野鸡吗？”话还没说完，野鸡飞了，忽然消失。傅母便因此作了一首《雉朝飞操》。

## 望帝化杜鹃

蜀之先，肇[①]于人皇之际。至黄帝子昌意，娶蜀人女，生帝喾。后封其支庶于蜀，历夏、殷、周始称王者，自名蚕丛，次曰柏灌，次曰鱼凫。其后有王曰杜宇，宇称帝，号望帝，自恃功德高，乃以褒斜为前门，熊耳、灵关为后户，玉垒、峨眉为池泽。时有荆人鳖灵，其尸随水上，荆人求之不可得。鳖灵至岷山下，忽复见望帝，帝立以为相。后帝自以其德不如鳖灵，因禅位于鳖灵，号开明，遂自亡去，

化为子鹃。故蜀人闻子鹃鸣曰：“是我望帝也。”（《寰宇记》）

【注释】①肇：开始。

【译文】蜀地的祖先，初始生于人皇的时候。到了黄帝的儿子昌意的时候，娶了蜀地的女子，生下帝喾。后来封他的部落分支镇守蜀地，经历了夏、商、周三朝才开始称王的，第一位叫作蚕丛，第二位叫作柏灌，第三位叫作鱼凫。他的后面有王叫作杜宇，字称帝，号望帝，自恃功德高尚，于是将褒斜作为前门，熊耳、灵关作为后门，玉垒、峨眉作为城池。当时有荆地人鳖灵，他的尸体随着水流而上，荆地人寻找却没找到。鳖灵随着河水漂到了岷山脚下，忽然又看见了望帝，望帝将他立为宰相。后来望帝自认为德行比不上鳖灵，于是将王位禅让给鳖灵，国号开明，于是离开自杀了，化身成杜鹃。因此蜀地的人听到杜鹃鸣叫说：“我是望帝啊。”

## 燕蛰河岸

世言燕子至秋社乃去，仲春复来。昔年因京东开河岸崩，见蛰燕无数。晋郗鉴为兖州刺史，镇邹山，百姓饥饿。或掘野鼠蛰燕而食之，乃知燕亦蛰耳，惊蛰后中气乃出，非渡海也。（《文昌杂录》）

《苕溪渔隐》曰：余曩[①]岁冬间，于吴兴山中营先垅，辟一山路，一傍有数巨石，其穴颇深，试令仆辈劚之，见莺燕蛰于其间者甚众，急掩之，因验《文昌》之言为是，而《摭遗》之说为非也。

**【注释】**①曩（nánɡ）：从前的，过去的。

**【译文】**世人都说燕子到了秋天就会离开，春天来到的时候再飞回来。以前因为京城的东边河岸崩塌，看见无数只冬眠着的燕子。晋朝的郗鉴担任兖州刺史，镇守邹山，百姓饥荒。有的人在地里挖野鼠和冬眠的燕子吃，才知道燕子也是要冬眠的，惊蛰过后中气才出来，不是要渡过大海。

《苕溪渔隐》说：我从前每年冬天的时候，在吴兴山区域祖先的坟墓处，开辟出一条山路，一侧有很多巨石，洞穴很深，试着让仆人挖掘，看见非常多的莺燕鸟儿在里面冬眠，急忙掩盖上，因此验证了《文昌》所说的是真的，而《摭遗》里的言论是错误的。

## 杀三乳燕

沛国周氏，有三子喑，并不能言。有道人来乞饮，闻其儿声问之，具以实对。客曰："君可还内思过。"食顷[1]，出曰："记小儿时，常床有燕巢，中有三子。母还哺之。"辄出，取食屋下。举手得及，指内巢中，燕子亦出口承受，乃取三蒺藜各与之，吞即死。母还，不见子，悲鸣而去。"因自悔责，客变为道人曰："君既知悔罪，今除矣。"便闻其子言语周正，即不见道人。

**【注释】**①食顷：大概吃一顿饭用的时间，形容时间较短。

**【译文】**沛国周氏，有三个孩子是哑巴，不能说话。有道士来求取一点水喝，听见他儿子的声音就问周氏，周氏将情况详细地都告诉了他。客人说："你可以回去想想自己的过错。"大约过了一顿饭的时间，周氏出来说："记得我儿子年幼的时候，床前经常有燕子的窝，里面有三只幼燕。燕子母亲回来给它们喂食。"幼燕就出来，在屋下取食。伸手就能碰到，手指进入鸟巢中，幼燕也张开嘴接着，于是取来三根蒺藜枝分别给了三只幼燕，它们吞下去就死了。燕子母亲回来后，没有看见自己的孩子，悲鸣着离开了。因此自己悔恨自责，客人变成道士说："你既然已经知道自己的过错了，现在除去对你孩子的惩罚。"就听见自己的孩子能够正常说话了，随即道士就消失了。

## 燕女坟

宋末娼家女姚玉京，嫁襄州小吏卫敬瑜，溺水而死。玉京守志，养舅姑[①]。常有双燕巢梁间，一日为鸷鸟获其一，孤飞悲鸣，徘徊至秋，翔集玉京之臂，如告别然。玉京以红缕系足曰："新春复来，为吾侣也。"明年果至，因赠诗曰："昔时无偶去，今年还独归。故人恩义重，不忍更双飞。"自尔秋归春来，凡六七年。其年玉京病卒。明年燕来，周遭哀鸣，家人语曰："玉京死矣。坟在南郭。"燕遂至坟所亦死。每风清月明，襄人见玉京与燕同游汉水之滨。（《燕女坟记》）按：《南史》载，襄阳霸城王整之姊，嫁为卫敬瑜妻，年十六而敬瑜亡，截耳守志。余略同。

**【注释】**①舅姑：公婆。

**【译文】**宋朝末年的妓女姚玉京，嫁给了襄州的小官卫敬瑜，卫敬瑜溺水而死。姚玉京替丈夫守孝，奉养婆婆和公公。经常有两只燕子在她家屋梁上做巢，有一天一只燕子被鸷鸟抓住，另一只孤单地飞翔悲鸣，一直徘徊到秋天，飞到姚玉京的手臂上，好像在和她告别一样。姚玉京用红绳系在它的脚上说："新春再到，你就是我的伴侣。"第二年燕子果然来了，赠给玉京一首诗说："昔日无偶去，今年还独归。故人恩义重，不忍更双飞。"它秋天南飞春天归来，一共有六七年。一年姚玉京生病去世。第二年燕子飞来时，环绕着她家哀鸣，姚玉京的家人对燕子说："玉京死了。她的坟墓在南边的城郭。"燕子于是到了坟前也死了。每当风清月明的时候，襄州人就会看到姚玉京和燕子一起在汉水边游玩。编者按语：《南史》记载，襄阳霸城王整的姐姐，嫁给卫敬瑜做妻子，十六岁那年卫敬瑜去世了，断掉耳朵来为丈夫守节。剩下讲述的事情大都相同。

## 乌衣国

唐王榭居金陵，以航海为业，遇风舟破，榭附一板抵一洲，见翁媪皆皂服[①]，曰："此吾主人郎也。"引至宫室，见王座大殿，左右皆妇人。王皂袍乌冠，金花闪闪。翁以女妻榭，榭问女曰："此国何名？"曰："乌衣国也。"王召宴于宝墨殿，器皿俱黑，命元王杯劝榭曰："入吾国，汉有梅成，今有足下。"王命作诗，卒章云："恨不此身生羽翼。"王曰："虽不能与君生羽翼，亦可令君跨烟雾。"宴归，女曰："君诗尾句何相讥也？"王不悦，遣人曰："某日当回。"女取灵丹，以昆仑玉合盛之，遣榭曰："此丹可召人神魂，死未逾月者，可使更生。"王命取飞云轩，既至，乃乌毡兜子耳。令榭入其中，闭目少息，已至其家。梁上双燕呢喃下视。榭乃悟所止燕子国也。至秋，二燕将去，悲鸣庭户。榭书一绝系燕尾，曰："误到华胥国里来，玉人终日苦怜才。云轩飘去无消息，泪洒春风几百回。”来春燕至，尾有小简，乃所寄诗，曰：“昔日相逢冥数合，如今睽远是生离。来春纵有相思字，三月天南无雁飞。”明年，燕果不来。（《摭遗》）

**【注释】**①皂服：黑色的衣服。

**【译文】**唐朝的王榭在金陵居住，以出海航行为生，遇到狂风把船吹裂了，王榭抓住一块船板漂到了一块陆地上，看见穿着黑色衣服的老翁和老媪，说：“这是我们主人的客人。”领着他到了宫室，看见有国王坐在大殿上，左右都是妇人。国王穿着黑色的袍子，带着乌黑的王冠，金光闪闪。老翁把自己的女儿嫁给王榭，王榭问他女儿说：“这个国家的名字是什么？”回答说：“这是乌衣国。”国王下令在墨色的宫殿中大摆宴席，席间的酒器盘子都是黑色的。命元王举起酒杯劝王榭说：“进入了我们国家，汉朝有梅花长成，如今才有您来啊。”国王让王榭作诗，最后写道：“恨不此身生羽翼。”国王说：“虽然不能让您长出翅膀来，但可以让您跨过烟雾。”宴会结束回去后，老翁的女儿说：“您的诗尾句是在讽刺什么呢？”国王不高兴，派人传话说：“某天你应该回去了。”老翁的女儿取了仙丹，用昆仑玉装着它，送给王榭说：“这仙丹可以召回人的魂魄，死了还不到一个月时间的人，可以让他们活过来。”国王下令让王榭去飞云轩，到了以后，发现是黑色的毡兜子。让王榭进到里面去，闭上眼睛，一会儿后就到了自己的家中。房梁上两只燕子鸣叫着向下看。王榭才明白自己去的是燕子国。到了秋天，两只燕子将要离开，在院子和窗户前悲伤鸣叫。王榭写了一封信系在燕子的尾巴上，说：“误到华胥国里来，玉人终日苦怜才。云轩飘去无消息，泪洒春风几百回。”第二年春天，燕子的尾巴上有书简，是乌衣国的人寄的诗，说：“昔日相逢冥数合，如今睽远是生离。来春纵有相思字，三月天南无燕飞。”又过了一年，燕子果然没有再飞来。

## 鸠化金钩

京兆长安张氏独处室，有鸠自外入，止于床。张氏患之，祝曰：“鸠来为我祸耶？飞上承尘；为我福耶？来入我怀。”鸠飞入怀，以手探之，则不知鸠之所在，得一金带钩焉。是后，子孙昌盛。蜀客闻之，厚赂婢，婢窃钩以与。张既失钩，渐渐衰耗，蜀客亦穷厄，或告之曰：“天命也，不可以力求。”于是赍[①]钩以反张氏，张氏复昌。故关西称“张氏钩”云。（《搜神记》）

**【注释】**①赍（jī）：把东西送给别人。

**【译文】**长安京兆尹张氏独自在屋内，有斑鸠从外面飞进来，停在床上。张氏担心它，祷告说：“如果斑鸠是来为我报灾祸的呢，就飞上床上的帐幕；如果是为我来报福的，就飞进我的怀里。”斑鸠果然飞进他的怀里，张氏用手去摸，发现斑鸠不知道去哪里了，得到了一个金带钩。在这之后，他的子孙后代昌盛。蜀地的客人听说后，用丰厚的财物贿赂张氏的奴婢，奴婢偷出金带钩给了他。张氏丢失了金带钩后，家中日渐衰落，蜀地的客人也遭受厄运变的穷厄，有人告诉他说：“这是天命，不可以强求。”因此他又将金带钩送回给张氏，张氏家里再次变得昌盛。因此关西称此为“张氏钩”。

## 黄雀在后

吴王欲峻刑[①]，有谏者死。舍人少孺子怀丸操弹子后园，露沾衣，王怪之。对曰："园有榆，上有蝉。蝉高居，悲鸣饮露，不知螳螂在其后。螳螂之捕蝉，而不明黄雀在其后。臣执弹丸欲取黄雀，不觉露沾衣如此，皆务欲得于前，不顾于后患。"吴乃罢。（《说苑》）

**【注释】**①峻刑：严刑。

**【译文】**吴王想要实施严刑，有人想要劝谏被杀死了。舍人的小儿子拿着弹弓射向他的后花园，让露水沾湿了衣服，吴王怪罪他。回答说："花园中有榆树，树上有蝉，蝉在树的高处居住，悲伤地鸣叫喝露水，不知道螳螂在它的后面。螳螂想要捕捉蝉，不知道黄雀在它的后面。臣拿着弹弓想要射黄雀，没有察觉露水沾湿了衣服，都是只专注于眼前的事物，没有顾上身后的祸患。"吴王才将施行严刑作罢。

## 鸡有五德

田饶事鲁哀公而不见察，告哀公曰："臣将去君，黄鹄举[①]矣。"哀公曰："何谓也？"饶曰："君不见夫鸡乎？头戴冠者，文也；足傅距者，武也；敌在前敢斗者，勇也；见食相呼者，仁也；守夜不失者，信也。鸡虽有五德，君犹日瀹而食之者，何也？以其所从来近也。夫鹄一举千里，止君园池，食君鱼鳖，啄君黍粱，无此

五德而君犹贵之，以其所从来者远也。”（《韩诗外传》）

【注释】①黄鹄举：黄鹄高高飞起，比喻奋志高翔，用来讽刺用人不当。

【译文】田饶侍奉鲁哀公但是不被重用，告诉鲁哀公说：“臣将要离开您，黄鹄要高高飞起了。”鲁哀公说：“这是什么意思呢？”田饶说：“您看不见那只大公鸡吗？头上有鸡冠的，是文雅的鸡；脚上有尖距的，是威武的鸡；敌人在面前敢争斗的，是勇敢的鸡；看见食物呼朋引伴的，是仁义的鸡；守夜报时不失误的，是守信用的鸡。鸡即使有五种品德，您尚且每天要吃鸡肉，为什么呢？因为鸡就在您的身边。那鸿鹄一飞千里，在您的花园停止，吃您池中的鱼和鳖，啄食您的庄稼，没有这五种品德您仍然认为它珍贵，是因为它离您一直很远。”

## 㶉鶒呈祥

河南府尹阙前临大溪。每僚佐[1]有入台，则水中先有小滩涨出，石砾金澄澈可爱。牛僧孺为县尉，一旦忽报滩出。翌日，宰邑与同僚列宴，于亭上观之。有老吏云：“此必分司御史。若是西台，滩上当有㶉鶒（xī chì）一双立前后，以此为则。”僧孺潜揣县僚无出己者，因举杯曰：“既能有滩，何惜一双㶉鶒？”宴未终，俄有㶉鶒飞下，不数日拜西台御史。

【注释】①僚佐：官署中协助办事的官吏。

【译文】河南府尹阙前到了大溪边上。每当有协助办事的官吏进入高台，水中就会现有小的沙滩上涨出现，沙石金灿灿的十分干净可爱。牛僧孺是县尉，一天早上忽然上报有沙滩出现。第二天，宰邑和其他官吏摆下宴席，在亭子上观看。有年长的官员说："这一定是分司御史。如果是西台，沙滩上应该有一对鸂鶒站立在前后，以这个为标准。"牛僧孺暗自揣测同僚中没有比自己更优秀的官员，趁机举杯说："既然沙滩出现了，何必可惜一对鸂鶒呢？"宴会还没结束，不久有鸂鶒飞下来，没过几天就升职为西台御史。

## 鹅听讲经

净影寺沙门慧远讲经，初在乡养一鹅，常随远听经；及远入京，留在寺，昼夜鸣噪不止。僧徒送入京，至此寺大门放之，自然知远房，便入驯狎[①]。每闻讲经，即入堂伏听；若闻泛说他事，则鸣翔而出。如是六年，忽哀叫庭宇，不肯入堂，二旬而远卒。寺内有远碑亦述其事。（《两京记》）

**【注释】**①驯狎：驯顺可亲近。

**【译文】**净影寺的沙门慧远讲经，刚开始的时候在乡下养了一只鹅，经常跟着慧远听讲经；等到慧远进京后，鹅留在了寺中，白天晚上都叫个不停。有僧人将它送进京城，到了净影寺就把它放开，鹅自己知道慧远的房间，就进去和慧远亲近。每当听到慧远讲经时，就进去趴着听；如果听到他在说其他的事，就叫着跑出去。像这样一直过了六年，忽然在庭院中哀叫，不肯进入佛堂，二十天后慧远去世了。净影寺里有纪念慧远的石碑也记录了这件事。

## 毙鸭偿金

陆龟蒙居震泽[1]之南，巨积庄有斗鸭一栏。有驿使过，挟弹毙其尤者。龟蒙手一表本云："此鸭能作人语，待附苏州上进，使者毙之奈何？"使人恐，酬以橐中金。俟其稍悦，方倩语之，犹曰："能呼其名。"使人愤且笑，拂袖上马。复召之，还其金，曰："吾戏耳。"

**【注释】**①震泽：指太湖。

**【译文】**陆龟蒙在太湖的南边居住，庄园里养着一群斗鸭。有一个驿使经过，用弹弓打死了最厉害的一只斗鸭。陆龟蒙拿着一本表章说："这只鸭子能够说人话，是我准备和这本表章一起进奉给苏州的，使者你把它打死了，让我怎么办呢？"驿使很害怕，把口袋里的钱拿出来作为赔偿，都给了陆龟蒙。等到陆龟蒙稍微高兴了一些，才好声好气地问他鸭子会说什么话，陆龟蒙说："能够叫出它的名字。"驿使觉得既好气又好笑，便拂袖上马离去。陆龟蒙又把他叫回来，将钱还给了他，说："我跟你开玩笑的。"

## 伯劳集李

东方朔与弟子偕行，渴，令弟子扣道边家求饮，不知姓名，主人开门不与。须臾，见伯劳[1]飞集主人中李树上。朔谓弟子曰："此主人姓李名伯劳尔，但呼李伯劳。"果有李伯劳应，即入取饮。（《别传》）

【注释】①伯劳：一种鸟。

【译文】东方朔和他的弟子一起行走，口渴，让弟子去道路旁边的人家求点水喝，因为不知道主人的姓名，主人没有给他开门。一会儿后，看见伯劳鸟飞到主人门前的李子树上。东方朔对弟子说："这家主人姓李名伯劳，你只要叫他李伯劳就可以。"果然李伯劳回应开门了，弟子随即进门去取水。

## 问蛙喜怒

艾子使于燕，燕王曰："吾小国也，日为强秦所侵，征求无已。吾国贫，无以供之；欲草兵一战，又力弱，不足以拒敌。如之何则可？先生其为谋之。"艾子曰："亦有分也。"王曰："其有说乎？"艾子曰："昔有龙王逢一蛙于海滨，相问讯后，蛙问龙王曰：'王之居处如何？'王曰：'珠宫贝阙，翚飞璇题。'龙复问：'汝之居何如？'蛙曰：'绿苔碧草，清泉白石。'复问曰：'王之喜怒如何？'龙曰：'吾喜则先之膏泽[1]，使五谷丰稔；怒则先之以暴风，继之以飞电，使千里之内，寸草不留。'龙问蛙曰：'汝之喜怒何如？'曰：'吾之喜则清风明月，一部鼓吹；怒则先之以努眼，次之以腹胀，然至于胀过而休。'于是燕王有惭色。

【注释】①膏泽：膏雨。

【译文】艾子出使到燕国，燕王说："我们燕国是个小国家，每天被强大的秦国所侵犯，讨伐不停。我的国家贫穷，没有多少资产可以提供；想要集结粮草士兵拼死一战，又因为力量弱小，不能够抗拒秦国。像这样该如何是好呢？希望先生您帮我出谋划策啊。”艾子说：“这其实也在于怎样分配。”燕王说：“这其中有什么说法吗？”艾子说：“以前有龙王在海边遇到一只青蛙，互相问话之后，青蛙问龙王说：‘龙王您住的地方怎么样呢？’龙王说：‘珠宫贝阙，翚飞璇题。’龙王又问它：‘你住的地方怎么样呢？’青蛙说：‘绿苔碧草，清泉白石。’青蛙又问说：‘龙王因为什么高兴，又因为什么生气呢？’龙王说：‘我高兴的是之前滋润作物的雨水，让庄稼丰收；生气的是之前的暴风，接着是闪电，让千里内的土地寸草不生。’龙王问青蛙说：‘你又因为什么开心和生气呢？’青蛙说：‘让我高兴的是清风明月相伴，我自己也会鸣叫；生气的是先使眼色，然后肚子膨胀起来，甚至过度膨胀导致声音停止。’于是燕王有了惭愧的神色。

## 琴高乘鲤

琴高鼓琴，为宋康王舍人，行涓、彭[①]之术，浮游冀州涿郡间。二百余年后，辞入涿中，取龙子。诸子弟期之期日，皆洁斋候于水旁，设祠屋。果乘赤鲤来祠，且有万人观之。一月，复入水去。（《列仙传》）

**【注释】**①涓彭：涓子和彭祖的并称。传说中的古代仙人。

**【译文】**琴高弹琴，是宋康王的门客，学习涓子彭祖的长生之术，在冀州涿州境内游行。二百多年后，辞去门客来到涿郡，获取了龙的孩子。子侄辈约定好到了约定的日期，都沐浴后斋戒在水边等待，设立了祠堂。果然琴高乘坐着红色的鲤鱼来到了祠堂，尚且有上万人观看到。一个月后，又进入到水中去。

## 子英乘鲤

子英者，善入水捕鱼。得赤鲤，爱其色，持养鱼池中，数以米谷食之。一年长丈余，遂生角，有翅翼。子英怪畏，拜谢[①]之。鱼言："我迎汝尔。上我背与汝俱去。"即大暴雨，子英上腾去，岁岁来归故舍食饮，见妻子。鱼复来迎之。（《列仙传》）

**【注释】**①拜谢：行礼表示感谢。

**【译文】**有一个叫子英的人，擅长去水中捕鱼。捉到了一只红色的鲤鱼，很喜欢它的颜色，特意将它养在鱼池中，每天用谷子和米给它喂食。一年的时间就长到了一丈多长，头上长出了角，有了翅膀。子英对此感到奇怪并且很害怕，对它行礼表示十分感谢。鱼说："我是来迎接你的。上我的背，我们一起离开。"随即下起了大暴雨，子英爬上鱼背腾空而去，每年都会回来以前的家中吃饭，见一见妻子和孩子。大鱼就又来迎接他。

## 洞玄先生

张鋋见巴西侯，饮酒命乐。久之，有告者曰："洞玄先生在门。"言讫，有一人被黑衣，头长而身甚广，揖之，与坐，曰："天将晓。"鋋悸悟，见身卧在石龛[①]中，一龟形甚巨，乃向所见洞玄先生

也。(张续《宣室志》)

【注释】①石龛：供奉神像或神主的小石阁。

【译文】张鋋拜见巴西侯，二人饮酒作乐。很久之后，有人禀告说："洞玄先生在门口等候。"话说完，就看见一个人穿着黑色衣服，脑袋很长而且身体很大，作揖之后，和张鋋他们一起坐下，说："天快要亮了。"张鋋慌乱醒悟，看见他的身子卧在供奉神像的小石阁中，呈现出一个很大的乌龟形状，就是先前看到的洞玄先生。

## 龟名元绪

孙权时，永康有人入山遇一大龟，即束之归。龟便言曰："游不良时为君所得。"人甚怪之，载出欲上吴王，夜泊越里，缆船于大桑树。宵中，树呼龟曰："劳乎元绪，奚事尔耶？"龟曰："我被拘挚，方见烹。虽尽南山之樵，不能溃我。"树曰："诸葛玄逊博识，必致[①]相苦，令求如我之徒。"龟曰："子明无多词，祸将及汝。"树寂而止。既至，权命煮之，焚柴万车，语犹如故。诸葛恪曰："然以老桑乃熟。"献者乃说龟树共言，权即使伐树，煮龟立烂。今烹龟犹用桑树，野人故呼龟为元绪。(刘敬叔《异苑》)

【注释】①致：导致，致使。

【译文】孙权时期，永康有一个人进山遇到一只大龟，就将它绑起来带回家了。龟便说道："我出来游玩不是个好时机，被你抓到了。"这个人感到很奇怪，把大龟运出山后想要进献给吴王，晚上划船到吴国，把船索系在大桑树上。半夜的时候，大桑树叫大龟说："元绪，你发生什么事情了？"大龟说："我被人抓住绑起来了，正在被煮呢。即使那个人把南山的树木都砍下来，不能把我煮熟。"大树说："诸葛玄谦逊且博学多才，一定会因为辅佐帮助别人而受苦，假如追求像我一样就无事闲在。"龟说："你不用再多说了，灾祸即将降临到你头上。"大树安静下来。等到这个人到了宫中，孙权命人煮了这只大龟，烧尽了万车柴火，乌龟还像以前一样能说话。诸葛恪说："用老桑树烧火就煮熟了。"进献大龟的人才说乌龟和桑树一起说过话，孙权立刻让他砍掉那颗桑树，用来煮乌龟果然把它煮熟了。现在烹煮乌龟仍然在用桑树烧火，农夫因此把乌龟称为元绪。

## 白龟报恩

晋咸康中，豫州刺史毛宝戍邾城。有一军人于武昌市买得一白龟，长五寸，置瓦中养之，渐大，放江中。后邾城遭石季龙攻陷，赴江者莫不沉溺。所养龟人被甲投水中，觉如堕一石上，须臾视之，乃是先放白龟。既抵岸，回顾①而去。（《续搜神记》）

**【注释】**①回顾：回头看。

**【译文】**晋朝咸康年间，豫州刺史毛宝戍守邾城。有一个士兵在武昌市买到了一只白龟，长有五寸，放在瓦罐中养着它，逐渐长大，将它放回江中。后来邾城被石季龙攻陷，跳江的人没有不被淹死的。养龟人被人扔到水里，察觉到好像掉到了一块石头上，一会儿看的时候发现是之前自己放走的大白龟。抵达岸边后，白龟转头离开。

## 黄龟右转

鄱阳人黄赭入山采荆杨，遂迷路。数日，忽见大龟，赭便咒[①]之曰：“汝是灵物，而吾迷不知道。今骑汝背，头向便是路。”龟即回右转，赭从行十许里，便得溪水，即估客行舟者也。（《续搜神记》）

**【注释】**①咒：发誓。

**【译文】**鄱阳人黄赭进入山中采摘荆杨籽，于是迷路了。几天后，忽然看见一个大龟，黄赭就向它发誓说：“你是有灵气的动物，但我迷路找不到方向。现在骑上你的背，你头朝的方向就是我要去的方向。”大龟便向右转，黄赭跟着走了十几里地，就找到了溪水，看到了溪水旁边有客行的小船。

## 负人出坎

晋升平中，有人入山射鹿，忽堕一坎内，有数头熊子。须臾，有大熊来，入，瞪视此人，人谓必害己。良久，出藏果分与诸子，末后作一分着此人。此人饥久，于是冒死取啖之，既转相狎[①]习。熊母每旦觅食还，辄分果此人，赖以支命。后熊子大，其母一一负将出。子既尽，人分死坎中，穷无出路。熊母寻复还入，坐人边。人解意，便抱熊之足，于是跳出，遂得无他。（《续搜神记》）

【注释】①相狎：彼此亲昵，接近。

【译文】东晋升平年间，有一个人到山中去射鹿，忽然掉入一个大坑里，坑里有好几头小熊。一会儿，有大熊来了，进来后，瞪着这个人，他以为大熊一定会伤害自己。很久之后，大熊拿出藏起来的果子分给各个小熊，最后分给了这个人一份。这个人饿了很久，于是冒死把果子拿来吃掉了，不久他就和大熊变得逐渐亲近起来。大熊母亲每天觅食回来都会把果子分给这个人，让他能够活下来。后来小熊崽们长大了，它们的母亲一个一个把它们背出来。背完了小熊，这个人认为自己会死在大坑里，没有出去的路。大熊母亲不久又进来，坐在他的旁边。这个人明白了大熊的意思，就抱着大熊的脚，跳出了大坑，于是能够活下来没有发生意外。

## 化为白猿

越王问范蠡手剑之术，蠡曰："臣闻赵有处女，国人称之。愿王请问之。"于是，王乃请女，女将北见王，道逢老人，自称袁公。袁公问女曰："闻女善为剑，愿得一观之。"处女曰："妾不敢有问也，惟公所试。"公即挽林杪之竹，似桔槔[①]末，折堕地。女接取其末，袁公操其本而刺处女。女因举杖击之，公即飞上树，化为白猿。(《吴越春秋》)

【注释】①桔槔：井上汲水的一种工具。

【译文】越王问范蠡击剑的技术，范蠡说："我听说赵国有未婚的女子，赵国人称赞她的剑术。希望您邀请她来问一问。"因此，越王就去邀请那位年轻女子，女子从北面来见越王，路上碰到了一个老人，他自称是袁公。袁公问女子说：“听说你擅长用剑，希望能够观看你的表演。”年轻女子说：“我不敢有疑问，请您与我比试两下。”袁公立刻折下竹子的竹梢，好像桔槔的末端一样，一折就落地了。女子接过竹梢，袁公拿着竹子根部刺向女子。女子趁机举起竹杖击向袁公，袁公就飞跃到了树上，化成白猿。

## 孙恪娶猿

孙恪游洛中，睹大第[1]，叩扉无应者。有女子摘萱草，吟曰：“彼见是忘忧，我看同萱草。青山与白云，方展我怀抱。”青衣曰：“故袁长官女，见求适人。”恪纳为室。后十余年，育二子，治家甚严。恪往南海为经略判官，至端州峡山寺，袁氏欲至寺访旧老门徒；既至，若熟其道，径持碧玉环献僧曰：“此是院中旧物。”斋罢，有猿数十，联臂下高松。袁氏恻然题壁曰：“无端变化几烟沉，刚被恩情役此心。不如逐伴归山去，长啸一声烟雾深。”诗毕，遂裂衣，化为老猿，跃树而去。恪惊怛，询僧。僧方悟为沙弥时所养一猿，开元中力士过此，怜其慧黠，强以束帛易之，献上阳宫；安史之乱，不知所之。碧玉环，则北人所施，系于猿之颈者。（《续世说》）

**【注释】**①第：封建社会官僚贵族的大宅子。

**【译文】**孙恪在洛阳一带游玩，看到一间大宅子，叩门没有人回应。有一个正在摘萱草的女子，吟唱道：“彼见是忘忧，我看同萱草。

青山与白云，方展我怀抱。”年轻的女子说：“我是以前袁长官的女儿，正在寻找合适的人出嫁。”孙恪将她纳为妾室。十几年后，养育了两个儿子，家教很严。孙恪去南海做经略判官，到了端州峡山寺的时候，袁氏想要到寺里拜访以前的门徒；已经到了，好像很熟悉里面的路，径自拿着碧玉环献给僧人说：“这原本是院子里的东西。”吃完斋饭，有数十只猿猴，一起从松树上下来。袁氏面色改变地在墙壁上题诗说：“无端变化几烟沉，刚被恩情役此心。不如逐伴归山去，长啸一声烟雾深。”写完后，身上的衣服就裂开，变成一只老猿，跳到树上离开了。孙恪震惊惧怕，询问僧人。僧人才想起自己还是沙弥的时候养过一只猿猴，开元年间力士经过此地，喜欢它聪明狡猾，强行用束帛和我交换，把它献给皇宫；安史之乱，不知道它到哪里去了。碧玉环，就是北方人给的，原来系在猿猴脖子上的。

## 狐假虎威

楚宣王问群臣曰：“吾闻北方之民畏昭奚恤，亦诚何如？”江乙对曰：“虎求百兽而食之，得狐。狐曰：‘子无啖[①]我，天帝令我长百兽。子若食我，是逆天帝之命。子以我为不信，我为子先行，随我后，观百兽见我，能无走乎？”虎以为然，随狐而行，百兽见皆走，虎不知兽之畏己，反以为畏狐也。今王地方五千里，带甲百万，而任之于昭奚恤；然北方非畏奚恤，实畏王之甲兵。（《春秋后语》）

**【注释】**①啖：吃。

【译文】楚宣王问大臣们说："我听说北方的百姓害怕昭奚恤，真的是这样吗？"江乙回答说："老虎找寻百兽作为食物吃掉，抓到了狐狸。狐狸说：'你不能吃我，天帝命令我掌管百兽。你如果吃了我，就是违背天帝的命令。你如果不相信我，一会儿我在你前面走，你在后面跟着，看看百兽见到我，有不逃跑的吗？'老虎按狐狸说的做，跟在狐狸后边走，百兽看见老虎被吓跑了，老虎不知道它们是害怕自己，反而以为百兽是在害怕狐狸。如今大王您掌管着五千里的国土，镇守着百万士兵，任命昭奚恤看守北部；然而北方百姓不是害怕昭奚恤，而是害怕您的军队。

## 獭着芰衣

东平吕球丰财美貌，乘船至曲河湖，值风不得行，泊菰际。见一少女乘船采菱，举体皆衣荷叶。因问女："汝非鬼耶？衣服何至如此？"女有惧色，答云："子不闻荷衣兮蕙带①，倏而来兮忽而逝乎？"乃回舟理棹而去。球进射之，即获一獭船，皆是蘋蘩薀藻之叶。见老母立岸侧，如有所候望，见船过，因问云："君向来不见湖中采菱女子耶？"球云："近在后。"寻复射获老獭。居湖濒者咸云："湖中常有采菱女，容色过人，有时至人家，结好者甚众。"（《幽明录》）

【注释】①蕙带：以香草做的佩带。

【译文】东平的吕球很富有又有美貌，乘船到了曲河湖，遇到大风船不能向前行驶，暂时停靠在水草旁边。看见一个少女乘坐着船在采菱角；全身穿的衣服都是用荷叶做的。因此询问少女：“你不是鬼吗？衣服怎么是这样的呢？”少女脸上浮现出恐惧的神色，回答说：“你没有听说以荷叶为衣、以香草为佩带，突然出现忽然又消失吗？”于是调转船头划船离开。吕球靠近用弓箭射向她，随即获得了船上的一只水獭，船上都是各种香草水草的叶子。看见一位老婆婆站在岸边，好像在等候盼望什么人一样，看见船经过，趁机询问说：“您过来的时候没有看见湖中采菱的女子吗？”吕球说：“离我很近，就在后边呢。”不久又射中了这只老獭。住在湖边的人都说：“湖中常常出现采菱角的少女，容貌美丽，有的时候还会到别人家里去，结交了很多人。”

## 讽王爱马

楚庄王有爱马，衣以文绣，置华屋下，席以露床，啖以枣脯。马死，欲以大夫礼葬之。乐人优孟入殿门大哭曰：“请以君礼葬之，以雕玉为鞍，文梓为椁，豫章为题凑，发甲卒为圹①，老弱负土。诸侯闻之，皆知大王贱人而贵马也。”王曰：“为之奈何？”曰：“请为王言，六畜之葬，笼灶为之椁，铜沥为之棺，齐以姜桂，荐以本兰，衣以火光。葬人腹中。”王乃以马属大官，无令天下知闻也。（《史记》）

**【注释】**①圹：墓穴。

**【译文】**楚庄王有一匹爱马，给它穿上了绣有文字的衣服，把它放在了华丽的屋子里，在露天的床上睡觉，用枣子果脯喂他吃。马死后，楚庄王想用下葬大夫的礼节对待它。乐官优孟进到大殿内开始大哭说：“请您用下葬君主的礼节安葬这匹马，用玉雕刻成它的马鞍，用有纹理的好木材做它的棺材，枕木和樟木做成题凑，命令士兵挖墓穴，年老年幼的人都来背土。诸侯听说了这件事，都知道大王您看不起人命却看重一匹马了。”楚庄王说：“那我要怎么做呢？”优孟说：“如果让我说的话，请您按照六畜的下葬方法，笼灶做它的椁，铜沥做它的棺材，棺内放齐姜桂，用兰花祭奠，用火焚烧。葬在人的肚子里。”楚庄王于是把马的尸体交给了管马的官员，没有让天下人知晓。

## 九方皋相马

秦穆公谓伯乐曰：“子之年长矣。子姓有可使求马？”伯乐对曰：“良马可以形容筋骨相也。天下之马，若䘚，若没，若亡，若失。臣之子皆下材也。臣有所与九方皋（《淮南子》作‘九方圣’），其相马，非臣之比也。穆公见之，使行求马，三月而反，报曰：“已得之于沙丘。”穆公曰：“何马？”对曰：“牝[①]而黄。”使人往取之，牡而骊。公不悦，谓伯乐曰：“败矣，子之所求马者。色物牝牡弗能知，又何马之能知也？”伯乐曰：“若皋之所观，天机也。得其精而忘其粗，在其内而忘其外。”马至，果天下之良马也。（《列子》）

**【注释】**①牝（pìn）：雌性的鸟或兽。

**【译文】**秦穆公对伯乐说：“您已经很年长了。您的子孙中可以派谁去求马呢？”伯乐回答说：“好马可以形容它的筋骨之相。天下的马，或者被杀害，或者被埋没，或者死了，或者丢失了。我的子孙都是才能低劣的人。我会把这项任务交给九方皋，（《淮南子》作‘九方圣’）他相马的本领，不是我能比得上的。”秦穆公召见九方皋，派遣他去寻找好马，三个月后返回，上报说：“已经在沙丘上寻得了良马。”秦穆公说：“是什么样的马呢？”回答说：“是一匹黄色的雌马。”派人前去取回那匹马，是一匹深黑色的雄马。秦穆公不高兴了，对伯乐说：“你推荐的相马人太失败了。连看马的颜色和雌雄都看不出来，又怎么能知道这是一匹好马呢？”伯乐说：“九方皋所看到的是天机。获得了它的精髓而且丢下了糟粕，得到的是它的核心丢下的是外在。”等马到了后，果然是天下的良马。

## 能活死马

将军赵固良马死，惜之。郭璞求谒，吏不为通。璞曰：“吾能活马。”因出见之。乃令三十人持竿，东行三十里，见丘林社庙，以竹竿打树，果得一物，似玃[①]，持归。此物见死马，嘘吸其鼻中。顷之，马果起，奋迅如故，不复见前物。（《续搜神记》）

**【注释】**①玃（jué）：大猴。

**【译文】**赵固将军的一匹好马死了，觉得非常可惜。郭璞求见，小吏不让他通行。郭璞说：“我能让马活过来。”因此赵固出来见他。郭璞命令三十人拿着竹竿，向东走了三十里，看见山林旁边有一座社庙，用竹竿打树，果然得到一件东西，长得好像大猴一样，把它带回去。这个东西看见死马之后，发出嘘声把它吸到鼻子里。不久。马果然站起来了，跑得很快就像生前一样，再也看不到之前出现的那个东西了。

## 射牛不中

贾坚弯弓三石馀，烈祖以坚善射故亲试之，乃取一牛置百步，上召坚射，曰：“能中之乎？”坚曰：“少壮之时能令不中，今已年老而可中之。”恪大笑。射发一矢[①]拂脊，再一矢磨腹，皆附肤落毛，上下如一。恪曰：“能复中乎？”坚曰：“所贵者，以不中为奇。中之何难？ ”一发中之，观者咸服其妙。（崔鸿《十六国春秋·燕语》）

**【注释】**①矢：箭。

**【译文】**贾坚能拉动三石多重的弓箭，烈祖因为贾坚擅长射箭所以亲自试探他，命人取来一头牛放在百步远的地方，烈祖召见贾坚让他射箭，说：“你能射中那头牛吗？”贾坚说：“我年少的时候能让每支箭都射不中，现在年老就可以射中了。”烈祖大笑。贾坚射出一箭擦过牛的背脊，又射出一箭挨着牛的腹部过去了，都贴着皮肤落下了毛发，上下都一样。烈祖说：“你能再射中吗？”贾坚说：“可贵的地方，是以不中为稀奇。射中有什么困难呢？”一发即中，观看的人都佩服他的箭术精妙。

## 左慈化羊

后汉左慈，字元放。曹操尝出近郊，从者百许人。慈为赍酒一斗，脯一斤，手自斟酌，百官醉饱。操怪之，使行视诸垆，悉亡其酒脯。操怀不喜，欲因坐上杀之。慈却入壁中，霍然不知所在。或见于市，又捕之，市人皆变，形与慈同，莫知谁是。后人逢慈于阳城山头，因复逐之，遂走入羊群。操知不可得，令就羊中，告之曰："不复相杀，本试君术耳。"忽一老羝[1]屈前膝人立，言曰："遽如许。"即竞往赴之，群羊数百皆变为羝，并屈膝人立，言曰："遽如许。"遂莫知所取。

**【注释】**①羝（dī）：公羊。

**【译文】**后汉的左慈，字元放。曹操曾经外出到郊区，有一百多个官员跟着。左慈替他们准备了一斗酒，准备了一斤肉，亲自为他们斟酒，百官都喝醉并且吃饱了。曹操感到很奇怪，派人前去各个酒肆查看，酒肉都被吃完了。曹操心中不高兴，想要趁机杀死他。左慈却进入到墙壁里，突然找不到他去哪里了。有的人在集市上看见他，于是又抓捕他，集市上的人都变化了，外形和左慈一模一样，不知道谁才是真的左慈。后来的人在阳城的山头上遇到了左慈，因此又追逐他，于是跑进了羊群中。曹操知道抓不住他，下令靠近羊群，告诉左慈说："不会再杀你，我是想试试您的法术。"忽然一只老公羊弯曲着前膝像人一样站立，对曹操说："遽如许。"随即竞相追逐那只老公羊，所有的羊都变成了公羊，一起弯着前膝像人一样站立，说："遽如许。"曹操便不知道要抓哪一只了。

## 初平化羊

皇初平，年十五，家使牧羊。有道士见其良谨[1]，便将至金华山石室中。四十余年，忽然不便念家。其兄初起行索初平，历年不得；后见市中有道士，乃问之。道士曰："金华山中有牧羊儿，姓皇字初平。"兄乃随道士与初平相见，语毕，问羊何在，曰："在山东。"兄往视，但见白石，不见羊。初平曰："羊在耳，兄自不见。"初平乃往叱羊："羊起。"于是白石皆起，成羊数万头。（《神仙传》）

**【注释】**①良谨：善良谨愿。

**【译文】**皇初平，十五岁的时候，家人让他去放羊。有道士看他善良谨愿，就让他去金华石室中。四十多年，忽然行动不便想念家人。他的哥哥皇初起去寻找皇初平，过了很多年都没找到；后来看见集市上有道士，就询问他。道士说："金华山中有个牧羊人，姓皇名初平。"他哥哥于是跟着道士和初平相见了，说完话，问羊在哪里，皇初平说："在山的东边。"他哥哥过去看，只看到了白色的石头，没有看见羊。初平说："羊就在那里，是你看不见。"初平去赶羊喊道："羊起。"于是白色的石头都站起来了，变成了数万头羊

## 当食万羊

唐相国李德裕为太子少保，分司东都，尝召一僧问己之休咎。僧曰："公灾，当万里南去。"曰："南去，遂不还乎？"僧曰：

“当还耳。”公讯其事，对曰：“相国平生当食万羊，今食九千五百矣。所以当还者，未尽五百羊耳。”公惨然而叹曰：“吾师果至人，且我元和十三年为丞相张公从事于此都，尝梦行晋山，见山上尽目皆羊，有牧羊者十数迎拜我，我因问牧者，牧者曰：‘此侍御平生所食羊。”吾尝识此事，不泄于人。今者果如师之说耶？”后旬日，振武节度使米暨遣使致书于公，且馈四百羊，公大惊，即召告其事。僧叹曰：“万羊将满，公其不还乎？”公曰：“吾不食之，亦可免耶？”曰：“羊至此，已为相国所有。”公戚然不悦，旬日贬潮州司马，连贬崖州司户，竟没于荒裔①。（《太平广记》）

**【注释】**①荒裔：指边远地区。

**【译文】**唐朝的相国李德裕是太子少保，分管东都，曾经召见一个僧人问自己命运的吉凶。僧人说：“您将有灾祸，应当离开向南行万里。”李德裕说：“向南边去，灾祸以后就不用归还了吗？”僧人说：“要归还的。”李德裕详细地问僧人这件事，僧人回答说：“李相国这一生应该吃一万头羊，如今吃了九千五百头了。所以应当归还的，不到五百头羊。”李相国惨然叹息说：“师傅果然是超凡脱俗的人啊，而且我在元和十三年替张丞相在这里办事，曾经梦到自己到了山西的山，看见山上都是羊，有好几十个牧羊人迎接拜见我，我趁机问这些牧羊人，牧羊人说：‘这是侍御史平生所吃的羊。’我曾经知道这件事，没有告诉过别人。如今果然像大师说的这样吗？”后来过了十天，振武的节度使米暨派使者给李德裕送信，而且送了四百头羊，李德裕很吃惊，随即召见僧人将此事告知他。僧人感叹说：“一万头羊即将满了，您还不归还吗？”李德裕说：“我不吃它们，可以免去灾祸吗？”僧人说：“羊到了这里，已经是相国您的了。”李相国变了脸色不高兴了，十天后被贬潮州司马，接着又被贬到崖州司户，竟然死在了边远地区。

## 乌将军娶女

唐郭元振，开元中下第。自晋之汾，夜行失道。有宅，门宇甚峻，堂上灯烛，而悄无人，俄闻女子哭声。公曰：“人耶？鬼耶？”曰：“妾乡有乌将军，能祸福人，每岁乡人择美女嫁焉。父利乡人之金，潜以应选，醉妾此室而去。将军二更当来。”公大愤曰：“吾力救不得，当杀身以殉女。”未久，车马骈阗①，紫衣吏入，复走曰：“相公在此。”既而将军入，公出揖曰：“闻今夕嘉礼，愿为小相。”将军喜而延坐，公取佩刀斫其腕而断之，将军失声而走。天明视其手，乃猪蹄也。俄闻哭声渐近，乃父母舁榇而来，将收其尸。公具告焉。乃令乡人执弓矢，寻血而行，入大冢中，见大猪无前蹄，走出而毙。公纳其女为侧室。（《幽怪录》）

**【注释】**①车马骈阗：聚集了很多车马，形容非常热闹。

**【译文】**唐朝的郭元振，开元年间考中下第，晚上行走迷路了。有一间宅子，门庭很雄伟，厅堂上点着烛火，但是屋内空无一人，一会儿听见女子的哭声。郭元振说：“你是人，还是鬼？”回答说：“我的乡里有一个乌将军，他能嫁祸于人也能造福于人，每年乡里人都会挑选美女嫁给他。我的父亲收下了乡里人的礼金，偷偷地把我送去，将我灌醉放在这个屋子后就离开了。将军二更的时候应该会来。”郭公很生气地说：“我的力量救不得你，应当杀掉乌将军来为你殉葬。”不久，聚集了很多车马，穿着紫色衣服的小吏进入，又往前走说："相公在此。"然后将军才进来，郭元振出来对他作揖说："听说您今天晚上要举办婚礼，我愿做您的司仪官。"将军大喜然后慢慢坐下，郭公拿过佩刀压住他的手腕就砍断了，将军痛得大叫而逃。天亮后再看那只断手，是一只猪蹄。不久听到哭声越来越近，是女子的父母抬着棺材就来了，准备替女儿收尸。郭公将事情详细地告诉了他们。于是命令乡里人拿着弓箭，循着血迹前行，进入到一座大冢里，看见一只没有前蹄的大猪，跑出去就死了。郭元振便将这个女子纳为妾室。

## 女嫁槃瓠

昔高莘氏有犬戎之冠，帝患其侵暴，而征伐不克，乃访募大下，有能得犬戎之将吴将军者，赐黄金千镒，邑万家，又妻以少女。有畜狗，其毛五彩，名曰槃瓠。下令之后，槃瓠俄衔人头诣阙下，群臣怪而诊之，乃吴将军首也。帝大喜，且谓槃瓠不可妻之以女，又无封爵之道，议欲报之，而未知所宜。女闻，以为皇帝下令，不可违信，因请行。帝不得已，以女妻槃瓠。槃瓠得女，负而走，入南山石室中。险绝，人迹不至。经三年，生六男六女。槃瓠因自夫妻，好色衣服，制裁皆有尾。其母后以状白帝，于是迎诸子，衣裳斓斑，言语侏离[①]，好入山壑，不乐平旷。帝顺其意，赐以名山广泽。其后滋蔓，号曰蛮夷。今长沙武陵蛮是也。（《后汉•南蛮传》）

**【注释】**①侏离：形容方言、少数民族语言文字怪异，难以理解；指古代少数民族。

**【译文】**以前高莘氏有犬戎人，皇帝因为他们残暴侵犯领地而担忧，但是多次征讨没有攻打下来，于是四处寻访招募，如果有人能够捉住犬戎人的将军吴将军，就会赐予他千镒黄金，万家邑户，还会将自己的小女儿嫁给他做妻子。有一条狗，它的毛发是五彩的，名字叫槃瓠。皇帝下令之后，槃瓠不久就叼着犬戎人的头来拜见皇帝，大臣们都感到很奇怪，仔细去看，原来是吴将军的头。皇帝大为高兴，但考虑没法将女儿嫁给槃瓠，又没有将官爵封给狗的道理，商议想报答狗但不知道怎么做合适。黄帝的女儿听说后，认为皇帝下的命令，不可以违背信义，于是请求嫁给槃瓠。皇帝不得已，把女儿嫁给了槃瓠。槃瓠得到了妻子，背着她跑了，进入南山的石室中。周围环境艰险，人迹罕至。过了三年，生了六个男孩六个女孩。槃瓠因为和人类做了夫妻，喜欢穿颜色鲜艳的衣服，衣服的裁剪都有尾巴。他的母亲后来把这种情况禀告皇帝，于是迎接他的孩子们，他们穿的衣服五彩斑斓，说的是难以理解的方言，喜欢去山壑间生活，不喜欢平坦旷野。皇帝顺着他们的心意，把名山大泽赐给他们，后来繁衍壮大，称为蛮夷族。就是如今的长沙武陵的蛮族。

## 鹄仓衔卵

徐国宫人妊娠而产卵，以为不祥，弃于水边。孤独老母有犬，名鹄仓，猎于水滨，得所弃卵，衔以来归。独母以为异，覆暖之，遂虫弗蝍成小儿。生时正偃[①]，故以为名。徐君宫中闻之，乃更收养。长而仁智，袭徐君国。鹄仓临死，更生角而九尾，实黄龙也。偃王葬之，今名狗垅。（《偃王》）

**【注释】**①偃：仰卧；信息，停止。

**【译文】**徐国的宫人怀孕后竟然生出虫卵，认为这是不祥的，将其抛弃在水边。有一个独居的老母亲养了一条狗，叫鹄仓，在水边打猎，找到宫人抛弃的虫卵，衔回家去。独居的老母亲认为它很奇怪，用被子盖住为它取暖，于是孵化成一个小孩子。化形时正仰面倒下，因此得名偃。徐国君主在宫中听说了，于是将他收养。长大后仁德有智慧，继承了徐国君主的王位。鹄仓快死的时候，形态改变长出角和九条尾巴，原来是一条黄龙。偃王将它埋葬，它的坟墓如今称为狗垅。

## 黄耳传书

陆机好猎，在吴，豪客[①]献快犬名黄耳。机后仕洛，戏语犬曰："我家绝无书，汝能驰往否？"犬摇尾，作声应之。机为书，盛以竹筒，系之犬颈。犬出驿路，走向吴，饥则入草，噬肉取饱；每经大水，辄依渡者弭毛掉尾向之。其人怜爱，因呼上船。才近岸，即腾上速去；及到机家，开筒取书。看毕，犬又伺人作声，如有所求。其家作答书，内筒，复系犬颈。犬既得答，仍驰还洛。计人行五程，犬往还才半月。后犬死殡之，遣还葬，去自家二百步，呼为"黄耳冢"。（《述异》）

**【注释】**①豪客：侠客，勇士；强盗；豪华奢侈的人。

**【译文】**陆机喜欢打猎，在吴地，有侠客送给他一只跑得很快的狗，名叫黄耳。陆机后来去洛阳做官，对这只狗开玩笑地说："我和家人没有通过书信，你能替我去给家中送信吗？”狗摇摇尾巴，汪汪的叫声好像答应了。陆机写了一封信，放在竹筒里，把竹筒绑在狗的脖子上。狗跑出驿站，向吴地方向跑去，饿了就去草丛里，吃肉饱腹；每当遇到河水，就对着过河的人毛发顺服地摇着尾巴。过河的人怜爱它，就叫它一起上船。刚靠近岸边，就飞快地跑上岸；等到了陆机的家中，家人打开竹筒取出信。看完后，狗又等候家人说话，好像在要什么东西一样。陆机的家人写了回信，放入竹筒里，又系在了狗的脖子上。狗已经拿到回信，又飞奔回洛阳。陆机计算着如果人去的话至少需要五段路程，狗的往返才用了半个月。后来狗死了陆机为它下葬，将它埋葬回老家，距离自己家二百步的地方，称其为“黄耳冢”。

## 犬救其主

晋太和中，杨生养狗，甚爱之。后生饮酒，行大泽①草中眠。时冬月，野火起，风又猛，狗号唤，生不觉。前有一坑水，狗便走往水中，还以身洒生，左右草沾水得着地，火寻过去，生醒方见。他日又昏行，堕于空井中，狗呻吟彻晓。有人过，怪之，往视见生。生曰：“君可出我,当厚报君。”人曰：“以此狗相与，便当相出。”生曰：“此狗曾活我于已死，不得相与，馀即无惜。”人曰：“若尔便不相出。”狗因下头向井，生知其意，乃语路人“以狗相与”。人乃出之，系狗而去。后五日，狗夜走归。（《续搜神记》）

**【注释】**①大泽：大湖沼；大恩泽；大泽乡。

**【译文】**晋朝太和年间，有个姓杨的年轻人养了一条狗，非常喜欢它。后来杨生喝酒了，走到了大湖沼泽旁边的草中睡觉。当时是十一月，晚上野火突然烧起来了，冬风猛烈，狗着急地嚎叫想要唤醒杨生，但是杨生没有察觉。前面有一个小水坑，狗就跑到水中，回来用身上的水洒向杨生，他身旁的草沾上水就倒地，火势顺着过去，杨生醒后才看见。又有一天，杨生在晚上行走，不小心掉入一个干涸的井里，狗号叫了整整一个晚上。有人路过，对此感到奇怪，走过去看到了井里的杨生。杨生说："你如果救我出去，我肯定会好好报答你。"路人说："如果将你的狗送给我，我就把你救出来。"杨生说："这只狗曾经将我拯救于生死之中，不能把它送给你，其他的送什么我都不会吝惜。"路人说："如果不把狗送我，我是不会救你出来的。"这时狗低头看向井里，杨生知道了狗的意思，于是对路人说"我同意把狗送给你"。路人才帮杨生逃出枯井，牵着狗就离开了。五天后，狗在晚上跑回了杨生家。

## 乌龙噬奴

会稽句章氏张然滞役在都，经年不得归家。有少妇遂与奴私通，然在都养一狗，甚快，名"乌龙"。后假归，奴与妇谋，欲得杀然。然及妻作饭食共坐下，食未得啖[1]，奴当户倚，张弓、括箭、拔刀。然以盘中肉饭与狗，狗不取，唯注睛舐唇视奴，然亦觉之。奴催食转急，然决计拍髀，大唤曰："乌龙。"狗应声伤奴，奴失刀杖倒地，狗咋奴头，然因取刀斩奴，以妇付官，杀之。（《搜神记》）

**【注释】**①啖：吃；引诱。

【译文】会稽句章氏张然因为服役滞留在京都，经过了一年不能回家。有年轻的妻子和奴仆私通，张然在京都养了一条狗，跑得非常快，起名叫“乌龙”。后来张然因为有假期回家了，奴仆和少妇密谋，想要杀了张然。张然和妻子一起坐下吃饭，食物还没来得及吃，这个奴仆就倚靠在门后，张开弓、插上箭并拔出刀。张然把自己盘子中的肉和饭给狗，狗不吃，只是舔着嘴唇直勾勾地盯着奴仆，张然也发现了他。奴仆就非常着急地催它吃，张然拍大腿立马决定，大声呼喊说：“乌龙。”狗听到后就咬伤奴仆，奴仆丢了刀倒在了地上，狗咬这个下人的头，张然趁机拿起刀杀了奴仆，把妻子交给了官吏，也杀了她。

## 狗人国

北狗国，人身，狗首，长毛不衣，手搏猛兽，语为犬嗥[①]。其妻皆人，能汉语，生男为狗，生女为人。自相婚嫁，穴居食生，而妻女人食熟。尝有中国人至其国，其妻怜之，使逃归，与其箸十余只，教其每走十余里遗一箸。狗夫追之，见其家物，必衔归，则不能追矣。(《五代史》)

【注释】①嗥（háo）：大声嚎叫。

【译文】北方有个狗国，男人都是人的身体，狗的脑袋，身上长毛不穿衣服，可以用手和猛兽搏击，说话是狗的叫声。他们的妻子都是人类，可以说汉语，生下男孩就是狗，生下女孩就是人类。他们自己准备婚嫁，在洞穴中生活吃生肉，但是妻子女儿吃熟食。曾经有中国人到了那个国家，狗人的妻子同情他，让他逃回中原，给了他十几只筷子，让他每走十几里就丢下一只筷子。狗丈夫追逐人，看见他家里的东西，一定会衔住筷子回去，就不会追上那个人了。

## 鼠怪召凶

中山王周南，正始[①]中为襄邑长，有鼠，衣冠出厅事，语曰：“尔某日当死。”周南不应。至期复出，冠帻[②]绛衣，语曰：“尔日中当死。”复不应。入复更出，日适中，鼠曰：“周南，汝不应死，我复何道。”遂颠蹶而死，即失衣冠，视如常鼠也。（《列异传》）

**【注释】**①正始：三国魏齐王芳的年号。②帻（zé）：头巾。

**【译文】**中山王周南，三国魏时做上襄邑县的县长，有一只老鼠，穿戴着人的衣冠从视事问案的厅堂里出来，对周南说：“你某天应当会死亡。”周南不回应他。到了那天老鼠又出来了，戴着头巾穿着红衣服，对周南说：“你今天中午应该死了。”又不回应它。老鼠进厅后又出来，正好是中午了，老鼠说：“周南，你不应答赴死，我又去哪里呢。”于是抽搐摔倒而死，身上的衣服立刻消失了，看起来就像是一般的老鼠。

## 二龙降禹

禹诛防风氏，夏后德盛，二龙降之。禹使范氏御之，以行经南方。防风神见，禹怒射之，有迅雷。二龙升去，神惧，以刃自贯其心而死。禹哀之，瘗[①]下土。死草皆生，是名穿胸国。（《括地图》）

【注释】①瘗（yì）：埋葬。

【译文】大禹诛杀防风氏，夏朝后大禹德行很高，有两条龙投靠了他。大禹让范氏去抵御防风氏，因为行走经过南方。看见防风神，大禹生气地用箭射他，就有疾雷劈下。二龙飞上天去，防风神害怕，用刀刃贯穿了它们的心杀死了它们。大禹为它们哀伤，帮它们埋葬入土。坟墓旁边地上死去的草都活过来了，因此命名为穿胸国。

## 老子犹龙

老子，淮阳人，姓李名耳。为周守藏室之史。孔子问礼，老子曰："子所言者，其人与骨皆已朽矣，独其言犹在耳。且君子得其时则驾，不得其时则蓬累而行。吾闻之，良贾深藏若虚，君子盛德容貌若愚。知子之骄气、多欲、淫志，是皆无益。吾所以告。"孔子谓弟子曰："鸟飞者，知可为缯[①]；鱼游者，知可为纶；兽走者，知可为网。至于龙，吾不能知。今日见老子，其犹龙也。"（《史记》）

【注释】①缯：古代丝织物的总称。

【译文】老子，是淮阳人，姓李名耳。是周看守藏史书的官吏。孔子向他请教礼的问题，老子说："你所说的那个人，身体和骨头都已经腐朽了，只剩下他说过的话还能听到。而且君子如果把握住时机就会大展宏图，假如生不逢时就会像蓬草一样随风而行。我听说，好的商人深藏不露，君子贤德但是容貌好像愚笨一样。知道一个人自傲、欲望很多、心志放荡，这些都是没有好处的。这就是我要告诉你的。"

孔子对弟子说："飞鸟，我知道可以用网捕捉到；游鱼，我知道可以用鱼竿钓得；走兽，我知道可以用网捉住。至于龙，我就不知道该怎么办了。今天看到老子，他就好像龙一样。"

## 为龙庙食

张公讳[1]路斯，以明经为宣城令。夫人石氏，生九子。自宣城罢归，尝钓于焦氏台。一日，见钓处有宫殿，遂入居之。自是，归辄体寒而湿，问其故，曰："我龙也，蓼人郑祥远亦龙也，与我争此居。明日当战，使九子助我。我领绛绡[2]而郑青绡。"明日，九子射青绡者，中之，九子皆化为龙。事见唐布衣赵耕之文，载于欧阳文忠公之《集古录》。（东坡作碑）

**【注释】**①讳：对尊长避免说写其名，表示尊敬的心意。②绛绡：红色绡绢，绡为生丝织成的薄纱、细绢。

**【译文】**张公名路斯，因为考上明经科做了宣城县令。他的夫人石氏，生了九个儿子。从宣城辞官后归来，曾经在焦氏台钓过鱼。一天，看见钓鱼的地方有宫殿，于是进去休息。从这之后，回家就开始身体发寒感觉湿冷，他的家人问他原因，张公说："我是龙，蓼人郑祥远也是龙，和我争夺这个宫殿。明天就要和他对抗，让九个儿子帮助我。我的衣领是红色的而郑祥远的衣领是青色的。"第二天，九个儿子用箭射青色衣领人，射中了，九个儿子都化身成龙。这件事可以从唐朝百姓赵耕的文章找到，记载在欧阳文忠公的《集古录》中。

## 龙有雌雄

刘洞微善画龙。一日有夫妇造门曰："龙有雌雄，其状不同。雄者角浪凹峭，目深鼻豁，鬐[①]尖鳞密，上壮下杀，朱火煜煜；雌者角靡浪平，鼻直鬐圆，鳞薄，尾壮于腹。"洞微曰："何以知之？"其人曰："吾乃龙也。"化为双龙飞去。(《乘异记》)

【注释】①鬐（qí）：马鬃马颈上的长毛。

【译文】刘洞微擅长画龙。一天有一对夫妇上门来拜访说："龙有雌雄之分，它们的形状不相同。雄龙的龙角又大又弯曲，眼睛深邃鼻子有缺口，脖颈上的毛是尖的且鳞片密实，上半身强壮，下半身略逊一筹，能喷出明亮的红色火焰；雌龙的龙角小且平缓，脖颈上的毛是圆的，鳞片轻薄，尾巴比腹部更强壮。"刘洞微说："你是怎么知道的呢？"这个人说："我就是龙。"于是夫妇化成龙双双飞走了。

## 旱龙

孙思邈尝隐居终南山，时大旱，西域僧请于昆明池，结坛祈雨凡七日，缩水数尺，池龙化为老人，至思邈石室请救。孙谓曰："我知昆明池有仙方三十首，留传与予，予将救汝。"老人曰："此方上帝不许妄传。今恚[①]矣，固无所吝。"有顷，捧方而至。思邈曰："尔第还，无虑。"自是，池水忽涨溢岸，数日胡僧羞恚而死。(《酉阳杂俎》)

【注释】①恚：恼恨；发怒。

【译文】孙思邈曾经在终南山隐居，当时天气大旱，西域的僧人请求在昆明池旁边设置祭坛祈祷下雨，总共进行了七天，池中水 缩减了好几尺，池中的龙化身成一位老人，到孙思邈的石室去求救。孙思邈对他说："我知道昆明池中有三十个可使人起死回生的药方，如果你将其传给我，我就会救你。"老人说："天帝不允许我将这个药方私自传给其他人。如今这样恼恨，固然没有什么好吝惜的。"过了一会儿，老人拿着药方就来了。孙思邈说："你只管回去吧，不用担心。"从这之后，昆明池中的水忽然上涨甚至都溢上了岸，几天后西域的僧人羞愤恼怒而死。

## 懒龙

僧闻禅师住邵武山中。一日，有老人来谒，闻曰："我，龙也。以疲惰行雨不职，上天有罚，当死，赖道力可脱。"俄失所在。闻视坐榻旁，有小蛇尺许，延缘入袖中屈蟠[①]。夜，风雷挟坐榻，电碎雨射，山岳为摇，而闻危坐不倾。达旦，晴霁垂袖，蛇堕地而去。（《僧史》）

【注释】①屈蟠：盘曲。

【译文】僧闻禅师住在邵武山中。一天，有老人来拜访，对僧闻禅师说："我本来是龙。因为疲劳偷懒，施雨不称职，上天惩罚我，论罪当诛，多亏了道家的力量才可以逃脱掉。"不久就消失在刚才所在的位置上了。僧闻禅师看着坐榻旁边，有条一尺多长的小蛇，慢慢爬进禅师袖子中盘曲着。晚上，疾风裹挟着惊雷击向坐榻，电光四射，雨水也被炸开，山川为之动摇，但是僧闻禅师直直地坐着毫不倾斜。到了早晨，天气放晴禅师垂下衣袖，小蛇落地后离开。

## 程灵铣射蜃

歙州歙县黄墩湖，其湖有蜃[①]，常为吕湖蜃所斗。湖之近村有程灵铣者，卓越不羁，好勇而善射。梦蜃化为道人，告之曰："吾甚为吕湖蜃所厄。明日又来，君能助吾，必厚报。"灵铣遂问："何以自别？"道人曰："束白练者，吾也。"既异之，明日与村少年鼓噪于湖边，须臾，波涛涌激，声若雷霆。见二牛相驰，其一甚困，而腹肋皆白。灵铣弯弓射之，正中后蜃，俄而水变为血，不知所之。其伤蜃归吕湖，未到而毙。（《太平广记》）

**【注释】**①蜃：传说中的蛟属。能吐气成海市蜃楼。

**【译文】**在歙州的歙县有个黄墩湖，湖中有蜃，经常被附近吕湖中的蜃斗败。在靠近黄墩湖边上的村子中有个叫程灵铣的人，卓越不受约束，勇敢且善于射箭。有一天晚上，程灵洗梦见湖中的蜃变成了一个道士，告诉程灵洗说："我被吕湖的蜃害得很苦。明天它又要来，如果你能帮助我打败他，我必定重重报答你。"程灵洗于是问道："我怎么分辨你们谁是谁？"那道人说道："束着白带的便是我。"程灵洗醒来后对此觉得很奇怪。第二天与村中的少年们在湖边玩，突然间，只见湖面波涛汹涌，声若雷霆，程灵洗他们看见两头牛在互相打斗，其中一头显得很是困倦，腹肋间的毛都是白色的。程灵洗弯弓搭箭，正射中了另一头。不一会儿，黄墩湖中的水就变成了血色，而两头牛也不见了。那只受了伤的蜃想要回到吕湖去，但是，还没走到就死了。

## 屡见蛇妖

梁主衣库[①]见黑蛇，长丈余，数十小蛇随之，举头高丈余南望，俄失所在。帝又与宫人幸元洲苑，复见大蛇盘屈于道，群小蛇绕之，并黑色。帝恶之，宫人曰："比非怪也，恐是钱龙。"帝敕所司即日取数十万钱，镇于蛇处以厌之。因设法会，赦囚徒，赈穷乏，退居栖心省。又有蛇从屋坠落席帽上，忽然便失。又龙光殿上所御肩舆，复见小蛇萦屈舆中，以头驾夹膝前金龙头上，见人走，逐之不及。(《南史》)

**【注释】**①主衣库：古代皇帝御衣服玩仪物的贮存库。

**【译文】**梁朝时皇上的主衣库发现了一条黑蛇，长达一丈有余，有几十条小蛇跟随着它。黑蛇抬起头来，高达一丈多，望着南方，突然间便不知所踪。梁帝又和宫人到元洲苑游玩，再次见到了一条大蛇盘曲在道路上，一群小蛇围绕着它，都是黑色。梁帝很是厌恶它们，宫人说道："这些不是怪物，恐怕是钱龙啊。"梁帝于是让相关负责部门当天便取了几十万钱，压在黑蛇出没的地方来满足钱龙。因此还设了法会，赦免囚徒，赈济穷乏之人，退居到了栖心省。这时又有蛇从屋顶上坠落到了他的席帽上，忽然又消失了。另外在龙光殿上所乘坐的肩舆中，又发现了有小蛇盘曲在里面，将头驾夹在膝前的金龙头上，发现有人来了便逃走了，追逐不及。

## 蛇惊知寇

唐太宗屯桓壁，常欲觇[1]敌，潜军远抄，骑皆四散。太宗与一甲士登丘而睡，俄尔贼兵四面云合，会有蛇逐鼠，甲士惊起，因见贼至，遽白太宗，而俱上马，驰百步为贼所及，发大羽箭射之，殪其骁将。贼骇，乃退。当时以为神异。

**【注释】**①觇（chān）：窥视；观测。

**【译文】**唐太宗驻军在桓壁时，曾经想去侦察敌情，于是秘密派出侦察军队远远从侧面靠近敌军，侦察骑兵都向四周散开。唐太宗便与一个甲士登上一处山丘睡眠休息，不久后贼兵便四面合围将他们包围了。正好这时有一条蛇在追捕老鼠，甲士因此惊醒过来，因而看见了贼兵来了。于是他急忙向唐太宗禀报，两人因而急忙上马逃跑，但跑了一百多步便被贼兵追上了。唐太宗张弓用大羽箭射击贼兵，将贼兵的骁将射死了。贼兵害怕，于是撤退了。当时的人都认为这是件很神奇的事。

# 谦德国学文库丛书

（已出书目）

弟子规·感应篇·十善业道经
三字经·百家姓·千字文·德育启蒙
千家诗
幼学琼林
龙文鞭影
女四书
了凡四训
孝经·女孝经
增广贤文
格言联璧
大学·中庸
论语
孟子
周易
礼记
左传
尚书
诗经
史记
汉书
后汉书
三国志
道德经
庄子
世说新语
墨子
荀子
韩非子
鬼谷子
山海经
孙子兵法·三十六计
素书·黄帝阴符经
近思录
传习录
洗冤集录
颜氏家训
列子
心经·金刚经
六祖坛经

茶经·续茶经
唐诗三百首
宋词三百首
元曲三百首
小窗幽记
菜根谭
围炉夜话
呻吟语
人间词话
古文观止
黄帝内经
五种遗规
一梦漫言
楚辞
说文解字
资治通鉴
智囊全集
酉阳杂俎
商君书
读书录
战国策
吕氏春秋
淮南子
营造法式
韩诗外传
长短经

虞初新志
迪吉录
浮生六记
文心雕龙
幽梦影
东京梦华录
阅微草堂笔记
说苑
竹窗随笔
国语
日知录
帝京景物略
子不语
水经注
徐霞客游记
聊斋志异
清代三大尺牍：小仓山房尺牍
清代三大尺牍：秋水轩尺牍
清代三大尺牍：雪鸿轩尺牍
孔子家语
贤母录
张岱文集：陶庵梦忆
张岱文集：西湖梦寻
张岱文集：快园道古
群书类编故事
管子